再创世纪

图书在版编目（CIP）数据

再创世纪 / 吴念初著. —北京：知识出版社，2018.9

ISBN 978-7-5015-9890-8

Ⅰ.①再… Ⅱ.①吴… Ⅲ.①电影文学剧本—中国—当代 Ⅳ.①I235.1

中国版本图书馆 CIP 数据核字（2018）第 211714 号

策 划 人：和 欢

责任编辑：刘 浪

责任印制：李宝丰

封面设计：今亮后声 HOPESOUND pankouyugu@163.com

出版发行：知识出版社

地 址：北京市西城区阜成门北大街 17 号

邮政编码：100037

电 话：010-68363660

网 址：http://www.ecph.com.cn

印 刷：三河市文通印刷包装有限公司

开 本：710mm × 1000mm 1/16

印 张：36.5

字 数：400 千字

版 次：2018 年 9 月第 1 版 2018 年 9 月第 1 次印刷

ISBN 978-7-5015-9890-8 定价：85.00 元

目录

再创世纪

Another Era

没人能在这样的情况下保持住平衡，小偷一个踉跄，极为狼狈地摔倒在地，手上捂着的钱罐掉落，里面的钱币滚了一地。整条街的人都被这动静惊动，纷纷回头看着他们，后方的人群也渐渐围拢。小偷不甘心地咬咬牙，但腿上传来一阵剧痛，瞬间让他打消了别的念头，迅速爬了起来，一瘸一拐地跑出人群。

卓定垚看到有人帮自己追上了小偷，也慢跑着追了过来，刚好看到小偷跑开。而刚才帮自己追小偷的男人，正蹲在地上，努力帮卓定垚拾起地上掉落的钱币。

男人收集好所有钱币，放在钱罐中，准备交还给卓定垚，一抬头，视线正好和卓定垚对上。

卓定垚看着西装革履的男人，脸上露出错愕的表情。

她看着贺天生，有些好笑地说："怎么会……是你啊？"

"地上的钱我都捡起来了，"贺天生把钱罐交给卓定垚说，"你先点点，看看有没有少。"

卓定垚把玩着手中的钱罐，轻轻地掂量着说："我也不知道里面有多少钱。不过没关系，无论多少，都证明了至少有人愿意欣赏我的舞蹈。"

贺天生笑了笑，问道："你专门从香港飞来布拉格，就是为了证明自己的舞蹈是有人欣赏的吗？"

"因为……这里没有人认识我，我可以像所有的街头艺人一样去表演，观众是真心喜欢我，才会给我钱。"卓定垚想了想，问贺天生，"对了，你又怎么会来布拉格呢？"

贺天生笑着打趣说："让我保留一点神秘感吧。不过既然这样都能遇到卓小姐，真是有缘，今晚一起吃饭吧？"

"好啊，不过这顿饭让我来请。"卓定垚笑着摇了摇钱罐，"我可是凭借自己的努力刚赚到钱的人。"

在香港季生集团大厦门前，已是人声鼎沸，围满门口的正是各大报社和媒体的记者，他们议论纷纷，焦急地向里面张望着，仿佛一群等待游客投喂的锦鲤。

《苹果日报》的记者一声大喊："章明晞出来了！"

记者们都互相推搡着，个个都想挤占能问上几句话的前排位置。

电梯门打开，章明晞大步走出电梯口。她一抬眼就看到大批记者围在门口，不禁一皱眉，描画精致的脸上露出烦躁的表情。章明晞快步向前走，助手努力跟上她的脚步。

将大门口围得水泄不通的记者们，见状纷纷朝着章明晞涌来。助手连忙上前几步，护在她身前。

章明晞戴上墨镜，掩盖自己厌倦的表情。助手用手挡住章明晞，试图不让记者拍到她。

助手大声喊道："大家请回吧。该说的书面声明上都讲过了，没有什么需要补充的。"

记者们争抢着向前，《苹果日报》的记者冲到最前面，拿起话筒对着章明晞。

"有消息说，季生股票价格下跌，黄金城计划会有新的竞争对手，而万学礼还没签约，会不会取消和季生的合作？"

章明晞取下墨镜，一脸淡定从容。"公司没问题，大家不用担心。"

没有听到他们想要的答案，记者们还是不甘心，继续追问："发生了这么重大的事情，您丈夫贺天生在哪里？"

章明晞看着记者，对着记者露出微笑。"天生只是在休假罢了。谢谢关心。"

说完，她立马转身。

"章小姐请留步！"

"我是《亚洲周刊》记者。章小姐，我们希望和您进行更具体的采访……"

"据消息称，贺天生这次是故意……"

章明晞走回电梯口停住，看向另一个助手。"对了，把你车钥匙给我。"助手一愣，章明晞轻巧地从他手上抢过车钥匙，坐进那辆不起眼的轿车。

她开着助手的车，打电话给贺天生。贺天生没接，电话里响起冰冷而没有情感起伏的机械女声。"您拨打的电话已转入语音信箱，请在嘟一声后留言。"

"你什么时候回来？我一个人快受不了了。"章明晞自言自语，神情十分疲惫。

她挂掉电话，放在一边，单手支着头，描画精致的眉毛皱了起来，不禁想到几天前和贺天生的争吵。

"这一关很难过去，不可以再这样下去。这里交给你了。"贺天生说话间，没有一丝犹豫。

"你要去哪里？"章明晞问。

"不知道，我只是现在不想待在这里。"

"那你把这烂摊子交给我，会不会太自私了？"

“我知道，你能处理好的。”

“贺天生！！！”

“我的司机到了。”

直到大门被砰的一声关上，她才回过神来。章明晞攥紧拳头，忍了又忍，还是无力地垂下。

回忆到这里，章明晞一只手狠狠地砸在方向盘上。

第二章
解画知音

此刻，贺天生正在布拉格博物馆欣赏画展。他穿着一身名贵西装，打着领带，皮鞋擦得锃亮，看上去淡定从容，完全没有了在香港面临公关危机时的压抑和烦躁。站在贺天生旁边的卓定垚，也换上了浅灰色晚装，跳舞时随意扎起的头发也做了精致的造型，披到肩上。

卓定垚正在认真地看眼前的画作，画中一个舞者正翩翩起舞，阳光甚好，能看到画中人的表情。奕奕有神的眼睛，透出对舞蹈的坚定和沉醉。卓定垚一动也不动地看着这幅画。而贺天生看到这幅画的时候，也停住了脚步，认真打量起画作。

画家是一名亚裔，正默默观察着往来的观众，看到卓定垚和贺天生看着这幅舞女画，走了过去。

画家微笑地看着贺天生："你果然又来了。"

"你之前也来过吗？"卓定垚好奇地看向贺天生。

"我的画展开了三天，他来了三天。而且，他每次都目不转睛地看着这幅画。"画家向卓定垚解释。

"我真是很喜欢这幅画。"贺天生有点不好意思地说。

"这幅画是非卖品，又怎样吸引到你呢？"

贺天生把头转向卓定垚，含笑问："你也看了半天了，你觉得这幅画怎样呢？"

"看这幅画中舞者的笑容，是洋溢着幸福的，这幅画的颜色主要是暖色调的，带着春天的气息，线条流畅而大气，这搭配明朗轻快，表现出舞者对舞蹈的热情。"卓定垚盯着这幅画，小声分析，表情依旧是专注。"但是，她作为一个专业舞者，动作却略有点不协调，似乎是太过于小心翼翼了。而舞者的目光落在腹部，说明了她小心的原因。"

画家听到此处，忍不住鼓起掌来。

"很好，你已经看出了我画中隐藏的讯息。"画家露出了兴奋的眼神，"我对画中舞者的设计，确实是刚刚知道自己怀孕了。她希望孩子和自己一样，感受到舞蹈的魅力。所以，这不是一幅独舞的画，而是她和腹中孩子共舞的画作。”

画家和卓定垚对视一眼，露出互相了然的表情。

“至于这幅画我定为非卖品，是因为这幅画蕴含着我的想法，我不希望把它交给感受不到的人。”画家伸出手来，卓定垚微笑着和画家握手。

“我很高兴，今晚能为这幅画找到懂它的人。”画家转头问贺天生：“对了，这位是你的女朋友吗？”

卓定垚向前走一步，刚准备开口解释，贺天生默默从后面握了一下卓定垚的手腕。卓定垚回头疑惑地看着贺天生，贺天生突然握着卓定垚的手。

“是的，我之前就喜欢这幅画，而我女朋友又是个舞者，我想她能看懂这幅画，就带她来看看。”贺天生说。

“你真幸运，有这么美貌又聪慧的女朋友，简直是缪斯女神。”画家认真地赞美。

卓定垚愣了一下，抿了抿嘴没有说什么，配合地笑了笑。

夜色中的布拉格，竟比白日还多了几分喧闹。路边的街灯开了，卓定垚和贺天生看完画展出来，在布拉格街头漫步。贺天生拎着画筒，而卓定垚有些心事重重。

“原来你之前约吃饭之后去看画展是早有安排，你就是想让我骗这个画家把画卖给你。”卓定垚忽然说。

“不，我根本没有想过，会在布拉格遇到你。”

卓定垚愣了一下，恍然大悟道：“所以，你就是为了这幅画专门飞到布拉格的吗？”

贺天生笑了一下，看向远方：“我太太特别喜欢这幅画，我想把它送给她作为礼物。”

“想不到你这样的商界精英也会为太太准备惊喜？”卓定垚惊讶。

“说到让女孩子惊喜，这方面我当然比不过方泽雨啊。”

“他啊，嗯……他是挺好的。”卓定垚听贺天生夸自己男友，露出有点不好意思的表情，但遮不住脸上洋溢的幸福。她转头对贺天生说：“等我回酒店，我一定要告诉他，今天我靠自己跳舞挣到钱了。”

卓定垚说着，兴奋地转了一圈，口中轻轻哼着音乐，足尖又旋舞起来。她想着，要是泽雨听到，肯定会——带着欣赏和赞许的眼神，夸奖她的舞姿。想到这里，卓定垚的心中充满温暖，多少年了，她的泽雨依旧是这样温柔体贴。

贺天生看着走在前面微笑着轻轻跳着舞的卓定垚，露出似笑非笑的表情。卓定垚回头，看了一眼贺天生的表情，笑着说："看来这次来布拉格，我俩的心愿都完满达成，真好。"

"是啊，这次真是多亏了你。"贺天生回答。

"彼此彼此，你也帮我抢回了赚的钱。"卓定垚笑着说。

"应该的。"贺天生摸了摸鼻子。

"那……我们就再见啦。"

"好，香港再见。"

卓定垚脚步轻快地离开了。贺天生留在原地，拿出手机，发短信给章明晞："礼物已经准备好了，来吧。"

傲堂证券大楼，投资业务部。

高哲在电梯门口埋怨潘力晨。

"不知道你在想什么？站在这里和客人闹，完全是浪费时间。"

"我知道了，哲哥……对了，定鑫少爷打电话给我，叫你一定要回电话给他。"潘力晨偷偷觑了眼高哲的表情。

"呵，他打电话给我，我都不回复。难道打给你，我就会回复他吗？"

潘力晨听到高哲这样说，只好唯唯诺诺地点头，快步跟着他一起来到电梯口。

"你去查一查这份文件里面的东西。"高哲从包里抽出一份文件。

潘力晨接过文件，正好电梯门打开。他刚想和高哲一起走进电梯，高哲突然脸色一冷。

"你跟进来做什么？不用工作吗？"

倒霉的助手赶紧走出电梯，高哲独自乘搭着电梯离开了。

然而，当高哲走出大楼的时候，卓定鑫正好在门外，当他看到卓定鑫的时候，想躲已经来不及了。

"你为什么不回我电话？"卓定鑫显得非常愠怒。

"你该不会是为了问我回不回电话的事情，来找我的吧？"高哲的表情冷淡。

卓定鑫愣了一下，反应过来，换上了凝重的表情。"关于我们家族的投资，我还需要确认一下……"

"卓少你不是不信我吗？"高哲听到这句话，转头就走上了车，"我要赶飞机，先走了。”

汽车绝尘而去，卓定鑫留在原地，暗自咬牙。

温哥华国家公园。

高哲一下车，顿觉心情舒畅了许多。

这里绿树环绕，郁郁葱葱，远方的山坳露出点点白雪，绿树雪山中环抱着一汪清澈的湖水。高哲静静地看着这仿佛油画画卷的风景，深深呼吸着清新中充满凉意的空气。

工作人员开始打扫路面，可能快到闭园时间了。高哲拉住职员，问他有没有见过一个女孩。

职员安慰似的拍了拍高哲的肩，递给他一个襟章，上面画着温哥华国家公园的标志。

“我要这襟章干什么？”工作人员转身走后，高哲准备把襟章丢到垃圾桶里去。

“别扔！”郑思妤一身白色羽绒服，气质款款地走过来，刚好看到高哲准备丢襟章。

“干吗要丢啊，做个纪念不挺好吗？”郑思妤接过高哲手中的襟章。

“你来了！我正准备找你呢。”高哲不情不愿地让女友给他戴上襟章。

郑思妤给他戴好襟章，顺便又给他整理了一下衣服，露出了满意的微笑。“这就对了，很合适嘛。”

高哲低下头，默默看着思妤线条优美的鼻梁和脸颊，也露出微笑。

不远处传来窸窸窣窣的声音，二人同时回头，见一位满头银丝的老妇人弯着腰正翻动草丛，仿佛在寻找着什么。她细细地检查了栈桥的缝隙，甚至想翻开路边的垃圾桶。

思妤忍不住走上前，询问道：“女士，您怎么了？”

“我的项链不见了，找了一路，不知道是不是这里。”老太太声音中带着哭腔。

“是怎样的项链呢？”思妤问。

“我亡夫送给我的，对我来说非常珍贵。”老太太着急。

“但现在不早了，您也不确定掉在哪儿了……”思妤皱眉。

“可我一定得找到它。”

“找了这么久都没看到，只怕很难找到了。”高哲小声嘀咕。

思妤用手肘轻轻戳了戳高哲，示意他别说了。

“这样吧，您一路找得很辛苦，不如让工作人员先送您回家，如果我们找到了，会送回去给您的。”思妤想了想说。

“好，好，那就拜托你们啦。”老太太满眼希冀地看着他们。

工作人员带着老太太，上了景区的小巴车，高哲和思妤看着小巴车的影子渐行渐远。

“你真的觉得能找到吗？”高哲问。

“不试试怎么知道呢？”思妤回答，“快开始找吧。”

她蹲在地上，开始一点一点检查栈桥的缝隙，一直延伸到了树林中。

“好像栈道上确实没有。”思妤自言自语。

她走到树林中的时候，抬头看了一眼，高哲竟然站在一边，没有动身去找。

“站着干吗？”思妤有点小郁闷。

“陪你一起找呢。”

“你是不是觉得，我肯定找不到？”

“只是觉得希望不大吧。”高哲转开眼神。

“我知道你肯定觉得找不到，那我们打个赌好不好？”思妤笑眯眯地看着男友。

“怎样的赌？”

“我相信，没有什么事情是做不到的，就看你有多大决心了。就赌这次项链找不找得到吧。”

“好，赌什么？”高哲宠溺地笑了笑。

“就赌……”

高哲的手机此刻非常不应景地响了起来，他掏出手机，皱了下眉头。“抱歉思妤，稍等一下。”

还是卓定鑫发的短信，质问他投资的情况。高哲回复：“明天是一号，会出每个月的总结，如果你不满意结果，再问我怎么做吧。”

高哲回复完，朝思妤走来，眼睛还紧紧地盯着手机。

思妤看着低头看手机的高哲，叹了口气：“哎，你又在忙公司的事情吗？”

高哲一边看手机，一边不紧不慢地说：“没什么事，如果有工作离不开我，我都不会出来，不用管他们。”

思妤禁不住抱怨：“搞金融的简直就是24小时工作制，而且事情又多，一点都不能判断失误。”她说着，唉声叹气起来。想到自己刚刚开始投入金融行业，只实习了三个月就受不了了，只能草草离开。

思妤一边抱怨着，一边在路边走着，猜想着老太太行走的路线。

突然，一处微弱的反光映入了她的眼帘。思妤“咦”了一声：“那是什么东西？我好像看到林子里有什么东西在发光。”

高哲失笑道：“你找花眼了吧，林子里能有什么东西发光？”

思妤恍然大悟：“是项链的反光！”

思妤和高哲沿着反光走进树林，在一根树枝上找到了丢失的项链。

果然是落日的余晖照到了项链上，反射出来的光被思妤看见了。

思妤兴高采烈地说：“幸好太阳照到了这串项链，要是丢在土里埋了起来，我们肯定找不到。多亏了这茂密的针叶林。”

高哲眯了眯眼，说道：“说起针叶林啊，我想到了我小时候的故事。”

思妤不禁好奇，问他：“哦？你和这片针叶林还有故事吗？”

高哲笑道：“不是这片针叶林，而是我家附近的那一片……”

思妤被他逗笑，被毛绒围巾簇拥的清丽脸庞染上淡淡的红晕，一如洒在雪地上的余晖。

第三章
黄金之城

温哥华，海滨。

思妤赤着双脚站在沙滩上，一手撩着被风吹乱的长发，一边讲着流利的英文，对身后帮她提着鞋子的高哲粲然一笑。

“Dr.Luo，that’s all my presentation……”

“Impressive！”高哲鼓掌，“思妤，你的 tutor 若不是聋的，那便一定能过关了。”

郑思妤莞尔道：“过关并不是目的，还望 professor 能够多给些学分呐。”

高哲一哂道：“这学期你已说了三次这话，明明还有一次便能顺利毕业，便安心当你的高太太，何必次次都如此精益求精呢？”

思妤没好气地瞪了他一眼：“谁要当你的高太太便让她当去……”她见高哲言笑晏晏，心里边还是欢喜的，只盼能和心上人多待几日，便扯过他的袖角，问道：“你的机票能否改晚些，看我做完这次 presentation 再走？”

高哲捏捏她的鼻尖，笑而不语。

思妤便有些失望，还是笑道：“算了，你这大忙人能陪我这一趟，已是很不错了，一会儿早些去吃饭，吃完就赶紧去机场吧。”

二人刚驱车从海滩出发，思妤便被同学叫走了。

高哲送完她便干脆开车去了机场。途中，潘力晨恰好打电话来。他停在路边，面无表情地听助理汇报，冷淡地回了句：“知道了，马上回来。”

布拉格，彼列基金总部。

贺天生与章明晞坐在真皮沙发椅上，看着面前如获至宝的彼列基金亚洲区代理人，面上露出志在必得的微笑。

代理人是位有着精明灰绿色眼眸的犹太人，一面欣赏手中的画作，一面啧啧称赞道：“Mr. He，你们季生果然手段非凡，连这样的非卖品都能拿到。”

贺天生摆了摆手。那幅画作正是他与卓定垚在艺术馆拿到的那幅《双人舞》。他一边保持着谦卑的风度，一边望了眼章明晞。

后者心领神会，绽开笑容道："先生过奖了，不过季生集团的影响力还远远不止这些。不知道您对'黄金城'项目是否感兴趣呢？"

代理人哈哈大笑道："Mrs.Zhang, 您的直白真令人心动。"他目光一转，审视着贺天生道："我早就听说，'黄金城'还是被季生收入囊中，不过……"

贺天生八风不动，眼神莫测。章明晞则难以掩饰紧张，身体微微前倾。

代理人耸了耸肩。"彼列对'黄金城'没有什么兴趣，如果贵公司考虑投资博物馆……"他的视线又转回那幅画作，眼中毫不掩饰欣赏之意，"那我们一定会成为好伙伴。"

章明晞急了。"您为什么不看好'黄金城'？要知道，现在经过了一轮媒体的炒作，该项目的投资回报率至少达到100%……"

"好了。"贺天生站起身，打断了章明晞的游说。

他望着犹太人的绿眼睛，短促有力地问："彼列究竟对香港的哪个项目感兴趣？"

代理人笑了。"贺生，你应该听过一句古话，'君子不立危墙之下'。"

这下不仅是章明晞，连贺天生的神情都有所变化。

代理人放下那幅画，朝他们笑笑。"香港弹丸之地，那些行业内的大佬跺跺脚就会引起整个市场动荡，更何况……"他望着贺天生，"一位巨人就要倒下了，任何躲避不及的人，只会被压成齑粉。"

章明晞与贺天生对视一眼，双目之中俱是悚然。

良久，章明晞轻声唤道："阿生……"

贺天生再次打断她，回头朝代理人点头示意："告辞，希望您能好好收藏这幅画。"

代理人笑眯眯地点头，将他们送出办公室，又端详了那幅画许久。

贺天生带着章明晞走出彼列的总部，一言不发地拉开车门，坐在后座。章明晞叹了口气，坐上副驾，吩咐司机开车。

布拉格有个他们常去的教堂，章明晞曾告诉贺天生，她希望在这里举办婚礼。虽然这里不大，也不华美，但是教堂门口生长着一片非常漂亮的蓝色矢车菊，可以用来装点她的捧花。

在教堂里耶稣受难的十字架前，贺天生和章明晞端坐，过道仿佛一条天堑将他们隔开。

章明晞率先打破沉默：“你在香港布置了那么久，‘黄金城’的企划是势在必得的。季生现在的股价下跌只是假象，等到跟我们抢‘黄金城’的对手被抓，万学礼就只能选择跟我们合作了，届时还能压他的价格，季生的股票只会疯长……彼列放着钱不赚，难道真的知道什么内幕？”

贺天生一路沉思，神情凝重，此刻微微点头，道：“能在彼列做到这个位置的，都不是等闲之辈。在香港能称得上是‘巨人’的，也就那么几家了。”

章明晞“啊”了一声：“难道是方……”

贺天生颔首：“看来我们想的一样，正是香港首富，方松荫。”

与此同时，香港深水埗街头。

方泽雨看着被街坊簇拥的程凯，长长吁了口气，高档 POLO 衫已经被汗渍浸湿。虽然他与程凯相识不短，但来这种市井之地的次数屈指可数。白花花的阳光混合着汗味一阵阵袭来，让他有些头晕目眩。

程凯一手拿着他的新款手机，另一手提着一个模样奇怪的袋子，口沫横飞地对围观街坊讲着：“这是美国苹果公司研发的最新手机，当今最潮的 iPhone，它不用换电池，只能充电！因此为了迎接新手机的时代，我设计了这款跨时代新科技产品——充电池！”

他将 iPhone 举到众人面前，这时手机忽然震动起来，屏幕上跳出“定垚”两个字。程凯不耐烦地挂掉，继续讲解：“未来这样的手机每个人都会有一台，因此人人都需要这样的充电池！大家现在每人投资个几万，咱们众筹，到时候赚到钱再分给大家！”

街坊们议论纷纷，有个阿婶说了句“这个电池怎么像个尿袋似的”，引起周围一阵哄笑。

芥蓝强排众而出，指着手机说：“这个手机都没有电池可以换，而且整个像块肥皂，还没有天线，怎么会有人带肥皂出门呐？”

人群中发出笑声，程凯却不以为忤，回身招呼小慧给大家演示 iPhone。他两眼放光，兴奋地说：“这台手机一定会成功的，到时候我的充电池也会风靡！”

芥蓝强接过小慧手中的 iPhone，一脸狐疑地摆弄着。“这什么风的手机，怎么连按键都没有，那怎么打电话传短信呐？哇，你不要骗我这是有钱人的手机，我见过人家有钱人的手机，很多键的，叫什么草莓还是蓝莓的。”

小慧忍住笑，说：“强叔，那叫黑莓，BlackBerry。”

芥蓝强连连点头道："对对，就是黑莓！"他手里的手机再次震动起来，芥蓝强吓了一跳，在手机屏幕上擦来擦去，但屏幕上就只有一个电池的图标在闪烁。

程凯连忙接过 iPhone，大声说："呐，这电话接不了，说明就是没电了！正好我给大家演示一下我的电池是如何充电的！"

手机屏幕一闪一闪，锲而不舍地亮着定垚的名字，却被程凯无情挂断。他兴奋地把手机接在自己怪模怪样的充电池上。忽然传来砰的一声，把周围人都吓了一跳。小慧捂着胸口一脸惊恐，只见电池冒着青烟，竟然爆炸了！

"有没有搞错啊阿凯，你这哪是充电池，明明是个大炮仗来的！"人们一哄而散，剩下灰头土脸的程凯。

方泽雨闻声而至，见状连忙接过自己的手机，心疼地说："喂，我这可是最新款的 iPhone，整个香港都没有上市的，要是被你搞烂了，又要挨爷爷骂了！"

程凯龇牙一笑，道："放心吧，怎么会搞烂？小慧都说了，电池还不够稳定。搞科研嘛，怎么可能没点风险？现在只是借你手机一用，后期包你赚到偷笑。"

方泽雨摇了摇头，叹道："没电了。"

程凯耸肩道："没电正好，你就有理由不听那个富家女的电话了。"

泽雨刚要开口，程凯忽然一指他背后，笑道："说曹操曹操到，这下你也不用充电了，回见！"

方泽雨转头，一脸愕然地看着朝他微笑的卓定垚和眉头紧皱的好闺蜜丽瞳。

丽瞳抱着胳膊，满脸嫌恶地拉了拉定垚，说："Leslie，你干吗要亲自来这种地方找他，烟熏火燎的。"

卓定垚看着方泽雨手中黑屏的 iPhone，恍然道："原来你的手机没电了，我说怎么总是占线。"

方泽雨咧嘴一笑，不好意思地说："对啊，被阿凯借去演示新发明的充电池，被用到没电了，真抱歉。"

卓定垚拿纸巾替他擦了擦额头上的汗，一手拉过他，道："先别说这些了，一会儿宴会就要开始了，我约了造型师，可不能迟到。"

方泽雨如梦初醒，拍了拍脑门道："我差点给忘了！还好有你记得……"

三人乘上卓定垚的座驾，渐渐驶离这条老街。道旁的建筑飞驰而过，破破烂烂的居民楼变成了一片盎然的绿色，间或掩映着高档别墅的铁花围栏。

高哲单手插在风衣口袋里，按了按车钥匙启动座驾，挂上蓝牙耳机，就迫不及待地拨给了潘力晨。

那头潘力晨唯唯诺诺地接起电话，老老实实地说："哲哥，你吩咐我查的文件已经有结果，稍后发到你 Email。"

高哲"嗯"了声，刚想挂断，被那边的潘力晨迟疑地喊住了。他皱了皱眉："还有什么事，说。"

"卓启堂要见你，今晚他会去一个慈善晚宴。"

高哲沉吟片刻，回答道："嗯，我知道了。"

第四章
慈善晚宴

香港，丽岛酒店大堂。

今晚聚集在丽岛酒店的都是香港各界的名流，绅士们挽着女伴，三三两两聚集在一起，衣香鬓影、觥筹交错间，仿若一个灿金色的迷梦。

这时门口传来一阵小小的骚动，众人的目光都向外投去，记者的长枪短炮也对准了那个方向。

有个戴眼镜的年轻记者捅了捅旁边的前辈，问道："这两人容貌也不甚出众，为何大家都在议论纷纷啊？"

前辈压低声音说："眼镜仔，一看你就没用心做功课！这二人是季生集团的老板跟老板娘，前段时间因为'黄金城'的投资，全港都闹得沸沸扬扬的，就是因为他们了。现在问题完美解决，贺天生的身价也涨了不少，很多双眼睛都在盯着他们呢。"

章明晞挽着贺天生，优雅得体地跟熟人打招呼，一边悄声问贺天生："今晚方松荫会来么？"

贺天生端起侍应生盘子里的香槟，不以为意地说："他本尊自然是不会到的，方泽雨应该会来。"

说曹操曹操到，卓定垚和方泽雨出现在酒店门口时，整个大堂的目光都被吸引过去，人们的惊叹声此起彼伏。

定垚将长发松松挽起，两鬓垂着几缕发丝，露出光洁额头，发饰上的流苏绕过耳后，坠下一颗钻石镶嵌的水滴，修长白皙的脖颈上戴着同款钻饰，一袭香槟色礼服裙，整个人似乎都散发着光晕。

方泽雨穿着一袭黑色燕尾服，挽着卓定垚，从领结到袖口一丝不乱，露出爽朗笑容。二人站在一起非常般配，货真价实一对璧人，谋杀了无数菲林。已经可以想见明天各大报刊的头条都会是他们携手款款而来的样子。

跟在他们后面的是身着一袭酒红色低胸礼裙的丽瞳和她的明星男友，有了方卓二人珠玉在前，她的入场就难免有些失色了。但她丝毫不以为忤，非常积极地冲镜头挥着手，一副大明星的姿态。记者难得碰见如此配合的宾客，一时镁光灯也是闪个不停。

随后进场的是卓启堂，他带着卓定鑫和卓定森走进会场，见到记者都会客气打招呼。卓氏父子都是商界精英，卓家兄弟二人经过之处，女宾都纷纷整理起了仪容。他二人都是香港有名的钻石王老五，嫁入卓家也是不少女人的梦想。

卓定垚挽着泽雨迎了上去，笑着打招呼道："爸爸，大哥二哥，你们来啦。"

卓启堂笑眯眯地说："泽雨，好久不见。"

这时门口又是一阵骚动，众人回身望去。卓定鑫意味不明地笑了笑，道："泽雨，应该是方叔叔来了。"

一个相貌与方泽雨有几分相似的男人从宾利上下来。他长得堪称英俊，只不过面色青白，眼袋浮肿，一副纵欲过度的样子。白色西服搭配着丝绸衬衣，颈上系了一条花里胡哨的方巾，正是香港首富方松荫的儿子，方泽雨的父亲，方孝聪。

方孝聪轻佻地吹了个口哨，一个高挑的混血女人从车里钻了出来，身材性感惹火，一袭露背的黑色旗袍，裙摆开叉开到了大腿根。而且胸口是一片布料轻薄的黑纱，隐隐露出迷人的沟壑。

他搂着女人，大大方方地走到镜头前，对于记者的问题毫不避讳，笑道："这是我的新女友乔瑟琳，我们刚从法国的天体海滩度假回来。"

方泽雨的脸上现出一丝阴霾。他看了一眼卓氏父子，立马又挂起笑容，礼貌地说："卓叔叔，定鑫哥，定森哥，我失陪一下。"便朝方孝聪走去。

他的手紧紧握成了拳头，走到方孝聪面前时，深吸了一口气，才慢慢松开，唤了声："父亲……"

方孝聪转身看见他，很是开心地招手让他过来，一手搂着一个给记者拍合影。

也许见他这么配合，记者胆子也大了，从相机后抬起头，问方孝聪："请问方先生，方老先生自从病后已经休养了一年，今天还是没来出席慈善晚宴，是否身体还是不济呢？"

方孝聪不以为意地摆摆手道："我老爸年纪大了，一天黑就睡觉了，哪里都不去。来，你再来给我们多拍几张。"

方泽雨皱眉，却还是换上得体笑容，朝记者道："祖父身体已经痊愈，只是他老人家喜欢清静，但是天荫对于慈善事业一直都是大力支持的，感谢各位媒体朋友的关心。”

方孝聪自觉有些失言，底气便没方才那么足了，径自搂着女伴去花天酒地了。

另一边卓家四人也在记者的要求下合影，气氛很是融洽。方泽雨朝他们走了两步，又想到方孝聪的轻佻模样，不禁心绪起伏，暗暗叹了口气。

宴过三巡，卓启堂正在与身边宾客说话时，忽然一名服务生凑在他耳边说了句话。卓启堂抬头望过去，只见会场边缘，一袭银灰色西装的高哲靠在墙边，朝他举了举酒杯。

卓启堂转头说了句“失陪一下”，又望了眼定鑫和定森，二人便跟着他起身，穿过会场来到走廊上。

卓定鑫看见高哲，有些惊讶地与定森对视一眼，却还是客气地打了个招呼道：“高先生，月结单我昨天已经收到了，数字很让人满意，辛苦了。”

高哲点点头，立刻转向卓启堂，正色道：“我想，有些事情还是比较适合单独跟卓先生商讨。”

定鑫和定森脸色一变，刚要发作，却被卓启堂一个手势按下。“你们先进去吧，我和高先生随后就到。”

二人离开后，卓启堂有些抱歉地对高哲说：“阿哲，我的儿子们对公司太在意，希望你不要介怀。我让你全权负责公司的资金运转，当然是完全相信你的，定鑫怎么会不明白这个道理，他的态度不好，回头我会教训他，希望你也不要放在心上。”

高哲的面色有所缓和，低声道：“卓先生，我没有放在心上，只是有一件关于傲堂的非常重要的事情，这里不方便说话，明天到公司了再跟您商量。”

卓启堂脸色变了，但只有一瞬，又立马转换成好好先生的笑容，道：“好，具体时间我让助理给你去电，咱们今晚就先 enjoy 这个酒会吧！”

高哲抬手看了看表，点头道：“那我先失陪了，卓先生代我向二位公子和卓小姐问好。”

卓启堂笑呵呵地挥挥手，望着高哲离去的背影，面色渐渐变得凝重。

另一头，宴会厅外的休息室里，定垚拉着泽雨坐在沙发上，吁了口气道：“方才跟我们打招呼那两位是谁啊？我都叫不上名字，好生尴尬。”

方泽雨点了点她的鼻尖，有些无奈地说：“你呀，好歹也是卓家人，联投地产的陈先生你都不认识。还有之前问起你首饰的任太太、刘太太，她们的先生都是金谷证券的，跟陈先生最是合不来，下次你切忌在他面前提起他们。”

定垚吐了吐舌头，摇晃着泽雨的手臂，撒娇道："我哪记得住这么多人呐。"

"所以说，有我这个'外交官'替你应付呐，"方泽雨宠溺一笑，"你只需要站在我旁边貌美如花就好了。"

这时章明晞从补妆间出来，见二人神情亲密，主动上前招呼。

定垚对她还是熟识的，于是开心微笑，问道："贺先生送你的那幅画，还喜欢吗？"

章明晞也笑道："天生告诉我，要不是卓小姐，他也拿不到那幅画，叫我当面谢你呢。"又转向方泽雨，关切问道："方老先生身体还好？本以为今晚有机会见到他老人家的。"

方泽雨也知道她的身份，于是客气地答道："祖父他一贯喜静，不想来喧闹的场合，但是早茶时分能见到你的话，他一定会很开心的。"

章明晞感激地点点头，夸赞道："卓小姐这身晚礼服着实是光彩照人，连这钻石项链也要黯然失色了。"说完眼珠子一转，含笑望着方泽雨。

卓定垚大笑道："明晞姐这么说，泽雨要伤心了。我这条裙子就是为了配这条项链呢！而且还多亏了明晞姐帮他挑款。"

章明晞摇头叹息道："他还是这么不会哄女孩子，就不能说是自己挑的吗？"

卓定垚微笑道："泽雨知道我不喜欢别人骗我。再说了，既然是他出的钱，也算自己买给我的了。论眼光当然还是明晞姐更好，这条可是我最钟爱的项链。"她顿了顿，又好奇地问道："对了，泽雨说他也去专卖店问过，这条项链很早就卖光了，都不知道明晞姐是怎么找到的。"

章明晞淡然一笑道："如果你非常想要一件东西，自然是可以得到的，只看自己意愿是否强烈了。"

卓定垚若有所思道："明晞姐一席话，当真是很多人的指路明灯了。如果真的想要，自然是能得到的……"她想起了自己在布拉格街头，旋转的街景和散落各处的白鸽，人们的掌声与赞叹。

那就是她真正想要的。

第五章 暗流涌动

晚宴翌日，傲堂证券大楼。

位于大厦顶楼的卓启堂办公室里，高哲与卓启堂相对而坐，面前的两杯咖啡早已凉透。

见高哲眉头紧皱，卓启堂出言宽慰道："阿哲，你也不要太担心，傲堂建立这么多年也是见惯了风浪的，不是温室里的花朵。"

高哲摇了摇头，道："卓先生，目前情况确实不乐观，根据目前市场的情况来看，我建议您精简公司的架构，削减成本。另外在未来半年内，买地计划和大型的项目都要控制一下，少做投资，将资金尽量留在公司。"

卓启堂有些迟疑。"可是我们不买地皮，其他人还是会炒地的。"

高哲把手提电脑推到卓启堂面前，上面正是他临走前让潘力晨调查的美国市场现状。

"美国次贷危机的爆发，已经影响到了各大投行，连房利美和房贷美这种巨头都出现了危机，市场已经非常动荡了，很大概率会影响到全球。而香港，首当其冲。"

"这些情况我都有留意过，可美国政府不是已经采取行动救市了吗？"卓启堂仍然不能理解高哲如此强烈的危机感。

"美国政府确实会扶持一部分出问题的企业，但他们能救多少呢？再说了，美国政府也不是慈善机构，不会这么一直救下去，为了杀一儆百，可能会有大量的投资机构破产……"高哲身体前倾，"这时候的下跌会是断崖式的，不仅是美国市场，全球的市场都会被金融海啸波及。如果傲堂不及时筑好防波堤，只怕到时候会尸骨无存。"

卓启堂神情凝重，站起身对高哲说："我相信你的判断，但是这时候用裁员来缩减成本，会让人心涣散。我会想别的方法缩减成本，务必要在不裁人的情况下，带领公司度过此次危机。因此……"他一只手搭在同样站起身的高哲肩上。

“阿哲，你要帮我。”

与此同时，布置风雅的陆羽茶室中。

永祥扶着方松荫准时出现，茶室经理及侍应生立马上前殷勤地推门接引。方松荫在铺好茶布与餐具的桌前坐下，侍应生刚打算离开，却见他盯着桌上的餐具，眉头微微皱起。

永祥会意，轻声叫住侍应生，让他将桌上的餐具摆正。方松荫这才端起茶杯，轻抿一口。

嗒嗒的高跟鞋声渐近，室内众人循声望去，只见卓定垚挽着方泽雨，言笑晏晏地迈进茶室。

方松荫见到卓定垚，立刻变成了慈眉善目的老阿公，倾身与她轻轻拥抱，又吩咐侍应添茶摆餐具，连方泽雨这个亲孙都被冷落在一边。

卓定垚坐定，拿出一个精致的纸袋递给方松荫，笑道：“阿公，这是我从布拉格带回来的茶叶，一会儿叫他们泡了给您尝尝。”

方松荫笑眯眯地接过，道：“知道阿公喜欢喝茶，定垚有心了。”

方泽雨有些无奈地接过话头，道：“说了爷爷只喜欢普洱，她又不肯听。”

卓定垚满不在乎地晃了晃茶杯，说：“虽然阿公上了年纪，但也不代表他是老古板，不能接受新事物的。”

方松荫点了点头，笑道：“既然你这么说，阿公一定会试试的。”又转向泽雨，笑问：“怎么今天带着女朋友来陪阿公喝茶呐？”

方泽雨乖巧一笑，道：“爷爷那么喜欢定垚，孙儿陪爷爷喝茶不是天经地义的吗？”

方松荫伸手指着他，没好气地说：“你呀，说吧，又要求什么来了？”

泽雨拿出 iPhone，郑重地说：“这次我可是带着项目来的。我和阿凯研制了一款充电用的电池，专门用来给苹果手机充电。如果投资成功的话，既能方便大家，到时候爷爷想叫我来陪您喝茶也不用怕手机没电了。”

方松荫沉吟片刻，没有问他，而是转向卓定垚，问：“你知道他搞的这个项目么？”

定垚点点头，道：“知道是知道，但是他那个朋友，我不太了解……”方泽雨暗自皱眉，结果她话头一转，状似无意地说：“不过那个 iPhone 我试了试，功能真的蛮新颖，只是电量很容易用光啊。”

方松荫想了想，说：“既然是你自己的项目，那我给你三天时间，写一份企划书给我吧。”

方泽雨大喜过望，捏了捏定垚的手，道：“好的，一定不会让爷爷失望！”

见他这么开心，方松荫也露出微笑，拉过卓定垚，道：“好了，你们回酒店吃早餐吧，这里的点心不合定垚胃口，压根就没吃几口。”

茶室经理冷汗涔涔，刚想上前赔罪，被永祥拉住，恭谨地说：“老爷，孙少爷，卓小姐，我已经在枫亭定了早茶，卓小姐爱吃那里的虾饺，这就可以送他们二位过去。”

方松荫点点头，道：“是了，难为你还记得定垚的口味。”

方泽雨和卓定垚起身告辞，离开茶室。

他们在走廊上，迎面便撞见了方孝聪和他的助理郭志昌。前者一副宿醉未醒的样子，隐隐还能闻见酒味，而可怜的助理还在兢兢业业地向他汇报。

方孝聪看见泽雨二人，没心没肺地笑了起来，调笑道：“哟，泽雨这么早就来陪老爷子喝茶啦？定垚也是，越变越漂亮了。”

听得方泽雨眉头直皱，忍不住拉过他说：“爷爷不高兴您迟到的，进去之后谨言慎行。”

方孝聪拂开他，不耐烦地说：“放心吧，老爷子的脾气我知道的。”便大步流星地跨进门。

方泽雨叹了口气，牵起定垚，说：“走吧。”

另边厢方孝聪也并没有他想象中那么好过关，方松荫自他进门起，正眼都没有看他。他只好自行拉开凳子坐下，刚端起面前的茶盏，方松荫的话声就到了。

“想必你最近是太忙了，连这个家都不愿回了？”

方孝聪立马放下茶盏，大气都不敢出。

方松荫觑他一眼，道：“公司的情况你都晓得？”

方孝聪一激灵，暗自庆幸早就叫助理给他准备了资料，于是一五一十开始背书。孰料老爷子忽然打断他，道：“上次化妆品代理的项目，你谈妥了吗？”

方孝聪立马接话，满脸堆笑道：“自然是早就谈妥了，还找到了时下最火的女明星邱曼给咱们做代言！”

“哐”的一声，方松荫将茶杯磕在桌上，冷声道：“你知不知道最近这个品牌闹出有产品致人水银中毒？你的助理没有给你准备好公关稿吗？”

方孝聪大气都不敢出。

方松荫叹了口气，慢悠悠地说："阿聪啊，手下人分为两种类型，一种是当你犯了错事，他们会去帮你弥补；而另一种，在你犯错之前就会提醒你，避免你多走弯路。这两种人该用哪种，你自己想清楚。"

方孝聪听完，自觉矛头已经不是对着自己了，连忙打圆场道："我知道了，爸爸，来来，多吃些点心吧！"

谁知方松荫并不买账，冷言道："这都几点钟了，还吃？你不用工作的吗？反正我是约了人，你先走吧。"

方孝聪自讨没趣，悻悻地放下筷子，带着助理走了。

走廊上竟迎面碰到了前来拜访方老爷子的章明晞，方孝聪心情正糟糕，想也不想便嘀咕了句："老爷子这一天天的，见的都是什么货色。"便头也不回地走了。

章明晞面色不变。她跨进茶室，还未落座，先摸了摸茶壶，便皱眉道："这茶都冷了，快去换壶热的来。"

经理连忙将茶壶撤了下去。方松荫看着章明晞，笑眯眯地说："多日不见，明晞倒是颇有女强人的风采。"

章明晞笑着说："那还不是托您的福……"话音未落，看见桌子上吃剩的炒面，又担忧地说："您有高血压，这样油腻的食物还是少吃为好。"又拿出一个精致的小竹篮，道："这是我托人从乡下买来的野蜂蜜，前两天听您说话咳嗽，特地带来给您泡水润喉。"

方松荫连忙接过，握着明晞的手，叹道："还是你细心妥帖，要是阿聪有你一半能干，我就能安心闭眼了。"

章明晞连忙宽慰他道："其实聪少爷很聪明的，只是年轻欠缺些经验，历练一些时日就好了。"

方松荫摆摆手，道："你不用安慰我，我了解他。唉，真羡慕卓启堂，两个儿子都能继承家业，女儿也优秀。"

章明晞嘴角微弯，状似不经意地问："说到卓氏，我最近收到风声，说是傲堂叫停了好几个项目，不知道是不是他们内部出了什么问题呢。"

方松荫一怔，道："启堂怎么从未跟我提起？"

章明晞有些担忧地说："目前市场形势不是太稳定，傲堂证券也是香港第二把交椅，要是出了什么事影响到天荫就不好了。"

方松荫拍拍她的手背，笑道："你这个丫头，还挺会替我们操心的。放心吧，我方家怎么说也是香港首富，比傲堂根基稳健。大家这么多年朋友，万一傲堂出什么事，天荫也不会坐视不理的。再说了，傲堂既有码头，又有这么多资产，什么浪也掀不翻的。”

章明晞抚了抚胸口，一副惊魂甫定的样子，笑道：“您这么说我就安心了。对了，泽雨少爷与卓小姐的婚期定了吗？前阵子在酒会上见到他们，真可谓是天造地设一对璧人……”

方松荫的注意力立马从傲堂的事上转移开了，笑呵呵地拉着她的手看黄历，并未察觉到她的若有所思。

二人闲聊了一会，章明晞起身告辞，方松荫吩咐永祥亲自去送，被她婉拒了。

章明晞坐进车里，对永祥挥了挥手，摇上车窗，面色便冷了下来，吩咐道：“回公司，我要马上见到天生。”

第六章
螳螂捕蝉

季生集团大楼，总裁办公室。

章明晞坐在沙发上向贺天生汇报自己探听的情况。“方松荫好像并不清楚卓家收拢资金的举动，也并不认为天荫会出现什么问题。”

贺天生冷笑一声，道：“可不是，方孝聪接管天荫的这一年，买了多少外汇累计期权？放在之前的方家，这种东西是碰都不会碰的，何况一次性投进这么多资金。”

章明晞皱眉道：“没错，我之前在天荫做事的时候，方松荫就说过，像天荫这样的庞然大物，每走一步都要更小心，没道理去买风险这么高的投资，他一定是被蒙在鼓里了！”

贺天生目光锐利，冷声说：“一旦美国市场出事，这些外汇期权就是一颗定时炸弹，随时都会大跌。所以彼列早就知道了，他们就是要等方家这个巨人倒下，他们这是要吞掉香港首富。”

章明晞望着贺天生的神情变了，有些紧张地问：“天生，你在想什么？”

贺天生从玻璃窗俯瞰整个都市，仿佛一匹狼露出了獠牙，道：“我在想，既然要吃，为什么要让给彼列吃，而不是我们季生呢？”

章明晞倒吸一口冷气，还是冷静地说：“方家根基深厚，就算方孝聪乱买期权，也不一定能把天荫拖垮。”

贺天生背对着她看不清表情，但是声音充满愉悦，“那么问题就在于，方孝聪买了多少外汇期权能够拖垮方家了……”他转过身，揽着章明晞的双肩，“你是担心我们不够本吃掉天荫？只要我们想吃，就一定能吃下。”

他笑道：“我对季生，非常有信心。”

英国会俱乐部，贺天生约了英资商人万学礼打高尔夫，但他本身并不喜欢高尔夫球。

他追求效率，谈生意如同热刀切黄油，又快又狠。

贺天生击球的姿势标准而生硬，鼻尖渗下一滴汗，瞄准了球洞——孰料那颗球轻轻从洞边滚过，嘲讽似的停在不足几厘米远的地方。

万学礼哈哈一笑，不紧不慢地推球入洞，把球杆架在肩上，走回场边。

贺天生鼓掌，球童殷勤地递上毛巾擦汗，万学礼随手给他扔了张大钞，笑眯眯望着贺天生道："贺先生，承让了。"

他戴着渔夫帽和墨镜，穿着件 Playboy 的旧 T 恤，大咧咧跷着腿，最夸张的是脚下蹬了双人字拖，跟穿着名牌 Polo 衫又精心喷了发胶和运动香水的贺天生相比，显得悠闲而从容。

"万先生球技精湛，果然是百闻不如一见。"贺天生给他递了瓶运动饮料，衷心夸赞道。

万学礼笑呵呵地，也不谦虚，"我这人没什么优点，唯独耐心还不错。打高尔夫呢，最重要的就是有耐心了，贺先生到底还是年轻呐。不过……"他拧开瓶盖喝了口水，"贺先生接触高尔夫的时间想必也不久，能有这样的水平已经很不错了。"

贺天生对他的暗讽丝毫不介怀，非常诚恳地说："我打球确实没有万先生的好耐性，但是做生意呢，最讲究当机立断，好比'黄金城'这个项目，一旦被人占了先机，就只剩下喝西北风的份了。"

万学礼手上一顿，眼珠子转了转，笑道："我看贺先生最近好似'空中飞人'，还以为这项目要打水漂了呢。"

贺天生调整了一下姿势，表情变得专注，道："这个项目是季生势在必得的，目前所有的工程都会如期进行，因此留给投资方犹豫的时间也不多了。"

万学礼眼光一闪，仍是波澜不惊地说："是吗，我怎么听说连彼列都推迟了两个月，看不看好这个项目，还是两说吧？"

贺天生自信一笑，道："万先生跟彼列基金打交道多吗？他们不看好的项目，别说两个月了，就是一年也未必会投资。现在人人都在'北望神州'，越是不被看好的市场，越是存在着机会，想必这个道理，万先生不会不明白。内地近几年发展得这么快，咱们现在不分一杯羹，日后怕是更没有这个机会了。"

他神情坦荡，仿佛是真心替万学礼考虑。后者却不为所动，还是笑得一团和气，站起身，道："我相信贺先生的毅力，这个项目我也会仔细考虑……"一副想要失陪的模样，结果他抬眼一瞟，正好看见两个人往里走，不禁又站住了脚，堆起满脸的笑容。

"二位卓少，你们终于来啦。"万学礼笑眯眯地说，"工作可都还好？一会儿卓先生过来，我要和他好好叙叙旧。”

卓定鑫与卓定森对视一眼，还是定鑫开口道：“多谢万先生关心，傲堂的业务我们基本都摸透了，一切都顺利……只是家父有个重要的会议需要参加，一时半会儿可能来不了。”

万学礼重新坐回椅子，有些掩饰不住的失望。他望向进门处，期待着卓启堂的身影，结果进门是个纤细窈窕的人影，他眼睛一亮，迎了上去。

“定垚小姐，快来坐坐，回国之后一切可还习惯？”

卓定垚有些怏怏不乐，勉强挤出一丝微笑和他打招呼。

于是万学礼善解人意地没有再问她，而是转向定鑫，后者笑道：“本来今天还约了泽雨，结果这小子放了定垚鸽子。”

卓定垚轻叹一声，道：“反正我马上也要回英国上学，只想着多见他几面而已。”

万学礼很是惊讶地“哦”了一声，道：“英国的艺术学院是出了名的难考，想不到你这么厉害……还有，定垚你一个小姑娘身在异国他乡，要是碰见什么麻烦事，只管来找我好了。我有好几个项目在英国，对那边很熟悉的。”

卓定垚礼貌地点点头，向他道谢：“我经常一个人出国的，四处走走感觉收获很大，也学会好好照顾自己了。”她转头望向两个哥哥，有些担忧地问：“爸爸会答应我去学舞蹈么？”

“放心吧，卓先生不是那种不开化的家长，一定会认同你的。”却是一直默默无闻的贺天生接过话头，朝她爽朗一笑。

卓定垚看见他，眼睛一亮，道：“希望是这样呀，不过好像明晞姐说的，只要很想很想要，那么自然会得到的。”说完与贺天生相视一笑，仿佛交换了某个不为人知的秘密。

另一边万学礼的表情就很好看了。他望着两人的笑脸，几乎就要绷不住了。

贺天生却似毫无所觉，简单寒暄了两句就要告辞，临走时对万学礼晃了晃手机。

“万先生，考虑好了的话打给我。”

他离开了这个气氛诡异的包厢，司机早就在门口等候。贺天生把球具扔进后座，烦躁地扯了扯领子，说：“回公司。”

章明晞早就在办公室等他了，全身黑色的工作套裙，像一个静默而冷酷的士兵。

贺天生刚刚坐下，立刻前倾了身子，对她说："我知道万学礼为什么一直拖着黄金城的投资了，他是想搭上卓启堂，利用傲堂在内地的关系发展。如果没有了傲堂，他就只能选择投资黄金城，跟我们合作，才能在大中华市场分上一杯羹了。"

章明晞递给他一块温热的毛巾敷脸，不紧不慢地说："最关键的是，万学礼还不知道'黄金城'延后动工的事，只要他的资金如期到位，咱们就有本钱玩大一点了。"

贺天生脸上搭着毛巾，温热的触感很好地缓解了疲惫，他舒服地叹了口气，道："方孝聪那边怎么样？"

章明晞噙着笑道："放心，方松荫的这个儿子，从来都不会让我们失望。"

此时此刻，方孝聪正在丽岛酒店与一群靓模玩乐，一眼望去肤色各异，环肥燕瘦。其中最为高挑惹眼的还是乔瑟琳，被他带到慈善晚宴上的那位"正牌女友"。

她从泳池里爬上来，甩着半湿的头发，泳衣上的薄纱湿透了贴在身上，勾勒出曼妙的曲线。她坐到方孝聪旁边的沙滩椅上，拿起一杯香槟，金色酒液与她的眸子几乎同色，璀璨而奢靡。

这时郭志昌急匆匆地走了进来，好容易挤进脂粉堆里，贴着方孝聪的耳朵窃窃私语了一阵。

方孝聪一脸不耐，正想挥手叫他滚出去，最后还是"公司"两个字唤回了他一点清醒的神智，把莺莺燕燕们留在了泳池边，自己披了件睡袍跟着郭志昌走进房间。

郭志昌见他刚刚面色潮红，精神亢奋，现在又呵欠连天，想必是听不进什么，也只能硬着头皮汇报。

方孝聪听完差点从椅子上跳起来，失声道："房利美、房贷美可能会倒？那我们之前买的累计期权岂不是全部都跌了？跌了多少！"

郭志昌嗫嚅道："两亿……而且经纪人催我们再加钱接货，但我们已经没有钱了。"

方孝聪眼前一黑。"两亿？不是叫你帮我看住的吗！这下该怎么办……"他瘫坐在椅子上，"怎么办，怎么办，这下只能向老爸摊牌了。"

郭志昌心里一凛，劝道："不可以啊，少爷，这件事情老爷不仅会追究您的责任，我们估计都得掉一层皮！"

而方孝聪已经六神无主了，质问道："那你说！你来告诉我该怎么办？！"

阿昌焦急道："其实市场低迷只是暂时的，这个时候您一定要顶住啊！房利美一旦倒下，整个美国的经济都完蛋了，所以美国政府不可能坐视不理的。所以您现在趁价格低买进更多期权，到时候市场一旦反弹咱们就翻身了！不仅能将这个窟窿填上，老爷还会夸您能干呐……"

这个建议让方孝聪眼前一亮，但旋又问道："好好好……可是，我手头已经没钱了，哪里来的钱接货呢？"

郭志昌笑了笑，道："您忘记了，现在天荫所有股份的调配权都在您手上，我们只要抵押一部分拿去套现，赚到钱之后补上资金的空缺，没有人会知道……"

方孝聪已经失去了思考的能力，向抓住了救命稻草一般拼命点头，催促道："快快，就按你说的办，赶紧把文件发过来让我签字！"

郭志昌连声应诺，退了出去，体贴地将门带上。方才的谦卑惶恐忽然消失不见，露出一个成竹在胸的微笑。

第七章
温室娇花

时间倒回几小时前，卓家。

卓定垚在卓启堂的房间门口徘徊了一阵子，终于下定决心敲门进去，结果一推才发现门是虚掩的，她从门口望进去，卓启堂竟然不在，只剩桌上的电脑发出幽幽蓝光。

她走了进去，鬼使神差地晃了晃鼠标。屏保的图案消失，屏幕上显示着一封邮件，赫然是她熟悉的标识：英国皇家舞蹈学院。

卓定垚一眼就看出，这封漂亮花体字写成的信件是一封感谢信，感 Mr.Zhuo 对学校的慷慨贡献……

她倒退两步，犹如一盆冷水当头浇下，连卓启堂进来都没听到。

“怎么了，定垚，这么晚来找我有事吗？”

卓启堂很宠爱这个女儿，而定垚性格独立，从小就不喜欢腻着他。

卓定垚转过头，眼里满是泪光，把他吓了一跳，连忙拿手绢给她拭泪，哄道：“这是怎么了，有人欺负你了？”

后者倒退一步，质问道：“爸爸，你捐钱给学校了？我的入学机会是你花钱买来的？”

卓启堂面色一滞，忙正色道：“你怎么会这么想呢，我只是为了帮助学校，顺便让你能够得偿夙愿，不是两全其美的好事么？再说了，如果你的水平达不到，爸爸捐再多钱又有什么用呢？”

卓定垚摇了摇头，哽咽道：“我今天来找你，本来就是想争取一下，让你同意我去英国学舞，因为这是我通过自己的努力挣来的机会，谁知，谁知……”

饶是卓启堂商场上身经百战的人物，面对女儿的眼泪也慌了手脚，连忙搂住定垚的肩膀，安慰道：“定垚，爸爸不是对你没信心，只是实在放心不下……你就当是爸爸为了支持女儿的梦想吧！好不好？”

卓定垚擦干眼泪，默然不语。她自小懂事，有同学因为富家女的身份对她出言奚落，她也不曾回来向父亲告状。但是如果可以的话，她是无比渴望脱离这个身份，自由自在实现自己梦想的。

离开了卓启堂的房间，卓定垚始终心绪难平。她纠结许久，还是拿起手机拨通了方泽雨的号码。

另一头，方泽雨待在小慧的电器铺里与程凯大眼瞪小眼，一身名牌休闲装与阴暗老旧的陈设格格不入。程凯一锤他的肩膀，不满地说："我说，你这个富二代混得也太差了，几百万都拿不出来，害得我们还要去求水喉佬。"

方泽雨苦笑道："我们要是不自己去筹这一百万，那后续的四百万也拿不到了。爷爷是为了历练我，我怎么能辜负他老人家的苦心呢？"

小慧在一边剪充电宝的片子剪到抓狂，惨叫道："你们两个能不能来个人帮帮忙！"

程凯非常自然地一推方泽雨，无良地道："上吧！高材生。"

后者无奈，倾身过去摆弄电脑。

这时方泽雨的手机忽然一震一震，上面赫然又是"定垚"两个字。程凯眼珠子一转，悄悄抽走手机，接了电话，捏着鼻子道："现在为您转接语音信箱，请在'嘀'声后留言……"

忽然手中一空，却是方泽雨抽走了手机，好整以暇地看着他。

听筒里传来卓定垚的轻笑声："好了程凯，别玩了，让泽雨接电话。"

于是方泽雨宝贝似的捧着手机，跑到一边角落里接电话去了。

程凯冷眼看着他挂了电话，对着窗玻璃整理了一下头发，掸了掸衣服上不存在的灰尘便匆匆出去了，嘟囔了一句："见色忘友的家伙。"

方泽雨一路小跑来到游乐场时，卓定垚已经坐在长椅上等他了，一袭连衣长裙温婉似水，黑发飘扬，见他过来不禁露出惊喜的微笑。

他气喘吁吁地从背后拿出准备好的纸袋，递给卓定垚："喏，打开看看。"

后者抽了抽鼻子，微笑道："唔，四元里的钵仔糕，难为你这么晚了还去买。"

方泽雨不好意思地摸了摸后脑勺，道："我刚去的时候他们正准备打烊了，这一份还是从别人手里高价买来的呢。你知道的，我现在正在创业，手头也不宽裕，你该怎么奖励我好？"

卓定垚不禁莞尔，脸颊微红凑过去亲了他一下，立马低头拆钵仔糕的袋子。

这下轮到方泽雨手足无措了，两人相视，俱是忍不住笑出了声。

卓定垚靠在方泽雨肩上，叹道："我只是想凭自己的努力考进英国的舞蹈学院，真的有这么困难吗？"

方泽雨宽慰道："像RAD那样的学校，就算你爸爸真的给学校捐款，你的水平如果达不到的话，也是必然不会录取你的，安心啦。"

卓定垚猛地抬起头，怒道："怎么连你也这么说！既然我自己有实力，他这样帮助我有什么意义呢？只不过是令我的努力白费罢了，原来你们一个两个，都只当我是个小姑娘……"说着又是泫然欲泣的模样。

方泽雨慌了手脚。卓定垚温和聪慧，几乎从未埋怨过谁，这件事仿佛成了一道过不去的坎儿了。

这时他的手机震了起来，方泽雨仿佛找到了救命稻草，人名都没空看，就连忙接了起来。

对面传来程凯懒洋洋的声音："喂，借你女朋友用一下啊。"

方泽雨跟卓定垚驱车赶回电器铺时，程凯正倚在门边上，见他们过来，吊儿郎当地笑道："哟，未来的舞蹈家来啦，快来快来，今晚的女主角就是你了。"

小慧和卓定垚两颗脑袋凑在电脑跟前，屏幕上捧着充电宝正在介绍的正是卓定垚。她声音柔和好听，形象又甜美优雅，比之前那个干巴巴的宣传片不知道好了多少倍。

卓定垚也是门外汉，此时也兴奋地指指点点，这里字体不好看，那里曝光过度的，小慧在一边小鸡啄米似的点着头，经此一役她已经把卓定垚的话奉为金科玉律了——怎么说也比那两个光说不做的家伙好得多！

方泽雨无奈地看着叽叽喳喳的两个女孩，提醒道："定垚，这都几点了，你真的不打算回家了吗？要不我一会儿送你回去。"

卓定垚一甩头发，挽着小慧的手臂，娇嗔道："不回去，我已经跟小慧说好了，今天去她家睡。"

程凯翻了个白眼道："大小姐，不是我泼你冷水，小慧今天要是剪不完片子可是要通宵的，明天一早我就要去找水喉佬拉投资了，只能成功不许失败。"

卓定垚点点头，攥起小拳头，道："你们也是为了理想而奋斗，我也不能输呀！"

方泽雨宠溺地摸了摸她的头，道："那是当然，不管你做什么样的决定，我都会支持你的。"

翌日，程凯来到水喉佬的办公室，忍不住打了个哈欠，使劲拍了拍自己的脸，精神抖擞地推门进去。

“以上呢，就是我们充电宝的功能介绍了，随着苹果手机越来越普及，只要有了这个充电宝呢，就再也不担心没有电用了。”

宣传片放完，程凯自信满满地问道：“怎么样？芥蓝强也很看好这个项目，只要你现在投一点钱，不到一年就会大量普及，到时候就是成倍地赚呐。”

水喉佬半信半疑地望着他，始终不肯去拿那个作为样品的充电宝。“是吗？我只知道深水涉很多街坊投资了这个，而且你上次示范的时候还爆炸了哦。”

程凯一拍大腿，道：“那个只是试验品呐，但是现在的技术已经很成熟了，只要你现在参加一份，年底就会给你供货……”见水喉佬还是迟疑，他便倾身过去，低声道：“呐，上次你就说过中了六合彩的话就搬离深水涉去开个地产公司，怎么说你的钱都是放在银行供着，通胀的话利息都不够亏的，不如拿来投资我呀！到时候拿你的名字做品牌名，整个香港都知道你啦！”

水喉佬咬咬牙，道：“好吧，我的钱都在债券里面，等债券到期了我再联系你吧！”说完便一副想要送客的样子。

程凯心凉了半截，还是不甘心想要再说，这时有个店员探头进来，喊道：“老板，你的快递到了！”

水喉佬喜出望外，迫不及待地拆开包裹，边拆边说：“你看，我找这个电子虫虫机找得好辛苦，花了两万块才收到的。”

程凯探头一看，不禁笑了。“你这个一看就是假货，水喉佬，你被人骗啦。”

水喉佬大怒道：“怎么可能！”结果怎么按开机键都没有反应，只好颓丧地扔在了一边。

程凯看着毫无反应的屏幕，忽然灵机一动，试探着说：“我要是能帮你搞定这个虫虫机，你就给我投资怎么样？”

水喉佬仿佛看见了一丝希望，连忙抓过程凯，开了张两万的支票给他，道：“来，只要你帮我找到，我立马再给你投资十万！”

程凯捧着坏掉的虫虫机，哼着歌走进了小慧的电器铺子。方泽雨坐在里面等他，见他心情大好，不禁笑道：“投资拉来了？”

他把虫虫机扔在桌上，努努嘴道：“喏，十万块，这个就是。”

小慧一副看疯子的眼神看着他。“喂，你要是没有谈成就直说，我们又不会怪你，拿这个破烂来做什么？”

程凯神秘一笑，把前因后果讲了，又凶她道：“你懂什么，赶紧修好吧！”

方泽雨疑惑道：“水喉佬那个不是假货么，小慧怎么修？”

程凯摇了摇手指，故作神秘地说：“这个可不是假货，是我从我姐那里弄来的真货。”

小慧惊呼道：“你拿了萍姐和添哥的定情信物？她会打死你的！”

程凯比她还要大声：“除非她能拿十万出来支持我创业！再说了，这也算投资的一种嘛，咱们的充电宝成功之后，自然也少不了他们的份！”

小慧只好忍气吞声，埋头去研究电子虫虫机了。程凯和方泽雨帮不上忙，只好殷勤地又是捶背又是递饮料，终于在半夜的时候，电子虫虫机传出了开机的音乐声，二人欢呼击掌，再看小慧，已经累趴在桌上睡着了。

第八章
父女生隙

此间事毕，方泽雨总算赶上去布拉格陪卓定垚考试。

走廊上，三两个考生在窃窃私语，卓定垚穿着淡绿色的舞衣，束腰喇叭袖的款式衬得她整个人修长纤细。这时工作人员叫到了她的名字，卓定垚匆忙抬起头，方泽雨握了握她的手，掌心一片冰凉。

“加油，放轻松，你一定行的！”

卓定垚朝他一笑，深吸了一口气，迈步走进了教室。

她进去之后，方泽雨又紧张起来，盯着那扇门发起了呆。不知过了多久，等到卓定垚满面轻松地走出来，他连忙迎上去，笑道：“我总算体验了一回产房外的准爸爸心情了，以后真的要当爸爸的话，也不会陌生了。”

卓定垚脸颊绯红，轻轻捶了下他的胸口，嗔道：“胡乱说什么呢！走吧，我们去吃点东西，饿了一早上，总算解放了！”

说罢蹦蹦跳跳地走了出去，一副小女儿情态，方泽雨连忙跟上。

“你不是说舞者要 keep 好身材么，怎么这会儿又迫不及待了？”

卓定垚回头做了个鬼脸道：“舞者还要保持心情愉悦，适当满足自己的胃！”

吃完午饭，两人在布拉格街头漫步。卓定垚指着前面的广场，有些兴奋地说：“上次我在这儿当街头艺人跳舞，还有很多人给我投硬币呢！”

方泽雨笑道：“哇，这么厉害，那以后我要是破产了，就靠你当街头艺人养我了，我负责数钱。”

卓定垚“噗嗤”一笑道：“你呀，越来越油嘴滑舌了，天天跟程凯在一起不学好。”

方泽雨忽然认真地说：“说真的，定垚，看到你现在这么开心，我也很替你开心。不管有没有考上布拉格舞蹈学院，你都不要太介意这个结果。”

卓定垚笑道：“我对自己有信心呀，一定会考上的。倒是你，如果我以后来布拉格上学，岂不是很长时间都见不到了，天荫在布拉格好像并没有分公司呀。”

方泽雨握着她的手，诚恳地说：“没关系，从伦敦过来也很近，实在不行，我会建议他们在布拉格设立办公室，让我过来办公。”

卓定垚心里很感动，她知道方泽雨不是嘴上说说而已的，是真心在打算，还是打趣道：“怎么，这就不管你的充电宝和两个朋友了？”

方泽雨亲了亲她的手背，温柔地说：“管他们呢，一直说我见色忘友，那我这次就真正见色忘友一回！”

电器铺里，程凯忽然打了个喷嚏，他揉了揉鼻子，嘟囔道：“泽雨那小子说是去陪女朋友，明明就是想偷懒，等他回来一定饶不了他！”

此时此刻，远在千里之外的香港，却是暗流涌动。

对于美国政府出手救市的消息，天荫、季生、傲堂已是悉数得知了，却是反应不一，几家欢喜几家愁。

酒店套房里穿着浴袍的方孝聪和助理郭志昌一起紧张地盯着电视屏幕，听到陷入财产困境的房利美和房贷美被政府接管之后，仿佛劫后余生一般，大喜过望。

郭志昌趁热打铁道：“不如咱们再追加一批投资吧，除了填补缺口之外，还能大赚一笔呢！”

方孝聪对他的判断已经深信不疑，于是点头如捣蒜，道：“知道了，知道了，快去办吧！”

而在季生集团，气氛又不一样了。

章明晞狠狠按下遥控器的按钮，把电视关上，胸口起伏，气不打一处来地说：“美国政府是不是疯了？房利美都那样了还要出手接管！这下方家又缓过气来了，如果方孝聪这时将所有期权抛出去，咱们之前的布置就白费了。”

贺天生从文件里抬起头，笑道：“少安勿躁，我敢肯定他不会这么做。而且美国的次贷危机牵涉这么广，现在风传，雷曼也要完蛋了。”

章明晞冷静了一会儿，试探性地问：“雷曼这种有几百年历史的大银行，一旦陷入危机，美国政府是否会出手呢？”

贺天生摇了摇头道：“雷曼是私人投行，美国政府如果救的话，就是跟纳税人对着干。如果不救的话，那我们就赢定了。”

他换上笃定的微笑，道：“明晞，我们的目标总算快要实现了。”

高哲快步穿过走廊，来到电梯前，潘力晨连忙抢先一步按下他要去的楼层。

这时保洁工英姐提着拖布路过，笑着和他们打招呼：“高先生，还有阿晨呐，到时间吃午饭了。”

高哲对她笑了笑，道：“您先去吧，我们一会儿就去了。”

最近他脸上很少出现过笑容，大厦里的员工都是噤若寒蝉，唯独英姐不怕他，总是满脸和善地提醒他工作虽忙也不要忘记了吃饭。

二人进了电梯，潘力晨不禁感叹道：“还好英姐不懂买股票，市场再差也影响不到她。”

高哲摇了摇头，道：“可她的老板买了，还不止一点，如果这个市场崩了，她照样会倒霉。”

潘力晨叹了口气，心里暗骂，这万恶的次贷危机。

高哲从忙碌之中得到一口喘息的机会，就立刻给郑思妤去了电话。

电话很快就接通了，郑思妤的声音还有些睡意蒙眬，高哲打趣道：“你不是一向早起的吗，怎么这个点还在睡觉？”

那头郑思妤抱怨道：“加拿大现在还是凌晨呢，是你扰人清梦了好不好？”

高哲这才醒悟，连忙赔不是：“抱歉，最近太忙了，忘了算时差。对了，能不能问问你爸妈，他们买的是哪种类型的股票？”

郑思妤清醒了一点，打趣道：“这么晚打电话过来就算了，还是关心我爸妈。你放心，他们都没有买股票，好像是做定期的理财产品。”

高哲稍稍安心，答道：“那就好，你早些休息吧。”

郑思妤有些不舍，问道：“你怎么这么紧张，是最近市场出了问题么？”

高哲沉吟片刻，还是说：“也不算是，不过伯父伯母旅行回来的话，你还是让他们去银行问问清楚吧，安心点。”

思妤答应了，依依不舍地和他说了会儿话，还是忍不住打了个哈欠，高哲便让她去睡了。

挂了电话，高哲还是觉得眼皮跳得厉害，揉了揉眉心，打电话叫潘力晨来办公室一趟。

当夜，卓家书房。

卓定鑫和卓定森低着头站在桌前，听着卓启堂大发雷霆。“叫你们跟保利合作，为什么自作主张选了昌鸿？如果昌鸿出了问题，整个项目都会被搁置，你知道公司会损失多少？！”

“爸，可是……”定森刚想解释，立马被卓启堂打断。

“可是什么可是，我不想听！你们都给我出去！”

定鑫和定森只好灰头土脸地走出书房，卓启堂来回踱步，忽然又听见门被打开，正想发火，只见卓定垚怯生生地站在门口，立马换上了慈父面容。

“定垚，你怎么来了，快坐吧。”

卓定垚坐下，开心地说：“爸爸，我要告诉您一个好消息。”

卓启堂这时才注意到她手里的信封，忙问道：“什么好消息？”

卓定垚拆开信封，递给他，欢言道：“我被布拉格舞团录取了！”

孰料卓启堂面色一变，冷声道：“胡闹！英国那边我已经全部都安排好了，你不去也得去！”

卓定垚不解道：“爸爸，你怎么变得这么专制？去英国就一定好吗，我自己的事情为什么不可以自己做决定？”

“不是不让你自己做决定，而是英国有你叔父在，有他照顾你我才能放心呐。”卓启堂按下火气，苦口婆心地劝道。

可卓定垚完全不买账，愤愤道：“我既然能凭实力考进布拉格舞团，证明我可以照顾自己了！”

“可是……”卓启堂刚想开口，就被卓定垚截断。

“人人都当我是富家千金，娇生惯养的大小姐，没想到爸爸您也是这么想的！”

他再也按捺不住，大声道：“你怎么性子这么倔！你哥哥也是，你也是，一个两个都不听人劝，总以为自己是对的，等到出了问题再来找我！你一意孤行要去布拉格，以后出事怎么办？”

卓定垚觉得他简直不可理喻，也大声反驳道：“哥做错了事为什么要迁怒于我？你简直毫无道理可言！”说罢便气冲冲地走了。

剩卓启堂一个人在屋里，忍不住长叹一口气，好似平白老了十岁。

第二天一早，方泽雨就被一个电话叫进了卓启堂的办公室。

见自己未来岳父阴沉着脸，方泽雨不禁打起十二分的精神。

“启堂叔，最近身体可好？”

“前些日子你是不是陪定垚去布拉格考试了？”卓启堂单刀直入，没有理会方泽雨的寒暄。

方泽雨一愣，只好点头承认。

卓启堂脸颊一抽，明显压抑着怒气，道：“定垚不懂事，你也不懂事吗？我做的事都是为她好，你应该明白才是！这两天她早出晚归，在家都不见人，电话也不接，既然你有参与，就应该劝劝她，别这么任性了。”

方泽雨轻叹道：“您也不是不知道定垚的脾气，我要是劝她说不定会起反效果，不如陪着她一起，也安心一些……”他觑了眼卓启堂的面色，见稍有缓和，又道：“不过定垚也不是因为任性，一会儿我带您去个地方您就知道了。”

排练室里，卓定垚一个旋身，脚踝突然受力，导致旧伤又被撕扯，疼得她眼泪都要出来了，勉强扶住了栏杆。缓了好一会儿，她紧了紧脚上的绑带，又开始练习，仿佛刚刚的伤痛从未发生。

卓启堂站在门口远远看着，眉头紧了又松，好几次下意识伸出手想扶她，又收了回去。方泽雨暗自叹息，解释道：“定垚平时练舞就很刻苦，这两天为了保持状态加入舞团，更是拼了命地练习，再加上心情不好，好似在发泄，劝都劝不住她。”

卓启堂无奈地摇摇头，已经没了怒火，喃喃地说：“这孩子这么倔强，也不知像谁。”

方泽雨趁机道：“我从认识定垚开始，她就一直说自己像爸爸。”

卓启堂看了他一眼，方泽雨连忙收敛了笑容，解释道：“我当初也想不到定垚会考上布拉格舞团，但是她真的很努力，所以得到了回报吧。如果您实在担心她一个人，我可以去英国分公司工作，一周至少飞去布拉格看她一次，一定会好好照顾她的。”

卓启堂没有正面回答，只是望着卓定垚的身影。她脸上没有伤痕带来的痛楚表情，只有舞者的虔诚。

卓定垚练完舞，并没有回去卓家，而是去了天空之镜游乐场，找了条长椅蜷缩在上面，痴痴凝望着游乐场的灯火。

忽然背后传来脚步声，卓定垚一惊回头，却看见拎着纸袋的卓启堂。

“爸？你怎么来了？”

卓启堂挨着她坐下，取出纸袋里的糖水盅，递给她道：“小时候你不开心我就带你来这里，喏，我还带了糖水，趁热喝吧。”

卓定垚噘起嘴，借题发挥道：“你果然一直当我是小女孩，不开心就给糖吃。我啊，现在要 keep 身材，不吃宵夜的。”

“好了好了，知道你辛苦，特意叫老板少放些糖，放心吃吧。”卓启堂揭开盖子，递给她。

卓定垚眼眶有些发酸，安静低头一勺一勺舀糖水。

“那天是爸爸不对，情绪太激动了。但是一直以来都迁就你，真不知道这样好不好……”卓启堂絮絮叨叨地说着，仿佛就是个普通的父亲。

“爸爸，您要相信我这次，我绝对不会令你失望的！”卓定垚看到他态度松动，本想趁热打铁，让他同意自己去布拉格的。

结果卓启堂拍拍她的肩膀，道：“今天太晚了，快点吃完了咱们回家吧。”

卓定垚心知没法那么快说服他，只好不吭声，乖乖低头吃糖水。

第九章 东窗事发

方孝聪的总统套房里，已经扔了一地的酒瓶子，手机在一边的沙发上不断震动，他却置若罔闻，一杯又一杯地喝着。

郭志昌小心翼翼地推门进来，绕过地上的酒瓶子与横陈的女伴们，问他：“方先生，您的手机……”

方孝聪两眼通红，头发乱糟糟的，几乎要吃人似的恶狠狠盯着他：“不许接！”说完又灌了口酒，颓然道：“这次真的倒大霉了，没想到雷曼居然垮台了，现在市场再这么跌下去，期权那边已经没钱接货了，而且老头子一定发现了，肯定会打死我的！”

他指了指手机，又摔了酒瓶。

阿昌安慰他道：“说不定不是方老先生打来的呢，您要不接一下吧。”这时他的手机也响了，方孝聪立马不出声看着他。阿昌接了起来，瞬间脸色变了，按下电话向方孝聪汇报。

“方老先生中风了，现在在医院。”

方孝聪赶到方家的私家病房时，看见方松荫面色苍白地躺在病床上，医生向他交代病情，说是轻微中风，虽然情况不太严重，但是需要静养一段时间，而且亟待做一次全身检查。

方松荫颤巍巍抬起手，含糊不清地说：“公司，公司，让我出院……”

方孝聪连忙抓住他的手，紧张地说：“爸爸，您现在不能出院呀。”

听了他这话，饶是方泽雨也颇为惊讶地看了他一眼，劝道：“是呀，爷爷，您一定要听医生的。”

方松荫闭了闭眼，极力吐字清晰地说：“立刻封锁消息，雷曼已经跌成这样了，如果再传出去我住院的话，对天荫的股价影响会很大。”

方孝聪点头如捣蒜，道：“爸爸您放心，我立刻就去办，我会好好照看好公司的。泽雨，你留下来照顾爷爷。”说完便大步流星地走了出去。

停车场里，方孝聪擦了擦额头上的汗，长出了一口气，对阿昌说："好险这次没让爸爸知道我买期权的消息，但是等他康复之后，总会来找我算账的！"

阿昌谄媚地说："老爷这次中风真是及时，连老天都在帮您！所以不用担心，公司现在在您手上，一定可以调到钱去接货的。"

方孝聪还是忧心忡忡，皱眉道："如果乱动公司的钱，会不会被其他董事发现？那些老东西，一个赛一个的精明。"

"您放心，我已经安排好了，找人做些假账目填上去，只要瞒过这几天，等市场涨回去就万事大吉了。"阿昌笑得很恭敬。

方孝聪拍拍他的肩道："你小子倒是上道，等我事成之后，不会亏了你的好处的。"

阿昌仿佛受宠若惊地点点头，目送他上了自己的座驾，缓缓驶离停车场。

与此同时，深水埗街头。

程凯已经很久没有见到水喉佬了，打电话也不接，店面关门，员工都说他逃去大陆了。小慧照例去了店面，依旧大门紧闭，与程凯汇合之后，忽然看到一群街坊喊着口号，举着标语，浩浩荡荡地走了过去。

他一眼就瞥见了人群之中的玉萍，连忙抓过她，问道："这是怎么回事？"

玉萍说："这些街坊都是买了水喉佬介绍的迷你债券，现在都亏了，要找银行算账呢！"

程凯一听巧了，他也要找水喉佬，便问："那水喉佬呢？"

国添接过话道："他是大户，手上的债券比我们加起来还要多，我们都是被他介绍去买的！"

程凯心里一沉，喃喃道："怪不得他之前给我的支票都兑不了，看来之前答应给我们的投资都被冻结了。"

小慧拉住熟识的街坊力威，问："你们为什么会买这么高风险的债券呐？"后者委屈地说："我跟其他人一样，以为这就是普通债券。"

其他街坊也纷纷附和，说当时买的时候银行经理说了，和定期存款差不多，只是利息高了一厘，没什么风险的！

程凯翻了个白眼道："那明显就是他为了把这样产品卖出去，骗你们的嘛！"

有个大叔嚷道："那又怎么办，银行已经说了，不会赔给我们！"

程凯一击掌道："他们太过分了！我一定替大家向银行讨个公道！"

有人大声嚷道：“你要是能把我们的钱要回来，咱们就投资给你！”众人纷纷答应。

程凯随手扯过一根布条，往头上一绑，吼道：“好！咱们去找银行算账！”

由于雷曼银行的破产，迷你债券大幅度跌价，普通民众叫苦不迭，大批迷你债券的苦主走上街头游行示威，一时间人心惶惶，也变成了媒体的盛宴，报道如雪片般飞出。

而程凯由于口才出众，被推举为群众的意见领袖，带头喊着口号，许多报道他都是站在最前最显眼的一个，接受媒体采访也是毫不怯场，对答如流，每控诉一次银行的无良，都有大批民众为他叫好。

他义愤填膺，几乎没人能看出来，他其实一分钱的债券都没有买。

“现在是上午 11 时，银行门外的示威游行还在继续，下面本台请到了傲堂证券的投资主管高哲，为大家讲解下迷你债券到底是什么。”

女记者将话筒递给高哲，镜头也随之转了过去。

“请问高先生，迷你债券究竟是什么呢？”

高哲一身灰色西服，戴着金边眼镜，俨然一副社会精英的模样。“其实迷你债券并不是普通的企业债券，而是包含了信贷公司、担保公司以及发行人，背后更涉及了衍生工具和掉期风险……”

女记者将话筒收回，感叹道：“听起来就很复杂，那么是否这类产品其实不应该卖给散户呢？”

高哲脸色微变，他设计的初衷的确不是卖给散户的，但是在镜头面前，也只能打官腔道：“投资者在进行任何投资之前都应该了解清楚投资内容，而销售投资产品的一方也有责任向客户解释清楚产品内容，包括风险。”

接受完采访，高哲急匆匆来到会馆见卓启堂，孰料在走廊上碰见一个最不想看见的人——贺天生。

结果哪壶不开提哪壶，贺天生笑嘻嘻地走上前来，由衷称赞道：“高先生，今天的电视访问我看了，讲解得很到位，省去了我们相当多的口舌。”

高哲面色已经绷不住了，质问道：“你明明知道迷你债券是为机构投资者设计的，并不是面对普罗大众的，为什么当天还要说服卓启堂，将它们卖给散户！你现在搞到很多人家破人亡，你知道吗？”

贺天生一笑，道：“这你就错得离谱了，我又没有拿枪指着他们买。”

“你是没有逼着他们买，但是你故意误导他们，将复杂的迷你债券拆散简化，等着这些散户上当！”高哲几乎想一拳揍在他那张得意扬扬的脸上。

贺天生耸了耸肩，无所谓地说：“难道我跟他们解释了，他们就会听？他们只关心能赚多少钱！再说了，就算只卖给机构投资者，难道这群人就该死吗？”

“你！……”高哲指着他，半天说不出话。

这时背后突然传来一声轻咳，两人回头，卓启堂向他们走过来，对高哲笑笑，又冲贺天生打了个招呼。

贺天生嗤笑一声，挥了挥手。“卓先生，高先生，失陪了。”临走时深深看了高哲一眼。

“这人，简直就是个吸血鬼！”高哲喃喃道。

卓启堂叹了口气，道：“吃咱们这碗饭，本就是刀头舔血啊……走吧，阿哲。”

二人走到茶室坐定，高哲率先沉不住气，急迫地说：“迷你债券是傲堂最初开始售卖的，最初虽然不是面向散户，但是出现了这么多苦主，咱们也难辞其咎，应该负起责任来。”

卓启堂到底还是老江湖，见惯了风浪，指着外面三三两两静坐的人们说：“现在他们这样闹，并不是产品本身的问题，而是销售手法有问题。我们傲堂证券在销售迷你债券的时候，已经跟客户解释得很清楚了，他们完全明白其中的风险，我们又何来责任呢？”

“我知道……”高哲眉头紧皱，“可是这批债券都是由我们公司拆分出去给其他银行销售的，我们是不是该做点什么？”

“你放心，我已经约了银行高层和财经人士开会，商讨下有什么可以帮忙的。”卓启堂拍了拍他的肩膀，“去忙吧。”

卓定垚拿着装有请柬的信封，悄悄溜进卓启堂的房间，正想学小时候偷偷吓唬他，结果走近一看，发现卓启堂一手支着下巴，面前的电脑上还开着封邮件就睡着了。

她忙蹑手蹑脚地后退几步，想了想又把冷气的温度调高了点，正想退出去，忽然听见卓启堂唤她。

“定垚，你怎么来了？”他揉了揉惺忪的睡眼，“找爸爸有什么事么？”

卓定垚转过身，拿出请柬晃了晃。“没什么事，就是丽瞳和那几个小姐妹办的慈善画展，之前你有说会去，可是最近市场动荡，公司也有好多事情要忙，不如我帮你推辞了吧。”

“也好，不过这样会不会不太合适？”碍于女儿的面子，卓启堂还是经常会去这些社交场合，很少推脱。

“没事啦，丽瞳的爸妈也在忙，都没时间去。”

卓启堂点点头，道：“那就好，我晚些让秘书订几个花牌送过去，给你们充充场面。”

“订花牌这样的小事哪里用得着您，我去就好了。”卓定垚拍了拍胸脯，“还有啊，您不要总是这么辛苦，要注意身体，不是有定鑫、定淼帮你处理么，怎么还自己累得睡着。”

卓启堂眼眶有些酸涩，温言道：“一眨眼你也长成大姑娘了，知道心疼爸爸了……对了，布拉格那边，你安排得怎么样？”

卓定垚有些惊喜地望着他，道：“爸爸，您同意让我去布拉格了？”

“好了，”卓启堂招手让她过来，在自己身边坐下，“我知道你为了去舞团付出了很多，不是闹着玩的。而且这段时间，你真的成长很多，懂得为家人着想了。”

“太棒了！”卓定垚跳了起来，“您真是全天下最棒的爸爸！”

“你呀，刚说你成熟立马又像个小孩子，教爸爸怎么能放心呐？”卓启堂摇了摇头。

卓定垚欢喜地转了个圈。“放心啦，我一定会照顾好自己，天天跟您通电话的！”说完蹦蹦跳跳地离开了父亲的书房，迫不及待要把这个好消息跟方泽雨分享。

卓启堂望着她的背影，喃喃道：“定垚，希望爸爸的决定不是错的。”

第十章
亲密帮凶

翌日，傲堂证券高哲办公室里。

高哲几乎二十四小时不断地关注着电视报道，迷你债券的苦主在银行门口静坐示威，这样的气氛越发让他难熬。

忽然电脑上响起了视频通话的铃声，高哲连忙接起，郑思妤大大的笑脸立刻填满了整个屏幕，他不禁也跟着笑起来。

“阿哲，最近工作很忙么，我看你好像很累的样子。”郑思妤坐在咖啡馆的角落，穿着白色的高领毛衣，脸颊被灯光映得红彤彤的。

高哲笑了笑，道：“哪有，这不看见你就精神多了。”

郑思妤啜了口饮料，甜甜笑道：“哪里学会这么贫嘴……对了，我爸妈已经下了邮轮，回香港了。”她翻出父母旅游的照片举给高哲看：“他们呀玩了快一个月，两个人都晒黑了，但是也年轻了好多。”

“太好了，过两天我找伯父伯母吃饭。”高哲推了推眼镜，不想在心上人面前表现出烦恼。

这时，电视里忽然传来一阵喧哗，高哲抬头望去，脸色倏地变了，匆忙和郑思妤道别，便扣上了电脑，扑到电视跟前。

与此同时，中环银行外。

一名西装革履的银行经理从大楼里走出，静坐的民众忽然一拥而上，围着他理论，几乎要动手打人。银行保安连忙把他们隔开，场面顿时乱作一团。

程凯混在里面，也在大声质问，忽然一张单据飘落在他头上，他疑惑地伸手接住，正抬头望去，余光里两个黑影坠落在地上，伴随着两声重重的闷响。

人群静默了几秒钟，忽然像是被沸水泼过了一样，有人放声尖叫，有人语无伦次地打着电话。

迷你债券的风波，终于吞噬了第一对牺牲者。

高哲收到郑思妤父母的死讯时，已经是傍晚时分了。他半晌没有说话，潘力晨在那头喂了半天，他才麻木地说了一句“知道了”便挂了电话。

电视直播没有捕捉到郑氏夫妇一跃而下的那一瞬间，但从人群中散发出的恐慌，堪比任何一部现实主义影片。

他呆坐了一会儿，手机铃声忽然凄厉地响了起来，高哲下意识伸手去接，却在看到屏幕上人名的那一刻，如同火烫一般收回了手。

那上面赫然跳动着“思妤”两个字。

他不接，那头便不依不饶地继续打，一声声如同索命。高哲只好接起电话，哑着嗓子说：“喂，思妤……”

电话那头的哭声瞬间响彻他的耳膜，郑思妤仿佛没了神智一般，一遍一遍地问：“怎么办呐，阿哲，怎么办呐……爹地跟妈咪怎么会这样……”说到最后已是泣不成声，依稀可以听见那边的同学在用英语轻声劝慰。

高哲觉得自己的嗓子像是锈住了，艰难地吐出几个字：“思妤……”

他甚至连开口宽慰郑思妤都做不到，因为他设计出来的迷你债券，间接害死了郑思妤的父母。

他也是帮凶。

季生集团办公室。

贺天生办公室的大屏幕上投映着整个股市的走向，章明晞把数据分析调了出来，笑道：“自从雷曼破产之后，股价每天都在下跌，要不了多久，方孝聪手里的累计期权就会变成方家的催命符。”

“我们之前沽空已经赚了一笔，再加上万学礼的资金，手头已经有了足够多的现金。只要方孝聪手头的累计期权垮掉，就可以大笔买进天荫的股票了。”贺天生靠在老板椅上，很少见他有如此放松的姿态，已然是形势大好。

章明晞略一思忖，忽然道：“对了，阿生，我上午刚收到消息，有个女记者潜入了黄金城的地盘，估计是查到了进度押后的事情。”

贺天生猛地坐正，沉声道：“一定不能让她爆出去！如果让万学礼知道我们挪用他的资金去做其他投资，一定会来分一杯羹的。”

“放心，”章明晞成竹在胸地笑道，“我在报社安排的人已经把那篇报道抽走了。”

贺天生依旧紧皱着眉，道：“不行，你帮我把那个女记者约出来，我要确保这件事万无一失。”

章明晞做事一向效率极高，当晚贺天生就在空中会所的餐厅见到了那名女记者。

钟思琪一身休闲运动装，戴着棒球帽和墨镜，配上窈窕的身形十分令人侧目，还以为是微服出行的女明星。她在贺天生面前坐下，毫不客气地端起杯子，一口气喝了半杯柠檬水，才抹了抹嘴，说："说吧，黄金城的报道已经被抽走了，还约我出来做什么？"

贺天生看了眼她玻璃杯上的口红印，施施然笑道："以钟小姐的能耐，不需要通过报社，也一样能爆料。"

钟思琪从墨镜底下深深望了他一眼，涂着半透明橘色甲油的纤细指尖一下一下点着玻璃杯，若有所思地说："看来这个黄金城的料，对你来说真的很重要……"

"我只是觉得，在合适的时间爆合适的新闻，才能真正起到你想要的效果。"贺天生没有正面回答，只是微笑着望着她，一副好好先生的模样。

钟思琪既然盯上黄金城，自然是做足了功课，她知道贺天生不像他表现出来那般温和无害。思忖片刻，她试探性地问道："你有什么猛料？"

贺天生气定神闲地说："我敢担保，一定会让钟小姐满意。"

两人对视片刻，钟思琪忽然低头说了句什么——原来她只身赴约，手机还是保持着通话状态。

假如贺天生的条件不能让她动心或是干脆起了歹念，那黄金城工期押后的报道一定会登上第二天的头版头条。

"钟小姐果然是个心思缜密的人，相信我们接下来的合作一定会很愉快。"贺天生端起柠檬水，象征性地举了举杯。

钟思琪掏出口红与化妆镜，漫不经心地说："消息我已经撤回来了，接下来就看贺先生的诚意了。"她拿餐巾抿了抿鲜红的嘴唇，朝贺天生一笑，如同罂粟花绽放。

温哥华街头，高哲把车开得近乎超速。他下飞机就直奔郑思好家中，结果看见大门敞开着，钥匙、书籍、手提电脑全部大咧咧摊在桌上，唯独不见郑思好，高哲拨了无数个电话，也只能一遍一遍地听着她语音信箱的留言。

"思好，你到底在哪儿，可千万别做傻事啊……"高哲对着语音信箱，近乎哀求地喃喃道。

仿佛上天听到了他的祈祷，拐过一条街，他竟然看到了郑思妤的车停在了路边，而下一刻他心头一紧——那条路通往湖边。

高哲推开车门，跌跌撞撞地冲过去，连车门都顾不上锁。他大声喊道："思妤！你在哪儿！"

遥遥望见一个白色的纤细身影坐在湖边的长凳上，高哲想也不想地冲了过去，好在，他还是有那么一点的运气在，这个人就是失魂落魄的郑思妤。

"思妤！你怎么一个人跑出来了，电话也不接，你想吓死我吗……"高哲一把抱住她，死死箍在胸前，惊魂未定地说道。

郑思妤一脸茫然，瞳孔空洞，喃喃道："阿哲，我是不是在做梦？为什么一觉醒来，爸妈就……"她苍白的脸颊上滚过两行泪珠，啜泣道："本来我跟他们都约好了，露营车一到就来湖边旅行……可是现在什么都变了，什么都没有了。"

高哲心中锐痛，郑思妤靠在他胸口，泪痕在他衬衣上洇开，几乎要将他烫伤。

"为什么迷你债券这样的无良产品会有人出售，还特意将名字改成这样，根本就是有心欺骗普通人！"郑思妤情绪忽然失控，拽着高哲的衬衣大声质问，而后表情又变得痛苦，"爸妈毕生的积蓄都被人骗了，我却什么都不知道，我只顾着自己，根本没有关心过他们……"她呜咽着，自责地抓着自己的头发。

高哲抓住她的双手，柔声安慰道："这不是你的错，思妤，不要这么自责。"

"那么是谁害死了我爸妈？！"郑思妤霍然抬起头，眼眸通红。

高哲哑然，涩声道："思妤，你不要这样……"

"现在我什么亲人都没有了，为什么爸妈要丢下我一个人……阿哲，我只有你了。"郑思妤失声痛哭，那哭声像刀子一样一刀一刀割在高哲心上，他抱着郑思妤，一句话也说不出来。

高哲最后还是把郑思妤带了回来，或许是哭累了，加上这些天心力交瘁，她在副驾座上沉沉睡去。

二人回到公寓，高哲把郑思妤抱进房间，盖好被子，擦掉她眼角的泪珠，便悄悄退了出去。

约莫在傍晚时分，郑思妤才睡醒。她躺在床上反应了好一会儿，入目一片漆黑，仅剩门缝一线光亮，隐约有抽油烟机的嗡嗡声和锅铲翻动的声音，饭菜的香气也透了进来。

这场景让她想起之前有次通宵赶论文，醒来的时候也是爸妈为她准备好了晚饭……等她反应过来，眼泪又是情不自禁地滑出眼眶。

吱呀一声，高哲推门进来，见郑思妤圆睁着眼，不禁骇了一跳，赶忙问道："思妤，怎么了？"

郑思妤呆呆地望着他，呓语道："阿哲，我又做梦了，我梦见他们站在高楼上，风好大……"

她也梦见自己在不断下坠，好像落到无底深渊，连粉身碎骨的资格都没有。

高哲亲了亲她的鬓角，安慰道："没事了思妤，我会一直在你身边的。来，我们先吃饭吧，我煮了你最爱吃的鸡汤面。"

一顿饭吃得味同嚼蜡，值得欣慰的是，郑思妤吃了小半碗面，苍白的面颊也有了些许血气。吃完饭，高哲去洗碗，郑思妤在客厅用手提电脑上网。

忽然，一声玻璃碎裂的脆响传来，高哲一惊，满手泡沫地跑了出去。只见郑思妤浑身发抖，神情极为可怕，双眼充血地盯着他。

高哲心里一凉，果然下一刻，笔记本电脑的屏幕翻转过来，赫然就是他接受采访的那一段，底下一排巨大的粗体字——"迷你债券设计者，傲堂投资主管高哲"。

郑思妤尖叫一声："是你！你才是害死我爸妈的凶手！你还来我这儿假惺惺！你这个凶手！"她对高哲又踢又打，连推带搡地把他赶出了家门。

"滚出去！我再也不想看见你！"说完大门在他面前砰的一声关上。

高哲身上还系着围裙，不断拍门道："思妤，你听我解释！你先让我进去好不好？"

里面无声无息，隐约还能听见抽泣声。良久，他颓然跌坐在门外，额头贴着门，恼恨地撞了上去。

这一坐就是一天一夜。

太阳落下又升起，高哲艰难地扶着门站起来，活动了一下僵硬的四肢。少顷，他拎着一袋餐盒回来，衣服已经重新换过，头发也简单打理过。

他轻轻地敲了敲门，劝道："思妤，你都一天没吃东西了，就算你生我的气，也不能把身体熬坏了呀。"

没想到郑思妤居然回应了他："你走吧，带着你的东西离开，我的死活不用你管！"

高哲低声下气地解释："当初我设计的时候，也不知道迷你债券会引起如此大的风波，而且我也提出来过，迷你债券确实不适合卖给普通民众……”

“你不要再说了！”郑思妤高声道，“无论怎么说，我爸妈都是因你而死，你要是真的为我好，就不要在我眼前出现！”

高哲脸色灰败，默默将餐盒放在门口，转身走了。

郑思妤听见他发动车子，渐渐驶离，不由得靠坐在门边，失声痛哭。

第十一章 大厦将倾

就在高哲离港去找郑思妤的第二天，方松荫便坐不住了，一天催永祥三次，闹着要出院。

永祥一边帮他套上外衣，一边劝他耐心等医生过来，问明白到底能不能出院。方松荫心急如焚地说："今天早上一开市，天荫的股价就大跌，我再不回去，这家公司就不姓方了。财务总监呢，怎么这么久还没到呢？"

"老爷，这个点全香港都堵车呢，财务总监也不是空中飞人呐。"永祥递给他一杯茶，下一刻财务总监就走了进来。

方松荫把茶杯一搁，急切地问："怎么回事？今天早上网上有报道，天荫集团炒烂期权亏损几百亿，到底是不是真的？"

财务总监满头大汗，解释道："自从您住院开始，聪少爷和阿昌就不让我碰盘数了，所以我不敢肯定。但是我今早去银行核实过，公司的流动资金全部被方孝聪签名转走了！"

这时永祥接了个电话，脸色登时就变了，他打断财务总监的话道："老爷，不好了！有人将十亿股天荫集团的股份抵押给了证券行！今天早上天荫股价大跌，现在证券行要斩仓，退出市场，不问价沽货！"

方松荫气了个倒仰，颤颤巍巍地指着他，吩咐道："快……快给我把这个败家子找出来！"

与此同时，方孝聪套房里，床上、沙发上到处都躺着衣衫不整的女人，他本人则躺在驼毛地毯上，枕着一条大腿睡得正香。房间里弥漫着酒精和香水味，茶几上几摊白色的粉末混合着酒液滴滴答答往下流，随处可见用过的注射器。

电视还在兢兢业业地播着新闻，女主播神情严肃地宣布天荫集团怀疑被斩仓，今早有大量沽盘流出，由八十块钱开始，股价一直暴跌……

方孝聪烦躁地揉了揉眼睛，定睛一看是自家股票的新闻，登时清醒过来，心情也 down 到极点。

他在茶几上摸索了一阵，勉强拢了一撮白粉，深深吸了进去，瞬间满足地叹了口气。

忽然一阵尖锐的铃声打断了他的臆想，方孝聪不耐烦地摸出手机一看，顿时吓得扔了出去。

那是他父亲方松荫的专属号码。

他爬过去，慌忙按掉，发疯似的吼道："阿昌，你给我滚出来！"

然而没有人回答他，电话又响了起来，一声声如同催命符。方孝聪直接把手机扔进了楼下泳池，女人们被这动静惊醒，还在睡眼惺忪，方孝聪把整个茶几上的东西都掀到了地上，这下也没人敢留在房里了。

方孝聪跌坐在地毯上，痛苦地抓着头发。半晌，他从抽屉里摸出一个装着白色粉末的塑料袋，颤颤巍巍地倒了一撮出来，急不可耐地凑了上去。

其实找方孝聪的电话，并不是方松荫本人打的，他把这件事交给永祥，就马不停蹄地去了太平山俱乐部。

方荣亨和陆一山约好了似的都没有准时赴约，而是姗姗来迟——要是以往，他们会早早地等在茶室里。

果然，当方松荫提出让他们帮忙的时候，两个人也是面露难色，统一口径："现在大环境这么差，我们也损失惨重啊。天荫财力雄厚，还指望您帮我们渡过难关呢！"

方松荫重重地搁下茶盏，怒道："当时你们有难，是谁帮你们渡过难关的？是我！现在天荫出了事，你们就这样推三阻四？忘恩负义的东西！"

方荣亨冷笑一声，道："今时不同往日，那时天荫是锦上添花，而现在要想我们帮你，那等于是把我们的身家性命和天荫绑在一条船上。"

陆一山在一边点头附和，阴阳怪气地说："还请方老体谅我们庙小，实在是帮不了您。"

方松荫气得胡子直抖，戟指着二人道："你们知不知道唇亡齿寒的道理？今天你们见死不救，不只是方家会垮，整个香港都会崩溃！"

二人只当是没听见，自顾自喝茶。

在方松荫与方、陆二人斗智斗勇的时候，卓启堂也在接受两个儿子的游说。

"爸爸，现在不是讲情义的时候了，外面都在传，天荫欠了好几亿的债，这么大的漏洞只会把傲堂拖死的！"卓定鑫苦口婆心地劝道，卓定森也在一边附和。

卓启堂一脸为难，他不忍见方家败落，但是天荫的这个窟窿，就算把傲堂整个填进去都未必够。

而在季生集团，又是另一种气氛了。

贺天生与章明晞坐在电脑前看着股票走势，一脸轻松写意。他吩咐经纪人：“等天荫股价跌到每股23元时，就立刻给我注入，有多少扫多少！”

屏幕上的数字不断变化，越来越接近他们的目标了，二人也越是兴奋。

突然，在跌到每股23.2元时，股价忽然止住了势头，开始回升了！

章明晞一脸错愕，饶是贺天生一向冷静，也倏地站了起来，连声追问：“怎么回事！难道有人要跟我争？”

章明晞敲打着键盘，喃喃道：“这上百万股，突然之间是谁在买进？”

事实上，连卓启堂本人都不知道。他走进傲堂证券的大会议室，忽然脸色变了。

高哲的助手潘力晨正在发号施令，一众人员坐在电脑前不断地买入天荫股份，而高哲坐在一边，面沉如水。

潘力晨一声令下，道：“价格一到24元就买！”

卓启堂终于忍不住开口喝道：“你们在做什么！”

高哲回头看见了他，立马站了起来，斩钉截铁地说：“我要救天荫！”

虽然刚刚在儿子面前和高哲是一个想法，但是卓启堂多少还是被天荫巨大的亏空给动摇了。

他压住火，对高哲说：“你必须给我一个解释，这两天天荫股价从80元暴跌到25元，这个时候为什么还要大量买入？做这么大的决定为什么不通知我？”

高哲冷静地解释道：“天荫是香港经济、股市的命脉，本来市场情况就不好，美国次贷危机、雷曼银行垮台，如果天荫再一倒，连带着其他成分股和蓝筹都会断崖式暴跌，这种金融海啸会大大打击香港的经济。现在只有傲堂才能出手救天荫，才能稳定股市与人心！救了天荫就是等于在救香港啊！”

卓启堂脸色阴沉，这次，他没有像往常那样让高哲放手去做，他清楚地知道这里面的风险，简直就是把傲堂架在火上烤，稍不注意就会被挫骨扬灰。

十分应景地，这天香港布满阴云，有种山雨欲来之感。

从天荫出事的那一刻起，财经新闻就占据了所有电视台的黄金档，从今早的直线下跌开始，回顾天荫发展历程，简直就是香港神话，很多人购买了天荫的股票，跟着方松荫变成了富翁。

画面一转，又是财经评论员在分析股市，一开始天荫被抛售，股价跳水，无数人感到失望甚至绝望，但突然一下子又回升了些。直到中午休市的时候，天荫的股价竟然上涨了一点，维持在了每股25元。

这时电视台忽然插播了一段卓启堂的采访，有人问他是否在入世救港，卓启堂笑着说："我确实买了一些，因为对后市是有信心的。天荫确实有不好的消息传来，但只是暂时的，我对天荫非常有信心，今天之内一定会涨到60的！"

镜头切回演播室，评论员分析说："卓启堂既然已带头买入，还说看好涨到60，看来是真的有买入，大家怎么看……"

贺天生与章明晞都看到了这段新闻，尤其是卓启堂的采访。

他已经恢复冷静，问道："现在情况怎么样了？"

章明晞一一回答："本来早上跌破30元就已经分段购入了，但是股价到25就停住了，均价会比我们预计的要贵一些，大约在28元左右。如果卓启堂真的继续买入，以我们手中的资金是不够跟他抢的，我们不可能吞光方孝聪被斩仓的股份……那下午还抢吗？"

思索不过几秒钟，贺天生斩钉截铁地答道："给我继续买！"

天荫的股价最终定格在了每股40元。

财经评论员感叹道："今天真是天荫的奇迹日，先是跌到二十多元，后来卓启堂一出来，马上就有很多人跟着扫货，价格立马上到了40元。虽然跟他预估的60元还差很多，但市场已经明显稳定了，卓启堂真是救港英雄！"

同时，傲堂证券的会议室里，大家明显松了口气。而高哲没有太大的情绪，只是淡淡说了句"辛苦了"，便离开了公司。

他走在街上，迷你债券的苦主还有些在银行门口静坐，有拖家带口的，也有颤颤巍巍的老年人。有一位卖菜大妈跟人讲自己卖菜多年赚的积蓄，瞬间化为乌有，说着说着便号啕大哭。

高哲心里很不是滋味，从前他觉得股价涨跌只是一串数字，但是对于这些普通人，几乎就是半辈子的心血。

这时有位老人忽然栽倒在地，高哲下意识上去搀扶，老人的子女正要朝他道谢，忽然认出了他，大叫起来："就是你！我看过新闻，是你设计了迷你债券！你这个幕后黑手！"

瞬间无数的小物件朝他身上砸来，有扔鸡蛋的，也有扔石子的，甚至有人走上去要打他。

这时人群中冲出一个人挡在高哲前面，赫然就是潘力晨，他大声说道："你们这样打人是犯法的！我要去报警。"

高哲拉了他一把，劝道："别去，多一事不如少一事！"

这时有个人越众而出，指着高哲的鼻子骂道："我们打你一拳你就可以报警让我们进监狱，但是你们这种做证券的才叫杀人不见血！有人跳楼了都不用负责，天天大鱼大肉，开着豪车穿着名牌货，简直是拿普通市民的血汗钱做赌注！"

这个人竟然是朱小慧。高哲被她说得哑口无言，只好带着潘力晨颓然离去。

第十二章 山雨欲来

贺天生带着章明晞，应邀去英国会俱乐部跟万学礼打草地滚球。

他不是很擅长这个，但是多少也会点。只见他的球先贴近了白色球，结果被万学礼撞开了。

万学礼笑眯眯地说：“这个圈子哪里有秘密呢？就算你们分开用不同经纪行接货，我也都知道是你了……”

贺天生脸色一沉。他又接着说：“你扫天荫的股份，用的就是我投资黄金城的资金，难道你们真的以为，我什么都不知道？”

“这个你不用担心，黄金城一定会如期上线的，你不会有损失。”贺天生冷静地答道。

“我不是担心黄金城，而是你擅自拿我的资金去买股票却事先不让我知道，这难道不是亏空公款吗？”万学礼得理不饶人。

“那你想怎样？”

“很简单咯，”万学礼摊了摊手，“你从方家那里捞回来多少，我只要一半就好了，这样我回去也好交代。”说完他便扬长而去。

贺天生满脸不忿。章明晞劝了他半天，道：“我们现在没有钱给万学礼，唯一的方法就是将天荫的股票拿去还钱。”

“天荫这块到口的肥肉，结果中途被卓启堂插了一脚，现在连他都要来分一杯羹。就算我没吞下天荫，也要赚一笔再走！”

次日，方松荫就在报纸上看到了章明晞去过布拉格并和彼列资金接触的消息。身为方松荫的干女儿，肯定是对天荫有兴趣，

永祥凑过去看了一眼，字斟句酌地说：“这个时候放出这样的消息，确实可以刺激天荫股价上涨。”

方松荫冷哼一声，道：“彼列根本不会这样做，肯定是贺天生授意的，这个小人！”

与此同时，方泽雨被派往方孝聪所在的酒店找他。他刚刚走出电梯，就见两个穿着暴露的年轻女人冲进了电梯，急急忙忙关上门离开了。

方泽雨莫名其妙，却也没放在心上，拿着前台给自己的房卡一间间找去，一抬头，竟然发现方孝聪的套房房门是虚掩着的。

他推开门走了进去，脸色却忽然变得惨白。

彼列对天荫有兴趣的消息的确是贺天生放出去的。他们计算过，只要炒作这样的好消息让天荫的股票涨价，他们就有的赚！涨到每股50元之后自己套现，除了可以还钱给黄金城之外，还能自己再捞一笔。

然而人算不如天算，这时电视机里忽然播报了一条紧急新闻，方松荫之子方孝聪被发现横尸酒店，疑为吸毒过量！

几乎是立刻，天荫的股价便开始暴跌，从接近每股50元一直跌到他们的买入价，28元。

章明晞目瞪口呆，贺天生则暴躁地站起来，把桌子上所有的东西都扫到了地上。

这老天，似乎处处都在与他作对。

方泽雨刚走进空旷的大厅，就见方松荫一个人独自坐在大厅里，一脸憔悴，两眼通红，看样子，应该是整晚没睡了。方泽雨低下头，自己又何尝不是呢？

他努力平复自己的心情，不希望让悲伤的情绪影响到爷爷，向前安慰道："医院已经验完尸了，我会和永祥叔处理好爸爸的后事的……"

方松荫嘴里只淡淡地挤出"唔"的一声。

"爷爷。"

方泽雨低下头。他不想回想，但又忍不住想到酒店的那一幕。当他到了酒店，走到方孝聪的房间，一入房，便看到满地的衣物，到处撒落着白粉，满目狼藉，简直不堪入目，还有身上一丝不挂的父亲。方泽雨慌了，作为香港曾经首富的孙子，他已经是见惯了不少场面，不喜娱乐场合的他，也早已处变不惊。可他从没想过，会在酒店见到这样的父亲——丝袜套在脸上，不难想到之前荒淫的场面，皮肤青白，嘴角挂着一丝似是痛苦似是快乐的解脱般的微笑。

方泽雨摇了摇头，自责道："如果，我再早一点到酒店，父亲兴许有救！"如果他能早点去酒店，看到还没有吸毒过量的方孝聪，看到纵情声色的方孝聪，他该怎么做，说些什么呢？自从方泽雨进入这个房间，看到父亲的尸体后，就一直在想。应该指责他吗？也许，他是故意的？害怕见到方松荫，死亡对他来说，是意外，亦是解脱。可无论方泽雨怎么设想都没用，方孝聪已经死了，他方泽雨，来不及阻止了。

方松荫突然站起来，满眼怒火，紧闭的嘴巴里，牙齿咬得“咯咯咯”的响，大声说道：“孩子，这事和你没关系，是你爸爸他自己不长记性，今天不死，早晚都要死！像他这样不负责任，死得这么难堪，让我们给他收拾这一摊子破事，咳，你这父亲……”

永祥一直在方松荫身边，垂手站立，低着头默不作声。此刻，见方松荫突然激动，急忙上前安抚：“您身体还没完全康复，注意身体，不要动怒。我们已经打点好了所有酒店职员和相关知情人士，不会有人乱说的。”

永祥和方泽雨扶着方松荫，不让他跌坐下。方松荫颤颤巍巍地坐在椅子上，又难过地叹了一口气。

高哲正从傲堂证券出来，站在门口，闭着眼睛仰望着天。许久，似乎看到一道目光盯着自己，转头过去，正是贺天生。

高哲愣了一下，贺天生的表情沉着，看不到一丝情绪。贺天生来到高哲面前，停下脚步。

高哲满脸嘲讽：“怎么，是不是计划都泡汤了，想找人撒气啊？”

贺天生没有理会高哲的嘲笑，反而淡淡地撇出一丝微笑，道：“我只喜欢和有本事的人交朋友，加入我们季生吧，我保证你在这里所得到的，远远超过傲堂！”

高哲冷笑地说道：“呵，说实话，我很欣赏你这种理性，但你的理性应该会告诉你，我不会搭理你！”

“我不问问，怎么会知道有没有机会！你的确很厉害，除了你以外，我实在想不出第二个人可以令卓启堂出手抢天荫股票，最后坏了我的好事！”

贺天生依然保持似有若无的微笑，道：“我这样的条件高薪挖你都没有兴趣，难道是为了报复我戳穿你的迷债设计者一事，你不会这么小气吧？”

“你以为我和你一样吗？我救方家是因为迷债已经害人无数，如果方家都倒了的话，那么整个香港都会跟着完蛋，我只是不想看到更多的受害者了。”

“你以为这样就可以赎罪了吗，是不是有点天真过头了？”贺天生一瞥高哲，笑道。

高哲表情有一丝厌恶了：“你我追求的东西不同，你是不会明白的。”

“说什么我不明白？我看不明白的人是你吧！世界上没有无罪的人，每个人都是戴罪之身。”贺天生低着头，指了指高哲，又指指自己。“你我都一样，如果真的有地狱，你我都得去！”

高哲不想再跟他说话，转身离去，意料之外，贺天生竟然也没有阻拦，而是任他离去。

办公室还是被打扫得一尘不染，看来英姐并没有受到迷债风波的牵连。高哲看向窗外，他这么拼命去说服卓启堂，就是为了保护这些平凡人的小幸运。

潘力晨听说了高哲要走的消息，急忙过来找他，看到陷入沉思的高哲，知道他又想到了思妤，连忙道：“我已经找郑思妤好久了，但是她真的毫无消息，你是打算去温哥华找她吗？可是找到了又能怎样呢？”

高哲没有说话，从他身边走过，拍了拍他的肩，便离开了办公室。

酒吧 VIP 房间里，程凯和小慧陪着方泽雨买醉，桌上已经堆满了酒瓶。

见方泽雨又开了一瓶酒，小慧劝道：“泽雨你不要再喝了，身体会垮掉的。”

“别说了，让他喝吧。”程凯坐在方泽雨旁边，也陪他开了一瓶。

方泽雨身体前倾，够到包房茶几上的酒杯，仰头喝下。

他用手背轻轻抹了抹嘴角，痛苦地说：“方孝聪真自私，留下一堆烂摊子，自己就这么死了？还死得如此狼狈！”

程凯一怔，问：“难道这些天的八卦新闻都是真的吗？”

方泽雨痛苦地点了点头，道：“我也希望不是真的，到现在都不敢相信。”

“难怪你今天这样。”

方泽雨接着诉苦：“爷爷说的没错，他方孝聪，我爸爸，这辈子就没做过正经事，只知道玩，连怎么做父亲都不知道。”

程凯沉默，饶是开朗的他，遇到这样的情况，也不好去议论什么。

“你还记得我们小的时候吗？”方泽雨看向程凯。

“嗯？”

方泽雨转头不看程凯，眼神看向前方的酒，语气似有哽咽。“我还记得，我记得我小时候，他每天带着我瞎混，哪有带三岁小孩去 DISCO 的？”

他开始呜咽，并试图用手掩盖他的痛苦，由啜泣变成持续不断的低声哭泣。“但是我知道，其实他也很疼我的……”

男人间很少展示自己如此脆弱的一面，不像女性朋友间，习惯彼此倾诉和寻找安慰。纵然他们是多年彼此心知的朋友，也很少如此。

程凯明白方泽雨的痛苦，他正思索，该如何去安慰方泽雨。突然，丽瞳推门而入，身后跟着一脸担忧的卓定垚。卓定垚不忍地看着用手撑着脸的方泽雨，犹豫着走过去。程凯看到卓定垚走来，马上让出方泽雨身边的位置，让卓定垚坐在方泽雨身边。

“定垚已经找你很久了，她很担心你。”丽瞳对着阴影中的方泽雨说。

“嗯，让他们先聊，我们出去喝两杯吧。”程凯说。

这时门又开了，朱小慧急匆匆地拿着热毛巾进来，说：“这有毛巾。”

丽瞳接过热毛巾，转手递给卓定垚，招呼大家：“我们出去了。”

程凯轻轻地拍了拍方泽雨的肩膀，看着卓定垚道：“那我把他交给你了。有什么事情找我们，我们就在外面等你们。”

第十三章 釜底抽薪

卓定垚对程凯点头示意，朱小慧也跟着程凯和丽瞳走了出去。

卓定垚拿着手中的热毛巾，帮方泽雨擦脸敷面，温言道："我知道你很难过。"

方泽雨抬起头闭着眼睛，脸上似有泪痕。

卓定垚看着方泽雨，心疼地轻轻拭去方泽雨脸上的泪，轻声道："事情发生得如此突然，我知道你难以接受。"

方泽雨没有睁开眼睛，但伸手轻轻地握着卓定垚的手。

卓定垚任由方泽雨握着她的手，继续说："没关系，我永远都会陪在你身边的，有什么事情，我们一起面对吧。"

包房外，丽瞳和程凯正在拼酒，朱小慧似乎并不喜欢喝酒，只是默默坐在一边看着，但看到程凯不断喝酒，有些着急。

"你别喝了吧，已经喝了很多了。"朱小慧试图从程凯手中接过一杯酒。

程凯迅速地抢回朱小慧试图接走的酒，嬉笑道："没事儿，我可不能输给一个女人。"

朱小慧无奈，只好继续坐在一边。

程凯敬了丽瞳一杯，道："我跟你说，我发明的充电宝，真的很有投资价值。"

丽瞳和程凯干了这杯，道："好啊，你一口干了这杯，我就信你说的。"

程凯二话不说，一口干掉那杯酒。

丽瞳鼓掌道："好，痛快。"

程凯喝完那杯，脸上似有醉态，说："真的，我的充电宝，将来一定会有意想不到的收益。"

丽瞳又把一杯酒递给程凯，道："跟我说这个也没用，我家现在反正已经没什么钱了。"

朱小慧看到丽瞳就着醉意戏弄程凯，心中多少有些气愤。她不停拉开丽瞳，看着程凯丝毫不以为意，有些气愤，道：“程凯，你别理她了，她喝多了。”

一个富二代和他们擦肩而过，觉得丽瞳有些眼熟。他回头看了看喝醉了的丽瞳，提醒道：“你们要走的话小心一点，楼下有很多记者，我想也许是在等你们！”

待半醉的程凯反应过来时，记者们已然蜂拥而至，想到方泽雨如今的状态，更不能让这些记者看到。

小慧更是慌张了，连声说：“怎么突然来了这么多记者，怎么办，怎么办？”

程凯咬咬牙，道：“你跟我来。”

小慧和程凯迅速赶在记者之前，冲进包间。“记者都过来了，你快换上我的衣服走。”他边说边脱下了自己的衣服。卓定垚也迅速反应过来。

随后，两人带着喝醉了的丽瞳一走出酒吧，便引来了大批记者的采访拍照，卓定垚和“方泽雨”从后走出，走向了另一辆车。

这时，记者们发现二人，以为程凯是方泽雨，都如见到食物的猎豹般，迅速“扑”了上去！

一个身影这时默默走出。朱小慧见记者们都已散去，赶紧扶起烂醉的方泽雨走出来，上了的士……

直到此刻，卓定垚才发现狗仔队的可怕，自己的宝马，竟然跑不过记者们的面包车。

程凯眼见着记者慢慢地快要追上了，不禁着急，催促道：“快点！再快点！加油啊！”

“我都快超速了！你看不到吗？”卓定垚争辩。

“如果不让记者多跟着我们一阵子，待会儿发现我不是方泽雨。转头看到他那一副烂醉的样子怎么办？”

“行，违规就违规，我豁出去了。”卓定垚咬咬牙，一踩油门，为了方泽雨，一时间也顾不了那么多了，车速飞快闯了红灯的同时还压着人行道！这些举动都让记者们拍了下来……

最终，车还是被狗仔队拦了下来，卓定垚和程凯，一起被拍了照片！

第二天，卓启堂拿起报纸，看到卓定垚和程凯同车，握紧拳头：“这个程凯到底是什么人，你这样开车不知道危险吗？随时都可能丧命的！胡闹！真是胡闹！”

“这位是方泽雨的朋友。最近他经历了那么多事，我只想帮帮他，而且我决定，不去布拉格了，留在香港！”

“你留在这儿能帮到什么忙？一直在他身边陪伴，他是不会成长的！而且，你这样做对谁都没有好处！你懂吗？”卓启堂大声斥道。

卓定垚却依然坚持自己的想法，一气之下，驾车驶出卓家大宅。两侧的树影快速掠过，她紧皱着眉头，忽然狠狠捶了一下方向盘。

不知不觉，卓定垚开到了山路上。天色湛蓝，山风吹拂，她索性拉下敞篷，任由长发在风里飘扬，心情也渐渐平复，一扫刚才的阴霾。

这时，在离她不远处，停着一辆抛锚的车。车旁有个戴着棒球帽的人不断向她招手，见卓定垚的车靠近，急忙招呼道：“你好！帮帮我吧！”

卓定垚只好停车问什么事。男子越走越近，刻意遮掩着上半边脸说：“我的车昨天停在这里，忘记了关车头灯，现在电池没电了，帮我充电吧？”

“我好像不认识你吧。”

“那你先下来帮我看看怎么回事，好吗？”

卓定垚下车后走到车头观察，不料男子突然从后面箍住了卓定垚的颈部。她不断挣扎着，可是男子毕竟力气比她大得多，强行拖着卓定垚上了自己的车。

这时，卓定垚的手机在车内疯狂地响了起来。

电话的另一头，卓启堂不断地打着电话，但迟迟没有接！卓定鑫和卓定森进来问：“是打给定垚的吗？”

“这孩子还在生气，到现在，连电话都不接！”

“定垚一般生气不会太久的，等她不生气了，再心平气和地和她谈。”

“也是，我还约了方松荫谈事情，要先走了，还有，如果她回来了，切记别埋怨她！”

随后，卓启堂来到会议室。贺天生也守约来到，见卓启堂陪坐在一脸恨意的方松荫旁，问：“二位约我来有什么目的吗？”

方松荫说：“商场如战场，这次天荫危机，我们集团股价暴跌，你想趁机出手，打入我们集团，我们无话可说，但是你做的事，真的就仅此而已吗？”

卓启堂这时也插话道：“我们都知道，你是郭志昌背后的人，骗方孝聪把手头的股票拿去抵押换取累计期权，你这是给方孝聪设局，逼他低价斩仓股票！”

贺天生叹了口气：“只可惜没有想到有人竟然接手出货，到最后还不是功亏一篑了！倒是你，你连天荫的累积期权都要收，真的以为自己是救港英雄？”

“我只做我认为对的事情。是的，这件事本是商场中的事，在商场就算了，只是，你这次做得太绝了吧！方松荫只有方孝聪这么一个儿子，你要不这么做，他至于会死吗？”

“呵，原来你们一直把方孝聪的死算在我头上啊？”

这时，方松荫忍不住拍了下桌子，咬着牙说：“就是要算到你头上，你手上有多少天荫股票，我要你全吐出来，一股都不能沾你这种人的手！”

卓启堂冷笑道：“你以为你用万学礼的钱炒股，我们真的不知道吗？”

贺天生一怔。

卓启堂趁势追击道：“我们也知道你买股的平均价格是28元，而今日收市价格是27元，但我们就是要让你27元卖出来。还有，你擅自挪用万学礼投入黄金城的资金来炒股票，可以证明你手头的资金有多少了，到期也要填充黄金城的数字，你做了这么多事，要多少才能平衡，自己心里有数吧，30？35？”

方松荫点头，接道：“股市可不等人。我既然可以到现在都一直拖着这个数字，也可以压得住，而你还能等多久，你又有多长时间呢？现在是最好的机会，27！吐出来，你还可以输少当赢，如果你给不了这个价格，那我们就这么耗着。”

卓启堂也敲打他道：“年轻人，我跟着方老过来也是想给你一个台阶下，你是个聪明人，现在吐出来是对你好，更何况，你现在没有选择！”

“我已经做出很大的让步了，年轻人最好见好就收，你自己看着办吧！”

贺天生攥紧了拳头，这一刻，他之前所有的运筹帷幄都化为乌有，真实地感受到了方家和卓家如同两座大山横亘在他面前。即便是掏空了上面的，底下的根基还是如此之巨！

他咬着牙，一字一顿地说：“我卖。”

走出天荫集团大楼，贺天生回过头来望了眼这栋高楼。

有朝一日，他会把这些人全部踩在脚下！

贺天生走后，卓启堂看方松荫仍然余怒未消，安抚道：“已经没有路可以走了，况且贺天生手中的股份对集团不能造成什么影响的，您有点冲动了。”

“他和章明晞做了这么多事情，是想吞了我天荫，”方松荫皱眉，握紧了拳头，眼中似有隐忍的怒火，“不能便宜他们，我就是要让他一股也拿不到！”

英国会俱乐部里，贺天生将支票交给了万学礼，万学礼接过支票笑着说："贺先生，做了这么多，最后白忙一场，这次就当买个教训吧！"

贺天生反笑道："胜败乃兵家常事，这次我学到了很多东西，我依然是赚的！而现在拿走我东西的人，我会让他们千百倍奉还！"

第十四章 有惊无险

卓启堂回到家，见到门口鞋柜边似乎没有卓定垚的鞋子，便朝客厅里望。定鑫和定淼坐在客厅里，不见卓定垚的身影。

卓启堂忍不住皱了皱眉，问道："定垚还没回吗？"

卓定淼抿了抿嘴唇，道："没有，我们也在这里等她。"

卓启堂心里咯噔一下。这时，他的手机忽然响了，接听后，电话那边传来了惊慌的叫声："爸爸！"

他脸色大变，急声问发生了什么事情。旁边的卓定鑫和卓定淼也紧张了起来。这时卓启堂手机里传来了那个男子的声音："你女儿在我手上，拿五千万换人，不能报警，如果你还想再见到你女儿的话……"男子又把电话对着大喊着"救命啊爸爸"的卓定垚，道："你还认得你女儿的声音吧！快点准备五千万，不许报警，晚点再联络你！"

卓启堂听到电话，似乎不敢相信电话中所说的内容，握着电话的手有些微微颤抖。

"定垚…被绑架了？"

卓定鑫、卓定淼异口同声地说："快报警！快报警，别愣着了，再晚点定垚要有生命危险了！"说着拿起了手机。

卓启堂急忙拽住他们："不能报警！不能！绑匪有要求，准备五千万，不能报警，不然定垚那边会有危险的！"

男子挂了电话后，阴郁地看着床上痛苦挣扎的卓定垚。

"我现在把你嘴上的绷带取掉，你若敢吵，我立马封住。"

卓定垚连连点头！

绷带取掉后，卓定垚表现得十分冷静，问："你为什么要绑架我，要做这样危险的事情？有什么困难可以告诉我，我跟爸爸说，让他帮你，不会犯法的！"

"你们这些有钱人最擅长的就是不犯法也能抢走别人的血汗钱吗？"

卓定垚一脸迷茫地看着他。

“你们说你们的迷你债券最保险，我从来不奢望能赚多少，只想保住这些钱，供女儿读书，让女儿读大学，可是现在被你们搞到我家都没了！你们骗我钱不犯法，而我只是想拿回我自己的血汗钱，你们就说我扰乱公众秩序，你们自己想想，是不是该死！”

这时房间的门被推开，男子一愣，连忙用被子盖住卓定垚，让她别出声。卓定垚从被子的缝隙中看到一个女孩推门而入，揉着眼睛对那个男人说：“爸爸，你好吵……”

男子立马换成一脸慈父的笑容，讨好地说：“下次不会啦。”便哄着女孩走出了房间。临走前朝房里警告似的瞥了一眼，关上了房门。

卓定垚看在了眼里，暗暗攥了攥拳头。

漆黑的环境下，卓定垚这样被绑着，不知过了多久，她拼命挣扎，但始终无法摆脱。这时，门再一次被推开，这一次，是女孩拿着饭盒走进来，面对被绑着的卓定垚毫无惧意。

卓定垚对女孩的态度感到很惊讶，女孩说：“你一定有病，以前妈妈有病会抽筋，爸爸会帮助妈妈，这样妈妈才不会伤到自己。”卓定垚非常诧异，女孩问卓定垚吃饭了没，她一个劲地摇头表示没有。女孩说：“那我喂你吃吧，以前，我都是这样喂妈妈的。”说着，拿走了卓定垚口中的手巾。

“那你妈妈呢？”

女孩边喂饭边说：“妈妈死了……”

卓定垚吃着饭，开始对自己的处境有些明白，原来女孩妈妈患有癫痫，而且已经过世了，她突然对男子的处境多了一份理解与同情。

与此同时，卓启堂在家焦虑地等待着，卓定淼拿着一个手提箱，匆忙赶来。

“五千万准备好了没有？”

卓定淼示意箱子：“都在这里了！”

卓定鑫再次追问：“是不是应该报警？”

“不行，对方只是求财，给了钱自然会放了定垚！”

卓定淼依然很担心，但是，不能拿卓定垚的生命开玩笑，总之，希望这件事快点过去，等卓定垚平安归来！

卓启堂看了看手表，道：“走，我们去太平山顶俱乐部。”

卓定鑫说：“不如改天吧，眼下最重要的是等定垚平安归来。”

卓启堂坚定地摇了摇头：“我们这样根本什么忙也帮不上。”随后便转身离开了。

卓启堂来到太平山顶俱乐部，里面数名银行家已经在此排列等候。卓启堂迈着大步走进来，表情庄重，严肃地说："各位都是代表香港银行界的大拿，今天，把各位都召集在这里，是想让大家帮香港做一件大事，否则近十年的未来，香港整个金融界都无法翻身，这绝不是一件好事，至于怎么做，大家应该清楚！"

这时男子换好衣服，准备去拿钱，让卓定垚乖乖地待在这里。他说："我只求财，拿到钱后，我保证你会平安回家。"

卓定垚焦急地说："你们家里的情况，我大概已经知道了，你不用担心女儿的学费，我可以帮助你的。"

男子笑了笑："你明白什么啊！像你们这种有钱人，满脑子都是怎么样让自己越挣越多，我怎么可能相信你！就像你爸爸，骗光了我所有的血汗钱，根本没有管过我们是生是死！"

卓定垚连忙摇头否定："爸爸不是这样的，他每天都在和我们说，赚钱要有底线，只赚良心钱，就比如之前天荫集团股票跌得那么惨，爸爸为了不让天荫拖累整个香港，所以自己出手入货，托起了天荫！所以爸爸绝对不是这样的人。"

这时，电视播出新闻提要，卓启堂聚集香港各大银行总裁，在太平山顶会面！男子笑了笑："你看看你们这些有钱人，又在商量着怎么骗香港市民的钱了，根本就是蛇鼠一窝！"

接着新闻又报道，这次会议的主要目的是商讨关于迷债苦主的赔款方案。卓定垚立马激动了起来："你没听到啊，爸爸是很关心大家的困难的！"

男子看了不屑地说："这根本就是给人们做做样子，自己口袋中的钱怎么会拿得出来？到最后还是要靠我们自己。"说着，转身离去。

此时此刻的街头，程凯等人依然在等待。大厦外的人看了电视新闻报道都在纷纷议论，银行是否真的会赔偿迷债苦主？

这时，男子出现了，看到众人都在纷纷议论。有人说，他们怎么会这么好？有人也说，他们应该会赔钱给我们的吧！男子一脸的不屑，混在人群中，目光时刻盯着之前约定好的垃圾桶。

卓定淼来到垃圾桶旁边，神色凝重，看向垃圾桶，里面貌似装满了垃圾。卓定淼小心翼翼地把钱放了进去，转身离去。

男子一次又一次地留意着四周，好像没有人注意到那个垃圾桶。

会议结束，卓启堂随后和各大银行家一同走出了俱乐部。卓启堂说，等会议结束之后，会有重要事情宣布。众人议论得更厉害了，男子则动身朝垃圾桶走去，边走边留意四周。

这时，卓启堂与各大银行家探讨，最终达成了共识，认为有必要向大家做出赔偿！后续细节要等下次开会安排及决定。

外面的人听到后，无不鼓掌欢呼。男子把钱从垃圾桶中取了出来，被众人的欢呼声惊吓到了。大家都知道银行愿意赔钱，个个都高兴得不得了。

程凯听到后，也更加兴奋。他大声说："这结果都是我的功劳吧！每日不辞辛苦支持大家抗争，终于达到了想要的结果，接下来应该考虑的是该如何运用这笔钱了！是要选择一个正确的投资方式，无论投资还是感谢，大家有没有想过投资我的充电宝 2.0 呢？这是最佳选择！"

众人听后，却不置可否，纷纷散去，正好朝男子的方向走去。男子非常警觉，急忙收起袋子，逆着人潮离去。

这时，两名香港警察也混进了人群，同样也向男子方向走去。男子发现有异常，急忙准备逃跑，但已被两名警察制伏在地上。程凯瞥见，蓦地一惊：这不是阿南吗？最终也只能看着阿南被控制带走。

电视的画面里，卓启堂正在慷慨陈词："我们现在虽然经历了很多困境，但是，我希望大家可以团结起来，一起从困境中走出来，而不是放弃！放弃希望，或者钻牛角尖，最后做一些让自己后悔，让家里人担心的事情！"

小女孩照旧喂她吃饭，卓定垚还是关心地问女孩："爸爸留你在这里，你不担心他出什么事情吗？"

女孩说："妈妈走的时候，爸爸向我保证，以后，爸爸再辛苦都会撑下去，爸爸很厉害的，不会有事！"

忽然，女孩手中的饭盒落地，倒在地上痛苦地抽搐着。卓定垚大惊，用尽全身的力气，终于挣脱捆绑，也没有时间想别的，抱起女孩就跑。

卓定垚抱着不断抽搐的女孩在马路上狂奔，边跑边大喊着救命，一边低头安慰她："坚持住，一定要等爸爸回来！"

但女孩似乎听不到卓定垚说的话，抽搐，病情慢慢加重，吐出了白沫。卓定垚无助地望着四周，一个千金大小姐，在此刻放下了自己的架子，不断向路人求助。

这时，一辆警车迎面驶来。卓定垚大叫着，抱着女孩就往警车方向跑去。警车在她旁边停下，警察匆匆下车，问她："你是卓定垚卓小姐吗？"

卓定垚只是激动地说："求求你们，快救救她！"

警察连忙接过女孩，风驰电掣地开走了。

卓定垚看到女孩终于得救，这才觉得腿软，幸亏被另一个警察扶住，才没跌坐在地上。这时卓定垚才回过神来，发现双脚痛到已经麻木，不知道什么时候被擦伤了，肿起来一大片！

她喃喃道："麻烦你……送我回家，我爸爸是卓启堂。"

第十五章 分崩离析

卓定垚静静地躺在病床上，满是伤痕的脚踝包着纱布。

病房里，卓启堂、卓定鑫和卓定森焦急地围在卓定垚的床边。这时，医生走了进来，一边复查着卓定垚的伤势，一边安慰他们三个："现在应该没什么大事了，脚踝有些骨裂，需要静养。"

卓定垚一愣，焦急地问："对我以后跳舞会有影响吗？"

医生见过很多这样的病人，当即安抚道："最近别乱动，你现在需要大量的时间休息，如果恢复得好，以后没什么影响的！"

卓定垚仍然是满心忧虑，再三追问医生："万一恢复不好呢？会有这样的可能性吗？"

医生有些求助地望向她父兄，卓启堂温声道："定垚，你不要激动。医生说了没影响。你要是乱动，到时候恢复不好怎么办呢？好好听医生话，乖啦。"

好容易哄得卓定垚闭目静养，三人连同医生离开了病房，向他道了谢。

卓定森叹了一口气："唉，原本以为只要方泽雨在香港，定垚就会陪方泽雨而放弃跳舞的。"

卓定鑫皱起眉头："出了这么大的事情，方泽雨怎么没来？他人呢？"

"我跟他留过言了，说我这边没有什么大问题，让他放心，不用来了。"

助理彭世岳朝卓启堂点了点头："卓先生，我已经和警方协调好了，这次会低调处理这件事，不会宣扬出去。"卓启堂虽然当时说反对报警，但还是放心不下，只好私下里联系署长，一定要保证女儿的生命安全，且尽量保密。毕竟在香港经济已经非常动荡的情况下，谁也不能预料，这样的绑架风波会带来怎样的影响。

"话说回来，定垚救的那个小女孩怎么样了？"卓启堂忽然问道。

定鑫与定森对视一眼，定鑫有些犹疑地说："爸爸，她也很可怜的……"

卓启堂莞尔道："我知道，定垚为了救她那么拼命，我难道还会跟一个小女孩计较不成？她的医药费也记在我们账上吧，都是可怜人……"他忽然脸色一肃，“那个绑匪要给我好好地查，到底是谁在背后捣的鬼！”

彭世岳点头，道：“明白！”

卓定垚被绑架的事，方泽雨还一无所知。他站在方松荫的书房里，看着似乎平白老了十岁的祖父，一脸震惊疑惑。

“为什么要把天荫中心转让到贺天生名下？”方泽雨难以置信，“爸爸的死跟他或许也有瓜葛！”

方松荫皱紧了眉头，把笔记本电脑转到他跟前：“你自己看吧，本来我拿捏贺天生不要太简单，结果他拿出这个东西来要挟我。”

方泽雨看着电脑里的视频。方孝聪浑身赤裸，丝袜套在头上，被一名戴面具的金发女郎拿着鞭子调教——很明显，这不是什么“虐待”，两人似乎都服用过毒品，眼神涣散，脸色泛着不正常的潮红，画面也越来越不堪入目。他如遭雷殛，捂着嘴倒退两步，胃里泛起一阵恶心。

方松荫叹道：“这些脏东西本来不想让你看见的，可方家现在也只剩下你了。贺天生要天荫中心，给他便是了，屋是死的，人是活的嘛。不管在哪儿办公，只要我们一口气在，天荫就还在。”

方泽雨攥紧拳头，如果一开始只是因为恶心，那现在他几乎是愤怒到颤抖，忍不住叫道：“父亲的死是他咎由自取！您就当他不是方家人好了，这种视频想传播就由他去吧，咱们一步也不让！”

方松荫眼眶酸涩。方孝聪是他唯一的儿子，说没有感情是骗人的。即使再顽劣、再不成器，也是他方家的血脉。他不是不恨，但恨没办法，毕竟人已经没了。

“我已经老了，已经没有办法从头再来了，但是你不一样，你还很年轻，以后方家的担子需要你来扛。如果一旦让这个视频流传出去，不管是你还是天荫都会受到牵连，你会因为有这样一个父亲而抬不起头……我是半截身子入土的人了，如果再早 20 年，我根本不会理会他。天荫以后就是你的了，不过在交给你之前，我会把天荫清理干净。同样，你也不要让我失望！”

方泽雨望着祖父花白的鬓角，喉咙像是被堵住了，发不出声。他从未觉得自己如此无力。爷爷从小对他寄予厚望，但在天荫生死存亡的关头，他却什么都做不了。

他不知道自己是怎么离开书房的，只记得爷爷苍老的面容和无奈的叹息，从不佝偻的背脊也弯了下去。

程凯和朱小慧在外厅等他，见方泽雨一副失魂落魄的样子，连忙迎了上去。“喂，你怎么了？卓大小姐不是已经被救出来了吗，不用这么担心啦。”

方泽雨花了好一阵才理解他话里的意思。“什么叫被救？定垚怎么了？”

小慧惊奇地说：“你难道不知道么，卓小姐被人绑架了，刚刚才被警察救出来，报纸上都印了……”

下一刻方泽雨推开他们冲了出去，程凯在后面嚷道：“喂，你就这样去见她，不用买束花什么的吗？”

方泽雨不理会他，跳上车，一路往卓家的私人病院狂飙。

他冲进病房的时候，卓定垚正坐在轮椅上，双臂虚拢，满脸陶醉，半张脸沐浴在阳光里，如同画中的缪斯女神。

她听见动静，便微笑着睁开眼，看见是方泽雨时，不禁有些惊讶。

“泽雨，你怎么来了……”她有些局促地看了看自己身上的病号服，这几天养病，连护肤品都顾不上用，头发也没有打理，想必不怎么好看。

方泽雨觉得视线有些模糊了。他跌跌撞撞走过去，一把抱住了卓定垚，力气很大，但是很小心翼翼，像是呵护稀世珍宝一样，生怕碰坏了她。

“定垚，对不起。”他一开口，才惊觉自己的声音如此嘶哑。

“怎么了，泽雨？对了，你爷爷……他还好吗？”卓定垚想起自己去山上散心的缘由，不禁忧心忡忡。

方泽雨低声说：“是我太没用了，爷爷也好，你也好，程凯他们也好，一直都在保护我，照顾我，可我却只能在一边看着。你这次出事……”他收紧双臂，痛苦地说：“我竟然是最后一个知道的，而且什么忙也帮不上。定垚，我真的很没用。”

卓定垚也不知如何安慰他，只好轻声道：“说对不起的是我才对，本来想多陪陪你，结果还是拖了后腿，让这么多人为我担心。我……”

“定垚……”方泽雨忽然打断她，“我们分手吧。”

卓定垚瞬间僵硬，一句话卡在喉咙里，好半天才反应过来：“你说什么？”

方泽雨几乎没有勇气说第二遍，但爷爷佝偻的背脊、父亲荒唐的死相又在他眼前晃个不停。他闭了闭眼，平静地说：“我要留下来振兴方家，不能陪你去布拉格了……而且我不希望你留下来，我知道你为了跳舞付出了多少，如果这些努力因为我而白费，我会恨自己一辈子的。”

卓定垚的眼泪唰地掉了下来。她知道方泽雨是个温和的人，但是一旦他做出了选择，那么谁都无法撼动。

方泽雨松开了她。她下意识去抓他的衣袖，结果抓了个空。方泽雨背对着她，轻轻说了句："定垚，保重。"便头也不回地离开了。

这四个字砸在她心里，几乎让她喘不过气。卓定垚愣愣地看了看自己的手心，泪珠滴落，填满掌纹的缝隙。

天荫中心外。

贺天生的车停在了大厦楼下。

他本可以直接让司机开进停车场，再从地下的电梯上去。可他宁愿多走一段路，只为让所有人都知道，他光明正大地入主了天荫中心。

章明晞跟着他下车，摘下墨镜，二人相视一笑。郭志昌早就在一边等候，贺天生随手把跑车钥匙扔给他。

"拿去开吧。"

郭志昌忙不迭点头哈腰："谢谢，谢谢，贺先生果然是做大事的人，出手不凡。"

贺天生看也不看他，摆了摆手："这是你应得的，不用客气。"

说完挽着章明晞走进天荫中心，郭志昌目送他们进去，连忙喜滋滋地把车开走了。

两人坐上电梯。贺天生微微皱眉，道："方孝聪待他不薄，他说卖就卖，这种人能信得过吗？"

章明晞笑道："他帮方孝聪买药的证据都在我这里，一旦透给警方，也免不了牢狱之灾。再说了，方孝聪的艳照视频都是他卖给我的，没有这些，我们还真拿不下天荫中心呢。"

说话间电梯来到了顶层，贺天生率先迈了出去，感叹道："这里还是我们第一次见面的地方呢，还是很有纪念意义的。"

章明晞有些恍惚，她仿佛看见那个跌跌撞撞的自己从嘈杂的会议室里跑出来，背后是方孝聪醉醺醺的吼声："章明晞，你跑去哪儿！"

她回过身，硬着头皮解释道："方总，我去拿酒。"

方孝聪恶狠狠地看着她："今天是为了庆祝咱们车队捧杯，你可不要扫大家的兴。"

她无奈应下，匆匆往洗手间门口走。忽然，一个黑影朝她压了过来，章明晞躲避不及，被压了个踉跄。

这人正是面色潮红的贺天生。他满身酒气，眼神却是清明的，与章明晞一对视，瞬间就明白了她的窘境。

“想溜走吗？”他面带笑意，“我可以帮你，只是……唔，可能有点恶心。”

章明晞想都不想地点点头。下一刻，贺天生“哇”地吐了她一身。

她惊叫一声。不远处，方孝聪出来找她，看见这一幕，不禁嫌恶地皱起眉头。

“方总，我……”章明晞可怜兮兮地看着他。

“行了行了，你怎么搞的！快回去吧。”方孝聪捂住鼻子，朝她挥了挥手。

这时贺天生的同伴过来扶住了他，对她连连道歉，章明晞连忙道：“没事的，照顾好你朋友！”

她暗自松了口气，忙不迭地离开了这里。

通过这次的事，她才正式认识了贺天生。

此刻，贺天生与章明晞二人终于入主天荫中心。来到那熟悉的会议室，站在里面的落地窗前，看着面前繁华的城市，仿佛自己得到了一切。

贺天生对章明晞说：“现在全香港的人都认定了我们是夺走天荫中心的雌雄大盗，以后的路会越来越难走，你要做好心理准备。”

章明晞淡笑道：“走到今天，不容易，以后的事情，以后再说。”

贺天生拿出了准备许久的求婚戒指，牵起她的手，温柔地说：“我们是在这里认识的，今天我们共同努力，得到了这座办公楼。今后我们共同面对一切困难，嫁给我吧，明晞。”

章明晞望着那枚硕大的钻戒，鸽子蛋的款式无疑能满足所有女人的仪式感和虚荣心。她有些激动地说：“遇见你是我的幸运，我愿意嫁给你，天生。”

正巧，此刻维多利亚港口放起了烟花，仿佛是为他们在庆祝。贺天生终于得到了天荫中心，毫无疑问，这是他们最好的结婚礼物。

二人在烟花下拥吻。

第十六章 世纪婚礼

翌日，二人就把钟思琪叫到了天荫中心的办公室来，告知她将要结婚的消息。

贺天生说："我们很看重你的能力，希望你能加入我们，帮我们设计专刊。"

钟思琪拊掌称赞道："二位刚刚入主了天荫集团，已经算是香港的半个公众人物了，如果专访再分几天刊出，保证二位结婚的消息必定成为整个香港的热门话题，受到万众瞩目。"

贺天生笑了笑："好，如果有什么需要随时告诉我！"

钟思琪刚要走时，忽然想起了一个问题，于是回过头来问章明晞："二位要结婚，通知过方松荫吗？如果通知了，他会来吗？"

章明晞愣了一下，一时竟不知如何回答。

最后章明晞还是去找了方松荫。

方松荫没有把她拒之门外，但脸色很阴沉，一边咳嗽，一边喝着茶，看上去身体大不如前了。

章明晞还是一如既往地为方松荫冲茶。

方松荫伸手阻止了她，淡淡地说："不用了，你现在还在这里跟我虚情假意的干什么，有什么事直说吧。"

章明晞拿出了自己和贺天生的结婚请帖，道："我和天生要结婚了，希望您能赏光。"

方松荫嗤笑，道："手脚真快，天荫中心这份大礼都已经送给你们了，婚礼我就不去了。你在天荫的时候，我自问一直以来对你不薄，可是你俩合谋用下作手段抢走天荫中心，做出这样的事情，自己的良心真的能过去吗？"

章明晞面色不变，直言道："我很感激您这些年在集团对我的照顾，但是，方孝聪是怎么对我的，我当年发过誓，要让他百倍偿还。"

她当年做方孝聪助理时，一次险些被他酒后强暴，事后方孝聪还在方松荫面前告状，要开除她。是方松荫单独把她叫到办公室，给了她一张股票号码，对她说："我知道你没有错，我会补偿你，这个号码现在是两块钱，等到十天左右，到八块钱的时候你就把它抛出去。"

提起这件事，方松荫面色一滞，他当年用这样的方式息事宁人，也没有高尚到哪里去。

章明晞眼眶泛红，哽咽道："我当年其实可以报警的，但是为了天荫的声望，我没有。方孝聪的死是他自作自受，但是我真心希望您可以来参加我的婚礼。"说完将请帖放在桌上，默默离去。

方松荫神色复杂，良久，拿起了桌上的请帖，轻轻摩挲。

章明晞离开了方松荫的茶室，恍惚回忆起自己离开天荫的那一天。

她情绪很低落，约了贺天生在中环街头见面。

见到匆匆赶来的贺天生，她便将手中的号码递给他，道："集团终究是把我开除了，为了集团和方松荫的面子我也没办法去报警，但是方松荫给了我这个号码作为补偿，但是我手头钱不多……"

贺天生踌躇满志地说："我也是，大约只能买两球。但是我们要把握好这唯一的机会，既然是方松荫说的，两球肯定是不够的，我们先去找各自朋友借钱，竭尽全力去赌一次，起码要二十球！"

他们赌赢了，所以才有了后来的季生。

温哥华，郑思妤宅。

高哲从香港赶来时，这间屋子已经挂上了"For Sale"的牌子，透过窗子往里望去，家具都蒙上了白布，一片死寂。

他联系了房产经纪，对方带他进去看了房子。他摩挲着沙发背，二人一起坐在沙发上看电影、郑思妤依偎在他怀里的场景仿佛就在眼前。

高哲去了郑思妤打工的地方，那边也没有她的消息。这个人如同一滴水汇入了大海，在这片土地上消失了。

郑思妤非常喜欢加拿大，宁愿和高哲异地恋，也要留在这里。高哲觉得二人聚少离多，想让她回香港，安安心心地备嫁，可郑思妤不肯，他们还吵了一架。

郑思妤闹脾气，一个人跑去海边，高哲雇了一堆小朋友给她送花，最后自己抱着一大捧花忽然出现，顺势拿出戒指向郑思妤求婚。

钻石戒指映着夕阳，不知是因为感动还是因为海风，她的眼眶有些泛红。

"可是我还是没法跟你回香港。"

“没关系，我已经想清楚了，你想留在哪儿，我就跟你到哪儿。”高哲温情脉脉地看着她，说着将钻戒戴上郑思妤的手指。

二人在海风中相拥。

此时此刻，郑思妤也坐在海边，看着当年高哲向她求婚的那片沙滩。

良久，她摘下手指上那枚钻石戒指，放进信封里，准备寄回香港还给高哲。这枚戒指在她最痛苦的时候曾给予她慰藉，也曾在得知高哲是迷债设计者时给她带来了无边的痛苦，可她始终不忍将它丢弃。

而现在，她要重新开始生活了，这枚戒指也应该还给它的主人了。

“阿哲，再见了。”郑思妤将信封投进邮筒，转身离去。

在她离去不过一刻，失魂落魄的高哲也走过海滩，经过这个邮筒时，忍不住朝它看了一眼。

这并不是他要找的人。

章明晞与贺天生结婚那日，宾朋满座。

钟思琪走进新房，笑嘻嘻地对梳妆台前补妆的章明晞说：“果然人们都说新娘子是最美的，明晞姐一看就很幸福呀。”

章明晞一身白色高档定制婚纱，钻石项链和耳环都价值不菲，卸下职业套裙的她也敛去了锋芒与棱角，眉眼间洋溢着小女人的幸福。

她笑着嗔道：“行了，就你会说话，别卖关子了，什么事情啊？”

钟思琪问她：“主桌还有很多空位，这样放着也不大好看。你们请的人都来齐了吗，要不要我帮你安排下位置呢？”

章明晞心下微沉。这时贺天生走了进来，一身配套的白色西装，显得高大帅气。他一副胸有成竹的样子，看着镜子里的章明晞，笑道：“放心，他们一定会来的。”

卓启堂、卓定淼把卓定垚送到机场，三人不舍道别。“到那边记得照顾好自己，到了给我们来个信息。”

这时，卓定鑫匆匆赶来大喊：“定垚！”

卓定垚望着迟来的卓定鑫感动地说：“哥，你不是说有事不来了吗？”

卓定鑫笑道：“工作归工作，妹妹也是要送的。”

卓启堂在一旁插话：“你哥惦记你，这一走，不知道什么时候才能见了，你多保重！”

卓定垚总觉得他们有事瞒着自己，于是道："我该进去了，你们也快点回去吧。"说完一一与父兄拥抱道别。

她走过安检口时，却停了下来。她心里空落落的，希望临走前可以见方泽雨最后一面，于是四处张望着，期待奇迹的发生。心中不安的她拿着手中的手机，一次又一次地输入方泽雨的电话，始终没有勇气拨出去，最终所有的希望都变成了失望，直到最后一刻，她也没有看见方泽雨。

卓启堂出了机场问卓定鑫："这会儿，你不是应该去接英国议员了吗，出了什么事？"

卓定鑫懊恼道："我们确实是约好了在机场的酒店见面。可是，我过去的时候，酒店的人告诉我，他没有来。"

卓启堂惊讶道："这是怎么回事，他会去哪里呢？"

卓定鑫道："应该是被万学礼接走了。"

卓启堂反应道："贺天生这小子，算你狠！走，去贺天生婚礼现场。"

卓家三人到了接待处，一下车便引来了记者的围观拍照。

到了宴会厅内，万学礼、贺天生二人正在与英国议员交流，看到刚刚赶来的卓启堂，不禁露出了微笑："卓先生赏光，介绍一下，这位是……"

卓启堂打断贺天生的话，直言道："我知道，这位是英国议员。要不是因为他，你以为我会来这里？"

万学礼笑了笑："我和 Michael 议员很熟。哦，对了，听说他最近好像在搞什么通讯，我可以帮到你哦。"

贺天生在一旁道："听说卓先生在上海搞项目，万先生这边很有兴趣呢。"

卓启堂也一笑，道："好啊，那我们可以坐下来谈一谈。"

贺天生道："好，我会把你们安排在一桌，一会观礼的时候可以慢慢谈。"

看着万学礼走开，卓启堂面色一寒，对贺天生道："你可真是有本事啊，竟然把英国议员半路劫到你这里。"

贺天生抿了抿嘴，微笑道："没办法，像您这样重量级的人物，我不花些小心思怎么请得动呢？您要是来了，其他人也就自然跟着来了。"

卓启堂冷哼一声，道："怎么算都是你得利，别在这一套一套的了。"

说话间，陆一山和方荣亨也到了，假惺惺地问候卓启堂："卓先生来得好早。"

卓启堂从容道："今日二位年轻人大婚，我们应该替他们高兴才是啊！"

钢琴曲在婚礼的殿堂慢慢响起。主持人宣布结婚典礼正式开始，下面有请新人入场。一身白衣的贺天生拉着章明晞的手从容地走向舞台。

这时，满座的宾客被外面记者嘈杂的声音吸引过去，大家纷纷望向大门处。

门一开，记者们照相机的闪光灯不断闪烁，而伴随着闪光灯，从中走出来的，竟然是方松荫！一时满座皆惊。

方松荫走到了门口，整理了一下衣服，由永祥扶着，气势不输给在场的每一个人，中气十足地笑着说："老人家走路慢，请多担待啊！"

贺天生、章明晞互相看了看对方眼神，马上走下去搀扶方松荫。

此时，众人也都窃窃私语："方松荫来了，他怎么会来这里，他们不是都翻脸了吗，贺天生把天荫集团都抢过来了，方松荫还会来？"

方松荫缓缓道："我有话想在台上说，你们不介意我说两句吧？"

贺天生不知道方松荫有何用意，但是场面已经发展到这个地步，只好在无奈之下同意："没事，您随便讲就是了！"

方松荫缓慢地走向舞台，拿起话筒："我来晚了，先说声抱歉。可是我心疼明晞，她就像我的亲生女儿一样……这杯茶，我想喝好久了。"

主持人立刻机灵地搬来茶具。

此刻，贺天生的心中有些恼火，但是大丈夫能屈能伸，还是把沏好的茶端给了方松荫。

方松荫笑眯眯地接过，喝了一口。看着贺天生恭敬的样子，心中大大地出了一口恶气。

你贺天生抢走天荫中心又怎样？我方松荫在一天，方家就从未倒下！

喝完茶，卓启堂带领着在座的众人鼓掌。

婚礼继续进行，主持人让贺天生发表感言。

"各位朋友、来宾，大家好！感谢大家能够来参加我和明晞的婚礼，最近发生了太多事情，我们夫妻俩能走到今天这一步真的非常不容易。今天大家齐聚一堂，替我庆祝这个有意义的时刻，我在这里先敬大家一杯！"

章明晞脸上写满了惊喜，她怎么也没有想到，香港商界最有头有脸的人物都来参加自己的婚礼了，真可谓是风光无比。

他们的婚礼上了第二天的头条，连续几篇都在报道这件事，几乎详细到了章明晞每一件首饰的品牌款式，连普通市民都津津有味地谈论着这件事，季生集团的股价也有所升值。

俨然成了香港商界的一段佳话。

第十七章 怀才不遇

这天，玉萍和国添日常推销着充电宝，对来买充电宝的每一个人都要说："在我家买吧！你知道充电宝是谁发明的吗？就是我弟弟。当年 iPhone 出第一代的时候，他早已经有这个商机，你说他是不是有先见之明？"

每次客人的回答都是："那他现在应该是做得很大啊？"

面对这样的回答，两人只能苦笑。

与此同时，程凯一身帅气的西装，意气风发，开着一辆名贵的跑车在马路上疾驰着。他一边开着车，一边与旁边的客人交谈着现在 APP 的发展趋势及发展策略，讲得头头是道。客人听了，不断点头，心悦诚服地跟着程凯的思路走了下去。

程凯随意问道："不知道您考虑得如何了，对我的讲解还算是满意吗？"

客人连连点头："满意，满意，可是上百万毕竟不是小数目，我还需要再考虑一下。"

程凯似对投资的钱满不在乎的样子，漫不经心道："投资不在于数目的多少，而在于收到的回报是否成正比，您方可再考虑下，可是，这眼前的机会，可能眨下眼睛就没了！"

就好像他之前那无人问津的充电宝项目，现在少说都已经价值上百万了。

随后，程凯将车停回二手车行门口，下车恭敬地帮客人打开车门。

他满怀期待地问："这辆车怎么样？除了外观不是新的，里面的机器大多数都已经用厂家原装机器重新装了一遍，这个价格很划算的。"

客人非常满意："不错不错，就要这辆了。对了，你们车行的伙计都挺健谈的。"

原来，程凯只是在车行帮忙打工试车。

他有些无趣地说："那请您到这里来交一下手续费，谢谢。"

忽然门口有人大叫他的名字，一个凶神恶煞的男子冲了进来，程凯吓得转身就逃走。男子一边追，一边大喊："等我抓住你，你就完了。"

买车的客人吓了一跳，问前台的收银小妹："这是怎么回事？"

小妹一脸淡定，不以为然地说："哦，那个人是他的债主，天天来要债的。"

程凯被追到了街上，一路狂奔，居然慌不择路地跑到了天台上，眼看还是被人高马大的华子抓到了。

程凯冷汗涔涔地求情："我在深水埗认识的人多，我姐夫是卖尿袋电池的，有钱一定还给您！"

华子油盐不进，抓着程凯的领子，把他按到了天台的边缘："我知道你们深水埗的人都不买你的帐，你今天不还钱，我就把你扔下去！"

程凯脑中一片空白，也许人在面临死亡的时候，脑子总会短路的。当程凯反应过来的时候，他半个身子已悬在空中，命悬一线。华子按着他的头，他侧身看到了车水马龙的马路，霓虹灯牌……如果他就这样从楼上被扔下去，他会掉到马路上吧，然后被车流碾过，又或者从灯牌上掉下去，身体被撞得四散分裂。

想到这里，程凯不寒而栗。如果他就这样死了，不说一世英名，世人还未见识到这个伟大的发明家呢。

程凯慌忙之中，突然大叫一声："老大，你让我打个电话，我让女朋友来救命！"

今天得知程凯被华子追债后的小慧，一直着急凑钱。虽未凑齐，甚是担忧华子会和程凯拼命，还是决定先去找他们。

朱小慧心急如焚地在街头狂奔，终于气急败坏地来到天台，边大力推开门边大叫："我拿钱来啦！"

怎料，一推开门，天台竟空无一人，朱小慧瞬间愣住！

然而此刻，程凯正和华子在石硖尾银行，像好朋友般勾肩搭背，坐在阮令翘面前。

"我要借钱，他会做我的担保人。"程凯指着华子说。

"是呀！有多少借多少。"华子连连点头，不知程凯施了什么魔法，让华子和之前判若两人，仿佛已成为程凯信徒。

"不好意思！这位先生不符合资格，我们银行是不会借钱给你的。"阮令翘面无表情。

"为什么呀？我信用一直很好的。"华子惊讶。

"这位先生有八张信用卡，张张都刷爆了，身上有几十万贷款，还有好多逾期还款纪录，信贷评级是最差的J……”阮令翘一一细数程凯的财政情况，转过头看向华子，“这位先生我好心提醒你，你在做担保人之前应该要好好了解下，这个人不是第一次叫人做担保。”

阮令翘说话间，虽然全程没有正眼看过程凯，但程凯知道，这些话都是对他说的。然而程凯经常做这种事，已经能把阮令翘的这种暗示和警告，左耳进右耳出了。

“我想得很清楚！你知道吗，这个人是人才呀！现在差不多人人都有的充电宝都是他发明的！他现在有个新想法很好，只要借到钱，他一定可以发财……”华子完全没有把阮令翘的话听进耳中，反而继续憧憬着。“到时我就可以坐在这里等收钱。”

阮令翘忍不住翻了个白眼，小声嘀咕道：“都是在哪里找到这样的傻瓜的。”

程凯得意地向阮令翘仰起头，“你听到了吗？人家很欣赏我，愿意借钱给我。”又对着华子献殷勤，“华哥你真是慧眼识珠哦，咱俩英雄所见略同……”

阮令翘坚持道：“我们银行是一定不会借钱给这位程先生，不好意思，我们就要下班了，麻烦你们离开。”

阮令翘说着说着，目光向门口看了一眼。门口有人气喘吁吁地跑进来，正是朱小慧。朱小慧见到程凯和华子，松了一口气：“我这里有几千块，虽然不够，但可以先拿着……”

华子看着上气不接下气的朱小慧，转头问程凯：“这个是你女朋友呀？”

程凯还没来得及回应，朱小慧已急于否认。

“我不是，我不是！”朱小慧努力摇头，并用手指了指阮令翘，“这个才是他女朋友。”

华子看了一眼朱小慧，又转头看了看面如寒冰的阮令翘，惊讶地问：“你是他女朋友？”

阮令翘没好气地哼了一声。

待华子离开后，朱小慧依旧惊魂未定，推了一把程凯，斥道：“你要吓死我吗？我真的以为你要被人推下楼了！”

程凯面露得意之色：“我哪有这么容易死呀！”

“不过你是怎么做到的？那个人不仅不用你马上还债，还说那些钱当投资给你。”朱小慧疑惑。

“那当然了，我是谁嘛！”

“果然厉害。”朱小慧说着，表情带着一点崇拜。

阮令翘拿着包，正好下班出来，听到二人对话，对着程凯说：“是是是！你就接着吹嘘吧，最厉害的是骗人下水。”

“没有啦，他这样都是有他的本事嘛。”朱小慧连忙打圆场。

没想到，阮令翘听到朱小慧帮程凯说话，更是生气。明明程凯这么任性了，为什么身边这些人都如此纵容他呢？就连要债的人，竟然也被程凯给三下五除二哄走了。如果没有人严肃告知程凯他的这些坏毛病，只怕他永远也不会改吧。

阮令翘皱眉对着朱小慧说：“你不要他一次次找你，你就飞奔过来帮他，你自己想一想，这么多年来你帮了他多少？”

“不然的话，他刚刚就要被人推下去了。做朋友的，我不能看着他死吧。”朱小慧眨着眼说，表情无辜，让阮令翘都不知道拿她怎么办了。

阮令翘没好气地说：“就是因为你一直纵容他，他才不怕死！让他死一次，他才会改。”

一直扬扬得意的程凯，见气氛不太好，连忙上前做和事佬：“好啦好啦，这次是我不对，我要谢谢小慧一直这么帮我，也要谢谢我的女神Alice，一直努力教育我。”转而看着阮令翘和朱小慧，笑道：“我看时间都差不多，不如我们先去吃饭吧。”

阮令翘没好气，用包打了程凯一下：“说得再好听也没用，我可不吃你这一套。”说着，她转身离去。

程凯见状，用可怜的眼神望望朱小慧：“小慧，那我就……”

朱小慧叹了口气，识趣地说：“好啦，你去追吧。”

程凯得令，高兴地转身追着阮令翘说：“走慢点，我送你呀……”

朱小慧看着程凯和阮令翘的背影，程凯嬉笑着，努力向阮令翘耍宝，阮令翘不理他，大步向前走。朱小慧看着看着，眼睛发酸，自言自语：“算了，你还看什么看呢，本来就没戏了。”

程凯载着阮令翘到山顶停下，阮令翘还是气鼓鼓的，问道：“你带我来这里做什么？”

程凯讨好道：“别生气了，我们去风景好的餐厅吃西餐嘛，好不好？”

阮令翘侧过头瞪着程凯：“还有钱吃饭吗？卡都被你刷爆了……”

“我上个月多卖了几辆车，有不少提成，还清卡上的钱啦！”程凯讪笑着。

阮令翘恨恨地放下手臂：“这样为什么你还倒霉到要到处借钱？你知道我最不喜欢你到处借钱了。”

“我之前找了个人做兼职，到时间要给他钱，我没理由拖欠他工资嘛！”程凯厚着脸皮向阮令翘撒娇，“而且当初不是因为借钱，我又怎么会认识到你这么好的女朋友呢……”

“可是认识你我很憋屈啊……你什么时候才可以正正经经、脚踏实地做人？你明明有好主意，但就眼高手低，每次都说要做到最好。”阮令翘翻白眼道。

程凯动了动嘴唇，想反驳。

阮令翘没有给程凯反驳的机会。

“别人做出了你的idea之后，你又嫌自己不是第一个做的。但做生意就是这样啦，灵感来来去去就那么多，你应该好好利用，但你又不肯，才搞到一事无成！”

阮令翘说着说着，声音越来越大。

突然有声音出现——

“Alice宝宝你别生气，我把冷气开大，给你降下温呀。”阮令翘看着没出声的程凯，一愣。

循声看去，原来车头放了一个装置，上面是笑眯眯的程凯的样子。

“这是什么呀？”阮令翘拨动着小装置，一脸好奇。

“这是自己设计的虚拟管家，因为你下星期要跟公司去外国，我特地熬了好几个通宵赶出来的。”程凯自豪一笑，转而对着虚拟管家说，“来，你做个自我介绍吧。”

设置内的“小程凯”亮起了灯，道：“我可以叫Alice宝宝起床、提醒宝宝每日天气和行程，还会在宝宝回家前帮他开灯、开电器，最重要还可以哄宝宝笑哦……”

阮令翘看着这虚拟闹钟，没好气地说：“别以为这样就可以哄我了。”开始不断发泄一般胡乱按闹钟。

“哎呀，指令错误。指令错误……”程凯的小装置不断叫着。

闹钟失灵，装置内的程凯开始不断摆搞笑姿势，时而同手同脚，时而双手同时向上举手。“噗嗤”一声，阮令翘终于忍不住笑了，可一笑完又觉得自己下不了台阶，迅速收起笑颜。

程凯见阮令翘笑了，小松了一口气，讨好般地说：“现在没事啦，那么不如……我们去吃饭吧？”

阮令翘气也消了，台阶也下了，不再板着面孔，软声说：“这样还吃不吃西餐呀？”

"是呀！去快餐店！"程凯忍不住又调皮。

"你……"

"你想换西餐吗？"程凯搂住阮令翘的肩膀。

"是，那我们快点走啦！"阮令翘这才笑着说。

第十八章
引狼入室

中环街头，行人络绎不绝、熙来攘往。商场前的大荧幕上，播报着新闻画面。“今日早上傲堂集团股票轻微上升，半年来已经累积升了十个 percent。”一女播音员面带微笑播报着。

然而，在傲堂集团，大家对此却并不乐观。会议室内，卓启堂、卓定鑫和陆一山对公司股价最近接连上涨都起了疑心。

“是不是有人在市场上对傲堂动手脚？”卓定鑫十分不解。

“真要有人做手脚，那百分百是贺天生了。这几年来，他不断用这些诡计，吞并了好多间公司。”陆一山不屑地说，“他的人品本来就有问题。”

说曹操曹操到，走廊上立刻响起了脚步声。经过一番细心打理、面露自信的贺天生在郭志昌、钟思琪的陪伴下，气势逼人地走向会议室。

“你们在门口等我。”贺天生对郭志昌和钟思琪说，随后推门而入。

两人在会议室外等贺天生。他们穿着黑色套装，表情十分傲慢，不屑地环视着傲堂其他的员工。

原来，贺天生已成为傲堂董事之一。

“堂哥、山哥，这么早呀？”贺天生见卓启堂、陆一山已在，马上笑着明知故问。

“天生啊，你知不知道，傲堂的股价在这半年有异动？”卓启堂不拐弯抹角，把双手撑在桌子上，直直地看着贺天生的眼睛说，“我担心……是有人想对傲堂出手。”

“堂哥的意思是……”贺天生假装不解。

“呵，别装了，你之前趁阿坚在泰国投资失利，吞了他的股份。现在坐着堂哥的顺风车，身家跟着傲堂股价升，今年上到十大富豪，但是这样你还不满足，难道现在想吞了傲堂不成？”陆一山看不下去，忍不住讽刺贺天生。

“我说山哥，我可什么都没做。之前是坚哥出事找我帮手，自己不想见死不救而已。这次是一直都想跟堂哥学东西，才会接了坚哥手上的货，来傲堂董事局。”贺天生两手一摊，话锋一转，“而且山哥你既然说了，我现在是傲堂股东兼董事，大家坐在同一条船上，怎么会乱来？”

陆一山冷哼一声，不屑和贺天生说话。

“总之，不是自己搞事就好，有我看着，没有人能搞傲堂。”卓启堂看着贺天生说。

贺天生也看着卓启堂，语气波澜不惊，似乎和他全然不相关。“我也会派人查下，是不是有人在外面搞事。”

陆一山的手机响了一声，他打开手机，看了一眼，转头对卓启堂说：“方松荫有事，待会儿不能去太平山顶俱乐部吃饭打牌了。”

“好，那要不改天，我们等方松荫一起再去？”卓启堂和陆一山商量。

“他老人家这阵子整天都有事，我们自己去好了。”陆一山突然看着贺天生，说话阴阳怪气地，“哎，说差一个人总是差一些，想找你去，不过可惜你又进不去。”

陆一山这话说中了贺天生的心事。他一直希望有机会能进入太平山顶俱乐部，那里集合着所有最被公认的香港富豪，不仅是财富的象征，也是权力的认可。

贺天生面色一沉，但随即表情自然，谦逊地说：“我也想加入太平山顶俱乐部，不知道山哥、堂哥是不是可以介绍我去呢？”

“不是我们不想帮你，进入俱乐部有规定，要八成会员通过才可以，不是我俩可以决定的。”卓启堂笑着说。

贺天生心知卓启堂、陆一山有意戏弄自己，但表面云淡风轻。

卓定淼推门进来，道：“其他董事到齐，可以开会了。”

阿拉贝斯、伸展、绷腿跳跃、平地转三圈；干净柔软的脖颈、笔直的腿……在朱小慧的电器铺里，方泽雨投入地看着手机里卓定垚跳舞的片段。

“你看第三次了哦！怎么……想她了？”程凯本在一旁与阮令翘聊天，但看到方泽雨的样子，忍不住调侃他。

“瞎说什么！人还没到齐，我没事做，打发下时间罢了。”方泽雨连忙否认。话音刚落，朱小慧带着玉萍、国添、力威来到，“人齐啦，可以开始！”

程凯偷笑着，请出方泽雨。方泽雨开始向众人展示大数据。

“数码化年代，可以透过收集用户的网络行踪，来分析他们的个人喜好、生活习惯。大数据不只是资料处理工具，更是一种企业思维和商业模式，因为资料量急速成长、储存设备成本下降、软体技术进化和云端环境成熟等种种客观条件就位，方才让资料分析从过去的洞悉历史进化到预测未来。”

方泽雨说得头头是道。

玉萍、国添、力威三人却一头雾水，只觉得眼皮越来越沉，慢慢就听不清楚方泽雨在说什么了。

方泽雨看到几人都快睡着了，马上敲了敲桌子。

“谁谁谁？”国添吓醒，抹了抹口水。看到方泽雨一脸认真地看着他们的样子，有点不好意思。“你别生气，我们只是完全不知道你在说什么。”

玉萍点头，颇有同感：“是啊，你说这个我们肯定听不懂的。”

“太深奥了。”力威附和。

“不深奥啊，我明白哦！”阮令翘明白方泽雨所说的，她疑惑地看了看其他几人，“这个想法很好啊，现在好多大公司、银行全部都在用大数据，你们天荫作为香港其中一间大企业，确实应该朝这个方向发展。”

程凯看着目前的状况，摇了摇头道：“你这种方式不行呀！你公司那些老古董，就像姐夫一样！要他们明白很简单，让我来。”

程凯让玉萍拿了张八达通出来，用手机一按，马上看到近十次的交易纪录。“大数据很简单的，就像我用手机就能看到你的消费历史。你看你最近十次消费，都是在茶餐厅吃下午茶，交通方面主要搭小巴。这说明你是个生活地址极其规律，而且比较懒和闲适，不喜欢到处跑的宅主妇。”

“分析得很正确啊，竟然一看我的八达通就能知道这么多，厉害了。”玉萍惊讶。

“我也明白了！”国添点头。

“这些什么大数据真的好厉害！”力威也连声夸奖。

随后玉萍转头和国添商量道：“你觉得我们的店，是不是应该搞这些大数据呢？”

程凯看到大家的热烈反应，非常得意地向阮令翘邀功：“怎么样！”

阮令翘看到程凯得意的样子，没好气地说：“方泽雨公司那些股东，可不是深水埗街坊，你这招行不通的。”

“应该可以的吧，泽雨本身已经准备得很好了，如果到时候那些人听不懂，加上程凯这招，一定没问题的！”朱小慧转头拍了拍方泽雨的肩膀，“加油啊，我相信你肯定可以的。

方泽雨看到大家的反应，听了小慧的鼓励，一扫愁容，似乎有了信心。

就这样，到了方泽雨要对众董事展示的时候。然而，众董事虽然没有像深水埗街坊一样睡着，但他们的表情已然表示出不支持的态度。

在新天荫集团会议室里，方泽雨开始总结。“大数据可以提升服务品质、增加管理效率、帮助决策和创造商业模式，对我们集团会有好大帮助。”

待方泽雨展示完毕，众股东开始七嘴八舌质疑方泽雨的计划。

“这些什么大数据，还没赚到钱就先要用一大笔。”

“是啊，要开个新部门，又要请一堆人，还说要换批新电脑，到底可以帮公司赚到多少呀？值不值得这样折腾？”

“一向都是我们给个什么市场，市场就会买什么的啦！怎么会反过来由顾客要求我们给他们什么？”

在众董事表示不满的时候，佳蓉一向都容易挑三捡四，自然不会放过这次机会。“赚钱要快，不如将我们这几栋大厦，加 2% 的租金就行啦！搞这么多事情做什么？”

方泽雨感到无力，虽然之前他做好了不被大家接受的心理准备，但依旧是不愿意放弃。想到在深水埗街坊毫无兴趣的时候，程凯的举例引起大家兴趣。

“不如我再示范一下大数据的用处。”方泽雨还想做最后的努力，转头问佳蓉，“你可不可以借张八达通给我？”

佳蓉疑惑：“我没有哦，我只用信用卡。”

方松荫看在眼里，忍不住皱起了眉头。

大数据计划终于未被批准。

方泽雨在方松荫房内，对着自己的爷爷忍不住开始抱怨。

“我不明白，为什么不批准我的大数据计划。这个是大势所趋，如果我们不快点开始，很快就会落后于人。”方泽雨坐在沙发上，单手撑着脑袋，露出懊恼的神色。

方松荫背着手，严肃地对方泽雨说：“你的想法不是不好，不过不太适合我们公司，而且你知道自从那件事之后，天荫一直都未恢复，对于突然要投资这么大又这么新的事情，董事会不愿意也很正常。”

“可是……”方泽雨似有不甘。

方松荫拍了拍方泽雨的肩膀：“好了，你别这么急进。”

方泽雨有点失望，果然这件事，暂时没什么希望。

“对了，你上次说想搞创业比赛，有没有做好预算？”方松荫担心方泽雨太失落，转移话题。

“已经算好了，需要五百万。”方泽雨强打精神。

“五百万太多了，一百万就好。你用一百万再算一遍，算好就可以开始搞比赛。”方松荫皱眉说。

“好的。”方泽雨感到没劲，虚应一声。

永祥敲门进来，屈身向方松荫请示：“老爷子，章明晞又来了，想见您。”

“不见！”方松荫面无表情，转头对方泽雨说：“你去打发她走。”

当章明晞见到方泽雨出来的时候，并不意外，她早猜到方松荫不会见自己。

“他好忙，没时间见你。”方泽雨板着脸说。

章明晞笑了笑说：“没关系，我只是因为看到有一根好人参，想到荫叔身体不是太好，想送来给他。”

“呵，你别在这里装模作样了。”方泽雨不屑地打断她道，“你如果真对爷爷有心，当年就不会这样对他。你现在整天送礼来，有什么意义？”

章明晞淡然说：“你现在也算是接手了天荫，见多了世面，你还不明白吗？商场如战场，总会有输赢！而且当日天荫出事，是你爸爸的责任，不可以怪其他人。”

方泽雨本想多争辩几句，但知再讲无用，便把话吞回肚中，忍着怒气道：“人参我家里有很多，你的人参我们不会收的，你拿走吧。”

章明晞听到方泽雨这么说，但依然把人参放下：“这根人参是我对荫叔的心意，你们不要就扔掉吧。”说完，转身离去。

第十九章 久别重逢

贺天生回到家，看到桌子上有根人参，好奇地问章明晞："你不是去送人参给方松荫的吗？"

"那根送了。"章明晞露出沮丧的表情，"这根是给我爸的，不过他不肯要……"

贺天生看到章明晞的表情，很快明白发生了什么。他换好鞋子后，走到章明晞身边，一手揽过她安慰道："算了，你爸的脾气，你知道他不会改。"

章明晞把手中这根人参重重放在茶几上，生气地说："我真的不明白，我们有钱又不是不管他，买了间大房子给他住得舒舒服服，但他还是这样，为什么那么看不起钱呢？"

贺天生笑了："比起钱，他更加不喜欢我罢了。"

章明晞不解，声线忍不住上扬，道："不是这样的，他就是觉得我眼中只认识钱。我知道有钱不代表什么，不过有钱可以多点选择，有什么不好？"

章明晞冷静了一下，似乎想到了什么，略带讽刺地说："也确实，有钱不好。有的事情，不管有钱没钱都不能选择……"

贺天生明白，章明晞是说气话了，她觉得有这样的父亲，无论自己怎么努力都不能开心。贺天生给章明晞递上杯红酒说："爸爸不能选择，老公可以选择啊，你不就选择了最好的吗？"

章明晞接过酒杯，与贺天生相视一笑，两人碰杯。

万学礼约了陆一山在一家西餐厅吃饭。

西餐厅是除了高尔夫球场外，最适合谈生意的地方，双方可以从容而又优雅地对各种项目和资金做出评估，又能借着吃饭的氛围巧妙地打太极。

这次他们的饭局，陆一山先到了，可他似乎正在被什么事情弄得焦头烂额。他边打电话边苦恼地挠着头，道："那么现在要怎么办？你帮我再想下办法。"

陆一山刚挂断电话，万学礼正好笑着走过来，拉着椅子坐下，随意问道：

“山哥好像有事情要忙？”

陆一山想了想，还是开口说了：“还不是我儿子的事情？明明以前有个证人见到，是伤者自己冲出马路，不是我儿子轧死他的，现在又找不到证人。”陆一山的语气中带有一些苦涩，已经为这件事操碎了心。“这些英国警察不知怎么做事情。”

万学礼摊摊手，道：“山哥可以早点跟我说，我在那边认识的法官、律师，去法庭一定可以大事化小。”

陆一山转了一下眼睛，知道这就是万学礼这次来找自己约饭的目的，毕竟生意人之间的交往，就是利益互换。他很快反应过来：“你不会无条件帮我的，那你想要什么？”

万学礼微微一笑，说：“你手上那些傲堂股份。”

万学礼和陆一山洽谈之后，还没吃饭就走了，因为他要和贺天生再次开会。

“英国那边打点得差不多，陆一山的股票已经是我囊中之物。”万学礼自信满满地说。

“你拿了陆一山的股份，我再去游说其他董事，只要数量够，你就可以加入傲堂董事局，到时我们再逐步将卓家的人踢出去，很快傲堂就会是我们的！”贺天生露出得意的表情。

万学礼疑惑地说：“傲堂这么大，是不是真的可以吃下去？”

“要吃当然是要吃大的，没有东西是吃不成的！一口太大吃不完，就慢慢吃咯！”贺天生说完，切下一块牛排，送进嘴里。

万学礼想了想，也笑了。“反正你做这么多事情，无非就是想加入太平山顶俱乐部，而我只要有钱赚就好，我们各取所需。”

贺天生笑着将一大块牛排叉住送入口中吃掉，一副志在必得的样子。

在傲堂集团办公室，卓启堂看着卓定鑫呈上的报告，生气地把报告摔在桌子上。“原来是万学礼在搞鬼，之前他一点一点在外面接散货，现在还想靠帮陆一山解决英国的官司，来收完他手上的货。”

卓定鑫点了点头：“其实万学礼一直都想进入内地市场，2008 年那次他找到机会在京城的项目插了一脚之后，他就以为自己很了不得。但其实之后他都只能做一些小项目。因为不忿，所以想贪我们傲堂，拿走我们的内地人脉……”

卓启堂思索了片刻，冷静地说：“虽然万学礼很想进入内地市场，但这不是他惯常的做法，他背后应该还有人。”

“那就很可能是贺天生了。”卓定鑫说。

卓定森走了进来，道：“我刚已经查到，陆一山儿子的案件中，证人是中国游客。”卓启堂拍了拍卓定森：“那你一定要快点联络杨总帮忙。”

避风塘炒蟹、豉香腐竹鱼煲、玉树麒麟鱼、贝裙边炒西兰花……

卓家餐厅里，桌上已经摆好各种美食。然而卓定垚却吃得心不在焉，时不时看看手机，随即露出有点失落的表情。卓定垚把手机放到一边，准备放弃等消息的时候，传来一声短信的提示音。

卓定垚拿起手机看完，忽然双手握拳，向着天空大叫：“YES，YES，YES！”

卓定鑫和卓定森面面相觑。

卓定垚看着两人疑惑的表情，解释道：“刚收到消息，现在徐董肯赞助我们舞团，还说会加大预算。”卓定垚的表情变得更加激动，憧憬道：“我相信，舞团很快就可以搞巡回演出了！”

卓定鑫和卓定森对视一眼，露出无奈的表情。卓定鑫摸了摸卓定垚的头说：“我不明白，为什么你要这么辛苦找赞助，还要在街头跳舞。就算你不想用爸爸的钱，你找我和二哥，多少钱我们都给你啊！”

卓定森点头表示认同道：“或者你说你是卓家大小姐，你想要多少赞助都有！”

卓定垚正想开口之际，卓启堂已深明卓定垚心意，笑着说：“我们家定垚这么厉害，不用我们赞助。如果我们想支持她，等到她有表演的时候，我们买票去看，就是对她最大的支持了！”

卓定垚开心地抱住卓启堂说：“还是爸爸最明白我！”

卓启堂拿起筷子，夹了一口菜给卓定垚：“好啦好啦，你看我特地叫阿姨准备了你最喜欢吃的，再说这些菜都凉了。”

卓定垚猛扒一口饭，四人都笑了。一家人温馨地吃着饭。

翌日，在飞机会餐厅走廊上，卓定垚边走边和丽瞳通话。

手机里传来丽瞳的声音：“你到了没啊？”

卓定垚闻言不由加快了步伐，对着手机道：“到啦到啦，正在走过来。”

卓定垚走得太急没留意，不小心与迎面而来的人撞上，手机掉在了地上。

卓定垚屈身拿电话，一抬头看见撞到的人，原来是方泽雨。方泽雨也才看到卓定垚，两人都愣了。

半晌，方泽雨清了清喉咙，先开口：“最近好吗？”

卓定垚捡起手机，微笑着对方泽雨说：“我挺好的，你呢？”

“还是那个样子。”方泽雨苦笑着，想着公司最近的状况，一言难尽，却又不知从何说起。

“阿公身体还好吗？”卓定垚似乎看出方泽雨欲言又止，转移话题。

“也挺好的，最近不怎么生气，还能在公司做些决策。”方泽雨大方回应，又想问卓定垚最近的状况，但不知以怎样的态度开口，犹豫片刻，刚鼓起勇气问道：“你最近……”

卓定垚的手机又响了，卓定垚露出抱歉的表情说：“不好意思，丽瞳在等我，我先过去了。”

方泽雨似乎有些失落，但也只是黯然说了声：“好。那再见。”

两人道别后，方泽雨怔怔地看着卓定垚走向餐厅的背影，很久才离开。

卓定垚匆匆走到丽瞳身边，问：“一个电话又一个电话地催，你干吗这么心急？”

丽瞳面露无辜道：“我刚才打给你，是想告诉你，方泽雨也来了。”

“我知道。”卓定垚平静地说。

丽瞳一愣，问：“你见到他了？”

“是，刚才在外面见到打了招呼。”

“那么你们见面有没有尴尬？”

卓定垚却不以为意，笑了笑：“不会尴尬，我们虽然分手了，但大家都还是朋友。而且之前回香港都见过几次，不尴尬。”

丽瞳刚才提心吊胆半天，以为要发生什么大事，现在看到卓定垚的反应，似是松口气，安慰道：“那也是，不过你们分手也是好事。虽然方泽雨这几年为了天荫付出不少努力，但天荫比起当年还是相差甚远。而你爸爸反倒成了香港首富！男女地位差这么多，也不适合在一起。”

卓定垚撇了撇嘴，内心不认同丽瞳的想法。他们在一起的时候，也并不是因为泽雨的家庭很好，和她很适合。只是两家走得比较近，自然而然熟悉起来。但卓定垚知道多说无益，丽瞳一向是个现实的利己主义者，她不想引发争论。“话说你最近和谁谈恋爱了？”

丽瞳一下子兴奋起来，道：“大小姐你总算问起我的故事了，我都不知道跟你说哪一段好了。唔，就先说我最近这段感情吧……”

丽瞳吱吱喳喳地讲自己的事，卓定垚频频点头，仿佛听得好认真。

虽然丽瞳对卓定垚和方泽雨的感情不看好，但自从那天他们无意撞上，卓定垚总会时不时想到方泽雨，她试图理顺自己的感情，希望以后能以朋友的身份相处。

直到那天……

第二十章
家中惨变

卓定垚刚谈完事情出来，就收到丽瞳发来的短信。卓定垚点开链接，是一则新闻，画面上是方泽雨驾车接阮令翘，新闻主播报道，方泽雨疑有新女友。

卓定垚看着新闻，内心竟重起波澜，有点不自在。她叹了口气，知道自己做了那么久的心理调整，心里依旧是有些放不下方泽雨，可是放不下又能怎样呢？人家还是有了新女友。

卓定垚失落地收起手机，没走了几步，刚好遇见方泽雨正打着手机迎面走来。卓定垚竟以为是自己想方泽雨，产生了幻觉。

方泽雨看到了卓定垚，马上上前打招呼：“ Leslie！”

卓定垚反应过来，真的是方泽雨，看着方泽雨一脸自然地跟她打招呼，想到昨天见面的时候，他还如此关心自己。原来……他已经心理素质这么好了吗？还是完全放下了？卓定垚的内心有点不平衡，不知以怎样的表情面对方泽雨。

方泽雨挂掉了手机。

卓定垚盯着方泽雨打手机，酸溜溜地问他：“你是不是赶着去看女朋友啊？别让人家久等了。”

方泽雨一头雾水，未及回应，卓定垚已开口说：“不妨碍你啦，我先走了。”

卓定垚强忍着泪水，大步走开。

方泽雨不懂，为何卓定垚说话怪怪的。这时候，程凯打电话来，半开玩笑地说：“你干吗追我女朋友？”

方泽雨更是不解，满头雾水地问道：“怎么你们都这样说，我哪来的女朋友？”

程凯电话里说：“我把链接发你看！这些记者真无聊，明明我在后面非不发，只留下你俩来编故事。”

程凯说着的同时，方泽雨点开链接来看，一愣，终于明白刚刚卓定垚为何语气有异。

方泽雨不想让卓定垚误解，想找到她解释，对程凯说："我有事，先挂了。"

方泽雨心急如焚地在街上走着，一心想着，如果她误解自己了该怎么办。她怎么会误解自己呢？如果她误解自己了，刚才还不太高兴，是不是意味着，她还在意自己？

方泽雨走了几条街，终于看到卓定垚在眼前。方泽雨上气不接下气地呼喊卓定垚，卓定垚转头，看到方泽雨出现在自己面前，感到愕然。

"我没有女朋友，报道里面那个是程凯的女朋友。那天我们三个出去吃饭，程凯在旁边，是记者故意不放他而已。"方泽雨脸红气喘地解释。

"你特地追上来找到我，就是为了解释给我听？"卓定垚笑着问。

方泽雨点了点头。

两人相视一笑，他们知道对方也在乎自己，自己内心的不安和试探，好像终于找到了出口。他们就这样默默凝视着彼此，虽然现在不是男女朋友了，但他们依然是如此熟悉，现在他们的距离，虽然比在一起的时候遥远，但也比前一阵子近了，如果可以，真想就一直停留在这个瞬间，他们没有误解，只有对彼此的在乎。

方泽雨的手机不合时宜地响起。

是永祥打来的，问方泽雨："你在哪里呀？到时间要开会了。"

方泽雨看了看手表："知道了，我现在马上来。"

方泽雨挂掉后，看了看卓定垚，讪笑着强调："是祥叔打来的，我约了个客人谈生意，不是女朋友。"

卓定垚也笑了，道："好了，你不用解释，我听到祥叔的声音了。"

方泽雨摇了摇手机，艰难开口："那……我走了？"方泽雨似乎有点不舍离去，又鼓起勇气，转身对卓定垚说："今晚我们一起吃饭好不好？"见卓定垚没有反对的意思，马上补充道："那七点半，老地方见？"

卓定垚笑着说："好，今晚见。"

在傲堂集团办公室里，卓定淼正在向卓启堂汇报："杨总已经帮忙找到陆一山之子案的证人，现在在山西。"

卓启堂抬头问："那么约了陆一山吗？"

"说已经找了陆一山，不过今晚因为要去慈善晚会，所以约了他明晚。"卓定鑫答。

卓启堂点头道："明晚我去见他就好了。"

卓定淼提醒大家："差不多到时间了，我们出发去晚会吧。"

"要不要把你先送回去？"卓定鑫问卓启堂。

"不用，我还有个地方要去。"卓启堂摇了摇头。

而此刻的卓定垚，正在房间内精心打扮。她从刚才离开方泽雨开始，到现在脸上都透着笑意。她已经换过三次衣服了，依然觉得有些不满意。这次重新要和方泽雨约会，感觉比之前热恋的时候更为兴奋和甜蜜，如果能再在一起，也会更加珍惜。

卓定垚沉浸在自己的思考里，助手在身边吐槽："要迟到了哦。"

卓定垚笑着白了助手一眼："这套怎样？"

"挺好看的。"助手随即小声补充，"其实每套都不错，不知道你为什么要纠结这么久。"

卓定垚换过衣服后，正在镜子前补妆，涂完口红，心情愉快地准备赴约。手机突然响起，卓定垚一听，面色顿时大变！

"Daddy 在哪里？"卓定垚马上转头问助手。

"还没回，不知道去了哪里。"助手回答。

"你快去找 Daddy，我先去医院了……"卓定垚一反刚刚的喜悦，说完马上冲了出去。

而方泽雨此刻，已经穿上一身正装，在高级西餐厅里，吩咐侍应打点好一切，看着为卓定垚准备的鲜花，满心期待地等着卓定垚赴约。他还不知道，今天将被放鸽子。

卓定垚赶到了医院，可是为时已晚。

护士推着两张盖有白布的病床出来。

"他们出了车祸，经过一轮抢救无效，已证实死亡。"医生努力向卓定垚解释着。卓定垚难以接受这一飞来横祸。为什么，今天明明应该是好消息，却突然收到这样不幸的消息？看着盖上白布的卓定鑫、卓定淼，她失声痛哭……

助手匆忙赶来。

"爸爸为什么还没到？"卓定垚趴在白布上哭，没有转头。她无法接受这个现实，也不知道该怎么办，这个时候，她只想像个小孩一样，去寻求父亲的帮助，可是父亲呢？为什么发生了这么大的事情，他却不在身边。

"还没找到你父亲，只知道他去了太平山顶俱乐部。"助手答。

"走，和我去太平山顶俱乐部找他。"卓定垚单手撑地，似乎很脆弱，没有力气支起身子。

助手上前搀扶着失魂落魄的卓定垚，走出医院。

俱乐部灯火昏暗，空无一人……

卓定垚一心想找到父亲，跌跌撞撞地呼喊着，一间一间地打开房间，似乎这对她来说也是种发泄。助手沉默着，陪着卓定垚发疯似的找卓启堂，只是在她快要跌倒的时候扶一下她。

卓定垚看到前面 VIP 房门半掩着，房内透出光线，她好像看到了希望，边唤着“爸爸”边走向 VIP 房。

可当她来到门前，却听到里面没半点反应。

卓定垚轻轻推开房门，竟见卓启堂奄奄一息地倒在地上，顿时大惊!

手术室的红灯亮着，不知道是因为熬了一晚上，还是哭了太久，卓定垚双眼通红，眼中充满血丝，表情绝望，形如槁木地坐在一旁。

助手看了颓然的卓定垚很久，也不知道如何安慰她，事发突然，没人想到卓家会突然发生这么多事情。

“主席入院的事情，已经通知了董事，董事会一致认为要对外暂时封锁消息。公司明天会停牌，职务由副主席代为处理。”犹豫片刻，助手还是走上前向卓定垚交代，“警方会来找你录关于卓定鑫、卓定森之死的口供。”助手说完，拍了拍卓定垚的肩膀。

卓定垚只虚应几句，感觉恍恍惚惚地，助手的话她根本听不进去，一切都像是做了场梦，刚刚她还在积极准备着与方泽雨的约会，怎么突然就发生这么多事情了呢？难道幸福都是有代价的吗？这代价也未免太大了，最疼她的兄长、看似专横但其实最懂她的父亲，为什么突然都……

手术室的红灯熄灭了。卓定垚马上紧张地站了起来，一看到医生走出，马上扑到医生面前，连声追问：“医生，医生，我父亲怎样了？”

医生取下口罩：“他是因为心脏病发而晕倒的，现在虽然已经完成手术，但还是没过危险期，要观察一段时间。”

卓定垚听着医生的话，内心忐忑，想了想，问了一声：“那他现在怎样了，醒过来了吗？”

“还在昏迷中，不知道什么时候醒，得看病人有多大意志了。”医生摇头。

“谢谢医生。”卓定垚呆滞地说。她以为自己哭了一晚，眼泪早就干涸，没想到此刻听医生说完，双眼又红了起来……

卓定垚和助手一起慢慢悠悠走出医院。卓定垚似乎一直在思考着什么，也好像是在努力消化今天发生的一系列事情。然而她没有料到消息传得有多快，没发现门外等候最新消息的记者。这些记者就像逐臭的蚊蝇，一见卓定垚走出医院便蜂拥而上。

卓定垚来不及反应，记者便开始追问。

“卓小姐，请问您的两位兄长卓定鑫、卓定森是否出了事？”

“卓启堂是否入院了？”

“傲堂已经停牌了，那么接下来，傲堂的业务会如何安排呢？”

卓定垚不知如何招架，险些就让记者冲到她面前。助手赶忙上前，帮忙挡住了记者，疾言厉色地说：“卓小姐暂时不想回应大家的问题，之后会给大家一个交代的。”

记者依然穷追不舍，哪怕不能冲到最前，也要不断追问：“听说你是卓家现在唯一的继承人，那么会否接手管理傲堂公司？”

卓定垚听到这句“现在唯一的继承人”，想到两位兄长皆已逝去，一时间忍不住红了双眼。闪光灯闪个不停，似乎想从卓定垚的反应中，挖掘出新闻线索。二人就这样困于记者堆中，寸步难行。

突然一辆车赶来，停在记者堆前。贺天生与郭志昌下了车，越过记者们，走到卓定垚身边。

记者见采访卓定垚很艰难，而贺天生又出现了，便纷纷转头追问贺天生。

“请问贺先生，您作为傲堂集团的董事，是否知道卓启堂出了事？”

贺天生不回应，只是拉着卓定垚，转身走回医院内，留下郭志昌及助手拦住记者。

第二十一章 提线木偶

贺天生拉着卓定垚走进医院，见卓定垚有些惶惑失措的样子，便安慰她：“我刚收到消息，你两个哥哥的事情，卓主席又进了医院，想着你一定很无助，就过来看看有什么可以帮忙的。”

卓定垚点点头：“谢谢你赶过来，刚刚还帮我躲过记者。”

“现在你爸爸他还好吗？”

卓定垚听到贺天生问及父亲，终于忍不住蹲下身子，把头埋在手臂里，崩溃大哭：“不好，一点也不好。他心脏病发了，还没过危险期，不知道什么时候才会醒来。而两个哥哥也不在了，怎么会突然发生这么多事，我不知道该怎么办才好……”

贺天生也蹲在卓定垚旁边，轻轻拍了拍卓定垚的肩膀，温言道：“那你更要学会坚强了。现在你爸爸住院了，卓家只有你一个，你不是一直想证明给别人看，你可以独当一面吗？不要辜负你爸对你的期望！”

卓定垚还在嘤嘤哭泣：“可是我……我没有信心，不知道怎么做。”

贺天生严肃地说：“你现在要做的，就是不能在记者面前哭！”

卓定垚听到贺天生的语气不善，抬起头来看他。贺天生看向门外，卓定垚随着他的眼神看去。“你必须要让外面的人知道，卓家不会有事，卓家还有你！”

卓定垚迟疑地看着贺天生，逐渐止住哭泣。“以前爸爸和哥哥把我保护得太好了，长这么大……我还没自己面对过这么多记者。”

“没关系，你会学会的。如果他们问你关于你家的事，你要做的，只是多谢大家关心。你告诉他们，之后会同大家详细交代。如果他们问有关傲堂的事，你就对他们说傲堂运作一切正常，不会有事。”

卓定垚还是有些担心：“我……我不会。你能不能帮我代说？”

贺天生双手搭在卓定垚的肩膀上，微笑着鼓励她：“我可以教你，但不能帮你去做。你是卓家的人，没有人可以代替你，大家都在等你回应！”

卓定垚定定地看着贺天生，还是点了点头。

卓定垚在贺天生的陪同下，再次走出医院。记者们显然极有耐心地等待着，就像非洲大草原上等待猎物出现的捕猎者。卓定垚一出现，就再次扑上。

“卓小姐，请问您的父亲究竟情况如何？”

“请问你的两位兄长是否车祸身亡了？”

“卓小姐可以回答我们报社的问题吗？”

记者们疯狂追问。

贺天生止住脚步：“她会给大家说说的，你们别急。”贺天生说完，马上退开，把位置让给卓定垚。

卓定垚想到贺天生刚刚告诉她的，要安抚媒体，不能在媒体面前展现出脆弱的一面，卓家现在只剩自己了，一定要撑住。卓定垚心中反反复复地默念和安慰自己。

她吸了口气，说道：“多谢大家关心，卓家的确发生了一些事情，不过绝对不会影响傲堂运作，具体情况以后会向大家交代。”

“卓启堂、卓定鑫、卓定淼是否都出了事？”

“卓小姐是否担心傲堂股价受到影响？”

“您会成为傲堂的新主席吗？”

记者们仿佛尝到了甜头，继续追问卓定垚。

卓定垚一时有点怯，回头望贺天生。贺天生点头给予卓定垚信心。

卓定垚抿了抿嘴唇，给自己打气，对记者强调：“详情会尽快同大家交代的。”说完低下头向前走。由郭志昌和助手、保安一起为卓定垚开路，卓定垚和贺天生一同离开。

当卓定垚拖着一身疲惫回到家中时，发现方泽雨正坐在客厅等她。

琼姨看着方泽雨，有点心疼地说：“你终于回来了，这孩子从昨晚过来，一直在这里等着你回来。我让他打电话给你，他偏不，怕你有事打扰了你。”

方泽雨看着卓定垚，看得出他眼中的疲惫，看向卓定垚的时候，眼神中又充满疼惜。“你家的事情，我都知道了。”

卓定垚以为自己已经很坚强了，今天已经接受了这两个噩耗，又要独自面对记者们的围追堵截，不会再因此流泪了。可听到方泽雨这样说，看着他心疼的眼神。所有告诉自己要坚强的话语，一瞬间都抛诸脑后，此刻只感觉到自己特别委屈、特别心疼，不想再坚强下去了。

想到这里，卓定垚扑到方泽雨怀中大哭了起来。“为什么俱乐部没人发现爸爸出了事？为什么一夜之间，所有事都变了？”

方泽雨轻轻拍着卓定垚的背，安抚道：“你爸爸不会有事的，你要坚强。别怕，就算有什么事，我都会陪在你身边。”

卓定垚把头从方泽雨怀中探出来，泪眼汪汪地看着方泽雨：“谢谢你。”

方泽雨看着卓定垚一直好强，难得这么楚楚可怜的样子，更心生怜惜，想牵起卓定垚的手。

琼姨突然快步走来，方泽雨像触电般收回手，只是看着卓定垚。

“有记者在门外等候了。”琼姨说。

卓定垚点点头，短暂放纵自己的脆弱，她又要穿上层层盔甲，去面对外面的媒体。

这边厢，万学礼正在和贺天生在英国会吃饭，二人脸上均流露出喜悦的笑容。

“原以为卓启堂找到了山西证人，去帮陆一山的儿子解决案件，我就不能要挟陆一山把股份卖给自己了。”万学礼说话间甚是得意，如今卓家两个未来掌舵人死亡，卓启堂又巧合倒下，陆一山只能靠我用英国的人脉解决事件，股份不让给我都不行！”

“想必他也是愿意的。现在卓家有三个人出事，傲堂虽然停牌了，但外面对傲堂的负面消息传得这么厉害，股价一定会受影响，陆一山担心手上的股份不值钱，当然想马上过给你了！”贺天生笑着回答。

“等我有了傲堂的股份之后，下一步，就是要进傲堂董事局！”万学礼眯起眼睛，野心展现无余。

“我也向卓定垚打探过了，不知卓启堂什么时候会醒。主席之位悬空，董事们都有点举棋不定，以前可以看卓启堂行事，现在只有不熟悉商业世界运作的卓定垚了。你如果要进入董事局，一定没问题！”贺天生说着，举起手边的酒杯，“你就等着好消息吧！我就提前祝福你了。”

万学礼满意一笑，和贺天生碰杯。

方泽雨、朱小慧、阮令翘正围坐在酒吧吧台边，方泽雨不断拨弄着手机。

压抑的气氛笼罩在这个酒吧中，朱小慧率先开口问方泽雨：“新闻里说她两个哥哥去世，还说堂叔住院还没醒，她……有没有事？”

方泽雨勉力一笑：“她很坚强，不会有事的。”然而他表情中的担忧，出卖了他的内心想法。

“什么？……原来传闻是真的？！”阮令翘惊愕，“卓家出事，整个股市都有波动，要不趁跌市时入市？”

“你别乱估，市场有波动很正常……”方泽雨语气中有一丝烦躁，这也说中了他的担心。

阮令翘突然瞥见，方泽雨的手机正在和卓定垚用 Whats APP 聊天，只见卓定垚还没回复，阮令翘顿生八卦之心。

“你们不是分手了吗？还发这么多消息给她？”她顿了一顿，“她真的没事吗？为什么这么久都不回复你？”

“我只是作为朋友，想关心一下她罢了。”方泽雨没好气地走下他的座位，回避坐到另一边。

这时程凯到了，急忙走进酒吧，一进门就看到方泽雨眉头深锁。

“兄弟，你不用这么担心她，卓定垚这么大的人了，身边又这么多军师，一定能处理好的……”

方泽雨看到一向大大咧咧的程凯此刻认真劝他，刚想夸程凯转性，然而程凯转脸就又嬉皮笑脸了，“反而你要担心下我，我可是只有你们几个军师。”

“你又要干吗？”方泽雨翻了个白眼，猜到程凯没好事。

“我要参加创业比赛，你们天荫不是正在搞这个吗？”程凯兴奋了起来，撞了一下方泽雨的肩膀，“我就想问问，你有没有像评分准则之类的内幕消息。”

“这你别找我，我可不会插手帮忙暗箱操作的，自己搞定吧。”方泽雨把杯中的酒一饮而尽。

程凯泄气，小声嘀咕：“担心女人就好，兄弟就一点不关心。”

没办法，既然方泽雨明确表示不会帮他，程凯也只好和小慧一起慢慢想。

走在深水埗街头上，只见各种门面在贩卖着最地道的香港特色小吃：咖喱鱼蛋、碗仔翅、咸酿三宝；还有各种卖生活用品、电器的铺面，各种产品一应俱全。程凯希望能从香港这个最接地气的地方，从真实的生活细节中寻找灵感。

程凯、朱小慧一边吃着鱼蛋，一边四处张望着。一会儿二人看到电器铺的小电器，忍不住好奇研究，直到被骂走；一会儿二人走到叫卖档，看着他人卖小工具，朱小慧看得入神，感到有趣，但程凯边看边摇头，欲拉朱小慧走。

就这样二人东闯西走了一天，就如同闲逛的游客，或是喜欢新奇的儿童。二人喝着珍珠奶茶休息，朱小慧提着几个袋子，看起来有点累了。程凯不耐烦起来，为还没找到灵感而懊恼。

“这样下去不行，你再陪我去旺角吧。”程凯又站了起来。

“可是我好累啊，已经和你走了一整天了，现在腰酸背痛的，只想去做个按摩。”

“不行，你走了那我怎么办呀？我不想自己去。”程凯赌气。

“但我真的已经腰酸背痛了嘛！如果你有个按摩器随手带着，我不就和你去旺角了！”朱小慧用手轻轻敲着后背。

“这个可以有哦，”小慧的话给了程凯灵感，程凯灵机一动，有点兴奋！

说干就干！

既然有了灵感，程凯也不需要去旺角了，赶紧拖着小慧回到她的电器铺。

已是深夜，朱小慧仍拿着钳子在电路板上弄着电线，程凯就在朱小慧身后指指点点。

就这样工作到能看到天边的光线，发热背心终于成形。

朱小慧按了一下开关，见装在背心上的电路板灯泡发光，上面有三个小球在转动！

程凯、朱小慧都雀跃万分！

第二十二章 万能小慧

“初步证明，流动按摩器是成功的，还可以增加发热功能。对了，你尝试一下连接手机，加上安全断电功能！”程凯反复打量着这件背心，“更重要的是，整个是件背心的外观，这也太难看了，需要改改。”

可走了一天外加通宵达旦地工作，朱小慧已经精疲力尽了，念叨道：“你先让我睡一会儿，等我睡醒再帮你搞行吗，怎么突然觉得有点冷？”

“可我想在今晚下班看到成品啊……一鼓作气再而衰三而竭，你就先努力把这个做完吧，做完再休息，就不用想着这件事啦！”

“好吧，我做，我做。”朱小慧懒得和程凯争，准备开工。

程凯突然惊叫一声：“啊，不好，我答应阮令翘要去排队买演唱会票的，但我要去工作了，你先帮我买了票再回来做好不好？”

朱小慧有点不情愿地被程凯推到门前……

朱小慧转头正想埋怨程凯太坑，小慧的父亲朱力威进来，和他俩撞个正着。“叔叔好！”程凯松开小慧，匆匆和力威打了个招呼。

力威看到朱小慧写满不高兴的脸和程凯讪笑的样子，觉得二人的样子很古怪。“怎么，你又欺负我的笨女儿了？”

“没有没有，叔叔再见。”程凯说完继续推着朱小慧出了门……

朱力威看着他俩的背影，摇了摇头。这程凯虽然心不坏，但的确调皮了点。从小和小慧一起长大，不会对小慧太过上心，并非良婿。但自己女儿又偏偏喜欢他，很无奈可又无能为力。罢了，只能任由他们发展了。

朱力威想着，看到店中四周凌乱，电线、接线板和各种小零件散落四周，不知道他们又在搞什么名堂。他拿起桌上一件破破烂烂的背心，翻来翻去又丢到桌子上。

疲惫不堪的朱小慧，总算来到了售票口。买票的人排成长龙，看这架势，只怕又要耗上半天时间了。小慧觉得头疼，排队时间长也不怕，但万一到时间票卖光了，可怎么和程凯交代呢？想着想着，朱小慧突然看到队头有南亚裔人士在排队，灵机一动。

朱小慧走到南亚裔人面前，希望给他二百块，让自己加入队伍。

南亚裔人答允，朱小慧欣喜地加入队伍。突然身后的南亚裔人笑着搭讪道："你真漂亮，等下一起吃个饭吗？"朱小慧感到有些不自在，但为了买票，又不知如何是好。

"小慧！"程凯突然出现在朱小慧面前。朱小慧又惊又喜地看着程凯，仿佛他是踏光而来似的。难道他知道自己被骚扰了，赶过来救自己的吗？若真如此，自己再辛苦也是值得的。

然而，程凯却把一张洗衣单塞给朱小慧。"这袋衣服已洗好三个月，再不拿走就会被人丢了，你待会儿买完票，顺便帮我拎了送去我家吧。"走了两步，程凯还转头提醒朱小慧："还有，那个流动按摩器需要做一份计划书出来。"

程凯说完，就匆匆离开了。

幻想破灭。虽然早已习惯被程凯使唤，但即便如此，朱小慧还是感觉比刚才更失望了。

辛苦买到演唱会门票，朱小慧抱着一大袋衣服，面色苍白地敲响了程凯家的门。

"来了，来了！"玉萍快步应门，却扭来扭去都打不开，"奇怪了，这门怎么打不开呢？"

玉萍搞了半天，终于把门打开，看到一大堆衣服出现在自己眼前，吓了一跳。

"这是什么？"玉萍接过衣服，此刻才能看到衣服后的朱小慧。

"程凯让我帮他拿的，洗衣店的衣服。"

"谢谢你啊，他又麻烦你了……哎，都不跟我说一声，这人怎么也没个交代呢？"

"他嘛，我习惯了。"朱小慧笑着说，表情中掩饰不住的疲惫。

朱小慧准备离开，玉萍却在反复拨弄着门把手。

"对了，小慧，你有没有时间，能不能帮我看下这个锁是怎么回事？"

"好啊，没问题。"

朱小慧笑着答应。

玉萍拿着螺丝刀等工具过来，"麻烦你了，你要是不在这里，我都不知道怎么办。"

“没事儿。玉萍姐别客气。”朱小慧坐在地上，认真捣鼓起门锁。

片刻之间，朱小慧已修好锁。

“玉萍姐，你来试试，看好了没有。”

“谢谢小慧。”

朱小慧突然眼前有点发晕，打了个冷颤。

“我看你面色发青，是不是不舒服？不舒服记得看医生啊。”玉萍善意提醒道。

“嗯，有点，我现在就去。”

告别了玉萍姐，朱小慧走到街上，却突然接到程凯的电话。

“小慧，我之前订的零件到了，你帮我去快递公司取货吧。”

“我不舒服，想去看医生。”朱小慧弱弱地说。

“反正你也顺路嘛！”

朱小慧不想反驳，于是拖着疲惫的身躯，来到快递公司。

“就你一个人来拿吗？”朱小慧点点头，把手机信息显示给职员看。职员核对后则是一愣。

朱小慧顺着职员的眼神看去，只见地上放着几个大纸箱……

朱小慧捧着几个纸箱，一步步艰难地走着……

回到电器铺，朱小慧已经累到沾桌子就睡了。

已经过了大半天时间，程凯也工作完回来，在电器铺中没看到流动按摩器。程凯便把朱小慧拍醒。

“那件衣服呢？”

“不用，我不冷。”朱小慧睡得迷迷糊糊的。

“我是问那件功能背心呀！”程凯皱眉。

朱小慧一怔，东张西望，却没看到。

朱力威刚好走进来，看到慌张的朱小慧：“你在找什么？”

“有个长得像背心一样的衣服，之前我放在桌子上的。”小慧急着解释。

“哦，那件那么丑，我刚刚丢了。”

“什么？！”程凯、朱小慧大愕！

两人慌忙走到垃圾站想寻找，却见垃圾已被清空。

“你不是正在做那件衣服吗？为什么会被你爸丢了呢？”程凯责怪朱小慧，“上面那些零件，可不是那么容易找的呀。”

朱小慧既自责又委屈，无从回应，只得走入垃圾站，逐一打开垃圾箱盖继续找。

突然一辆垃圾车开了出来，二人互望一眼，马上拔腿狂跑去追车！

程凯跑在前头，但垃圾车最终还是在转角处消失。程凯放慢脚步，蹲在马路中大口大口喘着气，一瞥身旁不见了朱小慧的踪影。

“怎么跑得这么慢？车都走了。”程凯回头，想埋怨朱小慧。

只见朱小慧赫然晕倒在马路中间！

方泽雨赶到医院的时候，朱小慧已经被诊治完，坐在病床上了。她脸上仍有点疲态，程凯坐在一旁，表情也不知是愧疚还是苦恼。

“你还好吗？”方泽雨问。

“我没事。”朱小慧摇摇头。

方泽雨有些生程凯的气，斥道：“你也太离谱了，凭什么让小慧做这么多事情！你当她是佣人吗？随叫随到呀？排队买票、拿衣服、搬东西、写计划书、做电器搞零件，就连修厕所都做了，你当她是万能的吗？”

“可她就是万能的啊……”程凯低声说。

他似是思索着不出声，突然灵机一动。“可以哦，她是万能的哦！”

朱小慧和方泽雨一脸疑惑地望着他。

“如果有一站式小慧 APP，这样以后大家有什么要找人帮忙，一个 APP 就能搞定了！”程凯解释，又转头看向朱小慧，“对了，计划书做完了吗？”

“我没做！”朱小慧听到这时候程凯还在催自己赶进度，不禁气起来。

“小慧，I love you！你好好休息！”程凯开心大叫，似是兴奋不已。

朱小慧一愕，这告白如此猝不及防，难道他总算是明白自己有多辛苦，终于关心自己了吗？

“你还没做计划书！就休息一晚好了，我要改做一站式服务 APP！到时候你再做这个计划书。”

朱小慧、方泽雨顿时为之气结。

傲堂集团会议室里，刚结束了一场会议，股东们相继离开。

“唐 sir 请留步。”贺天生叫住唐贵成。

待大家走后，贺天生关上会议室的门。

“你要说什么？”

“我想问一件事情。关于万学礼取代陆一山拥有傲堂 8% 股份并想申请入董事局的事情，你有什么想法吗？”

“我能有什么想法？就看他有什么想法了。这万学礼居心不良，一直都觊觎傲堂，给他进了董事局未必是好事……”唐贵成面露嫌弃，“不过卓启堂现在还没醒，这么大的事情我不能做主，还是等选了临时主席再决定吧！”

贺天生点点头，似乎认同唐贵成的想法。

“对了，关于临时主席的事情，你有没有心水人选？”唐贵成小心试探道。

“这傲堂始终是卓家的，要尊重卓家的意见，等卓定垚搞定了家事再决定也不迟……”贺天生说，似乎是在告诫唐贵成。

而唐贵成有意出选，听到贺天生的口气，不敢直言。“但不少股东都担心卓定垚什么都不懂，这么短时间要她背负重担，怕她辛苦做不来。如果有另一位当仁不让肯做主席，对公司、大家都好……”

贺天生笑着转了转椅背，似乎漫不经心。

唐贵成自讨没趣，招呼了一声，便离开了会议室。

当晚，贺天生正在家中和章明晞月下品酒。

“我要恭喜你，一切似乎都对你有利。”章明晞举起酒杯，“但如果唐贵成当上了主席，会不会令局势有变？”

贺天生闻言，依旧自信地说：“他构不成威胁，这个虚伪的人，说什么担心卓定垚做不来，其实就是自己想做主席！应该已开始收买其他董事了。”

“那到时候你会支持谁，卓定垚还有胜算吗？”章明晞追问。

“谁做主席重要吗？”贺天生一笑，他自知无论主席是谁，到时候都会是自己的傀儡，只有他才是背后操纵一切的人。

章明晞已明白贺天生的意思，笑道：“那也是，只要万学礼进了董事局，你和他的股份加起来已经多过卓家，到时主席的位置没坐暖，又要换人喽！”

第二十三章
初出茅庐

卓定垚一身黑衣坐在卓启堂床边，握着仍在昏迷的卓启堂的手，脸上一片担心。今天和医生聊过，医生说父亲的情况总算稳定下来，但还是不知道什么时候才能醒来。

“今天是哥哥们的追悼会，我一个人真的好无助，爸爸你快点醒过来吧。”卓定垚对着卓启堂轻轻说道。

昏迷的卓启堂无法回复她，表情却微微颤抖，似乎听到了卓定垚的话，也在努力醒过来。

卓定垚默默地为卓启堂掖好被子。“我走了，我会向哥哥们祈祷的，希望你早点好起来。”

追悼会的礼堂，只是用白花做了简单布置。

礼堂中央放着卓定鑫、卓定森的两张黑白遗照，有人唱诗，有人向遗照鞠躬献花。众人一身黑衣出席，神情哀伤，气氛凝重。

卓定垚静静地看着相框里哥哥们的照片，不时拭泪。

礼堂外，宾客三五成群地围着交谈。贺天生在一边与人交谈。万学礼看到章明晞刚走出礼堂，马上走近。

“有事可随时找我。”方泽雨正在安慰卓定垚。

卓定垚感动点头。

“小垚，节哀顺变。”唐贵成来到，打断了二人的深情对话。“你要不要回去休息？顺便和你谈下一些关于公司的事。”

卓定垚点了点头。

“那我走了。”卓定垚和方泽雨道别，又回头看了看礼堂，终是离开。

方泽雨看着卓定垚的背影，有点不舍。另一边，贺天生亦在不远处看着卓定垚和唐贵成离开。

万学礼与章明晞在礼堂附近走着。

“一直以来我都很欣赏你，你是新一代女性，以前的人都出嫁从夫，现在可以独当一面，有能力自己开公司。”

“多谢万 sir 谬赞了，曦伦是我一点一点打拼来的，我也希望，能做出更多成绩。”

万学礼一笑，道：“我相信你的能力，所以之前才会把那个建筑项目给曦伦负责。”

“这些都要靠你了，你愿意以这么优惠的价钱来出租，我已经跟某些二三线店铺谈好了，希望在两年之内，能把项目发展成新的娱乐地标。”

“对了，我想用最低的三层引入英国高档的品牌，你看如何？”

“如果这家店的品牌跟其他店风格不一，再进驻三层楼的话，会令地标的定位模糊……如果规模缩减至一层，应该会更好吧。”

万学礼故作为难，道：“其实，对方就是看准三层的旗舰店规模来的。如果没有大品牌，好难令项目成为地标，要不你再想想办法吧。”

章明晞无奈，觉得万学礼是在刁难自己。

卓定垚和唐贵成回到卓家，原来已经有人在门口等待了。

“这是苏律师，多年来负责傲堂的法律及业务问题。”唐贵成向卓定垚介绍。

卓定垚点了点头，打开家门。“进来聊吧。”

一到客厅，律师马上开门见山，向卓定垚报告公司情况。

“按照卓启堂的意愿，当卓启堂、卓定鑫、卓定森都因意外而未能处理傲堂事务，卓定垚将会成为法定继承人，即意味卓定垚得到卓启堂、卓定鑫、卓定森股份合共 40%，同时可入主董事局。”

卓定垚一脸茫然，似乎仍未听懂律师在说什么。

唐贵成看了看卓定垚的样子，面露满意之色，提醒道：“没关系，就是让你出席下星期公司的临时董事会议而已。”

卓定垚愕然。

对商业一窍不通的卓定垚，突然收到了公司四成的股份，还要去董事局参与商业会议，着急的卓定垚，第一反应是去求助贺天生。

“生哥，怎么办？我什么都不懂。以前听爸爸和哥哥讲公司的事情，我都听不懂，现在要入什么董事局，我担心自己应付不来啊。”

“别怕，董事会里的不少人，都是看着你长大的。大家都知道你是新手，不会欺负你的……”贺天生耐心安抚卓定垚，“更何况股份多不代表要做完所有事情，其他人一定会帮卓主席看着公司。”

“可是我……”卓定垚依旧犹豫。

“怎么？”

“我不想丢父亲的脸，想守好傲堂。但我根本无心从商，我只会跳舞啊。”

贺天生一时间也无言以对，陷入了沉思。

门口散乱地搁置着行李，章明晞一脸倦容坐在沙发上休息，似乎刚公干回来。

贺天生从房中走出，看到疲惫的章明晞，问道：“从天津回来了？”

章明晞拿出 Emmett London 的领带递给贺天生，道：“我还顺便去了伦敦的 Burberry 总部。原来 Burberry 一直想在国内开旗舰店，这次去天津给 Burberry 找到黄金地段的铺位，还会以五折租给他们，Burberry 已经答应用天津的位置，换取原先大角咀计划的商铺。”

贺天生坐到章明晞旁边，给她按肩，劝道：“辛苦了，万学礼实在是贪得无厌，如果和他谈不拢，取消合作没准也是件好事。”

章明晞一怔，问贺天生：“你是不是有什么打算？”

贺天生笑而不语。

几天后，傲堂的会议室外，卓定垚反复走来走去，有些紧张。

“淡定点，没事的。”贺天生安慰卓定垚。

万学礼也坐在门外等候，和贺天生互相交换了一下眼神。万学礼笑了一下，似乎胸有成竹。

会议开始，唐贵成俨然坐在主席位上！

“众所周知，如今傲堂的主席位置悬空，我们要先选出临时主席，不知在座各位有何提议？”

“我觉得就让成哥出任吧，他经验这么丰富，一定可以带领傲堂走得更远。”

唐贵成满意一笑，这就是他要的效果，之前已经和很多董事打过招呼，今天他主动询问，不过是想让大家按照他的预想去做而已。

“我觉得应该让卓定垚来当，怎么说卓定垚都姓卓，原来的主席一定不会反对。”也有董事提出反对意见。

卓定垚闻言，马上看了贺天生一眼。只见贺天生一直沉默，没表态。

“那么在座的各位，还有没有其他人选？”唐贵成问。

众人沉默。

“那么就开始投票吧。”唐贵成接着提议。

“唐贵成，三票；卓定垚，零票。”

唱票开始，也许是唐贵成之前的打点有效果，票数一路领先。唐贵成那漫不经心的表情透露出内心的志在必得。

“唐贵成，五票；卓定垚，三票。”

“唐贵成，五票；卓定垚，四票。”

然而，选卓定垚的人也慢慢变多，后来居上，竟然和唐贵成票数不相上下。

唐贵成见形势有异，表情也逐渐变得紧张，仔细看着票数对比。

“唐贵成，六票；卓定垚，六票。”

唐贵成和卓定垚平局！

唐贵成紧张地看着董事会上各位。“所以还有谁没有投票？”

“我。”一直保持沉默的贺天生举手。

唐贵成和贺天生眼神对峙，贺天生平静地看着唐贵成，唐贵成心下忐忑，没了底气。

“我投卓定垚一票。”一锤定音，卓定垚最终获多数票。

唐贵成丧气，还是功亏一篑。

“那么唐先生，会作为董事会的提名人，待召开股东大会后通过。”秘书宣布。

一切发生得太快，卓定垚仍未来得及反应，就被秘书带到主席位，接受众人祝贺。卓定垚愣神地看着鼓掌的董事们，有人流露出欣慰的眼神，有些想选择唐贵成的人则在表情中透露出不信任，然而依旧是表面祝福着她。

“现在还有一个商议项目，就是提名万学礼成为董事。”秘书说，伴随着万学礼走进门来，一眼见到坐在主席位的卓定垚，虽感意外，但似是不在乎。

会议结束，万学礼心中虽有气，但仍上前恭喜卓定垚。

“今天你来，没想到会被提名为主席，是吧？”说话间，万学礼语带双关，忍不住讽刺道，“是的，很多事情都是这样，谁也猜不到！作为股东，我也希望傲堂会更好，小姑娘要努力点。”

万学礼说完就走，卓定垚有感惶惑，不知如何回复，转头问贺天生：“怎么会这样？不是说不一定会做主席吗？”

“那么你为什么要姓卓呢？主席由你来做很顺理成章，很多股东都是这样想的！”

卓定垚呆然，仍未能做到自觉自愿地接受这突如其来的重担。

“对不起，贺先生此刻不见客人。”离开会议后不久，万学礼就冲进贺天生的办公室。秘书试图阻拦，可拦不住。

贺天生走来，轻轻拍了拍秘书的肩膀：“没关系，你先离开吧。”

“本来早就说好了，为何到最后你要倒戈？”万学礼愤怒地质问贺天生。

贺天生露出为难的表情。

“不是我倒戈，我曾帮你游说股东投票给你进董事局，本来他们都答应的！他们估计唐贵成会做主席，想着有你去制衡他。但我怎么知道选主席时有变数，让卓定垚意外当上了？大家都觉得卓定垚没有什么心眼，顿时不想让你进入董事局了，你都知道他们一向对你有戒心的！”

万学礼不信，反问贺天生道：“那么你呢？你都投了反对票了！”

贺天生故作委屈道：“我只是审时度势，既然知道就算投给你，你也不够票数，难道还用我一票表明自己和你是同伙吗？与其在外帮你，倒不如我从董事局里帮你呼应了！”

万学礼仍不服，道：“究竟忌惮我的，是他们还是你？”

说完，万学礼甩了甩衣袖离开。

在布拉格的彼列基金总部，高哲正在见彼列高层。

“你也加入了彼列基金好几年了，表现出色。这次我们想推举你为亚太区负责人。你是否熟悉香港金融市场呢？基金一直想得到傲堂，但还没找到机会，如今卓启堂倒下、两子身故，希望能派你趁势加入董事局，下一个目标是香港的傲堂集团！”

第二十四章 如坐针毡

傲堂证券大厦楼下，一辆银色宝马驶入，却很久不见车中的人走出来。

今天是卓定垚第一天来傲堂上班。她在车内静静地坐了许久，凝望着傲堂集团。这座大厦她曾经是多么熟悉，从小就无数次来过这个地方见她的父亲——傲堂证券的主人。然而今天她来到傲堂集团时，却感到些许陌生，也许是从未以如此身份去接近它。

不出意外的话，她现在应该在某个舞团巡回演出，而她的父亲卓启堂，才会是一直掌管着傲堂生死命脉的人吧。想到这里，卓定垚从包中找出父亲送她的项链。还记得那天，卓定垚终于被选中作为领舞表演，可本来答应自己会看演出的卓启堂，却没时间出席。虽然有过心理准备，卓启堂可能不会来看自己表演，但看到那个空空的座位时，卓定垚却依旧有些失望。

回到家，卓定垚静静地在客厅等待着，想问清楚，为什么父亲这次又没来看自己表演。然而，当卓启堂拖着疲惫的身躯回到家，看到舞衣都没换下的卓定垚，露出愧疚的表情时，她还是不忍开口。

卓启堂主动道歉："对不起，我知道你今天第一次做首席，但……公司实在太忙，我去不了。"

卓定垚看着卓启堂乌青的眼圈，知道他前一天肯定又在公司熬了个通宵。因此她虽感失落，但依然心疼父亲："你不要工作这么拼了，本来心脏就不好，能不熬夜就别这样熬夜了。"

卓启堂无奈道："没办法，光是在傲堂大厦工作的就有七千几百号人，这还没算分公司同前线的员工，太多家庭都等饭吃。我辛苦点少睡两个小时算得了什么？"

卓定垚知道自己没办法劝，也不应该劝，不忍苛责，只是说："你是傲堂董事长，能力越大，责任越大。我明白的。"

卓启堂拍拍卓定垚的肩膀，鼓励道："你为梦想而努力，一样不简单，我很为你感到骄傲。"说着从包中拿出一个礼盒。黑丝绒的首饰盒中，包裹着一个舞鞋形状的钻石项链，钻石项链背后刻着卓定垚的英文名 Leslie。

“虽然未能看到你第一次做首席的演出，但这条为你定制的项链，会像爸爸一样，以后陪你出现在各种场合。”

“谢谢爸爸，我很喜欢。”卓定垚拿到项链，很兴奋，仔细地端详了项链后，笑着向卓启堂撒娇，“你可不能找借口不来看我，和它相比，我当然更希望你能来。”

卓启堂点头，笑着说：“那当然，你可是我最疼爱的女儿。”

回到现实，卓定垚轻轻摩擦着项链，她还记得拿到项链的那一刻，她的兴奋。然而现在，卓启堂真的没办法来看她，卓定垚只能靠自己了。能力越大，责任越大。曾经说的话，好像变成了对自己的承诺。卓定垚迈着沉重的脚步走向大厦，感受到自己肩上担子的沉重。

会议室内，卓定垚依旧有些不真实感的恍惚。然而，大家却不会给她时间去适应傲堂集团主席这个新身份。有关公司的各种问题，像枪林弹雨一样涌向她，等着新主席代表傲堂去一一拍板。

“主席，现在英国正在脱离欧盟组织。而傲堂之前同一间英国公司正在谈收购，我们的业务可能会受脱欧影响。”唐贵成忧心忡忡。

“是啊，我们需要尽快决定是不是继续收购。”另一董事附议。

逃避是没有用的，可实际商业经验却又不足，卓定垚不敢擅作决定。

“我想问问，你们是怎么想的呢？”卓定垚清了清喉咙，努力掩饰自己的不安。

“依我看，我们应该撤销收购，拿回几亿资金帮助公司周转。”唐贵成带头发言。

“我不同意，我看你们都太小题大做了，外头有点什么动静就说风是雨的。”一肥头大耳的董事发言。

“是啊，英国脱欧对我们公司影响不大，就应该继续收购，进一步巩固傲堂集团在当地的业务。”坐在肥头大耳的董事身边，一个身材瘦削的董事附议，一看他俩就是捆绑意见的。

“什么叫对我们影响不大？英国脱欧影响了世界格局，无论是国际形势，还是贸易发展的改变，都是不可忽视的。我觉得我们应该先客观分析数据，不可贸然做决定。”短发女董事急了。

卓定垚看了看董事们，除了发言的几位，其他一言不发的董事，有的似乎有明确立场，连连点头；有的董事只是沉默地看着发言的几位，似乎在思考；

有的听到唐贵成说话点头，听到其他发言，也有些犹豫的样子。卓定垚偷偷望了望贺天生，贺天生没有看向卓定垚，只是一言不发。

得不到暗示和提醒的卓定垚，更加举棋不定。沉默半晌，见得不到共同结论的众董事，一起把目光看向了卓定垚，期待新主席给予意见。

卓定垚只好用贺天生之前所教的回应方法："多谢大家的意见，我想，我们应该等掌握到更详细资料再决定。"

众董事按照卓定垚所说，不再争论，可眼神交流间，似乎也对新主席这种模棱两可的态度有些不满。随着会议结束，众人散去，卓定垚叫住贺天生。

"天生哥请留步，我有事情想问你。"

贺天生跟着卓定垚，走到卓启堂的办公室。贺天生关上了办公室的门。

"刚才那件事，如果给你，你该如何处理？"卓定垚按平时习惯坐在沙发上。

"其实公司有做债务资金配置，将债务用英镑计算，可以对冲脱欧带来的风险，不需要赶着撤资。"贺天生答。

卓定垚默默叹了口气。

贺天生微笑道："傲堂集团的新主席，今天第一天上任，感觉怎么样？"

"不太好，自己很多东西不懂。"卓定垚低头看自己的手，似乎很是苦恼。她突然抬头看向贺天生，问："你有什么可推荐的吗？我应该看些什么资料，学习一下。"

"你是傲堂主席，手下这么多人，不需要自己看资料的。"贺天生的笑容，看起来依旧很温和。

"可我完全不知道应该怎么开始，像今天这种情况，最后应该由我总结，和得出结论该怎么做，哎……"卓定垚摊在沙发上，望着天花板，似乎对自己今天的表现很不满意。

贺天生看着懊恼的卓定垚，走到卓定垚身边，牵起卓定垚的手，带着她坐到卓启堂的大班椅上。"那就由这里开始吧。"贺天生轻轻推转大班椅，让卓定垚俯瞰着窗外景色。"有些时候，需要你跳出来，从高处去看，你看到的角度会不一样。你看这傲堂帝国，都是你的，你会知道怎么做的。"

贺天生站在卓定垚身后，语气温暖，但脸上的表情却寒冷得令人不寒而栗。他看着坐在窗边的卓定垚，嘴角浮现一丝冷笑。

看似是卓定垚坐拥天下，其实，把握住傲堂命门的，是他贺天生。

英国会内，觥筹交错，这样的场合，正是各大商业大亨和社会名流借此互相认识的机会。而一向作为这种场合中心人物的章明晞，却是难得一个人坐在一边，似乎在等待着谁。

章明晞慢慢品味着一杯红酒，看似很有耐心，但她时不时看向手表的动作，却暴露了她内心的一丝烦躁。

终于，章明晞的身边坐下了一个人 —— 万学礼。

“你不必等我来，我在电话里不是说得好清楚了吗？”万学礼坐下后就开始说话，似乎对他的姗姗来迟没有丝毫歉意。

章明晞转头看向万学礼，微笑着说：“我是想着你可以再考虑下，如果大角咀活化的合作成功了，不仅对我，对你，对我们大家都有好处。”

“贺天生做了什么心知肚明，他有没有同你商量过呀？”万学礼不耐烦地说。

章明晞表情不变，道：“当然，夫妻之间贵在坦诚。”

“如果你心甘情愿为了他牺牲自己的事业，那么你就没有必要继续搞大角咀活化项目了。”万学礼冷笑。

听过的冷嘲热讽多了，章明晞早已有了免疫力。明知万学礼话中有刺，却依旧能保持笑容。“有劳你费心了，不过我有自己的商业考量。”

“看来你永远只会是贺天生身边的小兵。”万学礼冷笑，拿起手上的香槟，碰了碰章明晞的红酒杯。“Frailty, thy name is woman! ”（“弱者，你的名字是女人。”）

万学礼喝完酒，抽身离开。章明晞看着万学礼离去的背影，终于不再微笑，也起身离开。

章明晞回到家时，暗淡的灯光下，贺天生正坐在客厅里。

“你回来了。”贺天生正在开红酒。

“嗯。”

“谈得如何？”贺天生把开瓶器拧进红酒瓶塞中。

章明晞叹了一口气，道：“大角咀那件事，只怕要搞不成了，万学礼要收回他的两个数。”

“砰”的一声，瓶塞被贺天生从红酒瓶中拔出。

“需要帮手吗？”贺天生看向章明晞。

“没关系，我应该可以自己搞定。”章明晞换好拖鞋，走向客厅。

“那就好，有需要时再跟我说。”贺天生摆好两个红酒杯，倒上红酒。

章明晞走到贺天生身边坐下，问：“话说，你怎么今天突然有雅兴开酒，是有什么事情值得庆祝吗？”

“我之前是想和万学礼互相利用，但就算我们一起到傲堂，拉卓启堂下来，万学礼都不是一个容易对付的对手。”贺天生递给章明晞一杯红酒，“反而现在一脚踢开万学礼，公司又只有卓定垚，她已经完全相信我，现在傲堂几乎由我掌权，不值得庆祝吗？”

章明晞接过红酒，和贺天生会心一笑，与贺天生共同举杯。“恭喜你。”

第二十五章 神秘故交

清晨的温哥华公园，由于周末有大批学生前来露营，公园露营地堆满垃圾。郑思妤正在将垃圾收拾好，放到一旁的单车上。单车上已经装着几个袋子，按照颜色收集了不同的垃圾。

公园里处理垃圾分类的人不多，这样的工作量，对于一个年轻女孩来说，是有些大了，然而郑思妤没有一丝不情愿。又装完一袋垃圾后，郑思妤抹了抹额头上的汗，骑上单车，打算将垃圾运到合适的回收点。

不料，单车突然一滞，郑思妤用脚撑住地面，下车查看，原来是链条突然断了。郑思妤露出无奈的表情，掏出电话。“喂，Karen，能帮帮忙吗？”

不过一会儿，Karen 的车就停在了公园门口。“我说你啊，每次放假都来公园帮忙捡垃圾，他们真应该出钱帮你换辆好点的单车。”

“是是是，你快去公园工作，帮我要经费吧。”郑思妤将一袋垃圾搬上车，笑着说。

Karen 耸耸肩，陪郑思妤一起把垃圾搬上车。

上车后，Karen 看了看郑思妤，笑着说：“其实你每次来捡完垃圾，那些收垃圾的机构都很感谢你。”

“是吗？那也要谢谢你经常帮我忙，去送给那些机构。”

“我只是举手之劳，你真的是持之以恒做公益啊。你看，我身边好多朋友，都让自己的儿女学金融，只知道急着赚钱，很少人能像你这样，愿意为环保出力。”Karen 忍不住夸奖道。

郑思妤听到金融二字，忍不住有些恍惚，让她想到好像已经很久远的时候，那时候她男友还在从事金融工作，他们感情很好，准备告知父母了。直等到父母旅行回来，结果……郑思妤心中隐隐作痛。

她勉力一笑，道：“我也只是尽自己的一份力。”

Karen 看到郑思妤的反应有些低落，看了她一眼，见她眼中似乎有泪水就要流出。他意识到，自己是不是说错话了，提到了郑思妤的伤心事。

于是他想了想，说："走，我带你去一个地方吧。"

郑思妤点点头，还是看向窗外。Karen 踩了一脚油门，带着郑思妤加速驶向面包店。

店铺人不多，老板是个胖乎乎的亚洲女人，热情地招呼着郑思妤和 Karen。郑思妤坐在面包店里，Karen 端来一个新鲜出炉的面包，提醒她："喏，别发呆了，快趁热吃吧。"

郑思妤咬了一口，一股浓郁的芝士味道令她瞪大眼睛，露出惊喜的表情。"好好吃！老板手艺真好！"

"那是，我很不容易找到这家的。"

老板听到夸奖，笑眯眯地走了过来。"喜欢吃吗？"

郑思妤连连点头。

"你们也是运气好，不然差一点就吃不到了。"

郑思妤看向老板，问："为什么呢？"

"之前的房东想加租，我这个店差一点要停业了。"老板一顿，"后来铺子突然卖了出去，新房东又说不加租了。"

"那真是很幸运了。"郑思妤又咬了一口面包，"多亏了新房东，我们才能吃得上这么好吃的面包。"

"我想，是不是新房东喜欢吃你做的面包，所以才故意给你降低租金呢？"Karen 补充道。

"这就不知道了，我也没深究过。"老板挠挠头，似乎也不理解。

三人说话间，一个身影来到店外买饮料，竟然是高哲。

郑思妤和 Karen 吃完面包，准备向外走去。走到门口，她忽然一顿，说："我再多买一个面包带回去好了，可以留着明早吃。"Karen 只好在门口等着她。

郑思妤买完面包的时候，高哲刚好买完饮料，看了一眼面包店，眼中带着不舍，但很快就离开了。在她走到门口的时候，隐约觉得心中有点难受，有种莫名熟悉的感觉，又似乎错过了什么。

郑思妤捂了捂胸口，自语道："好奇怪的感觉。"

Karen 看着郑思妤，问："怎么了？"

郑思妤舒了一口气，道："没事，走吧。"

等到她离开之后，高哲忽然又从转角走了出来，望着她的背影，喃喃道："我又要回到那个血雨腥风的地方了。思妤，你会原谅我的吧。"

卓定垚去私立医院探望卓启堂，刚推开门，就发现卓启堂旁边的椅子上坐了一个男人，穿着有些休闲的商务装，坐得笔挺，头发也打理得一丝不苟。卓定垚看着这个男人陌生的背影，不禁有些意外。

“你是？”

“他也是以前帮卓主席做事情的，刚刚返回香港。听说主席生了重病，特地来看看。”彭世岳一直站在卓启堂的床头，帮忙介绍。

男人转头看向卓定垚，微笑中却有种冷漠和距离感，点头示意间的客套感很明显。

“哦，我认识你，爸爸跟我说过。”卓定垚似乎没注意到男人的冷漠，语气较为轻快。“你以前帮爸爸搞证券的事情，对不对？”

“我叫高哲。”男人对卓定垚的热情有点错愕。

“我知道，爸爸整天夸你，说你很厉害，帮了他很大忙。”

“他现在情况如何了？”高哲不动声色地把话题转向了卓启堂。

卓定垚失落，声音变轻了一些。“哎，不知什么时候，他才能醒来。”

“那公司……”

“现在由我打理，但我刚开始，”卓定垚顿了一顿，艰难开口，“其实什么都不懂，其他董事又不会帮我，我只能请教贺天生。”

高哲一听到贺天生的名字，愣了一下，眼中露出森冷寒意。“我相信，贺天生一定愿意帮你的。”他笑了笑，心知肚明，卓定垚一定已经被贺天生控制了。

“你回来真是太好了，我真的很希望，你能回傲堂帮忙。”卓定垚充满希冀地看着高哲。

“让我考虑考虑。”高哲避开卓定垚的眼神，不置可否。

高哲没有完全回绝卓定垚，让她感觉到有希望，顿时开心起来。

卓定垚回到公司的时候，贺天生似乎已经等她很久了，一见到她就很快迎上来。“紧急情况，现在有人一点点买入傲堂股份。已经查到，是国际知名的彼列基金，专门狙击上市公司，分拆出售，是一个非常可怕的对手。”

“连你都这样说的话，看来是比较麻烦了。”卓定垚边走边露出苦恼的表情，突然想到什么，眉头舒展开来。“对了，今天我遇到一个我爸的故交，他一定可以帮忙的。”

“你爸的故交……谁？”贺天生疑惑。

“你可能也认识，”卓定垚和贺天生走回了办公室，卓定垚把包放在桌上。“原来傲堂的高级投资顾问，高哲。”

贺天生闻言皱眉，想说什么又没说。突然手机震动，贺天生向卓定垚示意一下，走到一边接电话，低声交谈，听不清对方和贺天生说什么，只看到他不断点头应着。

挂断手机，贺天生面无表情地从卓定垚桌上拿起遥控器，打开办公室的电视。“我先给你看个东西。”

电视里正在播高哲被采访的画面。面对着不断闪烁的闪光灯和记者的犀利提问，高哲公开表示，彼列基金要收购傲堂，详细收购方案会在这个礼拜内发出。

卓定垚看着新闻画面，一副不敢相信的表情。“怎么可能？他是爸爸的旧部，不会这样对傲堂的。”

贺天生看向卓定垚，问：“你对他有多少了解？”

“我爸以前说他很厉害，经常帮他。”卓定垚不解。

“是，他是厉害。高哲就是当年设计迷债的黑手，手段高明而且只讲利益。”

“是他？”卓定垚震惊。

贺天生点点头，道：“因为迷债扰乱了香港金融圈，也让不少人家破人亡。他在香港金融圈如人人喊打的过街老鼠。但我没想到，彼列基金竟然会要他。也是，彼列一定是看中他的能力所以招揽他。再利用他对傲堂证券的了解，意图趁你父亲倒下之际吞并傲堂。”

贺天生背对着卓定垚说着，露出一丝笑容。

“我没想到，他竟然是这样的人，亏我今天还特地请他来傲堂。”卓定垚愠道，“也难怪他不答应我了。”

“根本不需要你的邀请。”贺天生说，卓定垚讶然看向他，不明白他的意思。

贺天生继续解释道：“现在我最担心的，就是万学礼手上的傲堂股份。他随时可以卖给彼列。如果彼列买下的话，他们就有机会入董事局。”

卓定垚闻言一怔，似有决定。

她拿起桌上的电话，拨通了助理的号码。“喂，帮我约万学礼吃饭。”

卓定垚到的时候，万学礼正悠然淡定地在俱乐部内品茶，茶盅里的芽茶刚被泡开。他见卓定垚过来，眼皮都没抬，但在面前多加了一只茶碗，滤过一道茶后，倒入碗中。

卓定垚坐下，一脸诚恳，道：“我希望能从你手上买回傲堂股份，可以吗？”

万学礼喝下自己的那杯茶，面带微笑，道：“难得过来，我带你逛一下吧。”

他站起身，带着卓定垚走到英国会花园。那是一个空中花园，花园中各种仿文艺复兴时期风格的雕塑，卓定垚好奇地看着花园里各种陈设摆件。

万学礼看了看卓定垚："你是第一次来这里吧？"

"嗯，之前没怎么观察过这花园，真是别致。"

"那些英国佬喜欢这样的……哦对了，你父亲现在身体如何？"

"还是老样子，不知道什么时候才能醒来。"

"那这段时间，你一个人在公司撑着，会很不容易吧。"

卓定垚叹了口气，再次想开口和万学礼提股份的事情，万学礼继续说话，打断了卓定垚的想法。"有时间去喝喝茶，清火明目，你们年轻姑娘，注重养生也是很必要的。"

卓定垚连连点头，道："是，这点您深有研究，刚来的时候，看到您在泡茶就知道了，有机会还要多多找您讨教。"

万学礼露出很是欣慰的表情，道："后生可畏，你是个聪明的姑娘，我想你会把傲堂做得很好的。至于股份就放心好了，以我和堂哥的关系，要卖当然是卖给卓家啦。"

卓定垚闻言觉得有希望，眼神中露出欣喜和兴奋，问："那您希望以怎样的价格呢？傲堂肯定努力满足您的要求。"

万学礼好像没有听清卓定垚说的话，眯着眼身子向前探了探，转头对卓定垚说："对了，我约了一个朋友，这次先这样，下周五我叫秘书回答你。"

卓定垚信以为真，道："好，那我先谢过您了。"

说完，卓定垚理了理头发，微笑着向万学礼道别。

第二十六章 狼狈不堪

时间一晃就到了周五，卓定垚一直期盼着，在彭世岳刚进入办公室的时候，卓定垚就迫切地问他，有没有和万学礼的秘书约好时间。

然而，彭世岳摇了摇头，把手中的资料交给卓定垚，道：“联络不到他，我几次打电话给万学礼，都没人接听。”

“不会啊，他答应我，这周五给我答复的。”卓定垚听到，急得站了起来。“罢了，我来打吧。”

卓定垚用自己的手机打给万学礼，但手机中传来的一直都是忙音，卓定垚不断用手在桌面上轻轻敲打着，直到最终接通：“学礼叔，上次约好了今天谈买股份的事。您意下如何呀？”

卓定垚努力使自己的声音轻松一点，却难以掩饰心中的不安。

万学礼在电话中，显得惊讶：“是定垚啊，难道我秘书没同你说吗？我去了观澜湖，之后就直飞英国了，两个礼拜才回来。”

卓定垚一咬牙，道：“您等等我，我马上就过来。”

卓定垚拿起手拎包就往外走，彭世岳跟着卓定垚一起走出办公室。

司机载着卓定垚、彭世岳往口岸赶去。车上，卓定垚不断催促司机。

“您能再开快点吗？”

“好的，董事长，不过已经到最高限速了。”

卓定垚皱着眉头，已经过去了半小时还没到，也不知道万学礼是几点的飞机。

车突然停下了，卓定垚不耐烦：“怎么停了？”

司机扭动钥匙，试图重新启动，但好几次都没反应。司机有些无奈地说：“车坏了，应该是发动机的问题。”

卓定垚看了看手表。

彭世岳开口：“要不，我去叫辆车？”

“赶不及了，走过去吧。”

卓定垚说着，向外打开车门，一不小心向下崴了一下，赶紧扶住车门。虽然没有摔倒，却被车门刮伤脚，鞋子也掉了下来，狼狈不堪。

彭世岳迅速捡好鞋子，给卓定垚穿上。卓定垚一瘸一拐地往前赶去，他连忙关上车门跟了上去。

卓定垚显得很狼狈，她的脚受过伤，格外脆弱。可她还是毫不犹豫地穿行在大街小巷之中。

"砰"的一声，万学礼打下一杆高尔夫，抬头看球是否有入洞，刚好看到努力跑来的卓定垚。

万学礼放下高尔夫球杆，做惊讶状，道："想不到，你真的会来。"

卓定垚忍着伤痛走到万学礼身边："请给我一点时间吧。"

万学礼往回走，看起来有些为难："不好意思，我真的赶时间。"

"我很有诚意地来，会很快说完的，就一点时间可以吗？"

"其实，我一直都想和傲堂合作。"万学礼停下脚步，看似有些动摇。

"那就好，你想怎么合作？"

"傲堂正在搞的那个港珠澳大桥项目，我很看好，如果大家能合作，什么都好商量。"万学礼说完继续走。

卓定垚听到，认为万学礼已答应自己，算是相对舒了一口气。"好，我去和其他董事商量一下。"

卓定垚回到傲堂集团，召集了董事们开会。

当其他董事听到卓定垚的建议后，会议上出现了短暂的沉默。

卓定垚继续努力说服各董事："万学礼答应我了，只要让他参与港珠澳大桥项目，就能卖回些股份给我们。"

唐贵成冷笑摇头："董事长是不是太天真了？"

卓定垚不解："为什么？这次应该可以谈拢的。"

其他董事接连叹气。

贺天生看到卓定垚尴尬的样子，上前解围说："这个项目很重要，我们就此也谈了很久。"

卓定垚有些委屈："那没有可能吗？"

贺天生打量着卓定垚的表情，抿了抿嘴，道："其实我觉得，他根本就是在耍你，这个项目要有董事会才可以决定。我想万学礼应该并无诚意和你聊。"

卓定垚方知万学礼是在戏弄自己，明明自己如此诚意前去，对方也友好接待自己，谈话中也有合作可能，可结果依旧是不尽如人意，卓定垚愣了一下，一时哑口无言。

看到卓定垚失落的表情，董事会成员仍是不满。一个女董事双手交叉放在桌上，抬头看了看天花板，道："哎，真是今时不同往日。"

另一肥头大耳的董事，接过女董事的话继续道："我们估计不能像指望堂哥那样指望世侄女了。"

卓定垚低着头，自知这次谈判失误，被奚落得面红耳赤。

"商业事情也就算了，我只希望董事长能注意下自己在外的言行，不然的话，不知道传媒会怎么写。"唐贵成作阴阳怪气状。

"注意言行……什么意思？"卓定垚疑惑不解。

"你自己看这期杂志吧，大街小巷都能看到。"唐贵成翻了个白眼。

卓定垚欲言又止。

散会后，卓定垚一脸委屈地开着车，手边放有八卦杂志，上面的标题耸人听闻："富商女儿街头狼狈奔走，是为旧情还是新欢？"

卓定垚脑海里浮现着董事们刻薄的言论："董事长要记得，你可是代表着我们傲堂的形象。"她打开收音机，收音机里的电台，竟然也在八卦卓定垚一瘸一拐去找万学礼的事情。

卓定垚把车停在一边，失控地把杂志打开，翻到讲述自己不堪的那几页，撕了下来。伏在方向盘上良久，她突然想到什么，拿起电话打给方泽雨："你有时间一起吃个饭吗？"

方泽雨在电话中传来的声音，看似有些匆忙，没有意识到卓定垚的失落。"我约了程凯谈事情，待会儿在飞机会，你可以过来找我。"

卓定垚挂了电话，深呼吸一口气，继续开车。

阮令翘正在前台发呆，面前出现了一个身影，阮令翘条件反射地说："请问您想办理什么业务？"

一抬头，发现是之前放高利贷的华子！

阮令翘有些紧张，难道是……程凯又找他借钱了？

"你男友程凯呢？"华子开口。

阮令翘小声道："这里是我工作的地方，我之前不是说了不要借钱给程凯吗？你上来都没用的。"

华子愣了一下，道："我不是要钱呀。"

阮令翘不解："那你上来做什么？"

华子解释："只是想找到他而已。上次说好那件新发明到期交货，但怎么都找不到他。去了卖车的地方问，别人说他没做一段时间了。"

阮令翘愣了。

程凯又不做了？这是第多少次了？为什么每次都不和自己商量，就任性地做出这样的决定？

当阮令翘找到程凯的时候，他正在和朱小慧一起，在后巷帮一位搬屋住户清理垃圾。

朱小慧有些为难地对程凯说："今天已经完成了四单，但后面有个单要上门做面膜，我俩都不懂，怎么办？"

"一定有办法的。"程凯大大咧咧地说。

朱小慧搬着垃圾走出巷外，正要放到程凯车上，却看到了板着脸的阮令翘。

"程凯在哪里？"阮令翘问。

"程凯，他，他……"朱小慧见阮令翘的表情不太好，支吾着不知怎么回答。

程凯刚好走出来，见到阮令翘开心地迎上去，道："你来得正巧，刚想找你帮忙去上门做面膜。"

阮令翘生气："你现在在这里做什么？"

"你看我这个一站式小慧的APP，会和水电、五金、装修这些不同行业的师傅合作，提供一站式家居服务。"程凯打开手机，向阮令翘解释。

"所以，你就为了这个APP辞职吗？"阮令翘更加生气了。

"我不想再浪费时间帮人试车了，那不是我想发展的。"程凯收起笑容，表情变得严肃，"做这个APP有前途的，你相信我，我是在认真思考我以后的研究方向。"

"我就问你，这次是不是又要等到一百分才推出来？"

程凯沉默不语。他的态度是宁缺毋滥。

"那你搞了这么久，有没有收过钱啊？钱还没赚到就辞职？"阮令翘气急败坏。

"现在还没什么师傅，只有我和小慧，只能24小时准备着。"程凯努力解释，"但只要三个月，就会有足够的师傅和客户，那时候正式推出，一定会红的。"

阮令翘听程凯这样说，就像一盆凉水浇上心头。这次程凯又这样了，她知道他改不了的。

阮令翘感觉很失望，一言不发，拿起包转身离开。

程凯站在原地看着阮令翘离去。

“还不追过去？”朱小慧看不过眼，赶紧劝程凯。

程凯摇了摇头。

朱小慧咬牙，上前追上阮令翘。

“你别生气了。”朱小慧小跑着追上阮令翘，气喘吁吁。

“不是第一次了，他从来都不为未来打算。我自己都努力转去总行，不想让自己住在石硖尾。程凯是男人，更加应该有点志向啊。”阮令翘低着头快步走着，咬牙不让眼泪掉下来。

“我觉得他很有志向呀！凡事追求一百分……也没什么不好呀，就好像找男女朋友这样，不应该将就，才能找到真爱嘛。”朱小慧努力帮程凯辩解。

“程凯有你这个小粉丝真是幸福，他这么久以来有哪次做到一百分了？”阮令翘没好气地说。

“我们要给点时间嘛，相信现在的 APP 发展得不错的。”

阮令翘脚步放慢，朱小慧看到她似有犹豫，马上又小声问道：“那个做面膜的订单……”

阮令翘虽不情愿，还是转头问朱小慧：“什么时间啊？”

朱小慧露出开心的表情，她知道阮令翘只是刀子嘴豆腐心。

第二十七章 各怀鬼胎

卓定垚去了飞机会，在大门旁四处搜索方泽雨的身影。没见到方泽雨，却见程凯坐在那里。刚想问程凯事情，却看到他正坐着看八卦杂志。卓定垚面色一沉。

“方泽雨在哪里？”卓定垚冷冰冰地问。

程凯看着杂志意犹未尽，看到卓定垚来，丝毫不知卓定垚正在伤心生气，拿着杂志笑着对卓定垚说：“你看这个杂志上说什么……你和方泽雨分手后，饥不择食又想念父亲的你，看上了万学礼这个老头子，好几次急着去找万学礼。这次为了赶万学礼的行程约会，竟然在大街上不顾形象，跛脚狂奔……”

卓定垚一言不发，面色难看：“你信杂志写的吗？”

“哈哈哈哈哈！他们真能想啊，我是觉得不可能啊，但人家拍下了你的照片呢。话说你真的做过这些傻事啊，在大街上狂奔？”程凯拿起杂志上的照片，和卓定垚比对，杂志上拍到的卓定垚提着裙子，赤着脚狼狈不堪。

卓定垚看了一眼照片，终于忍不住号啕大哭。

程凯没料到卓定垚反应如此大，吓了一跳，四处找纸巾，手忙脚乱地劝道：“你别介意啊，我是觉得杂志写得太夸张了。”

卓定垚经历了被万学礼耍、被董事嘲讽、最后还要被八卦杂志娱乐的事情，情绪本就压抑了一天，此刻程凯的话成了压死骆驼的最后一根稻草。因此，卓定垚听到程凯的话，恍如未觉，继续号啕大哭。

程凯为难，挠挠头：“我开玩笑而已，我都不知倒霉过多少次啦！”

卓定垚依旧大哭，程凯不知该如何安慰卓定垚，垂手默默站在一边。

终于看到方泽雨匆匆来到的身影，仿佛看到了救星。

方泽雨看到痛哭的卓定垚，面露担忧的神色问卓定垚：“你怎么了？”

卓定垚不说话，指了指程凯手上的八卦杂志。

“你来这么迟啊，等我告诉你我的一站式小慧有多厉害。”程凯赶紧转换话题。

方泽雨今天也看到八卦杂志了，看到卓定垚的一指和程凯的态度，马上明白了是怎么回事儿。

“你先回去吧，今天不聊了。”方泽雨没好气地瞪了程凯一眼。

程凯边走边嘟囔：“开玩笑都不可以，真是大小姐脾气……”

方泽雨不搭理程凯，坐到卓定垚身边，轻轻拍着卓定垚的后背。“不用理这些杂志，他们都是为了吸引眼球乱写的。”

卓定垚吸了吸鼻子，看着方泽雨：“可我之前从没被他们这样污蔑过。”

“那说明你成长了，走出来成为傲堂董事长了，自然会吸引大家关注。”方泽雨微笑着，帮卓定垚把一缕碎发捋到耳后。“作为公众人物，可能免不了被杂志一通乱写吧，你还记不记得上次说我‘旧保时捷接新女友’么，我不冤枉么！还被你误会了！”

卓定垚也想起来那件事，忍不住破涕为笑。

英国会。贺天生正和万学礼一起品茶。

“你别再耍卓定垚啦，人家小姑娘，经不起这样的挫折。”贺天生笑着说，对话中仿佛是很关心卓定垚，然而表情却是很随意。

“你现在才出手，都是想让她被我耍罢了。”万学礼看着手中的茶，忍不住点破贺天生的行为。

“这样也好吧，能让她有所成长。我想她应该知道，这傲堂董事长的位子，可是没那么容易坐的。”贺天生轻哼一声。

二人相视而笑，对方的想法彼此心知肚明。

“你不用转弯抹角了，今天来找我，也是不想我将傲堂股份卖给彼列。”万学礼打破了这份平衡。

“你和彼列合作没好处。他们的关系网在欧美，不是你的目标，你的目标在内地市场，这方面只有傲堂可以帮你。”贺天生笑了笑，似乎很有自信。“你也知道，港珠澳大桥不用想，除此之外，你想要而傲堂又可以满足到的，应该是日本城吧。现在彼列买傲堂股份的暗盘价是八十块，我出到八十五，加上日本城，卖给我怎样都比卖给彼列划算。”

万学礼一边泡茶，露出满意一笑，似是答应。

大角咀街头上，章明晞带着助手在街头到处转悠。章明晞的目光不断落向四周建筑，努力物色适合活化的大厦，却始终没有找到满意的目标。助手站在章明晞身边，记下章明晞说的一些话。

“晞姐您觉得刚才我们看的那些如何？”助手问。

“刚才那栋位置OK……但数量太少。”

“前面转角还有一栋。”

“嗯，这栋又隔了一条街……”

助手放下纸笔，好像和章明晞一样陷入了思考。

“哎，好像始终没有一栋像万学礼这栋那么适合。”章明晞苦恼着。

前方突然聚集了一小群人，哄闹着，章明晞好奇地向前看了看。助手心领神会，走上前去了解情况。

“前面是几名义工在发饼券，和老太太聊天。”助手向章明晞解释。

章明晞不以为然，正准备继续往前走的时候，却在人群中看到一个熟悉的面孔，自己多年前的前男友——张一健。

张一健也看到了章明晞，两人对望一眼。虽然分开了很多年，但依然像朋友一样。张一健微笑着走了过来，“好久不见。”

“一直没听到你的消息，最近好吗？”章明晞说。

“和以前没什么变化……倒是你，我在电视杂志见到你，知道你现在很成功了，真好，我一直替你开心。”张一健说着，表情真诚。

“你太过奖了，这都没什么的。”章明晞谦虚，但言谈之中，仍是收敛起此前的苦恼失落，一副意气风发的样子。

“我记得你以前每次做什么事情成功了，就会买瓶酸奶，在天台之类很高的地方，去俯瞰身下的城市。现在你喜欢的那款酸奶，好像已经停产了。”张一健笑着回忆以前的事情，听语气好像把章明晞当作一个小时候熟悉的邻家妹妹。

章明晞听到张一健说的话，有些惊讶。“没想到你还记得这样的事情。”惊讶之后，转念又觉得开心。进入社会太久，很少再被人真心这样对待。而以前的恋人还能如此惦记自己，对于女人来说，这无疑是一件令人沾沾自喜的事情。

“我也没想到，这么多年来，你还是没有放弃做义工。”

“是啊，我没什么太大变化的。”张一健又笑了。

“从中学时我做义工和你结识，我还记得当时做完义工所有朋友就会一齐吃雪糕、吃鱼蛋，由街头玩到街尾，照大头贴、打游戏机……”章明晞忍不住回忆。

“嗯，这都是很美好的回忆。”

“而你，总像一个大哥哥，不和我们一起玩，但每次都会处理完事情才会加入我们。”章明晞说着，佯怒看了张一健一眼。

张一健感慨：“当时这里有好多东西好玩，我也有义工朋友讲过，他的梦想就是住在某栋楼，这就可以好方便玩遍吃遍全区。”

章明晞听到张一健的话，突然有了灵感。想到活化项目不必限死在一栋大厦，可以由一个点延伸开去，将周边大厦逐一活化，带旺整个商业区。

她目光灼灼，心中已经构想出了一片蓝图。

傲堂集团。卓定垚和贺天生正在办公室闲谈。

“这次全靠你，才能拿回万学礼的股份。”卓定垚对贺天生感激地说。

贺天生笑了笑说：“我支持你是应该的。”

“嗯，在这傲堂，如果没有你，我还真不知道该怎么办好了。”

“过奖了，你只是刚开始不知道该怎么去做。以后都会慢慢好的。”贺天生答，心中正为卓定垚越来越信任自己而暗喜。

彭世岳敲门进房间，道：“会议室已经准备好了。”

卓定垚点点头，和贺天生一起走出门。其他几个董事已经围坐着了，卓定垚坐下后，秘书将几份文件带来：“日本城和转让股份的合约已经准备好了。”

一个董事看了看手表，有些不满，道：“明明和万学礼约好今天签约，为什么这么久还没到？”

门口响起脚步声，大家一起望去，卓定垚也跟着看过去，不由大惊失色。来人竟然不是万学礼，而是彼列基金的高哲！

高哲昂然步入，自顾自拉过一张空椅子坐下，众人愕然看着他。

“你上来做什么？”卓定垚想到之前在医院被高哲耍，语气冷冰冰。

“我是来加入董事局的，如果大家同意，等会儿的事情我就不用说了。”高哲单刀直入说。

众董事冷笑，女董事轻蔑地说：“这里没人会提名你。别开玩笑了。”

高哲耸耸肩膀说：“这样看来，我要解释下了。傲堂很快就会开特别股东大会，到时卓定垚就别指望做主席了，而且你们想做什么我都会投反对。”

贺天生狠狠地看着高哲：“你不会够票数的。”

“我不打没有准备的仗。”高哲语气轻蔑，“之前我在街上扫了15%的股，加上万学礼手上的就有23%了。”

“什么……万学礼他把股份卖给你了？”不仅是卓定垚，连贺天生都很惊讶，本以为自己开的条件已经很优厚，万学礼绝对没有可能会拒绝自己。

“主席你就别想了，至于副主席……”高哲又一脸轻蔑地看向卓定垚，“我也一定不会投给卓定垚。我也觉得奇怪了，以她的能力再加上外面的负面消息，你们真的觉得她做主席OK吗？”

众董事面面相觑，虽然都对高哲有所不满，但高哲的质问，也戳穿了他们的内心想法。

高哲继续说：“不过你们也可以试试，失败的话傲堂股价就会再跌咯，到时我继续扫货，买下你整个傲堂都可以！”

高哲口出狂言，四座皆惊。但看着他似已稳操胜券的样子，众人只能忿忿不平地望着他，一时毫无办法。

第二十八章
焦头烂额

贺天生回到家中，见章明晞正坐在沙发上看各种资料。

“那个大角咀活化的计划，万学礼还在捣乱吗？”

“万学礼能做的最多就是收回这栋大厦。”章明晞似乎毫不在意，放下了手中的资料，指着其中一页，比画着。

“而我也有新想法，可以展开东南西北计划。也就是说，活化项目不必局限在一栋大厦，我可以由一个点延伸，将周边旧楼逐一活化，形成一个活化带，反包围整个商业区，带旺整个大角咀。”

“不错，这比只展开大角咀活化计划更具商业价值，也不再担心万学礼用那栋楼限制我们。”贺天生夸奖章明晞。

提到了万学礼，章明晞看向贺天生，问：“你准备怎么办呢？原本赶走万学礼一切就顺利了，但现在杀出一个高哲，明显来者不善。”

贺天生气定神闲，道：“没关系，不就是困难重重嘛。我们一直都是在绝境中杀出条路来，才能有现在的地位。有了高哲这个对手，不是更好玩吗？”贺天生难掩内心的兴奋，越说越激动：“更何况，每次对手愈厉害，我得到的只会愈多。”

高哲此刻，正在英国会和万学礼品茶。

“恭喜你成功加入傲堂董事局，之后要对付卓定垚这个傀儡主席简直易如反掌。”

“你怎么好像比我还开心。”高哲笑着说。

万学礼的表情突然流露出一丝恨意：“这个贺天生一次又一次骗我，这次终于出了口恶气。你进入董事局后，一定要帮我好好对付他。”

高哲不语，沉默地看着杯子中的茶叶。茶叶翻滚着，浮浮沉沉。

“贺天生他以为，用一个日本城就能收买我，等你控制了整个傲堂，不是一样可以给到同样条件？”万学礼轻抿一口茶。

高哲回到傲堂董事会，见卓定垚正在吃叉烧盒饭。而卓定垚见高哲到来，赶紧吞下一块叉烧，一脸戒备的样子。

高哲却笑了，一反以前的冷峻态度，夸奖道："竟然会吃盒饭，作为集团主席不骄奢淫逸，不错。"

卓定垚盖上盒饭盖子，不知道高哲葫芦里卖的什么药。

高哲四处打量，环视着整间办公室。卓定垚的书桌背后，放着一幅写有"君子爱财，取之有道"的书法作品，高哲在这幅作品下停住，观望道："'君子爱财，取之有道'，说得好。如果傲堂要做'取之有道'的企业，那么做生意不应该只向钱看。还要关顾员工，尊重客人，还要造福社群，这些被我们叫做良心企业。"

卓定垚打断他道："傲堂的确是良心企业啊，这个也是傲堂宗旨。"

高哲似乎是等着卓定垚强调这点，卓定垚刚说完，他就笑着拿出一份文件，问："既然傲堂这么理直气壮地标榜自己是良心企业，那么你知不知道，我们建的小区的电梯出了些问题？"

"我不知道，这是什么时候的事？"卓定垚疑惑地拿起高哲的资料看了起来。

"公司去年换了新的电梯承办商，价钱贵了，但是零件反而变差，那么就是在偷工减料了。"高哲道。

卓定垚讶异地问道："怎么会有这样的事情？"

高哲继续追问："你知道是谁负责这件事的吗？"

卓定垚放下资料，表情略微凝重地说："我知道，我认识他，我会搞定这件事。"

负责这件事的人，正是卓定垚好闺蜜丽瞳的未婚夫！

而丽瞳知道了这件事后，第一时间约上了卓定垚，想为未婚夫求情。两位好闺蜜端坐在餐桌两边，气氛有一丝尴尬。

"我知道，他身为傲堂集团地产部主管，不应该犯这么大的错误。但这次电梯事件的确是一时不慎，那时候他家出了事，才会这么不小心看错。"丽瞳率先开口，"他现在也很自责，很内疚，你可不可以再给他一次机会？"

"让我再想想。"卓定垚心软，看着丽瞳殷切看着自己的眼神，不知如何拒绝。

丽瞳听卓定垚这么说，知道卓定垚松口了，高兴地说："那我就当你答应了。"心情瞬间转忧为喜。

卓定垚只好以笑回应。

一粒石子掉进湖中，会引发一层又一层的波澜。这件事就像投入湖中的石子，不会拒绝好姐妹的卓定垚，没想到很快就感受到了压力。

傲堂集团走廊上，贺天生迎面向卓定垚走来，质问道：“为什么我看到地产部主管还在工作？你不是应该炒了他的吗？”

“我知道他是犯错了，但我查过，他是无心之失，已经很自责了，还说会尽快更换负责电梯的有问题的承建商。”卓定垚努力解释，“我已经发了封警告信给他，想多给他一次机会……不过为了不引起公众疑虑，一切都会低调来做，需要一些时间来换完有问题的电梯！”

贺天生一皱眉头，道：“行，你能搞定就好。”

然而这说话间，商场的扶手电梯骤然停下了。所有人都由于惯性向前倾，而站在队伍最前方的年轻女性，被身后的人不小心推了一下，从扶手电梯上滚下，摔倒在地。

卓定垚刚松一口气，看似贺天生没有阻拦自己，可下一瞬间，她就收到一条短信。打开短信的那一刻，她脸色骤变。

贺天生把卓定垚的表情尽收眼底，关切地问：“怎么了？”

“有点急事。”卓定垚眼神忽闪不定。

贺天生眼中一闪而过的狡黠：“那你快去处理吧。”

卓定垚敷衍地点点头，匆匆离开公司。“嗯，那我先去医院探望伤者吧。”

可一出门，卓定垚就被记者围了上来。

“由傲堂企业负责的商场电梯，目前由于故障，导致有顾客受伤，对此傲堂公司怎么解释？”

“傲堂会如何处理电梯事故？”

卓定垚在记者推搡下寸步难行。彭世岳冲到卓定垚前面，为她挡住记者。

卓定垚忍不住讲了几句：“这件事情，傲堂集团已做内部处理，公司正在换下集团旗下大厦的所有电梯，只是这次在还没换完的时候，就发生了这样的意外。我承诺傲堂会加快处理这件事，也会赔偿伤者。”

“傲堂集团刚换上新主席，就发生这样的事故，傲堂是否担心股价会受到影响？”

“能否具体说明，将如何对伤者进行赔偿？”

记者仍在继续追问。彭世岳护着卓定垚上车，避开记者。

卓定垚的车刚开到医院附近的时候，卓定垚突然收到贺天生的电话。

卓定垚想了想，按了接听。

“你去哪里了？”贺天生问。

“其实……我想去探望伤者。”

“不行，马上转头！”贺天生听到马上阻止，“我刚看到你神色有异，后来很快收到新闻，就猜到你可能去找伤者了，你现在不能去医院！”

卓定垚一愣间，车已经开到了医院门口。医院外早已准备好的记者发现了卓定垚的车，马上如丧尸般扑猛上前疯狂拍照；冲在记者之前，更有激动的伤者家属。

“听说电梯负责人仍在傲堂工作，他是你好朋友的未婚夫！卓女士是否有心包庇？”记者追问。

“你这个假仁假义的人，连负责人都不处罚。”家属大骂卓定垚，“不是说要对伤者家属进行赔偿吗，车都不敢下吗？快下车，给我们个交代！”

记者的提问咄咄逼人，家属在车边死死盯住卓定垚，似乎想把她拉出车外，卓定垚被车外情景吓得不知所措，完全不知如何反应。

“快走，先离开这地方。”彭世岳看到这个场景，赶紧拍着司机的肩膀说。

卓定垚的车轻轻挪动了一下，记者和家属有些骚动，知道卓定垚想离开。记者不甘心地在车挪动时让位，而家属猛拍卓定垚的车窗让她下车，在车内依然能听到家属的嘶吼。车在人群的包围下勉强开走，最后卓定垚成功逃离现场。

入夜，愤怒的卓定垚来到高级酒吧找高哲。高哲正坐在吧台边喝酒，旁边坐着穿黑色露肩礼服的麦嘉菲。卓定垚气冲冲上前指责高哲。

“你为什么要故意害我，把这件事搞到这么大？”卓定垚气冲冲上前指责高哲。

高哲一脸从容，没有否认，笑着说：“如果你早换了承建商，炒掉负责人，再发布公告，就不会搞到事件变成这样。知不知道你的妇人之仁，令公司股价蒸发了多少？”

卓定垚气结道：“把公司搞成这样是你的问题，本来这件事可以解决，但是你向记者爆料抹黑，才会影响公司。”

“是你搞错了，你要知道自己的身份，是傲堂主席兼CEO，这个时候你不应该去责怪谁爆事件出来，而是去解决这件事！”高哲冷笑着说。

高哲说话间，却从不正眼看卓定垚。反而是高哲身边的麦嘉菲，用手支着头，笑着打量卓定垚。卓定垚看着高哲的女伴都趁机笑自己，又羞又怒，怒盯高哲与麦嘉菲一眼，便气结离去。

翌日，傲堂集团会议室里，知悉了昨日情况的董事们，果不其然都指责起卓定垚。

看着董事们投来的责怪的眼神，卓定垚一脸无奈，如果开除了丽瞳的未婚夫，只怕丽瞳要暴怒；可如今的情形，只怕如果不做这样的处理，此事是要僵在这里了。卓定垚叹了口气，终于还是表态："好，这件事我会给董事会一个交代，电梯的负责人我会开除的。"

"这就对了嘛，一早这样做，不就什么事情都没了。"一女董事松了一口气，跷起二郎腿。

"就是啊，主席不是我说你，以后做事情要学会当机立断。"唐贵成得意扬扬地教导。

卓定垚强忍心中委屈，道："我也会向传媒公布消息和道歉，平息这件事的。"

众董事看似满意，高哲突然发言："那么地产部由谁管？"

卓定垚顺理成章地说："那就让副主管上吧，他对主管做的事情知道得最清楚，主管放假的时候都是交给他，是最适当的人选了！"

董事纷纷点头，似乎同意了卓定垚的安排。

高哲却嗤笑了一声，质疑："看起来真是顺理成章！可这次为什么会搞成这样，是因为主管失职，没做好监管的事情！而副主管都是跟着他的，我们凭什么相信，同样的错误不会再发生？我们是不是需要了解一下，他是不是真的适合？"

卓定垚面色一沉，明白高哲又乘机针对自己。她打量着董事们的反应，众董事听完高哲的话后，果然纷纷点头，认同高哲有道理。

高哲强调："傲堂不能再被别人说用人唯亲了，不如花点时间去了解清楚副主管，同时可以再物色下有什么合适的人选。"

唐贵成见势，附和说："是啊，主席应该多花点时间去了解一下。"

贺天生在一旁，一直望着高哲，沉默不语。

第二十九章 身不由己

卓定垚泄气地来到傲堂的平台花园，黯然地喝着咖啡。

贺天生不知何时走到卓定垚身边，安慰道："你只是不够经验，才会被人下套，你刚才没看见吗？提出另外找人掌管地产部肯定有目的。高哲搞这么多事情，目的就是想换自己人上去，到时候他控制到傲堂，想怎么玩都可以！"

卓定垚恍然，生气但又无可奈何。"可是这些董事现在全帮高哲，我不知能如何还击他啊。"

贺天生见卓定垚苦无对策，顺势建言道："他们现在对你不信任，你说什么人选，大家都会说要再想想，倒不如我帮你出主意，反正怎么都会是傲堂的人。"

卓定垚同意，道："那就先谢谢你了。"

贺天生一笑，仿佛一切尽在掌握之中。

而丽瞳很快知道了这件事！

中午，卓定垚正在吃饭之时，突然一盆水从头淋下来。卓定垚抬头，见是怒气冲冲的丽瞳。

丽瞳瞪着卓定垚大骂："这么多年姐妹，你竟然这样对我！你之前不是答应过我，会帮我未婚夫的吗！"

卓定垚站起身想要解释，丽瞳一只手拦住她，冷言道："做都做了，你不用再解释。"

说完丽瞳转身就走。

卓定垚急忙跑着追上丽瞳："你听我解释，我真的是迫不得已。你未婚夫的确做错了，董事会给我很大压力，我不能包庇他。"

丽瞳听着卓定垚的解释，越听越气，放慢脚步，转头反驳："你对我说有压力？你是公司最大的那个，谁能给你压力？现在你说一句话，就让我未婚夫成为过街老鼠！我这么多年姐妹都没有求过你，为什么你不肯帮我？！"

卓定垚一时无从解释，丽瞳头也不回就走。

电梯事件，正如本应丢入水中的泡腾片，而卓定垚却自己吞下了这颗泡腾片，引发的大量气体，让她喘不过气来。她也没想到，开始无法拒绝丽瞳，会引发更严重的后果，导致她们的关系近乎决裂。

入夜，在富二代圈中有人过生日，卓定垚前来高级酒吧庆生。刚走入房间，卓定垚就发现一道眼光狠狠盯着自己，是丽瞳！卓定垚面色一沉。

丽瞳看她进来以后，对身边的人耳语几句，其他人看卓定垚的眼神开始有些不屑。当卓定垚准备坐下的时候，总有人故意坐满位子："不好意思，这里有人了。"

方泽雨看到卓定垚的难堪，主动解围："我旁边没人，坐这里吧。"

"哎，觉得这聚会没意思，我先走了。"

"我家里还有点事，就不多待了。"

……

一女生站了起来，旁边跟着几个女生也纷纷找借口离开。

很快卓定垚旁边的人越来越少，卓定垚内心难过，但也不知如何是好。

方泽雨看卓定垚闷闷不乐，主动走过来说："这里好闷，不如我们去露台吹吹风吧。"

酒吧顶楼的露台，可以尽览香港夜色。卓定垚却无心欣赏这美景，走到露台边缘，看着夜色陷入深思。

方泽雨静静看着卓定垚，路上的灯映照在她脸上，看到她眼中隐然有泪。风吹乱了她的头发，她轻轻向左甩了甩头，没有在意，方泽雨很想帮她把那一抹头发捋到耳后，但忍住了。

卓定垚开口道："我知道，丽瞳因为未婚夫的事不开心，所以在朋友圈中说我。可我真的不知道，我做的到底是对是错，为了朋友，我本应该包庇她。可站在公司层面，我又没办法向董事会交代。"

方泽雨柔声安慰道："你到了现在这个位置，要说和做很多身不由己的事情。"

卓定垚听方泽雨这样说，转脸看向方泽雨，眼波温柔。这段时间卓定垚已经经历和失去了太多，兄长的离世、父亲的昏迷、闺蜜的反目，方泽雨的安慰，对卓定垚而言，是难能可贵的支撑。

方泽雨看到卓定垚的眼神，有点移不开眼光："我懂，我也经历过这些事。"

卓定垚心情平复，仿佛有了方泽雨的支持，被误解的心情也得到了治愈。

"不如我们去喝糖水吧。"方泽雨提议。

“好。”卓定垚答应。

两人正准备起身，方泽雨突然收到程凯打来的电话。

“救命啊，你要是不来救我，我就要去跳海了。”程凯在手机那头说。

方泽雨无奈，一脸为难地看向卓定垚，道：“不如我们一起去程凯那里吧。”

卓定垚笑着摇摇头说：“我就不去啦，明天还有会要开，下次有时间再约。”

方泽雨和卓定垚作别后，很快赶到程凯所在的海滨公园。

程凯见方泽雨到来，马上把他拉到一边。

“怎么了？发生了什么事？”方泽雨疑惑地问程凯。

“总之我说什么，你都说好就可以啦！”程凯答。

方泽雨一头雾水，程凯拉着方泽雨走向不远处，见阮令翘正负手站着。虽然看不到表情，但隔着老远仿佛都能感受到她的怒气。二人走至阮令翘身边，程凯推方泽雨过去。

阮令翘转头瞪着程凯，喝道：“你还想怎样？”

程凯把责任推给方泽雨，道：“是他说可以的，你问他啦！”

“你怎么又借过桥资金给他呀？你知不知道你这个好朋友，让我不能转去总行工作？”阮令翘皱着眉对方泽雨说。

程凯听到阮令翘这样说，从方泽雨身后探出身来解释道：“我都说了，你不会在这里做多久，我会发财的！我入围了 startup 创业比赛呢，是他公司搞的！我会赢的！”

说完，程凯望着方泽雨，道：“你说是不是？”

创业比赛的事，方泽雨其实并不想通过暗箱操作让程凯获胜，因此支吾着，不知如何开口。

程凯看到方泽雨犹豫的样子，轻声说：“我一定要拿到那把钥匙，帮帮忙。”

方泽雨想了想，开口道：“我只是跟他讲了句是会帮他，我会尽力去帮，不过能太离谱！而且我是做总决赛评判，如果他初赛都入不了，我是帮不到他的。”

程凯顺势马上补充道：“只要我入了初赛，就有机会表现，我肯定能到总决赛的。总决赛有方泽雨在这里，我们是兄弟嘛！方泽雨会让我赢的！你可以把钥匙还给我啦？”

阮令翘半信半疑。程凯看她态度不再那么强硬，便伸手去阮令翘衣服口袋找。

“别碰我！”阮令翘把程凯的手打开，把钥匙丢回给程凯。

“好，我有事先走了。”

阮令翘见程凯借故离开的样子，怒从心起，对方泽雨说：“你也看到了，他这样怎么会有长进？做东西不到满分他就不满意，但哪有人一做出来的东西就一百分的？这么多年都原地踏步！”

“我想你和我一样，都不是不信他不行。他只是缺个机会，你也看到了，他的 APP 有很多人加入。”

阮令翘马上反驳道：“但他还正在半价呢！自己还要倒贴钱！”

“程凯有他的执着，但如果不执着他不会赢，虽然说程凯要求的一百分标准比好多人高，如果我们都不觉得有一百分的时候，程凯不满意不是应该的吗？你是他女朋友，每次你都说他的东西不行的话，他怎么会满意呢？”

阮令翘想了想，觉得方泽雨的话也有道理，便也没继续数落程凯。

在安永大厦走廊上，章明晞正走向办公室。

“您可以再听我说一句吗？我不是有心砍价这么低的……”

章明晞听到了一个熟悉的声音。目光所及的前方，张一健正在被安永公司的经理向外推出办公室。

“公司规矩是这样，不可以随便改。没什么好谈的了。”经理态度强硬。

张一健拿着文件袋，沮丧地向外走，抬头看到章明晞。他正想打声招呼，就见安永公司经理突然毕恭毕敬地向章明晞点头致敬：“章总好。”

张一健一怔。

章明晞先开口：“你怎么来这里了？”

张一健苦笑：“我想试着来谈便宜点租大厦，但是被拒绝了，你呢？”

“这是我的子公司。”章明晞礼貌地微笑。

“嗯，刚看出来了。”张一健转头看了看其他公司职员，大家态度恭敬。

章明晞转移话题：“难得来一次，走，去你那儿喝杯下午茶吧。”

二人去了大角咀张一健的咖啡厅。章明晞四处张望着，打量着咖啡厅的陈设，见到有面照片墙，墙上贴满了张一健和其他义工及他们帮助过的人的合影。

张一健拿着一杯奶茶，坐到了章明晞旁边，道：“喏，你喜欢的口味。”

章明晞笑了笑，道：“谢谢你还记得，不过现在我已经换了口味，改喝无糖奶茶了。”

张一健马上起身：“那我去换一杯吧。”

“没事没事，就喝这个吧。”章明晞拦住了张一健。“你今天去安永公司谈租金，是因为什么项目呢？”

“哦，这个，我是想把平时那些活动组织起来，整理好露宿者名册，有个地方可以给有需要的人拿到他们要的物资，让他们的生活过得好点。但可惜我们经费不多，又申请不到政府资助，所以想先找个便宜点的地方……”

章明晞认真听着张一健说话，微微点头。

说着张一健突然停顿了，有感于自己越讲越多，马上笑着说：“我是不是话有点多，好像是在强行销售？”

章明晞却笑着说：“没关系，我愿意帮你。对我而言只是略尽绵薄之力，又可建立公司形象，何乐而不为？”

张一健露出惊喜的神色。今天他去安永公司的时候，其实预料到会被拒绝，没想到会收获这份意外之喜。

“对了，你再给我一份计划书，如果其他方面有能帮忙的，我会来找你。”

张一健喜出望外，连连道谢：“谢谢，真是太感激你了。虽然你现在事业有成，但还是和以前一样善良热心。”

章明晞笑了笑，却有一闪而过的尴尬和冷意。

第三十章 针锋相对

过了几日，章明晞接到电话，跟着田生经纪来到大角咀街道上。

马路对面睡着一个老太太，穿着破旧的衣衫，好像很多天没有洗过澡，头发油腻，路人都掩鼻绕道而行。

“就是这个老太太不肯搬。她在这个区很出名，之前有人打劫她的排档，都好多街坊帮她，还上了报纸。”田生经纪小声问章明晞，“需不需要想办法赶走她？”

章明晞阻止道：“她这么出名，我对那个新闻都有印象，你搞她一定变成公关灾难，不可以乱来。”

说话间，章明晞见张一健拿饭走过，送给老太太吃，和她有说有笑。

章明晞若有所思。

张一健起身，转头就见章明晞独自一人在转角处看着自己，似是偶遇。

章明晞走过马路，走到张一健身边。“看老太太的样子，好像生病了，是不是应该找家人照顾她？”

张一健叹气说：“这里的街坊都知道老太太有病。老太太是有个儿子，但是母子俩关系不好，儿子不理她。她有病又不肯看医生，整天说自己无家可归，坐在这里死了好了。”

章明晞试探着问：“那你知不知道，儿子去了哪里？”

张一健摇了摇头，无奈说道：“不知，老太太不肯提她儿子，有人问起他，她都会发脾气。”

“那你觉得不可以这样，不如我们分头去找老太太的儿子，劝她去看医生。”章明晞想了想后提议。

张一健欣慰地看了看章明晞：“很感谢你这样关心老人。”

于是，下一次当张一健发饭给老太太后，开始考虑如何能知道老太太儿子的消息。

老太太看到张一健过来，支起身子，勉强露出笑容，道："你来啦。"

张一健点点头："今天有没有哪里不舒服啊？"

"没有，谢谢你一直对我这么好，只有你才会这样了。呵，真是比我儿子那畜生好太多了。"老太太说着，想到儿子，不禁满面怒容。

"您先吃饭吧。"张一健帮老太太打开了饭盒，"对了，提到你儿子，他现在在哪里呢？"

老太太一听他提到自己儿子，面色一沉，不再开口。

张一健看到老太太的脸色，温言相劝："婆婆，我看您刚提到儿子了，是不是也很想念他？"

"开什么玩笑，我怎么会想念这个畜生？"

"你现在对他有怨气，是因为觉得他对您不够好，并不是真的记恨他对不对？也许他也和您一样，只是嘴上说得狠，但实际上也非常想念您呢？"

老太太脸色好转一些，也许是被张一健说的话所触动。

张一健见老太太有所缓和，接着问："那你知道，他住在哪里吗？你不好意思开口，我来转告他。"

老太太抬头，指着前面一栋房子，缓缓开口道："1603。"

张一健来到老太太家门口。拥挤的公屋里，同一层楼住着好几户人家，隔音效果不太好，彼此之间听得到邻居的家长里短。张一健还没进门，就听到老太太的儿子正在和儿媳争吵，矛盾焦点涉及经济状况。老太太儿媳嫌弃儿子不会赚钱，家人生活困苦，儿子则在嫌弃儿媳无休止的抱怨。

"你要是能找到有钱人，你就去啊。我走，我走行了吧。"随即传来叮里咣啷的声音，可想而知家中物件都被砸到地上的满目狼藉。女人的哭泣声响起，不再用言语而用呜咽声，表达对自己前半生清贫生活的厌恶。

老太太的儿子甩门而出，一出门就撞到正犹豫着如何开口的张一健，马上皱眉问道："你是谁？"

张一健清了清嗓子，用温和的声音说道："我是附近的义工。不好意思打扰了，您母亲现在无家可归，睡在马路上，您是否可以……"

"别来找我，这老太婆不关我的事。"

"怎么能说不关你的事呢？"张一健拉住老太太的儿子，"她很挂念你啊。"

男子一生气，用力一甩张一健，质问："你是谁啊？你烦不烦啊。"

"老太太身体不好，可能命不久矣，这样你都不去见她？"

“你没看到我家这个状况吗？已经要妻离子散、家破人亡了，哪有功夫管她？”

“可她是你妈啊！”

男子闷哼一声，道：“哼，你听清楚了，不是我们不要她，她也看我不顺眼啊。和我一起住的时候就只会吵，再一起住她不也要折寿几年，害人害己算了！”

他扬长而去，留下张一健在原地叹气，无可奈何。

然而张一健没想到的是，事情很快就有了转机。

张一健又一次送饭给老太太的时候，身边出现了一个人，竟然是老太太的儿子！

他突然来到，张一健和老太太都很意外。

“对不起，是我错了。”儿子突然一鞠躬，向老太太和张一健道歉。

老太太狐疑地看着儿子，以她的了解，从未见过儿子如此诚恳的样子。连张一健也觉得不可思议：“你怎么……？”

“上次你来找过我以后，我认真想了很久，觉得都是自己的问题。”儿子的表情似乎十分愧疚，“之前我和妈总是谈不拢，但怎么都是自己妈妈，想到她现在有病又不肯看医生，没人照顾，出了事我都会良心不安。”

张一健看了看老太太。她的表情一点点松动，虽然不吭声，但是表情中隐约可见内心的酸楚。

“妈，你就跟我回家吧。”

老太太眼中，已经隐然有泪了。

张一健看了看老太太，又看了看儿子，马上帮老太太儿子说话：“您就跟他回去吧，再怎么不孝，他始终还是记得您这个妈妈的，或者相处下来会变好呢！有家人陪着，怎么都好过在街头日晒雨淋啦！”

“好，我跟你回家。”老太太终被张一健说服，把手递给儿子。

儿子搀扶着老太太回家。老太太多次回头看张一健，目光中有不舍和感激。

张一健也笑着和老太太作别，内心欣慰，这就是他做义工的意义。总能从他人片刻的幸福和喜悦中，感受自己的收获与价值。

“我的第一份工作，半年时间里获得每个月的销售冠军，一年内升级和我曾经的上司平起平坐，三年后成为地产主管。”

飞机会餐厅里，Joe 正自信地对贺天生和卓定垚谈及自己优秀的工作业绩。

卓定垚沉默地听着，时不时点头。

“你觉得怎么样？”贺天生看到卓定垚不出声，忍不住问她反馈。

“我是在想，都是同龄人，为什么她业务能力这么厉害。”

听到卓定垚的话，贺天生微微松了一口气，让卓定垚完全认同她是第一步。

“我想，如果 Joe 加入傲堂，一定可以让地产部业绩翻倍。”卓定垚却有点苦恼，“你呢，你怎么看 Joe？你觉得董事会会不会接受她，尤其是那个高哲？”

“Joe 在行业内无论资历还是业绩都是出名的，好多公司都想让她加入。她还会带着两亿生意过来，董事会不会有异议，就算是高哲都不能反对！”贺天生胸有成竹。

卓定垚心动，眼神笃定地看着前方，道：“我一定要在这次选地产部主管事件上，赢回董事们的信任。”

夜总会上，Joe 在庆祝自己面试成功，并继续和她的客户保持应酬。

在这个充满烟酒和荷尔蒙味道的场合，Joe 和客户坐在中心位置，看着舞池里风光的人们，听着劲爆的音乐。大客户抱着妩媚的女人饮酒，时而逗得身边女人或真或假的笑，让大客户豪气顿生，把大把钱塞进女人低胸礼服的胸口，女人们顿时笑得更加娇媚乖巧。

Joe 见气氛愉快，切入了正题，问：“您看这合同的事情？”

大客户正醉倒温柔乡中，只答一句：“今天我很高兴，这些都没问题。”

Joe 暗笑，又一个合同就此拿下。

这时候，穿着一身宝蓝色露背长裙的麦嘉菲来到。客户只闻到一阵如同莲花般清新的香味，忍不住抬头看，麦嘉菲款款坐到大客户身边，莞尔一笑。客户登时忘却了刚才的女伴，任其在旁边撒娇半嗔，只把注意力放到了这个新来的女子身上。

Joe 看了看麦嘉菲，性感之余，却有种莫名的淡然感，这种略带反差的气质，让她却有神秘而吸引人的力量。想必是这里新推出的女公关吧，这产品差异化做得不错，Joe 想着。只见麦嘉菲依偎在大客户身边低眉浅笑，伏在耳边轻吐几句，大客户便被麦嘉菲拉走。

Joe 笑了笑，有些不以为然。

翌日，在傲堂集团会议室里，Joe 自信地等待着，等待着卓定垚和董事们在为她接任地产部主管一职表决。

不出意外的话，问题不大，毕竟还未上任，已经有项目快被搞定了。

“我希望让 Joe 出任地产部主管，我想她的经验和业绩，大家有目共睹。”卓定垚认真地看着高哲的反应，“最重要的是，Joe 还会带两亿生意到傲堂。”

“还没任职就能带来这么大的单子？”一老董事讶异。

“我想这应该没什么问题。”

“厉害了董事长，这次竟然能找到这么厉害的人，算是把之前的事件完美解决了。”

董事们起哄，对 Joe 似乎表示满意。Joe 露出微笑，一切尽在掌握中。

然而，高哲突然冷笑了一下。卓定垚一直在观察高哲的反应，此刻不免紧张，不知道高哲要说什么。

“确实，Joe 在行业内好有名，连到专门请客应酬场合谈生意也好出名，跟几个客人还发生过一些见不得人的事……”

卓定垚的心里一寒，这高哲，果然是要拆自己的台——

之后高哲顿了一顿，道：“我们的新地产部主管沾惹了这些进来，如果公开了，我担心会损害傲堂形象！”

Joe 的笑容也凝固了，忍不住反驳道：“那是意外！事后都没事啦，我也签到了合约！谈生意喝茶灌酒都是正常的吧！”

唐贵成反驳高哲：“我觉得，不管用什么方法，谈得成就可以啦！”

“那么现在谈不谈得成呀？”贺天生问 Joe。

“八九不离十，只要搞好合约，就可以签了。”

董事又起哄，对 Joe 表现满意。

然而，高哲继续开口道：“你在说什么？他不是已经签过约了吗？”

Joe 一脸茫然，贺天生和卓定垚对视一眼，顿时感到不妙。

此刻麦嘉菲敲了敲门，拿着合约进来，合约上俨然写着，五亿——

Joe 及卓定垚均一愣。

卓定垚看着麦嘉菲，正是那天质问高哲时，坐在高哲身边嘲笑自己的女伴。

而 Joe 没想到，昨天见到的气质脱俗女公关，真实身份竟然是自己的竞争对手。

第三十一章 甘拜下风

原来昨日，当麦嘉菲带走大客户后，大客户色性不改，想对麦嘉菲毛手毛脚。麦嘉菲马上变脸道："先生，你搞错我的目的了。今天如果你不和我合作，我就会把你出轨的证据交给你老婆！"

Joe 和卓定垚都反应了过来，而高哲已经向董事介绍麦嘉菲道："这位是麦嘉菲，哈佛商学院毕业硕士生，在美国几间大地产集团做过主管。现在她不止拿到二亿合约，还多了三亿做了上百个单位的员工宿舍，这样的表现不是更适合地产部主管这个位置吗？"

"可是这位麦小姐没有在香港做过，我觉得地产还是要熟悉香港的人做才好。"唐贵成质疑道。

"据我所知，香港的楼价溢价过高，上升空间很小，而越来越多的内地人来香港投资落户，我认为这是个很大的市场。而目前房价最高的区域，主要集中在金融行业密布的港澳区、九龙塘和清水湾、浅水湾等豪宅区，我认为如果看中内地市场的话，可以考虑在周边发展各个重点中小学、国际学校，对于想给孩子最好教育的内地父母，会有很大买房的吸引力。"

麦嘉菲气定神闲地分析，一众董事无从辩驳。

贺天生见势不妙，便主动上前，道："恭喜地产部新主管，麦嘉菲小姐。"

一众董事也纷纷鼓掌，欢迎麦嘉菲。

Joe 悻悻然离去。

高哲正在和麦嘉菲握手，恭喜她。卓定垚则坐在主席位，盯着成功夺位的高哲，气愤难平。

众董事散会走后，只剩下贺天生时，高哲带着麦嘉菲和卓定垚握手。卓定垚心里有气，不肯伸手。

高哲开口道："输赢都很常见，你身为一个上市公司的主席，大方点。"

麦嘉菲识趣，对高哲一笑道："你们聊，我先出去了。"

高哲见卓定垚眼红红的，故意逗她道："你想哭呀？做主席做到想哭？"

卓定垚气得大叫道："高哲，我在酒吧见过她！你们早就认识了。所有事情都是你设的陷阱！你为什么要针对我？"

"我只是想在这个位置上找个称职的人。如果你觉得麦嘉菲不及Joe，你就说出来呗！商场就是这样，现在你坐在这个位置上，就会整天遇到这样的事情，难道没人告诉你吗？"高哲笑了笑，"不过没关系，你慢慢会习惯。"说完便转身离去。

卓定垚默不作声，嘴唇紧抿，死死盯着高哲的背影。

当高哲上车准备离去时，贺天生正好驾车出来，停车叫住高哲。

"这场仗赢得漂亮。"贺天生似笑非笑地恭喜高哲。

高哲笑着说："其实你才是大赢家，Joe其实是和谁一伙，你我心知肚明。但你最厉害的就是，明明是你输了，有个傻子揽在自己身上，但是没人知道，不就是你赢了吗？"

"不过是第一回合而已，不要看谁笑得最美，要看谁笑到最后。你搞这么多事，还不是想吞了傲堂，当年你其实是英雄，为什么现在变成这样？"贺天生讽刺道。

高哲仍是一脸从容，道："英雄难做，但做恶人很容易。现在所有人都觉得我是坏人，怕是很难翻身了。不过这样让你吃瘪，让我更了解你了，突然觉得做坏人很有趣，下个回合我们再玩，我觉得我们应该会玩得很开心！"

高哲说罢，发动引擎离开。

高哲与贺天生的车一左一右向外驶去。二人距离越来越远，但均从倒后镜望着对方的汽车，目光充满狠意。

他们的较量，这才刚刚开始！

当朱小慧来到电器铺的时候，程凯和方泽雨刚摆好摄影设备。朱小慧有点懵地看着对着她的镜头，黑色机身，人像镜头，好像一个巨大的机器之眼，用冰冷又客气的眼神凝视着她。

程凯拿着一件女仆装走来，温言道："小慧，快来帮忙拍照，给APP封面做宣传。"

"不行不行，我很少拍照，看着镜头就害怕。"朱小慧以为程凯要她穿女仆装做模特，难为情地连连摆手。

"我是叫你拿相机拍照，这件衣服不是给你穿的。"

朱小慧错愕，居然发现自己内心中对让她当模特这件事还是有些期待的。

原来，阮令翘才是程凯心中女仆装的模特，看着她穿着女仆装摆pose，朱小慧内心隐隐有些失望。不过她也习惯了，程凯不会把她当作普通女孩子看待了。朱小慧叹了口气，看着手中的相机，如一个巨大的黑洞，席卷和洞悉了朱小慧所有的羡慕、失落和释然。

不过，阮令翘也的确适合做模特，令人意外的是，一向走御姐路线的人，原来也是很擅长扮贤淑或可爱的：时而端起盘子扮做家务、时而拿起拖把甜蜜微笑、时而拿起灯泡假装修理，也嘟嘴卖萌。

“咔嚓”“咔嚓”……朱小慧不断用相机捕捉阮令翘的各种摆拍瞬间，程凯在一边看和指导，刚开始会多些提点，但看到阮令翘拍得较为自然，也任其自然发挥。

“不愧是我女神，拍得真好看。”程凯半真半谄媚地夸奖。

“我说，你这样只搞女仆装不够，吸引不到女客户的。”阮令翘一边换pose，一边扮作嗔怒，忽而又想起什么，道：“对，我之前在银行和家庭主妇们聊天，她们最烦就是家里老公不在，电器坏了没人修。所以这个APP要成功，关键就是要吸引到女性用户。”

朱小慧听到略微惊讶，放下了相机反驳说：“是吗？电器坏了自己修不就可以了吗？”

程凯没好气地说：“你以为个个都是你吗？”

此时方泽雨来到现场。程凯看到方泽雨，突然玩心大发，扑到方泽雨身上，挤眉弄眼地开始扒方泽雨的衣服：“快，趁热打铁，你也来帮忙吧，把衣服脱了来扮作管道工。”

方泽雨赶紧裹紧自己的衣服，并趁程凯不备，拉开程凯的拉链。“你怎么自己不扮呢？”

程凯惊讶道：“好小子，竟然被你偷袭了！”接着又去追方泽雨。

方泽雨和程凯仿佛回到童年一样，追逐打闹着。

朱小慧和阮令翘有点惊讶又有点好笑地看着他们。

“哎，男人都像孩子。”阮令翘略微嫌弃的语气，却又带着笑意。

“真和以前一样啊。”朱小慧看着他俩，仿佛陷入回忆，突然一回神。“哦，我要去发传单了。”

在街上发传单的朱小慧，很快感受到挫败感。

来往的行人多为穿着一字裙、上身小西装、妆容精致的女白领，路过根本不理会朱小慧。有人甚至带着质疑的眼神，绕路离开，似乎害怕被带入一个营销骗局。

此时，阮令翘带了一个重要道具赶到——以程凯真人为模型扮作师傅的人形纸板。经过一番修图定制的"程凯"，此刻看起来阳光又亲切，还有着充满雄性荷尔蒙的肌肉线条。逐渐有女白领被纸板吸引，走上前来。

"大家看，这个就是 APP 的创办人。"阮令翘马上走到纸板边，打开自己的手机软件演示，"当你开始用 APP 的时候，就会看到他在手机上出现。"

大家很感兴趣，连连点头。

"这个小哥很帅哦。"一位白领姐姐摸着纸板夸奖，有意无意地抚摸着纸板上的肌肉。

"那我想问，是不是每个师傅都能像他一样？"旁边另一位好奇地问。

阮令翘笑得很温柔："会的，我们的师傅可是很高质量的！有实力，有颜值。"

"那给我一张传单吧，我回去研究下这个软件。"

阮令翘忙不迭地给大家发传单，很快手中传单被众人拿光。阮令翘转身看了看不知所措的小慧，拿走她手上的传单继续派发。

朱小慧觉得阮令翘做什么都很完美，而自己总是处理得不理想，感觉自己很没用，把传单给阮令翘后，默默退到一边。

"Wow，我们的 APP 用户人数上涨很多。"

回到电器铺后，朱小慧听到程凯惊喜的声音。

程凯看着朱小慧她俩走来，朱小慧动动嘴不知说什么，期盼着程凯能夸奖自己，哪怕只是简单一两句。然而程凯迎面走来后，却越过了朱小慧，走到阮令翘面前，双手扶着她的肩膀，激动地夸奖："多亏了你，我女朋友好厉害。"

朱小慧黯然。

"好消息，好消息！"方泽雨在电器铺里大叫。

大家迅速赶进来。

只见方泽雨眼神灼灼："程凯，你的 APP 进入了 startup 比赛 100 强！"

程凯还有点没反应过来："真……真的吗？"

方泽雨微笑着点头道："到时候要在电梯里面，1 分钟之内将 APP 向评审宣传，再决定能否进入到 10 强。"

这突如其来的消息，让众人都欣喜若狂。众人急促地跳跃着，分享着彼此眼中的炙热与狂喜，一向高冷傲娇的阮令翘都开心得笑出泪花。程凯、方泽雨和阮令翘不禁抱在一起欢呼，朱小慧也替程凯开心，想上前拥抱大家，然而她却挤不进去，在这喜悦的氛围里，她的情绪和想法都被忽略冲淡了。朱小慧感到了自己的格格不入，心下难过。

第三十二章 尸位素餐

麦嘉菲来到原来卓启堂的办公室，

“你找我有什么事吗？”麦嘉菲问卓定垚。

卓定垚翻开了面前的文件，问：“我看过了地产部文件，有些项目有些奇怪，尤其一个和内地合作的项目，停工了几个月。你能给我个解释吗？”卓定垚放下文件，盯着麦嘉菲的双眼问。

麦嘉菲稍一思索，明白卓定垚定是有心找茬。

“你需不需要先问高哲的意见，再回答呢？”卓定垚嗤笑。

麦嘉菲不以为意，道：“想不到你也留意到了这个问题，不过你应该想好，应该去问内地发展部。”

卓定垚闻言一愣。

“我这个项目没办法按时动工，就是内地发展部的责任，所有和内地联络的事情都是他们负责，他们拖延了，我们所有人都不能做事。”麦嘉菲丝毫不惧，又挑衅卓定垚，“难道你不清楚自己公司部门的运作吗？”

卓定垚本来是想为难麦嘉菲，毫无准备地被反将了一军，一时不知所措。

当晚，完成工作的卓定垚，去酒吧找贺天生。

“内地发展部是傲堂命脉，里面都是公司老臣子，和内地关系密切。你爸爸以前一向很尊重他们。”贺天生向卓定垚讲解，“如果让麦嘉菲控制了内地发展部，会是傲堂一大损失，我建议你要自己去内地发展部打个招呼。”

而此刻，高哲也正在和麦嘉菲就此事商量。

高哲早就知道卓定垚会找麦嘉菲麻烦，也了解麦嘉菲的处理能力，笑着对她说：“我就知道，你搞得定。”

“听你这样说，我都不知道该高兴好，还是不高兴好。”麦嘉菲似嗔似怒。

“我认为，我们可以趁此机会，让卓定垚管一下内地发展部，搞清楚内地发展部的底细。”高哲转过头来补充。

麦嘉菲听高哲这样说，感到有些奇怪，不明白高哲帮助卓定垚管理公司的目的。

对商业世界依旧有些陌生的卓定垚，执行力却很强。在想刁难麦嘉菲却被反诘得哑口无言后，开始认真着手研究那个问题。

“我觉得你可以去那个部门了解一下。”听到贺天生这样说，卓定垚很快来到内地发展部办公室。

令她惊讶的是，整个部门空荡荡的，在工作的只有一个叫王子琳的年轻女孩。

卓定垚疑惑道：“怎么只有你，其他人去了哪里？”

王子琳从工位上抬头，看到卓定垚的一瞬间，认出了是董事长，表情有些雀跃，然而听到卓定垚的问题，不免陷入尴尬，道：“他们去吃饭了。”

“现在两点四十五了哦。”卓定垚惊讶地看了看手表，又看了看王子琳，似是不敢相信王子琳的话。

王子琳有点不知所措：“是啊，他们一般三点回来，很快就到了。”

说曹操曹操到，王子琳正不知如何应对卓定垚之时，阿辉等人施施然回到办公室。看到卓定垚在看文件，阿辉有点不悦。

“你们好啊。”卓定垚抬手向几人打招呼。

没有人搭理她！

“今晚赌局几点出发？”阿辉问内地发展部的同事。

一个部下边喝水边回答：“5点开始。”

“那我们要早点走哦！”另一个部下头也不抬地接口道。

他们似是目中无人，不理会卓定垚前来，对她打招呼更是无动于衷，一坐下就讲自己的事情。说完后，便各自斟茶、下棋，完全当卓定垚不存在。也许是看清了自己要跟的人，以领导的意见为主；又或者，并不尊重这个新任董事长。

卓定垚有些不爽，本想用温和的态度和几人交代清楚，没想到却遭到如此无视。她把资料放在负责人阿辉面前，道：“我想听你的解释，为什么这个项目停工了？”

阿辉态度傲慢，敷衍地说：“都是因为有事情出问题耽误了。”

卓定垚不解，问：“我想问具体是什么情况呢？”

“这件事很复杂，跟你说你也不知道。算了吧，我们正在搞。”阿辉有些不耐烦。

“我也想了解下你们的工作方式，方便计算工期。”卓定垚话中有话，来内地发展部的时候，对他们迟到的事情有所不满，他们甚至当着董事长的面，讨论早退，这实在是有点不遵守规章制度了。

而阿辉更加不悦地说：“没有那么快，需要时间搞清楚。”

“那两个礼拜可不可以？”卓定垚问。

阿辉不屑于和卓定垚解释，但觉得她认真又有些生气不便发作的样子，却是十分好笑，有心戏弄卓定垚，道：“那你就等等吧，我过两天会和你交代清楚。”

卓定垚虽然仍旧不满，可追问不出什么，也无可奈何。

待她回到父亲办公室后，也一直紧盯着这件事的近况。

没过几天，卓定垚问彭世岳：“那个内地发展部的阿辉，有没有给消息？”

“他请了病假，有医生开的处方。”彭世岳说。

卓定垚明白，这只是阿辉的伎俩，继续向她打太极和回避问题而已，不禁狠狠拍了一下桌子。

又过了几天，内地发展部还是迟迟无消息。

卓定垚实在忍不住，又亲自去了趟内地发展部。

“这已经过了好几天，你们内地停工项目的资料在哪里？”卓定垚一进门，忍不住就问办公室的人。

然而，阿辉依旧不在。

一下属漫不经心地回答：“我们也不清楚，都是辉哥亲自跟的。”

卓定垚怒道：“好，既然你们都不清楚，那我来搞清楚。把跟这个项目有关的所有文件都给我！”

然而，当王子琳用推车将所有文件推上来的时候，卓定垚有些后悔自己说的话了。她没想到，相关文件竟然有这么多。

“您要的文件在这里，还有一车随后就送上来。”

看着王子琳一脸无辜，且有心帮助自己的样子，卓定垚如同泄了气的皮球一样，忍住了脾气不爆发。直到回到办公室后，卓定垚终于发泄般大叫了一声。

彭世岳听到，迅速赶来。

只见卓定垚把一份文件砸在桌子上，大声说道：“这么多，叫我怎么看！他们摆明是在玩我！”

彭世岳明白，卓定垚是又为前几天内地发展部的事情烦心，提议道："我想，是不是得找人帮忙看看……"

不出卓定垚所料，在内地发展部的办公室，其他员工正在为捉弄了卓定垚而窃喜。一个员工把手中一份文件，放在阿辉的电脑台下。

"哈哈，我们之前给她那些文件，让她看七日七夜都没用！"另一员工奸笑着说。

王子琳听到他们说的，顿时明白，原来他们给卓定垚的文件，都是错误的，而真正需要的那份文件，他们早已默默收好了。

她该怎么办呢？要不要把这份文件给卓定垚？……王子琳踟蹰着，其他同事都是阿辉的人，如果把这份文件给卓定垚，想必都能猜到是她给的……

此刻，其他同事陆续离开。

"你还不走吗？"同事走前，转头问王子琳。

"没事儿，你们先走吧。我再整理一会儿文件。"王子琳低着头说。

待同事走后，王子琳走到了阿辉的桌边……

当彭世岳经过卓启堂办公室时，看到正在门口徘徊踟蹰的王子琳，似乎很着急。

"你找董事长有什么事吗？"彭世岳上前询问。

王子琳转头看到彭世岳，松了一口气："还好你在，我想董事长可能需要这件东西，麻烦你帮我转交给她。"

"这是？"

"她看了会知道的。"王子琳交托后匆匆离去。

此刻的卓定垚，已经焦头烂额地看了眼前的文件很久，桌上摆放着、地上弃置着一堆堆的文件。她懊恼地一只手抓过头发，一只手用笔在A4纸上打叉，然后又把一份文件扔到地上，似乎毫无头绪。

"有人让我把这份文件转交给你，说你可能会用到。"彭世岳把文件递给卓定垚。

卓定垚虽然疑惑，但此刻也顾不得这么多，接过彭世岳转交来的文件，认真又快速地扫视着。她看了很久，脸上的表情，却是由苦恼转为严肃，进而流露出一丝微笑。

"原来内地的地产项目，是因为消防问题搁置了啊。"卓定垚把文件捂在胸前，恍然大悟。现在知道具体原因就好，就能有解决方案了，接下来只需要知道——

卓定垚忽而跳下座椅，扑到一堆文件中开始翻找。

“你在找什么？”彭世岳对卓定垚的反应感到有些奇怪。

卓定垚转身嘱咐彭世岳：“我知道问题出在哪里了，现在只需要找到相关负责人麦主任的电话，说只要找到他，就可以处理消防问题。”

彭世岳走上前，整理地上的文件，摆好。

“对了，你安排一下，和我一起去一趟内地。”卓定垚补充。

“好的。”彭世岳整理好了文件，和卓定垚一起翻找。

卓定垚忽然又想到了什么，停下来，转头问彭世岳：“这个文件是谁送来的？”

“一个内地发展部的姑娘。”

第三十三章 桃色危机

季生集团。

贺天生整理着自己的服装仪容。商人往往是最在乎自己对外形象的，形象有时候甚至和某单生意是否谈成挂钩。贺天生一丝不苟地整理着领带，而钟思琪和下属也在贺天生办公室，正讨论着什么。

“你要把今晚晚会的讲稿交给他。”钟思琪嘱咐下属。

她随即看了看表，又转头对贺天生道：“之后八点十五，我会去你家接你。八点半到现场。”

钟思琪说话间，看到一旁的下属面有难色。

“你是有什么想说的吗？”贺天生走出后，钟思琪忍不住问下属。

下属似乎担心被钟思琪责怪，表情有些紧张地说：“那边的公关已经安排了他和章明晞八点接受访问。”

果然，钟思琪狠狠地瞪了下属一眼：“不是跟你说了章明晞不在香港吗？你通知那边八点半再做访问！”

入夜，钟思琪来贺天生家接他。只见钟思琪身着宝蓝色缎面长裙，前身不算低胸，却是能让身材若隐若现地展现，让人不觉浮想联翩。侧身有开叉，刚好露出钟思琪白皙颀长的小腿，让人移不开眼神。

贺天生忍不住看了钟思琪两眼，却见钟思琪“噗”地笑了一声，走向他。

“你的领带歪了。”

钟思琪上前帮贺天生整理，贺天生则想到早上自己在办公室整理领带。

而此刻——她的身子离自己不到一尺的距离，时不时贴近自己，若是一低头，便能将一片春色尽览。人与人之间都有着不用言明的安全距离，远一寸是疏离，近一寸是冒犯，而此时此刻，却是恰到好处地暧昧着。眼波流转间，似嗔似诉的笑容，不动声色地欲擒故纵。

贺天生明白她的意思，却挂起他那招牌笑容，不加以回应也不拒绝。情场老手的对决，不亚于武林高手，看似波澜不惊，实则暗流涌动，身体接触和眼神对视，皆是战场，不动心才是赢家。

章明晞突然拖着行李箱开门进来，打断了二人的暧昧互动，贺天生和钟思琪很快拉开一段距离。章明晞却已经把一切尽收眼底，又看了看钟思琪性感的晚装，心下了然，却故作若无其事的样子。

“你们也要出门了，是吗？”

贺天生淡定地点点头，道：“嗯，待会儿有个采访。”

章明晞也来到飞机会餐厅。

曾依宁走向她，道：“我跟你说个事儿。”

“有人拍了酒会里面的照片，我觉得有必要给你看。”曾依宁表情凝重，又带着一丝神秘。她看了看周围，拿出手机给章明晞看。

是一张模糊的偷拍照片，钟思琪笑得一脸甜蜜，正在对贺天生耳语。

章明晞看了一眼，心里咯噔一声，表面却似是不放在心上，拨弄了一下面前的餐具，淡然道：“社交场合而已，不用担心，只要别传到她男友耳中就好。”

“我听到中环那边的传言，说钟思琪嫌男友趁加税前换车太抠，甩了她年薪千万的才俊男友。”曾依宁压低声音说，“你老公是这几年升得最快的富豪，有人想挖墙脚很正常，但是……你应该知道该怎么做吧。”

章明晞还是不说话，默默揉搓着面前的纸巾，陷入沉思。

曾依宁看到章明晞漫不经心的样子，反而有些着急了，道：“你别这么不在乎啊。我跟你说，你丈夫身边这个女人可不简单。她以前跟我做事的时候，我就发现她是个不择手段、喜欢借机上位的人。现在她这样心怀不轨地待在你老公身边，你不可不防啊！”

章明晞轻轻“嗯”了一声，道：“谢谢你的提醒，我会留意的。”

翌日，章明晞正在季生集团大堂等电梯，听到身后的人提到了“钟思琪”三个字，忍不住留意了一下。

原来是钟思琪的下属，正和其他同事一起等电梯。

“本来我是请了星期五、六、日的假期，没想到竟然撞上老板去上海开会，我以为这下不好，肯定放不了假，只能放飞机让男朋友不高兴了。没想到钟思琪皇恩浩荡，竟然叫我不用去。”钟思琪的下属正向同事炫耀，自己的老板有多体恤。

章明晞听到此话时，正在前方等电梯，听完两人对话，忍不住捏了捏自己的手袋。曾经在家中看到钟思琪刻意亲近贺天生的画面，不由得涌上心头。心下不顺的章明晞，此刻特别想找人倾诉。

章明晞来到张一健的咖啡店。

“来喝东西了？”张一健友好地打了个招呼。

“嗯，我想和你谈一下衣柜的进展。”章明晞轻抿了一下奶茶。

“好。”张一健放下手中的东西，和店员嘱咐一声，坐到了章明晞身边。

章明晞喝了一口奶茶后，奇怪地看了杯中两眼，问：“咦，这次味道怎么不一样了？”

张一健回头看了看一个店员，只见他满脸沮丧，不言不语的像调酒师一样调着味道。张一健小声说：“他和女朋友吵架了，他女朋友瞒着他出去和朋友喝多了，让他很不开心。”

章明晞笑了一下，道：“就算女朋友坦白，坦诚说自己和朋友出去喝酒，男朋友也都一样会不开心。”

张一健点了点头，道：“可能是这样，不过我觉得，夫妻之间相处要坦白。”

“夫妻之间也是需要想好对白的，不是每件事都可以摊开去说。就像张爱玲说的那句话，生命像一袭华美的袍，上面爬满虱子。有些事情，一旦说穿了，就无法回头。”章明晞说着说着，有些恍惚，露出惨淡的笑容。

“我只是说了下，我觉得可以长久的夫妻相处之道，你别在意。”张一健看着章明晞的表情，意识到章明晞遇到了感情问题。

章明晞回过神来，看着张一健笑了，道：“你真是一点没变。这么多年来，还是这么坦荡荡。”

二人相视一笑。

章明晞回到家中后，坐在沙发上沉思。比起普通夫妻关系，她和贺天生有时候更像是一对盟友，面临着共同的敌人，永远站在统一战线上并肩作战。而对于感情方面，却是有默契地互不干涉，也许彼此最在意的都不是感情方面，也并非寻常开放式婚姻……都算是互相信任、支持和利用的夫妇吧。

可毕竟对伴侣的占有欲也是女人天性，想到最近贺天生和钟思琪的事情，她还是会心下黯然，就好像一间平时你从不打扫的房间，突然打开，发现落满了灰尘。和张一健对话后，她感觉悟到了什么，他们虽是不寻常的夫妇关系，却也依然有着道不明的感情羁绊。

然而，章明晞一边喝着水，一边试图组织语言，自诩情商高、善于演讲的她，却也有些紧张不能言。她几次想和贺天生聊聊，话到嘴边却欲言又止。

“听说后天你要去上海开会？”见贺天生从房间走出来，章明晞终于鼓起勇气开口，试探性地问。

“是啊，会和钟思琪去上海出差。”贺天生面色坦然。

“我听说，那里有个很出名的气功师，我帮你约好了。”贺天生大方的态度，让章明晞觉得，自己是不是想太多了，她掩饰性转移话题，关心地说，“你上次说你打球伤到了脚，很痛。”

贺天生笑了一下，不以为意道：“这样啊，那你把联系方式给钟思琪就好了。她会安排这些的。”

章明晞听到这个名字，又产生了一丝不快，道：“不需要啦，她有这么多事情要做。我会给上海那边打个招呼，到时让气功师傅去你酒店就好了。”

贺天生看章明晞虽然表面如常，语气坚定，但多年相处的默契却让他明白，坚强而倔强的章明晞并不想让钟思琪知道此事。但贺天生只是一笑置之，不动声色。

果然，这只是开始，章明晞表面上淡定，内心却另有打算。

当出差回来的钟思琪正在向贺天生汇报工作时，章明晞突然前来探望贺天生。

“听说钟思琪之前不舒服，你在上海有没有叫气功师帮她做治疗呢？”章明晞突然问贺天生这个问题。

“不知气功师有没有帮她。”贺天生一脸事不关己的样子。

打得一手好太极！

然而章明晞也是有备而来，一事结束，另有一事提起：“对了，公司在菲律宾要开分店，大概两个月之后开张。不过，我觉得他们搞得不是很好，想找钟思琪过去帮忙跟一下，你觉得可以吗？”

贺天生一皱眉，问：“有这个必要吗？”

“我是希望有个信得过的人负责，她是合适人选。”章明晞一直在提钟思琪，然而章明晞却从来没有正眼看过钟思琪，也不和她对话。

钟思琪知道章明晞有意调走自己，略有期待地看向贺天生，但他却并无太大反应，默认了自己前往。钟思琪咬了咬嘴唇，委屈得几乎要哭出来。

章明晞突然看向钟思琪，平静目光中带着一丝警告。

“好，我会过去搞定的。”钟思琪无奈，只好扮作顺从状。

第三十四章 倚老卖老

卓定垚和彭世岳正在深圳的一家中式餐厅的贵宾包间用餐。

这家中式餐厅主打广式私房菜，餐厅布置主调为暗色调的棕红色系，若不是麦主任等人带卓定垚前来，他们也难找到这么一个安静隐蔽的地方。

“喜欢这个地方吗？”麦主任看卓定垚一直观察着，微笑着问。

“挺好的，很有格调，清静幽雅，我喜欢。”卓定垚点点头。

“那就好，这家粤菜馆是私房菜，需要提前一个月预定，我也是托人才订到的，你们喜欢就好。”麦主任笑呵呵地说。

“劳您多费心了。”卓定垚客气地答道。

“这是我的得力下属王坤，他们叫他坤哥，你叫他小王就好。”麦主任拍了拍旁边的人，一个戴着细边银丝眼镜、笑得彬彬有礼的男子站了起来。顿时旁边几个男下属都一起站了起来，麦主任逐一介绍各个男下属如“张力”“陈平”等，其他男下属都谄媚地笑了笑，谦虚地说着“叫我小张”或“小陈就好”。

卓定垚虽然没记住他们的名字，但都一一点头示意，礼貌回应着，也把彭世岳介绍给麦主任团队。待介绍完毕，大家坐下后，卓定垚还没来得及开口问事情……

“卓总，我先敬你一杯吧，嗯，还有彭先生，表示表示我的诚意，欢迎你们远道而来。”麦主任突然又站了起来，先向卓定垚敬酒。

“我也得敬卓总一杯，卓总作为香港女企业家的代表，不愧是女中豪杰。”王坤站了起来，双手举杯，微笑着敬卓定垚。

然而卓定垚喝完这杯，其他下属也都起哄，轮流要给卓定垚敬酒。卓定垚面有难色，其实她只是偶尔喝杯红酒，酒量不算厉害，以前也很少见识热情的应酬场面。

彭世岳见状，想为卓定垚代酒，道：“卓总明天还有会议，要不我帮她喝了这杯吧。”

“没事儿的，我们也有会议。但今天卓总来，我们高兴，当然要多喝几杯呀。”麦主任热情不减，“卓总就给个面子吧，大家高兴您亲自过来，一起干杯！”

盛情难却，卓定垚只好这样，一杯接一杯不断喝了下去。

果然，过了没多久，卓定垚不胜酒力，很快感到一阵阵菜肴和酒精一起翻涌的恶心。

卓定垚迅速穿过走廊，冲到厕所呕吐。她并不擅长和适应这样应酬的节奏，然而为了公司，怎样都要搞定这单。这样想着，卓定垚打开水龙头，冲掉污秽物，边用纸巾抹了抹嘴角，边走出来。

“没想到你这么不能喝，早点回去休息吧。”她进门的时候，恰好遇到麦主任走出来。

卓定垚拉住麦主任追问道：“可我这次来的任务没完成，我得搞清楚地产项目为何停工。”

麦主任轻轻挥开卓定垚拉着自己衣袖的手，道：“这个我做不了主，你要问陈总。”

“可不可以帮我约一下陈总呢？”卓定垚不甘心，继续问。

“他不会见你的，我们一向都是和阿辉谈的。有什么事，你都找他吧。”麦主任说罢离去。

到头来，还是一场空。卓定垚愣愣地站在原地，酒后的困倦与恶心，混合着海浪一样的失望情绪，将她吞没。

卓定垚一无所获地回到内地发展部。

“阿辉在哪里？”卓定垚在办公室发话。

死一般地寂静，没有人回复卓定垚。一群阿辉的手下都在各自工作，像是受过训练般默契，甚至有人离开办公室，完全无视卓定垚……

很快，办公室内，只剩王子琳在一旁收拾文件。

“你知不知道阿辉去了哪里？”卓定垚走到王子琳旁边问。

王子琳在一边收拾文件，道：“你别为难我好吗？”

“我知道上次那份文件是你拿给我的。”卓定垚轻声说着。

王子琳无可奈何地看着卓定垚……

很快，卓定垚从王子琳口中得到消息，带着西饼，来茶叶铺问候阿辉。

阿辉瞥了一眼西饼，并不接过，冷笑着说："不好意思，我喝茶一向是配鸡仔饼，对西饼没兴趣。"

卓定垚知道阿辉是有心为难自己，但为了公司，不得不低声下气问候阿辉，道："听说您生病了，不知道现在身体有没有好转呢？"

"好是好点了，只是心中有气，老人家就是这样啦，休息一段时间就没事了。"阿辉故意话中有话。

卓定垚假装没听出阿辉的挑刺，继续关心阿辉，道："您可要好好保重身体，毕竟您对公司是很重要的，需不需要帮您介绍几个医生呢？"

阿辉闻言更感不悦，冷哼一声："以为我是卓启堂吗？不知道他是有多倒霉，自己睡了医院，两个儿子又死了，这家公司要交给什么都不懂的你，我如果是堂哥，真是宁愿不要醒来。"

卓定垚忍气吞声地说："是，我是不懂，所以就要来请教您咯。"

"我教，也要你听才行啊。都不知道怎么认错，怎么教？"阿辉说着喝掉杯中茶，看着卓定垚，暗示卓定垚要斟茶认错。

卓定垚已然忍了很久了，然而见阿辉全然没有见好就收的样子，反而越说越过分，终于忍不住了，放下杯子，转身就走。

离开后，卓定垚飞奔向卓启堂的病房，此刻她只想向父亲倾诉自己的无奈和委屈。

"我是公司主席，我也只是想了解下他们的做事方式，他自己工作不守规矩，像个山大王一样，现在不止要我斟茶，还要我认错。"卓定垚感到委屈，向仍昏迷在病床上的卓启堂哭诉。"我根本就没做错，如果我还这么由着他欺负，那么我以后还怎么管公司？"

卓定垚抽泣着，把卓启堂的手放在自己脸边，感受到父亲的温度，似乎能带给自己一些力量。

"爸爸你要快点醒过来，我真的撑得好辛苦，好像做什么都是错的，周围也都是坏人，阿辉是这样，高哲也是这样，不知他们打着什么主意。我不知道我还可以撑多久，我真的很怕，不知道以后公司会变成什么样子……"

然而，卓定垚走后，很快有人来茶叶铺拜访阿辉，正是贺天生。

茶叶铺的姑娘身穿汉服，笑容如薄雾后的初阳，若隐若现地温和如春。贺天生饶有耐心地和阿辉一起，饶有兴趣地看着姑娘悉心地为二人冲泡茶叶。姑娘已然净手，带着淡薄的笑容，请贺天生和阿辉赏茶赏具，把沸水倒入紫砂壶、公道杯、品茗杯中。

“你今天倒是很清闲，有时间和我一起品茶。”阿辉笑着说。

“偶尔这样放松休息下，之后才能走得更快，不是吗？”

阿辉笑而不语。姑娘把茶放在紫砂壶中，将沸水倒入壶中，壶嘴“点头”三次，在水高于壶口的时候，姑娘用壶盖拂去茶沫儿，把浮在上面的茶叶去掉。

“我很喜欢看礼茶的过程，就好像是看人生哲学一样。你看这拂走表面上茶叶的过程，不也是说明了，人生是优胜劣汰的过程，不适应环境的人和事物，会被滤走吗？”

阿辉看着贺天生，又露出皮笑肉不笑的表情，道：“你能从礼茶中看到这个，说明这是你的人生哲学。不同的人看到的应该不同，像我现在看到的是，选择的重要性。”

这寥寥话语中，二人已然进行了一番博弈。又是短暂的沉默，他们一起看着礼茶的姑娘，盖上壶盖后，用茶夹将闻香杯、品茗杯分组，放在茶托上，再轻轻将壶中茶水倒入公道杯。

“你看这普洱合不合口味？我特地叫人留给你的！”贺天生笑问阿辉。

阿辉只是一笑。品茶姑娘已双手奉上闻香杯，他微微闭上双眼，道：“不错，这茶挺香的。”

“你要是喜欢，我就找人给你送过去。”贺天生接话。

“不知道是不是我不懂和小姑娘沟通了，这卓定垚以为这样上去和别人聊聊就能搞定。难道你拿着名片，别人就肯和你聊吗？”阿辉用三指拿着品茗杯，轻啜慢饮一口茶，放下后露出满意的微笑，“她就凭不懂敬老这点，就别指望谈得了。”

贺天生安抚阿辉，露出志在必得的微笑，道：“一家公司就好像一个王国，有时谁做皇帝不是最重要，宰相才是最重要。”

说完，贺天生看着阿辉，阿辉必然听得懂他的话中有话，只盼他能做出正确的选择了……

然而，听懂贺天生暗示后，阿辉并不买账，依旧是漫不经心地饮茶，道：“但最糟的是，好多时候不是这么简单，除了皇帝和宰相，有时候又多个护国大臣，有时候又来个亲王，真的好复杂，还是先选好再喝茶比较好。”

贺天生明白了阿辉的意思。不愧是老狐狸，只顾着明哲保身，在贺天生、高哲之间谁也不支持！

“张经理就在前面那间房等着。”彭世岳和卓定垚走过飞机会走廊，彭世岳汇报给卓定垚。

“好，我就不信没有别的办法了。”卓定垚恨恨地说。

突然，卓定垚的脚步一顿，她听到前面一间房里，传来阿辉的声音。她忍不住向房间里看去，竟然看到高哲和阿辉谈笑甚欢！

高哲……怎么会在这里？还是和阿辉一起。卓定垚不禁警惕。

阿辉看到有动静，向门口张望，与卓定垚四目相视。然而阿辉无视卓定垚，继续和高哲聊天。

“太奇怪了。”卓定垚低声唤道，皱着眉头走开。

这高哲，又打什么鬼主意？

第三十五章
自由衣柜

第二天，阿辉依旧在茶叶铺悠闲品茶。

“你怎么这么悠闲，可以每天都过来，放了多久的假呀？”店员好奇地问阿辉。

阿辉大笑着说：“不要这么惊讶，我还没有休完假呢，还可以好好歇息一阵子。”

有人拨开帘幕，竟然是卓定垚来了。

阿辉眼皮略微一抬。

令人意外的是，这次卓定垚一改之前的态度，看到阿辉的时候，笑得恭敬而诚恳。“辉前辈，我来探望您了。”

阿辉轻哼一声，并不搭理她。

卓定垚仿佛并不在意，自顾自坐在阿辉对边，对礼茶姑娘说：“我来吧。”

卓定垚接过茶具，烫杯温壶、洗茶冲泡、封壶分杯，最后分壶，微笑着双手向阿辉奉茶。

“辉前辈，我最近正在努力学习泡茶，现在只是刚开始学，第一次泡的茶，请您试试。”

阿辉看着卓定垚，这次卓定垚的态度改进不少。他知道卓定垚言中有意。然而阿辉依旧是态度傲慢，道：“你肯学不就好了？不过还是那句啦，不认错怎么学都不会懂的！”

卓定垚一边泡茶，一边笑着说：“我知错了，还望您宽宏大量，别和我计较。如果您不生我气了，就喝了这杯茶吧。”

说毕，卓定垚期待地看着阿辉。

阿辉瞥了一眼卓定垚，慢慢把茶喝下。

阿辉兑现诺言，回到了内地发展部办公室。

他依旧是在泡茶。高哲敲了敲门，笑着说：“恭喜你重返工作，现在心头的气也顺啦！”

“怪不得当天你约我去飞机会，是想让卓定垚见到我和你一起吧！”阿辉恍然大悟。

高哲一笑，道：“如果不是这样，她怎么会肯给你斟茶？”

“这公司上上下下都知道，你和卓定垚不合。所以你想让她知道，你也正在拉拢我，其实你只是想和我做朋友而已。”

高哲一笑，道：“还是你聪明，那么你有我这个朋友就够啦！”

阿辉跳过高哲的话茬，避重就轻：“那是当然，我和所有人都是朋友！”

说完阿辉看了看桌子上贺天生送的茶叶，问高哲：“不知这陈年普洱，合不合你口味？”

高哲也知道，阿辉老奸巨猾，贺天生必然早就过来试图拉拢他了，只怕结果也和他一样吧……

“我还是更喜欢喝咖啡！最重要的是，你记住我这个朋友就可以了！”

“章总，目前这条街几乎所有的居民都已经搬光了，等他们拆完，就可以直接动工了。”

章明晞点点头，道：“好，辛苦了。”

她正要走，忽然想起一件事，看了眼之前睡在大街上不肯搬的那个婆婆睡觉的地方，问道：“那个婆婆搬走了？”

两个工人正在拆婆婆之前睡觉的档口，听见她问，回答道：“问过她儿子了，这些东西他们都不要了。”

收楼公司的职员也殷勤地说：“那户人收了钱就把婆婆接走了，不会来闹事的，您放心。”

章明晞远远看见一个身影，心头一跳，便对身边的职员说：“我随意转转，你们去忙吧。”

她朝张一健走过去。后者似有感应，回头看见她，便露出爽朗笑容：“这么巧，又见面了。”

章明晞点点头，状似不经意地问道：“我刚看到那位婆婆搬走了，她怎么忽然又肯离开了呢？”

“她儿子肯接她回去，自然是愿意的。”张一健笑道，“老人家的心里总是记挂家里人的，现在生活得也好开心呢。”

“那就太好了。”章明晞真心感叹道。

这时有位街坊过来递给张一健一个布袋，沉甸甸的。张一健送给他一把印着志愿者标志的小扇子，道：“谢啦，大叔！”

章明晞好奇地问：“这是什么？”

“你听说过自由衣柜吗？”张一健把布袋打开，里面满满都是旧衣服，有八成新的牛仔裤，也有小朋友穿的卡通外套，“我们现在正在收集旧衣服，等收集好了，就会在这旁边摆出来，让需要的人自己取。”

章明晞点点头，道：“这个想法很棒，我回去也在公司里征集一些旧衣，再捐给你们。”

张一健惊喜道：“那就太好了，我先替街坊们谢谢你啦！”

“不用客气，其实我们也一直想做慈善，只是捐款总怕监管不够，不能起到作用，还是捐些旧衣实在。”章明晞戴上墨镜，微笑道，“那我先回去公司，你忙吧。”

“你知道‘自由衣柜’吗？”

晚间章明晞在梳妆镜前卸妆的时候，贺天生忽然问道。她一愣，今天已经是第二次有人对她说这句话了。

“知道啊，但是具体位置在哪儿不太清楚。”她手法娴熟而轻柔地在脸上涂了一层面膜，整个人的表情也在镜子中变得不甚清楚。

“就在你的‘12号’大厦旁边。”贺天生把手机递给她，上面赫然是张一健与“自由衣柜”合影的新闻报道。

章明晞一愣，她有些明白贺天生为什么要提这件事了。

“这些东西绝对会影响你的计划，”贺天生慢慢地说，“还是你遇见旧相识太开心，一时忘形了？”

“你放心，我会处理好的。”章明晞有些愠怒，“是，他是我前男友，但是我不会让他影响我的计划的。”

“那就好。”贺天生不紧不慢地收起手机，“很晚了，早些休息吧。”

章明晞一夜没有睡好。

作为战友式的婚姻关系，他俩一直在某些话题上避而不谈。与其说是新人，不如说是不在意，他们都明白，对他们来说，更重要的事情是什么。

第二天，她不得不涂着厚厚的粉底遮盖自己的黑眼圈，一早便来到了“12号”大厦旁。

可她发现，有人比她还要早。志愿者一早就将旧衣服挂在了铁丝网上，几名衣着朴素的婆婆大妈提着袋子，特意来拿衣服。

人们见她衣着光鲜站在边上，还以为是赞助商，忙不迭向她道谢：“姑娘人美心善，将来一定嫁个好人，一生平安！”

另一位婆婆看到她手上的钻戒，悄悄扯了下大婶，道：“别乱说，人家已经结婚了！”

章明晞强笑道：“没事的，大家慢慢拿……”

说完逃也似的离开了街区。

阮令翘走出银行，忽然路边一辆跑车传来“嘀嘀”两声，把她吓了一跳。循声望去，只见车窗慢慢摇下，露出程凯嬉笑的脸来。

她翻了个白眼，没好气地走过去，问：“你怎么来了？”

程凯笑得更是灿烂，道：“我来接你收工，一会儿咱们去吃西餐！”

阮令翘才不信他有这么好心，哼了一声，道：“无事献殷勤。说吧，又有什么事找我帮忙？”

果然，程凯把阮令翘接到电器铺里，恭恭敬敬地把她请到电脑前，说：“烦请美貌与智慧并重的 Alice 帮我们看看这份表格！”

原来他参加的创业大赛已经进入了第二轮，需要做好一份最终预算的表格才能进入十强，请阮令翘来就是想把表格做得好看些。

阮令翘滑动鼠标查看了一下表格，不禁皱眉道：“你这表格简直一团糟，数字也填错了，回报率怎么可能是负的？简直乱来，你要是交这份表格上去，肯定会输的。”

她以为表格是程凯做的，便毫不留情痛批，结果程凯拉了拉她，悄声道：“呐，这份 proposal 是小慧熬了两个通宵做的，你好歹给她留点情面嘛……”

阮令翘一愣，见朱小慧耷拉着头，旁边桌上摆了不少经济学的书，上面贴着花花绿绿的标签，显然是努力钻研出来的成果。

她轻咳一声，找补道：“其实整理下还是能用的，只是这里的数据要改改……”

程凯满脸堆笑，陪笑道：“好啦，你既然知道问题出在哪儿，就麻烦你帮我们整合啦！走，小慧，我们去买吃的犒劳 Alice。”

阮令翘喝道：“你不许走，留下来帮忙！”

程凯只好愁眉苦脸地坐下，转向小慧，讨好道：“那就拜托你去买些吃的啦，小慧！”

小慧“噢”了一声，站起身。

她走到铺子门口，想了想，程凯最喜欢吃烧鹅，阮令翘最喜欢东街的肠粉，便先去买烧鹅。

往日烧鹅铺子都要排队，今天却空无一人。小慧正暗自庆幸，看来自己总有不倒霉的时候。结果走近一问，老板不耐烦地挥挥手，道：“今天停电了，没法做生意，明天早点来吧。”

朱小慧只能悻悻离开，去东街买肠粉。好巧不巧，肠粉店也关门了，她垂头丧气地走在街上，忽然有点鼻酸。自己连这点小事都办不好，做个表格都漏洞百出，也帮不上程凯的忙。她又想到阮令翘，那么自信又那么漂亮，如果自己也像那样，程凯说不定……

她猛地甩了甩头，朱小慧，你怎么可以有这种想法！

天色渐渐暗了下来，她猛然想起还没买到吃的，附近还有一家茶餐厅亮着灯，她连忙走进去。店老板已经准备打烊了。

“稍等！”店主被小慧一声大叫吓了一跳。

“姑娘，我们快打烊了。”店老板无奈道。

小慧露出可怜兮兮的表情，恳求道：“麻烦您最后接这一单吧，今天我特别倒霉，都找了一天了，还没找到吃的，您就可怜可怜我吧。”

“可我这已经准备清算了哦……”

“就一单，一单，可以吗？”小慧真的是想哭了，想到今天实在是太倒霉，无数委屈的情绪涌上心头。

“姑娘你吃不上饭，也不用哭啊。”店主看到小慧一副要哭了的表情，有些摸不着头脑，“好吧好吧，今天店里做的食物还有一些剩余，你要是不介意的话，就打包带回去吧。”

“谢谢老板！”小慧感激不已。

第三十六章 自惭形秽

与此同时，朱小慧的电器铺子里，阮令翘敲进最后一个数字，按下回车，吁了口气道："搞定！"

程凯"哇"了一声，看着眼前焕然一新的表格，抱住阮令翘亲了一口。

"就知道你最棒了！我这就叫方泽雨过来看看。"

阮令翘瞪了他一眼，嗔道："我就知道，过来帮你是打白工，都几点了，连饭也没吃上。"

程凯看了眼挂钟，大手一挥，说："走！我们去吃东西！"

当他们走出店铺后，发现街上的餐厅差不多都打烊了。阮令翘的肚子饿到"咕"地叫了一声，程凯听到，忍不住笑了。

"你还笑，还不是你做的好事？"阮令翘气得用包打了一下程凯。

程凯用手虚挡了一下，却仍是止不住笑意，笑道："别打我，我知道怎么办，待会儿带你去吃好吃的。"

程凯想到的办法，当然是叫上好兄弟方泽雨救场。

方泽雨略带无奈地开车过来，带他们去吃大排档。三个人点了一大桌烧烤：蜜汁凤爪、烤茄子、烤肉、烤面筋、烤馒头、烤青椒、烤蘑菇……三人边吃着烧烤喝着啤酒，边聊着天。

"不是我吹，我们家阮令翘真的是我心目中的女神。"程凯摇头晃脑，满脸得意之色。

阮令翘侧脸，傲娇地看着程凯，道："那你倒是说说，怎么是女神呢？"

"你看这外表，啧啧，不用说是沉鱼落雁，闭月羞花，"程凯边说着，边对着阮令翘比画，"还有这智商，金融才女，银行行花，你看这计划报表做得天衣无缝。我不知道我怎么这么幸运，能找到这么完美的女朋友。"

阮令翘看着程凯大肆吹嘘她多么聪明能干，傲娇着但又笑着打了程凯一下，道："可惜就是眼光不太好。"

"我说你们能别再我面前打情骂俏了吗？让我情何以堪。"方泽雨在一旁听着，忍不住打断二人。

忽然，程凯指着桌上的烤秋葵叫道：“这是给谁点的秋葵？”

方泽雨夹了块叉烧，漫不经心地说：“当然是小慧啊，她每次来都吃这个……”

提到“小慧”的时候，众人心里突然“咯噔”了一下。

“对了，小慧人呢？”

程凯和阮令翘如梦初醒，道：“对哦，小慧还没回来！”

朱小慧拎着两大袋外卖盒，气喘吁吁地回到了电器铺子，结果里面一片漆黑，她喊了两声都没人应。

“看来他们自己去吃东西了……”她自言自语道，有些丧气地把外卖放在桌上。

电脑屏幕幽幽闪着荧光，朱小慧晃了晃鼠标，看到阮令翘做的表格，不由得张大了嘴。

“令翘姐真的很厉害啊……”她喃喃自语道。无论从美观程度和清晰度来说，都完爆她的项目书，还贴心地加上了数据的解读，连她这个一知半解的菜鸟都能看懂。

怪不得程凯那么喜欢她，他们两个一个有才，一个才貌双全，真的很般配啊……

朱小慧陷入了深深的自卑。她看着桌上的外卖袋子，想到，自己连买外卖都买不好，一点忙都帮不上。

这时一阵脚步声打断了她的沮丧，程凯三人有说有笑地走进了电器铺子，打开了电灯的开关，看见了坐在黑暗中的朱小慧。

“小慧？你回来了怎么像做贼似的，灯也不开。”程凯把手里打包的食物放下，“咦，你也买了这么多吃的，正好，来一起吃吧！”

朱小慧连忙站起来，抹了把脸，勉强笑道：“好哇，我也饿了。”

程凯和阮令翘对视一眼，敏锐地察觉到了朱小慧的小情绪。阮令翘坐在朱小慧旁边，问道：“小慧，你是不是不开心？”

朱小慧觉得有点不好意思，推脱道：“没有没有，我是有点饿。”

“对不起啊小慧，刚才我们做完这个报表太开心，忘记叫你了。”程凯难得会主动道歉，然而提到了阮令翘完美的表格，戳中了小慧的痛处，小慧表情又有些不自然了。

阮令翘把小慧的表情尽收眼底，打了一下程凯，程凯一脸委屈的表情，小声说：“我怎么说错了吗？”

阮令翘不理程凯，小声安慰小慧：“你别听他说的，小慧你真的特别重要，如果不是你，程凯也不会有灵感创造这个APP。”

“对对对，都是因为有小慧，才有这个智能小慧的。”程凯回过神来，补充道。

小慧笑了一下，道：“好，我没事。”

程凯突然拍了拍方泽雨的肩膀，道：“对了！你帮我看一看报告嘛！”

方泽雨扭过脸去，坚决地说：“不看！你别想走后门！”

程凯硬往他怀里塞：“你就看一眼嘛，又不会掉一块肉！多年好兄弟了，你不能不帮忙啊！”

方泽雨连连躲闪。程凯道：“你看，都说这是因为小慧创造出的APP了，你不看可不只是不帮兄弟，还是不给小慧面子啊。”

“你还真是会顺杆爬。”方泽雨翻白眼，不理程凯。

两个人拉拉扯扯，朱小慧也忘记了刚刚的阴霾，没心没肺地笑了起来。阮令翘看在眼里，暗自舒了口气。

这件事过去不久，方泽雨就在一场慈善晚宴上偶遇了卓定垚。

作为商业名人，去参与这样的场合自然是轻车熟路，可自从他们俩分手后，却是更加频繁了。彼时方泽雨厌倦了一局又一局的应酬，然而知道他恢复单身的消息之后，想要找他的年轻女士，倒是众多。

方泽雨刚入场的时候，一位身着玫红色旗袍的女子迎了上来，此人是一轻资产企业老板的女儿李珊，跟着她一同走来的，是该女子的其他小姐妹们。

“哟，方少爷。”李珊和方泽雨打招呼。其他小姐妹们也在打量着方泽雨，仿佛从他一身行头来评判他最近的状态。

“你好啊。”方泽雨笑着打招呼。

“方少爷最近怎么一个人在这里，听说你分手了？”李珊的一个女伴，试探着问。

方泽雨点点头，略微局促。他们圈子里的消息，实在是传得太快，有时候他觉得，自己还未曾消化一个消息，却被所有人知道。

“哎，你打听人家隐私做什么。”李珊似是责怪女伴失礼。

“没关系，可能很多人知道这个消息吧。”

“对了，这周末有场交响乐演出，我有VIP票，你有时间吗？”李珊试探着说。

“这周末我约了朋友去打球。”

“没事，那我下次再约你好了。”李珊听懂了他语气中的拒绝。

为了避免此类寒暄，方泽雨逃也似的走进了休息室，想去阳台透口气。看着窗外的香港的夜景，陷入沉思，然而一转头，却意外看见了一个熟悉的身影。

卓定垚穿着银灰色礼服长裙，头发挽成了一个端庄大方的发式，配上一套珍珠首饰和贝壳复古手包，显得成熟了许多。

方泽雨还没有说话，卓定垚就似有所感地转过身，两人四目相对，忽然都笑了起来。

结果当然就是，两个人一起开车逃离了宴会厅。

卓定垚坐在山顶的长凳上，和方泽雨并肩啃着汉堡，笑得毫无淑女形象。

“刚刚差点闷死我，又没东西吃！”她絮絮叨叨地抱怨，“你记不记得那年我们参加某个叔叔的婚宴，也是偷偷跑到这里来，还真是一点长进都没有。”

这样的她让方泽雨觉得熟悉又可爱，不禁笑道：“谁说没有长进了，我们这回好歹知道买汉堡填肚子了！”

卓定垚哈哈大笑，连连称是。

方泽雨心里一动，温柔地说：“你还记不记得，你之前很喜欢在这里跳舞。”

卓定垚放下汉堡，开心地提起裙子转了一圈，有些遗憾地说：“可惜今天穿的是高跟鞋，跳不了了。”她想了想，又道：“唔，不过我可以用手指跳！你把车头灯打开。”

方泽雨打开车灯，十指纤纤，在灯下翩然起舞，倒映在地上仿佛真正的舞者。

方泽雨也跟着她伸出手跳，可是他有些笨拙，跳得手指打结。

卓定垚忍俊不禁，帮他纠正了半天，摇了摇头道：“想不到你这方面真的没什么天赋！”

于是方泽雨也放弃了，两人并肩坐在长凳上，聊着聊着就说到了过去。

卓定垚感叹道：“小时候的快乐真的好简单。我记得，爸爸带我去趟游乐场，或者喝一盅糖水，就能高兴好些天。”

方泽雨点点头。“虽然爸爸几乎没有怎么管过我，小时候爷爷对我又很严厉，但是他每次来看我都会带一些国外的小玩意，让我带到学校去炫耀。有次他给我带了一本……”他有些微妙地顿了顿，“英文的色情连环画，我带去学校被老师逮住了，要请爷爷来学校，吓得我装了好多天的病。”

卓定垚“噗嗤”一笑，道：“我还以为你从小就是乖乖牌，没想到哇，不过你爸爸……”

她忽然想到方孝聪已经死了，还给他留下了如此大的一个烂摊子，不禁觑了眼他的脸色。

方泽雨表情淡淡的，朝她一笑：“怎么忽然有这种感叹，最近公司很忙吗？”

卓定垚趁机转换话题，不客气地抱怨道：“主席真的好难做，虽然坐在这个位置，但是好多事也不能控制。之前觉得我也可以很独立，但是真正处理起事情来，还是菜鸟一个。”她顿了顿，试探性地问道：“你现在呢，工作有习惯些么？我现在更能体会到你的压力啦。”

“还好啦，我之前已经接触过一部分公司的事，接手起来也容易多了，何况还有爷爷帮我呢。”方泽雨安慰道，“反倒是你，能撑起傲堂来，真的很不容易。”

卓定垚有点鼻酸。她对外一直是坚强的模样，但是家中遭逢这样的变故，让她连撒娇的对象都没有。

方泽雨静静地陪她坐了一会儿，便道：“山上风大，我送你回家吧。”

一路上两人都很默契地没有讲话。卓定垚下车的时候，忍不住回头问他：“我以后……可以约你出来吃饭吗？”

方泽雨一愣，随即微笑道：“好啊，有事打给我。”

目送着卓定垚脚步轻快地走进院子，二楼的灯也亮了起来，方泽雨才缓缓离开。

第三十七章
同病相怜

翌日，方泽雨在新天荫集团主持董事会。

“泽少，恕我直言，我并没有觉得，你提出来的这个众筹方案，对于宣传集团有任何作用。如果是要宣传，为什么不直接在报纸上打广告呢？”

方泽雨按了按眉心，他不是第一次跟这些老董事们意见相左。这是他参加的第三次董事会议，前两次每当他提出方案，都会有反对的声音。

他深吸了口气，解释道：“我们正在用新的媒介进行宣传，而且众筹的进度很好，已经有了几十万的浏览量……”

话音未落，老董事们便议论纷纷。

“什么？不在报纸上打广告？”

“那谁能看得到？用了这么多钱不是打水漂了……”

方泽雨忍不住脱口而出：“现在看报纸的人已经很少了！”

一名老董事嗤笑一声：“不知道你说现在看报纸的人少，是哪里知道的？我每天去茶楼，可是看见每个人都拿着报纸。”

底下又是一片附和声。

“就是，年轻人不爱看报纸，可能以为所有人都不看吧。”

方泽雨心有不服，却也不知道该如何反驳。

这时坐在下首一直闭目养神的方松荫忽然开口，道：“好了，他也是为了公司好，有时急了点，但也不完全错。今天先讨论到这儿吧，大家都先去休息。泽雨，你留下。”

众人散去，方松荫坐在桌前，慢慢地说：“我知道你求变心切，可是那些老董事都是活了一辈子的人精，他们的意见你还是该听听。”

“可是……”方泽雨欲争辩，“公司需要新思维才能进步，他们都没有了解过新媒介，就开始反驳我。”

方松荫转向他，安抚道：“饭要一口一口吃，你想大家接受新思维也要慢慢来。公司是要有所变化，但是不能像你这么激进。你要知道，你不只是要负责手头那个比赛，未来更是要执掌天荫大权的！”

方泽雨沉默。他明白这个道理，只有做出真正的功绩才会被认可，除此之外，处理好和董事之间的关系也是很重要的。

“好了，我手头有个很紧急的税务项目需要你去跟进，你做得仔细点，不懂的要多问。不是很想证明自己吗？那就让这帮董事会的人看看吧。”方松荫拍了拍他的肩膀，永祥便推着他离开了会议室。

方泽雨叹了口气，当晚，果然又是工作到深夜。

他对着一大堆财税报表，看得头晕脑涨，昏昏欲睡。打了个哈欠，他决定去楼下走走，顺便买杯咖啡提神。

已经是晚上 11 点过了，街上大部分店铺都打烊了。方泽雨有些丧气，准备往回走的时候，忽然看见街角一家咖啡馆仍亮着灯，于是走过去打算碰碰运气。

门铃响动，柜台里空无一人。他四下看了看，忽见一个女孩满手面粉地从后厨钻了出来。

“你好，我想买杯咖啡。”方泽雨彬彬有礼地打了个招呼。

女孩有些抱歉地朝他一笑，道：“不好意思，我们店已经打烊啦。”

“好的。”方泽雨有些失落，正想离开，忽然被女孩叫住了。

“哎，你不介意的话，我也可以帮你冲杯咖啡。因为我并不是专业的咖啡师，只是来兼职的。”

“没关系的，”方泽雨笑道，“多谢你了。”

女孩吐了吐舌头，道：“反正没人，你随便坐吧。”

方泽雨找了个位置坐下。

女孩挑选了一下咖啡豆，倒入咖啡机中。“你可以叫我曲端儿，我是从内地过来读书的学生。”

“我叫方泽雨，土生土长的香港人。”

“嗯，听出来啦。”咖啡机开始嗡嗡作响，曲端儿习惯性拍了拍手，走到方泽雨旁边，“嗯，让它自己磨一会儿就好了。”

方泽雨继续用他不太标准的普通话自嘲：“嗯，我的普通话，就是普普通通啦。”

“哈哈你们香港人的普通话，特别可爱。”曲端儿说着，眯起眼睛露出爽朗的笑容。

“你怎么在这里做兼职呢？”

“嗯，内地过来的学生，都是有打工时限的，我主要是为了课余来学冲咖啡，其实吧，我还想着借这里的厨房来用用。”曲端儿一闪而过调皮的神色。

说到这儿，方泽雨好像闻到什么奇怪的味道，抽了抽鼻子问：“你在煮东西吗？好像味道怪怪的。”

曲端儿跳了起来，道：“啊！我的蛋挞好了！”

她急匆匆奔进厨房，又端了一盘颜色奇怪的点心出来，得意地说：“这是我最新研发的腐乳流心蛋挞，不如你试下？”

这腐乳流心蛋挞已经被烤得有些变形了，流出些许腐乳汁液。闻起来味道更是酸爽，香甜之中带着隐隐约约的臭味，好像是打开冰箱后，家中昨日的早餐和宵夜串味后发出的味道。

方泽雨看着那盘颜色诡异、气味更诡异的蛋挞，勉为其难地拿起一个咬了一口，脸不自觉地抽搐了一下。还好，这时咖啡机响了，趁曲端儿过去打奶泡的功夫，他借着抹嘴偷偷将蛋挞吐了出来。

“味道怎么样？”曲端儿走过来问。

方泽雨随即非常自然地肯定道：“唔，味道还不错，不如你自己试试？”

曲端儿拿起一个腐乳蛋挞，咬了一口，随即眉头一皱，连忙把蛋挞吐了出来，满脸歉意道：“真难吃啊，太不好意思了。”

“没关系，我也吃过这种味道。”方泽雨语气中有点调侃的意思。

“嗯，新口味总是要多试几次配方，才能成功呢！”然而曲端儿并没有沮丧。

方泽雨心里一动，似有同感地说：“对啊，可是有时你想做，总是会有人泼你冷水。”

曲端儿握着小拳头，信心满满地说：“没关系呀，我和别人说我想尝试新点心，总会被人笑话，但是要是不尝试一下，怎么知道能不能行呢？”她看向方泽雨，“这样吧，你过两天再来，我一定做出成功的作品给你吃！”

方泽雨看着她有些莫名的自信的样子，十分可爱，于是笑道：“好啊，那就一言为定。”

几天之后，又是一个加班的深夜，方泽雨开着车，鬼使神差地又开到了那家咖啡馆。

咖啡馆里还亮着灯。方泽雨停下车，拂开门帘走了进去。

曲端儿从柜台后面露出半张脸，见他进来，又是惊讶又是惊喜，雀跃道：“我还以为你不会再来了呢。这次保证比上次好吃，你快来试试！”

“抱歉，我最近有些忙，忘记和你有约了。”方泽雨朝她微笑，坐在吧台边的凳子上。

“那真是太巧了，我正打算做完今天就不在这儿工作了。”

“为什么？”方泽雨有些愕然。

曲端儿满脸憧憬，道：“我要去创业啦！我要做一个自己的APP教别人做食物，名字我也想好啦，就叫‘妈妈的味道’。只要输入资料就有包装好或是煮好的‘妈妈的味道’送上门，目标呢就是那些单身或者独居的人，当然还有像我这样的‘港漂’。”她眨了眨眼，“我猜你也一定是我的目标客户哦。”

方泽雨忍俊不禁，只好点了点头，道：“那就先预祝你成功啦！”

曲端儿兴奋地拿出一盘点心来给方泽雨试吃：“呐，你可是第一个品尝到我的产品的人哟。”

“唔，这次终于可以入口了。”方泽雨严肃点评道。

曲端儿一愣，道：“那你上次还说味道还不错？”

“那是因为不想打击你呀。”方泽雨打趣道。

曲端儿半信半疑地咬了一口，忍不住说：“我真的觉得很好吃！”

“好好好，那这一盘，就交给你消灭掉了喔。”

“喂！”

季生集团的停车场里，张一健又偶遇了章明晞。

他正将几大袋衣物搬上车，刚抹了把汗，一转头，见章明晞笑吟吟地看着他。

“每次你们都运得这么辛苦，不如把‘自由衣柜’搬去工厂大厦吧。”

张一健眨了眨眼，道：“我知道你体谅大家辛苦，整天日晒雨淋，但上门去取的话大家会不自在，不如放在街头，让大家路过就能拿。”

章明晞点头，道：“还是你想得周到，善举变成施舍就有些变质了。”

“多谢你一直支持我们。”张一健跳上车，朝她笑了笑，“有空来义工咖啡厅，我请你喝东西。”

他离开了季生的大楼，忽然接到一个电话，便急匆匆朝“自由衣柜”赶去。

街边，三三两两的卫生署职员正在清理“自由衣柜”的衣物。有义工上前理论，想要抢回东西，张一健连忙拉住了他。

不少街坊在围观，都觉得太可惜了。

义工义愤填膺地说：“这些人太过分了！他们想要清场，不再让我们搞‘自由衣柜’！”

"没事儿，不要生气，他们也是按规定行事。"张一健试着安抚义工的情绪，又上前找到领头的职员，客客气气地笑道，"这位大哥，就当我们掉了些东西在街上，可否给些时间让我们收拾掉呢？"

那职员瞥了他一眼，冷冷道："快点吧！"

言下之意，已经是松口了。张一健连忙道谢，组织义工把衣服都搬到车上，一边低声道："卫生署的都是这样，按规章办事，跟他们讲情面是无用的。"

"那以后咱们去哪儿办'自由衣柜'呢？"有人突然问。

张一健叹了口气，道："走一步看一步吧。"

第三十八章 罢工风波

翌日，章明晞亲自提着几件衣服来找张一健，见他始终愁眉不展，便问道："怎么了，大家好像都情绪不太好？"

张一健苦笑道："昨天我们的'自由衣柜'被卫生署清场了，说是以后不能再办了。你送来的那么多衣服，都不知能不能派上用场。"

章明晞"啊"了一声，关切地问道："那你们有没有需要帮忙的地方？如果有的话，千万记得提出来哦。"

"放心啦，"张一健爽朗一笑，"其实我们都习惯了。过会儿还要去安抚下那些学生义工，今天就先不请你啦。"

章明晞点点头，寒暄几句便离去了。她站在车前，望着不远处即将竣工的"12 号"大厦，戴上了墨镜。

不好意思了，一健，我知道你很善良，有帮助他人的情怀，可我不能让你影响了我的事业。

高哲在画廊里跟潘力晨聊天，后者自从不做他的助理后，每天都打扮得精神焕发，衣着讲究，头发梳得油光笔挺，腰杆也直了，俨然一副顶梁柱的模样。

"上次你们搞了搞联美，他们的股价就跌了四成，办事能力挺不错啊。"高哲漫不经心地夸了夸他。

潘力晨不敢托大，陪笑道："他们自身本来就有问题，不然也不会这么容易被我们算计到。"他顿了顿，又道："你最近有郑思妤的消息吗？我查过了，她的电话、电邮包括社交账号都改过了，还是无法联络上。"

高哲目光越过他，看向远方，淡淡地说："没事，她不愿意见我，我也不会出现在她面前。"

他忽然伸出手，轻轻摩挲着一幅画的画框，潘力晨定睛一看，那幅画是一片白色的海滩。

与此同时，温哥华阳光正好。

郑思妤收拾好文件，正准备去吃午饭。John 从身后叫住她，笑嘻嘻地问：“有没有兴趣共进午餐啊？”

郑思妤摇摇头，婉拒道：“抱歉，我约了 Karen。”

John 自讨没趣，悻悻地走了。

吃过午饭，Karen 向郑思妤交代了几句工作上的事，她认真应了。打开电脑，她忽然看见中文版新闻主页上弹出一条信息：高哲入主傲堂证券董事会。

她面色一滞，立马关上了网页。

Karen 看在眼里，拿文件敲了敲她的桌面，道：“下班陪我去趟海边吧。”

说是陪，倒不如说是 Karen 陪她去散心。

郑思妤吃着他买来的三明治，时不时掰下一小块撒在地上，引起海鸥争相啄食。她有些恍惚，之前也是高哲做了三明治陪她来野餐，结果三明治掉在了地上，被一大群海鸟抢光了，两人满身的鸟毛，狼狈又好笑。

Karen 见她走神，便拍了拍她：“你的手机在响。”

郑思妤拿出来看了眼，又是 John 约她去逛街的消息，想也不想便拒绝了。

“咱们认识这么久了，也没有见过你谈恋爱，怎么，放不下前任？”Karen 看了看郑思妤的表情，试探性问道，“其实 John 也挺不错的，你不考虑和他试试？人都是要向前看的嘛。”

郑思妤斩钉截铁地摇头，道：“如果分了手的话，我是不会再想前任的事情了。只是，我现在也没有做好接受另一个人的准备，既然如此，就不要伤害别人了。”

Karen 无奈，摊了摊手，道：“没办法，你开心就好……对了，马上就休假了，你一个人在家也是闷着，不如去我家过周末吧。我家人都在，挺热闹的，可以一起 BBQ。”

郑思妤点点头，道：“好的。”

停车场里，工人们都在忙碌地打包和搬运货物。

芥蓝强搬完一批货物，有些累了，坐在一边的台阶上，用手臂擦了擦头上的汗珠。傅建业走到芥蓝强旁边，问：“你的腰不是前阵子受伤了吗，好点了没？”

“不过需要定期复诊，”芥蓝强点了点头，“我待会儿一下班就要马上赶过去。”

“那你工作的时候注意点哈。”傅建业关心。

“这段时间，感谢你关照了，”芥蓝强看着其他工人都还在努力搬运货物，不好意思地起身，“好，休息完了，我也该继续工作了。”

傅建业也和芥蓝强一起起身，加入搬运货物行列。还没搬两件，两个穿着较为正式的行政人员走出，“大家等等再搬哈，有事情要说。”

工人们停下手边的工作，把货物扔到货车上，或者放在脚边，都围拢在行政人员旁边。

行政人员拿出一份文件，向众工人解释道：“是这样的，你们的合约今天到期，需要签署新的合同。”

“什么新合同啊？”

“是不是又要改什么合同条款？”

“为什么公司总要有这种安排？”

众工人开始埋怨。行政人员听到大家埋怨，依旧把新合同发下，催道：“大家看看新合同，没有什么问题的话，可以签名就好。”

工人们边议论纷纷，边看起了合同。

“我有问题！”

傅建业走上前，对行政人员说：“我要求作为工人代表，和公司谈话。”

行政人员漫不经心地看了傅建业一眼：“你有什么问题，先和我们反映好了。”

“我实名反对新合同，它改了合约条款，以后上班不计午饭时间，这对我们是种剥削。”

“要是同意就签合同，有什么意见的话，那之前的合约到期，只能约满走人咯。”行政人员略带轻蔑地说。

他漫不经心的态度，引发了工人的不满。芥蓝强听到，迅速冲到人群前面。“那我还有时间去复诊吗？去了医生都下班了。我这可是工伤，公司不管就算了，现在我自己去看医生都不行了，这是什么道理？”

“就是，不签就炒人，这是什么强理？”

“炒就炒，有本事把我们全炒了。”

“罢工罢工，老子不干了。”

工人的情绪越来越激动，甚至脱下了制服，狠狠摔在地上。

第二天，傲堂集团会议室里，气氛十分紧张。

高哲把文件摔在桌上，质问道：“傲堂劳务外包公司出了那么大的问题，给工人换个新合同都能搞出罢工这种事来，不知道是怎么在工作！”他环视了一圈，“现在罢工事件一出，股价立马就下跌了，我不管你们怎么做，要尽快解决！如果不知道怎么解决，就换家外包公司！”

贺天生皱眉道：“虽说是外包商，但跟傲堂一直合作良好，手里又握着那么多工人的合同，怎么好说换就换？”

高哲冷笑道：“我新来傲堂不久，不明白里面有什么千丝万缕的联系。可是现在公司股价跌了，是否可以考虑换下管理层了？”

卓定垚神色一紧，她知道高哲意有所指。这次罢工事件事发突然，工人们又是为傲堂出力多年，其中更是有累出工伤的。外包公司本可以好生协商，却强硬地摆起架子，让工人们情绪十分激动，找不到宣泄口，便一不做二不休，纷纷要求罢工了。

照她看来，给予抚恤，再安抚好工人情绪就能解决的问题，却因为董事会错综复杂的关系而变成了内斗的工具。

会议结束，每个人都笑不出来。只有贺天生表情莫测，高哲讳莫如深地看了她一眼，带着麦嘉菲离开了。

卓定垚叹了口气，准备亲自去工地看看。孰料她刚一出公司，立刻就有大批的工人围了上来，保安连忙上前将他们隔开。

这时有人喊了一声：“我认识她，她是傲堂老板的女儿！”

不知是谁带头将手套扔向了卓定垚，霎时间铺天盖地的手套都向她砸过来，场面更为混乱！

“日前，傲堂集团外包物流公司引发了罢工潮……”

女主播字正腔圆的解说，配上卓定垚被无数手套砸中、保安迅速组成人墙隔开工人并护送卓定垚上车的画面，显得无比混乱。

画面切到了现场，一名记者正在现场直播罢工画面，并找了一位工人接受采访。

记者问傅建业：“是什么原因引发了你们的罢工呢？”

傅建业显得情绪十分激动，义愤填膺地说：“公司强迫我们签新的合约，不签就解雇！新合约把吃饭时间算在了工时之外，而且工伤也没有了保障，我们正在跟公司交涉，但是还没有得到回复……”

唐贵成愤怒地关上电视，咬牙切齿地说：“要是让我查到哪家黑网公司在背后搞我，我一定饶不了他们！”他像一只困兽在办公室里走来走去，念叨着：“最可恶的是那些罢工的工人，我打死都不会同意加薪水的，不能纵容他们的这种风气！”

卓定垚和贺天生坐在一边听着他喷火，几乎想说一句“自作孽不可活”。原来黑网曝光了唐贵成，他和外包公司有着千丝万缕的联系，根本就是和他有裙带关系的亲友所开，再加上他一贯的刻薄作风，导致公司股价大跌。

“黑网公司是什么？”卓定垚悄悄问贺天生。

“就是一家专门揭人老底的网络媒体。”贺天生言简意赅地答道，又转向唐贵成，“当下最紧急的是要解决罢工潮，但又不能完全满足他们的要求。要先算好价格，再跟他们派出的代表商议，最好是能够和平解决，维护好傲堂的形象。”

卓定垚点点头道：“我也赞同。”

唐贵成不耐烦地挥了挥手，道：“你出方案是最好了，这件事就指望你了。”

与此同时，黑网公司真正的老板高哲正在画廊里和潘力晨见面。

“唐贵成吃了好大一个闷亏，这回干得漂亮。”高哲摘下眼镜，擦了擦。

潘力晨却有些疑惑，问：“这样对付唐贵成有什么好处呢？”

高哲擦完了眼镜，重新戴上。“傲堂因为罢工潮股价下跌，就是亏了钱，既然是他亲戚出了纰漏，自然要让他来当这个冤大头。”

第三十九章
孪生创意

曲端儿吸着奶茶走在深水埗街头，拿手机查看众筹的情况。彼时程凯的视频被顶上了首页，标题是“随身师傅 APP——你的一站式管家”，她喃喃自语道：“‘随身师傅’？跟我的‘随身妈妈’好像喔……”

短片里，程凯拿着手机站在朱小慧的电器铺前向人们介绍道：“我们的‘随身师傅’APP，灵感的起源就是这家电器铺啦……”说着镜头跟随他走上了二楼。

曲端儿瞪大眼，气呼呼地看完，便径直冲去了电器铺。

另一边，程凯和朱小慧天天拉着街坊给他们众筹，看见外卖小哥路过，连忙拉住他：“来来来，我们这么照顾你的外卖生意，怎么说也要支持下‘随身师傅’吧！”

外卖小哥忙不迭道：“我早就支持了，足足有五十块呢！”

朱小慧翻来翻去，道：“呐，你确定是这个页面么？怎么没有你的名字呢？”

“会不会是人太多，你看漏了？”

“不可能！”朱小慧斩钉截铁地说，“我每小时都刷一遍，已经一周了也只有二十人，总数是四百二十块，一下就能找到！”

“我明明支持了那个随身什么的……”外卖小哥哭笑不得。

朱小慧忽然大叫一声道：“啊，原来在这里！你支持的不是‘随身师傅’，是‘随身妈妈’啊，还支持了几十块！”

程凯也凑过去，道：“什么鬼？随身妈妈，难不成是在抄袭我？”

“谁抄袭你！是你抄袭我才对！”

曲端儿好容易问路找到了这条街，一过来就听见程凯说她抄袭，不禁怒火万丈。

她质问道：“你就是程凯？我问你，我的‘随身妈妈’几个月前就已经在网上放出了概念设定，一定是你看了，才想出那个什么‘随身师傅’的！”

程凯翻了个白眼，道：“大姐，你又是哪路神仙？我都没在网上看到你的概念，怎么抄你？再说了，我也不屑于抄别人的。”

曲端儿不信，嚷道：“明明你就是抄我的！你看这名字，都有‘随身’二字，是不是雷同了？主要概念也是随叫随到，召唤服务。我看了，我的概念比你更早出现，怎么不是你抄我的？”

“你的概念是有多出名，你觉得会有几个人看到？”程凯不服反驳。

曲端儿气到瞪大了双眼，又和程凯争执起了细节。芥蓝强等街坊闻声过来，见二人吵起来，纷纷掏出手机录像，还放在了网上曝光。

标题就是“小学鸡当街对骂”，还迅速地引起了一片关注。

是夜，方泽雨又去了咖啡馆，似乎把这家咖啡馆当成了一个私人去处，他在此可以放松和获得内心平静。咖啡馆的客流还是不多，他照例点了杯咖啡，曲端儿趴在吧台上。

“最近发生了一些事情，我也不知道和谁说，只好找你倾诉了。我前女友以前是个对商业没什么兴趣的人，可她因为家庭原因，不得已进入此行。她一直受到不少挫折，最近他们公司又发生了一些事情，需要负责和承担的压力很大，我不知道她是否能应付这些……”

曲端儿听他絮絮叨叨地说着自己的前女友工作上发生了一些事，却一反常态，不甚热情。

方泽雨讲了好一会儿，忽然发现曲端儿没什么兴致，只是有一搭没一搭地应付着，便笑道：“你瞧我，只顾着说自己的事了，是不是很无趣？”

曲端儿连忙摇摇头，道：“抱歉啊，我是心情不太好，今天和人吵了一架，气死了！”

方泽雨一呆，问：“怎么了？”

“有个人抄袭我的创意！”曲端儿拿出手机，气冲冲地给他看自己的参赛片段，又放了她和程凯吵架的那段视频。方泽雨愣了好一会儿没说话，犹豫着要不要和曲端儿表明自己的身份，可他难得有一个不知道他身份，偶然认识的朋友，委实不想破坏这份珍贵的友谊……

“喏，他们还把我们吵架的视频放在网络上，还评论说我是小学鸡！我明明是大学生，还是我外貌像小学生？”曲端儿有些委屈。

方泽雨忍住笑，认真地对她解释：“小学鸡只是一个香港俗语，这不重要。你不要这么生气啦，参赛结果还要看评审的意见。”

曲端儿重重地点头，道：“我跟主办单位发电邮举报程凯抄袭，可是那边只会打官腔，说什么收到了你的邮件，会有专人跟进的。我真的很用心很用心去做这个 APP，为什么这些人好像儿戏一样……”她说着，几乎要哭出来。

方泽雨于心不忍，温言安慰道：“也许这只是自动回复呢？他们一定会去认真处理的，毕竟你们的作品都是公开众筹，有群众监督的。”

曲端儿的脸色这才好看些，道：“但愿如此吧……要是主办单位都像你一样做事情认真负责，我就放心了。”

她万万没想到，自己面前的人就是主办方的负责人。

方泽雨第二天就找到了程凯，询问他关于“随身妈妈”的事。

程凯翻了个白眼，无辜地说：“我从出生到现在，什么都会，就是不会抄袭！读书的时候老师让我抄书，我都能写成作文，你也是知道的啊！”

方泽雨笑道：“是，我都记得，就随口这么一问。你虽然乱来，但是人品还是有保证的。”

程凯捶了他一拳，笑骂：“你小子！不过这女孩也算有些贡献，这样炒作一番，在网页上被人笑多了，我的视频都多了好些点赞数量，众筹也升到了四万八千块，还进入了前三甲呢！”

方泽雨噗嗤一笑，道：“那你还真要好好感谢她。”

“该感谢她的是你啊！”程凯拍了拍他的肩膀，“像她这样一起哄，你的众筹网页一夜之间多了二十几万的浏览量，要知道前几个月才不到五万呢！我已经进了前三甲哦，只剩下最后一关了！”

方泽雨没好气地说：“我知道你的项目书是阮令翘做的，视频是朱小慧拍的，最后的展示总应该是你自己上了吧？”

程凯拍拍胸脯，得意地说：“当然，我会让你和你那些评审给我鼓掌的！”

卓定垚在飞机会餐厅，一边吃午餐，一边打电话给助理彭世岳。

“下午有会要开，你让司机半小时后在餐厅门口等我，之后我就回公司。”

她挂了电话不久，要等的人就到了。方泽雨端着餐盘在她面前坐下，打了个招呼：“最近罢工潮的事进展如何了？”

卓定垚对他一笑，拿餐巾沾了沾嘴唇。“我和贺天生商量了一个方案，会约工人代表坐下来谈判，希望能达成共识吧。”

“你刚一上任，就遇到这样的事件，压力一定很大吧。”方泽雨关切地看着她，“虽然我没有处理过罢工潮，但是如果想找个人倾诉的话，随时都可以找我。”

卓定垚感叹道：“记得那时候你说家里有事，分不出精力来，我以为我能理解，但是到现在我才明白你的苦衷……”

方泽雨苦涩一笑，道：“确实有好多事，都是需要时间去理解……对了，公司里有能用得上的人吗？”

“贺天生帮我很多，如果不是他，我真的不知道该怎么办。还要随时提防那个高哲。”卓定垚叹了口气，这件事确实让她非常苦恼。

方泽雨低头啜了口咖啡，慢慢道：“爷爷一直都教我，不论做什么事，亲力亲为是最好，因为往往能相信的人，只有自己。”

与工人代表会谈的时间安排在当天下午。秘书礼貌地将傅建业请进傲堂大厦的休息区，告知他需要等候一会儿。傅建业点头，秘书便离开了。

不多时，卓定垚的办公室门被敲响，她头也不抬地说：“请进。”

秘书走进来向她汇报：“工人代表已经到了，随时都可以开始会议。”

卓定垚点点头，招呼彭世岳。“文件都准备好了，我们走吧。”忽然她桌上的电话响了起来。卓定垚接起，陡然色变。

“告诉他再等一会儿，我有紧急的事情要处理！”卓定垚快步走了出去。

秘书再次出现在傅建业面前时，带了一杯咖啡和一块精致的小蛋糕。她细声细气地对傅建业说：“卓总暂时还走不开，麻烦您再等一会儿吧。”

卓定垚大步流星走进会议室，一改往日的柔弱作风，质问坐在转椅上得意扬扬的唐贵成：“你到底有什么事？我约了工人代表，已经准备洽谈了！”

“我向警署申请了禁制令，”唐贵成好似心情十分轻快，“罢工工人不能靠近物流公司门外二百米，省得他们在门口闹事，影响我的生意。”

卓定垚十分愠怒，道：“你这样自作主张，我们还怎么跟他们去谈！”

唐贵成站起身，指着她的鼻子说：“你当我想蹚这趟浑水？还不是你这个董事长根本不作为！”

傅建业得知工人们被禁制令驱逐的消息时，卓定垚正推门而入。

她正欲解释，傅建业起身就要走，质问道：“这就是你们的诚意？我们再也不会答应跟你们谈判了！必须给我们一个说法！”说完便怒气冲冲地走了。

卓定垚跌坐在沙发上，将额头深深埋进胳膊里。

物流公司门外，穿着制服的政府官员宣读了禁制令，不啻在罢工人群之中投下了一枚重磅炸弹。

“什么？现在要赶我们走？”

“不让我们靠近物流公司门外二百米，凭什么？！”

“这不是限制我们人身自由吗？”

“闹事，我们怎么闹事了，为什么会罢工，他们难道不知道吗？”

……

工人们议论纷纷，各路媒体趁机找他们采访。而万敬贤扛着摄像机，非常不起眼地跟在昆哥后面，找到了一名叫阿良的工人采访。

阿良是新移民，粤语不流利，难以和记者沟通，万敬贤便把摄像机交给昆哥，用普通话问他：“你们的代表和傲堂谈判了吗？”

“正在谈判！”阿良好似找到了救星似的，大吐苦水，“一边约我们谈判，一边使用强制手段让我们撤离门口，傲堂真是无耻！”

万敬贤连连点头，身边立刻就围了一小圈工人，都是苦于粤语不流利而没办法向记者诉苦的新移民工人。

傅建业急匆匆赶来现场。阿良连忙把他拉到万敬贤面前，激动地说：“这位万先生是记者，还有自己的报社，他会帮我们说话的！”

万敬贤推了推眼镜，道：“其实我们并不是什么报社，而是网络媒体。”他转向傅建业，道：“想必你就是工人代表傅先生了。我想采访一下，你们下一步打算怎么办呢？”

傅建业对着镜头，激动无比，口沫横飞：“傲堂用这样的手段压迫我们，根本就没有谈判的诚意！我们会去申请反禁制令，跟这家公司抗争到底！”

这时，人群中忽然出现了另一种声音。有工人拿着手机，指着傅建业说：“你别在这假惺惺了，你其实早就被傲堂收买了吧！上去又是喝咖啡又是吃点心的，根本就不是谈判！”

工人的手机屏幕上是一张照片，照片赫然是第二次秘书将咖啡和蛋糕放在他面前的茶几上。

“说是什么工人代表，根本就是双面间谍吧？”

“我们要团结，抵抗这样的工人败类。”

其他工人也看到了照片，再见到傅建业后，话说得非常难听。傅建业面色一变，顿时觉得百口莫辩。

这场风波终究还是没能平息。

第四十章 借刀杀人

章明晞关上电视，倚在沙发背上，笑吟吟地望向贺天生，问："看来事态越来越严重了，是不是很棘手？"

"其实拖得越久，对我越有利。"贺天生点点头，对着镜子整理了一下领带。只要傲堂不断有事情发生，卓定垚这个毫无经验的傀儡主席，就只能听取自己的意见，再从中陷害卓定垚几次，自己争取机会好好表现，迟早就能把卓定垚这个无能主席顶替。

其实，工人罢工事件愈演愈烈，是贺天生一手促成的。

昨天，唐贵成在飞机会餐厅，对贺天生抱怨道："这个卓定垚，根本就毫无经验，只会乱来。这样跟工人谈判，肯定要给他们加薪水，最后吃亏的还是我们。总之，我看到那些工人就讨厌，把他们赶走就好了。"唐贵成一脸嫌弃的表情。

贺天生在一边说："她毕竟是主席，人家有权这样做的。赶走的话肯定要影响傲堂的名声。"

唐贵成有些不满，然而贺天生语气一转——

"但是，如果是政府出手，就不一样了。"

唐贵成眼睛一亮，立刻摸出手机，开始打电话……

想到这里，贺天生露出了得意的微笑。

"唐贵成这只老狐狸，我稍稍提点一下，他就知道该怎么做。还收买了卓定垚的秘书，给那个工人代表送咖啡、点心，拍下照片留证，并且发布在网上。这样做，既可以破坏谈判，又可以离间工人，我看这卓定垚，是很难翻身解决工人潮了。"

贺天生觉得自己这一招借刀杀人使得很成功，倘若他日卓定垚羽翼丰满，自己便不能继续控制她了，所以必须掌握好时机。想当初，踢走万学礼，就是为了让卓定垚当他的傀儡，继而控制整个傲堂。

"总之，这一切都在我的掌握之中。"

章明晞跟着贺天生出门后，又来到了志愿者咖啡厅。张一健还没回来，她就在咖啡厅里等候。

不多时，张一健带着几个志愿者回来了，见她坐在店里，笑道："你怎么天天出外勤？比我们这些志愿者还辛苦呢！"

章明晞愣了一下，发现自己来咖啡厅的频率确实有些高。她不动声色地说："我是为钱奔波，没有你们伟大啦。我在脸书上看到你们的街友办公室要开张了，肯定要添置很多东西。我碰巧认识一个人，找他买家具会便宜很多，看你们需不需要了。"

张一健连忙摆手，道："没关系啦，我们刚刚回收了些弃置家具，自己修理翻新完就能用了，既有意义又环保。"

章明晞"噢"了一声，没有说话。

这时，厨房里忽然走出一个栗色长发的女孩，染着透明指甲油和粉色唇彩，左边脸颊有一个酒窝，笑起来甚是甜美，青春靓丽。

她蹦蹦跳跳地出来，挽住张一健的手，欢快地说："亲爱的，你回来啦！我烤了蛋挞，过一会儿就可以吃啦！"

章明晞仔细打量挽着张一健的年轻女子片刻，笑着问："这位是才来的志愿者吗？好像之前没有见过。"

张一健讪笑道："忘了介绍了，这是我的女朋友 Grace。她在慈善机构工作，常驻外地。不过我们准备结婚啦，她以后都会留在香港。"

章明晞微微一愣，又打趣道："你有这么漂亮的女朋友，怎么都不介绍一下？"

"哈哈，早晚都会认识的嘛。这不是介绍了？"张一健有些不好意思地摸了摸后脑勺。

章明晞在咖啡厅坐了一阵子，便起身告辞，

张一健忙站起来送她出门。Grace 从厨房里探出头，叮嘱道："记得带些油漆回来，一会儿我们漆一下家具。"

"知道了。"张一健爽朗一笑。

章明晞心里有些不是滋味，但隐藏得极好。两人走出店门，她坐上车缓缓离去。

张一健笑着朝她挥手道别。一转身，忽然瞥见马路对面坐着一个头发花白的老人，他跑近一看，竟然是那位当初不肯搬走的睡觉婆婆。

婆婆神情有些呆滞，嘴里反复念叨着："我的小摊子不见了……"

张一健连忙扶起她，却忽然看见她外套的衣领上缝了一根布条，上面写着

“剑桥”两个字，张一健愣住了。

这分明就是老人院的标记。

方松荫约了陆一山等人在太平山俱乐部吃饭。他特意提前了半小时赶到，就为了找个僻静的地方吃药。

他站在前院，吞下药片，永祥倒了杯热水递给他。药片的苦味，让他的舌尖都有些麻痹了，不禁咂了咂嘴。这时他听见背后有人喊他：“荫叔。”

方松荫转头一看，原来是章明晞笑靥如花地站在门口。

“你怎么有空过来？”方松荫慢条斯理地喝了口水，表情依然冷淡。

章明晞丝毫不以为忤，笑道：“陆一山下个月就要过生日了，到时候我可能不在香港，所以今天早些过来送礼。”她顿了顿，又关切地问道：“您最近身体可还好？”

“不劳你记挂。”方松荫眯了眯眼，“听说你们季生会和陆一山合作投资地产？”

章明晞谦虚地说：“谈不上合作，只是小玩一下。如果您也有想法，我们是万万不敢跟您争的。”

方松荫喟叹道：“老了，比不上你们年轻人。现在公司都是泽雨做主，他要发展新科技，就随他去做呗。现在不是过去了，一个电话过去，在全世界都能赚到钱。而赚钱就要靠互联网，不再是靠实业了。”他神情颇为自豪，“现在只要好的想法出炉，都能赚钱。这些事情泽雨还是比我擅长多了，那个众筹比赛，他就搞得有声有色的。”

他不愿意在章明晞面前示弱，刻意夸了一通方泽雨。若是方泽雨本人在这儿，听到爷爷对自己评价这么高，只怕要大感意外。

章明晞当然看穿了这一点，也扮作十分受教的样子，捧场道：“您说的对，改天要向雨少爷好好请教。”

这时陆一山他们恰好也来到，自是寒暄一番，一团和气地走进了俱乐部。

贺天生走进办公室，罕见地看到章明晞正拿着手机在刷视频网站。见他进来，章明晞献宝似的给他看了一段视频，正是程凯“随身师傅”APP的介绍。

“这个人现在在网上很红，你看看。”

贺天生仍然有点懵，问：“你想做这门生意？”

“不是啦，”章明晞划拉了一下屏幕，“我是想把这个人买过来。现在大角咀计划强调创新，如果拉他合伙，既可以为我们宣传，又对完成计划很有帮助，是个值得投资的对象。”

她手机忽然一震，收到一条短信，章明晞漫不经心地点开，忽然面色一变。

“我先去处理点事情，晚点再聊。”

贺天生意味深长地看了她一眼，点点头，道：“去吧。”

章明晞赶到志愿者咖啡厅的时候，张一健正在用油漆刷回收的家具。那些破旧的老家具，在他手里重新焕发生机。

张一健抬头看到她，一点也不意外。

章明晞问：“你为什么要拒绝我便宜租给你的大楼？”

“因为我们理念不同。”张一健抖了抖刷子，继续手上的活。

“嗯？”聪慧如章明晞，也完全不能理解他态度的 180 度大转弯。

“你应该知道我在说什么。还记得那个之前睡在路边的婆婆吗？”张一健蹲在家具前，抬起头看她。“她住进了老人院，虽然是她儿子把她接回去了，但是并没有打算照顾她——只是因为，他收了你的钱，才把老人接走的。”

章明晞猛地握拳，但表情还是恰如其分地疑惑。“我不明白你在说什么。”

张一健完全收了笑容，缓缓道：“婆婆睡觉的地方占用了你要开发的地方，你给她儿子钱叫他带走婆婆，从而顺利收回了地段。你可以为了自己的事业不择手段，但是不要在我面前装作不知道。”

章明晞咬了咬嘴唇，辩解道：“其实我这样做，都是为了开发大角咀。这对这里的居民都是好事，难道不是吗？”

张一健摇了摇头，道：“这里根本就不需要开发，大角咀有自己的生命力。你的‘活化’，实则是用另一种方式在杀死它！”

“我只是想改善这里，到时候会有更多的人关注，更多的机会给到这里的居民……”

“行了，”张一健打断她，“你是生意人，做地产业寻求利益也很正常。是我一开始就对你抱有了不该有的期望，只是今后，我们的观念不同，也不必有什么牵连了。”

他硬邦邦地丢下这句话，便专心刷漆，不再理会章明晞。章明晞脸色煞白，然而自尊心让她把解释全都给咽了回去，冷冷地说了一句：“那你今后保重。”便踩着高跟鞋走出了咖啡厅。

她回头望了望招牌，下定了决心。

这间咖啡厅一定会成为大角咀活化的地基，永远不复存在。

傲堂外包公司工人罢工潮的第五天，门口坚守的工人们陷入了一种微妙的气氛。

开始有人不安，连声抱怨：“已经这么多天过去了，公司完全没有理会我们的抗议。再这么下去，会不会把我们全都炒掉？到时候吃亏的岂不是我们……”

傅建业经过上次去傲堂谈判的风波后，费了很大努力，才和其他工人们解释清楚，清除误会。

此刻，他依然是个负责任的工人代表，努力稳定众人的情绪，宽言道：“大家别担心，我们不开工，损失最大的是傲堂。他们出不了货，又不敢接单，都是因为被我们拖住了。所以大家一定要坚持，傲堂一定会和我们谈判的！”

这时，一群举着横幅的学生和市民拎着便当前来慰问。有个老伯抓住傅建业的手，激动地说：“我们都是看了‘曝光社’的报道才知道你们的状况，所以特意带了物资前来，你们一定要坚持啊！”

工人们一下子振奋起来。傅建业在支持的群众中看到了万敬贤，给他塞了好些大家带给工人的食物，道：“万记者，真是太感谢你了！”

万敬贤拍了拍背包，笑道：“我们‘曝光社’一定会继续跟进的。这不，我连睡袋都带来了，每天都会报道最新进展。大家都会跟你们一起坚持，要加油啊！”

第四十一章 推波助澜

市民慰问罢工工人的消息迅速通过媒体传播到了网络上，也让傲堂董事会的气氛更加紧张。

唐贵成听到消息，第一个跳脚，怒道："有人送水送饭，这些工人有东西吃，还怎么会走？现在怎么办？这都第五天了，咱们损失了多少钱？还有那个'曝光社'到底是什么来头，天天写我们的负面报道，难道是对手派来的？"

"根据这些天的报表来看，我们除了出不了货，还流失了80%的订单。这些订单大部分都去了'黑猫'。"贺天生把一叠报表甩在桌上。

卓定垚被这个数字打击得不轻，顿时如坐针毡。

贺天生向她投去一个安慰的眼神，道："不过咱们也不用这么担心，因为高董事其实可以解决。"

高哲皱眉，道："我没有解决罢工潮的义务。"

"不是说罢工，而是'黑猫'。"贺天生望着他，十分笃定地说，"高董事与彼列基金关系匪浅，而'黑猫'正是彼列基金投资的对象。"

"又是你做的？"卓定垚愤怒质问。

高哲冷哼一声，道："彼列基金在全球都有投资，但投资并不等于有管理权，这点相信你们都懂。而且就算没有'黑猫'，也会有别的公司乘虚而入。客户不会在一棵树上吊死，根本原因还是董事会没有解决罢工问题，主席的谈判也毫无结果。自己没有能力解决问题，就不要怪别人不帮忙！"

卓定垚气得脸色发青，几乎想拂袖而去。她真是一刻都受不了高哲了。

唐贵成还在聒噪，高哲看了看手表，道："我还有事，你们先商量，一定要在本周之内给我结果，不然你们就等着赔吧！"说完站起身来，不顾其他人铁青的脸色，径直离去。

英国会俱乐部里，万学礼正在玩草地滚球。万敬贤过来找他，恭恭敬敬地打了个招呼，两人长相有几分相似。

万学礼放下球杆，朝他笑了笑，道："最近的报道我看了，你做得很好。"

万敬贤露出惊喜的神色，几乎要结巴了："没想到您也关注我的媒体社，我真是太意外了！"

"我知道你一直想闯一番事业，我也一直都在关注你，而这件事，就是一个好的开端。"万学礼边击球边说。

万敬贤十分振奋，声音都大了许多："其实我做记者，就是想找出真相，为弱者发声，希望可以继续做下去。"

"当然可以！"万学礼理所当然地道，"你继续跟进这件事，一定要坚持自己的信念，keep faith！我看好你。"

万敬贤喜出望外地应道："我一定不会辜负您的期望！"

第二天，高哲就在英国会约见了万学礼。

他单刀直入地说："'曝光社'的社长万敬贤是你儿子，你故意让他去报道傲堂负面新闻的，对吗？"

万学礼失笑道："高先生，我儿子自从大学毕业之后，我就再也没有干涉过他的工作。他喜欢新闻学，自己办了这家网媒，我从头到尾都没有插手。"

"我怀疑罢工潮是有人煽动。"高哲盯着他，不放过任何一丝情绪的变化。

万学礼笑得毫无破绽，道："冰冻三尺，非一日之寒。好多事情都是经过酝酿和发酵，才会突然爆发。只不过事情爆发之后还未平息，就可能是人为的操作了，有人想让事情变得复杂，一个不小心，就会被炸得尸骨无存哦。"

高哲若有所思，道："那么依你看，是谁想让事态扩大？"

"自然是得利的那个人咯。"万学礼耸了耸肩，"高先生心思缜密，不可能猜不出来。"

"这件事处理不利，麻烦的是卓定垚。她现在很依赖贺天生，只要问题解决不了，贺天生就会一直帮她出谋划策——届时整个傲堂，还不是由他说了算？"

听完潘力晨的分析，高哲点点头，道："你去查那个工人代表的背景，还有那些带头起哄的意见领袖，背后是否有人指使。"

"如果这件事真的是他做的，就一定会露出蛛丝马迹。"

"据相关部门专家分析，持续十天的罢工潮，对傲堂证券的股价造成了极大的影响，累计下跌率已经达到了 4%。"

《财经新闻》专门做了一期关于傲堂证券罢工潮的节目，并忧心忡忡地分析，如果傲堂证券不能采取有效的措施让工人复工，未来受到的损失会更大。

节目的最后，财经专家严肃地对着镜头道："身为继天荫之后香港的第二人巨头，傲堂证券必须尽快解决罢工潮，否则傲堂的股价会继续下跌，给予到小股东和市民的信心也会越来越少。"

高哲约了一个人在高档餐厅吃饭，这其实是再正常不过的应酬。但如果卓定垚和贺天生看见，一定会大惊失色——因为这个人是唐贵成。

"现在公司的股价跌得这么厉害，你不打算做点什么吗？"高哲单刀直入地说。

唐贵成漫不经心地切着牛排，道："我上面还有贺董事和主席，再跌也轮不到我做主啊。再说我自己的公司也跌了不少，我也是苦主哇。"

"卓定垚根本没有处理事情的能力，贺天生也不作为……你知道他为什么按兵不动吗？"高哲盯着他。

唐贵成手上一顿。"为什么？他来傲堂本来就没安什么好心，自然希望公司早点关张咯。"

高哲嗤笑道："你真的这么认为？他自己手里有这么多股份，傲堂一文不值难道对他有什么好处吗？"他摇了摇头，"怪不得你一辈子都被卓启堂压在底下，连他女儿也斗不过。"

唐贵成的脸涨得通红，愤然扔下刀叉，反问道："你约我来就是为了奚落我？"

"我是在帮你，"高哲慢条斯理地啜了口柠檬水，"罢工潮这件事对你来说，正是上位的好机会。"

"你当我是愣头青吗？"唐贵成音量稍微大了一些，旁边桌都探头往这边看，服务员也犹豫着不知该不该过来。

"你现在的处境比你想象的还要不利，我建议你把自己的外包公司跟傲堂断绝关系。不然长此以往，贺天生必会用这个理由撤换你的外包公司，用他自己的取而代之。"高哲笑了笑，"卓定垚对他言听计从，到时候这个公司就不一定姓卓了，而罢工潮造成的损失也要由你背。卓定垚一天在这个董事会，他贺天生就能为所欲为。"

唐贵成冷哼一声，道："你以为我会相信你吗？你根本就是要把自己的势力换进董事会！我不会站他们的队，但更不会上你的船。"

"这些是近一周公司的财务报表，情况不太乐观。"麦嘉菲一身米色套裙，颈间系着孔绿花色的丝巾，头发高高挽起，只在鬓边垂下两缕，随着耳畔的帕托石耳坠微微摇曳。

她把文件夹递给高哲，试探性地问道："你跟唐贵成谈判得如何了？"

高哲翻了翻报表，随手合上，沉吟道："我料到他会拒绝。唐贵成这个老狐狸，现在只会静观其变。罢工潮一日不解决，股票还会持续下跌，小股东的信心会被动摇，到时候我就不信整个董事会还没有人站在我这边！"

麦嘉菲点点头，道："只要卓定垚没法跟工人们洽谈，贺天生就不会给她机会解决问题。"

高哲看了她一眼，冷笑道："傲堂就算不姓卓，也绝不可能姓贺！"

罢工潮第十二天，物流公司门口。

万敬贤灌了一罐咖啡，抹了抹嘴，扛起摄影机继续对准了工人们。连日来的疲惫让他形容十分狼狈，衣服皱巴巴的，头发也凌乱不已，眼下有着浓重的黑眼圈。但他仍然精神亢奋，摄像机已经拍满了好几个内存卡。

人群之中，忽然有两个工人对视一眼。他们的面貌有些相似，一个叫阿光，一个叫阿荣，赫然是两兄弟。

阿光忽然站起来，大声说："已经两个星期过去了，傲堂和物流公司都没有给我们回应，咱们在这里干坐着也没用，不给他们点颜色看看，他们不会害怕的！"

阿荣也立马附和道："我同意！给他们点颜色看看！"

一时间群情激愤，人们纷纷站了起来。万敬贤立马把摄影机对准了他们，完整地捕捉到了这一场骚动。

"大家静一静！"原来傅建业见人群将要失控，连忙到对面水果铺去借了个扩音喇叭，大声道，"我们大家都希望解决问题！而且我们作为弱势的一方，得到了社会各界的支持，甚至市民们还带来物资给我们！如果冲动行事，那就不是罢工抗议了，而是犯法的行为！希望大家想想自己的父母妻儿，千万不要冲动哇！"

人们渐渐被他说动，停止叫喊，小声地交换意见。

傅建业趁机道："有媒体朋友的摄像机在，我们大家要讲道理，舆论才会站在我们这边，希望大家再坚持一下，一定能得到好消息……"

见大家渐渐平静下来，傅建业松了口气，将喇叭关上。这时他上衣口袋里的手机一震，收到了一条短信。

傅建业点开短信，脸色忽然变了。他环顾四周，见没人注意到他，又仔仔细细看了一遍，才将手机放回口袋里。

第四十二章 巨额诱惑

傅建业到达茶餐厅的时候，发现约定的靠墙第三张桌子边上，已经坐了个人。那人身材瘦削，穿着连帽衫，帽子扣在头上，连男女都分不清。

他有些忐忑地走过去，坐在那人对面，定睛一看。那人摘下兜帽，朝他一笑，竟然是卓定垚。

那条短信，正是卓定垚发给傅建业，约他秘密来这家茶餐厅见面的。

傅建业很紧张地四下看了看，道："你怎么约在这种地方？连个包房都没有。"

卓定垚素面朝天，扎着马尾，戴着一副巨大的黑框眼镜，穿着很普通，不是很熟识的人几乎不可能认出她来。

她倒是很淡定，笑了笑，道："这招叫'灯下黑'，越是别人觉得不可能的地方，就越是安全。"

"你约我来这儿，究竟想干吗？"傅建业很疑惑，自己上次的态度已经够决绝，本以为卓定垚这个富家千金已经被他得罪了，没想到对方反而放下身段来见他。

"我可是诚心诚意地想解决你们的问题，希望可以和你好好谈判。"卓定垚开门见山地说。

傅建业很冷静，道："帮我们解决问题，光用嘴说可没用。你知不知道物流中心工人的工资是多少？一天要发放多少件货物？一个人要跑多少个街区？"

卓定垚哑然，方才的淡定荡然无措，面上有些发烫。

"你对我们根本一无所知，能怎么解决问题？又怎么跟我们谈判？"傅建业声音大了些，连忙压低。好在现在不是饭点，店里没有几个人，也注意不到他们这桌。

的确，这些和工人们切实相关的问题，卓定垚一个都答不上来。她自认为已经做足了功课，可是到临场发挥时，却发现自己一无所知。她只想着放低姿态，好好谈判，总能解决问题。

然而，卓定垚是个发现自己的问题就一定会及时改正的人。当晚，她就傅建业质问她的问题，做了一番研究。

第二天中午，卓定垚早早地到了唐贵成公司楼下，见他和助理有说有笑地走出大楼，连忙迎了上去。

“唐董事，我现在要你提供‘贵成物流’的所有资料。”卓定垚摘下墨镜，直视着唐贵成，语气严肃。

唐贵成笑了，问道：“卓主席，你大驾光临怎么在楼下站着？我看你是有点健忘了，‘贵成物流’是我的全资公司，好像不在你的管辖范围内吧？”

卓定垚逼近他，气势丝毫不落，道：“‘贵成物流’是傲堂物流中心的外包公司，就是因为你的公司苛待员工，才导致了这次罢工，对傲堂造成了如此大的影响！我身为傲堂董事会的主席，有权过目所有跟傲堂集团相关的所有资料。”

“我有权拒绝。”唐贵成双手抱着胳膊，一脸无赖地看着她。

卓定垚冷笑，道：“你公司藏了什么不可告人的秘密？你要是选择不交出资料，那么我以主席的身份质疑你，并且撤换‘贵成物流’，不然你就自己解决罢工潮吧。”

唐贵成拳头狠狠握紧，又松开来，最后颓然道：“随你吧！”

彭世岳核对完最后一页材料，抬头看了眼挂钟，已经过了晚上十点。他站起来舒展一下僵硬的四肢，准备收拾东西下班。

路过董事长办公室时，他下意识朝里看了眼，居然还亮着灯——他本以为是谁走时忘记关了，结果推门一看，卓定垚还坐在电脑前，聚精会神地看着屏幕。

“主席，你怎么还在忙？”彭世岳出声招呼，倒把沉浸在资料中的卓定垚吓了一跳。

“噢，我在看‘贵成物流’的资料。”她摘下眼镜揉了揉，眼圈泛红，显然是很久没有休息过了。

“‘贵成物流’？你看他们的资料做什么？”彭世岳有些疑惑地问。

卓定垚叹了口气，道：“还不是为了解决罢工潮。我想从公司本身找出问题，再寻求解决方法。”

彭世岳把手提包放下，站在她背后跟她一起看。“其实‘贵成物流’跟傲堂公司合作是在七八年前，物流中心为了降低成本，将自己的公司变成了外包的形式。”

“那之前的物流员工去了哪里呢？”

彭世岳意味深长地看了她一眼，道：“他们还是原班人马，只是变成了‘贵成物流’的人而已。”

卓定垚思忖片刻，果断道：“麻烦你帮我把之前自设的物流公司的材料找来！”

彭世岳帮她抱过来好几个厚厚的文件夹。卓定垚如获至宝，立刻翻阅起来。她忽然想起什么似的，从资料堆里抬起头，对他有些不好意思地笑笑，道：“耽误你下班了，早些回去吧。”

“没事的，你也早些回去吧，看资料也不急于这一时。”彭世岳跟了卓启堂多年，知道他有多疼爱这个千金，看她现在这么辛苦的样子，真的有些不忍。

“目前我能为公司做的，也只有这些了。”卓定垚叹了口气，重新戴上眼镜。

从大楼外远远望去，她办公室里透出的那一盏孤灯犹如夜里的星星。

阮令翘一早就被程凯和朱小慧拉着，去见一位通过“随身师傅”下单的客户。

朱小慧神神秘秘地说，对方指明要见 APP 的负责人才放心，看来一定是个大客户，因此把阮令翘也拉来了。

“那客人下单了什么项目？需要咱们提供什么服务呢？”阮令翘耐着性子问。

“只知道是装修。”朱小慧老老实实地说。

三人坐着程凯的二手车，按照地址来到了大厦。早有助理在楼下等他们，彬彬有礼地问：“请问是程凯先生吗？我是章小姐的助理。”

程凯点点头，面有得意，道：“看来您的老板也听说过我咯？”

助理笑而不答，阮令翘扶额而叹，朱小慧则到处张望。他们看到的是整一层楼，已全部空置出来了。

“这……这一整栋楼都需要我们装修？这工程也太大了吧！”朱小慧惊讶得合不拢嘴。

程凯环视了一圈，已经开始迫不及待地做起了规划。“叫我说，其实也很简单嘛！低层是员工，中层是管理，职位越高越往上嘛！至于老板，肯定要坐在顶楼咯，要是我，就会开辟一个 360 度全景大玻璃窗，整个香港尽收眼底，岂不是爽到爆！”

助手微笑道：“那按照程先生的规划，需要多少预算呢？”

“三百万吧！”程凯犹豫了一下，还是给了一个比较保守的估价。

朱小慧和阮令翘倒吸一口凉气。朱小慧拉拉她的衣角，附耳道：“他还真敢说！”

“好，三百万！我给你三千万让你在这栋大厦开公司，你觉得如何？”

三人同时朝门口望去。只见章明晞款款走来，身后即便是四面透风的毛坯房，她也像是在五星级酒店里一样从容。

章明晞摘下墨镜，指着四周的四座老旧大厦说：“这四栋大楼，包括我们现在站着的这座大楼，未来都在我的活化计划之中。届时由这五个大厦辐射整个大角咀，继而发展到全香港。到时候这片区域将成为全香港最潮流的创新科技区，而你的公司，正在这片区域的核心。你将成为整个香港高新技术领域的领军人物！”

三人听到章明晞的话，已经愣住了。没想到今天过来，是一个这么大的项目！

章明晞转头，看着呆若木鸡的三人，浅笑道：“你有三千万可以自由支配，将你的创意变成现实。这一切，只要一年之内就可以做到。”

朱小慧张大了嘴，恨不得狠捏自己一把，感觉一切都是在做梦。

阮令翘几乎要掐着程凯的脖子摇晃。她看着章明晞，两眼放光，崇拜地说：“这可是章明晞啊！我最近一直留意他们夫妻俩的新闻，他们是这几年香港崛起最快的富豪！出了名的无宝不落，他们看中的项目，几乎个个都升值十倍以上！现在她看中了你，还要给你投资三千万，那你以后也会十倍升值的，我们发达了！”

程凯最后反应过来。他摸了摸后脑勺，有些无奈地说：“可是我要参加创业大赛，胜出后的话会签两年合约，不能跟你合伙。”

章明晞有些错愕。同样惊讶的是阮令翘，没想到面对从天而降这么大的馅饼，他竟然还有拒绝的想法。章明晞表面上还是一副云淡风轻的样子，追问道：“你确定？据我了解，比赛的奖金只有三百万，而且随时需要你四处集资。现在我付你十倍的价格，时间也能提前一年……两者之间的差别，相信你能够体会到吧。”

阮令翘急了，扯着他的衣袖，催道：“你快答应啊！这还需要犹豫吗？”她生怕章明晞因为程凯的话而反悔，恨不得替他答应。

朱小慧仍是一脸迷茫。她不敢相信，章明晞就和程凯见了这么一面，就要给他投资这么大一笔钱。

章明晞见程凯低头不语，抬起手看了看表，从容道："好了，我相信你和你朋友都是聪明人，会做出明智的选择的。这样吧，我让助理把联系方式留给你，想好什么时候签约就打电话给他。"

说完她低头吩咐了两句，就坐电梯离开了。

助理礼貌地朝他们点点头，道："如果几位接下来空闲的话，我可以再带你们参观一下大楼。"

第四十三章 信任危机

一直到当天晚上，他们还在讨论这件事。

小慧被她爸爸叫出去了，程凯和阮令翘坐在电器铺里。阮令翘很兴奋，不停跟程凯介绍章明晞："我之前在报纸上看见她婚礼的报道，没想到真人气质也这么好！"

程凯跟她不在一个频道上，理了理思绪，道："我如果能拿到三千万的投资，确实可以马上扩展'随身师傅'的业务规模，而且比之前预计的要早一年甚至一年半。到时候业务会覆盖到整个香港，还能延伸到内地。"

阮令翘点点头，道："还有，你跟季生集团合作的话，生意只会越做越大！"她主动抱着程凯，兴奋地说："我果然没有看错你！到时候有了自己的公司，我一定要做销售总监！"

见她这么高兴，程凯也不禁露出微笑，点点她的鼻尖，宠溺地说："小意思啦，到时候我们发达了，你做老板娘最合适！"

阮令翘娇嗔地捶了他一下，道："谁要当你的老板娘！"

"好好，遵命，我的销售总监！"程凯举起手投降，又趁阮令翘不注意，扑过去挠她痒痒。

两个人笑作一团。阮令翘眼睛亮晶晶的，憧憬着未来程凯出人头地的日子，靠在他肩上沉沉睡去。

潘力晨把曝光社拍下来工人们群情激奋的视频，用电子笔点开放给高哲看。他按下暂停键，用软件放大阿光和阿荣的脸。

"根据我们的调查，这两个带头煽动工人情绪的人是刚刚入职两个月的，其他工人的司龄都在一年以上。"

潘力晨调出两个人的资料，高哲微微皱眉。忽然他放在桌上的手机响了，他低头一看来电显示，立马换了脸色，走出房间听电话。

潘力晨瞥了一眼，那串号码不像是香港的。他暗自翻了个白眼，能让高哲这么紧张的，想必也只有温哥华那边的电话了。

高哲很快收线，匆匆走进来。潘力晨继续讲："根据我的调查，这两个人之前是'屯门森哥'的手下，不知道为什么，突然跑到贵成物流上班。"

"你继续帮我盯着这件事。我要离开香港一段时间，有任何进展，随时向我汇报。"高哲点点头，立马打电话让秘书订机票。

潘力晨摊了摊手，又试探性地问他："是不是加拿大那边出了什么事？"

高哲眼中涌上一丝焦虑。"思妤住院了，我要马上飞过去。"

深水埗街头一条不起眼的小巷中，几个混混模样的人正蹲在一家大排档门口抽烟。为首一个双臂纹着罗刹和夜叉，手腕上挂着串佛珠，就差脸上写着"黑帮"两个字了。

一辆黑色跑车缓缓驶入小巷，与周围简陋破旧的样子格格不入，停在了他们三个面前。

花臂男森哥把烟头扔在脚下踩灭，拉开车门坐了上去。

坐在跑车后座的，赫然是贺天生。

"我已经让阿光、阿荣跟罢工的工人们混熟了，他们说有工人担心罢工太久，到时候复工就很难了。因此有些人想复工，他们会继续煽风点火，那个姓傅的确实厉害，又很得人心，几次他们想搞事情，都被他压下去了。"森哥向他汇报道。

"做得很好。"贺天生点点头，"现在最重要的是让工人们继续罢工，傅建业这样的做法，也能继续拖延下去。只要罢工潮不解决，我就能够把卓定垚从那个位置上拉下来。"

"那要不要我吩咐阿光阿荣他们制造点混乱？"森哥试探性地问。

"暂时没有必要。"贺天生沉吟道，"先观望一下，如果有工人想放弃罢工，就制造点争端出来，总之不能让罢工这么快结束。"

"明白了。"森哥点头，"我办事你放心。"

他正要下车，忽然被贺天生叫住："让你的人小心点。我怀疑现在不止媒体，还有人在盯着他们，千万不要暴露身份。"

高哲一下飞机，就直奔郑思妤的住处。

他拿出钥匙，犹豫了一下，又放了回去，转而拨打 Karen 的手机。没过一分钟，Karen 就打开大门，从郑思妤家里走了出来。

高哲见到她，就像病人家属见到主治医生一样，连忙走过去问："思妤出了什么事？严重不严重？"

"没有什么大问题，就是自己在家换灯泡的时候不小心摔倒，昏迷了一阵子。医生做了脑部扫描，没有造成损伤，脚也只是拉伤和皮外伤。"Karen 絮絮地说了一堆，最后问他，"她刚好吃了消炎药睡着了，你要不要上去看看她？"

高哲一震，心中天人交战。他已经很久没有见过郑思妤了，偶尔看见 Karen 拍的照片，也始终没有见她笑过。但是他怕万一郑思妤醒来，看见他又会勾起痛苦往事。他们分开的方式那样决绝，中间横亘的不是太平洋，而是两条血淋淋的人命和血海深仇。

最终 Karen 还是一个人上楼去了，郑思妤还熟睡着。她拿出手机，用 FaceTime 打给高哲，将镜头对准了郑思妤。

接通的那一刻，高哲觉得自己心脏停跳了一拍。郑思妤的脸就那么毫无防备地出现在他面前，近在咫尺却又不可触及。她瘦了，之前线条柔和圆润的下巴和脸颊显出削瘦的轮廓来，眼下有淡淡的乌青，锁骨也陷了下去。

"思妤……"他眼眶有些泛红，贪婪地用手指描摹她的容颜。而触到的手机屏幕冰冷而坚硬，一如残酷的现实。

阮令翘特意打扮了一番，把自己拿得出手的行头都穿在了身上，最后喷上 CHANEL 香水，拎着那年打折咬牙买回来的 Gucci 包，去餐厅赴约会了。

章明晞坐在角落等她，没有精心描画的妆容，长发也披散着，穿了一套款式简洁大方的长裙，没有了那种逼人的锐气，显得慵懒而随意。

她笑着朝阮令翘招手，并恰到好处地夸赞道："上次见面仓促了些，没注意看，程凯能有阮小姐这样的聪明美丽的女朋友，真是好福气。"

阮令翘不争气地红了脸。章明晞微微笑着看她："有没有什么想吃的，随意些，不用拘束。这里的提拉米苏很有名，你可以试试看。"

"好，我都可以的。"

"不知道你喜不喜欢吃意大利菜，不过觉得这里气氛不错，我们也可以多聊一会儿。"

阮令翘点头，章明晞真是个情商极高的人。两人边吃饭，边聊天，相谈甚欢。阮令翘惊讶于章明晞的眼界和执行力，更让她惊讶的是，章明晞事无保留地和她分享自己的心得体会，像是怎样的企业适合做"零存货管理"，如何做企业的现金管理、企业的效率管理比例等，也会和她分享自己商业上的新的体会。

两人仿佛是老友般愉快交谈，然而相对而言阮令翘学到不少，对她崇拜不已。

“为何您能如此自如地管理企业呢？”阮令翘问。

章明晞嫣然一笑：“因为我相信一个西方的政治学和经济学原理。”

“嗯？”阮令翘不解。

“Human nature is lazy, self-interested.”

阮令翘恍然。

“我相信，人的本性都是懒惰的、以自我为中心的，所以需要规章制度来鞭策，一定要设置互相制衡的部门，绝对的福利，会产生，绝对的腐败。”

阮令翘陷入沉思。

章明晞忽然漫不经心地问：“对了，合同的范本已经寄给程凯很久了，他却没有来签约，是对其中的内容有异议吗？如果他还有别的条件，我们可以再聊。”

阮令翘一愣，道：“他没跟我说过，每次问他都敷衍过去……这样的条件他没理由不接受啊。参加创业比赛也是为了得到资金，现在有唾手可得的三千万投资，除非他是太愚蠢了。而且我也不会接受他不签约的！”

章明晞见她斗志满满，不禁微笑道：“那依你看，他什么时候会来签约呢？”

“明天！”阮令翘握起拳头，斩钉截铁地说，“我绑也会把他绑过来。”

章明晞轻笑，道：“好，那我就等你好消息。”

与此同时，方泽雨难得休息半天，抽时间来了趟电器铺子找程凯吃饭，谁知店铺中一个人都没有。他四下张望了一会儿，忽然被桌上的一份合同书吸引了眼球。

合同封面赫然写着“曦伦”两个字，他忍不住瞥了几眼。

方泽雨脸色变了。这时朱小慧打着哈欠从楼上下来，对着他打了个招呼：“今天怎么有空过来啊，找阿凯有事吗？”

“程凯去哪儿了？这份合同又是怎么回事？”

方泽雨脸色愈冷，朱小慧却一无所觉。“喔，‘随身师傅’有订单，他去做事了。这是一个客户打算跟他签的啊，投资三千万呢，连阿凯都觉得条件好诱人。”

“那创业比赛呢，他不参加了？”方泽雨牙齿格格作响，他忘不了章明晞和贺天生是如何夺走天荫中心的。

“他没有跟你说过吗？”朱小慧惊觉方泽雨脸色铁青，几乎是仇恨地看着那纸合同书。

她话音未落，方泽雨已经怒气冲冲地夺门而去。

“哎，你等等！”朱小慧连忙跟上。

第四十四章 至情至性

程凯刚帮用户修完电器，买了份肠粉坐在公园长椅上吃着。正打算歇口气，远处忽然走来两个人，前面一个正是面无表情、眼神阴翳的方泽雨，朱小慧气喘吁吁地跟在后面。

“你怎么来了？看我工作辛苦，来慰问了？”程凯嬉皮笑脸。

“你是不是要跟章明晞签约了？”方泽雨却把合同书摔在了他面前。

“对呀，她确实接触过我，开的条件也很吸引人，可我还没答应呢。”程凯吃了口肠粉，笑得很得意。

“我看你是没来得及吧！”方泽雨冷哼一声，“这么大的事你都不告诉我，明显就是想偷偷签约！到时候临时退赛，对我们公司的形象有多大影响你知道吗？前三甲被季生挖走，到时候整个香港都会看我们的笑话，我所做的一切，包括众筹平台也会毁于一旦……你还把我当兄弟吗？”

“我……”程凯没想到方泽雨会发这么大的火，绞尽脑汁想辩解，脑子却像突然短路似的，急得他抓耳挠腮。

方泽雨看着他那样子，明显就是心虚，更是收不住火气，一拳砸向他。

“住手！”阮令翘踩着七厘米高跟鞋蹬蹬蹬地冲过来，挡在程凯面前，一把推开方泽雨，“你干吗打他！”

方泽雨冷笑一声：“你问他自己干的好事！”

阮令翘看见被揉烂扔在地上的合同书，立马明白了原委，见程凯脸颊上眼见着就肿了起来，不禁气不打一处来，尖声道：“你怎么这么自私！你要知道，章明晞要给他投资三千万！你能做到吗？你那什么破比赛，只有三百万，如果你真的当他是兄弟，就应该成全他，给他让路！”

方泽雨气得浑身发抖，一言不发，转身便走。

程凯还想上前，被阮令翘一把拉住，狠狠地瞪了他一眼。朱小慧早就吓得不敢出声，见程凯面颊红肿，神情颓然，连忙拉了拉阮令翘的衣袖。

“我们先回去吧，好不好？”

阮令翘哼了一声，大步走开。

三人回到电器铺。朱小慧仔仔细细地给程凯上药，后者疼得龇牙咧嘴。

阮令翘在一旁生着气，抱怨道："什么富二代公子哥，真是太小气了，简直就是见不得你好过。我今天已经跟章总谈过了，明天就可以去签约，到时候我们有了三千万，就能拥有自己的公司了！"

朱小慧弱弱地说："可是明天是创业大赛的最终评审日啊，不可以缺席的……"

"笨小慧，程凯有了章总投资的三千万，还需要参加这个什么破比赛吗！"阮令翘瞪了她一眼，小慧连忙吓得不敢说话。

"好了，明早九点在季生大楼见，可千万不要迟到了。"阮令翘千叮咛万嘱咐，生怕程凯迟到。

而他却呆呆地望着桌上那份计划书，忽然想到自己刚刚发明出充电宝的时候，拿方泽雨的最新款 iPhone 当实验品。那时候卓定垚还和他在一起，两人经常出双入对，旁若无人地秀恩爱。而自从方泽雨家里出事，一切都变了，他变得很少笑，即使在他们几个朋友面前。

程凯知道他心里憋着一口气，就像自己当初为充电宝拉投资的时候。而方泽雨是要决心扛起整个天荫的男人。

翌日一早，阮令翘打扮得更加精神，提前半小时来到季生，坐进了章明晞的办公室。

很快，九点差十分的时候，章明晞带着助理进来了，朝她笑笑，又向她身边张望了一下，试探性地问："程凯到了吗？"

"应该是在路上耽搁了，您放心，他一定会到的。"阮令翘自信满满。

另一头，天荫举办的创业大赛进入了最终比赛日，角逐出最后的胜利者，而冠军将获得高达三百万的创业资金。这对民间创业者来说，是极具诱惑力的。

简单的开幕式之后，方泽雨亲自上台致辞，他有意扫了眼选手席，那里空着一个座位，显得十分突兀。

下台之后，工作人员悄悄对他说了句："还有一位参赛选手没有到，是否要继续等呢？"

九点过五分，章明晞看了看手表，皱起眉头。阮令翘不停地打着程凯的电话，那边却一直是忙音。她额头见汗，强笑道："他应该在电梯里，信号比较差。很快就会到了。"

程凯此时此刻确实在电梯里。他难得穿回西装，只觉得无比拘束。电梯停了下来，两侧的门缓缓分开，他信心满满地走了出去。

"欢迎三号选手——程凯！"

方泽雨简直不敢相信自己的眼睛，他快步走过去，一把抱住程凯，喃喃道："谢谢你来，谢谢……"

程凯敲了敲他肩膀，安慰道："好啦，我大人不计小人过……轮到我上台了！"

这一幕被人看在眼里，不禁疑窦丛生，这人正是和程凯创意撞车的大陆学生妹，曲端儿。

是夜，电器铺里一片欢腾。方泽雨开了瓶香槟，摆了一桌子高脚杯，清香的泡沫喷的到处都是。程凯果然不负众望，赢下了比赛，因此方泽雨特意请了假为他庆祝。

程凯绘声绘色地讲着自己在台上的神勇表现，忽然大门被推开，阮令翘阴沉着脸走进来。

她径直走到程凯面前，居高临下地看着他："为什么没有来签约？"

程凯献宝似的把证书递给她看："你看，我拿到创业比赛的冠军了！"

阮令翘看都不看，一把掀翻："你为什么不来！"

程凯慢慢站起来，望着她道："因为我考虑过了，不能牺牲和方泽雨之间的兄弟情谊，所以一直没有答应章明晞的投资。钱还可以再赚，如果我的APP是成功的，多的是人会投资，而兄弟一辈子只有一次，断了就没有了。"

"兄弟不能牺牲，那我就能牺牲咯？"阮令翘咬牙切齿。

程凯连忙解释："Alice，你听我说，我现在胜出了创业大赛，就有一笔正式的资金开公司，销售总监的职位一直留给你呐。"

阮令翘冷笑道："谁要做三百万公司的销售总监？我要做就做三千万的！"她说着说着带了哭腔："你真是不知所谓，这么多年就在等一个机会，终于等到了赏识你的人，你却白白错过！我不想再等你了，再这么下去也没什么意思了，今后你走你的阳关道，我走我的独木桥！"

说完，她气冲冲地走了。

方泽雨完全一副看戏的表情，朱小慧拉了拉程凯，提醒他："喂，你怎么不去追她啊！”

程凯摇了摇头，端起高脚杯：“今天是高兴的日子，大家不要扫兴了，来，咱们干杯！”

程凯获得冠军后，却有一封所谓揭露内幕的帖子在网络上传得沸沸扬扬。帖子里面称程凯其实是关系户，认识主办方，而他的参赛作品“随身师傅”APP则是抄袭了别人的创意！

一时间有不少人前去围观，有的支持程凯，说不管怎样，“随身师傅”APP是真的很好用，当之无愧是冠军，而那个什么“随身妈妈”根本很少人用过，里面还一堆bug。另一波人则持怀疑态度，阴阳怪气地说这些所谓的比赛，其实冠军都是内定的，根本不存在什么公平竞争。

方泽雨一开始也不想理会，直到在天荫的董事会上也有人提出了这样的疑问，他才惊觉舆论的力量是如此之大。而那个发帖人，他心里也有了目标。

咖啡馆的风铃“叮叮”响了两声，曲端儿百无聊赖地抬起头，忽然眼前一亮。

“你来啦，这次我试着做了新的蛋挞，你要试试吗？”她热情地邀请方泽雨试吃她的产品。

方泽雨笑了笑，道：“当然可以，但是作为交换，你也要告诉我，网上那篇指责程凯的帖子，是你发布的吗？”

曲端儿脸色一变，愤然道：“明明我才是被蒙在鼓里的那个！原来你们认识，关系还那么好，所以我投诉他根本收不到回音，因为你根本就是在包庇他！”

方泽雨好脾气地解释：“我确实认识他，但是我敢发誓没有偏袒他，他也不会抄袭你的创意。”

曲端儿根本不相信他，自顾自地摇头，絮絮叨叨地说：“我真傻，居然还相信比赛是公平的，结果到了最后，其实所有得奖者都是内定的，我们其他参赛者都成了陪衬！”

方泽雨心中有气，道：“你要总是找外界的原因，难怪你永远只能做别人的陪衬！本身你自己的APP就充满问题，不去改进就算了，还盯着别人的东西挑刺，你没法胜出，应该好好找找自己的原因！”

曲端儿脸上一阵红一阵白，羞赧又愤怒，大喊道：“我这里不欢迎你，你快走吧！”

在方泽雨来之前，她一直犹疑着要不要去问他。而她没有选择主动去问，就是担心答案不是自己想要的。可是没想到，方泽雨却反过来质问和指责她。她也不知道，自己是在因为对比赛结果不满，对方泽雨对她的态度感到委屈，还是被方泽雨的话戳中了痛处。

方泽雨走后，又剩下她孤单一人，她对着咖啡机和烤箱，蓦然号啕大哭。

第四十五章
功亏一篑

罢工潮持续到第十四天，物流公司外来了一群陌生人。罢工的工人们三两闲散地聚在一起，听到动静立马站了起来。

阿光和阿荣对视一眼，故意大声质问道：“你们是来做什么的？”

那群人一脸状况外，嗫嚅道：“我们是来工作的散工，老板叫我们先到这里来等。”

这下工人们犹如沸水进了油锅，一下子炸了起来。

“你们公司是什么意思？！”

“为什么找散工替代我们，是不是想炒人？”

“你们根本就没诚意谈判！”

阿荣第一个跑到公司门口砸门。

工人们纷纷附和，一时间群情激奋，堵在门口不让散工们进去，两拨人推推搡搡的，几乎就要起冲突。

傲堂大楼里，彭世岳飞快地走进卓定垚的办公室，神情严肃地说：“物流中心出事了，罢工工人们发现有散工开工，情绪非常激动。”

卓定垚腾地站了起来：“散工？是谁聘请的！”

彭世岳摇摇头。

“唐贵成呢，现在给我把他找出来！”卓定垚抓起手包就往外走。

“他不在香港。”彭世岳连忙跟上去，边走边汇报。

“我亲自去处理，你叫两台车跟我一起去。”卓定垚快步走进电梯。

彭世岳有些犹豫，道：“以你的身份，过去只怕他们会闹得更厉害，不如先通知贺董事？”

“来不及了！如果罢工真的演变成暴力冲突，对于傲堂的打击是不可估量的，我要先过去，你去通知贺天生。”卓定垚迅速冷静下来，这些天她连续加班，已经仔细看过那些老牌物流员工的资料，在脑子里迅速把前些天看过的信息过了一遍，心下稍定。

无声的火药味正蔓延开来。

三台黑色轿车浩浩荡荡赶到了物流中心外，大门口已经被工人围得水泄不通，隐隐有两拨人在对峙，一片喧哗。

傅建业声嘶力竭地吼着，拼命维持着秩序，无奈他一个人的力量还是无法抵抗人群的洪流，很快他的声音就在人群中淹没。

卓定垚拉开车门，迈了下去，大声道："各位，请安静一下！我是傲堂证券的董事长，我有话要说！"

可是没人理她，即便她已经把嗓门提高到最大。

卓定垚四处望了望，忽然看到对面水果摊上的扩音喇叭，灵机一动，小跑过去借了来。她望着闹哄哄的人群，咬了咬牙，甩开高跟鞋，三下两下就爬上了轿车的车顶，打开喇叭喊道："安静一下！我有话要说！"

她居高临下，身影虽然纤弱，气势却丝毫不弱。喧哗声一下子停了下来，人们纷纷转头望向她，当认出卓定垚时，又控制不住地指指点点起来。

"是她，就是她，傲堂集团的新董事长。"

"那些新合同是她做的吗？"

"她肯定知道，就是她让我们现在这么惨的。"

卓定垚举着喇叭，将一缕碎发别在耳后，饱含情绪地说："大家也许还不认识我，但是我爸爸卓启堂，大家一定不会陌生！"

底下有人嗤笑道："黄毛丫头，也只能拿自己老爸的名号来吓唬人了。"

卓定垚清晰地捕捉到了这句议论，忽然朝他一笑："阿强叔，你的腰伤好些了吗？"

那人惊呆了，想不到卓定垚能一口喊出自己的名字，一时间竟忘了说话，只愣愣地点头。

"我知道大家早在十多年前，就已经是傲堂物流的一分子了，从一开始只有七叔、白叔还有建业叔他们几个，到后来过百人的规模，这个公司离不开大家的努力！那时候每年都有员工聚餐，无论职级大小，大家都坐在一起像一家人一样吃饭。那时我才几岁大，就被我爸爸抱着参加聚餐……"卓定垚提起父亲，又想起罹难的哥哥们，不禁哽咽。

底下的工人们也纷纷点头，那时候卓启堂每年都会邀请他们一起聚餐，像老朋友一样同他们一起喝酒、聊天，直到公司外包给了唐贵成，公司的名字换了，待遇也变了。

卓定垚指了指人群中一名阿伯，道："这位是七叔，在傲堂创业之初就为了公司打拼，直到物流公司变成外包，他也继续为傲堂服务，如今他的三名子女全部都顺利从大学毕业了……我知道从转为外包之后，要重新签合同，大家会很不适应，所以我也决定，在福利待遇这方面会重新考量，请大家放心！今后大家不论改到哪个公司的名下，永远都是傲堂的一分子！"

那些老雇员们都红了眼眶。虽然大家总是抱怨辛苦，但还是兢兢业业地为公司服务，总是还有那么一份情谊在的。

见工人们态度软化，卓定垚趁热打铁道："所以我希望能够坐下来和大家好好谈一谈，早日解决问题，早日复工！"

人群之中，阿光见势不妙，低头偷偷给森哥传短信，又跟阿荣耳语了两句。那边立刻就回复了，阿光扫了一眼，马上换了副脸色，大声道："大家别相信她！她只是在拖延时间，好让我们赶紧散！这些有钱人最虚伪了！"

阿荣趁机拿了一个保温杯，用力往玻璃外墙上砸去，发出一声巨响。保安见状连忙上前阻拦，推搡中几名工人摔倒在地，顿时人们的情绪又沸腾了。

"他们不让我们进公司，我们冲进去！"阿光奋力喊道。

卓定垚拿着喇叭大声喊想安抚众人，可是已经有了肢体冲突的众人心里早就憋着气，一时半会儿根本没法冷静下来，反而朝她涌了过来，一时间还有人冲着她扔各种杂物。

她在车顶上，又没处闪躲，险些摔了下来，还好被彭世岳一把扶住。卓定垚从车顶上跳下来，鞋也没穿，极其狼狈。她刚想回头同彭世岳说话，忽然一个黑点砸向她。卓定垚下意识闭眼，只听一声闷响，那东西竟然没有砸到她。

她睁开眼，赫然看见贺天生挡在她前面，神情有些痛苦。

"你……你没事吧？"卓定垚看见他抹了把后脑勺，带出一丝血痕时，顿时慌了。

"带她先走。"贺天生脸色不变，一把将她塞进车里，彭世岳反应过来，立马发动汽车，调转方向疾驰而去。

"那你怎么办！"卓定垚摇下车窗，焦急地喊，"跟我一起走，我们先去医院！"

贺天生看了她一眼，毅然决然回过头去。他的衬衣领子被鲜血染红了一片，不多，但是让卓定垚心中一刺，眼泪唰地下来了。

平静的街道上很快响起警笛声，彭世岳还打趣她："别看啦，贺董事就在后面的车上，弄得像生离死别一样。"

卓定垚蓦地收住眼泪，有些错愕地望着他，好半天才反应过来。是了，贺天生是惜命的人，他现在也是大富豪了，怎么可能轻易让自己涉险？再说了，警察一过来，他留在那儿也没有用。

果然，等彭世岳送她回到家，贺天生也从后面的车上下来了，自己按着头上的纱布和冰袋，朝她走过来。

卓定垚还有些惊魂未定，泪痕未干，显得楚楚可怜。

“你要不要紧啊，赶紧去医院吧！”

“没事了，只是一点小伤。你快回去休息吧，今天也累坏了。”贺天生反过来安慰她，示意彭世岳扶她进去休息。

门外传来各种记者呼喊卓定垚的声音，她心里一抖，瞬时间有些六神无主。

“好了，你记住，今天别开门，别出门，也别接电话，外面的事我来搞定。”贺天生按住她的肩膀，不容置疑地说。

卓定垚点点头，抓着他的衣袖小声道：“你千万要当心呐。”

贺天生朝她一笑，打开门出去了。

郑思妤撑着拐杖，有些吃力地挪到公园的长椅上。刚坐下没一会儿，Karen便赶到了，一边埋怨她醒了也不讲一声，出门也不叫她作陪，万一又摔倒怎么办？

郑思妤笑道：“你再这样像养小孩似的照看我，我的自理能力会退化的。”

Karen 取出一个保温桶，打开盖子凑到她面前，道：“呐，尝尝看，我专程买来的鸡汤。”

郑思妤拿着勺子搅了搅，惊讶道：“这是唐人街那家的，你怎么知道我不舒服的时候最喜欢喝他家的鸡汤？”

Karen 一愣，随即笑道：“是吗？我是看到网络上推荐说这家鸡汤最正宗，又好补身体，所以才专门买给你的。”

“真是多谢你啦，”郑思妤闻着香喷喷的鸡汤，感叹道，“还是这么美味。”

Karen 陪她坐了一会儿，忽然道：“对了，你最近没去上班，大家都很担心你，要不我给你拍张照片吧，也好让他们安心。”

郑思妤欣然点头，咬着勺子比了个剪刀手，对着镜头笑得一脸灿烂。

这张照片前脚拍完，后脚就到了高哲手上。他看着郑思妤灿烂的笑脸，心中百感交集。

“你买的鸡汤她真的很喜欢。”Karen 试探性地问，“你等了她这么多天，现在她醒了，你真的不去看她吗？”

高哲有些黯然，还是摇了摇头，道：“再给我一点时间吧。”

这时他的手机响了，上面是香港的号码。高哲脸色一变，这个时间香港已经是深夜了，潘力晨也不是那么体贴会看时差的人，一定是有急事。

果然，潘力晨急急告诉他，查到了屯门森哥和贺天生之间的关系，再加上工人们发生了暴乱，连警察都被惊动了。

高哲眉头一皱，果断道：“你继续盯着，我马上就回来。”

他转向 Karen，表情又变得柔和道：“那思妤就拜托你了，有事的话第一时间跟我联系。”

Karen 点点头道：“你快去忙吧，交给我了。”

郑思妤窝在家里，看着 Karen 的保温桶，有些愣神。她想到之前自己伤风感冒的时候，高哲再忙都会开车到唐人街给她买一罐鸡汤，那时她家距离唐人街很远，要开几十公里，可是每次到手的时候鸡汤还是温热的。

她有时胃口不好，还不肯喝，高哲就拿勺子一口一口地喂她，像哄小朋友似的。

郑思妤回过神，努力甩了甩头，仿佛这样就能把那些回忆通通甩出去似的。她伸手轻轻碰了碰保温桶，指尖还残留着温度。

像是高哲刚刚牵起了她的手。

第四十六章
越俎代庖

卓定垚这些天都不敢出门。

她被外面的动静弄得有些神经衰弱了，三餐都是保姆做好，连扔个垃圾都要趁夜深人静的时候。

电话铃突兀地响起，卓定垚吓了一大跳，即便家里的电话不是对外公开的，她也犹豫了半天才接起来。

线路那头传来方泽雨的声音，问候道："定垚？我看到了新闻，你现在还好吗？"

卓定垚鼻子一酸，强忍着委屈，淡然道："没事，就是脚上磨破了点皮，正好趁这个机会给自己休个假。"

方泽雨知道她看似柔弱，性子其实很好强，这时候刨根问底反而伤人，便安慰道："没事就好，那你在家好好休息，有事打给我噢。"

两人寒暄了两句便收了线。卓定垚定了定神，站起来接了杯水喝。

她枯坐片刻，还是把电视打开了，死气沉沉的房间里终于有了些响动，让她好受了些。电视上正在播新闻，卓定垚猝不及防，又看到了暴动的一幕，镜头晃晃悠悠，最终定格在了自己光着脚、狼狈钻进车里的画面。

她呆呆地站在电视前面，憋了好久的眼泪终于还是流了出来。没有人知道她为了平息这一次罢工花费了多少努力，去看那些对她来说艰涩无比的材料，好几次整栋大楼就只剩下她一个人，差点被保安当成小偷……而人们只看到她狼狈无比、落荒而逃的样子。

总觉得自己已经足够努力的时候，却还是被无情的现实扇了一耳光。

手机忽然响了，卓定垚慌忙擦干眼泪，深吸一口气，接起了电话。屏幕上忽然出现了方泽雨的脸，卓定垚一愣，才发现自己接的是 Facetime，瞬间又是羞赧又是委屈。

方泽雨没有说太多，只是叫她看屏幕。一片黑漆漆的墙上忽然多了一道光，再然后是两个手指小人拉着手在跳舞。手指的主人有些笨拙，好多复杂的动作都跳得手指打结，最后两个小人变成了一只小狗，在灯光里跳啊跳，方泽雨还非常豁得出去地给狗狗配音了。

卓定垚止住了眼泪，她越看越觉得那面墙眼熟，忽然灵光一闪，跑到门口，把大门打开一看，只见院子被整个车头灯照得雪亮，方泽雨逆光站着，看不清神色，但卓定垚直觉他在笑。

于是她也破涕为笑，两个人就这么傻傻地站着。不知过了多久，卓定垚忽然醒悟，连忙把方泽雨拉进屋子，还心虚地左右探头看了看。

还好现在是晚饭点，没有盯梢的记者，不然他们又要上明日的头版头条了。

屋子里静悄悄的，两人忽然有些局促，最后还是方泽雨打破沉默，笑着问她："现在心情好点了吗？"

卓定垚点点头，很认真地说："谢谢你过来安慰我。"

方泽雨抓了抓头发，有点脸红，"没什么啦，大家都是朋友，应该的……"他顿了顿，有些不确定地说，"咱们还是朋友吧？"

卓定垚被他逗笑了，忽然上前一步，抱住了他："你说是就是啊，朋友之间抱一下，也很正常嘛。"

方泽雨大气都不敢出，心跳陡然变快，脸红不已。他搂住卓定垚，轻声道："这段时间辛苦你了。"

这几个月来，几乎没有人对自己这样轻声细语地说过话，卓定垚觉得自己的视线有些模糊，方泽雨的怀抱又太温暖，让她有种未曾经历过这一切苦难的错觉。

"我是不是真的好没用，想做的事拼了命也做不好。之前爸爸劝我学一些公司的事务，我没把他的话当回事，心里总想着有他和哥哥在，公司永远不需要我去操心……我真是太自私了。"卓定垚喃喃道。

方泽雨顿觉心疼，摸了摸她的头发，温言宽慰道："你已经做得够好了，不要给自己这么大压力，还有我这个坚实的后盾呐！"

卓定垚叹了口气，道："还好有你在，不然我真的没信心走下去了。"

当天晚上，卓定垚睡了一个几个月来最为安心的觉，她的压力、疲惫和委屈通通得到了治愈——只因为方泽雨的一个拥抱。

第二天，卓定垚精神百倍地去公司上班，恰好在一楼大屏幕看见了电视台关于昨天发生工人暴动的报道。

贺天生西装笔挺，在医院里给受伤的人带去了鲜花、果篮，他将这些东西递到受伤工人代表手上，神情关切。而代表受伤工人的阿光和阿荣一副感激涕零的样子，对着记者声情并茂地向贺天生和傲堂公司表示感谢。

镜头一转，贺天生在医院大楼外接受记者们的采访。他十分诚恳地说："我谨代表傲堂证券董事会，向受伤工人们表示慰问。并且我们有足够的诚意去解决问题，董事会已经决定撤换贵成物流，重组一间由傲堂控股的新公司，只要大家愿意，我们也会无条件请回他们。同时在待遇方面，将午饭时间还给他们，薪水也会有所上涨。"

记者有些夸张地"哇哦"了一声，真心实意地赞叹道："看来傲堂证券真不愧是良心企业，相信这样的处理方式，工人们都是十分愿意接受的。"

傲堂证券一楼大厅里，员工们都纷纷鼓起掌来。卓定垚也松了口气，果然交给贺天生是正确的选择，她想，现在傲堂里子面子都顾全了，工人们也喜闻乐见，这件事也算是圆满解决了。

约莫中午时分，贺天生敲开了她办公室的门，有些局促地说："事发突然，我们都想早日解决这件事，所以没有征得你的同意就擅自做了决定。我已经跟唐贵成谈好了，以后这家新物流公司，将由傲堂、我和唐贵成共同管理。我们已经联络了所有工人，有超过九成的人都愿意加入。"

"这次多亏有了你们，"卓定垚点点头，又不好意思地笑了笑，"不然靠我自己的话，都不知道怎么去解决这些问题。"

"慢慢来吧，"贺天生宽慰道，"我们都很乐意为你分忧解难。"

他走出卓定垚的办公室，在走廊上迎面遇到一个人，正是从加拿大赶回来的高哲。

高哲率先朝他伸出手，笑道："恭喜你呀，完美解决了这次事件。不过我看了现场的视频，卓定垚的讲话也占了很大一部分因素，要是没有她，说不定你也搞不定那些工人。"他顿了顿，说："说来也怪，那些工人本来很感动的，怎么突然好好的就有人砸东西，还引发了暴动呢？不过也多亏了这些事，让你及时赶到，救下卓定垚，还成了安抚工人的代表。"

贺天生神色不变，道："暴动虽然有损伤，但是就像你说的，多亏了这场暴动才让唐贵成松口，同意重组物流公司和提高工人待遇，不然这件事也没这么快解决。"

高哲冷笑一声，充满讥嘲地道："确实，解决了就好呢。不过我今天看报道，不知情的人还以为你贺天生才是傲堂的主席呢！"

贺天生不再理会他，径直离去。

当晚，章明晞开了瓶红酒为贺天生庆祝。

“没想到这个卓定垚还是有些口才的，本以为她就是个炮灰，没想到她竟然有那么大的影响力。还好森哥的人在现场看着，不然工人们就要倒向她那边了。”章明晞似乎有些庆幸。

“我当然还会有别的方案。”贺天生笑了笑，“这么难得的机会，我当然不会让卓定垚出风头。”

“这下好了，这件事你处理得这么恰当，在董事会肯定能得到很多支持的。”章明晞与他碰杯，状似无意地问道，“对了，我听说傲堂手里有一批知名画家捐出来的画，想找地方做永久展览，不知道我能不能申请放在大角咀？既比他们现在挑的美术馆要好，又能帮助我的活化计划吸引人群，岂不是一举两得？”

贺天生眉头微皱，沉吟道：“这个我不能肯定答复你，先递一个 proposal 吧，通过筛选的话，我才能在董事会决议上帮你。”

章明晞很欢喜，侧头亲了他一下，道：“我等你的好消息！”

创业大赛颁奖礼的前一天，方泽雨带程凯和朱小慧到精品店去挑衣服。

他们俩试衣服的工夫，方泽雨在柜台闲逛，恰好有用来配衣服的首饰，便对店员说：“麻烦把那条项链拿给我看看。”

程凯很快试好了，跑到他身边，用胳膊肘戳了戳他，八卦地问道：“怎么，你真的要跟卓定垚复合了？”

“不可以吗？”方泽雨乜斜他一眼，“我看你也需要买一条。”

“我买来做什么？”程凯失笑，“明天跟你一起戴给你爷爷看吗？”

“去你的，”方泽雨笑骂，“哎，你真的不打算跟阮令翘复合了？”

程凯摊了摊手，道：“我已经反省过了，她自己想要什么其实一直都很清楚，自始至终都没有变过。而她要的东西我也给不了她，这件事我也早就知道了，只是心存侥幸……可能我真的应该早些放手，耽误了她好多时间去找寻自己想要的东西。”

方泽雨对他简直刮目相看，夸张地说：“真想不到，你还有这么正经的一面。”

“喂！我一直都很正经的，不信你问小慧。”程凯挺了挺胸，忽然正色道，“你决定要跟卓定垚复合其实没什么问题，不过你要想清楚你们是不是真的合适，你是不是能给到她想要的东西，如果不是的话……你想想那天你们分手的时候，是不是还要那样两败俱伤呢？”

“我忽然觉得你蛮适合当情感专家的。”方泽雨沉默了片刻，不忘揶揄他。

程凯刚想回话，忽然被朱小慧怯生生地打断：“那个，我试好了，你们觉得怎么样？”

程凯“咦”了一声，说：“你转个身看看。”朱小慧听话地转了个圈，背后是大露背的款式，只有几根细细的系带，却有些说不出来的奇怪感觉。

方泽雨表情有些古怪，而程凯明显在憋笑，朱小慧愈发不安，扯了扯礼服下摆，问：“明天真的要这样穿吗，会不会太性感了……”

“那个，小慧，你好像穿错面了，布少的那面应该前面。”方泽雨有些尴尬。

程凯翻了个白眼，道：“随便啦，你觉得有差吗？”

朱小慧惊呼一声，捂着脸跑回了试衣间。两人对视一眼，不禁哈哈大笑。

程凯、朱小慧和方泽雨一早就来到新天荫会议室里，等候着众董事们的到来。

方泽雨作为一个习惯于商业场合的富二代，自是很懂商业上的规矩，只见他西装笔挺，头发梳得一丝不苟。程凯平时也是不修边幅的，可是刚参加比赛，还是稍微注意了仪容，穿着休闲式西装。只有朱小慧，平时鲜少需要正装出席的场合，大大咧咧地穿着一件印花T恤。她坐在方泽雨和程凯中间，看到他们穿着正式，觉得自己仿佛和这个场合有些格格不入。

“我是不是也应该像你们这样，穿正式点来呢？”小慧看看他们，疑惑地说。

“没关系，方泽雨是董事，我是比赛冠军，我俩注意点就行，你没关系。”程凯还是一如往常的毒舌腹黑。

小慧白了程凯一眼。

“再说了，穿这么正式有什么用啊？反正人家都不尊重我们。”程凯不耐烦抱怨着，“说让我们提前一个小时来，解释一次‘随身师傅’给这些董事听，可为什么到现在，记者会就要开始了，我都没看到他们？”

“啊——”门口传来声音，佳蓉打着哈欠进了门。佳蓉有着利落的棕色齐耳短发，略微有点胖，丹凤眼，看向他人的时候，总有不屑一顾的神情。

至少在程凯和小慧眼里，看得出佳蓉此刻的漫不经心。其他董事也跟着佳蓉一起走进办公室。方泽雨自不必说，他在公司已经多次接触，甚是了解其性格。

方泽雨、程凯、小慧和董事们打招呼，有的董事对方泽雨点头示意，然而对他身边的两位朋友，却是投来好奇的眼神。

“现在来参加比赛的人，都需要这样劳师动众吗？”一中年男性董事挑眉质问道。

方泽雨好脾气地拉着程凯解释：“是这样的，这位程凯先生，是我们比赛的冠军，今天叫他过来，是想给各位董事重新介绍一次‘随身师傅’。”

有董事点点头，程凯上前开始讲解自己的创意。他热情地讲解完 APP 后，转头想和众董事互动交流：“你们有什么问题吗？”。

但他发现，包括佳蓉在内的众董事，都完全没兴趣听。程凯心里有点不是滋味。

第四十七章

小慧心事

突然有秘书敲敲门，走了进来，道："有记者已经到达，想开始采访程凯先生，可以吗？"

"哎，不就是个小比赛吗，还搞这么大阵仗干吗，还需要采访。"

方泽雨看到众董事的态度不甚积极，随即向佳蓉介绍记者们："各位董事们，这些媒体都来自世界各大媒体，像CNN、MBC之类。大家如果参与采访，没准会提高个人影响力。"

佳蓉听到这样说，放下了手机，在她略微刻薄的五官上，竟然出现温柔一笑："我是天荫集团的董事，不知道各位记者有什么想问的？"

"我想请问董事，这个随身师傅的灵感来源？"

佳蓉看了看程凯，刚才好像听他提到，然而自己却没好好听，哑口答不出……

方泽雨见状，马上拉着程凯上前，为佳蓉解答。

记者点点头，连声称赞。

"嗯，都是因为爷爷方松荫教导得好，还有各位董事对此次比赛的支持。"方泽雨笑得天衣无缝。

佳蓉等在一旁笑着点头。

在进行颁奖的环节时，方泽雨把奖杯递给佳蓉："你就代表我们董事给程凯颁奖吧。"

所有镜头马上对着佳蓉。佳蓉感到十分有面子，笑逐颜开。

颁奖礼上的记者会举办得非常成功。天荫举办的创业大赛博得了许多人的关注，众筹网也点击率飙升。社交媒体上好多人评价天荫越来越和时代接轨，有新气象并且扶持创业者树立新品牌，势必会走得更远。

董事会上，方泽雨侃侃而谈，利用大量数据和实例向老董事阐明了创业大赛和众筹网的积极作用，而且天荫已经尝到了新兴媒介体的甜头，不应再仅限于在报纸上打广告了。

方松荫对方泽雨的表现非常满意，一反常态地在董事们面前称赞方泽雨，说自己总算后继有人了。

会后，方松荫不忘提醒方泽雨道："那个程凯，你要赶紧把他签下来，时间越长越好，免得他起二心。"

方泽雨笑了笑，他都没告诉方松荫程凯差点被章明晞挖走，只解释道："我们给他的三百万奖金，其实就是天荫注资到他公司的资金，相当于我们是有他公司大部分股权的。"

方松荫点点头，道："你这么做更为稳妥，就按照你的意思来吧！"

"干杯！"

方泽雨请程凯和朱小慧吃大排档。三人为了庆祝程凯创业大赛夺冠，也顺便庆祝方泽雨主办的创业大赛和众筹网大获成功，在董事会正式取得一席之地。

"这次多亏你们，让我在爷爷面前好生扬眉吐气，今后我们大家要一起奋斗了，咱们好好干！"方泽雨有些激动，他一直很想在方松荫面前证明自己，这次终于做到了，让那些老董事都对他刮目相看。

程凯拍了拍他的肩膀，道："好啦，现在拿到了支票，想想之后咱们怎么做。咱们现在先吃饱喝足，不要想别的事了。"

这时方泽雨的电话忽然响了。他看了眼屏幕，便笑了起来，走出店门去接电话了。

程凯灌了口啤酒，酸溜溜地说："一看就是卓大小姐的电话，笑得像中了乐透似的。"

等到方泽雨回来，笑眯眯地问程凯："你真的不打算跟阮令翘复合了？最近跟她联系过吗？"

"没有啦，都说了我跟她没可能的。"程凯垂下眼皮，又喝了口酒。

忽然路边有个很像阮令翘的长发女生走过，朱小慧连忙紧张兮兮地挡在程凯面前。他有些莫名其妙，便探头望向她身后。朱小慧晃来晃去，就是不让他看。

程凯明白她的意图，失笑道："你不用挡着我，就算她本人出现在我面前，我也不会受刺激的。"

朱小慧不信，认认真真地说："你现在失恋了，还是不要受刺激的好，有什么情绪也千万不要憋在心里啊！"

程凯哭笑不得：“我没有情绪啊，小慧你正常一点！”

“好好，那不说了，来，我陪你喝酒吧。”朱小慧又给他倒了一杯。

最后两人都喝得烂醉，走在街上连出租车都不敢载他们。

“阿凯，你……你喝醉了啦，来，我送你回去！”朱小慧摇摇欲坠，还惦记着程凯。

程凯没好气地说：“明明是我送你回去好吗，醉鬼！”

朱小慧大着舌头说：“没有出租车没关系，我背你啊！”

程凯推拒了好多次，但是朱小慧执意要背他，怎么说都不肯走。程凯没办法，他比朱小慧高一个头还有多，只能象征性趴在她背上，踮着脚跟着她走。

幸亏大街上没什么人，不然看到他们的样子，只怕是要 call 精神病院了。

朱小慧边走边絮絮叨叨，说：“你不要不开心啦，其实失恋也比从来没谈过恋爱的好啊，不是每个人都有机会的！这个世界上还有很多人喜欢你啊，比如我……”

程凯暗笑，以为她要趁醉表白了，结果朱小慧酒醉还有三分醒，连忙接道：“比如我们的街坊菠菜莲啊！”

“算了吧，只要是男人菠菜莲没有不喜欢的。”程凯故意挤对她。

“还有四云呢，四云也很喜欢你的！”

“四云可是芥蓝强的女人，也没法喜欢我呀。”

“你真的很烦哎……”

卓定垚和方泽雨在飞机会餐厅吃午餐。解决了手头的麻烦事，两个人心情都很轻松。

“罢工潮过去了，你现在不会那么辛苦了吧。”方泽雨关切地问，“董事会有人刁难你吗？”

卓定垚摇了摇头道：“没有啦，但是这次罢工潮我也没出什么力，全靠贺天生去周旋解决的。”

方泽雨暗自皱眉道：“你还是要小心些，特别是要提防身边的人啊。”

“我会的，”卓定垚点点头，“我有防备着高哲这个坏人，还好贺天生是好人，会一直帮我。”

方泽雨心里一沉。卓定垚这么信任贺天生，自己这时告诫她只会起反效果。

忽然有个人径直朝他们这桌走了过来，劈头盖脸地质问卓定垚：“傲堂并没有请回傅建业，你们许下的承诺为什么不能兑现呢？”

这人正是全程跟拍罢工潮的万敬贤。卓定垚愣住了，好一会儿才反应过来他说的是什么。

方泽雨已经站起身来，拦在卓定垚面前，不客气地回敬说："这位记者朋友，这里是私人餐厅，你这样不合适吧？"

万敬贤瞥了他一眼，道："我也是这里的会员。简单问两个问题，不犯法吧？"

卓定垚疑惑道："不是换了个公司，会重新请回这些人吗？"

万敬贤冷笑一声，道："你别装了。所谓的新公司不过是换个名字、换个壳子的伎俩而已，其实本质根本都没有变。而且新公司确实请回了大部分的罢工工人，但是带头那几个老员工，都被排除在外，明摆了是秋后算账。如果你之前不知道的话，那么我现在告诉你。"

卓定垚站起来，断然道："我从来不知道有这样的事情。多谢你的提醒，我会去解决这件事的。"

卓定垚一早就开着车在傅建业家门口等他，见他一出来，立马上前打招呼："建业叔，你要去哪儿呀，我想跟你谈谈！"

傅建业一看是她，立马冷下了脸，道："我们没什么好谈的，我赶着去劳工所。"

"我送你过去吧！"卓定垚讨好地笑了笑。两人僵持了片刻，最终还是傅建业败下阵来，钻进她的车里。

两人一路无话。傅建业办完事从劳工所出来，见卓定垚还在一边眼巴巴地等着他，咬咬牙，不耐烦地问："你有什么事，赶紧说吧！"

卓定垚眉开眼笑地问："建业叔，据我所知新的物流公司没有联系您去上班，能说说是怎么回事吗？"

傅建业叹了口气，道："当初听了你的讲话，确实很多人都是有触动的，可是不知道为什么，忽然就暴乱起来，根本控制不住。"

"他们怎么会突然情绪激动呢？"卓定垚很疑惑。

傅建业摇了摇头道："我怀疑，这次暴乱其实是人为的。阿光和阿荣是新入职不久的员工，罢工的时候却表现得最激动。最奇怪的是，这次风波结束后，他们两个也不见人影了，就像是特意来捣了几次乱，所以我很怀疑是有人派他们来捣鬼。"

卓定垚皱眉道："你有证据支持这种说法吗？"

"没有，这只是我个人的感觉。"他冷哼一声，"我就知道你不会相信我所说的。"

卓定垚也不去纠结这件事了，又告诉他："如果你想找工作的话，我可以帮你。"

傅建业晃了晃手里的文件，道："我是来帮那些没有被公司请回来的工友找工作的，你要帮就帮他们去吧。刚刚已经有家公司找到我了，叫什么彼列的。"

卓定垚心中警铃大作，直觉是高哲在背后算计她。

第二天中午，卓定垚独自在飞机会餐厅吃饭，忽然听到旁边传来一阵笑声。原来高哲和麦嘉菲也在，他们一边吃饭一边谈笑，心情仿佛很愉悦。

卓定垚脸色一沉，正要目不斜视地走过去，却被高哲叫住了，笑着说："你有收到 Email 吗？"

她摇了摇头。高哲又笑道："既然你没看，我就告诉你吧。明天唐贵成会来开会，他对你非常不满，你要做好心理准备哦。"

说完他叫来侍应生埋单，带着麦嘉菲扬长而去。

卓定垚也不知哪里来的勇气，忽然冲上去质问他："喂，是不是你，故意在背后捣鬼？一定是你！"

高哲也不恼，很耐心地回答她："我在背后捣鬼的事情很多，你说的是哪一件？"

卓定垚气得胸口起伏，质问道："是你派那两个工人混进工人中的吧？所有冲突都是他们俩在闹事，而且罢工潮之后就消失了。他们根本就是你的人，目的就是让罢工无限期延长，从而逼走我这个主席！"

高哲笑道："你说的这些，我想董事会没人会不知道吧？不过你要说是我做的，就必须拿出证据。因为你不能证明这件事是我做的话，董事会中想针对你的人也大有人在。做人不要太单纯，不要以为帮你的都是好人。谁是最终的受益者，谁就是那个最想抢你位置的人！"

周末是卓定垚固定去看望卓启堂的日子，她来到医院，忽然觉得今天的气氛有些不寻常，连忙到病房一看，卓启堂正插着喉管，吊上了生理盐水。

护士告诉她，卓启堂感染了肺炎，目前的情况有点危险。

卓定垚只觉得眼前一黑，几乎就要倒下。她在前方冲锋陷阵的时候，总希望有天爸爸能够醒过来，拯救自己逃离苦海，可卓启堂现在生死未卜，让她陷入了莫大的恐慌。

贺天生赶到医院的时候，看见卓定垚坐在病房外的椅子上，长发披散，面容憔悴。

她抬起头看见贺天生，眼泪一下子流了出来，喃喃道："我要撑不住了，我真的好累好累，要不是想着守着爸爸的公司才死撑到今天，我真的好想一走了之……"

贺天生握住她的手，温言安慰道："没事的，我知道你好累，我也一直在支持你。如果你实在是累了，撑不住了，就把一切都交给我吧，我来帮你搞定。"

他说这话时，言辞恳切，仿佛自己是真的为了傲堂、为了卓定垚，才主动接过这副担子。

卓定垚哀伤哭泣着，好似默认。

第四十八章 启堂苏醒

贺天生陪了卓定垚一天，傍晚才回到家。章明晞见他满脸疲惫，精神却很兴奋，知道公司的事应该有进展了，但她仍憋着一口气，不吐不快。

于是章明晞试探性地问："听说我的 proposal 被拒了，你们最后还是选择了天荫的提案？可是我觉得我提出的 offer 比方泽雨好很多啊。"

贺天生揉了揉眉心，道："卓定垚就要顶不住了，卓启堂也没有几天可活，因此明天唐贵成逼卓定垚退位的时候，我就可以上位。所以我必须在他们面前维持住公正的样子——我的机会只有这一次，那个位置已经唾手可得了！"

"可是……"章明晞还是忍不住争辩。

"好了，"贺天生打断她，缓声道，"等我当上了主席，会帮你把这个项目拿回来的，少安勿躁。"

翌日，傲堂董事会上，果然一切都按照贺天生的剧本发展着。

唐贵成率先就罢工潮一事弹劾卓定垚无作为，处理问题的能力和危机公关都很差。他转头询问高哲的意见，高哲耸了耸肩，道："我早就说过了，她根本不适合当主席。"

贺天生却百般维护她："她毕竟是继承了卓家的家业，而且现在还年轻，我们是不是应该多给她一些时间呢？"

"我们已经给过她多少机会了？"唐贵成把桌子敲得砰砰直响，"这几个月发生了多少事？她又解决了哪一件？再让她坐这个位置，只会把傲堂整个拖垮！"

董事们议论纷纷，大部分都站在唐贵成那边。而高哲始终一副无动于衷的样子，仿佛他们讨论的这一切都与他无关。

卓定垚低着头，浑身颤抖，不知是气的还是害怕。

贺天生连忙道："你们别再给她压力了。"又转向卓定垚道："你现在是主席，你自己有什么看法呢？无论你是选择继续带领傲堂还是想休息，我都支持你！"他认定在重压之下，卓定垚必然会卸下自己的职务。

卓定垚缓缓抬起眼，一字一顿地说：“我不会退。不管你们怎么觉得，我绝对不会弃傲堂而去！”

唐贵成第一个跳起来，嚷道：“你要赖着不走就不走了？大家一起投票表决，你不走也得走！”

卓定垚站起身，破罐子破摔地说：“你们要开股东大会就开吧，总之我是不会走的！”

她的手机忽然震动不停，卓定垚认出是医院的电话，心中猛地揪紧了，推开门就冲了出去。

医院病房外，卓定垚看着医生护士忙碌地进进出出，不禁忧心忡忡，生怕有人走过来对她说，卓启堂不行了……

“卓小姐。”一名护士认出了她，走了过来，卓定垚紧张地看着她，问：“我爸爸怎么样？”

“您先跟我进来吧。”

她急匆匆走进病房，见主治医生正站在床边和护士交代着什么，护士点点头，将吊瓶挂上。医生见她走进来，朝她点了点头，道：“令尊的病情目前已经稳定了，之前心率有些不正常，治疗之后已经好多了，你现在可以陪他说说话。”

卓定垚向他道谢，坐在病床边，医生和护士都退了出去。

卓启堂还插着喉管，看起来有些吓人，脸上瘦了很多，颧骨都凸了出来。印象中的父亲总是神采奕奕、精力充沛的，他平时还有健身的习惯，连感冒都很少生。

卓定垚握住他的手，小声说：“爸爸，你快醒醒啊，再不醒来女儿就要被他们赶走了……”说完又是眼眶一酸。

忽然，卓启堂的手微微动弹了一下，五指用力，竟反握住了她的手。卓定垚一愣，朝他看去，只见卓启堂竟缓缓睁开了双眼。

卓定垚心中一阵狂喜，大叫道：“医生！快来！我爸爸醒了！”

卓启堂微微张开嘴，却发现自己无法出声，只能握着女儿的手。

父女两人无声对视，不过半月时间，却久得如同隔世。

卓启堂抓着卓定垚的手，张了张嘴，却发现自己说不出话。卓定垚急忙按呼叫铃，边流眼泪边说：“爸爸，先别激动，慢慢来，我在这儿呢。”

医生和护士快步走进来，见卓启堂醒来，俱是松了口气。主治医生对卓定垚说：“卓小姐，我们先为卓先生做一个全身检查，他刚刚醒来，不宜太激动，麻烦您先回避一下。”

卓定垚依依不舍地放开卓启堂的手，朝医生道谢，便走出了病房。

她激动地拿出手机，一边擦眼泪一边打电话，恨不得昭告天下。

贺天生是第一个收到卓启堂醒来的消息的人。

董事会上卓定垚忽然离开，脸色又很差，他还想应该是卓启堂病危了。于是一结束会议便驱车赶往医院探望本以为命不久矣的卓启堂，顺便第一时间安慰卓定垚，让她更依赖自己。

结果卓定垚欢欢喜喜地跟他打电话说卓启堂醒了，一时间这医院去也不是，不去也不是。

对他来说，不仅是头号劲敌没死这么简单，还面临着吃官司的风险。

卓定鑫、卓定淼出车祸的那天晚上，太平山顶俱乐部里，卓启堂约贺天生见面。他知道贺天生和万学礼想合伙吞了傲堂，故意约贺天生前来，就是想给他一个下马威，警告他别想有什么小动作。

孰料天有不测风云，卓启堂收到两个儿子因车祸罹难的消息，登时心脏病发，他颤巍巍地拿起药瓶，手一抖便掉在了地上。包房里只有贺天生和他两个人，卓启堂趴在地上，艰难地伸手去够那瓶药。眼见一只穿着高档皮鞋的脚伸在他面前，把那瓶药轻轻一踢，药瓶便骨碌碌滚到了桌子下面。

卓启堂奄奄一息，贺天生看了他一眼，便冷笑着转身离去。

如果卓启堂醒来并指认他故意妨碍自己吃药，那贺天生说不定会被以谋杀未遂起诉，他辛苦打拼的一切也就全完了。

想到这里，贺天生手脚冰凉，浑浑噩噩地开到了医院。司机给他开了门，他愣了好一会儿才下车，硬着头皮往里走去。

现在逃避是没有用的，自己去了还能打探到一些情况，要是卓启堂不声不响地，直接控诉他，等警察找上门来才知道情况，那才叫被动。

卓定垚坐在走廊的凳子上，面色十分阴沉。贺天生一震，已经做好了被卓启堂指控的准备，却还是没事人样的走了过去，关切问道：“卓先生怎么样了？”

卓定垚抬头看见他，神情忽然变得忧心忡忡，道：“医生说他有肺炎，加上当日心脏病发之后还中过风，现在人很虚弱，连话都说不了，还要做好多检查才能让我们探视。”

贺天生暗自松了口气，透过玻璃看见卓启堂一副虚弱的样子，心里有底了。

他温言安慰道："卓先生吉人自有天相，他既然能醒过来，就一定会没事的，你也不要太担心了。"

卓定垚点点头，下定决心说："我一定会撑起公司的，等到爸爸养好身体，再把傲堂好好地交给他。"

贺天生也看着卓启堂，脸色阴沉了一瞬，又立马恢复正常，道："放心，公司有我们在，一定会越走越好的。"

方泽雨匆匆赶来医院的时候，刚好跟进来的贺天生完美错过了。他想卓定垚肯定没心思吃饭，于是提了一大堆外卖过来。

果然卓定垚一整天都没吃过饭，接过他递来的餐盒，吃了两口便叹了口气，放下勺子。

"怎么了？"方泽雨关切地问道。

卓定垚戳着米饭，叹道："爸爸脑部有损伤，暂时连话都说不清楚。医生说还需要一段时间的休养，到时候要做复健才能恢复行动能力，我真的好担心他。"

方泽雨揽着她，像哄小孩似的轻声道："你爸爸是很厉害的人，这样危险的情况他都能醒过来，说明他一定可以克服这些病痛的，你要对他有信心呐！"

卓定垚点点头，振奋了一些，却仍然担忧道："爸爸现在这样，我也没精力顾得上公司，好怕高哲会乘虚而入。"

方泽雨暗自握了握拳，有意无意地说："其实并不止他，其他人你也需要提防啊。现在卓叔叔的情况比较复杂，肯定会有人借机捣鬼。我建议你先不要宣扬出去，也不要让别人来探视，免得传出去会有影响。"

当天晚上，贺天生回到家，章明晞立马迎了上去，关切地问："到底发生什么事了？不是说今天开董事会的时候就能把卓定垚拉下台，你来接任主席吗？怎么……"

"卓启堂醒了。"贺天生截住她的话头。

章明晞一滞，下意识地问："醒了？那之前在太平山顶俱乐部那件事……"

"他虽然醒过来，却还不能说话。"贺天生有些烦躁地搓了搓脸，坐在沙发上，"卓定垚现在还不知道。"

章明晞跪坐在他脚边，担忧地说："可是他既然醒过来，告诉卓定垚不是迟早的事吗？"

“放心，就算他说了又能怎样？”贺天生咬牙道，“太平山那边没有监控，而且是他自己病发了，我可什么都没做过，咬死不认就好了。”

章明晞闻言松了口气道：“那就好，既然没有证据，我们就不怕了。”

贺天生轻轻抚着她的脸颊，道：“对不起，我还答应你要是做了主席，就把大角咀的 project 拿回来的，现在……”

“没关系的，这些都是小事。”章明晞靠在他膝头，“现在最重要的是卓启堂醒来，换主席的事势必就行不通了，那我们该怎么办？是不是要捞一笔就走呢？”

“不行！”贺天生斩钉截铁地说，“现在放手我之前的布局就白费了，现在不仅不能放弃换主席一事，还要大力推进。趁卓启堂这个老狐狸还半死不活的时候把傲堂吞掉，他醒来也为时已晚了！”

第四十九章 媒体新贵

翌日，傲堂董事会破例又开了一次会议。众人得知卓启堂苏醒的消息，皆感到十分欣慰，凡事都有了主心骨。

“堂哥能回来，真是太好了。”有的董事感叹，“以前在巴西的地产项目投了那么多钱，但堂哥一生病，那边立马就翻脸不认人，以政府改造做借口，迟迟不肯兑现。现在他醒了，那边的项目也该激活了。”

“是啊，是啊！”唐贵成也附和道，“既然堂哥醒了，至多一两个月就能回来，天大的事也能等到他回来再处理啦。”

大家很少这样意见统一，卓定垚的心情也很复杂。她知道自己跟父亲比差了太远，但这样的事实无疑非常打击人，只好沉默不语，任大家宣泄情绪。

高哲忽然开口道：“既然堂哥醒了，我们是不是该派几个代表去探望一下？”

卓定垚悚然一惊，想起了方泽雨的告诫，猛然把这些联系起来，愈发觉得高哲心怀叵测，连忙摇头道：“医生说了，爸爸要好好静养，连我探视的时间也很短。大家的好意我心领了，会转告给他的。只不过要探望的话，还需要过一阵子。”

众人也觉得有理，便没有再坚持这个想法。

散会之后，卓定垚悄悄拉住贺天生，恨恨地说：“我就知道高哲不怀好意，果然狐狸尾巴这么快就露出来了！不过还好爸爸醒了，在此之前我会帮他守好这个位置！”

贺天生十分赞同地点了点头，拍拍她的肩膀道：“加油，我会和你站在同一条战线上的。”

罢工潮除了成就贺天生在公司的影响力，还成就了一家网媒——曝光社。

“其实我成立这家媒体的初衷呢，就是希望做一个公平公正、立场不偏不倚、揭露真相的新闻平台……”万敬贤一身西装，接受了《媒体人》杂志主编曾依宁的采访。

曾依宁对他印象非常好，访问完了之后还叫摄影师多拍几组照片。拍完收工之后，两人靠在露台边缘又聊了几句，万敬贤说曾依宁这样的业内大前辈竟然亲自来采访他，简直受宠若惊。

“我很欣赏你的理念，而且对于罢工潮的报道非常详实和专业，令人印象深刻。”曾依宁笑道，“特别是你拍的那张工人代表血流满面还要奋起捍卫自己权利的照片，真是好有冲击力，还拿了国际新闻奖呢！”

万敬贤简直被夸得有些手忙脚乱了，只好说：“您过奖了，我只是尽力做好自己罢了。”

“现在像你这样努力又谦虚的年轻人不多了，”曾依宁被他逗笑了，“罢工潮事件之后，你的曝光社网站访问量大增，每篇新闻的点击率也升了不少。”

万敬贤惊讶地看着她，没想到她真的去曝光社的网站认真看过。

曾依宁仿佛能猜到他心里想什么似的，说：“时代变化好快，纸质媒体已经过时了，现在人们都习惯在网络上看新闻，网媒才是大势所趋。我当然要了解多一些，才能跟上时代啊。而且现在网媒的门槛要低很多，可以让更多像你这样有理想的人入行。作为行内老人，见到媒体业的新气象，自然是很开心啊。期待你的曝光社继续发展！”

万敬贤的访谈出来之后，阿昆和几个员工都捧着杂志看得津津有味。

“哇，我们做网媒的做到让纸媒来采访我们，还不厉害吗？咱们曝光社肯定会越来越火的。”阿昆一边翻杂志，一边啧啧赞叹。

“不是厉害不厉害的问题，”万敬贤倒了杯水，“希望这篇访问能让更多人了解我们、支持我们吧。”

这时办公室忽然走进来一个人，拎着两提点心到处发，一副喜气洋洋的样子。万敬贤迎了上去，惊喜道：“爸爸，你怎么来了？”

阿昆等人愕然，忽然有人捅了捅他，道：“我怎么越看越觉得，他像那个很有名的跨国商人万学礼啊！”

“真的是万学礼！原来老大一直是富二代啊！”

“好了好了，”万敬贤拍拍手，“大家别看热闹了，吃完就去忙吧，还有卓启堂苏醒的新闻需要 follow，争分夺秒啊！”

员工们立刻作鸟兽散。万敬贤把万学礼拉到角落，万学礼忽然拿出一张支票递给他，笑道：“Daddy 也没有过多关注你的事业，只好用行动支持一下，你收下。”

万敬贤摇摇头，道：“很感谢你，爸爸，但是这张支票我不能收下。因为我希望曝光社的立场是完全中立的，不受任何人和财团的影响，所有先靠众筹来运营，希望你可以理解我。”

万学礼没有坚持给他，而是拍了拍他的肩膀，欣慰笑道：“我尊重你的想法，那……可以抽空陪爸爸吃顿饭吗？”

万敬贤欣然同意，又笑道：“我带上我的同事们，爸爸你不会介意吧！”

程凯同深水埗街坊们在大排档吃火锅。姐夫国添在饭桌上大肆夸耀，说自己早就看好程凯了，如今果然光宗耀祖，开了这么大一家公司，还问程凯到时候需不需要大家打面宏图大展镜给他。

力威附和道：“对啊对啊，到时候我订一只烧猪，大家一起切猪拜神啊！”

程凯扶额道：“你们可千万别！我们是高科技创投公司 Novopus，别搞到这么老土，会被笑话的！”

力威不解道：“哈？什么创投？”

国添显摆道：“你看，你连创投都不知道，只怕是想创你个头啊！”

众人哈哈大笑，这时程凯的姐姐玉萍走进来，笑着说：“你们看我把谁带来了？”

程凯一转头，竟然看见了阮令翘。原来玉萍并不知道他们分手，还特意把阮令翘找来一起吃饭。

力威还嘟囔着：“这段时间怎么不见你，是不是好忙？”

阮令翘大方道：“其实我和程凯已经分开了。”见三人愣住，又坦然道：“没关系啊，虽然分开了，我们还是能做朋友的。”

程凯点点头。阮令翘又说：“难得今天大家都聚在一起吃饭，可能以后这样的机会就很少了，因为我下个月会调去中环总行了……还有姐姐、姐夫你们的户口，我交给 Rex 去跟进了，到时候有什么事情，你们直接找他就好。”

国添心直口快，说：“哇，恭喜啊！原来情场失意，职场得意啊。真的咯，你俩一个开公司，一个升职加薪……”

玉萍连忙撞了撞他，让他别说了，又有些尴尬地对程凯他们说：“你姐夫现在越发糊涂了，还没喝酒就说起了胡话，你们不要介意啦！”

程凯不置可否，阮令翘微笑。这时火锅也开始沸腾了，朱小慧连忙转移话题，道：“快，火锅已经好了，快吃吧！”

众人嘻嘻哈哈，连忙动筷子。

一顿火锅吃得也算尽兴，结束之后程凯送阮令翘去打车，两人一时无言。

程凯率先打破沉默，道："恭喜你心愿得偿，去总行工作，日后升迁的机会肯定更多，以你的能力，肯定会出人头地的。"

阮令翘笑道："那就承你吉言了。你也很厉害啊，最后赢了比赛，做到了自己想做的事情。"

这时出租车到了，阮令翘上车，同程凯挥挥手。程凯与她道别，出租车驶离，程凯向另一个方向慢慢走着，非常争气地没有回头。

他们的人生也就此开始南辕北辙。

程凯的 Novopus 公司新租的办公室里，堆满了网上订购的家具。他和朱小慧搬来搬去，好像很有成就感似的，满足地坐下休息了。

方泽雨来查看他们的进度，见办公室多了好多没见过的东西，不由得一愣，问："这些东西是干吗的？"

程凯跳起来，献宝似的拉着他到处看，道："呐，这个是按摩椅，工作累了的时候就躺上去按摩一下，立刻就舒服多了！还有这个加湿器，上面可以加湿，下面有鱼缸可以养鱼，还能测温度湿度，真的是很棒的创意啊！"

像这种华而不实的"玩具"还有很多，方泽雨无言以对，半晌后没好气地道："你们的进度如何了？"

程凯怨声载道，捶着腿说："你看这办公室的完成度就知道了啊，我们这几天真的好辛苦，走了好多路！"

方泽雨哭笑不得，提醒道："我是说'随身师傅'的进度！你每个月都要交报告到天荫的，不然董事会那边随时会收回你的资金啊。"

程凯愕然，戳戳朱小慧，问："我怎么不知道要报告进度？"

朱小慧点点头，道："本来就是啊，合同里面有写，每个礼拜都需要交一次！"

"那你怎么不做哇！"

朱小慧瞪他一眼，道："这几天你拉着我东奔西跑买东西，我还要出'随身师傅'的外勤，哪来时间写报告啊！"

"好好好，现在写总行了吧！"程凯打开电脑，却发现软件有问题打不开，连忙呼叫朱小慧。

他忽然大叫一声，把方泽雨和朱小慧都吓了一跳。程凯兴奋地说："我知道公司最缺什么了，就是缺一个帮小慧你的人啊！"

方松荫特意把方泽雨叫进办公室，问他为什么董事会没有收到“随身师傅”的进度报告，究竟是什么情况。

方泽雨硬着头皮替程凯打圆场道：“我有跟进这件事，但是他们公司刚刚成立不久，找办公室和装修花了好多时间，前几天才安定下来，所以进度报告会有一些延误。而且他们做创意的，不太习惯做这些文件，现在也在招人，等员工配齐之后就会步入正轨了。”

方松荫点点头，道：“你心里有数就好。不过这些小辫子千万别给董事会抓住了。”

方泽雨知道他很重视这件事，连忙点头称是。

第五十章 捉襟见肘

卓定垚每天下班之后都会来探望卓启堂，他的情况也一天天好转起来。但他不是很能接受自己这副虚弱的样子，总是不太配合。

这天她在门口看见护士在给卓启堂喂饭，但卓启堂十分抗拒，压根不想吃饭。

卓定垚走进去，接过护士手中的饭碗，哄小孩似的哄卓启堂吃饭，劝道："爸爸，你多少吃点东西吧。我知道你想早点痊愈，我也想你快点好起来啊。现在我只有你一个亲人了，我们要一起努力，好不好？"

卓启堂看着女儿努力朝他微笑的样子，心中一痛，对卓定垚伸过来的汤匙也不再抗拒。

每天午饭后，护士都会推着卓启堂去晒太阳，这天她忽然临时有事，被人叫走，于是叮嘱卓启堂在原地等她，不要乱动。

然而偏偏就是这么凑巧，卓启堂搭在腿上的薄毯被风吹掉了，他伸手去捡，发现距离有点不够，于是不去管它。

约莫过了五分钟，护士还没回来，那条薄毯仿佛嘲笑似的，就瘫在一个让他够不着又无比之近的地方。

卓启堂心中天人交战，最后自尊心还是迫使他努力伸出手去捡，结果一下子失去了平衡，从轮椅上摔倒在地。周围一个人都没有，卓启堂勉力想爬上轮椅，可因为卧床过久下半身完全没有力气，实在有心无力，样子十分狼狈。

翌日，卓启堂狼狈爬行的样子就登上了大大小小的八卦杂志封面。

卓定垚和彭世岳在街上看到时，几乎崩溃，立马就要彭世岳去把所有杂志都买下来，清空库存。可是就算他们出贵一倍的价钱，都有人不愿意卖。

卓定垚打电话给助理，要他定位全香港所有的报摊扫光杂志，挂了电话，却忽然看到有人拿手机看卓启堂爬行的视频，顿时愣住了。

她花再多的钱，也不可能把网络上流传的视频全部删光。一股巨大的无力和恶心感从心中升腾起来，卓定垚痛苦地把头埋在手臂里。

而在医院里，卓启堂对这屈辱的一切并不知情，护士和医生都被卓定垚严令封口，所有的智能手机都被检查过，一张纸片都没法带进医院。

然而卓定垚还是漏掉了一个人，就是贺天生。

他在卓定垚面前装出一副十分关切的样子，到了卓启堂的病房，就完全变成了小人得志的嘴脸。

趁卓定垚去和医生交谈的工夫，他打开了手机。卓启堂十分警惕地看着他，贺天生把他在花园爬行的视频放给他看，冷笑道："你知道为什么会有这条片子吗？这家医院一直都有我的人在监视着你，就是为了拍下你这些丑态！"

卓启堂整个人气得发抖。贺天生恶毒地一笑，道："你死了不就好了，干吗要醒过来？不过这样也好，你女儿撑不了多久了，换你来陪我玩。看是你先康复，还是我先吞了傲堂！"

这时卓定垚忽然走进来，见卓启堂一脸愤怒地盯着贺天生，不禁讶然。贺天生早就挂上了一副慈悲的表情，安抚道："启堂哥，你安心养病，我会帮助定垚看好傲堂的。"

两人离开的时候，贺天生忽然回头，在卓定垚看不见的地方露出了一个阴森的笑容。

网络的力量比想象中还要可怕，卓启堂爬行的视频传到巴西，合作方那边立刻就提出要退出计划。

"真的没有任何挽回的余地了吗？"卓定垚环视了一圈，董事会的人基本都很沮丧。

唐贵成不咸不淡地说："本来堂哥昏迷之后，那边就已经不想跟我们合作了，现在又出了这样的事情，终于有借口中止合作了。"

贺天生接道："现在不是想有没有机会跟巴西方合作的时候，最重要的是傲堂投资这么多钱进去，如果放弃项目，钱就打水漂了。如果要继续项目的话，就要自己继续注资。"

唐贵成第一个嚷嚷："我已经投了好多钱进去，哪里还有钱啊！"

众人议论纷纷，既舍不得割肉，又怕担风险，不愿意追加投资。

贺天生第一个表态道："我的意见是，当然要继续。公司的投资不能就这么白白浪费掉，至于资金的问题，我建议配股。"

一石激起千层浪，董事们议论纷纷，讨论这项方案的可能性。

卓定垚也在犹豫要不要支持。而这时有人比她更先一步，那便是高哲。

“我支持贺董事的方案。”

他这么干脆，反倒是让卓定垚有些犹豫。其他董事倒是纷纷点头赞成，高哲对她笑了笑，让她一下子警惕起来。

“配股的话，我需要认真再考虑一下。”

贺天生倒是最意外的一个了，他本以为卓定垚对他是言听计从的，只好打落牙齿和血吞。

高哲一副满不在乎的样子，不紧不慢地提醒她道：“考虑的话也要快点，建筑费用只会越来越高的。”

会议结束后，麦嘉菲和他分析，高哲说：“贺天生想要借着配股稀释卓定垚的股份，不能给他吞掉傲堂的机会。”

麦嘉菲笑道：“想不到你的演技这么好，已经成功让卓定垚讨厌你了。你说要配股，她立马就犹豫了，贺天生想配股都不行，输都不知怎么输的。”

高哲叹了口气道：“贺天生一心要玩配股，肯定会想办法说服这个傻姑娘支持他的。不过如果唐贵成也参与进来的话，我是赞成的。要玩大家就一起玩，只要拼钱，我们是不会输的。”

方泽雨趁着周末，又把卓定垚约回家和方松荫吃饭。

方松荫笑呵呵地说：“你们既然复合了，看来是注定是有这一段缘分，经过这么艰难的处境还在一起了，以后就要好好珍惜哦。”

卓定垚嘴甜，喊了句爷爷，方松荫眉开眼笑，又感叹时光飞逝，卓定垚如今已经是傲堂主席了，又惦记着卓启堂，说想去看看他。

卓定垚犹豫了一下，解释道：“爸爸现在身体也不是很好，我怕他自尊心比较强，不愿意别人看到他虚弱的一面，您的关心我会转告他的。”见方松荫点头，又叹道：“现在我接手了公司，才知道爸爸有多厉害。像一个巴西的合作方，根本不相信爸爸会好转，就不再跟傲堂合作了，现在董事会正商量着配股套现，从而继续投资。”

“配股也不失为一个办法，”方松荫微笑，“自信点。”

“可是，我还是不太放心，就没有别的方法了吗？”卓定垚十分苦恼。

方松荫放下茶杯，缓缓道：“风险吗，自然是会有的。我做了几十年生意，都是越做越大，当然总是会有值钱和不值钱的货，甚至有些是不能发展的。可就算是不能发展的货，都是能卖出价格的。”

卓定垚似有所悟，道：“您的意思是让我自己卖东西套现？”

方松荫拈须微笑，道：“你是个聪明的孩子，有时候要大胆些，放手去做，不要畏首畏尾。就算出了事还有你爸爸给你兜着，再不行就让泽雨养你。”

卓定垚脸腾地红了，撒娇佯怒道：“爷爷！”

方泽雨在一边笑呵呵的，他想带卓定垚散散心，同时弥补一下缺失的亲情。当然爷爷能指点她一下是更好了。现在看来这几个目标全都达到了，他暗想这顿饭也吃得十分值得。

距离上次程凯说要招人，已经过去了一周，朱小慧还念叨着不要招人算了，自己辛苦一下就好。

结果下午程凯就领回一个沉默寡言的年轻人，隆重地跟朱小慧和方泽雨介绍道：“他叫阿Q，是我找来的新员工！”

那年轻人朝他们点点头：“你们好，我叫乔永廉。”

朱小慧瞪大眼看着他，问：“你从哪儿找到的员工？”方泽雨也一脸怀疑。

程凯摸了摸后脑勺，嘿嘿一笑，道：“他很厉害的，玩VR游戏的时候破了我的纪录呢！”

方泽雨把他拉到一边，狐疑地问：“为什么要请他？你欠人家钱了？”

这时朱小慧忽然惊呼一声，原来她的电脑刚一打开，桌面上所有的图标都变成了一个样子，屏幕上跳动着几行字，竟然是被黑客勒索了。

乔永廉默默走过去，在键盘上敲打了几下，忽然回头问程凯：“要不要黑回去？”

程凯刚兴奋地说要，就被方泽雨按住，摇了摇头道：“清理掉就好了。”

“呐，你们看，我说他很厉害吧！”程凯比自己出风头还要开心，恨不得现在就跟他签合同。

方泽雨无奈，只好点头同意。

曝光社办公室里，万敬贤把新闻图片都贴在墙上，一条一条地整理线索。

“傲堂传出风声，将要把内地十几年历史的娱乐城卖掉套现，据说是跟巴西那边的合作出了点问题。可是我们怎么都挖不到巴西这家公司的情况，大家有什么看法？”

阿昆忽然叫道：“老大，我们的账户里忽然多了十万！”

万敬贤看向他，不禁皱起眉。

下午他特意把曾依宁约了出来，一见面就单刀直入地问："为什么要给我们汇十万？"

曾依宁很欣赏他的耿直，笑着说："你别误会，那十万是我想一直订阅你们曝光社。我很欣赏你们，又羡慕你们，现在好多纸媒做事都畏首畏尾，倒不如你们网媒来得自由。"

万敬贤好像松了口气，也笑道："你是大传媒的编辑，资源么肯定是我们网媒比不上的，不是都不用搞众筹吗？"

"确实是不用，"曾依宁叹了口气，"你们选众筹，不也是为了不看金主脸色吗？就好像现在全世界都在跟傲堂的新闻，但是报馆高层跟唐贵成很熟，关系千丝万缕，下了命令不让我们继续跟了……"

"傲堂这会儿正在忙着卖东西套现，我怀疑跟巴西项目有关。听说傲堂只有一个买家，就是瑞泽，不过瑞泽背后肯定也有人，如果能挖出来，说不定会有突破。"万敬贤分析着自己手头的线索，他对这条新闻肯定也是一万分的感兴趣。

曾依宁提醒道："瑞泽的高层去其他地方开会的时候经常会途经香港，一般会在机场停留三小时，你可以去碰碰运气。"

万敬贤眼睛一亮，道："果然你们社的资源还是我们网媒比不上的，可你就一点也不怕我挖出新闻抢了你们风头？"

曾依宁笑道："就算有消息渠道，用不上也是很苦恼的，不如拱手让给更需要的人。再说了，我也不是白给，我希望你挖出料之后第一时间满足我的好奇心。"

万敬贤点头应是，两人咖啡杯轻轻一碰："Cheers！"

第五十一章 欲擒故纵

卓定垚在常去的瑜伽馆做瑜伽的时候，碰见了一个意料之外的人——章明晞。

她穿着灰色瑜伽服，额头饱满而光洁，眼神明亮，气质落落大方。而反观卓定垚，因为长期忧虑多思，面色难免有些晦暗，还好胜在年轻，身形还是挺拔优雅的。

一节课 60 分钟结束，剩下的是自由练习。章明晞有意盘坐在卓定垚旁边，与她寒暄几句，状似不经意问道："听说傲堂打算卖个大陆的娱乐城套现？"

卓定垚笑笑，环顾了一下四周，道："这个是商业决策，不方便说的吧。"

章明晞点头，道："是我唐突了。但是我有听到风声，你们是打算卖给瑞泽？那岂不是左手交右手了？"

"什么意思？"卓定垚皱眉，她有些沉不住气了。

"你还不知道吗？"章明晞讶然，"瑞泽的老板是高哲的朋友，可不是跟没换老板差不多吗？"

卓定垚一怔，随即有种被耍了的愤怒。亏她还觉得娱乐城的转手特别容易，自己终于做了件对公司有用的事，结果还是在原地兜圈子。

第二天她来到公司，第一件事就是冲到高哲的办公室，把瑞泽的资料摔在他桌上，质问道："你这是什么意思？为什么鬼鬼祟祟叫朋友来买傲堂的产业？"

高哲一脸莫名其妙，反问道："明明想卖东西套现的是你，现在有了买家直接卖不就好了吗？"

卓定垚一梗，强撑道："你要买就买，有什么不能让人知道的？"

高哲笑了。"难道我直说了你会卖吗？那么下次我根本不会让你知道了，如果我有心瞒你，你是不会知道的。你自己想清楚你到底想做什么，是你自己做决定要继续投资巴西，又不要配股，只能卖产业了。现在我出的价合适，那就 OK 了，你又没有第二个买家。"他顿了顿，见卓定垚脸色愈发难看，又轻飘飘地补刀，"你到底要不要卖？说句实话，其实我是比较赞成停掉巴西项目的。"

卓定垚气结，头也不回地冲出了他的办公室。

高哲脸色转为阴沉，打电话给潘力晨，吩咐道："去查查，卓定垚这些日见过什么人！"

傲堂董事会上，唐贵成提出内地的娱乐城已经谈得差不多了，只不过这笔钱能不能搞定巴西项目，就不知道了。

卓定垚忽然道："大家请听我说，我认为不能卖掉娱乐城，我决定配股。"

董事们一阵哗然。唐贵成愤怒地说："说卖东西的是你，现在价钱也谈好了，说不卖的也是你，你到底要怎样！"

这对贺天生来说简直就是天上掉馅饼，可见章明晞的攻心之术非常成功。唐贵成还在指责她做生意要讲究诚信，现在出尔反尔，以后就没人愿意跟傲堂合作了。

高哲则冷眼旁观，没有表态。

董事会最终也没个结果。卓定垚拖着疲惫的身躯前去探望卓启堂，帮他擦脸擦手脚，一边絮絮叨叨地倾诉公司的烦心事。

"爸爸，你知道吗，那个高哲真的太嚣张了，总是和我作对。我知道他心怀不轨，不能让他吞并傲堂……可是我要筹到足够的资金，保住傲堂的投资，又要对抗高哲，真的好累。"卓定垚一脸忧郁。

卓启堂听着十分心疼，苦于不能开口安慰，只能捏捏女儿的手。

"还好这段日子有贺天生陪着我，他一直帮我很多，很照顾我……"卓定垚接着说，又抓过他的另一只手。

卓启堂脸色一沉，吃力地挣扎起来，似乎想要跟她讲话。

卓定垚继续讲着："我还是觉得天生比高哲可信多了，我最后还是接受配股的方案。起码找个信得过的人配股，对我们、对公司来说都很有必要。"

卓启堂开始不断挣扎，他拼命想说话，提醒女儿真正该提防的应该是贺天生！可卓定垚误以为是他心脏病又要发作了，慌忙把医生和护士都叫了进来。

又是好一番折腾。

自从上次方松荫指点过卓定垚之后，她和方泽雨就经常去陪伴方松荫喝茶。她特意去和师傅学了斟茶的手法，哄得方松荫笑逐颜开。

方松荫轻啜一口茶，关切问道："你爸爸最近怎么样了？"

"还是老样子，虽然醒过来了，但是还需要做复健。"卓定垚摇摇头，想起公司的事，又不禁皱眉。

方松荫察言观色，问她：“最近公司还有什么烦心事吗？”

“是这样的，定垚最终还是决定配股，所以需要新董事的加入来对打彼列基金。”方泽雨试探性地问，“所以我也打算入股……”

“好啊！”方松荫点了点头，方泽雨这才松了口气。

方松荫又道：“我和启堂是多年的好友，大家都在香港做生意好多年。我记得2008年的时候，傲堂也帮忙支持过方家，如今方家一定会投桃报李的，再说了……”他和蔼一笑，“我们两家都快变成一家人了，怎么会不帮忙？”

卓定垚脸红，方泽雨也一窘，连忙说：“我们还在发展呢，爷爷您别乱讲，吓到定垚了……”

方松荫哈哈大笑，三人吃着饭，气氛十分温馨。

卓定垚走后，方泽雨陪方松荫去书房写毛笔字。方松荫作息十分规律，一般晚饭后散步、写字，看看书便早早睡了。

方泽雨在一边伺候笔墨，一边点头哈腰道：“爷爷您真是高瞻远瞩，我如果成功入股傲堂的话，既可以稳固定垚的位置，又可以参与他们的巴西项目，有百利而无一害啊。”

方松荫面色忽然一冷，反问道：“你真的这么想？”

方泽雨愕然，方松荫又道：“你要记住，商场没有永恒的朋友，只有永恒的利益。”他面色变得阴沉，“卓启堂本质上还是商人，无利不起早。如果没有赚头，你以为他会帮我们？当初他在天荫的董事会搅风搅雨，又是要提升派息，又是让我拆售一些旗下的零售公司。”

方泽雨目瞪口呆。

方松荫语重心长地说：“万物终有时，当年我们天荫势危，现在轮到了傲堂，也是我们重振天荫的机会。你加入董事会之后要时刻记得，你是方家人！”

方泽雨不由得有点犹豫，可方松荫冷冷道：“我们没有做错，只是拿回自己的东西罢了。”

他略一沉吟，道：“就是怕一件事，贺天生一定会反对你入董事局。”

方松荫的确老辣，翌日方泽雨就在傲堂楼下碰见了贺天生。跟在他后面的赫然就是方孝聪昔日的助理，郭志昌。

方泽雨盯着他，眼神几乎要把他生吞活剥。郭志昌却没脸没皮地，还嬉笑着跟他打了个招呼：“泽雨少爷。”

贺天生也笑眯眯的，道：“看来定垚已经找过你，希望你当第三方投资者，接受配资之后再进入傲堂董事局，对吗？”

方泽雨冷冷地说："我知道你会反对我入局，但是你对方家、对我父亲做过的事情，我不会忘记。定垚现在很相信你，你又很能帮她，但是我觉得只是她认识你不够深而已。"

贺天生耸了耸肩，道："我知道以你们两家的关系，你是真心想帮她，但是你爷爷可未必。卓启堂自从 2008 年插手天荫董事会，拆卖过零售分公司，也出售过海外业务，我相信这次配股，方家已经等这个机会很久了吧。"

方泽雨愣住了，贺天生这个外人比他知道的还要清楚，遑论他要对抗的高哲等人。他咬了咬牙，道："不管怎样，我都会帮助定垚的。"

"我知道你是你，方松荫是方松荫，所以我劝你要想清楚每一步，不要让她失望。"

方泽雨握紧拳头，道："你放心，我一定不会的。"

当日的董事会上，方泽雨的入局理所当然受到了阻力，然而这阻力并不是来自贺天生，而是高哲。

当卓定垚提出来让方泽雨入股傲堂的时候，高哲第一个开口："我反对！"

所有人齐刷刷看向他，连贺天生都饶有兴致地摸了摸下巴。

高哲身体前倾，道："近年来天荫的管理，实在是不敢恭维，为什么要邀请一个没有经验的人来董事局？傲堂现在缺少的是资金，要资金有很多方法，可以问银行借、发债，甚至供股也好，都不需要引进对傲堂毫无帮助的人。"

卓定垚双手抱臂，冷冷地说："我觉得十分有益。"

高哲嗤笑，道："就因为他是你男朋友？你们复合的消息铺天盖地都是，连娱乐圈头条都有……什么时候做生意的人都去娱乐圈了？"

卓定垚脸上火辣辣的，愤然道："我自己的私事，还轮不到你来评判！"

"私事？"高哲笑了，"如果你现在引入方泽雨，不就是更加任人唯亲、感情用事了吗，董事会谁还会信任你？谁还会相信傲堂能在你的带领下走得更远？"

卓定垚气得说不出话，好一会儿才说："难道你有什么合适的人选？"

高哲扔出一份文件，道："人选我当然有，只是不管我提名什么人，都会有人反对的。"

贺天生也插话道："反正都是要找人进来，谁不愿意提自己的熟人？要想大家都接受，还真的比较难。"

他们三人僵持不下，最后还是唐贵成打圆场，道："既然都没有合适的人选，那就再找一个吧！大家现在都冷静一下，希望下次开会之前能找到合适的人选，怎么着也得做一个决定！"

第五十二章 暗恋对象

医院器械室里，卓启堂正满头大汗地做着复健运动。

门口忽然进来了一个人，他没有理会。结果那人既不动又不说话，他便回头看去，竟然是高哲。

卓定垚几乎日日向他哭诉，因此高哲在他这里已经跟白眼狼划上了等号，他并不想理会。

高哲却自顾自开了口，道："这段时间卓定垚确实不容易，一个人顶住傲堂，还要时刻提防被我吞并了，撑得很辛苦。不过现实就是这样，一个族群的领导倒下，自然会有很多人想取而代之……所以你再不回归，傲堂都撑不了太久了。因为你女儿太容易被人影响，感情用事，就算我不出手，别人也会玩死她。"

卓启堂又是疼惜又是悲愤，发了狠地拼命练习。

"爸爸！"卓定垚忽然拎着补品大包小包地走进来，看见高哲又是惊讶又是厌恶，高声道，"你来做什么？你不要骚扰我爸爸！"

高哲丝毫不以为忤，淡淡地说了句："你以为你在保护你爸爸，其实是你爸爸一直在保护你，没了他，你什么都不是。傲堂傲堂，说白了就是卓启堂的公司。"

说完他便转身走了，留下父女两个面面相觑。

办公室里，程凯正在和乔永廉坐在沙发上玩主机游戏，一边玩一边使唤朱小慧，一会倒杯水，一会拿两个靠垫过来。弄得乔永廉十分局促，难道程凯招他过来真的只是为了陪着他打游戏？

这时朱小慧忽然探头进来，道："阿Q啊，能不能帮我看下电脑？"

乔永廉如蒙大赦，连忙跑过去看。朱小慧说右下角总是有弹窗，英文她都不认识，乔永廉看了看说："这个是软件要更新了，下载下来重启一下就好。"

程凯在里面喊："阿Q！快过来，这些小事小慧能搞定的啦！"

朱小慧气得叉腰道："你请他来到底是做什么的？"

程凯不置可否，于是朱小慧坐了下来，按乔永廉说的更新软件。一会儿又听到里面喊她："小慧，我要饿死啦！快帮我热下烧麦！"

朱小慧彻底没脾气，帮他热好了烧麦拿进去，气冲冲地往他面前一放。

程凯拿筷子扒拉了两下，嫌弃道："没有豉油怎么吃啊，没有豉油的烧麦是不完整的烧麦！"

朱小慧又去拿豉油，恨不得把烧麦都泡进去。

结果程凯筷子一搁，道："这烧麦才一人两个，怎么吃得饱嘛！来点肠粉才够嘛。"

朱小慧转身就走，程凯拉着她，死皮赖脸说了一堆，好歹把她推出门买肠粉。

"可恶的阿凯，我再也不会管他了！"朱小慧气呼呼地下楼，刚走到肠粉店，忽然听见背后有人喊她，"朱小慧！"

她转过身，只见一位高大帅气的男生朝她招了招手，面孔却是全然陌生的。

朱小慧一脸莫名地指了指自己，问："你叫我？"

那男生跑了过来，比她要高整整一个头，俊朗帅气，对她一笑道："你不记得我啦，我是郑俊才啊！"

"郑俊才？"朱小慧在脑中仔细搜索这个名字，却得不到结果。

"对呀，我们是一个中学的，那时候我很胖，大家都喊我阿才阿才的。"郑俊才挠了挠头。

朱小慧这才想起来，好像小学的时候确实有这样一个同学，小学没毕业就转走了，听说是出国了。

"原来是你呀！我记得你的，只不过你变化太大，有点认不出来了。"小慧恍然道。

"没关系，"郑俊才爽朗一笑，"倒是你，几乎没什么变化呢！"

两个人买了肠粉，一路走着。郑俊才告诉她，自己移民去了国外，现在在美国的一家投行工作，恰好来香港开会，有些怀念这家的肠粉，才特意过来买。

朱小慧十分惊讶，当年的阿才总是被同学欺负，还是个小鼻涕虫，跟现在相比可谓是判若两人了。

两人相谈甚欢，郑俊才问："你接下来打算去哪儿？要不要去找个咖啡厅坐坐？"

朱小慧猛地想道："啊，不了！我还要回公司去呢。"

"公司？"郑俊才有些好奇地问，"你现在在哪儿上班呀？"

"噢，是阿凯自己创业开的公司，我只是给他帮帮忙。"

“阿凯？”郑俊才敏锐地捕捉到了这个人名，脸色忽然黯淡了几分。

“是啊，就是我们班的那个程凯，他现在好厉害的，上次参加创业大赛拿到了冠军，有几百万的投资呢！”朱小慧提到程凯，就像小迷妹似的滔滔不绝，“结果你知道吗，他当时还为了创业大赛，拒绝了三千万的资金呢，气得他女朋友都跟他分手了！”

“噢……”郑俊才笑得有些意味深长，“那你现在有男朋友吗？”

“咦？”朱小慧有些猝不及防，看着他俊朗帅气的脸，忽然有些脸红，“没……还没有。”

程凯打完一局游戏，看了眼挂钟，嘟囔道：“死小慧，又去哪儿玩了？这么久还不回来，都要饿死了！”

说话间朱小慧就回来了，后面还跟着亦步亦趋的郑俊才。有外人在，朱小慧也不便对程凯发飙，只是介绍道：“我刚买肠粉的时候碰见他，是我们的小学同学郑俊才。”

程凯立马反应过来，哈哈大笑：“我知道你！就是隔壁班喜欢朱小慧的那个阿才嘛！”

朱小慧瞪了他一眼。郑俊才竟然害羞了，脸上浮起一抹红晕。她其实也记得，郑俊才总是偷偷给她塞些吃的，还有女孩用的头花之类，只是不说破，怕他尴尬，谁知程凯这个大嘴巴，压根就不给人家留面子的。

“真是太难得了，这样都能偶遇。”郑俊才望着朱小慧，轻声道，“我还以为你不愿意跟我做朋友呢。”

朱小慧奇怪地问道：“为什么？你怎么会这么想？”她当时好像也没有明确拒绝过郑俊才，除非……

郑俊才有些忸怩地说：“当时我要移民美国，退学前一天刚好是学校‘最后一日’的时候，我把我的地址给你，叫你给我寄信，但是我从来都没有收到过你的信……”

朱小慧愕然，道：“你给过我你的地址吗？”

郑俊才有些激动，道：“真的有啊！我还记得那天你去买东西吃了，不在教室，我叫人转交给你的。”

程凯忽然大声咳嗽，道：“好了好了，快吃东西吧，肠粉都凉了！”说着招呼大家吃东西。

朱小慧秒懂，道：“你是交给程凯了吧？是吗？”

郑俊才恍然大悟，道：“是的哦，好像就是他！”

乔永廉在一旁补刀，指着程凯说：“啊……要不是你，小慧姐就能跟人家寄信，以后慢慢发展成异国恋也有可能啊！这差别可就大了，说不定小慧姐现在已经嫁了个好男人了！”

程凯立刻往他嘴里塞了一块糯米鸡，道：“快吃！吃的都堵不住你的嘴！”

朱小慧也立即把奶黄包塞到他手里，就连郑俊才都在一边说：“你多吃点啦，就别说这么多了……”

程凯带郑俊才参观公司。走到二楼他们专属的中学特色主题怀旧游戏室，郑俊才惊叹道：“真的跟我们那时候一模一样啊……”

他走到窗边，有些兴奋地说：“当年我总是一休息就跑去你们教室找你们呢。”

程凯有些得意地笑道：“那你还记得第一次看见朱小慧的时候她坐在哪儿吗？”

“记得！”郑俊才脱口而出，指了指窗边，“喏，就在窗边第二个位置。”

“不是呀。”朱小慧反驳。

程凯也附和道：“对呀，我们中三的时候可是坐在中间的，你这个追求者一点都不合格哦！”

“不是中三，”郑俊才憋红了脸，“是中一的时候……”

朱小慧恍然大悟，道：“那确实，我中一的时候确实坐在窗边。”

乔永廉“哇”了一声，道：“原来你中一的时候就开始留意小慧姐啊，啧啧。”

朱小慧一愣，脸腾地红了，连忙扯开话题，道：“好了好了，你们不是要吃东西吗？赶紧去吧！”

三个人带郑俊才吃了大排档。送他回酒店的时候，程凯和乔永廉说口渴，先去便利店买饮料了。

朱小慧也想跟着去，结果被郑俊才拉住了。她一愣，郑俊才认真地看着她，鼓起勇气说：“其实我中一的时候就开始留意你了，结果这么多年，你一封信都没有给我寄，我真的很难过，以为你不想和我再做朋友了……”

“那不是因为程凯这家伙捣乱嘛。你不要放在心上。”朱小慧有些局促，安慰他。

“那……你有没有兴趣去美国生活呢？”郑俊才的眼睛很亮，俊朗面容熠熠生辉，几乎有种深情的味道。

“我……”朱小慧愣住了，一时不知该怎么回答，下意识望向便利店的方向。

郑俊才看在眼里，面上失望之色一闪而过。

第五十三章 恋爱公式

经过为期两周的复健，医院诊断卓启堂可以出院，卓定垚便第一时间把他接到了家里。

保姆琼姨帮忙把卓启堂挪到卧室的床上，便悄悄掩上门出去了。卓定垚握着卓启堂的手，笑着说："爸爸，你终于回家啦。晚上想吃什么，我让琼姨给你做。"

卓启堂鼻子酸楚，当着女儿的面却还要故作坚强，柔声道："爸爸都可以，做些你爱吃的菜吧。我累了，想休息一会儿。"

卓定垚点点头，道："那我先出去了，爸爸你先睡一会儿，晚饭的时候叫你。"

她轻轻掩上门，就再也憋不住眼泪，传出压抑的抽泣声。

客厅放着全家福照片，还有哥哥们中学、大学毕业时穿着学士服的样子，还有她小时候穿着芭蕾舞服上台表演的照片，昔日热闹的家现在就只剩他们父女两个相依为命了。父亲大病未愈，外有虎狼窥伺，她被迫撑起整个傲堂，从小自尊心极强的她却一直都在受打击。

很多时候卓定垚都觉得自己撑不下去了，但是想起父亲的病容和离世的哥哥们……如果自己放弃了，就是将父亲的半生心血拱手让人，令亲者痛仇者快。她无法想象那样骄傲的父亲躺在床上独自拭泪的场景，如果自己守不住傲堂，会给父亲多大的打击……

"爸爸，为了你和哥哥……我会好好加油的！"卓定垚擦干眼泪，握着拳下定决心。

卓启堂出院之后，卓定垚把更多精力放在了公司上。她约唐贵成出来吃饭，想说服他同意方泽雨入股傲堂。

唐贵成却不置可否，抱着胳臂，散漫地说："其实我都无所谓啦，但是要董事局通过——你也知道，有些人对你意见比较大，所以还是要看看有没有合适的人选再做决定。"

这时餐厅门口走进来两个人，顾客们纷纷侧目，卓定垚与唐贵成也闻声望去。

来人穿着波希米亚风的阔腿裤，上面是白色丝绸衬衣，扣子随意扣了两颗，露出深深的沟壑。能把商务装穿得如此性感的，也只有丽瞳了。

丽瞳搂着一个高大帅气的男人，看衣着也是富家子弟。两个人孔雀一般走了进来，丽瞳一眼望见了卓定垚，便笑着朝她打招呼，顺便介绍道："定垚，我来介绍一下，这位是我的男友，Adam。"

卓定垚点了点头，之前因为电梯事件两人反目，如今丽瞳叫她叫得如此亲热，倒显得虚伪。两个人寒暄了几句，丽瞳他们便找了个位置坐下，在背对着她看不见的地方，轻声骂了句 bitch。

唐贵成倒是上下打量了丽瞳好一会儿，表情若有所思。卓定垚再问他关于引进新董事的意见，都被他以各种方式打哈哈回避了。两人各怀心事，在门口告别了。

第二天在董事会上，唐贵成竟提出了一个所有人都意想不到的人选，就是丽瞳。

卓定垚愕然，她怎么也想不到，这两人私下会有交情。

唐贵成继续说："丽瞳家和我还有堂哥都是老相识了，知根知底，也有些交情。我已经初步和丽瞳谈过了配股的事情，她也有兴趣。"

他看了看贺天生和高哲，见两人都没什么反应，

于是他转向卓定垚，道："只是丽瞳有一个条件，她要卓主席亲自去跟她谈。"

卓定垚一愣，立刻明白过来，点头淡然道："好的，我知道了。大家还有什么别的意见吗？"

董事们纷纷点头，赞成丽瞳确实是个好人选。于是众人达成了共识，就等卓定垚前去谈判了。

会后，贺天生拍了拍卓定垚的肩膀，问："需要我陪你去见丽瞳吗？"

卓定垚想了想，点点头。

他们还是把丽瞳约在了飞机会餐厅，当日她难得穿的比较随意，头发扎成马尾，漫不经心地拿手机刷着 Twitter。

贺天生和卓定垚左右游说，丽瞳只是听着，眼睛还是盯着手机屏幕。

最后贺天生问她："是否愿意加入傲堂董事局，并接受配股呢？"

丽瞳终于放下手机，看向他们，平静地说："没问题啊，我可以接受配股，

但是还是有一件事情需要定垚帮我做。”

卓定垚点点头，道：“只要在我能力范围内都可以……”

她话音未落，忽然“啪”的一声清脆声响，众人纷纷侧目，只见丽瞳一巴掌甩在她的脸上，打得她偏过头去，一脸不可置信。

卓定垚被打懵了，餐厅里所有人都朝他们看来。贺天生第一个反应过来，皱眉道：“丽瞳小姐，你这是什么意思？”

丽瞳笑得嚣张，道：“我的条件就是让我出了这口气！你们好好准备吧，我随时都可以来签约。”说完拎起手包，起身离去。

卓定垚脸上一个清晰的五指印子，红肿可怖。贺天生吩咐服务生拿来冰块，又环视了一圈，将其他人好奇的眼光挨个扫了回去，才低声安慰卓定垚道：“好了，坚强一点，别让别人看笑话。”

贺天生回到家，章明晞正在敷脸，见他似笑非笑，便问道：“进展如何？丽瞳同意入股了？”

“对啊，不过代价是扇了卓定垚一巴掌。”贺天生摇摇头，“所以说得罪谁都不要得罪女人，我算是知道了。”

章明晞也有点惊诧，随即笑道：“那恭喜你了，丽瞳和卓定垚反目，将来一定会想方设法拉她下台，岂不是帮了你一把？”

“帮谁还不一定呢。”贺天生并没有那么乐观，“董事会里想卓定垚下台的也不止我一个。”

“你是说高哲？”章明晞反应过来，“那咱们要赶在他之前让丽瞳站在我们这边了。”

“没错。”贺天生点头，“一定要让丽瞳成为我们的盟友，这样才能真正掌控董事局。那么卓定垚、高哲的股份就都不够分量了。”

朱小慧脸红红地回到办公室，程凯瞟了她一眼，还是继续跟乔永廉打游戏。

她看了一会儿，忽然戳了戳程凯，问：“哎，你说我要是去美国的话，好不好啊？”

程凯正眼都没有看她，随口答道：“美国哇？美国好，可以买好多正版卡带，iPhone 也便宜得很哩！你要是去的话还能顺便帮我上市，那多好啊，哈哈哈……”

朱小慧有些泄气，闷闷地“噢”了一声，就去忙自己的事情了。

过了会儿，程凯大声喊道："小慧，我要吃夜宵！"

于是朱小慧又慢吞吞地站起来，任劳任怨地去买夜宵了。这时乔永廉忽然也站起来，一边喊着"小慧姐我跟你一起去"，一边冲了出去，程凯拉都没拉住他。

乔永廉和朱小慧买完东西，坐在海滨的长椅上休息。乔永廉递给她一个泡芙，说道："呐，这家泡芙很好吃的，刚刚便利店里最后一个被我抢到了。"

朱小慧有些心不在焉地接过，咬了一口，道："唔，确实还不错。"

乔永廉摸了摸后脑勺，忽然问她："你是不是喜欢程凯？"

朱小慧一口泡芙差点喷出去，呛得直咳嗽。乔永廉连忙拧开一瓶水递给她，一边说："其实我看过郑俊才的 Facebook，你已经拒绝他了。他说心已伤，人已走……已经回美国去了。你刚才就是想试探程凯在不在乎你，所以我推测你喜欢他。"

这会儿朱小慧终于缓过劲来，不知是呛得还是尴尬得满脸通红，瞪了乔永廉一眼，道："我不知道你在说什么！"

乔永廉则大大咧咧地说："你喜欢他就要直接跟他说啊，答案要么 yes 要么 no, 总比现在半死不活的样子要好。"

朱小慧犹豫了，道："怎么讲啊，大家都那么熟了，讲出来肯定好尴尬！"

"就跟他直接讲你喜欢他啊！"

"可是好难讲出口，我怕说出来连朋友都没得做啊。"朱小慧显得很沮丧。

乔永廉一拍脑袋。"我知道了！"他掏出 iPad，往上面打了一行公式，递给朱小慧看，"呐，你看出什么来了吗？"

朱小慧翻来覆去看了几遍，没有看出什么。

乔永廉变戏法似的把上半部分擦掉，就变成了"I LOVE YOU"了。朱小慧一脸惊叹，惊喜地"哇"了一声，道："好厉害！"

第二天白天，朱小慧特意打扮了一番去找程凯，期期艾艾地说："阿凯，我有话要跟你讲。"

"等下啦，我先打完这关！"彼时程凯激战正酣，根本没空理她。

"不行，一定要现在！"朱小慧拉起程凯，跑到专门开会用的会议室，上面的白板已经写好了乔永廉教给朱小慧的公式——$128\sqrt{e980}$。

程凯不耐烦地说："你这是搞什么呀，叫我算数学？"

朱小慧羞怯又带点紧张地说："你……你把这个公式擦掉一半。"

程凯瞪大眼，道：“你叫我来就是帮你擦黑板的？”

“你先擦嘛！”朱小慧推着他。

程凯没好气，上去就把公式前面的 128 给擦了。朱小慧惨叫道：“不是这样擦啦！”

程凯翻了个白眼，道：“什么不是这样啊，擦黑板还有什么顺序？”说完把板擦还给朱小慧，自己走下楼。

朱小慧看着被擦了一半的公式，心情 down 到谷底。

第五十四章 人为刀俎

与此同时，乔永廉被程凯叫到楼梯间，上去就是一通好骂。

乔永廉一脸莫名其妙，问他怎么了嘛。

程凯恶狠狠地说："别给我装傻！那个算式一看就是你教给朱小慧的，你怎么这么多事！"

"什么算式啊？"乔永廉还装无辜。

"别装了！"程凯捏了捏他的脸，"一看就是你出的馊主意，朱小慧怎么会知道这种复杂的公式，也不会莫名其妙搞这些东西，还不是你在搞事！"

乔永廉指着他，恍然大悟道："噢！你你你……你一直都知道小慧姐喜欢你啊！但是还一直装傻，知不知道已读不回很没有礼貌啊！"

程凯翻了个白眼，道："没有发送过的 message 是不会有已读不回的问题的。"

"那个 message 就差刻在她脸上啦！你根本就是自欺欺人，还耽误别人！"乔永廉义愤填膺。

"大家这么多年的朋友，你叫我怎么答？"程凯难得正经一回，"yes 是不可能的了，say no 之后再继续做朋友？我是没问题啊，但是朱小慧行不行呢？如果是这样的话，为什么不维持现状呢？"

乔永廉一时答不上来，又分辩道："可是她为你拒绝了郑俊才，放弃了大好机会。别人还是华尔街王子，最重要的是他从小学就开始喜欢小慧姐了！"

"华尔街王子又怎样？"程凯翻了个白眼，"郑俊才根本不是什么好人，他才是广撒网，当年基本每个女同学都收到了他的小纸条，叫别人跟他写信联络，他就是赌谁会理他。那天我们一起吃饭，我不小心看到他有好多脸书账号，跟几个不同女生在发暧昧信息……他这么多朋友，不差朱小慧一个的。"

乔永廉恍然，程凯在他心中的形象忽然又高大了起来。

第二天早上他就把朱小慧拉到街上散心，说要请她吃东西。朱小慧大笑："怎么突然对我这么好？"

乔永廉心虚地摸了摸鼻子，道："我突然想请就请你咯！"

朱小慧忽然拿胳膊肘撞撞他，道："哎，还有没有别的方法可以表白啊？"

乔永廉支支吾吾地劝道："呐，这次表白不成功可能是天意，也有可能是时机未到，再等等就说不定能等到另一个好机会呢！"

"唉，可是勇气也不是时时都有的，泄了气就没了。"朱小慧叹道，十分发愁。

"是啦，好像打游戏一样，HP 都是慢慢存的，不急于这一时嘛，程凯也不会跑掉。"乔永廉拍拍她的肩。

"可是……"朱小慧还想说些什么，被乔永廉拉去了小吃店。

"这家串烧很有名的，你想吃什么？"乔永廉兴致勃勃地看着菜单，没等朱小慧回应，他又大手一挥，"不用想了，这一排全部给我们来一份吧！"

朱小慧有些古怪地看着他，道："你怎么突然这么大方？好像我失恋了需要你安慰一样。"

乔永廉干咳一声，掩饰道："哪有，我开心嘛！"说着把串烧塞到朱小慧手里。

跟贺天生有相同想法、用拉拢丽瞳去制衡董事会的人还有高哲，只是他行动更快一步，刚刚确定消息就约丽瞳去了飞机会餐厅。

他刻意穿得有些花哨，头发用发胶固定好，脖子上系着名牌丝巾，衬衣不羁地解开几颗扣子，男士香水和须后水散发出强烈荷尔蒙的味道。

果然丽瞳一坐下，就有种他跟自己是一路人的感觉，放下了戒心跟他寒暄。

高哲面露笑意，道："我之前听说你答应加入傲堂配股，还很奇怪什么时候你这样的夜场女王对这么闷的事情都有兴趣。直到你打了卓定垚一巴掌我才知道，你这种公事和私事一起处理的方式我最喜欢，我觉得我们可以当朋友。"

丽瞳眯起眼，笑了笑，道："我知道你一直不想卓定垚做主席。我进入董事会之后，想跟我做朋友的呢，也不止你一个。做朋友呢就是讲诚意而已，我再看看啦。"

她刚刚动身想走，忽然一名高大俊朗的金发男子走过，眼眸像海蓝宝石一样深邃，他笑着对高哲打了个招呼。丽瞳眼睛一亮，娇艳的脸上笑容绽放，视线像黏在他身上一样，舍不得放开。

高哲会意，向丽瞳介绍道："他叫 Bilson，是彼列控股一家经纪公司旗下的模特，今晚他们公司恰好在酒店有一个 party。"

丽瞳笑着捉住 Bilson 的手，说："你这只手好适合戴名表。我恰好代理了一个手表品牌，想找个男模特做代言，咱们可以谈谈合作。”

参加完 party 的第二天，丽瞳哼着歌，心情大好地去开车，准备再去会那个男模情人。忽然手机收到一封匿名的信息，打开之后是几张照片，赫然就是自己跟 Bilson 揽着腰走出酒店、一齐上车的照片，开车前还嘴对着嘴激吻。

丽瞳脸色大变，忽然有个狗仔模样的人出现了，追问道：“丽瞳小姐，那个男模是不是你的新男友？你们一起在派对玩得好亲热。”

“没有这样的事！”丽瞳气得眉毛倒竖，“我约了他们公司的人谈手表代言的合作，走的时候也只是贴面礼，什么激吻，根本就是借位！没有什么好解释的，你再不走我就叫保安了！”

那狗仔朝她意味深长地一笑，说了句打扰了就走了。

丽瞳却心绪不宁了半天。忽然从她车后又转出来一个人，施施然道：“你以为你这么讲，就能打发的了他们吗？”

来人竟然是章明晞。丽瞳望着她，一脸戒备，道：“你是，贺天生的……”

“我是谁不重要，”章明晞笑了笑，“丽瞳小姐可能还不了解吧，狗仔的做法一向是挤牙膏，他们还有你的其他料在手上，现在不过是试探下你的反应。如果你否认了，就会有更猛的料爆出来，还是像这样慢慢地爆，除非你跟这个男模特是真爱。”

丽瞳顿时色变。她现在的正牌富二代男友是好不容易才钓到手的，不能在这个节骨眼下生事端。于是她一咬牙，道：“我应该怎么做，你告诉我。我会付给你酬劳，保证价格令你满意。”

“酬劳就不必了，”章明晞悠然道，“你既然已经认出我是谁，就应该知道和谁做朋友了吧？”

翌日，傲堂董事会上。为了庆祝完成配股，卓定垚以主席身份欢迎丽瞳加入董事会，正式成为傲堂董事。

众人开香槟庆祝，丽瞳一袭正红色裙装，妆容妖冶。她笑着举杯，又对卓定垚说：“最重要呢还是以后越赚越多，咱们姐妹也有大把的机会合作呢！”

贺天生心念一转，忽然道：“巴西项目既然有了足够的资金，不如加码把计划搞大，把之前合作方在附近的投资项目全部扫走。既然他不支持傲堂，我们也不能让他好过。”

董事们面面相觑，都有些犹疑，毕竟这样的话又要押上大量的资金。

而丽瞳却突然发声，道："我支持贺董事的意见，既然做都做了，为什么不做大一点呢？"

高哲看在眼里，心下一沉，这两人竟在他不知道的情况下结盟了。

开完庆功会，丽瞳打电话约章明晞出来做spa。两人躺在按摩床上，丽瞳一脸轻松，道："这件事还要多谢你啦，要不然照片也不会这么轻易收回来。"

章明晞笑着说："现在大家都是朋友了，举手之劳而已，何必这么客气。"

"总之现在不用担心记者乱写了，"丽瞳舒适地叹了口气，"这个人情算我欠你的。"

"咱们只是互相帮助而已，"章明晞侧过身，"过些日子有个会议，还需要你多费心了。"

丽瞳开开心心地答应了，"肯定没问题啊，我也很乐意的！"

会议前，贺天生找到卓定垚，煞有介事地说："是时候帮你真正控制傲堂了。"

卓定垚一脸疑惑，贺天生道："配股之后，大家的股权都有所稀释，包括高哲的。既然加入了丽瞳，她又站在我们这边，我们大可以召开董事会，一起把高哲踢走。"

卓定垚愣了一下，似乎有点不敢置信，问："我们真的能把高哲踢走吗？"

贺天生继续道："我们现在的股份是站压倒性优势的，高哲不会坐以待毙，因此一定会继续搅风搅雨。如果股份变动，那么我们就未必能踢走高哲了，现在是最好的时机！"

卓定垚眼睛一亮，道："你说的没错，那么我该怎么做？怎么配合你？"

卓定垚感觉到大局已定，不禁心情大好，在走廊上碰见高哲时，还主动向他打招呼，问道："明天董事会的通知你收到了吗？"

高哲点头，又上下打量她，奚落道："今天心情不错嘛，难为你被人打了一巴掌还笑得出来。"

卓定垚恨得牙痒痒，咬牙切齿地说："如果明天之后最不想看见的人永远消失，当然会心情很好啊，非常好！"

高哲一笑，道："看来明天的会议是针对我的了。Email只说讨论重组董事局，没有说过是我。你不妨过了明天再笑吧，说不定明天傲堂已经不是你卓家的傲堂了。"

卓定垚笑容一僵，不忿地问道："你到底想说什么？"

高哲摇了摇头，道：“你还真是笨得可以。连丽瞳那种胸大无脑的女人都知道现在董事局是什么形势，现在所有董事的股份都因为配股被稀释了，不仅是我，连你都是！你以为加上其他人，能够踢我出局，难道就不能踢你出局了？”

卓定垚冷笑道：“你没有搞错吧？如果把你踢出董事会，那么一定有我一票！”

高哲嗤笑道：“你以为想拉你下台的只有我一个？如果明天有人提出要拉你下台，我这一票会不会投、投不投给你，你想清楚。如果没有贺天生一直支持你，你主席的位置能坐得稳吗？如果是这样，他贺天生为什么不坐？”

说完，高哲跟她擦肩而过，一副轻松至极的样子。

卓定垚手脚逐渐冰凉，脸上也失了血色。她知道高哲说的情况如果有万分之一的可能，她这个主席的位置也是必然保不住的。她失魂落魄地回到办公室，跌坐在沙发上，拿出手机好几次拨了贺天生的号码，还是自己按掉了。

第五十五章 最终宣判

于是当晚她约方泽雨出来，有些苦恼地问道："我知道高哲一直在挑拨我跟贺天生的关系，不应该被他的话影响，但是心中就是忐忑。"

方泽雨沉吟片刻，道："事实上我对贺天生确实有偏见，我不想影响到你。那你有没有去问贺天生呢？"

卓定垚苦笑道："我想过打给他。但是不管是不是真的，他都会说是踢高哲出董事会，我给他打又有什么意义呢？"

忽然她背后被人一撞，差点摔下吧台椅，幸亏方泽雨扶了她一把。

两人回头，发现撞她的人竟然是醉醺醺的丽瞳。卓定垚一怔，虽然丽瞳当众羞辱过她，但是毕竟从小到大情分还在，连忙上前扶住她，问道："你怎么又喝这么醉啊！"

丽瞳醉眼迷离，衣服上都是酒渍，手指点了点她，"因为你呀，我的好姐妹！"她吃吃笑道，"为了庆祝你的主席位置明天就坐到头啦，我怎么能不开心嘛！"

卓定垚皱眉，道："你醉了，你在胡说些什么？"

"我没醉！"丽瞳挥开她，"像你这种千金大小姐，要能力没能力，要经验没经验，凭什么坐拥这么大一个集团啊？因为你爸！他都病成这样了，你还霸占这个主席位置做什么？"

这时丽瞳的两名友人匆匆找了过来，一左一右架起她，向卓定垚他们道歉道："抱歉啊，丽瞳喝多了，口无遮拦的……"

丽瞳仍指着卓定垚，笑着说："你这个主席位做不久了，你等着！"

他们走后，卓定垚陷入了更大的焦虑。方泽雨见她这样，建议道："不如我们问下爷爷的意见吧，他老人家经验丰富，应该能想到办法。"

方家大宅。卓定垚给方松荫斟了杯茶。后者接过，严肃地说："定垚，你现在的情况确实不乐观。明天董事会一定会有人下台，至于会是谁，就看贺天生怎么开口了。"

卓定垚非常沮丧，道：“一直以来整个傲堂就只有他一个人支持我，如果他是自己想上位，为什么还要帮我这么多呢？”

方松荫啜了口茶，缓缓道：“你没有发现吗？自从你登上主席位置，发生了好多事，次次都是贺天生帮你，最后圆满解决。我从新闻上看到过，每次新闻都说你卓定垚多慌乱，多不懂得处理问题。每次都是贺天生站出来向媒体解释，帮你说话。如果我是看到新闻的人，我会觉得谁是真正可以解决问题的人？”他顿了顿，“其实是贺天生，而不是卓定垚。卓定垚只是代卓启堂坐上这个位置的千金小姐，贺天生帮了你这么多，在公众眼里，他才是最有功劳、最有能力管理傲堂的人。就算是之前在董事会不服他的人，在比较之下，你觉得他们会选谁？”

方泽雨点点头，道：“是的，按照爷爷的说法，他根本就是处心积虑博得董事会的信任，找机会抢你主席的位置！”

方松荫放下茶杯，道：“贺天生既然没有明说要拉定垚下台，那么一切都只是猜测。不过配股之后，定垚原本是最大的股东，现在也稀释了，如果丽瞳也站他那边，那么拉你下台简直轻而易举。”

卓定垚如遭雷击，面色苍白，道：“那么我一直以来信任他，都信任错了？如果他明天要对付的就是我，我……我该怎么办？”

方松荫宽慰道：“没事，不管贺天生现在多强势，傲堂是启堂一手建立的，就如同我方松荫在天荫一样。在所有董事的心目中，傲堂其实还是卓启堂的公司。”

卓定垚听到这儿，面色缓和了些，仿佛若有所悟。

等到方泽雨把她送回家，已经很晚了。卓定垚情不自禁走进卓启堂的房间，趴在他床边，像之前每次撒娇一样，只不过这次她的心情很沉重。

卓定垚深吸一口气，道：“爸爸，明天的董事会之后，或许我就不会在傲堂了。我真的不知道应该相信谁，董事们个个都想让我走，就因为我不是卓启堂，也不是他的儿子，我只不过是他的女儿，大家都觉得我好没用……原来最支持我的贺天生，其实是想抢我的位置。我真的不知道该怎么撑下去了……”

她说着，眼泪决堤，沾湿了一大片床褥，哭道：“爸爸你现在又成了这样，我真的好怕明天傲堂就被人从我手上抢走了……我该怎么做，我怎么办啊？”

卓定垚越说越凄凉。卓启堂口不能言，心中也是激愤不已，抓着卓定垚的手，眼泪簌簌而下。

昔日风光无限的霸主傲堂，沦为今日任人宰割的模样，只能叹一句，造化弄人。

董事会当天，卓定垚独自走在会议室外长长的走廊上，单调的高跟鞋声敲在冰冷的地砖上，每一步都像是走近灭亡。

贺天生在她耳边的循循善诱，高哲的冷笑和冷眼，父亲潸然的泪眼，依次在她脑海里闪回，最终终结于丽瞳打她那清脆的一巴掌。

卓定垚站在会议室门前，深吸一口气，推开了门，拥抱向未知的未来。

迎接她的，是生存，抑或灭亡？

众董事们议论纷纷，面上或多或少都带着笑意。卓定垚站在门边，一时踟蹰，不知道该不该进去。还是丽瞳率先看到了门口的她，笑着招呼道："哟，主席来啦，咱们人齐就可以开始了。"

卓定垚坐到自己的座位上。唐贵成清清嗓子，开口道："其实这次董事大会，是我们的新董事丽瞳小姐提出的……"

"没错，"丽瞳接口，"自从原主席卓启堂病倒之后，迫于无奈让卓定垚接手傲堂。但在这段时间内，傲堂发生的各种问题，暴露出来卓定垚管理公司的能力不足，犹如一辆疾驰的跑车无人驾驶，随时就有倾覆的危险。"她顿了顿，隐约露出一丝得意的微笑，"虽然前主席卓启堂已经醒来了，但是复出遥遥无期，否则也不用让我来配股了……所以我建议，更换主席！"

一石激起千层浪，董事们交头接耳，不停有或怜悯或轻蔑的复杂眼光朝卓定垚投来。她的心已经沉到海底，不禁以一种囚徒等待被宣判的神情向高哲望去。

"我赞成。"

她终于等到了那声宣判，然而不是来自高哲，而是——贺天生。

如同三九天被人浇了一盆雪水，寒透了骨髓。她望了眼高哲，果然事事都被他说中，自己一直当成好人的贺天生，就是心心念念要拉她下台的人。

卓定垚站了起来，指着贺天生的鼻子道："泽雨果然没有说错，贺天生，你终于露出狐狸尾巴了！"

贺天生耸了耸肩，道："我在傲堂的这段时间，为你解决了很多问题，也观察了很久。Leslie，你是一个好女孩，但是你不适合这个位置。退下吧，对你对集团都是一件好事。"他又转向其他董事，动员道："如果大家觉得，在卓小姐的领导下，傲堂会变得更好，那么大可以不用投票给我。"他颇有风度地摊了摊手。

卓定垚满脸惶急，望向唐贵成他们，而董事们纷纷避开她的眼光，没有一个站出来为她说话，似乎人人都站在了贺天生那边。

她有种被全世界抛弃的悲凉，不禁眼泛泪光。

贺天生自信一笑，望向董事们，道："那么，我们就开始投票吧。"

"等一下！"

会议室大门訇然中开，众人愕然望去，竟然见到彭世岳推着坐在轮椅上的卓启堂走了进来！

"爸爸！"卓定垚扑过去，"你怎么来了？"

唐贵成等老董事也围了过去，纷纷问候，还有些人激动得热泪盈眶。

卓启堂亦是眼泛泪光，瘦削苍白的脸庞涌起激动的红晕。卓定垚抱住他，父女二人如同一座孤岛，十分无助。

卓启堂一字一顿地在她耳边说："我们卓家，绝对不可以输！"

卓定垚震惊地抬头看向他，道："爸爸，你……"卓启堂捏了一下她的手，彭世岳也冲她使了个眼色。

贺天生反应过来，第一个抗议道："我理解你们对卓启堂先生的感情，但是他现在是什么身份？他有资格来开会吗？"

"他当然有资格来。"说话的却是高哲，他站起来，与贺天生针锋相对，"只不过不能投票而已……她一日未卸任，主席依然是卓定垚。"

一边是狼子野心的贺天生，一边是虎视眈眈的高哲，都对傲堂势在必得！

卓定垚更感压力，她深吸一口气，冷静下来，鼓起勇气对贺天生说："傲堂就是卓启堂的傲堂，不论谁做主席，这一点不会变！现在爸爸回来了，主席一位，我一步都不会退让！"

她又转向其他董事，道："各位，我继任主席以来，确实有许多不足之处，但是就算不信任我，也应该信任我父亲！今天他确实还没完全恢复，但是假以时日，他一定会回来主持大局的。"

贺天生和丽瞳手上诚然也有不少股份，但是卓定垚手上的加上董事会众人的股份，未必会输！

第五十六章
峰回路转

唐贵成等老董事还在犹豫，毕竟卓启堂一手建立傲堂，在他们这里，他的分量肯定比贺天生、丽瞳这样的外人要重得多。

贺天生冷笑道："你说假以时日，但他一个行将就木的老人，还要吸氧气，我们要等他多久？明天？下个月？还是明年？傲堂可以等这么久吗？"

他这话说得恶毒，卓启堂方六十出头，只是病容憔悴所以显老，头发也白了一大半。

孰料，卓启堂竟然说话了，他吃力地、一字一顿地吐出："我……现在就回来！"

贺天生一愣，众人也愣住了。只见卓启堂竟从轮椅上站了起来，一步步走下轮椅！

卓定垚眼睛红了，许多董事也为他所感动。一时间，两边势成水火。

贺天生既然已经撕破脸，便冷冷道："那么开始投票吧，支持更换主席的请举手。"他率先举手，一些支持他的董事也跟着举手。

卓定垚心脏砰砰直跳，贺天生得意地望向丽瞳，结果出乎意料，丽瞳没有举手。

贺天生一僵，有种不太好的预感，他知道事情没有自己想象得那么顺利。

这时候高哲施施然开口道："似乎贺天生的票数有些不够，那么这项决议就被否决了。"

丽瞳笑着走到高哲身边，全然不顾贺天生几欲喷火的眼神。

"那么现任主席仍是卓定垚，大家没有异议吧？"高哲面色淡然地宣布。

卓定垚终于松了口气，但是丽瞳最后的反水让她有些疑惑，高哲的态度也暧昧不明……他明明可以把自己拉下主席之位的。

会议结束后，贺天生气愤地走出大楼，一手烦躁地扯了扯领带。碰巧他在电梯口遇见高哲带着麦嘉菲和丽瞳谈笑甚欢，不由得心头火起。

贺天生定了定神，冷笑道："厉害！我真看不出你们竟然还有交情。"

高哲一笑，道：“其实我是用你算计卓定垚的方式在算计你啊。”

丽瞳巧笑倩兮，作势伏在高哲肩上，道：“高先生出手帮我家酒楼的生意融资，我为了感谢他，小小的陪你们演了这一场戏……说白了，越是心急越是容易中圈套。”

“没错，”高哲接道，“你故意让卓定垚同意配股，就是想稀释她手上的股份。但其实你也是稀释了自己的股份，才能给我机会，不是吗？”

贺天生冷冷道：“其实你说了这么多，我就只有一个问题，你不是一直都想拉卓定垚下台吗？为什么那么好的机会你不拉她下台，反过来又对付我？”

高哲笑了笑，道：“其实很简单啊，就像你当初临时将万学礼赶出傲堂一样，有机会我当然要先赶走威胁最大的人。”

“那是我的荣幸！”贺天生从牙缝里蹦出这几个字，转身走了。

三人下到停车场，目送丽瞳开车离开，麦嘉菲的脸色忽然就变了。

高哲有些奇怪地看着她：“你怎么了？”

麦嘉菲恨恨地说：“这句话应该我问你才对，你到底在做什么！”她见高哲还是一脸迷茫，更生气了，斥道：“你手上的股份加上丽瞳的，既然可以阻止贺天生更换主席，一样可以把卓定垚拉下来，你什么不下手？为什么要帮卓定垚？难道就是看在卓启堂的份上吗？”

高哲一怔，一时不知该怎么回答。

麦嘉菲微微一叹，道：“高哲，我们是因为信任你才加入彼列的，无论你做什么决定我都会支持你，只是……我们从来没有问过为什么，这次我想问问，你到底知不知道你在做什么？”

高哲想了想，没有正面回答，只是淡淡地说，不如你听我讲个故事吧。

“其实在2008年金融海啸之前，我经常做义工的。”高哲露出缅怀的神色。

“义工？”麦嘉菲露出古怪的神情，在她印象中这些商界精英的时间都是按分钟计的，很像俗话说的一分钟就是几百万上下，对他们来说，真的就只是数字而已。

高哲点点头，道：“是的，而且我是在加拿大做义工，陪我的女朋友。”

麦嘉菲露出了然的神情，道：“看来你们那时候感情很好。”

高哲低头转动了一下手上的戒指。“每次她都带我去公园捡垃圾，我总是不能理解，问她，全球每天会产生多少垃圾，你一个礼拜花一天去收拾，又能收拾多少呢？”他有些宠溺地笑笑，“她总能够说服我。她说，你可以说我傻，但是这世界上总是需要有人带头走出来，如果人人都想着自己，那世界是不会改变的。”

麦嘉菲沉吟片刻，点点头，道：“你女朋友是很伟大的人。”

高哲轻轻叹了口气，道：“我总说她傻……所以我在看罢工潮时卓定垚演讲的视频时，我忽然觉得，或许这个世界上需要傻子。”

与此同时，郑思妤站在家门口捧着一束花，Karen 老远就看见了她，跟她打了个招呼。

“怎么了？”Karen 问，“一个人呆呆地站在门口。”

郑思妤把花束翻来覆去地看，都没找到署名，于是疑惑地说：“奇怪，有人送花给我，还是好多年都没收到过的一种花。”

Karen 一怔，望着她怀里的紫色洋桔梗，脑子里立马浮现出了高哲的影子，立即有些紧张，道：“你别想这么多啦，快走吧，还要去医院复查呢。”

郑思妤做完检查，出门就碰见了之前负责她病房的护士，于是寒暄了两句。护士见她痊愈了，也为她开心，不经意问道：“对了，你男朋友今天没有陪你来吗？”

“男朋友？”郑思妤一怔。

这时 Karen 及时赶到，一头黑线地拉走了郑思妤。刚出了医院，她又看见一个十分形似高哲的人，连忙要把郑思妤拉走。

“怎么了？”郑思妤很奇怪。

“没事，我们走这边啦！”Karen 拉着她往另一个方向走。

“等等，我好像把笔记本忘在医生那里了。”郑思妤说着，就要往回走，眼看就要和高哲撞上，Karen 心都跳到嗓子眼，还来不及拉她。

结果郑思妤和高哲打了个照面，却无动于衷。Karen 再定睛一看，原来那人并不是高哲，只是身形有些相似，还好是虚惊一场，她连忙松了口气。

郑思妤回到公司里，赫然发现自己办公桌上也放着一束紫色洋桔梗，不由得有些恍惚。到底是谁送花给她的呢？

这种花本来就比较小众，又是郑思妤最喜欢的花，也只有高哲给她送过。

难道是……

忽然不远处有人喊郑思妤的名字，她和 Karen 一起抬头，发现 John 也抱着一束洋桔梗，喜出望外地看着她。

“恭喜你出院！”John 把花递给她，笑嘻嘻地说。

郑思妤接过，有些疑惑地问："你怎么会想起来买这种花？"

"噢，" John 摸摸后脑勺，"我看你的电脑桌面是这种花，猜想你一定喜欢，就买来送给你啦。"

Karen 松了口气，郑思妤却心情复杂，如释重负之中又带着些失望。

John 趁机又想约她，可郑思妤怔怔出神，顾不上理会他，只得不甘心地被 Karen 赶走。

彭世岳开车送卓启堂父女回到家中，琼姨帮卓定垚扶着卓启堂躺下，又去厨房给父女两个熬燕窝粥，连声道忙了一天实在辛苦了，脸色都好差。

卓启堂靠在床头，精神已经不济。他身体还没恢复，这一天下来大喜大悲，十分劳神。

卓定垚抓着他的手，关切地问："爸爸，你还好吗？要不要我叫医生来看看？"

卓启堂闭目摇头，有些吃力地说道："我休息一会儿就好了。今天咱们虽然侥幸过了关，但难处还在后面，孩子，你要做好准备。"

"我真的好没用，" 卓定垚灰心丧气地说，"没想到贺天生一直帮我，却竟然是坏人……真不知道谁才能相信。"

卓启堂蓦地激动起来，连说话都有些不连贯了，急促地说道："贺天生……不可以相信！他不是好人，当天就是他害我吃不成药……差点送命！"

"什么……" 卓定垚不敢相信。卓启堂告诉了她在太平山顶俱乐部发生的事情，贺天生是怎样踢走药瓶，又故意拍摄他爬行的视频，为的就是吞并傲堂！

方泽雨刚刚赶到，就看见卓定垚怒气冲冲地从二楼走下来，一言不发就要出门。

他连忙拦住卓定垚，问道："定垚，到底发生了什么事？你冷静一点！"

"我怎么冷静！" 卓定垚怒火中烧，"那是我爸爸呀！贺天生简直想要他的命！"

"等等，你先说清楚怎么回事。" 方泽雨把她拉到沙发上坐着。

卓定垚气得胸口起伏，控诉道："那天在太平山顶俱乐部我爸爸发病的时候，贺天生就在那里！他见死不救！"

方泽雨也是一惊，可还是拉着她劝道："你现在要去找他，能有什么用呢！"

卓定垚恨恨地说："我要闹到他身败名裂！"

"别傻了！" 方泽雨大声道，"你现在去闹有什么用？你终于明白我为什么一直让你小心他了吧？当年他害死了我爸爸，天荫也倒了！不止你恨他，我也好恨他！但是你去闹事是没意义的，首先要做好自己，不被他打倒。其次要不能让他猜中我们的意图，只有这样才能对得起你爸爸，对得起傲堂！”

卓定垚终于忍不住哭了出来，倒在方泽雨的肩膀上，自责道：“我觉得我真的好没用啊……”

第五十七章 智能家居

这个晚上贺天生也并不好过。他在家里一个人喝闷酒，满心怨怼，突然重重搁下杯子，闷声道："可恶，这次竟然被高哲那小人算计了！"

章明晞在一边劝道："别生气了，想好接下来怎么办才是最要紧的事。"

贺天生点点头，沉下心分析道："太平山顶俱乐部的事，他知道了又如何，能拿我怎么样？现在最重要的是我有股份……在这个时候，想好怎么下这盘棋，才能真正下赢。"

章明晞望着他，眸子熠熠生辉，鼓励道："从我认识你开始，比这困难千百倍的事情我们都经历过了，才有今天的生活。因为每次都是一样，越困难的情况，你就越是能反败为胜，我对你有信心！"

贺天生握住她的手，柔声道："一直辛苦你陪着我，受了这么多委屈。放心，我这次也绝对不会让你失望的！"

第二天，卓定垚照常上班。她有很多次走进大厦的时候都想要逃避，毕竟站在那样的位置，肩头的责任也会相应变重。但是经过这样一番风波，她忽然觉得，能留在傲堂实在是太好了——不管用什么样的身份。

无巧不成书，她在走廊上遇见了高哲，还是那张面无表情的扑克脸。

"喂。"卓定垚叫住他，高哲抬头，有些疑惑地望着她。

"我只想问问你，昨天为什么帮我？"卓定垚虽然一直都很防备他，但是她也知道，昨天就算贺天生不能拉她下主席位，高哲也是有这个能力的。

高哲冷笑道："你觉得我是在帮你吗？我看你是自我感觉太好了。商场就是商场，没有人会以为可怜你而帮助你。彼列基金入股傲堂，就是为了利益，自然是谁能让傲堂更好我才会支持谁……"他摇了摇手指，语带轻蔑地说："至于你，肯定是不行的。你和贺天生之间，当然是贺天生更胜一筹，但是他明显想占有傲堂，不可控性太强了。既然卓启堂已经醒来，那么说明最适合管理傲堂的人已经回来了，我只是逐利，当然他会是最佳选择。"

卓定垚自讨没趣，没好气地看了他一眼，转身走了。

方泽雨照例去程凯的公司考察进度，结果整个办公室黑漆漆一片，程凯窝在沙发上，只有手机屏幕那一点微光照着他的脸，表情十分颓丧。

方泽雨不禁奇怪，打开灯问："你怎么了？身体不舒服？"又环视了下四周，问："小慧他们呢？"

程凯有气无力地说："我想不到还有什么好玩的创意……"

这时朱小慧跟乔永廉走了进来，提着一盒肠粉，两个人都累得瘫倒在沙发上。

方泽雨打开 APP 看了看，道："哇，你们一上午跑了这么多户，辛苦了！"

朱小慧指了指程凯，愤愤地说："还不是因为他！一个订单都不理，只好我们来做了。"

程凯懒洋洋地说："我没心思啊，'随身师傅'这个 APP 已经不好玩了……"他拆开肠粉的包装盒，拿手试了试，皱眉道："搞什么啦小慧，这肠粉都凉了，怎么吃啊，再帮我买一份吧！"

朱小慧正在气头上，听他这么一说更是心头火起，叉腰怒道："你自己不会动的吗！我现在已经很累了，你又不管订单！我再也不会帮你跑腿了，爱干不干！"

乔永廉也附和道："对！小慧说得对！"

方泽雨忍不住摇摇头，没有帮程凯说话。

而程凯忽然坐了起来。"你说，要是有个不发脾气的小慧该多好？什么都能帮你做了！"他忽然激动起来，"我想到好玩的点子了！"

方泽雨也眼睛一亮，道："我也是！"

两个人关上办公室的门，在里面叽叽咕咕了快一个小时。之后方泽雨推开门，满脸笑意。程凯把朱小慧和乔永廉都叫过来，郑重宣布："我们马上就要推出一款新产品了，那就是——没脾气小慧！"

朱小慧和乔永廉一脸莫名地看着他们。于是程凯开始解释，他想要开发一个智能家居的 APP，代号叫小慧，结合物业和房屋的管理，相当是好多个小慧和一个中央小慧，可以帮你订餐馆和影票，叫车，或者寄快递……

两人你一言我一语，兴奋不已地勾勒出一个智能家居的未来。

最后方泽雨拍板，道："现在就只欠一样了，那就是钱！"

程凯带着自己智能家居的 proposal 去参加天荫的董事例会。会前，方泽雨拍拍他的肩，宽慰道："只要能把我们的创意推销给董事，就可以拿到研发资金了，别紧张！"

"放心啦，我已经准备好了。"程凯朝他一笑，理了理西装，走进会议室。

"……以上呢，就是智能家居的创意和策划，各位董事还有什么问题？"程凯结束了 PPT 的放映，自信满满地看着股东们。

"程先生，你的创意我了解了，可是你在计划书里好像没有关于预算的部分。这个项目的回报率有多少？预算什么时候能达到收支平衡呢？还有市场占有率会是多少？"一名神情严肃的中年董事对程凯的项目提出了疑议。

程凯顿时哑口无言。他对预算这方面实在是一窍不通，对市场也不了解……好在方泽雨及时救场，接口道："诸位，以我来看，这个项目的发展潜力相当大！要知道全香港有多少房子，如果可以融入到每个市民的生活中，又可以有多大的利润！而且以后不仅在香港发展，世界各地都可以推广，我粗略估算了一下，利润大约是……"

他报了一个非常极限的数字，董事们瞬间发出了惊叹。方泽雨自信一笑，乘胜追击，几乎让几个董事当场掏出了计算器，梗着脖子数零。

会议结束之后，"智能家居"已经得到了足够的初步启动资金支持，程凯脸上却没什么笑意，忿忿不平地说："他们只看这什么率，那什么率的，根本都没人关心我的产品！"

方泽雨安慰他道："安心啦，他们是这样的，从来都只认数字。不过没关系，我们的任务就是争取到他们的支持，所以接下来我们的工作就是赶进度！"

送走了程凯，方泽雨正好要陪方松荫去吃午饭。在车上，方松荫问起他最近项目的事情，方泽雨一一答了，方松荫点头，道："不错，好多叔叔辈都跟我讲你头脑很清晰，是这块材料。今后重振天荫的担子，就落在你肩上啰！"

彼时正好经过天荫中心，曾经方家荣耀的象征即使易主，也依旧卓尔不群。

方泽雨斗志昂扬，握拳道："我一定会重振天荫，再把天荫中心夺回来！"

贺天生在傲堂呼风唤雨的同时，章明晞也在努力推进自己的大角咀活化计划。她这天特意约了银行的经理人来谈合作，结果来的人却不是她约的那一个。

章明晞看着眼前有些陌生的面孔，有些讶异地说："我约见的是贵行的冯经理，请问您是……"

眼前的中年白胖男人有些紧张地擦了擦汗，伸出手与章明晞握了握，道：

“鄙姓明，冯经理今天有急事，您提交的资料他已经全部转交给我了，您的案子现在由我全权来负责。”

他扭头看了眼，身后的助理立即将文件夹递上。

章明晞不经意抬头，拆开文件袋的手一滞。那助理裹着黑色套裙，依然看得出青春靓丽。竟然也是个熟人，正是程凯的前女友阮令翘。

她低眉顺目，像一个恭谨而顺从的影子，给经理递各种文件。章明晞的笔不小心掉在了地上，她连忙躬身去捡，递给章明晞时，眼中有一闪而过的异彩。

章明晞眯了眯眼，继续跟明经理讲述自己“大角咀活化”的计划，想在大角咀旧城区扩大和推广。目前已经和季生集团达成了合作，配合季生在附近的楼盘，打造一个新型的soho社区，所以需要融资，希望银行可以借款。

明经理点点头，这时章明晞的电话忽然响了，她告了声失陪，便走出去接电话。结果刚好捕捉到本来和她约好的冯经理站在另一边的电梯里，而在他身边的，赫然是万学礼。

章明晞一怔，接完电话，又不动声色地坐了回去。

两人很快谈完，明经理将文件递给她，笑道：“章总，希望咱们这次合作愉快。”便带着阮令翘离开了。

章明晞走进酒店的女厕，刚刚打开粉盒想补妆，妆镜里忽然出现了另一个身影，竟然是刚刚离开了的阮令翘。

“这么巧啊，章总。”阮令翘笑得灿烂，“不知道您还记不记得我呢？”

章明晞好整以暇地看着她，道：“我当然记得，那时你似乎还没到总行来。”

阮令翘露出惊喜的神色，道：“难为您还记得我这种小人物。其实我一直都好崇拜您，特别是刚刚听了您对旧城区的活化计划，的确是远见卓识啊！”

章明晞轻笑，道：“阮小姐，我就直说吧，你在这里碰见我，恐怕不是偶遇吧？”

见阮令翘一愣，她续道：“你们走了之后，我还打了好几个电话才进来……sorry，让你久等了。”

阮令翘脸色涨得通红，原来她的小心思通通都被章明晞识破了。

她正尴尬得不知道怎么答话的时候，章明晞忽然递给她一张名片，阮令翘一愣，连忙接过。

“人随时随地都应该往高处看，”章明晞看着她，眼中流露出一丝赞赏，“我喜欢做事主动的人，也很欣赏能自己把握住机会的人。不过你要先证明给我看你的能力，我才能放心用你。”

“什么事？”章明晞肯给她机会，阮令翘大喜过望，又有些忐忑。

“我要知道冯经理和万学礼今天谈话的内容。”章明晞戴上墨镜，眼神莫测。

“可我只是个普通的职员……”阮令翘一怔，她迅速将自己能接触到的资源过了一遍，还是觉得这件事难度非常大。

“所以，这个就是对你的考验了。”章明晞对她一笑，转身走出了洗手间。

第五十八章
内部地震

万学礼的喜好很好打听，当年贺天生想让他投资黄金城项目的时候就收集了一堆资料，其中高尔夫球永远是占在第一位的日程。

万学礼对高尔夫的热爱简直渗透到了骨子里。

于是在章明晞有意识的蹲守之下，很快就碰见了来打高尔夫的万学礼，连同他的儿子万敬贤。

彼时万学礼正在教万敬贤："呐，打高尔夫就像做生意，不能急，要有耐心。也不能犹犹豫豫，应该做决定的时候，就一定要果断，不然进球的机会便是稍纵即逝。"

当他打到一半休息的时候，章明晞便出现了，坐在边上笑着同他打招呼。

两人寒暄几句，章明晞便有意试探道："那天我在酒店看见你跟银行的冯经理一起，最近莫非又有大生意了？"

万学礼眼皮子都没抬起来，懒懒地说："他们这些银行的经理人，需要你的时候便伏低做小，其他时候都是趾高气扬的……哎，和他们打交道真难。莫非章总也要向银行借钱？"

章明晞眯了眯眼，这老狐狸打太极的功夫确实不一般。这时万敬贤也下场休息，万学礼便向章明晞引荐道："这是犬子 Leon，做新闻媒体的，章总不妨多指点指点他。"

说完他站起身，舒展了一下筋骨，道："好了，我也差不多到时间去机场了，你们慢慢聊。"说完便离开了。

章明晞暗自咬牙，只好转而向万敬贤套话。忽然他接了个电话，隐约听见那边在说英国会有恐怖袭击警告，需不需要改签机票。

万敬贤摇摇头，答道："暂时不需要，爸爸可能不会停英国，直接飞去丹麦。"

章明晞敏锐地捕捉到了这个地名。要知道万学礼的地盘在英国，北欧那边很少涉足，这次去丹麦，说不定就和那次他与银行经理人见面有关！

她的预感非常准确。一天之后，阮令翘约她去咖啡馆见面，也带来了她的消息。

“冯 sir 那组人口风非常紧，他们在做什么项目我真的查不到。”阮令翘咬牙，觑了眼章明晞的脸色，“但是我查到，冯 sir 和嘉道理先生之前一起去过丹麦！”

章明晞霍地站起来，对她说：“你做得很好，现在我需要你继续打探！事成之后，我会给你想要的。”

章明晞把万学礼这段时间的异动完完整整地告诉了贺天生。两人一同分析，万学礼、冯姓经理人和嘉道理先后前往丹麦一定是有计划的，他们之间说不定已经达成了合作。

贺天生沉吟道：“我了解万学礼的为人，他一向是无宝不落，这次去丹麦，一定有原因！”

章明晞滑动鼠标，忽然眼睛一亮，道：“找到了！新闻上面说，丹麦近期会举行风力发电的新能源研讨会。”

“新能源？”贺天生恍然，“莫非万学礼想插手能源项目？”

章明晞微微皱眉，道：“可是就算知道，我们又能怎么样呢？”

“既然知道了，肯定要分一杯羹啊。”贺天生理所当然地说，“这两个月傲堂那边应该会安静了，高哲和卓氏父女不会没有动作，但是他们肯定在等一个最好的机会。既然迟早都是要走的，不如我们早点做准备。”

他笑得恶狠狠，眼眸中戾气十足。“不过要我走，哪有那么容易？怎么着也会被我撕下一块肉、出点血才行。”

卓启堂修养了一段时间，复出之后第一件事情就是召集大家在太平山顶俱乐部见面。

琼姨推着坐在轮椅上的卓启堂缓缓走进大厅。卓启堂面色红润，人也精神了许多，含着笑跟大亨们一个个打招呼。

其他人也一副为他开心的样子，恭喜他痊愈复出。

卓启堂笑着说：“其实我早就能走啦，都是女儿和医生紧张我，才坚持让我坐轮椅……可不是坐久了，起个身都费劲。”

高调宣告回归之后，不多时就拄着拐杖出现在董事会上。

一众董事都盼着他回来主持大局，问他什么时候坐回主席之位。卓定垚陪在边上，担心卓启堂身体未必应付得了。

唐贵成便笑着说：“那还是让定垚先顶替一阵子吧，最近都是这么过来的，不差这一会儿了。”

高哲在一边冷着脸不说话。

最令人奇怪的是贺天生，他竟也笑着点头赞成了，说：“傲堂还是应该由卓先生主持大局。”见众董事纷纷侧目，他却毫不为所动地说：“我知道大家都看不惯我在董事局，我也不继续浪费大家时间了。我要的只是钱，手头的股票不如大家开个价，如果有诚意的话，我也愿意马上走人。”

他的话被许多有心人听在了心里，却也没什么想法，毕竟贺天生手头的股票份额不少，想要一口吃掉除非是卓家自己收回去，不然谁接手都是造反的节奏。

会后，卓启堂专门把高哲喊到自己办公室，关上门，笑着说：“阿哲，我很感谢你。你曾经帮过我很多，我不在的时候，你又帮我撑起整个傲堂。”

高哲却态度很冷，道：“这就是我的一贯立场，既然入股傲堂，那么谁能够赚到钱我就会支持谁。”

卓启堂叹道：“你果然一点都没有变，还是这么难以相处。不过我是想不到，当初我手下的一个投资主管，一转身就成了彼列基金的人，还加入了我的董事局，真是后生可畏！”

“时间过得真快，现在看来，有些事果然一开始就很清楚了。”他看着墙上那幅“君子爱财，取之有道”的书法，淡淡道，“不过对好多人来说，摆设物可以是有意义的东西，也有可能只是装饰而已。”

卓启堂脸色微沉，单刀直入地说：“贺天生手上的股份彼列是不是也有兴趣？”

高哲耸耸肩，道：“只要是赚钱的事情，彼列都有兴趣。”

“我警告你，贺天生手上的股份，我一分也不会让。”卓启堂脸色肃杀，“你如果真的要，可以和我抢。但是你要明白，傲堂就是我的命，谁要抢的话那就是跟我拼命！”

高哲摇头，道：“我不和你抢。我们两人斗法，炒高了价格受益的都是贺天生，我也没法回去跟彼列交待。所以你放心，我不会和你争……我还是那句话，谁对傲堂最有好处，我就支持谁！”

卓启堂痊愈后，特地请了方松荫和方泽雨来太平山顶俱乐部喝茶。

方松荫笑道：“卓老弟，恭喜你能坐回正位，赶走贺天生，一切都好哇。”

卓启堂哈哈大笑，又正色道：“这些日子承蒙你们照顾定垚，大恩不言谢，有什么能帮上忙的尽管找我就是。”

方松荫呵呵笑着："你太客气了，定垚和泽雨从小一起长大，这丫头就像我亲孙女一样，再说，很快咱们就要成一家人了，能帮当然会帮。"

卓启堂几不可察地脸色一变，又堆起了笑容。

而卓定垚和方泽雨光顾着脸红去了，没觉得两个长辈之间暗流涌动。

这时卓定垚的电话响了，她听了两句，忽然脸色一沉，挂了电话便道："你们先坐，我要回公司一趟。"

方泽雨也跟着起身，道："我送你吧。"

卓定垚点点头，两人随即离去。

卓定垚赶回公司，彭世岳早早就在会议室迎接她了。

"现在那边什么情况？"她还没坐定，就急匆匆地问。

彭世岳脸色阴沉，道："内地发展部出事了，部门的老人辉哥带着一群员工同时出走……"

卓定垚心里一沉，她知道事态严重，立马道："我们下去办公室看看。"

内地发展部在傲堂大厦的 12 楼，说上不上说下不下，卓定垚对这部分业务也接触得很少。

他们一行人风风火火地从电梯里出来，只见整个办公室像遭劫了似的，满地都是文件，一片凌乱。

纸堆当中有个瘦削的人影，戴着工牌，一副职员打扮。彭世岳一时也叫不上名字，便喊她："喂！你过来一下。"

王子琳一抬头，就看见集团主席和总裁助理站在自己面前，顿时更慌乱了，跑过来还差点被凳子绊倒。

她扶了扶眼镜，慌张道："我不知道发生了什么事，今天一回来就变成了这样。"

卓定垚温和地问："你之前留意到他们有什么特殊的举动了吗？"

王子琳努力回忆，忽然"啊"了一声，道："我想起来了！他们这段时间天天开电脑做东西，然后这里有几箱文件，现在都不见了！"

彭世岳立马叫 IT 部上来，给这几部电脑解锁。果不其然，所有文件都被清空了。他立马大声道："给我马上恢复！能恢复多少是多少，否则这个月你们就等着喝风吧！"

那几个 IT 男立马坐下，争分夺秒地开始抢救。

这时王子琳又大叫一声不好，把众人都吓了一跳。彭世岳皱眉斥道："什么事？别大惊小怪的！”

王子琳唯唯诺诺地说：“是这样的，过两天山西就有一个什么老板要过来，本来是由辉哥他们接待的……现在辉哥他们走了，怎么办？”

彭世岳的脸色立马变得很难看。内地发展部接待的都是重要的合作伙伴，他望向卓定垚，见她也是一脸苍白，一口气便忍不住叹了出来。

第五十九章
内地来客

一间中式酒楼包房内，已经上好了菜。

一桌丰盛菜肴，有烤乳猪、蒜蓉龙虾、杏鲍菇扇贝、鲍参烩鱼翅、川贝老鸭汤、古法蒸石斑、花胶炖北菰、鲜百合芦笋…

卓定垚、王子琳和黎总围坐一起。卓定垚似乎有些紧张，不知道黎总是否会喜欢这些菜肴。

“这些都是香港名菜，你看这烤乳猪，是最出名的“满汉全席”之一，黎总您从山西过来，一定要试试我们南方菜。”

“好的，我试试。”黎总敷衍地随便夹了两下。

王子琳把花胶炖北菰转到黎总面前。“黎总您尝尝这个，美容养颜，对女性挺好的。”

“没关系，你们吃，我自己来吧。”黎总敷衍地笑了笑，却不再动筷，只是低头喝茶。

卓定垚和王子琳对视一眼，感受到气氛尴尬。

“对了，我想问问，辉哥不在，是不是有什么事？”黎总漫不经心地转了转菜。

卓定垚听了心下一紧，知道黎总有心试探，然而她不敢透露内地发展部有变故。

“阿辉家里有事，这段时间不在。”

“这样啊。”黎总若有所思。

卓定垚转移话题，尝试和黎总攀谈。“明天有时间吗？想谈一谈珠港澳客运的合作计划。”

“我明天要去美国开会，要不下星期回来再说吧。”黎总似有意推搪。

卓定垚看得出，黎总态度冷淡，而晚饭期间，一直保持着若有似无的距离。卓定垚和王子琳无数次热情招待黎总，试图缓和气氛，然而黎总并不买账，保持着爱理不理的态度，并且很快就提出要回酒店。

在酒店门口，卓定垚、王子琳与黎总道别后，站在酒店门口。车一直没来，晚风徐徐吹过，卓定垚的眼神略忧愁。

“你说黎总刚才态度怎么这么奇怪，东西也不吃，也不怎么说话，会不会是我们招待不周呢？还是食物不合胃口？”卓定垚懊恼地问。

“我以前也没和辉哥出去见客，也不知道应该怎么招呼她。”王子琳也有些不知所措，似乎想到什么，突然转头问卓定垚：“是不是需要送礼？”

“我不想做这样的事。”卓定垚摇了摇头。“反正也不知道黎总有什么喜好，不好猜，不如我们就踏踏实实做东西吧，我会搞好 proposal，你就负责整理清楚珠港澳客运计划的账目吧。”

卓定垚开始很认真地执行自己的计划。

接下来的几天，她一直在傲堂集团夜以继日地工作。然而效率堪忧，埋首在一大堆文件中，不断有文件被扔在地上。

“为什么明明每个字我都认识，放在一起就不知道什么意思呢？”卓定垚在文件堆中抓耳挠腮。

这时有人捡起卓定垚丢弃在一边的文件。卓定垚抬头看，是王子琳。

王子琳走到卓定垚旁边，微笑着看着她。

“你只是因为不熟悉项目而已，我和你一起看吧。”

“多谢。”卓定垚说。

王子琳想了想，突然说了句“等我一会儿”，旋即离开了办公室。待她回来时，已经搬来了一大叠文件。

卓定垚看到王子琳手中的文件，愣了一愣。

王子琳从文件中探出头来，说道：“关于客运计划的文件，差不多都在这里了。一起开始看吧！”

卓定垚看了一眼文件厚度，忍不住暗叫救命。

然而卓定垚和王子琳还是认真研究起关于客运计划的文件来。

下班时间，卓定垚一脸憔悴、头披髻散地经过走廊，因处理客运合作的文件而心力交瘁。

“看这个样子，你是不是很辛苦？”高哲迎面走来，对卓定垚说风凉话。

“不关你事。”卓定垚从玻璃的倒影中看到了自己不修边幅的样子，忍不住理了理头发。

“整个内地发展部都走了，你当然会措手不及。”高哲继续。

卓定垚听到高哲这样说，瞬间来气，反问道：“你这么关心我干吗？还是你知道什么事情？”

高哲摇了摇头，道：“你两样都猜错了。我只是考虑傲堂整体利益，如果你想在公司里做事，就要吸取这次教训，身边要有自己的人，最好是我都撬不走的！”

高哲说完就走了。

卓定垚听到高哲这样说，却是意料之外，这似乎是在……为自己着想的？而且说得确实很有道理，如果培养了自己的班底，就不会发生这样的突然事件。卓定垚看着高哲离去的背影，也不禁奇怪：高哲到底是好人还是坏人？如果是好人，为何处处与我作对，公然为敌；如果是坏人，可又怎么会这样好心提醒我呢？

回到办公室，卓定垚继续对着未完成的计划书头疼。

“好消息。”急促的脚步声传来，还没看到人，就感受到她的急切。

是王子琳匆匆来到！

“IT 部已经恢复了一部分内地发展部电脑里面的资料，我带了过来。”说话间，王子琳把电脑放在卓定垚的桌面上。

卓定垚马上打开电脑，认真看起资料，琢磨着。

“我看黎总的行程记录里，有提到黎总去过物流中心。”

“物流中心……”王子琳提议，“那是不是可以去问阿成？”

“可是阿成不是自己人，问他他也不会回答的。”卓定垚脱口而出，顿时愣住了，原来在不知道什么时候，自己已然受了高哲影响，去衡量己方势力。

“那么谁是自己人呢？”王子琳问。

卓定垚闻言，似受到启发。

飞机会。卓定垚在餐厅内吃下午茶，那蜜糖多士只吃了一口，一边喝着冻柠茶，一边时不时看向门口，显然一副等人的样子。

“你找我有什么事情吗？”傅建业走到卓定垚身边，拉出一张椅子坐下。

“你记不记得，之前有个山西来的黎总参观过物流中心？”

傅建业一怔，回想了片刻，道：“是，我记得，当时这个黎总说想了解一下，关于车队编排和运作的事情。”

"那你可不可以帮我一个忙？"卓定垚恍然，连忙问傅建业。

傅建业有些疑惑，然而没有拒绝。

不出意料，傅建业成功地约来了黎总。之前的会面，两人就聊得比较愉快，黎总对他的能力和所知是有所认可的。在他介绍珠港澳客运合作计划的时候，黎总听着傅建业的说辞，时不时点点头，并低头翻阅了计划书。

"这个珠港澳客运合作计划差不多就是这样了。"傅建业演讲完毕。

黎总也合上了计划书，道："嗯，还是不错的，这个计划我会回去再开会研究一下。"

卓定垚看到黎总还没起身，想必今天黎总时间不算紧急，于是提议道："既然您还有时间，不如一起吃顿饭？"

黎总迟疑了一下，想着如何委婉拒绝卓定垚的这番提议。

"我有个提议，不如，我们去吃个牛杂？"王子琳提议。

黎总竟然欣然同意了。

在牛杂店，众人吃着牛杂。

"这家牛杂店不错哦，你是怎么知道的？"傅建业问王子琳。

黎总不说话，但是从她表情可以看出，她对此十分满意。

"这家牛杂铺很出名的，但之前因为一些原因，停业了三个月。"王子琳笑着说。

卓定垚继续解释道："嗯，子琳看过资料，得知黎总您喜欢吃牛肉，所以求了这里的老板好久，终于求到他重新开张。"

黎总正准备继续吃，听到这句话，不禁莞尔道："嗯，我吃得很开心，谢谢你们啊，这么细心。上次辉哥曾带我来这里，不过没有开铺。"想了想，继续补充道："最重要的是当时没有计划书给我看，所以谈不成。"

"主要是您吃得开心就好。上次粤菜没吃几口，我特别担心招待不周。"卓定垚松了一口气。

"这次有心了，我很满意。"黎总笑着夸奖，"你那份计划书做得很好，我说会回去开会商量是真的，等我消息吧。"

卓定垚闻言，眼中露出兴奋的神采。

是夜，大家送完黎总，回到办公室。

大家脸上都洋溢着喜悦。大家一起经历了这一番努力：卓定垚的计划书、傅建业凭之前的交集，以及这次的展示，还有王子琳获得的关键性信息，得知黎总喜好，讨其欢心。此番能得到黎总的欣赏和认同，让大家都产生了同舟共济之感。

“这次要多谢你帮忙，才能将车队运作的详细内容写进计划书，让黎总满意。”

“别客气，主要还是计划书写得好。”傅建业脸上带着笑容，但依旧谦虚。

王子琳拿了几罐汽水走来，道：“这台机器只有汽水卖，那就喝这个庆祝吧。”

卓定垚接过汽水，三人坐在沙发上，卓定垚边喝汽水边感慨：“终于明白为什么这些人会在 office 放上一支酒了。”

王子琳灵机一动，从沙发上弹起来：“对哦，卓先生房间肯定有酒……”

三人恍然大悟。卓定垚笑了：“是啊，我怎么都没想到？”

大家开始到处翻找，看过书柜、抽屉，还是傅建业在花瓶边看到了卓启堂的白兰地。

“你该不会是闻着味道找到的吧？”王子琳边开玩笑，边倒上三杯。

卓定垚举起杯子，动情地说：“这杯要感谢我们大家的努力，大家都很棒，才能促使这件事成功。”

说完卓定垚猛灌了一口酒，因为激动喝得太猛，喝完还开始咳嗽。

傅建业和王子琳也喝了一大口。王子琳帮卓定垚轻拍后背：“喝慢点吧。”

卓定垚面色潮红，不好意思地解释：“我平时喝得少，今天是太激动了。”

傅建业继续喝了一口，道：“嗯，真是好酒，卓先生的私藏真是有品。”然后又给自己满上了一杯。

王子琳边拍拍卓定垚，边苦笑地说：“是吗？我倒是觉得太猛了，喝不惯。”

“是啊，我还是加点汽水吧。”卓定垚边说边给自己加了点汽水，转头问王子琳，“你需要吗？”

王子琳连连点头，卓定垚给王子琳也加上。两个女生对视一眼，都笑了。

“你真厉害，能查到黎总喜欢吃牛肉。”卓定垚直夸王子琳。

“我这也是在资料里看到。以前辉哥他们都不给事情我做，我只能每天看文件，想着有一日没准能用上，没想到还真有。我看黎总的出行记录里，几次都有经过这间牛杂铺，但当时都已经停业了，而且黎总自己在内地的资产也包括了几间吃牛肉的店铺，所以我都猜她喜欢吃牛肉。”

卓定垚连连点头，道：“不是偶然的成功，还是因为你心细。”

王子琳闻言笑了，道：“我也是在赌一赌，想着猜错了都没什么大碍。”

“但是现在你猜中了，立了大功！”卓定垚说。

傅建业举杯，道：“来，干杯，为我们今天的努力，我也要谢谢卓董事长这么信任我。”饮尽后，傅建业起身，“我也到时间该走了，明天还要早点去上班……”

卓定垚放下酒杯，试探地问傅建业：“你明天可否不去了？”

“你的意思是……”傅建业一怔。

“之前也看过你的履历，读的工商管理，我觉得你应该有更大的发挥。”卓定垚看傅建业认真考虑的样子，又说，“其实我也是新人，只是希望在傲堂内建立起自己的班底。”

王子琳和傅建业明白了卓定垚的意思，她是想拉拢他们。如果在傲堂工作，能被董事长看中，成为心腹，自然是一般职员求之不得的事情。

“我想问你俩的意思？”卓定垚终于发问。

三人互望一眼，点头一笑，结成同盟。

第六十章
天荫中心

方泽雨急匆匆跑入方松荫的书房，面色甚是惊慌。

“不好了，我收到消息，贺天生要卖天荫中心！”

方松荫正在看书，头也不抬，道：“嗯，我已经知道了。”

方泽雨见方松荫一脸淡定，不免好奇，问：“天荫中心啊，为什么爷爷你看上去一点也不着急呢？”

方松荫放下书本，认真看着方泽雨，道：“所以我能说什么，我们还用说什么？凭我们现在的实力可以买回天荫中心吗？别想啦……”

方泽雨闻言微怒，道：“为什么？天荫中心对方家有多重要，爷爷您一直知道的。无论如何，我们一定要买回它！”

方松荫拿起桌上的纸镇给方泽雨看，原来是一块石头。方泽雨疑惑，把石头放在手中翻来覆去，不明白方松荫给自己看的目的。

“你看这块石，是当年天荫中心奠基的石头。我从工地带回来，想着传给聪儿，希望他不忘记天荫的根基，是从这个地盘开始，一砖一瓦从这里建立，才有了今天的地位。”说话间，方松荫开始皱眉，以手扶额，表情痛苦，“没想到聪儿这么早走了，现在这块石头只能留给你，这些东西都是爷爷留给你最有价值的，其实只要不忘本，天荫中心拿不回也不用勉强……”

方泽雨接过石头，满脸不忿，道：“无论什么代价，都一定要给我们方家拿回天荫中心！”

卓家花园。

卓启堂在工人帮助下做复健。卓启堂颤颤巍巍地试图走路，走不了两步，就又坐回轮椅上休息。

此刻，卓启堂看到方泽雨走来，眉头一皱，示意工人先走开。

“你不需要工作吗？找我有什么事呀？”卓启堂的口齿仍有些不灵便，态度温厚地问方泽雨。

方泽雨迟疑着开口，道：“堂叔，我这次来是想说，很希望和傲堂合作。”

卓启堂听到方泽雨这么说，不禁有些警惕，问：“你是不是想问，关于天荫中心的事？”

“我不会要您白白帮忙的，可以换股，用天荫股份换傲堂的资金，买回天荫中心。”方泽雨见卓启堂的态度，不是太友好，有些着急，“到时会让出天荫中心的部分楼层让傲堂用。”

卓启堂心中看不起方泽雨，不愿出手帮忙，表面仍不动声色，道：“傲堂刚刚完成配股，资金有限，暂时都不会做没稳定回报的投资，不会考虑换股。”

方泽雨见卓启堂无心合作，着急强调，道：“天荫集团在商界还是举足轻重，绝对值得投资的。”

“今时不同往日，我也知道你的众筹网搞得很出色，不过凡事也都是要做长远打算，不能就凭你这一个网站就投资天荫。”

方泽雨听到卓启堂的话，似乎对天荫前景不是很看好，露出苦恼的神色。

“看我和方松荫一场老友的份上，而且天荫中心所在地段不错，如果单纯从物业投资角度考虑，傲堂集团可以出钱买回来……”

方泽雨听到卓启堂这样说，不禁面露喜色。也许此事会有转机，方泽雨刚想说多谢，不料卓启堂话锋一转，又道：“天荫中心之所以值钱，除了因为地段，更因为这个名字是香港首富集团的标志，但都是以前的事啦……现在香港几大富豪位置都不同了，如果继续叫天荫中心，反而不利于大厦升值。”

方泽雨听了，不免有些生气，反问道：“买回天荫中心是我们家族的愿望，如果你要改名，那还有什么意义？”

“做人要接受现实，世界每天都在变化，要向前看，别往后看，要接受自己的位置……”卓启堂故作无奈地说。

方泽雨总算是明白，卓启堂不会帮忙了。

翌日下午，方泽雨和方松荫刚从新天荫大厦走出，马上有大批记者围上，不断追问。

“传闻说天使基金会买天荫中心，这消息是真的吗？”

“天荫集团会不会有行动？”

“你们会有什么回应吗？”

二人听到记者们的质问，面色难堪，匆匆上车离开。

“回方家。”方泽雨一上车，立即嘱咐司机。

"不，先去上环。"方松荫打断。

方泽雨一怔，随即会意……

二人站在中环的天桥上。方松荫抬头，悲伤地看着天荫中心，令人不忍，似乎这就是最后一眼，从此以后，就再也见不到天荫中心，或者，这天荫中心也再也不属于方家了。

方泽雨站在方松荫身后，也是神色凄楚。他当然明白爷爷的悲伤，明白天荫中心的意义。但让他更难受的是，他明白爷爷对他的失望。父亲的无能和离世，自己也没办法挽回天荫中心，爷爷虽然并未开口责怪，但他的眼神就像一根根刺，扎在方泽雨心口。

而方松荫此刻，突然想到若干年前的场景。那时候，在天荫中心走廊，方孝聪和幼年的泽雨在踢足球。

当时，方松荫从走廊一头走来，看到他们，立即责骂方孝聪。"这里是公司，你以为是在家里吗？"

"因为公司就是家啊，整个天荫中心都是我们的！"方孝聪说罢，哈哈大笑。

方松荫犹记方孝聪的笑声，爽朗而无所畏惧。而此刻，回到现实，儿子也因故过世了，就连天荫中心也……方松荫一脸感伤，时光荏苒，属于方家的盛世已经不再。

方泽雨看着方松荫的身影，那身形是如此单薄，在微风中略微有些佝偻。方泽雨看得不禁心疼，上前搭着方松荫的肩膀。

"放心，我一定会买回天荫中心。"

方松荫没有回答，只是一笑。他深知希望渺茫……

当卓定垚约方泽雨来飞机会坐坐的时候，气氛也依旧如此凝重。方泽雨和卓定垚相对而坐，方泽雨心情低落，卓定垚也不知该如何安慰。

"嗯，我知道收回天荫中心是无望的。"方泽雨的声音中似乎带了哭腔。

"对不起，我之前一直忙着搞黎总的事，现在才知道天荫中心要卖。"卓定垚愧疚，安慰他，"你也别太担心，一定有办法的。"

"啊，你们也在这里。"贺天生路过，看到卓定垚和方泽雨，上前打招呼，"对了，我知道你联系过章明晞，但我这短时间真是好忙，不好意思，没时间和你见面。"

方泽雨沉不住气，道：“我知道，你忙着出售天荫中心！”

贺天生马上顺势说：“是呀，当时已经和天使基金谈得八九不离十，我也不想夜长梦多……”

“你根本不明白天荫中心的意义！”方泽雨生气说道。

贺天生笑着说：“我做生意，只是看价钱而已，天使基金出到120亿，我觉得很合理。当然如果天荫想买回，我都欢迎，不过这只是底价…”

方泽雨听到贺天生的报价，自知出不起相同价钱，一时无言以对。

贺天生看到方泽雨表情在自己意料之中，便扬长而去。

“不如我找我爸帮忙吧。”卓定垚看到方泽雨的屈辱，理解他背负家族压力的不易，轻轻把手覆在方泽雨手上说……

“不需要，我找过。”方泽雨说。

卓定垚一愕，这才知道，原来卓启堂一早已拒绝帮方泽雨。

第二天，当卓定垚、卓启堂正在一起吃早餐的时候。卓定垚看着一脸淡然的卓启堂，终于忍不住开口问：“你为什么不帮泽雨？”

卓启堂听到卓定垚的质问，表情却不见丝毫波动，道：“这是商场上的原则，帮了他一次，以后就很难再面对其他要求帮忙的商业伙伴。”

“其他人怎么会一样，你和荫叔不是关系很好的吗？当年你都肯帮天荫集团……”卓定垚说。

卓启堂语气平淡地解释道：“我这么做是为了香港，不是为了针对方泽雨，而是针对可能出现在你身边的任何人……”

“我不明白你的意思。”

“傲堂终有一天会由你接手，到时你会发现自己多了很多朋友、亲戚，很多人会说自己需要你救命，我现在面临的考虑和抉择，你以后也要这样。”

卓定垚不忿，道：“是不是将来我为了傲堂，都要像你这样绝情？”

“你可以这样想，但如果我绝情，就不会在这里和你解释这么多。你问我为什么要做这个决定，我不止要说你知道为什么，更重要的是，在你将来面对同一个抉择的时候，知道自己为什么要做这个决定！”

卓定垚听后无从反驳，感觉无奈。

卓启堂回到医院病房，扣上一颗袖口纽扣。医生正在仔细检视卓启堂的各项体检指标。

“医生，我情况怎样？”卓启堂不再像平时那样从容，略显紧张，“好想快点回公司做事……”

“可是这么快回去做事，对您来说压力过大，毕竟您也是上了年纪的人了。”医生皱眉，秉着对自己病人负责的态度，他一直不喜欢不重视自己身体的病人。“其实现在你女儿在公司做得挺好的。有没考虑过，是时候将事情交给她？”

“现在还没到时候，还有好多事情要自己打理，有没办法，可以让我快点好起来去做事？”卓启堂依然焦灼。

医生为难道：“这不好办，你现在的心脏无法负荷。”

第六十一章 拱手相让

当方泽雨来到飞机会的网球场时，卓定垚正在和新加坡富二代 Ranson 打球。

“这是 Ranson。”卓定垚向方泽雨介绍，“新认识的朋友，他们家族和傲堂合作过。”

Ranson 一头深棕色的头发，略带自然卷，穿着深蓝色运动服，隐约看得出肌肉曲线，似是平时注意健身的样子。他伸出手来，笑着和方泽雨握手。

“你来得正好，我有事要先走了，你帮我陪他打两局。”卓定垚走到方泽雨身边，把球拍交给方泽雨，并在他旁边低声说，“Ranson 现在想打入内地市场，这次来香港是想找个基地，不妨和他谈下天荫中心。”

方泽雨恍然大悟，感激地看着卓定垚。

接下来方泽雨和 Ranson 一起打网球的时候，方泽雨注意把握着赢输的分寸，赢两盘之后，会输上一盘，不会一直连着赢，然而也不会明显谦让着。二人打得很尽兴，大汗淋漓。

方泽雨提议道：“打得一身汗，不如一起去按摩休息一下吧。”

“好啊。”Ranson 擦着汗同意。

方泽雨、Ranson 趴在按摩床上，赤着上身闭着眼，一脸悠然。而方泽雨已经借机向 Ranson 推荐了天荫中心项目。

“我是真觉得这个项目不错，其实挺适合作为进军内地市场的基地。”

“对了，容我八卦一下，听说你是卓定垚前男朋友。”Ranson 看似不经意地打听起卓定垚，然而眼神又很认真。“其实我很欣赏她，不知她现在有没拍拖？”

方泽雨听出 Ranson 对卓定垚有意思，略感为难。该如何回答这个问题呢？若是说自己和卓定垚还在一起，天荫中心的合作是不是会受到影响，可如果不说明情况的话……

当卓定垚应邀来到高级餐厅的时候，Ranson 已经在餐厅等候。见 Ranson 穿着深蓝色韩式晚礼服，配上白色衬衫和黑色领结以及黑皮鞋，驳领头上纽眼中插上一朵暗红色的鲜花。头发也用发胶定型过，明显是精心打扮过的样子。

“你来了。” Ranson 见卓定垚过来，奉上一束用白玫瑰、蝴蝶兰和满天星装点的花。

白玫瑰、蝴蝶兰的花语均与爱情有关。

“怎么这么庄重？” 卓定垚看了一眼 Ranson 眼中含着笑、拿着花看自己的样子，和餐厅氛围相称，分外暧昧。

Ranson 帮卓定垚拉好椅子。待卓定垚入座后，Ranson 从身后拿出一个盒子，放在卓定垚面前。“我有礼物给你。”

卓定垚拆开礼物，见是一条 Tiffany 颈链，便马上合上了项链盒，道：“我不能接受你的礼物，这太贵重了。”

“可我觉得很适合你呀，我帮你戴上吧。” Ranson 站在卓定垚身后，试着为她戴上项链。

Ranson 靠近卓定垚，为她带上项链，手不经意触到卓定垚的皮肤。卓定垚也能感受到他的呼吸近在咫尺，二人状甚亲密，卓定垚头皮有些发麻，今天 Ranson 的种种亲近，明显是想追她。

卓定垚终于按捺不住了。

“Ranson 你是不是有什么误会？我有男朋友的。”

Ranson 闻言觉得奇怪，道：“为什么方泽雨说你没有？难道他也不知道？”

“怎么可能？” 卓定垚闻言不禁诧异。

当晚，卓定垚生气地质问方泽雨道：“你为什么骗 Ranson 说我没男朋友？”

方泽雨没想到，卓定垚这么快就会来质问自己，有些局促，解释道：“我当时没想这么多，他只是这样问问，没提什么要求。我不想伤害他的感受，而影响到天荫中心的事。”

卓定垚却冷笑道：“看来，你一点也不介意，有其他事情影响到我们的感情。”

“我知道不会影响到的，你不会接受他嘛！”

“结果不重要，重要的是我在你心目中，不是最重要的。” 卓定垚冷冷地看着方泽雨，

“你应该知道，天荫中心对我和方家有多重要。” 方泽雨着急解释。

卓定垚摇摇头，道："就因为我知道，才会让卓启堂帮忙，一有机会就介绍了 Ranson 给你，没想到你竟然会利用我。"

方泽雨看到卓定垚一直指责自己，也开始有些气急败坏，道："你本是卓家千金，傲堂集团的继承人，动用资源帮我有什么问题？"

卓定垚觉得想哭又想笑，她想到父亲和她说过，每个人接近她都可能会有目的。当时卓定垚还不置可否，一直不接触商业世界的她，以为父亲只是危言耸听，可她没想到，就连方泽雨也是这样，证实了卓启堂的预言。她不禁感到失望。

"除非你能把我卓定垚当成一个普通女生，不是什么卓家千金小姐、傲堂集团的继承人，我们才有可能继续在一起。"

卓定垚说罢，失望离去。

方泽雨感到失落。他明白卓定垚的意思，想走上前去说点什么，可又迟疑着不敢走上前。

高哲在画廊看一幅画，画中一个乡村庄园的小女孩正在提着篮子卖覆盆子，她仰着头笑着，把覆盆子递给他人，额角沁出细密的汗珠，而在阳光照耀下的雀斑，有些莫名生动。

高哲默默看着这幅画，直到潘力晨来到。

"新消息，据说季生正在卖天荫中心。"

高哲闻言，用感到奇怪的口吻说："突然卖资产的话，一般要不就是想避险，要不就是想买东西，可看这贺天生的情况，应该是不需要避险。"

"我又收到一个消息，政府打算在大屿山这块地搞发电站，贺天生可能是对这个项目有兴趣。"

"如果是，这贺天生也算是有眼光。"高哲说。

"你也觉得这个项目能成吗？"潘力晨问高哲。

"这个是发展再生能源的好机会，而再生能源一定是未来发展的大方向。"高哲点头，"因为现有能源终有一日会耗尽，到了没石油的时候，买石油股还有什么用？只有发展可再生能源，才是长远投资！"

在贺天生家中的客厅里，贺天生、章明晞和郭志昌正坐在沙发上谈话。

"他又来找过我，想出来谈一谈。"章明晞似乎有些苦恼。

"这个方泽雨，不用想就知道，肯定是为了这天荫中心来的，不想我们卖掉。"

贺天生冷哼一声，道：“这还轮不到他想不想。谁都知道方泽雨想自己买回天荫，但他又没可能买得起，谈多少次也没用。”

“对了，我查到万学礼和嘉道理应该在争取大屿山发电站的项目，我们也参与吧，万学礼有一定影响力。”章明晞转头看向贺天生说。“我的东南西北活化项目可以用来帮忙。”

“不需要将所有资源拿过去，先搞定天荫中心就好。”贺天生皱眉。“对了，你爸就要过生日了，明天去挑些礼物送他吧。”

翌日，贺天生和章明晞坐在茶叶铺内试茶。店员一边为二人冲茶，一边向二人介绍茶叶。

“这款芽尖口味淡雅，喝下去后会感受到一种特别的清香，而且养胃，送给老人家一定开心。”

贺天生满意一笑，道：“好，那麻烦你拿个礼盒装来。”

店员喜笑颜开地走去拿礼盒。

“也不用选得这么辛苦呀，你也知道我爸，送什么给他都不会喜欢的。”章明晞苦笑着说，默默喝了一杯茶，“每年陪他吃生日饭，我都要后背发凉，你不去也没关系，不需要勉强。”

贺天生却微笑着安慰章明晞，道：“没关系。我难道不该陪你，反而让你一个人受气吗？其实他老人家也挺有意思的，不管喜不喜欢你，每年生日都叫你出来吃饭。”

“他只是想找个机会整我而已。他这人既要热闹又要面子，每年只有过年和生日两个机会，过年还能有借口说忙不去，生日怎样都得满足下他。”章明晞无奈地说。

贺天生笑笑说：“既然你都清楚，这没什么好担心啦。”

章明晞的父亲章海泉生日那天。贺天生和章明晞一早就在定好的酒楼贵宾厅等待。

不久，张一健、Grace 和表叔来到，章明晞和大家逐一打招呼。

“Grace 是张一健女友。”章明晞向贺天生介绍。

张一健笑着摇头道：“现在是太太了，我俩已经结婚了。”

“这么快！”章明晞感到意外。

“嗯，我们已经注册，但还没摆酒。”张一健伸手，手上的婚戒表明二人的状态。“过几天会回祠堂摆酒，今天也想说，想邀请你们二位出席。”

章明晞尴尬地点头答应，然而心中却隐隐有些不悦。

接着听到一两声咳嗽，是章海泉到了。

贺天生、章明晞马上起身，拿着茶叶迎了上来。“这些茶叶全都是我们精挑细选，希望您老人家喜欢。”贺天生说。

章海泉皮笑肉不笑地对章明晞说：“你一向见到好的都会买的，这次是不是又买了人家的茶叶铺啊？”

“虽然我们没买，不过多谢爸爸看得起。”贺天生假装没有听到章海泉语气里的嘲讽，笑着回答。

章海泉见讽刺没效果，转头对张一健说：“恭喜，听你妈说，你老婆有身孕了。”

Grace 略害羞地站在张一健身边，两人笑着对视。

然而章海泉很快话音一转，道：“不像某些人，做坏事多了，生不了孩子！”章海泉说着瞥了章明晞一眼。

章明晞明白他的意思，暗示自己做多了坏事，生不出孩子。她只好忍气吞声，假装没听见，和服务员叮嘱着下单。

而当鲍参翅肚摆满一桌的时候，章海泉却依旧似不合胃口，道：“我老人家只想吃口饭而已。”

“这里的黑松露蘑菇饭不错的。”章明晞耐着性子说。

“扬州炒饭就可以啦，不行的话，白饭都好！”

章明晞没好气，明明点了更好吃的东西，可他依旧是不满意。可她也没办法，只好叫经理过来，点了份扬州炒饭。

经理走来的时候，手腕上带着护腕。章海泉看到了，好奇发问：“你这手腕怎么了？”

“唉，平时用得多了，有些关节劳损。”经理回答。

章海泉闻言，掏出手机看了起来，道：“刚好，我可以给你介绍一个神医。”

“没关系，这是小事，休息一阵子就好，不劳烦您。”经理推脱着。

然而章海泉却不懈坚持，说道：“不要觉得这是小病，酿成大病就麻烦了。”

说着，章海泉马上打电话给神医。“王医生啊，我这里有个陈经理想找你看病，和我好熟的，不收他钱，记在我账上！”

经理难以拒绝章海泉的热情，看着章海泉身边被冷落和无视的章明晞和贺天生，尴尬不已。章明晞也知道，爸爸又在充老大摆谱了，而故意对自己不搭理，为此深感不快，全程黑着脸。

第六十二章 父女矛盾

众人吃完这不算愉快的生日饭，走到酒店门口。

“我们先开车送您回家吧。”章明晞对着章海泉强颜欢笑。

可他们依旧遭到了拒绝。“不需要啦，我又不是很远，搭巴士回去就好。”

“好，那我陪你去巴士站吧。”章明晞知道，章海泉是有心作对，忍着心中火气道。

然而章明晞不太休闲的衣着加上平时鲜少运动，导致她刚走到半路，穿着高跟鞋的脚就开始隐隐作痛。章明晞不禁越走越慢，面色难看。

章海泉走在前，察觉到章明晞跟不上他的速度，回头看她走得歪歪扭扭，忍不住嫌弃道：“你先回去啦，平时娇生惯养的人，走不了这么多路的！”

张一健看到今天二人一直不愉快，不想气氛太尴尬，为了息事宁人，赶紧来圆场：“明晞也是想孝顺您而已，没关系，她走不动的话，我和 Grace 送您就好。” 章海泉看着章明晞的时候，总带着讽刺的表情，而看向张一健时，很快就换上了慈爱的表情：“健儿真是好孩子，Grace 真会选，知道要选张一健这样的人。”

章明晞听懂了章海泉的暗示，批评自己当年放弃张一健是错误。章明晞一言不发，心中气极。

待贺天生和章明晞回到家，章明晞依旧怒气未消，特别生气地脱掉高跟鞋，道：“你说我爸怎么这辈子都喜欢吃苦，还要拉上家人一起辛苦才开心？”

贺天生反而觉得好笑，劝道：“老婆别气，明年我买辆巴士停在酒楼门口等你，既能让你爸高兴，又不需要你走了！”

章明晞没好气地瞪了贺天生一眼，道：“因为他不是你爸爸，你才笑得出来。”

“倒不是这样，只是因为，再难看的脸色我都见过。再说，你早就知道他每年要闹的事情，留着一起来闹也没关系吧！”贺天生笑着解释，表情却又有些认真。

“我是早就知道了。但我还是不明白，我究竟做错了什么，能让他气我这么久，我也只是上进而已啊！”章明晞哽咽着，声音中还带着哭腔。

她想到了自己的过去。父亲章海泉曾经责骂她，为何擅自向表叔追债。当时她解释过，表叔是骗他的，他自己都可以二婚了，说明已有能力还钱的！而父亲反而是自己只有一点钱，还借给别人。

而那时候的章海泉则生气地告诉她，这不是有没有钱的问题，只是答应了说不需要表叔还，就要一诺千金！

父亲不理章明晞的强烈反对，依旧拿了钱要去给回表叔……

“当年就是因为这件事，让我没有继续读书。他根本没当我是女儿，所以当年我决定离开家出去闯，赚到钱就不断买东西回家。”章明晞声音痛苦，大家都知道她是个利益至上的女人，可谁想过她过去究竟经历过什么。

贺天生轻抚着章明晞的背脊，安慰道：“你这么做，也都是想证明给章海泉看，自己有多厉害。”

“是。不过我知道，所有事情都在白费心机。你还记不记得，2003 年我们得到消息后，趁低价入市……”

那时候，章明晞赚到了钱，特地带贺天生去见父亲。然而，章海泉对二人印象不好，态度冷淡。

“我们就要开新公司了。”章明晞说，还是希望得到父亲的一点肯定。

“我知道你们能赚钱，那又怎样呢？你看一场非典下来，死了这么多人，你们就只是想着赚钱……”

章明晞不忿，打断他道：“我们是用股票赚钱，非典又不是我引发的，两件事别扯到一起讲！”

章海泉却趾高气扬地指责：“你章明晞就是趁着楼价在跌，这些人被逼断供的时候趁低吸纳，和趁火打劫有什么分别！”

“如果不是趁低吸纳，这些东西会回升，市场会变好吗？我到底有什么做错了的？”

“你没做错，不过张一健在那里做义工帮人、救人的时候，你就只知道炒股！对现实中的人和国家大势无动于衷。”

……

想到过去他们曾有过的不快相处，章明晞不禁感叹道：“无论我一直以来表现得多么优秀，都得不到家人认同，周围的人全部不理解我，直到我遇到你。”

说完，章明晞看着贺天生，眼神中的意思，是默契和感激。她知道贺天生是最适合自己的人，只有贺天生能理解她，很多想法和她不谋而合。而有了贺天生的存在，她的那些利益至上，才不会看起来那么格格不入和古怪。

贺天生看懂了章明晞眼中的含义，笑着安慰道："你不需要理会其他人的看法，最重要的是，你知道自己的价值。"

"这个也是我欣赏你贺天生的地方，因为你看到我的价值，你就是我最成功的投资！"

贺天生闻言，赞赏一笑。两人的感情显然都建立在计算之上，更显默契十足。

卓启堂在彭世岳的陪伴下，在山顶的慢跑小径散步。卓启堂慢慢踱步，还没走几步，就开始有些气喘。

他抱怨道："怎么这山顶变陡了，我都觉得换不上气……"

彭世岳笑笑，道："是您太久没来走过了，多来几次就好了。"

语音刚落，有人从卓启堂身边慢跑经过，卓启堂和彭世岳看过去，只见此人和卓启堂年纪相仿，看气色却比卓启堂好很多，面色红润，呼吸平顺。

卓启堂心中羡慕不已，不觉懊恼道："原来我每天走一个小时，气都没喘过，现在没走几步就要休息……"

彭世岳安慰道："只是因为您身体还没完全好而已，慢慢来……"

卓启堂来到医院复诊。医生给他做了基本检查，坐在桌边看着卓启堂的身体报告。

"看来，您暂时是没什么大问题了，回去好好休息吧。"

"为什么我康复得这么缓慢呢？"卓启堂懊恼地问医生，"我很想变回以前那样……还有办法吗？"

"您始终是生过大病，心脏机能现在算是恢复了四五成，回到以前的状态还需要一段时间……"医生耐心解释。

卓启堂却依旧是心有不甘地追问："我要变回以前那样，你一定知道办法的吧。"

"这样的话，除非你能换个心咯！"

医生只是随口开玩笑，然而看到卓启堂有些认真的表情和热切的眼神，心里咯噔一声，状似随意地说："其实您的情况，不需要做什么手术，只要接下来好好休养，调整下生活节奏，大概休息一年，心脏机能可以回复到七成左右。”

卓启堂摇摇头，道：“一年太长了，还只能恢复七成。”

“您怎么说也六十多岁了，其实可以考虑下退休，生活悠闲点，没那么大压力，对身体也有好处……”医生又劝卓启堂。

卓启堂听到却不以为然。若是为了退休，恢复缓慢倒也不打紧，可他有自己的打算，必须尽快恢复到之前的状态。

回到家后，卓启堂一直等着卓定垚。

卓定垚处理完公司的事情，很晚才到家，一进门就看到坐在客厅等待的卓启堂。“今天我去复诊了。”卓启堂说。

“情况如何？”卓定垚放下手包，关切地问。

“恢复得还行，医生嘱咐我好好休息。”

“那还不错。怎么今天特地在这里等我，是有什么想说的吗？”卓定垚好奇地问。

“在这边或多或少都有些烦琐的事，所以我想去瑞士休养，出入都不用那么避忌。”卓启堂似乎早就有所打算。

“嗯，那边景色宜人，空气也好，很适合休养，肯定恢复得更快。”卓定垚点点头，非常支持他。“您也别太操心，公司最近都没什么大事，就算有什么也不紧急，我能处理的。”

“好，爸爸相信你，公司这边就都交给你了。”

卓启堂露出慈爱笑意，却没告诉卓定垚，其实他想去瑞士，并不是为了好好休养，而是打算换心。

方泽雨在飞机会餐厅喝着咖啡，时不时看看手表，似乎等人等得很焦灼。

终于，他要等的人出现了。

“我来跟你说完就走。”Ranson姗姗来迟，刚入座便开口。

“是关于天荫中心的事情，考虑好了吗？”方泽雨终于迫不及待地问出自己最关心的事情。

“嗯，我是想说，关于这件事，我已经没有合作意向了。”

“为什么？”方泽雨错愕，他以为，他们上次商谈还是融洽的。他不甘心，还试图解释道：“天荫中心，你知道意味着什么吗？它真的是香港的象征，地段也是绝佳，就算在内地，也是知名度最高的香港地标性建筑。”

Ranson听着方泽雨的解释，脸上却露出不耐烦的表情。“天荫中心没问题，我知道。我不是因为这件事才不想和你合作的。”

“那是因为……”方泽雨更为不解。

“之前让你帮我约卓定垚见个面，为什么那时候你不告诉我，她是你女朋友？”Ranson皱眉质问道。

方泽雨沉默不语，于他而言这是件为难的事情。这件事卓定垚也对他发过火，他不知道如果同样解释给Ranson，对方是否接受。

“别误会，不是因为你和卓定垚有什么关系，我介意所以不想合作。”Ranson见方泽雨不说话，以为他误会自己吃醋了。

“而是我觉得，连交往对象你都会隐瞒撒谎，那你不是一个可信的人。我不想和这样的人合作。”

“这并不是我的本意……”方泽雨还试图解释，可惜看起来十分苍白无力。

“那就这样吧。我过来就是想把这件事当面跟你说清楚的。”Ranson站起身，“好好照顾你女朋友吧。”

第六十三章 无法挽回

方泽雨大受挫折。曾经好不容易有了一丝希望，而如今，这点希望终究是变成了绝望……而比他更绝望的是方松荫。在方泽雨告诉他这个消息的时候，他意识到，可能这对他有特殊意义的天荫中心，终究还是要离开他。

当晚，方泽雨和方松荫来到中环的天桥。这个地方见证了香港的繁荣，也见证了方家从繁荣到衰落的三代。曾经觉得如此熟悉的地方，原来也能变为陌生。

方松荫仰视着天荫中心。他极少以这种视角从下往上看，更觉它离自己越来越远，遥不可及。站在中环天桥上，吹着冷风，看着天桥下的车水马龙，他顿觉凄凉。

"没啦，没啦……"方松荫口中喃喃自语，"卖给天使基金，天荫就要改名……有生之年都买不回了。"

方松荫的表情就像落幕后的演员。他落寞的表情被方泽雨尽收眼底，方泽雨只觉得爷爷仿佛一夜之间，又苍老了许多。

方泽雨内心有些干涩的痛苦，无法发泄和表达，只好离开。

他颓然来到酒吧。一帮好友收到消息，已在酒吧等待方泽雨。

"失恋有什么大不了，不就是个女人吗？"程凯迎上去，然而他只看到方泽雨失魂落魄的状态，并不清楚究竟为何如此失落。他大大咧咧地劝着，还向周围的女人抛了个媚眼，道："你看这里女人多得是，随便认识啊。"

"我最不开心的，并不是和卓定垚分手，而是听到爷爷说，怕在他有生之年都买不回天荫中心。"方泽雨摇摇头，"我答应爷爷的事情，我做不到！"

"别担心，你爷爷可以长命百岁！到时候我的智能家居一定帮你发达！到时再买回咯！"程凯安慰道。

丽瞳听到程凯毫无安慰效果的说辞，翻了个白眼，道："你就别再理他们对你的要求了，上一代打拼回来的招牌，随时会压死我们……别人都以为富二代幸福，其实我们都身不由己。你看我，只喜欢打扮和谈恋爱嘛！我都不知什么叫配股！家里一旦有什么事，就说我们不懂事什么都不会，你说这金融海啸是我整出来的么？”

丽瞳的话似乎有些道理，方泽雨沉默了，他们确实从小含着金钥匙长大，但也承担了正常人不会承担的压力和竞争。然而他一直觉得这是理所应当的，毕竟子承父业、虎父无犬子才是大家心中希冀的。

“你看你前女友，别人都以为她现在光鲜，轻而易举成为公司董事长。但说真的，你觉得她容易吗？一个人撑住整个公司……干得好还好说，万一撑不住，还要被人说败家……换成是我，才不想这么辛苦，找个人嫁了得了。”

程凯和朱小慧听得一愣一愣的。他们不能体会富家子弟的心声，但能从他们的对话中，感受到深深的无奈。

“嗯，你们也真不容易，可惜大家都只看到你们光鲜的一面，确实会羡慕你们。”

朱小慧附和，程凯也连连点头。

丽瞳拍了拍方泽雨的肩膀：“加油好好干。你做得好，我就嫁给你。”

方泽雨听到丽瞳的插科打诨，哭笑不得。

当高哲回到傲堂的时候，卓定垚正在伏案工作。办公室开着窗，高哲见到房间内的光线已经很明亮，却还亮着灯。

高哲看不过眼，把灯关上。“已经很亮了还开灯，这很不环保。”

卓定垚愣了一下，没想到高哲会关注这样的细节。

高哲把一本资料放在卓定垚桌上。“我过来，是想提议参与大屿山能源项目的。”

“所以你刚刚特意做给我看的吗？你要知道，这可不是我们傲堂的发展方向，也都不可能是小 project，回报慢、投资大……”卓定垚背靠在椅背上，“我知道，你这个提议是想为彼列和自己拿好处。”

高哲冷笑道：“我不知道你为什么要那样看人。每个人做的决定，一定是为拿到好处吗？就不能对世界有好处吗？”

卓定垚不想与高哲争论，敷衍道：“我约了人，先不和你说了。”说完就走了。

卓定垚来到太平山顶俱乐部，替父亲来参加定期的聚会，告诉众人卓启堂最近出门了。

“你来了，堂哥身体还好吗？”陆一山和卓定垚寒暄。

“他要安静休养，调理身体，现在去瑞士了。”

“挺好的，难得有这个休息的时间。不像我们，还得被公司的事情操劳着。”方荣亨半真半假地说着。

“对了，我听说最近有个不错的买卖，有家越南节能水力工程公司打算在香港上市，想找人和他做配售的投资者……你有兴趣吗？”陆一山问卓定垚。

方荣亨接话道：“我好像也听说过。这么好的项目，对方愿意便宜给我们，只要上市价再高一些，马上可以赚。”

“对方开那么好的条件，人人都争着想见他，很难约……不过还好我认识他！”陆一山得意地说。

“那你帮我们约着见见吧。”唐贵成说。其他富豪似乎都很有兴趣。

卓定垚不置可否……

飞机会餐厅，高哲正在吃饭，对面突然坐下一个人。

丽瞳刚坐下，就凑到他身边，故作神秘地说：“有个八卦听不听？”

高哲看了丽瞳一眼，道：“我说不听，你就不会讲吗？”

丽瞳笑了，道：“你知道不知道，现在在市场上，好多人争相入越南水公司，我也很有兴趣。”说着凑到高哲耳边，小声说：“你们彼列有没有买？这些东西我不太懂，想问你怎么看，好歹我也帮过你。”

“你要是不懂，就别乱跟风，很容易出状况的。如果把你身家都败了，就不好了。”

高哲有些起身想走。他不希望人看到其他人的投资决策后，再去盲目跟风投资。过往的经历，让他看到了太多人因此家破人亡。

丽瞳不想放弃，拉住高哲，道：“我不是盲目跟风，我也有去了解过的，不过如果可以好像今晚卓定垚那样，和对方老板阿宙有饭局就好了……”

高哲听了，不由脚步一顿。

高哲走在傲堂走廊上，脚步如风。他赶着拦住正拿着包包走出办公室的卓定垚。

“你真的想去那个饭局吗？你知不知对方是什么人？”高哲连连发问，语气不满。

卓定垚看着突然出现在自己面前，表情严肃地质问自己的高哲，感到莫名其妙。

“我知道啊，对方在越南有间厂，做污水处理、铺水管什么的，待会儿我想去吃饭，也是因为想了解更多。”

高哲一字一顿提醒卓定垚道：“你别反过来被人利用了！”

卓定垚推开拦住自己去路的高哲，不耐烦地说：“我又不是傻，之前已经派了傅建业、王子琳去越南看过了，再说只是吃一餐饭，有什么大不了的？”

高哲无奈，看着卓定垚的背影远去。

当晚，阿宙在一家法式餐厅里，请卓定垚吃饭。

“我们公司叫‘越南节能水力工程公司’，在东南亚有很多生意，像是什么污水处理厂、排水管接驳工程之类的，我们公司都在做。”阿宙边说着，边用 iPad 给卓定垚看图片，说完把 iPad 递给卓定垚，供她翻阅。

卓定垚边吃东西，边用 iPad 看着阿宙展示的照片，道：“之前我还不大了解污水处理系统什么的。”

“这是一个未来发展的趋势。在越南，水供应市场发展潜力巨大。虽然 78% 的城市人口可以享用管道输送的水，但是只有 44% 的农村人口能够享受管道输送的水。在胡志明、河内等一些大城市内，水供应依然赶不上城市的快速发展。而且，水的污染问题也很严重。政府已经开始关注这个问题了，我们总理亲自批准的越南湄公河三角洲地区计划建设 30 个污水处理厂，已经开始整体规划。”

卓定垚听阿宙说着，时不时点点头，在 iPad 上也能不时翻阅到阿宙和一些白人的合影。

阿宙看到后，热情地给卓定垚解释：“这是我在美国的水利研讨会上，和其他专家们的合影，有的是银行和财团代表，有的是政府高层。你看这张就是美国的州议员，我和他们交流心得后拍的。”

阿宙帮卓定垚翻照片，向卓定垚介绍他认识的各种有钱或者有势的人。在阿宙眼里，认识越多有钱人，他的人脉地位会更高，公司上市后股价会更好。

“按照你所说，你们行业应该算是周期性行业吧？那你们有想过，如果出现了盈亏转折点后，会采取什么财务政策吗？”卓定垚听了阿宙所说的后，心下做出了分析。既然现在政府已经开始关注，当下看似是暴利，一定有大量企业开始蠢蠢欲动，而真正开始进入这一行业则需购买大量的机器设备，而这些较高的固定资产会使退出门槛变高。当大量企业都被政府撺掇着尝试去做水利相关行业时，必将有一场厮杀恶战，风险较高。

然而，阿宙却似乎没有听懂卓定垚在说什么，强行解释道："我们不是周期性行业，这个水利工程方面，全年都是刚需啦，政府也会大力支持的。"

卓定垚皱眉，没想到阿宙没理解她说"周期性行业"的意思。她试图解释给阿宙听："我的意思是说，就像你说的，现在政策方面很友好，必将有很多企业留意到，考虑做水利工程，那么竞争压力是很大的。如果企业没有什么很核心的竞争力，在竞争中被淘汰了，而刚开始为了进入这个行业购买的大量机器设备什么的……"

话没说完，卓定垚手机响了，瞥了一眼，是高哲发来的短信。

"酒店门口已围满记者。"

卓定垚看到高哲的话，有些纳闷。

而此时高哲来电！

卓定垚看了看手机，对阿宙说："不好意思，我先接个电话。"

电话中，高哲语气严厉又带着一点责怪，道："你能不能不要那么蠢，被别人利用了都不知道！现在记者全部站在门口，只要你们一走出门口，让记者拍到你们一起吃饭的照片。他一挂牌，股价就会升几倍，如果你有参与，就算是有参与作假……"

卓定垚听着高哲的话，开始有些害怕。她想到刚刚阿宙给自己看的他和其他人的合影，想必也是同样的功效，这是阿宙设的一个局，他希望把他所能认识的资源和人脉都利用起来，让这些人为他背书！可如果这是一个局，就是把这些人的影响力和名誉与阿宙的水利公司挂钩，一旦水利工程出现问题，也就意味着，像是卓定垚的傲堂，一定会被影响到。

卓定垚发现了此事的严重性，轻声问："那我该怎么办呢？"说完随即挂线。

"不如我们埋单吧，我再送你回去。"阿宙提议。

想到门口早已围堵着大量记者，卓定垚又有些头皮发麻。她已经太多次被围堵的记者吓到了。

"我想先去一下洗手间。"

阿宙笑了笑说："那我在门口等你。"

第六十四章 高哲解围

走廊上，卓定垚正快步向厕所冲去。彷徨之际，高哲从转角出现，一把拉过卓定垚。

卓定垚看到是高哲，一愣，道："你要带我去哪里？"

"现在外面那么多记者，走后门。"

卓定垚有些六神无主，任凭高哲拉着她走。二人走到后门，却看到门外也有一大堆记者。卓定垚顿时有些六神无主。

高哲已一手搂着卓定垚的腰，开门走出。卓定垚大愕，只好顺势跟上。

二人一走出酒楼，记者马上蜂拥而上，相机对着二人拍照。高哲对记者笑笑，对他们拍照并无阻拦，然后又笑着附在卓定垚耳边，小声说："无论他们说什么，问什么，你什么都别理。"

说完，高哲为卓定垚开路，带着卓定垚上车。

翌日，当高哲在走廊遇到卓定垚的时候，把手中的杂志递给她看。杂志封面上，通篇都是高哲搂着卓定垚的图片，或是高哲贴着卓定垚的耳边说话，卓定垚全程低着头，看起来似乎被记者抓拍到，很是不安。杂志上对他俩的关系，也是各种猜测。卓定垚看了一眼，觉得脸庞微热。

"你看今天每份报纸杂志，都只是说我们……没人会留意到你和阿宙吃的那餐饭了。"

"这次，谢谢你了。"卓定垚知道，高哲这次帮她提前避开了一个公关事件，心中感激。同时也在纳闷，高哲看似一直在和她作对，但实际上又好像经常帮她。但始终不知，高哲在想什么……

高哲点点头，转身边走边打电话给潘力晨。

"有事情要做了。"

万敬贤摸索着，走到黑网公司的根据地。只见门口连招牌都没有，接待处只坐着一名接待员，陈设也是非常简单。作为一个能找到各种公司内幕交易的据点，这里的一切简单到有点异常。

“这里是黑网吗？”万敬贤直言问接待员。

“是的，有什么能帮到您吗？”接待员很有礼貌地说。

“我约了陈先生……Peter Chan。”

“好的，您先稍等片刻。”接待员说着，先走进办公区，不一会儿就走了出来。

“您跟我来吧。”接待员带万敬贤，从走廊走到会议室。

万敬贤坐在会议室中等候，在简单得只有椅、桌的房间，像一个高科技的单人牢房，静得令人不安。这时候，一个穿着蓝白条纹 POLO 衫和休闲裤，中等身材，看起来不起眼的男子，拿着一台全新的笔记本电脑走进房间。

“我是 Peter Chan，听说你有事找我。”

“嗯，是这样的，我想拜托你查点东西……”

万敬贤走后，并没有离开黑网办公室太远，而是守在黑网楼下，关注着黑网的一举一动。

不久，万敬贤突然看见 Peter Chan 从大厦走出，随即跟了上去。

Peter Chan 在街上走着，从繁华的商业区穿到菜市场附近，再走到人渐渐稀少的巷子里。万敬贤始终跟在他身后。Peter Chan 似乎察觉到有人跟踪，猛地回头，万敬贤赶紧躲在一个巷口里，Peter Chan 似是发现了万敬贤，突然疾步走着。

万敬贤见状狂追，但又时刻注意保持距离，尽量不让 Peter Chan 发现自己，可当跟到停车场的时候，突然不见了 Peter Chan 的身影。万敬贤不断四处张望着，此刻，一男子从后拍拍他的肩，把他吓了一跳。

回头一看，竟是潘力晨!

“你是不是装作有事想托黑网查，其实是想查黑网？”潘力晨揭露他说。

万敬贤一愣，想不到自己的行动，很早就被人发现了……他只好直言道：“我是想查查看，黑网是什么公司……之前在工潮事件，高卖低买，赚了不少钱，背景神秘，可查他们地址，也不过是一间普通办公室。”

“我觉得，你爆黑网是什么公司，没人有兴趣。但是你爆这单，应该会有更多人感兴趣。”潘力晨说着，把一份资料交给了万敬贤。

万敬贤回到曝光社，仔细看起潘力晨给自己的那份资料。这时曾依宁赶到，来找万敬贤。

曾依宁指指自己道："我被公司炒了，想在你这儿工作，不知道你请不请人呢？"

万敬贤一怔，含笑道："我哪里请得起你？"

"我最在乎的不是钱，只是真心看好网媒日后的发展，而且我也和你一样，想做独立的记者，以求真、不偏不倚的角度去报道……这才是我最初入行时的心愿。"曾依宁认真看着万敬贤的眼睛说，表情有几分认真。

"但我真是请不起你，如果你不介意的话，可以过来做兼职。"万敬贤似乎被曾依宁的话打动，想了想说，"是什么消息搞到公司要炒你？"

"一个越南公司，老板叫阿宙。"曾依宁耸耸肩。

听到这个名字，万敬贤一凛，道："我也有所耳闻。"

过了几天，当高哲在画廊看手机的时候，看到曝光社已经推出了阿宙公司的新闻，导致一开盘股价就不断下跌。

潘力晨走到高哲身边，道："你也看到这个新闻了吧？黑网已经做了些事，透过沽空赚了一笔。"

高哲回到傲堂，走廊上迎面遇到卓定垚。

"感谢你的帮忙，我现在才知道阿宙的公司是那样的，还好当天有你。"卓定垚一改之前对高哲的敌意态度，温和谦逊地说。

"既然我帮了你，你可不可以用一些时间，听听我不同的想法？"

卓定垚疑惑。

"我带你去个地方吧。"

卓定垚点头。

二人来至太平山顶，站在高处，感受到从维多利亚港吹来的海风。卓定垚看着维多利亚港湾的夜色，可以看到香港路上的霓虹灯连成一片，就连维多利亚港湾上都浮现出倒影，时而有游船经过，仿佛是在光影中行船。

"知不知道，为什么我带你上来？"高哲问。

卓定垚看着高哲的表情，想从他表情中读出什么暗示，然而失败了。

"我想让你看一下香港的夜景。"

卓定垚笑了，还以为高哲要说什么特别的事情，但依然给面子地搭话道：

“嗯，从小就听说过，香港夜景名列世界十大最美的夜景。我们平时见得多了，可能忽略了它的美丽。现在也很少有时间去专注欣赏。”

卓定垚说着，仿佛自己也沉浸在自己的话中，开始认真欣赏起香港的夜景来。而这时候，高哲却没有真的认真看夜景，而是看了看手表。

“嗯，时间差不多了。”

高哲语音刚落，只见整个维港都黯暗了下去……不少大厦都把灯熄了。

卓定垚沉浸的思路被打断，“啊”了一声。

“今日是‘熄灯一小时’，所以这些大厦都把灯关了。”高哲解释说，“根据数据报告，香港人每年用电六千度，是平均人口用量的两倍以上。而电是由化石燃料、炭、石油或者核能造出来的，这些全部都是地球资源，但是地球资源不是无穷无尽，总有用完的一天。”

卓定垚闻言一怔，感到高哲今日有点不一样。

“不知道你有没有听过‘如果你觉得经济比环境重要，试着在数钱时停止呼吸’？”高哲问卓定垚。

卓定垚直言道：“我听过，就算有钱，也没命享受的意思。”

“我们现在的经济富裕，是通过市场去赚取无尽的金钱。但其实我们所拥有的，无一不是地球所赐予的。我们是不是应该反过来帮地球做些事呢？目前有限的燃料，如果不加节制地使用，最后会怎样？人类会怎样？”高哲点点头，继续说，“世界末日其实并不是遥远的命题，但是只要我们积极去开辟新的可再生能源，地球还有希望……我只是希望你可以考虑一下，大屿山的能源发展计划。”

卓定垚闻言笑了，道：“想不到你也有另外一面。从什么时候开始，你不再是一个唯利是图的人了？”

高哲看着前方的夜景一笑，笑容中却带着说不出的悲伤，他故作自然说：“看完我们就回去吧。”

贺天生和章明晞来到英国会。今天，万学礼约了二人，一起谈大屿山能源计划。当他俩赶到的时候，意外发现卓定垚和高哲也在这里。

双方面面相觑，皆是愕然。

难道，不只自己一方收到了邀请？

此刻，万学礼走了出来，哈哈一笑：“不要惊讶，你们都是我约的。我想着，反正大家都对大屿山能源项目有兴趣，那么我就一次性说，不浪费时间，这样也算是公平竞争。”

只见两方四人互相打量着对方，气氛有些诡异。

万学礼打断了略带尴尬的沉寂。

“这次电力公司的嘉道理先生找了我做顾问。我们已经拥有发展洁净能源的技术，现在只欠缺土地，电力公司提供的地不够用，要收南边两个村才行。所以我想大家都明白，只要哪一方能够成功收到大屿山的地，我们就会和他们合作。”

万学礼这只老狐狸，打得一手好算盘，他一次把双方都约好了，就能看着两方互相争斗，他坐收渔翁之利……

贺天生一笑，道：“明白。香港地少人多，最常提及的问题就是土地问题，但收地确实不容易。”

万学礼挑眉说道：“我当然知道不容易，容易就不用找你们了！”

章明晞见万学礼的态度略显嚣张，大家都在争抢的项目，他必然是势在必得。于是章明晞笑了笑，缓和气氛，道：“每次收地，都比较敏感……希望这次能够顺顺利利吧。”

“收地的事，彼列也做了不少次，这次肯定能帮到傲堂。”一直沉默的高哲，突然抬头说。

卓定垚看了看高哲。她还没有十足的自信，只仍怯怯表达：“我们会努力的。”

双方都在暗暗开始角逐。

第六十五章 修复关系

当章海泉拿着祭品，来到章明晞母亲的坟前拜祭的时候，竟看到章明晞也在妻子墓前除草拜祭。

多年来，因为关系不好，父女二人并无太多交集。此刻，父女对望，都感愕然。各自默默拜祭章明晞的母亲，气氛有点尴尬。

章海泉祭拜完，没和章明晞说什么，就自己先走了。章明晞虽然没和章海泉对话，但看到他离开，也跟了上去。

章海泉走着，一时没站稳，险些跌倒。章明晞马上留意到了，迅速冲上前扶住了章海泉。章海泉看了章明晞一眼，没说什么，但也没有甩开章明晞的手，而是沉默着，任由章明晞扶着他走。

章明晞一直扶着章海泉入村。迎面走来的陈伯看到二人，喜笑颜开。

“你闺女这么好，回来看你啊。”陈伯拍着章海泉的肩膀说，“明晞真是很棒的女儿了！做事情又厉害，还这么有孝心！”

章海泉笑了笑，道：“谢谢夸奖。”

章明晞看到父亲虽然没说什么，但知道他心里是高兴的。

家庭不同，相处模式也不同。章明晞知道，她和父亲其实都是在意对方的。对家人的感情，可能从出生开始，就注定如此。可他们俩内心深处，又总是看不惯对方，只好别别扭扭地相处着。

章明晞跟着章海泉进了屋。

“我热一下桌上的菜。”章海泉的表情有所缓和。

章明晞看不过眼，道：“你休息下，我来吧。”便自己端着菜进厨房去热。

章海泉看着章明晞，几次欲言又止，似乎想关心她，但最后还是语调冷冷地问：“今天股市有开吗？难道公司没事情做吗？你们不会嫌赚的不够吗？还是和老公吵架了？不然你怎么会过来？”

“我昨晚梦到妈妈了，今日是她生忌。”章明晞默默承受章海泉的质问，神色并无恼怒。

章海泉一怔，显然没想到章明晞会记得。

说话间，天花板上落下些灰土，掉在了章海泉身上。章明晞起身，把章海泉身上的灰掸掉，道："你这天花板有问题，我去找人帮你修好吧。"

"不用了。这种小事，我一向都让村口小明帮忙修的。"章海泉摇摇头。

章明晞却不太乐意，道："你住在这里这么不方便，不如搬出去跟我们住吧。"

"我一辈子都会住在这里！"章海泉执拗地说。

章明晞边翻炒着锅里饭菜，边把土豆切成细丝。章海泉看着她熟练的动作和刀工，默默点头。

不一会儿，章明晞就做完了酸辣土豆丝、虾仁烩芥蓝，以及一道白斩鸡。

当章明晞端出章海泉最喜欢的豆腐火腩饭的时候，章海泉一愣。

"尝尝合不合胃口？"

章海泉拿起筷子，却踌躇了片刻。

章明晞见状，淡淡地说："我知道我没我妈煮得那么好，你将就尝尝吧。"

"不是，是我很久没吃过了，以前你妈整天煮给我吃的。"

话一说完，两人都沉默了。

章明晞率先起身，道："我拿点东西就走吧。"

"稍等。"章海泉起身走进厨房，却是多拿了副碗筷出来，"你可以吃完再走。"

章明晞想了想，坐下默默一起吃。

然而二人依旧是沉默着，毕竟他们已很久未曾对话了。章明晞把眼神转向这间很久没来的房子，似想以此来缓解目前的尴尬。章明晞瞥见自己以前的奖杯、奖章等，都放在架上和纸箱内。

"不如我把这些扔掉吧，现在留着也没用了，免得你看着也心烦，总是想起我这个不孝的女儿。"章明晞不轻不重地刺了一句。

章海泉故作漫不经心地说："没关系，放在这里也不影响。"

吃完饭，章明晞和章海泉一起开始洗碗，仿佛是逐渐开始习惯这短暂而平和的沉默。洗完碗，章明晞洗着手，说："我走了，之后再来看你。"

"再过几日回来吧，村长添丁在这里摆酒，你可以回来喝一杯。"

"好。"章明晞淡淡应过，离开。

傲堂董事们在会议室开会，进行着有关大屿山村子的调查。麦嘉菲和傅建业边看资料边汇报。

“南边的村子叫雨村，共有二十二户，住户主要分原居民和非原居民两种，都有业权。如果要成功收地，需要这两批人的支持。”傅建业说。

麦嘉菲补充道：“可惜的是，非原居民的支持很难争取到，因为他们大多数人都是喜欢那个地方，才选择搬过去住。要他们接受赔偿，改变居住环境，很不容易。”

“那么我们就先去寻求原居民的支持？”卓定垚提议。

高哲皱眉道：“有一个我们都认识的原居民，就是章明晞！她不只是原居民，她爸原来在村子里还很有影响力。”

众人有些惊讶，也感到此事不简单。

章明晞收到父亲章海泉的邀请后，带着贺天生来到村子里。

村长正在祠堂里摆酒，一些三姑六婆们穿着喜庆，拿着拨浪鼓逗孩子，争相夸奖孩子可爱。村长喜上眉梢，欣然接受大家的夸赞。

贺天生走进祠堂，见祠堂里的人正在分猪肉。这些带着乡土味的庆祝仪式，正是他们喜爱的热闹方式。

贺天生和村长寒暄着。“恭喜恭喜，听岳父说过，您喜添贵子，就过来庆祝了。”

村长慈爱地拍了拍贺天生，道：“客气啥？我都是从小看你媳妇长大的，她就像我们自己的孩子一样。”

“村长，我们送了几箱酒来。这几箱威士忌是从日本买回来的，我们想过来打个招呼就走，就不多打扰了。”

许是章明晞许久未见，其他村民又对她感觉亲切，都围在二人身边。

“打扰什么，就是图个热闹。”

“哎呀人家现在特别会赚钱嘛，可能要耽误工作，得早点回去。”

“是哦，你们这么会赚钱，泉叔可以享福啦！”

村民们热情又善良地揣度着。二人笑笑回应。

贺天生对章明晞耳语道：“我们可能没时间待太久了。”

一位原居民忽然神神秘秘地走过来靠近贺天生，问道：“我有个问题。你今天过来，是不是因为收到消息，知道有公司想在附近搞能源项目？是不是会收地发展？”

贺天生笑言道："你消息好灵通！"

原居民连忙叫住贺天生，道："你们要是有什么好的消息，还请带着我们这些老村民一起发财啊。"原住民抱拳。

贺天生和章明晞正在与村民们客套时，章海泉与村长走了过来。章明晞碰了碰贺天生的胳膊。贺天生心领神会，马上转换话题说："这些酒我很喜欢，请大家尝尝，不知道合不合口味。"

"爸，您来了。"贺天生神色自若地和章海泉打招呼。章海泉似有些尴尬地点点头。

贺天生恭喜完了村长，便准备告辞。"村长，不好意思哦，我要赶晚上的飞机，可能要提前走了。"

"没关系，以后有时间，一定要多来村子里坐坐。"村长笑意盎然。

这时，伴随着一声婴儿的笑声，村长的儿媳抱着婴孩出来了。众人迅速围拢过去。

当章明晞捧着猪肉回到家后，却见章海泉脸色阴沉，在客厅等着自己。章明晞一怔。

"你上次来村子里，是不是也是为了大屿山的计划？"章海泉单刀直入地问。

"也不是这样。"

"你不好意思和我说钱，你们不安好心，我不会帮你的！"章海泉怒了，转头质问章明晞，"我上次还以为你转了性，果然是一点都没变，还是这么唯利是图，我真没有看错你！"

章明晞没有否认，反问道："为什么你一定要这样否认呢？卖地一事，不只是我有理，明明大家都能从中赚钱。我们会有个好的赔偿给村民的，这又有什么不好？"

章海泉大为气恼，起身打了章明晞一巴掌。打完后，他用颤抖的声音大喝道："我没想到，你真是赚钱赚到如此地步，连去世的妈妈都可以利用！"

章海泉哆嗦着手，将奖状等物拿出，全部倒在地上，气道："我留……我留着还有什么用？留着都是为了记住你以前有多好。我那时候以为我女儿，长大了会是一个正直的人！没想到你就走了条歪路！"

章明晞似是毫不在意章海泉打了自己，冷冷地说："我没走过歪路，我一直走的都是这条路！读书拿好成绩，做义工，参加那么多课外活动，为的都是想毕业有条好的出路！可以过上等的生活！这个一直是我的目标！一直都是！”

然而，章明晞的声音也有一丝颤抖，似是努力压抑着自己的愤怒。说罢，头也不回地离去。

程凯和方泽雨在街头走着。二人走了一天，步伐愈发沉重，双腿都不听使唤了。

程凯有气无力地说：“真希望办公室里有个感应器，感应到我们快回来的时候，就开好了空调和明亮的灯。每次回到家，就煮好了饭等着我们。等我们吃完饭后，就舒舒服服地睡他个天荒地老。”

方泽雨没好气地说：“继续做你的白日梦，再做一会儿，我们就到了。”

二人回到公司，一开门，一阵冷气扑面而来，凉爽的空气中夹杂着饭菜的香气。程凯和方泽雨被眼前的这一切惊呆了！

方泽雨不可置信：“这是来了田螺姑娘吗，还是真的有这种‘感应器’？”

程凯揉揉眼：“我的白日梦难道成真了？”

这时，朱小慧从厨房端了一盆香喷喷的牛骨头汤走出来，笑道：“肯定饿坏了吧？还愣着干吗，还不快过来一起吃饭，还是说你们都不饿？”

二人来不及分辨这一切的真假，眼睛放着光，嘴角留着口水，像是被眼前的一大桌子饭菜勾了魂，冲上去就是一顿大快朵颐，激动的心情伴随着颤抖的手，一筷子接一筷子地夹着香喷喷的饭菜。

第六十六章 威胁恐吓

方松荫的办公室里，方泽雨向方松荫汇报进度："智能家居现在正在研发中，预计不日就可以上市。但是资金这边有些不够了，再这样下去，资金链可能要断裂，能否让董事会再多些支持？"

方松荫点头："资金这边不用担心，完全没有问题，但是要加快速度，快点将它推向市场。要知道，别的公司已经开始研发了，我们一定要赶在他们之前上市！这就是市场，第一个发明的人吃肉，第二个发明的人喝汤，第三个发明的人连渣都不剩。"

方泽雨信心满满地说："我会催程凯加快进度的！"

程凯的办公室里，方泽雨有些苦恼地以手撑头道："爷爷要你加快进度，将'智能家居'赶在别的公司之前上市。"

程凯继续忙着手头上的事，好整以暇地说："不用着急，他们都在做第一代。我在考虑，是不是应该直接步入第二代的研发，推向市场后一定会达到惊艳的效果。那时候，你觉得第一代还有市场可做吗？"

方泽雨被程凯的自负打败了，反身又给程凯一道难题："你可以先拿第一代的作品给他们看，同时开始研究第二代。下周五和天荫董事一起开会之前，一定要把第二代给我。"

程凯还是一副爱理不理的样子。旁边坐着的朱小慧，替程凯回答道："放心吧，周五开会之前，一定让他给你。"

方泽雨叹了口气，转身离开。多年相处让他清楚，程凯确实是有才华，但也太有性格，不好把控。方泽雨也不好说太多，只能继续去董事会帮程凯筹钱。

傲堂会议室内坐着傅建业和几个非原居民，每个人桌前都有一个公文袋。

傅建业道："好了，详细的条款我都写在了文件里。大家还有什么问题吗？"

大家都沉默不语。

傅建业站起身："既然没有，那大家可以考虑一下，我们之后再联系。"

这时，阿年突然站了起来，道："等一等。你们这些大公司，就没有想过我们为什么搬进来住吗？这里的清晨鸟语花香，到了夜晚又安静得像轻柔的湖水，我们喜欢这里的环境，我们想回归乡村生活。"

其他居民也默默点头，似是认同他的说法。

傅建业沉默了。事情比他想象的远要复杂，看来这次只用钱是解决不了问题的。

他回到傲堂，向董事们汇报谈判的结果。

"在签文件之前，进展都很顺利。这时有个年轻人突然站了起来，说了他们的想法，像是作为大家的代表发言。他说他们要回归乡村生活，这些人和我们想象得完全不一样，他们根本不在意钱。年纪大的人回去养老，年轻的又想改变生活环境，我们需要重新寻找这件事的突破口了。"

高哲和卓定垚听完，互相看看对方，感到事情棘手了起来。

高哲再一次来到了村里，看到阿年在独自耕地，就面带微笑走过去介绍自己："你好，阿年，我是傲堂的高哲，你还记得我吗？之前约了你那么多次，都约不到你，今天总算是见到了……"他顿了顿，"怎么样？今天我是带着诚意过来的，方便聊聊吗？"

阿年根本不用正眼看高哲，一边干着手上的活儿，一边不屑地说："你？我？我们两个有什么好谈的吗？开会的时候，我的意思已表达得很清楚了吧。"

高哲接着套近乎，一只手搭在了阿年的肩上，道："兄弟啊，你看我这么有诚意地来找你，赏个面子聊聊呗。有什么条件是不能商量的呢？"

阿年嗤笑一声："呵，有诚意的话叫卓启堂亲自过来和我谈，我不想在这儿听你拍马屁。"

高哲碰了一鼻子灰，只好打道回府。

万敬贤正喝着刚刚泡好的香浓拿铁咖啡，这时曾依宁带着一沓文件匆匆赶来，道："你看看这个专题。我觉得你应该有兴趣。"

万敬贤一脸好奇地打开资料。放眼望去，全是贺天生的负面消息，私的公的都记录在这上面，包括金融海啸期间贺天生是怎么不择手段一口吞掉天荫的。

曾依宁义愤填膺地说："这家伙做了这么多丧良心的事，竟然还是下届商会主席人选之一！绝对不能让他入选，否则他要祸害更多的人。我们要曝光他！”

万敬贤皱眉，道：“这些资料看似耸人听闻，其实大部分都是推测。在没有采集到足够让人取信的事实之前，我们曝光社是不会爆出来的。这样有违我们的原则。”

曾依宁耸耸肩，道：“好吧，我还以为你的正义感会占上风。”

万敬贤笑了笑，道：“正义感也是建立在原则基础上的，两者并不矛盾。”

曝光社里，万敬贤正在审核新一期材料的排版。

这时，外面传来砰的一声巨响，好像是玻璃破碎的声音。万敬贤带头出来，发现玻璃门被打碎了，除了满地的玻璃渣，房间里面还有一块砖头，混杂在碎掉的玻璃里。这很明显是有人从外面砸进来的。

这时一个可疑的黑影闪了过去。万敬贤瞳孔一缩，立马追了上去。

黑衣人觉得自己被发现，就沿着街道一路狂奔，万敬贤紧跟在身后。黑衣人见万敬贤越追越紧，再这样下去被追上也只是时间问题，看到前面不远处有条小巷，眼睛一亮，赶紧往小巷跑去。

小巷里岔路繁多，狭窄而杂乱，堆积了大面积的垃圾以及杂物。黑衣人在小巷里兜兜转转，一次次消失在小巷的拐角处，给万敬贤制造了重重的阻碍，但万敬贤依然不放弃地紧跟着。黑衣人见小巷里依旧甩不开万敬贤，无奈下又跑到了街上，穿过马路。

万敬贤见状冷笑一声，两手撑着马路中间的栏杆，“唰”的一下翻了过去。黑衣人将路边的小摊位依次推翻，又挤进了人群。万敬贤避开摊位旁洒落一地的各种杂物，越跟越远，再抬头望去，却见黑衣人已经消失在人群之中。

万敬贤一无所获地回到了办公室，脸色十分阴沉。周围商铺的人都围在门口议论纷纷，他刚要叫阿昆把那些人打发走时，电话忽然响了。

他接了起来，那边却是一个陌生而沙哑的声音：“万先生，你是聪明人，哪些该登，哪些不该登，我想你应该心中有数……”说完便挂掉了电话。

万敬贤放下电话，额头上的青筋若隐若现，攥起的拳头微微颤抖着。

主席大选那日，记者们纷纷守在商会门口。见商会成员慢慢都走出来了，记者“唰”一下全部拥了上来，如同狗熊见了蜂蜜一般。“这次会议进展到什么程度了呢？新的商会主席选举有进展吗？听说这次贺天生也是候选人之一，是吗？”面对这一系列的追问，成员们都低调地笑笑，沉默着不作回应，从记者的包围圈中慢慢挤出来，各自上车离去。

接着贺天生和詹兆齐一同走了出来。

詹兆齐叹道："真是可惜啊，差了那么几票就能当上主席了。"

贺天生咬了咬牙，还是平息了下来故作豁达地说："没关系，大家都是想为商会做事，说明大家心目中有比我能力强的人。有能力者多办事，没什么可不可惜的。"

这时，记者们又围住了两人，显然已知晓了贺天生差几票落选的结果。于是记者们又是一轮盘问，问贺天生落选的感觉，以及之前报纸上报道的贺天生的一些往事，是否因此受到了影响等。

贺天生微微笑了笑，道："这些是从报纸上看到的吗？我怎么不知道？这些网媒一向什么都讲，只是为了博眼球。"

记者又反过来问贺天生："是不是真的像曝光社说的那样，之前有人和你签过意向书，事后却翻脸不认人了，所以现在被别人反过来报复？"

詹兆齐在一边插话，道："什么破报纸，写的事情都不清不楚的。工展这事还写错了，写什么贺天生偷看工展小姐？他要是想的话，抱都抱得到好吗，还用得着偷看？"

贺天生脸色一黑，连忙截住话头，道："詹少就是喜欢开玩笑。像我们这种人，吃喝拉撒都有人报道，只要自己行得端坐得直，管他们怎么写？我相信公道自在人心！"

万敬贤和曾依宁一边喝着咖啡，一边看着手机新闻。看到新闻中引用了贺天生的"金句"，不禁皱眉，道："贺天生这个人真的是坏到了骨子里。上次砸店门的应该就是贺天生派的人，后面还打电话威胁我们，不让把他的这些恶事曝光出去，损害我们曝光社的名誉和新闻的自由性。我们不能让他们得逞，更不会向贺天生低头。"

曾依宁听完，脸上露出了笑容："我果然没选错人。你的这种正义精神，正是当初我选择和曝光社合作的理由。"

万敬贤又说："贺天生又有了行动。最近，他一直留意着大屿山的地，以他的为人处世，很有可能会占村民的便宜，更不会公道赔偿。我们这次要盯紧了，不能忽略贺天生的一举一动。"

曾依宁点点头："我也正有此意，都包在我身上吧，贺天生这次算是被我盯上了。"

曾依宁和万敬贤说完后，走出“曝光社”，一个人神神秘秘地来到了四周空荡荡的停车场。来的路上，她也不断注意四周，以确保没被熟人看到。到达停车场后，她拍了几下手，像是在传递某种暗号。

过了一会儿，一个人走了出来，竟然是万学礼！

万学礼满意地说：“我看过新闻了，你做得很好。”

曾依宁谦虚地说：“是您提供的资料足够详细。要不然，我不可能做得这么好。其实，万敬贤一开始并没有想报道，但是后面曝光社又是被淋红油，又是被砸玻璃的，万敬贤实在忍无可忍，才爆了贺天生的料。”

原来，万敬贤曝光贺天生的一系列举动，都是万学礼操纵的。他早就猜到，起初万敬贤可能怀疑材料的真实性，但当曝光社被淋红油和砸玻璃后，他不由得把怀疑的眼光放在贺天生身上，坐实了材料上揭发贺天生的事情都是真实的。

“现在我和他一拍即合，对我还多了份信任。”曾依宁笑着补充道。

原来，曾依宁是万学礼派到万敬贤身边的人，丢砖的事情也是万学礼安排的。

曾依宁道：“万敬贤现在想必是对贺天生深恶痛绝，已经开始留意贺天生的一举一动。他听说了最近贺天生在搞大屿山项目的事，也准备去收集些材料。”

万学礼点点头，道：“贺天生想要买地，就必须征得当地村民的同意。大家都知道他是一个过河拆桥的人，所以大屿山的居民们也不会轻易答应将地卖给贺天生。由此可推，大屿山的项目，他根本做不成，不知道现在又在想什么缺德的方法逼迫村民了。”

曾依宁笑道：“就怕他不用，只要用了，就等着被曝光到天荒地老吧！”

第六十七章 轮番上阵

章明晞走进贺天生办公室时，发现钟思琪也在。两人正在谈事情，见她进来，便微妙地停顿了一下。

章明晞依旧是心下一紧。她费尽心思才派到其他地方的人，怎么又回来了？

钟思琪很识趣，看到章明晞的颜色后，说了声“嗯，我先处理一下，有什么事情，之后再报告”，就离开了，离开前还恭敬地向章明晞点头，略微欠身鞠躬。

章明晞没有说话，等钟思琪走后，关上贺天生办公室门，才开口问道：“为什么 Ada 回来了我都不知道？”

“菲律宾的事情已经差不多了，现在又出了曝光社这件事，叫她回来帮忙也好。”贺天生解释道。

章明晞便没有再问什么了。令她生气的是，贺天生明知道她对钟思琪反感，却纵容甚至是促成了她的回归。

当天下午，钟思琪便来到办公室给章明晞道歉。

她诚恳地说：“在去分公司这段时间，我想过了，自己之前不安本分，给你们带来的不愉快，我郑重向你们道歉。如果我能回来，一定会为公司努力做事。”

章明晞见钟思琪态度诚恳，便道：“只要你回来努力做好自己该做的事情，我们不会亏待你的。如果你能保持今天这么诚恳的态度，我也没什么意见。走吧，去做你的事情吧。”

钟思琪感激地点了点头，道：“我会努力的，没什么事情的话，我就先走了。”

章明晞颔首。钟思琪转身离去，然而转身的一瞬间，脸色立即变得阴鸷起来。

方泽雨在楼下等待半天，快到约定的时间了，便上去催程凯交货。进门却见程凯带着耳机，对着一面墙打着乒乓球，几乎将无聊的事情都做了一遍。

方泽雨怒道："你的智能家居 2.0 搞定了吗？"

程凯哼哼唧唧地说："还，还没有思路！"

方泽雨顿时眉头锁紧，怒道："那你怎么有时间在这里游手好闲地干这些没用的事情？我最多帮你延迟到下周五，如果你还做不出来，我就拿着智能家居 1.0 去！"说完便拿着 U 盘离去。

程凯追了上去抢 U 盘，边抢边说："不行，这智能家居 1.0 绝对不行！"

方泽雨气得根本听不进程凯说的话。程凯放弃了争夺，甩开方泽雨的手，敷衍道："好了，好了，我下周五一定做出来。"

程凯气呼呼地继续在办公室里钻研智能家居 2.0，近乎到了不休不眠的程度。

这时，朱小慧端着一盘水果沙拉上来，有些心疼又有点生气地说："这都已经几天了，你都这么不吃不喝的？好了，吃点东西再想吧。"

程凯拿起叉子，一边吃着沙拉，一边说："你们都认为我在玩，我真的是在很认真地想！智能家居是否可以感应到人的喜怒哀乐，随之做出相应的反应呢？"

说到这儿，程凯灵机一动，故意道："你这什么水果沙拉，是不是路边捡的打折水果，真难吃！简直害我打断思路！拿走拿走。"

朱小慧气得满脸通红，怒道："真是好心没好报，我给你送吃的，你还……"

程凯见朱小慧生气，赶紧迅速拿出血压机，测量朱小慧的血压。

朱小慧目瞪口呆，知道程凯是故意惹她生气，而且一定是和他的智能家居研究有关。接下来，程凯继续试验，在小慧玩游戏到关键时候，拔掉电线，逼着小慧看悲伤的电影，做了一系列事情，测朱小慧的心跳和血压。

折腾了一下午，程凯终于拿到了自己想要的数据，埋头开始研发智能家居 2.0。而小慧被迫做了一下午实验对象，历经紧张、兴奋、生气、悲伤、恐惧之后，感觉自己的情绪都被耗尽，早已累瘫在沙发上，沉沉睡去。

傲堂办公室。

高哲将文件交给卓定垚，道："这是最近查到的关于大屿山计划的一些资料，是交给你处理，还是我来呢？"

卓定垚皱眉看了看，道："还是交给我吧。"

她驱车来到村子里。

阿年看见卓定垚，瞬间脸色沉了下来，厌恶地说："又想来找我闹事了，是吗？"

卓定垚坦言道："我希望你不要再以这个态度抵抗，因为我们调查了你的过去，知道了一些事情。"

"调查了我的过去？"阿年有些紧张。

"是，其实你本来是个租客，只是后来业主死了，这块地也没人收回，你就顺理成章地继续扮演着户主的身份，"卓定垚的眼神有些犀利，"只当这房子是你自己的。"

阿年变色，还是强撑道："我不知道你在说什么。"

卓定垚指了指房子："我终于知道你打死也不肯卖地，也不安置这个房子的原因了。因为，你根本就没有任何和这间房子有关的权利！"

阿年的脸上血色褪尽，倒退一步，在听到他们说要收回大屿山这片地的时候，他内心就产生了恐惧，没有房产证明，他只能想办法阻止这块地的收回。好多天来，他一直强撑着，担心有天被发现，自己会被赶出这个地方。

卓定垚理直气壮地说："你既不是业主，又不是正式租客，我完全可以将你扫地出门！"

见阿年已经被震住了，卓定垚见好就收："阿婆之前让你在这里帮助她，想必你们是有一定交情的。看在她的面子上，只要你以后不再带头反对，不影响其他人的判断，在傲堂收地成功后，我便当你是正式租客，对你有一定的赔偿。"

阿年听完后不禁冷汗涔涔，没想到卓定垚捏住了自己的把柄，便忙不迭地答应了。

高哲看了看手表，到约定时间了，还不知道卓定垚那边是什么状况。

这时，卓定垚才匆匆赶来："我已经跟阿年谈好了，如果将阿年当成正式租客一样赔偿，他答应不再反对我们收地。"

高哲皱了皱眉，有些不解地问卓定垚："其实，你可以一分钱都不用给他，直接让他搬走就好，何必做这些？"

卓定垚还是不忍心："既然他已经答应不再反对，那么事情就可以圆满解决了，我也想给他留有一些余地，别逼他太狠。"

高哲无奈："我很欣赏你的善良，但是世界没有你想象的那么美好。你如果不做得狠一点，就会留下隐患，最后很有可能吃亏的就是你。"

卓定垚摇摇头："你把事情想得也太复杂了，不会有什么隐患的。"

高哲耸了耸肩，将手插在了裤子口袋里，道："那我们走着瞧。"

说完便转身离去。

章明晞来找村长开会，讨论收购的相关事宜。但找到村长后却发现，此时他正和章海泉在一起喝茶。

村长并不清楚章明晞和章海泉之间，相对普通家庭而言别扭的父女关系。

"明晞，过来喝杯茶啊。"村长热情招呼着刚走到门口的章明晞。

章明晞无奈之下，只好坐在村长旁边。章明晞和章海泉都有些尴尬，章海泉只当章明晞不存在，如同饮酒一般，一杯杯喝着茶。

章明晞开门见山，来了就开始提收购的事："我也不和您绕圈子了。我这次来找您，就是想再商讨一下收购的事宜。"

村长皱了皱眉，犹豫道："这个没法保证啊，就算现在说得很好，可是只要一天不签约，就会有变数。之前报纸上还报道了贺天生出尔反尔的事情，不知道你们会不会明天就变卦？那我跟大家怎么交代啊！"

这时，一旁的章海泉终于听不下去了，见机插话道："有钱人是信不过的，越有钱的人心肠越坏！做生意的人最狡猾，老天是有本账的，做了多少坏事，老天都会记得！"他站起来抹了抹嘴，道："好了，这顿算我请，你们慢慢吃，我有事先走了。"留下村长和章明晞面面相觑。

村长也感到很尴尬，好像无意之中观察到别人家中的私事。这种难为情的感觉，仿佛从一个小孔中，偷窥到隔壁房间的生活，却又被隔壁抓到现行一样。

章明晞也没想到，章海泉这次会在村长面前驳她的面子，搁下如此重话，直接展示他们父女之间的嫌隙。她一肚子闷气都发不出来，好生难受。

章明晞满脸倦容回到家，对贺天生道："我不指望任何人能帮我们，更不指望章海泉能够站出来替我们说话。但是，他能不能不要给我添乱，为什么始终都在给我帮倒忙呢？"

贺天生安慰道："我倒是觉得，你爸爸刚刚的态度对我们反而是件好事。他嘴上说着不喜欢你了，还依然给你签名卖地，这样才意义重大嘛！这也会让更多的人觉得卖地是件好事。如果你不想再去受气，那这件事就交给我来办吧。"

"他不喜欢我们，什么不好听的话都可能说出口，你要忍忍啊。"章明晞担忧道。她对父亲有一丝说不出的嫌隙，从小就一直不想让身边的朋友接触到她父亲，怕别人感受到他的古怪性格而被吓到。

贺天生笑了笑，道："这点你放心。你忘记了，我是怎么到现在这个位置的？这不都是一路忍过来的吗？"

贺天生很快就前去拜访章海泉，当然，他也并不招章海泉的待见。

一开门，章海泉就黑着脸，问："你来做什么？"

意外的是，贺天生也没什么好脸色，推门就说："伯父，一直以来，我对您是尊敬的，但是您也别事事都阻碍我前进啊。我对您的女儿很好，也从来没有得罪过您。我并不奢望您能帮我们，但请您能不能不要妨碍我们？"

章海泉见贺天生不再恭顺，语气强硬，有些意外，于是也毫不客气地说："贺天生，这都要怪你。你做事太过奸诈了，我们怎么信得过你们？"

贺天生冷笑了一声，语气充满轻蔑："收起你那套莫名其妙的道德吧，我不知道你从何而来的优越感。无论你怎么骂我，我可以让我老婆过上她想要的生活，让她不再受苦！而你呢，你有什么本事让家人不愁吃穿？你那站在道德制高点上的借口，只是为了掩盖自己的毫无作为！"

章海泉被骂得哑口无言，还是嘴硬道："卖地这件事上，想让我帮你们是没门了。你以为你是什么身份这样和我说话？你们结婚的时候，我都没有出面喝那杯茶。"

贺天生气极："你爱帮不帮！结婚那天，也是你自己不来，怪得了谁！"

说完，他拂袖而去。

第六十八章 程凯误事

贺天生回到家，见了章明晞，便用手搓了搓自己的头发，向章明晞道歉：“对不起，我刚刚去找了你爸爸，还是没有忍住，跟他吵起来了。”

章明晞见贺天生满脸的自责，心疼地安慰道：“没关系，关系崩就崩吧。这些年，我们一直都是靠自己走过来的，这一次，我们也不需要他的帮助。”

贺天生点头：“既然已经谈崩了，那就靠自己吧，我们还是公事公办。我相信，每个人在这件事上，心里都有一个价位，只要我出双倍的价格，就能赌一赌！”

程凯依然在房间里游手好闲，一边吃零食，一边看电视。朱小慧上楼见状，皱了皱眉头，上前揪住他的耳朵：“你又在这里偷懒，明天就是星期五了，智能家居 2.0 做好了吗？就知道吃。”

程凯疼得一直叫唤。旁边的乔永廉见状，劝道：“别管他了，让他吃点吧。他到现在还没有吃晚饭呢，今天晚上他的身体消耗会很大。”

朱小慧猛地松开了手，又心疼起他来，有些不好意思自己刚刚下的重手，只小声嘟囔道：“你怎么不早说？”

“我都没有说的机会，你就开始动手了啊。”程凯摸着自己的耳朵，露出委屈的表情。

程凯吃完零食后，又开始连夜苦战研究智能家居 2.0。

天荫中心会议室外，会议已经要开始了，但是程凯却迟迟没有到来。董事们已经开始催了，并不断给程凯打电话，可程凯那边始终是无人接听的状态。方泽雨不知如何交代，急得在会议室外来回踱步。

此时，程凯的手机亮着，但电话却被调成了静音，手机里已经有十几个未接来电。而经过夜战的程凯，已经疲倦不堪，趴在桌前睡着了。

方泽雨只好又打给了朱小慧，语气焦急：“程凯呢？你快让他过来，这边就要开始了，他现在在干吗？”

朱小慧也很无奈："不知道啊，我接了个订单，现在在外面。"

会议开始，程凯依然没赶到，而在座的各位董事都已经等急了。

"泽雨，你在等谁呢？"

"可以 present 了吗？"

面对董事们的施压，方泽雨无奈之下，带着智能家居 1.0 的 PPT，硬着头皮上去了。

朱小慧匆忙赶回公司，见程凯依然趴在桌子上熟睡，连忙摇醒他："别睡了，别睡了，你不是今天要去天荫开会吗？大家都在等你的智能家居 2.0，你快去会议室看看吧，可能要来不及了！"

程凯惊醒，这才反应过来。时间已经来不及了，他匆匆出门赶到会议室。

程凯一脸疲惫，精神却很亢奋，他头发乱七八糟，衣冠不整地赶到会议室，却发现会议室内，只有在整理东西的方泽雨，而他身后的 PPT 上写着智能家居 1.0 的字样，顿时神情呆滞，问："为什么？明明跟你说过 1.0 不可以的，我今天是来讲 2.0 的！"

方泽雨反问道："你看看你手机的未接来电，我想请问你，到了开会的时间，你人在哪里？我说过，如果你不来，我就讲 1.0。"

这时，一旁的朱小慧为程凯辩解道："别怪程凯了。他对这个项目很上心，花了不少时间和精力去做，他是工作得太疲倦才睡过的，你别生他的气。"

方泽雨冷冷道："如果他对此事足够上心，一定会按时过来的，问题是他没有。"

程凯既难过又憋屈，自己辛苦研发了那么久的智能家居 2.0 没有展示不说，还被方泽雨说了一顿。再说了，他也不想睡过头的啊！

方泽雨更是心烦，1.0 肯定是没有 2.0 的效果好，他讲的时候就看见许多董事在皱眉头。如果因为这临门一脚导致项目失败，那他真的要冤死了。

智能家居 2.0 最终还是以失败告终，这消息如同晴天霹雳，程凯几乎要崩溃了，平时阳光的脸庞被悲伤笼罩着，泪水在眼睛里打转。"怎么会是怎样？怎么会是怎样？"

他不能接受这样的结果。回到家中，他两只胳膊撑在桌子上，用两手紧紧地揪着自己的头发，他那悲伤而又疲惫的脸庞真让人心疼。他恨方泽雨，更恨自己。

自从跟方泽雨吵完架之后，程凯成天阴沉着脸，埋头研发智能家居 2.0，浑身都散发着一种生人勿近的低气压。

朱小慧见程凯很不在状态，心情不好，连忙来劝导："这也不能怪方泽雨。他也是没有办法，面对当时的局面，他总不能两手空空地上去吧？再者说，最终原因还是因为你睡觉而耽误了会议啊。"

程凯用委屈又不服的眼神瞥了一眼朱小慧。朱小慧灵机一动，瞟了一眼旁边的闹钟："好了，好了，要怪就怪这无能东西，没有叫醒你。"

程凯愤怒地抢过闹钟，将它狠狠砸在了地上，闹钟的零件摔得七零八落。发泄完心中的不满，他便让朱小慧出去，关上门趴在桌子上，继续研究着智能家居 2.0，又是一副干劲十足的样子。

健身房里，方泽雨也因此事满心的不愉快。他来到健身房，对着里面的沙袋打一拳说一句："你怪我？你怪我……"左一拳右一拳，恨不得把它当作程凯的化身。

朱小慧在后面吃力地撑着沙袋，道："多打几拳，解解气吧。明明是他自己失误睡过头，不怪自己，反而把责任推到你身上。"

这时，程凯出现在方泽雨身后，奋力一拳将沙袋打飞了好远。方泽雨吓了一跳："你，你怎么在这里？"

程凯道："朱小慧约我来这儿，你为什么和她在这里？"说着，程凯反应过来，原来这是朱小慧设的一个局。两个人一起望向朱小慧。

朱小慧坦然道："没错，你们两个都是我约到这里的。我猜你们也都知道我的意思了吧？那我先走了，你们两兄弟好好聊。"

朱小慧走后，程凯戴好了拳套。

程凯气呼呼地说："你敢瞒着我，私自做决定，在会议上讲智能家居 1.0？"

方泽雨毫不退让道："自己没有时间观念，这么大的事情也敢睡过头，还好意思怪我？"

两人你一言我一语，你一拳我一拳，一边打一边说对方的不是。

这时，乔永廉赶到，刚想向朱小慧询问二人谈判的情况，就听到了里面对骂的声音中掺杂着打架的动静，便猜到了情况。

此时，程凯和方泽雨越打越凶，双方情绪失控，由最开始只是戴着拳套对对拳头，到现在将拳套摘下，连推带踢。两人实力不相上下，拼尽全力，直到打到精疲力竭。两人最后都躺在地上，大口喘着气，还依然互相指责着对方，用脚上仅剩的一丝力气踢着对方，踢着踢着，互相看着对方被打肿的脸，心中的怒火渐渐退去，哈哈大笑起来。

朱小慧和乔永廉听里面不再有打斗的声音，推门而入。

朱小慧看着两人“猪头”一样的脸，强忍着想笑的欲望，问道：“两兄弟消气了？”

程凯和方泽雨异口同声答道：“哪个人约我出来，说是来健身的？才没有呢！”朱小慧捂着嘴偷偷笑了起来，为两人的和好而开心。

方泽雨抹了把汗，道：“好累！谁说约我出来健身的？”

程凯也瞪着朱小慧，“还好意思笑，累都累死了！”

“好了好了，”朱小慧推着两人走出去，“快去冲个澡，我们去吃大餐吧！”

吃完饭后，程凯、方泽雨等人回到公司。虽然二人已经和好，但一提到智能家居 1.0，程凯仍然对方泽雨有着一丝气愤。

朱小慧开解他：“虽然上次以失败告终，但是换个角度想想，这也是给我们更好的机会，去从更深的层面来完善它。2.0 需要情绪感应和数字化，要添加这种技术不是短时间能够完成的，如果真的研发成功量化情绪的技术，价值则远远超过了智能家居 1.0，这将是一个大突破！所以对资金的要求也是极大的，我们不如先认真搞好第一步，做好智能家居 1.0 赚到一定量的钱，再全力研发智能家居 2.0。”

程凯觉得朱小慧所言极是，决定先将智能家居 1.0 做好，而且既然事情发展到这个地步，一定要让将智能家居 2.0 比别人更完美，这样才能有强大的市场。

朱小慧宣布：“上次开会，地产公司的人对智能家居有很大的兴趣，方泽雨答应近期尽快做好一个 demo 给大家看，所以我们要加快速度。”

程凯听完，有种人生又充满希望的感觉，挠了挠头笑着说：“我一定会记住上次的教训，绝对不能再睡过了，嘿嘿。”

茶馆贵宾房里，村长、章海泉、贺天生、章明晞在一起喝茶商讨着大屿山计划。

为了推进大屿山计划，贺天生夫妇最后还是硬着头皮把村长和章海泉约了出来，去茶馆喝茶谈生意。

村长说：“关于卖地的事情，章海泉已经和大家讲清楚了，我们都支持季生。原居民都是看价钱，而他们对你开出来的价钱都非常满意，但是非原居民如果不同意，这件事还是空谈，你们暂时还不能高兴得太早了。”

在一旁坐着的章明晞见机进言道：“谢谢村长，劳您费心了。我们想尽快签意向书。”

贺天生也在一旁附和道：“非原居民这一边，我来搞定！”

村长点点头：“好，你们先慢慢商量计划。我还有事情，先走一步了。”

章明晞对章海泉会帮忙劝说原居民感到十分惊讶。章海泉侧过脸去，用余光瞄了瞄贺天生和章明晞的反应，冷冷地说：“我可不想再听到你又说，我没有把你当作女儿了，而且我也是有什么说什么。做生意最重要的是讲信用，贺天生，你刚刚跟村长说的话都要做到。”

贺天生夫妇对视一眼，忍不住笑了起来，同声说：“一定！我们不会让你失望的。”

第六十九章
陈年八卦

季生集团，贺天生的办公室。

贺天生庆幸道："真想不到，你和你爸爸都闹成那样，上次还说得那么绝，你爸爸还能这样帮你跟村长说好话，可见你爸爸还是很关心你的。只是你们俩的关系也很奇怪。你请他去酒店吃饭，他不开心，你以为他会生气，他却反过来又帮你。刚才的气氛虽然很尴尬，但我看到你给他夹菜，他吃完，还主动跟你说了两句。"

两人回到办公室，都感觉如释重负。

章明晞夸贺天生道："不知道你上次跟我爸爸说了什么，他发了那么大的脾气，最后还是跑去跟村长说好话了。"

贺天生失笑道："你跟你爸爸太别扭了。你请他吃饭，以为他会开心，谁知他一点都不开心。你以为惹他生气了，他转头又去帮你说好话了。虽然你们俩刚刚还是有些尴尬，但你夹菜给他，他也吃了，并没有回呛你。所以他并没有真的很厌恶你，帮你说情也是很正常的了。"

章明晞脸上露出了一丝微笑，道："他毕竟是我爸爸，这没什么好奇怪的啊！那么你认为我们的关系应该是怎样的？亲情血浓于水……倒是你，又是怎么说服他的？"

贺天生思索了一会儿，道："每个人都有自己的价值体现，只是不一样而已。比如像你爸爸那样的，他的价值体现就在于自己的道德感，所以上次我说他养不起家，他可能会觉得这句话颠覆了他的道德感，所以他想补偿吧。"

章明晞似开玩笑地问贺天生："那么你觉得我的价值体现在哪里呢？"

贺天生不答，而是反问她："你看不看得到我的价值体现呢？"

这时，钟思琪敲门进来，朝他们汇报道："之前一直反对卖地的阿年，最近好像停止了对卖地的抗议。"贺天生感到奇怪："难道他真的被卓定垚说服了？"

傲堂集团大堂。

卓定垚好似刚刚打完了胜仗，一身轻松。她回到公司楼下，正好看到高哲也回公司了，准备上前去打声招呼。

这时，阿年手里拿着一本杂志，一脸杀气，气冲冲地向卓定垚跑来，直接就将手里的杂志丢向卓定垚。还好高哲出于下意识反应，将阿年一把推开，这才拉开了她与阿年的距离。

卓定垚一眼便认出了阿年，对他的行为感到奇怪，愕然道："你回来找我是有什么事情吗？"

阿年指着她的鼻子："看看，这是什么？之前还装好心说会帮我，回头就反咬我一口。"

卓定垚看了看手中的杂志，封面赫然写着"户主去世，租客多年来冒充户主霸占其地产"，还有阿年现在所住房产的照片。

阿年又恨恨地说："现在我已经被村民赶走了，没有了住的地方，什么都没了。你什么意思，故意玩我吗？"

卓定垚连忙解释："这不是我做的啊，肯定是有什么误会！"

阿年牙齿咬得格格直响："演，接着演！不得不说，你的演技还真是好，真是有其父必有其女！当年你爸放火烧了我爸的厂，现在轮到他女儿弄得我无家可归，真是有其父必有其女！你们父女一样，你们卓家就没个好人！难怪你两个哥哥都死了！"说完便气冲冲地离开了。

卓定垚神情呆滞，愣在那里。她很生气，却被说得无力反驳。

而且阿年提到她父亲火烧工厂的事情更让她疑惑，看表情也不像是在构陷——因为这种劲爆的新闻查起来太简单了，卓家一直打着赚良心钱的名号，自她有记忆以来，都没有出过这种毁灭性的丑闻。

于是她捡起地上的杂志，怀着满腹谜团，走进了大楼。

傲堂卓启堂办公室。

卓定垚拿着杂志，眉头紧皱，眼睛微闭，捏紧拳头，恨声道："这件事情到底是谁爆的料？"

高哲想都不想地说："除了贺天生，我想不出来还有谁会干出这样的事。"

卓定垚皱眉："除了杂志这件事情，让我感到惊讶的是，他还提到了我爸爸。为什么他们会认识？"

高哲解释道："之前，我调查阿年的时候，已经追查到了30年前。那时阿年父亲在内地开厂子，与你爸爸卓启堂是竞争对手，双方同时在抢一单大生意。

阿年的爸爸本已势在必得，获得订单，却因工厂失火失去机会，最终导致一无所有，最后因为接受不了这样的打击而病死在病床上。阿年的爸爸得到的订单也就落到了你爸爸卓启堂手上，而阿年就一直认定这场火灾是卓启堂安排的人为放火。”

卓定垚震惊道：“这么大的事情，你为什么不和我汇报？”

高哲冷哼：“你会相信是你爸爸故意放的火？我就算跟你说，你能信吗？知道了又能怎么样？”

卓定垚摇头：“我当然不信我爸爸会干出这样的事情来，他根本不是那样的人，你会相信吗？”

高哲一摊手：“所以我说出来你也不会信，何必浪费口舌？还让你觉得我好似挑拨你们父女关系似的。每个人做生意都不容易，有些人甚至用生命在做赌注，你无法想象他们背后的艰辛与付出。所以，这件事我也不好说，不做评论。”

卓定垚被高哲说得心里也没了底，不安的感觉使得她产生了很多想法，有些惶惶不安起来。

高哲总结道：“总之，无论我们和阿年谈得怎样，他肯定是不会再相信我们了，但是这对我们的影响并不大。现在的首要任务是，找到合适的地方让他们搬迁，村子给非原居民居住。”

他站起身，道：“后续的安置，就劳你多费心了。”

高哲只身一人驾车来到这荒山野岭，下车放眼张望，映入眼帘的是周边寸草不生的荒野。在这无边际的荒野里，只有他一人站在中央，世界仿佛在这一刻安静下来，很适合一个人静静抒发孤独与忧伤。

他弃车步行，走了许久之后，终于在路边看到了一个卖蜜糖的摊位。卖蜜糖的是一个老伯伯，应该是在这附近居住。高哲走过去，拿起一块蜜糖细细看了看，选了一个将其买下。

高哲带着刚刚买好的蜜糖，按照事先约定好的，来到了 1842 俱乐部。等了一会儿，他约的人终于到了，竟然是万学礼。

高哲走上前去寒暄，又笑道：“这次约你的目的是给你一样东西。”说完，拿出了刚刚买好的蜜糖。

万学礼感到很奇怪，问：“为什么要给我这个东西？”将蜜糖拿在手里看了又看。

高哲将原因娓娓道来："这块蜜糖出产自一个属于屈奇顿集团的地方，而这个地方可以满足大屿山计划中非原居民的所有要求。那里既有土地可以种田，又和原来的住址距离很近。总之，他们的要求在那里都可以得到满足，提供配套设施也非常方便。"

万学礼在惊叹之余，又有些错愕，原来屈奇顿还有这样的地方。他拍拍自己的胸脯，又耸了耸肩说："我们公司的历史在香港也算是悠久的了，不同部门储备不同用途的土地也不奇怪。"

高哲笑道："以前不重要，重要的是现在。我希望傲堂能和屈奇顿合作大屿山项目。"

与此同时，还有另一方势力也看中了屈奇顿的这块土地。

季生集团办公室里，气氛就没有那么轻松了。贺天生等人个个都盯着地图看，忽然章明晞喊道："快帮我查查这块地是谁的。"

众人围了过去。贺天生瞟了一眼，便皱起眉头道："这块地是属于屈奇顿的，早年英国人想在这儿投资建厂，就买了回去，结果闲置了多年。不过万学礼也不会这么轻易地将地卖给我们，你要做好准备。"

詹兆齐疲惫不堪地回到中港城。正当他两手撑着电梯，从手扶梯上下来的时候，郭志昌迎面走来，关切地问他："你没事吧？赌场的人应该没有再找你的麻烦吧？贺先生已经帮你搞定了，说有时间想约你一起吃饭。"

詹兆齐恍然道："原来是贺先生在暗中帮了我。麻烦你替我转告他，有时间一定登门道谢。"

郭志昌笑道："不用登门了。贺先生想请您吃顿饭，不知道詹少能不能赏光？"

詹兆齐此时终于无债一身轻，整个人都焕然一新，穿着一身高档西服来找贺天生喝酒。贺天生的态度十分客气，招手让服务生上了杯 Tequila，还有冰块和柠檬片。

詹兆齐笑道："难为你还记得我喝酒的习惯。"他对贺天生的好感度越来越高了，道谢说："谢谢你帮我还钱。我的钱都套在股市里了，要不是你帮忙，可能一时半会儿还真的搞不定。"

“哦？”贺天生饶有兴趣地看着他，“你对股票也有兴趣？买了哪支？说不定我能帮你参谋参谋。”

詹兆齐这时才反应过来他的意思，不禁迟疑了一下，贺天生见状也不追问，只是从胸前口袋里拿出一支笔，漫不经心地在纸巾上写了一个号码，递给他道：“最近我还挺看好这支的，你可以留意一下。”

詹兆齐会意，随即窃喜不已，试探性地说：“那我的那笔债……”

贺天生摇摇头：“就当请你吃饭咯。我能请到詹少吃饭，是我的荣幸，你还帮了我这么大的忙！我实在是不好意思。”

詹兆齐奇怪地问道：“这我就不懂了，我什么时候帮过你啊？”

贺天生笑了笑：“说你一定能帮到的，有的事情只有你才能做到。”

詹兆齐这才明白了，果然贺天生又在打自己的什么鬼主意，于是咬了咬牙道：“你说吧，能办到的事我一定办到！”

贺天生跟詹兆齐讲了自己的情况，说他正在和万学礼商量收购地皮一事，季生集团有意向那里发展。

第七十章
晶片风波

詹兆齐去 1842 俱乐部找万学礼谈生意，滔滔不绝地鼓吹自己的公司有多少亿的投资，准备开发多少项目，最后状似不经意地问他买那块地皮，好似要大展拳脚一般。

万学礼摸了摸下巴，含蓄地说："我记得你们的家族基金，不是以地产为主，这一块好像很少搞？"

詹兆齐一哂："凡事都有第一次嘛，不试试怎么知道。"

万学礼合上文件夹："好，那剩下的事，我找你们公司 CEO 谈就好，不用再麻烦詹少你了。"

詹兆齐慌忙说："别，我还是喜欢亲力亲为！"

万学礼好奇道："你真觉得那里可以发展？那边可什么都没有啊！"

詹兆齐胡乱答道："有高铁嘛，十几分钟不就到市区了吗……"

万学礼觉得詹兆齐有些怪异，于是想先要要他，看看他想干什么，嘴角露出一丝微笑："没问题，我会和你公司负责人联系的。"

詹兆齐以为万学礼就这样答应卖地了，满心欢喜地去找贺天生汇报情况。

万学礼不费吹灰之力就调查出了詹兆齐和贺天生的关系，为此还亲自去了一趟季生。

他嘲讽贺天生道："你要不自己亲自来，要不找个聪明点的替身，还 15 分钟到市区？高铁是他开的啊？你也知道我是不会卖给你的吧，其实早在詹兆齐来之前，就已经有人告诉过我，你会来找我买这块地的。"

贺天生也已猜到找万学礼的人是高哲，便道："高哲给你多少？我加 20%。"

万学礼冷哼一声："不关钱的事。我就是看你不顺眼，所以不想和你合作，你也不要在我这里浪费心思了。"说完起身离去。

贺天生笑了笑，同样回敬他："当一个生意人开始不介意钱，那么他离失败也就不远了。"

万学礼对贺天生说的话左耳进右耳出，根本不把他放在眼里。

等他离开之后，贺天生咬了咬牙，捏紧拳头，面色阴沉地说："这个万学礼。"

收购地皮的事基本确定了，卓定垚也和高哲等人再次开会。

高哲对傅建业说："我们现在已经有了万学礼的地，是时候准备意向书了。也该把非原居民拉出来见个面了。"

傅建业点点头，表示他会跑一趟大屿山，将意向书递到每个非原居民的手上。

高哲转向卓定垚，问道："现在就剩一个难题。就算我们和非原居民谈妥了，以贺天生的品格绝对还会在原居民这一边入手，会想尽一切手段让他们提高叫价。还有，你一定要想清楚，如果一旦开始计划，傲堂可以给到多少钱？你们的底线在哪里？"

卓定垚听到这里，皱了皱眉头。

方泽雨回到公司，看到方松荫正在看智能家居的资料，不禁有些错愕。方松荫最近已经不怎么管这些小项目，只是董事会有重要决策的时候会请示他。

方松荫问："为什么预算高了那么多？"

方泽雨连忙解释道："因为我们考虑换新的晶片，运算能力比之前的高出很多，几乎能做到完美，使整个产品都会 upgrade。"

方松荫重重放下资料："说你整天都讲 upgrade，顾客都没见过最原始的产品，怎么会知道你 upgrade 了？你做那么多岂不是白做了？"

方泽雨硬着头皮道："这些发售以后，客户都会自己体验出来的。"

方松荫叹了口气，语重心长地说："不是反对你们创新，但是在商场有商场的规则，循序渐进。就好像用过 Walkman，才知道 MP3 是高级的。但是你压根就没有让人尝试过旧版，怎么体现出来新版的好处？而且这样先后发行，不就可以赚两单了吗，同时还可以加快推出市场的进度，有什么不好？"

方松荫虽然对新型电子产品这块不了解，但毕竟经验丰富，眼光十分老辣，一句话便切中了产品的要害。

方泽雨讷讷无言，想不出话来反驳。

方松荫语气温和了些，道："总之你先别想那么多了。别人的楼盘不会因为你研发的进度推迟发售，快点先搞件成品出来提前推向市场，这才是你手头应该做的。"

方泽雨无力反驳，只好先点头答应了下来。

方泽雨听完方松荫的训话，来找程凯。但程凯不在公司，他不禁气恼道："这个程凯，这么久还没搞定智能家居 APP，现在人又不见了，是不是又忘了上次的教训了？"

这时，朱小慧从后面拍了拍方泽雨的肩膀，把方泽雨吓了一跳。

"程凯正在赶工呢，他只是刚刚出去了。"朱小慧笑嘻嘻地，反而让方泽雨有些心慌，于是连忙给程凯打电话，那边却传来无法接通的提示音。

方泽雨露出一丝不怀好意的笑容，哄着朱小慧道："你老实说，他到底去了哪里。我不会生气的。"

朱小慧咬紧牙关："请你相信程凯，他没有再浪费时间！"

方泽雨笑了笑，道："我当然相信他，他说今日交 APP，就一定能交到！"

这时乔永廉回到公司，看到方泽雨，便上前打招呼，又随口问："晶片买到了吗？"

朱小慧想阻止乔永廉，但已经来不及了。方泽雨听到晶片两个字，立马警觉道："你们是不是有什么事情瞒着我啊？"

他眼尖，恰好看见程凯桌子上放着几张深圳数码公司的产品目录，立刻反应过来程凯是去内地买晶片。

方泽雨一看产品目录中最贵的一个公司被画上了红圈，随即头也不回地离开去找程凯。朱小慧还在状况外，见方泽雨跑了，连忙追上去询问情况。

方泽雨打电话给助理，买了最快的船票，一路开到港口，朱小慧也像个跟屁虫似的跟着。她很少坐船，跟着方泽雨进关出关，新奇不已。

方泽雨则一路绷紧了脸。到了罗湖口岸，立马就有天荫的人开车来接他们，一路开到了程凯去的那家公司门口。

方泽雨急匆匆地赶到程凯来的这家公司找人，到达公司门口的时候，正好看到程凯从公司走出来。程凯见他们过来，立刻露出欣喜的神色，问："你们怎么来了？"

方泽雨正要开口责怪程凯，程凯却兴奋地说："你们怎么来了，算了，不管了，快看，快看，我找到块新晶片了，是最新款的！"

方泽雨定睛一看，面色微冷："是最新的没错，但是你想过成本会是预计的三倍吗？"

程凯摆了摆手："不能管那么多了，一定要用这个！新晶片的运算能力高，可以在开电视的同时煮咖啡。如果用旧晶片，就要先做一样再做第二样，不能同步。"

方泽雨想起方松荫的话，反驳道："智能家居本来就是新产品，如果这些人没有尝试过 1.0，怎么知道 2.0 是最先进的？"

方泽雨和程凯两人的想法发生了分歧，朱小慧匆匆赶到劝架，道："大家都是为了公司好，有什么事情再好好商量，别吵了。"

方泽雨知道一时间是无法说服程凯了，于是先答应了下来，假装转变了自己的态度，道："你想坚持换新晶片可以，我帮你去买。但是在晶片到货之前，你必须先专心做好你的 APP。"

程凯欣然接受，喜出望外地拍了拍他的肩膀，道："好兄弟！这次我的智能家居 2.0 就靠你啦。"

朱小慧见二人意见终于达成了一致，松一口气，欢欢喜喜地说："既然想法达成一致，大家都没有异议了，我提议先吃份水煮鱼放松下心情，然后一起努力吧。"

程凯翻了个白眼："吃什么水煮鱼？还要回去做东西，回公司帮我煮面就好啦！"

朱小慧嘟着嘴，翻着白眼，瞥了程凯一眼，还是老老实实地坐上了回去的车。一路上嘟囔着："你这个人怎么这么没意思！"

自从方泽雨答应他买好晶片，程凯就更加拼命地去完成智能家居 2.0 了，天天在公司几乎废寝忘食。三人忙得昏天黑地，经常要靠方泽雨投喂。

方泽雨开车带着刚刚点的外卖来到公司楼下。朱小慧见方泽雨拿着一大袋外卖，急忙上去接手："辛苦啦，我们的衣食父母！"

方泽雨笑笑，这时他突然接到一通电话。朱小慧接过外卖后，为避开接听，自觉地走开了。结果她不小心将外卖下面的公文袋弄掉了，飘出来几页文件。

第七十一章 曾经沧海

朱小慧连忙放下外卖袋，弯腰去捡文件。天地良心，她可不是故意偷看的，但是封面上就写着“智能家居策划案”，让她不得不瞩目。内页第一张就是“智能家居”的配置，在晶片那一项，赫然是另一种低配置的晶片！

她不禁惊呼出声，这时，方泽雨已打完电话，发现朱小慧已经看到文件了。看到她的样子，立马明白了，于是沉着脸警告道：“如果你想让这个项目进行下去，就别出声。”

朱小慧惶急道：“你这样是不行的，让程凯知道，他一定会翻脸的！”

方泽雨握紧拳头：“换晶片不止成本高，而且还要多等一个月，如果不能按时给顾客交货，就等于一切都没戏了……你最好就当没看到！”

他收拾好了地上的文件，放回车里，调整了一下表情，拎着外卖袋子上楼。

朱小慧感到为难，蹲在地上想了半天，叹了口气，只能幻想着类似过两天新晶片会减价这样的奇迹出现。

办公室里，朱小慧和乔永廉中午吃外卖时，她实在憋不住，把方泽雨瞒着程凯用旧晶片的事情告诉了乔永廉。

乔永廉感叹道：“这简直就是一个定时炸弹，到了一定时间就会爆炸。”两人商量了半天，也没有好的对策。

高哲坐在办公室里，正跟人用 FaceTime 对话，神情却不是那么愉快。

高哲问：“思妤最近怎么样了？”

听他问起郑思妤近况，Karen 愣了半天说：“思妤挺好的，最近心情都不错！”

高哲听出 Karen 语气有问题，皱眉道：“你说实话，她最近怎么样？还是发生什么事了？”

听到这话，Karen 仿佛下定了某种决心似的，反问高哲：“你现在是怎么想的？到底想怎么样？要不你就放手，对大家都好，要不你再追回她，不要给自己留遗憾。现在她身边真的需要有一个人好好照顾她。一个女孩子孤身在国外生活，真是太辛苦了。就算朋友再怎么贴心，也是无法给她家庭的温暖的。”

高哲沉默不语。过了会儿，他干巴巴地说：“这段时间麻烦你了……”

“不是这个问题！”Karen 急道。忽然后面有人叫她的名字。

原来是郑思妤从外面回来，John 就跟在她身后。Karen 吓得赶紧放下手机，屏幕朝下，不让郑思妤看到和高哲 FaceTime 对话的荧幕。

郑思妤朝 Karen 道：“我忘记带钥匙了。走了！”

John 在一边絮絮叨叨：“不会赶不上看戏吧？”

郑思妤：“不会，不会，但是再不走就晚了，大不了看完了再吃饭嘛。”说完转身离开。

好一会儿，Karen 叹了口气，苦口婆心地劝道：“你这是何苦呢？放过她也放过你自己吧。你明明知道她不会再接受你，为何还要做这种无用功呢？你们都需要重新开始生活。”

高哲沉默不语。半晌，他自己挂掉了 FaceTime。

卓定垚正埋首在文件堆里，大屿山项目推进得很顺利，需要她签署的文件也如同雪片般飞来。她还要一个一个仔细过目，不然签错一份，就是上百万的损失。

忽然她的手机响了一声，卓定垚打开一看，原来是一个日程提醒。今天是她之前带领的舞团演出的日子，虽然不跳舞很久了，可她心中还是充满了期待。

这时王子琳拿着文件进来。卓定垚问：“今天的工作日程表里还有什么事要做？”

王子琳扶了扶眼镜，说：“待会儿要和董事开会，还有份文件今日一定要提交上去的。”卓定垚叹了口气，点点头只好接着工作。

等到她忙完的时候，已经快十点了。卓定垚在办公室翻箱倒柜，终于在笔记本里找到了两张票，这是她在半年前就早早订好的，总共只有十张的贵宾席位。她定好了日程提醒，虔诚地把这两张票放进笔记本里。

谁知一晃半年过去，她以为当初自己能牵着他的手走进剧院，替她曾经深深眷恋过的舞团鼓掌，结果还是在工作中蹉跎了一个晚上。

卓定垚抬头看了眼墙上的挂钟，露出不甘心的神色。

半小时后，卓定垚站在了天桥上，远远看着会场外的舞团演出海报发呆。一个小时过后，看见观众陆陆续续走出，卓定垚突然有种怅然若失的感觉。她缓缓地向演出的地方走去，忽然看到一个熟悉的身影。他拿着场刊跟随着人群走了出来，走近之后才看清，那人竟然是方泽雨。

卓定垚犹豫着要不要过去打个招呼，这时，她的脚也在不由自主地一步一步地向前挪着。方泽雨不经意间一抬头，终于看到了面前缓慢走过来的卓定垚，两人向彼此的方向走去，谁也不说话，一直走到各自面前……

卓定垚拉着方泽雨，两人沿着海边散步，略带着咸味的晚风拂过面颊，路边长椅上坐着的和路边走着的大多是情侣。有的头靠头戴着同一副耳机听音乐，有的女孩子披着男友的外套，瑟瑟缩缩，男孩子则连人带外套把她揽进怀里。

曾经何时，他们也是这样亲密，但中间发生了太多太多的事情，几乎被时间的洪流冲散，最后又奇妙地走到了一起。

卓定垚自觉气氛有些尴尬，便没话找话道："真想不到你还记得来看演出！"

方泽雨摸了摸鼻子："你不是也来了嘛！"

两人想到了之前在一起时，每当卓定垚上台跳舞，方泽雨永远都坐在第一排给她鼓掌，而现在朋友不像朋友，恋人不像恋人，气氛略微有些尴尬。

卓定垚忽然想起，道："对了，今天我看到新闻，天荫中心的牌子被拆掉了，你……"她知道方泽雨一直都很想拿回天荫中心，因此看到这样的新闻，心情一定不太好。

孰料方泽雨淡淡道："我知道，不过之前做了那么多努力，既然还是留不住，现在看它被拆掉又有什么意义。"

卓定垚抓住他的手，有些内疚地说："那段时间我不够理解你，没有体谅你承受的压力，也没有在你身边支持你，我……"

"好了，"方泽雨笑着打断她，"又不是你拆我家的楼，弄得像认错大会……"他抬起头，夜里很冷，也没有星星，但方泽雨眼中仿佛有星辰大海。

"天荫集团不只是一座大厦，现在公司项目也在蒸蒸日上，我有信心，改天会重新建立起一座新的天荫中心。"

卓定垚有些激动地说："假以时日，我相信你一定可以的。"

傲堂高哲办公室里。晚上与方泽雨道别后，卓定垚还是回到了公司，准备继续工作。忽然，看见高哲房内的灯依然亮着，卓定垚便过去敲门询问情况，只见高哲正在自斟自饮，神情很是落寞，跟他平日里那种冷傲不可一世的样子简直判若两人。他眼神空洞，像是在回忆什么忘不掉的场景。

卓定垚鬼使神差地走了过去，也拿出一个酒杯，给自己倒了一杯酒。

卓定垚忽然起了八卦之心，有些好奇地问："早上就看到你在公司了，现在还没回去。你除了做事情，平时有自己的业余生活吗？"

高哲不理卓定垚。卓定垚也不恼，自顾自地讲了下去，又讲起自己小时候的故事，讲起了自己向往的生活。

"我小时候从来没想过，自己会在这种时候饮酒。我觉得我应该是在舞台上表演，接受大家的鲜花和掌声……"

高哲淡淡地说："是呀，好多事情你都想不到的，以前都没人能猜到天荫中心今天会被拆掉！如果你告诉以前的人们，方家连自己的大楼都保不住，估计别人会建议你去看精神科医生。"

"是啊，"卓定垚趴在桌上，指尖转动着酒杯，"那时候我也想不到，会跟泽雨分手。现在我们两个家庭的处境大相径庭，一个走上坡如日中天，一个正在走下坡路……大家没办法在一起啊。"

高哲有些不以为然，问道："你知道什么是原罪吗？"

卓定垚愕然，不知道他为什么又谈起了宗教话题。

高哲看了她一眼，解释道："人类的祖先犯了罪，所以每个人身上都有原罪，但是只要人肯忏悔，上帝都会接受你。可惜，人始终是人，不是上帝，就算犯罪的人肯悔改，就算他做了好多事情想去补偿，另一个人怎样都不会再接受他，这个原罪令他们永远都不可能在一起……"

他眼前又闪回金融危机爆发的那一年，郑思妤的泪水和怒火、痛苦和挣扎，以及最后归于绝望的眼神，一直将他钉在迷债这根耻辱柱上。

卓定垚见他满脸追忆的神情，不禁好奇道："你是在讲自己的故事吗？"

高哲没有否认，只淡淡地说："我只是打个比方，你遇到的事情根本算不上什么大事，一切都还有回旋的余地。"

"谁信你啊？"卓定垚嘁了一声，"说起话来神神秘秘的。"心中仍对高哲的经历充满好奇。

第七十二章 不可或缺

卓定垚回到家中，打开电脑的第一件事情，便是上网查有关高哲的过去经历。看到电脑荧幕上显示，当年高哲被揭发是迷债设计者的报道，和郑思妤父母跳楼的新闻。

卓定垚一眼扫过头号新闻中的一句，“死者女儿曾经在傲堂任职”，这时才反应过来，原来郑思妤就是高哲前女友，而郑思妤父母是因迷债自杀，因此是被高哲间接害死的。

“原来他所说的原罪是这个意思……”卓定垚喃喃道，又想起高哲自斟自饮的孤独身影。

看来他也是个可怜人。

朱小慧正在向乔永廉学简单的编程和剪辑，程凯在一旁接到一通电话后，兴奋大叫。

朱小慧吓了一跳，拍了拍胸脯：“阿凯你吓死我了！你干吗，到底什么事啊？”

程凯兴奋地说：“还记得上次内地的那家公司吗？他们说新晶片提前到货了，这样我们就可以提早十日开工！不行，我要把这事快点儿告诉方泽雨。”说着拿起手机就打给方泽雨，但那边没有接通，便发了短信留言。几分钟过后，短信显示了已读，却并没有回复。

程凯心急道：“他不是整天就喜欢跟我讲进度的吗？现在向他报告又不接，短信也不回。算了，我去天荫找他吧！”

朱小慧刚想要阻止程凯，告诉他晶片被调包的事，却被乔永廉一把拉住。乔永廉小声地跟她说：“如果来得及，或许可以令方泽雨换回这一晶片！”

程凯来到天荫公司，四处张望。这时，秘书看到程凯，便上前问道：“请问您有什么事？方总正在开会，如果您要是着急，我可以带您去会议室门口等他。”

这时有天荫职员捧着文件出入会议室，程凯趁着会议室门打开的一瞬间，瞄了瞄房内，看到方泽雨竟然在众人面前讲解智能家居产品。

方泽雨讲到晶片部分时，忽然门被大力推开，程凯一脸不可置信地走进来，而屏幕上恰好停在晶片型号的那一页。程凯将门一推时，方泽雨也停了下来。

程凯两眼充血，愤怒地质问道："为什么是旧型号不是新型号？你不是跟我保证过使用新型号的吗？你堂堂方松荫的孙子，怎么说话跟放屁一样！"

方泽雨看了眼在座的表情各异的各位董事，尴尬地说："会议先暂停一下。"便拉着程凯走进自己办公室。

程凯对着方泽雨大喊："没有什么可说的了！这次，我绝不允许你再用旧晶片！"说完夺门而出，重重地将门一甩。

此时，门外正好有一名地产公司高层在与秘书谈话，闻声奇怪地看了程凯一眼。

这时，方泽雨追了出来，对程凯说："事情已经发展到这个地步，已经是木已成舟，非进行下去不可了。"

程凯转向他，一字一顿地当着地产公司高层的面说道："那么麻烦您把我的名字去掉，方先生。"

说完他便转身离去。方泽雨气得浑身发抖，他在公司这么久，从未当着董事们的面如此丢脸过。

"程凯，"他从牙缝中迸出这个名字，"我已经对你足够容忍了。从今往后，再也不要跟我讲什么情分！"

程凯回到公司，翻箱倒柜地收拾方泽雨的东西。朱小慧跑来，拦住了程凯，并且赶紧把方泽雨的东西放了回去。

程凯愤怒地将手上的衣服一把摔到地上，指着朱小慧大骂："我说朱小慧，你到底想怎么样，到现在了你还帮着那个方泽雨吗？还是说你一直帮他瞒着我？"

"没有啦，你别生气，我不想你因冲动而做出了会让你之后后悔的决定啊！"朱小慧抓着他的手臂，一边安抚程凯一边说。

"后悔？我后悔什么？他还有理了？"程凯一把甩开朱小慧，一边继续收拾着方泽雨的东西。

"方泽雨肯定是有他的难处的。再说了，他也不知道你这么快就有晶片了啊，你说对吧？况且私下里，他还帮你顶着多少他爷爷那边的压力啊，你也站在他的角度考虑下嘛。”程凯一边扔行李，朱小慧一边在后面捡。

程凯停了下来，手上攥着方泽雨的衣服，恶狠狠地说：“行啊，原来你早就知道了这些，他都和你说过了。到最后，只有我一个人被蒙在鼓里吗！”程凯狠狠地把衣服扔向窗外，朱小慧赶紧跑出去捡。

“他到底还跟你说了些什么！你都比我更了解公司的事情，你们还有什么事情是瞒着我的！还打算瞒我多久！”程凯愤怒地把箱子掀了起来。

朱小慧在一边抱着方泽雨的衣服，站着一动不也敢动，整个人瑟瑟发抖。

“好了，我知道了，这公司你们慢慢搞，我不陪你们玩了！”说罢，程凯摔门而出。留下朱小慧一边抹泪，一边把方泽雨散落在地上的物品捡起。

傍晚，方泽雨回到家中。经过书房时，从门缝间看到方松荫坐在里面看书。方泽雨靠着门，举起敲门的手又放下了，迟疑地伫立在门口。

“回来了？”方松荫在屋内说道。

“爷爷……”方泽雨答应了一声，语气中带着不知所措。

“等你好久了，进来吧。”方松荫一边看书，一边说道。

方泽雨推门走进书房。方松荫啪的一声合上书，转过来面向他，道：“说吧，你今天都干了些什么好事。”方泽雨沉默地低下了头。

“当着外人的面吵成这样，丢人不丢人？你让别人怎么信任你？换作是我，我才不会和这样的公司做生意。”方松荫走了过来，拍了拍方泽雨的肩膀，叹了口气。

“没事的，这件事交给我来处理吧，您别担心。这个地产公司的客户我是不会搞丢的。”方泽雨向他保证道。

方松荫点点头，道：“孰轻孰重我想你也分得清。去吧，早些休息。”

第二天一早，方泽雨早早来到公司，在会议室准备了半天。

地产公司的高层也准时出现在会议室。方泽雨口若悬河地讲着智能家居 1.0 版本产品的各项优势。地产公司的高层则不停地转着笔，左顾右盼，显得很焦虑的样子。

“不好意思，我可以打断一下吗？”地产公司的高层突然说道。

方泽雨点了点头。

“今天你们公司就你一个人来吗？程总怎么没有来？”高层一边用笔敲着桌子，一边不安地问道。

方泽雨一愣，赶紧答道："程总他家中今天有些急事要去处理，因此不能出席，不过今天我可以帮您分析我们智能家居 1.0 的产品，供您参考。程总也把一些细节都交代给我了，我可以代表程总回答您的所有问题。"

"这样的话最好了。但是那天会议终止之后，我在走廊上听到了一些对我们合作不太有利的情况。坦白来说吧，我们最初是冲着程总来的，如果你们私下沟通好了的话，我还是希望能听听程总的意思。今天我代表我们公司来，但是他不在的话，我们今天也不能做出什么决定或者有什么意见。"地产公司的高层缓缓地说完，方泽雨顿时愣住了，嘴巴微张，又不知道说什么好。

"所以今天这样吧，我们先回去，等哪天程总也在场的时候，我们再好好聊聊这件事吧。"地产公司的高层看到方泽雨愣在原地，起身和方泽雨握了握手。转身离开了。

"好的，我尽快安排！"

方泽雨送走地产公司的高层，一个人站在会议室门口，满脸的不甘与错愕。

酒楼贵宾厅，章海泉约章明晞见面。

章海泉敲着桌子，愤怒地质问着章明晞："原居民已经发现非原居民签完意向书了，现在都急着要找贺天生，想要取消意向书呢。你们怎么搞的？"

章明晞气定神闲地说："这个我倒不清楚，但是得按照合约来。"

章海泉满脸焦躁："但是现在贺天生避而不见，所以原居民们现在都来找我了。"他越说越生气，一连串地问道："你们为什么这么不负责任？有什么事情不能当面和村长他们商量，反而要避而不见？现在好了，别人都找上门了。没人找你，这事就和你没关系了是吧？"

章明晞无比淡定地回应："按白纸黑字的文件来。这一切都是村长他们不对，他们再怎么闹，我们也占着理在。何必要去操心这个呢？"

章海泉更加激动了，道："既然这样，那你去见那些人啊，你怎么不敢去见呢？做人要堂堂正正，买就买，不买就不买，不管白纸黑字写的什么，做人要有道义，有诚信！"

章明晞叹了口气，拿起茶杯喝茶。

章海泉看着章明晞一点解决问题的诚意都没有，越发生气，举起手刚想说什么，两眼一黑，摔倒在地上。

他看见章明晞惊慌失措的脸在他眼前放大，随即意识一片模糊。

第七十三章 重回傲堂

私家医院的走廊上，章明晞焦急地等待着，在走廊上来回走动。

医生从病房走了出来，问："章海泉的家属在吗？"章明晞连忙迎了上去。

"病人的情况我大概看了下，现在好点了。但是拍的片子显示他肺部有一块阴影，是肿瘤的概率要大一些，但通过这个片子还不能确诊，需要更加详细的检查。"

章明晞有一瞬间的懵然，随即理智回笼，冷静回应道："好的，我一定跟进好，谢谢医生！"

医生叹了口气，道："进去看看病人吧。现在最重要的是情绪不能激动。"

章明晞点点头，随着医生走进了病房。章海泉靠在病床上，看着医生和章明晞都进来了，开始叫嚷着要出院。

医生耐心地劝道："现在你的病情不太稳定，最好检查一下，观察几天再走。"

章海泉满不在乎地说："不就是癌症吗？我知道的。"

章明晞和医生都愣了一下。章明晞忽然怒不可遏，道："你早就知道了，为什么不早说？为什么不早点去医院治疗！"

章海泉冷冰冰地说："我自己的事，自己知道就好了。不要你们管。"

章明晞听章海泉这么一说，更加生气，道："什么叫你自己的事？你出了事，一堆人担心你，而你呢，你有看过医生吗？有定期跟进病情吗？有做治疗吗？"

"我不需要！我现在只要能快点出院就好了。"

说罢，章海泉掀开被子，准备从床上下来。医生和章明晞赶紧拦下。章海泉突然一阵眩晕，脚下一滑，被一旁的护士扶住。

医生也被吓了一跳，连忙说："还是住院观察一下比较好。你现在身体状况太差了，不能马上出院。至少等你能正常活动了再说。"

章海泉在护士的搀扶下回到病床上。一旁的章明晞还在气头上，对他没个好脸色。

章明晞气冲冲地说：“你就给我好好休息吧。其他事情别想了。”

章海泉冷笑一声，说：“我反正就这个样子了，你有那个闲工夫操心我，多去关注下村民们吧，他们可都是上有老下有小的。”

章明晞忍无可忍，快步出了病房。

晚上，贺天生接到了章明晞的电话。她带着哭腔说：“我爸爸得癌症了，他自己很早就知道，结果瞒着我们谁也不说！”

贺天生叹了口气，安慰章明晞冷静下来，这件事情急不得。

章明晞还是焦虑：“他总是这个样子，什么都不和我说！而且谁的话都不听！”她相当无奈，道：“真是的，我都知道他会说些什么。反正现在做什么都不顺利，爸爸还住院了，地也拿不到手，完全都是在帮卓定垚和高哲那边了。他们有了地之后，就容易和非原居民谈了。”

贺天生安慰她：“没事的，好事多磨，不会有什么事是一帆风顺的。”

还真被他说中了。

傲堂的办公室内，卓定垚、高哲和傅建业在确定搬迁的事宜。高哲说：“买地的事情已经谈得差不多了，应该最近就可以有新的进展了。”

傅建业点点头：“非原居民的意向书也都已经签完了，现在就看原居民这边了。我探过口风，现在贺天生与他们签完了意向书。”

高哲淡然道：“这些其实都没有关系的，我们可以等，只要他们之前的意向书到期了，我们就可以和他们签。”

卓定垚一边看着资料，一边满意地点头。

卓定垚的手机突然响了起来。她拿起一看，是彭世岳打来的。卓定垚接听后，表情一下子变得严肃起来。

高哲一愣：“怎么了？哪里出问题了？”

卓定垚急忙收了线，道：“不好意思，我爸爸突然出了点事，我赶紧回去处理下。”

她收拾好东西赶紧跑了出去，急急忙忙地赶回家，看到彭世岳坐在客厅里，对着她一脸笑意。

卓定垚急忙问道：“我爸爸呢？他怎么样了？”

还没等彭世岳回答，卓定垚瞥见花园的泳池里有人游泳，又急忙跑到花园里。

她走到泳池边，一脸惊讶地看着水中。突然有人从水中冒出头来，竟是卓启堂！他的胸口上赫然还有一处伤疤。

卓定垚又惊又喜，问道："爸爸，你做手术了？我怎么都不知道？"

卓启堂边走边笑，道："这是到了瑞士那边才决定的，你当然不知道了。"

卓定垚一边气鼓鼓地，一边质问卓启堂："那你还让我赶紧过来，你这不是都……"

卓启堂连忙打哈哈，道："哎呀，这些都是小事……"

"哪里小了？你这差点都要出大事了。"卓定垚跺脚，颇有些不依不饶地撒娇。

卓启堂笑呵呵地说："这些都不是问题。你看，最重要的是，我现在什么事都没有了。"卓启堂找到一面镜子，转动着身体，骄傲地说："看，我现在还和之前一样健康，医生都夸我康复得好。公司现在还需要我，我明天就继续回去工作。"

卓定垚惊讶地看着父亲，道："你这样都要回来工作，多休息一段时间啊！"

卓启堂哈哈大笑，道："还是女儿疼我啊。你想吃什么，今晚陪爸爸吃个饭吧。"

卓定垚点点头，扶着父亲在客厅坐下。

在彭世岳的陪同下，卓启堂回到了傲堂。在地下大堂里，卓启堂四处张望，一边自言自语道："怎么不见阿陈？"

远处高哲帮着卓启堂按好了电梯。卓启堂走来的时候，高哲淡淡地说："欢迎您回来，卓先生……"

随后三人走进电梯。

"阿陈呢？你看到他了吗？"卓启堂问。

高哲低头恭谨道："陈伯他已经办了退休了。"

卓启堂一愣，也没有说话，拿起手机看了起来。

卓启堂走进自己的办公室，发现自己的办公室已经大变样了，桌上多了很多花、香水和各种小摆件。

卓启堂很不自在，回头问彭世岳："这是什么情况？谁在我的办公室放这些东西？"

彭世岳笑着说："现在小姐在用您的办公室。您突然回来，小姐还没来得及收拾呢。"

卓启堂在办公桌前坐下，道："嗯，我知道了。"他长舒了一口气。

彭世岳继续汇报："现在小姐还有各位高管正在开会讨论大屿山的事情，您也去参加一下吧。"

卓启堂点点头，起身朝会议室走去。

卓启堂走进会议室，见众人已经在开会了，卓定垚正坐在自己的主席位上主持着会议，自己已经没有空余的位置坐了。大家见到卓启堂来了，纷纷站起，王子琳和卓定垚马上帮卓启堂张罗出了一个位置，让卓启堂坐在卓定垚的旁边。

卓启堂坐定后，环视了会议桌上的一圈人，发现已经有几个生面孔了。

他贴近了卓定垚，指着王子琳和傅建业，小声问这些人都是谁。

卓定垚小声回答父亲，这些都是自己的助手，还没来得及介绍给父亲认识。

卓启堂点了点头，看着会议继续进行。

他这才发现，自己离开了一段时间后，在卓定垚的带领下，大屿山的事情已经进展得非常快了。卓启堂以为这只是卓定垚太年轻，很多事情没有考虑全面，忍不住插嘴问了非原居民和原居民的问题。

卓定垚赶紧接上话，把之前高哲和傅建业反馈的信息重新跟卓启堂反馈了一下。

坐在卓启堂身边的王子琳也小声提醒他，这件事情卓定垚早就已经安排解决了。卓启堂点点头，皱了下眉，感觉有些不自在。

正好这时唐贵成也出面，大肆夸奖了卓定垚，在座的众人也纷纷附议。

"交给小姐您就放心吧，你女儿能干得很！"唐贵成说道，"你可别说我马后炮。现在咱们先开会，一会儿我已经约了陆一山吃饭，到时候跟您再慢慢地说。"

卓启堂皮笑肉不笑地附和一下。卓定垚看着父亲的样子，也尴尬地笑了笑。

高哲则在一旁一直把卓启堂的神情看在眼里。

会议结束后，卓启堂、唐贵成、陆一山和方荣亨聚在太平山顶俱乐部饮茶。

唐贵成悠然道："以前啊，我还以为小姐只是个小姑娘，什么都不懂。现在看来啊，我们都错了，有这样的女儿，您还有什么好发愁的呢？你瞧瞧人家老陆，家里挖了一个鱼池，每天养养鱼，多休闲啊。你还搞个什么大泳池，六七十岁了还游泳，真不服老啊，享享清福吧。"

陆一山连忙道："打住打住，我那是折腾不动咯。不像咱们卓总，身体好，别人游泳健健身有什么不好的。"

卓启堂在一旁听着，皮笑肉不笑地应付着。

众人饮完茶出去，只见贺天生在门口等着卓启堂。卓启堂一愣，没想到他会来，只怕他此行另有目的。于是卓启堂遣散了众人，独自和贺天生在大堂坐下。

卓启堂上下打量他："没想到啊，我们还会在这里相见。"

贺天生也笑道："世事无常，什么都变化得这么快。这不，你这么快就回来了，还做了换心的手术。"

卓启堂笑了笑，道："是啊，确实好快，你都由季生主席做成了傲堂的董事了，没想到啊。不过可惜，有些事还是没有大变。就算是今天，这太平山顶俱乐部还未收你入会，这里的门啊，你还不见得能走得进去。"

贺天生哈哈笑了起来，道："是的，曾经的我都要在这里向你们送礼。之前一样，今天也一样。"说罢，贺天生拿出一件古董，道："这可是乾隆年间的古物，与卓先生可是相配得很呐。"

饶是卓启堂见惯风浪，也不禁惊呼道："哎哟，这可是好东西啊。"

贺天生皮笑肉不笑地说："我之前就在想，送什么礼物能跟您的身份和地位更相配呢？您也不愿意在家里健健康康享享清福，所以思来想去，最后我就觉得，乾隆年间的东西，您老肯定感兴趣吧。"

贺天生阴冷地看着卓启堂。这乾隆晚年做了十几年太上皇了，有什么人身份可以比皇帝更尊崇？就是太上皇，只有太上皇才比皇帝地位更高，就好像今天卓启堂在傲堂这样……不过到底做太上皇满足感大些，还是做皇帝？

两人互相冷冷地看着对方，眼神之间仿佛已经擦出了火花。

第七十四章 失意出走

晚上，贺天生回到家中。章明晞问他：“有没有见到卓启堂？”

贺天生点点头，道：“卓启堂换完心之后，根本没有满足于退休之后的生活。虽说成了太上皇，地位更尊崇，但是也只是表面上看起来而已。像他这样的人，根本不会满足于做太上皇的。所以我们要赢得大屿山计划，就全靠他了。因为他现在急切渴望着一样东西。”

章明晞扶着下巴深思，“权力吗？”

贺天生点点头，道：“孺子可教也。”

朱小慧正在电脑上看新闻，发现方泽雨的众筹平台竟然出事了。

她吃惊地瞪大了眼。新闻上说，众筹平台利用咖啡机项目坑钱，骗了别人付钱之后，就一直没有进展了。

乔永廉站在朱小慧的身后，不禁叹息道：“方泽雨要是因为这次的事情把名声搞臭，以后就很难洗白了。”

朱小慧咬着嘴唇，为方泽雨担心了起来。

程凯这时候回到公司。乔永廉赶忙问他谈得如何。

程凯咕咚咕咚灌了瓶矿泉水，喝完一抹嘴，道：“谈得还比较理想，对方对我的智能家居 2.0 非常满意，基本上是敲定了，就差和他们签合作的协议了。”

朱小慧一愣：“难道，你真的打算卖给他们？”

程凯大笑：“怎么可能，我不会卖的。”

朱小慧长舒一口气。

程凯又解释道：“其实他们只是想要智能家居 1.0 的产品，而且他们让我赶期发展 1.0，既然这样，那我为什么不和方泽雨合作……”

正说着，程凯瞥见了朱小慧电脑上方泽雨的新闻。他赶紧凑上前，抢过了鼠标，仔细看着新闻的内容。朱小慧和乔永廉在一边不敢作声。

程凯眉毛渐渐扬起，道：“这是什么东西？方泽雨怎么出了这么大的事！朱小慧，这样搞得我怎么做啊，你怎么也不告诉我一下！”

朱小慧不敢吱声，默默听着程凯在办公室发飙，心里一边想，你不是已经跟方泽雨恩断义绝了吗……脸上却忍不住露出笑容。

天荫的会议室里，佳蓉和几个董事正在开会。

佳蓉正在征集福州项目的负责人。作为一个二线城市，到底该发展一个什么样的新式商圈？众位董事都不吱声，一个看一个，明摆着都不想接。

这时方泽雨和方松荫走了进来。佳蓉朝他们点点头，道：“泽雨，你来得正好，新闻大家也都看到了，现在外面的人纷纷说我们天荫卖的都是假货，他们出的钱，全部都是被我们骗走的。就是因为这个咖啡机的事情，不少人给了钱之后，发现迟迟没有下文，大家都怀疑被骗了，现在你打算怎么解决这件事情？”

方泽雨解释道：“众筹平台不是购物网站，本来就是以预购和团购的形式募集资金，最后成单会取决于很多因素，而且他们的钱也不在我们这里，货也不是我们卖的。怎么能说是天荫卖假货呢？”

佳蓉有些不耐烦地打断了方泽雨：“别的我不管，我不想听你解释众筹平台的原理，我相信出钱的顾客也不想听。我关心的是这件事最后你怎么用你的方式去解决，以及顾客要得到使他们信服的理由。”

方泽雨气不打一处来。他觉得这些人愚昧又顽固，简直不可理喻。

佳蓉其实根本不想让方泽雨的网站再运营下去了，劝道：“好了，泽雨，不如你先放个假吧。创业又难又辛苦……我知道你年轻又聪明，可是不能总想着图表现呐，你嘴硬死撑下去有什么好处？做人呐，头脑一定要清醒啊。”

这时另一个老董事温和地对方泽雨说：“创业最重要的是别出错，别乱搞一些大动作，其实就可以避免出错。天荫多得是能赚钱的方法，每个月收租子不好么？什么都可以不用做，照样定期有股息，这才是最重要的。”

方泽雨神情颓丧，不甘心地握起拳头。他看了眼方松荫，见他还是面无表情地喝着茶，没有一点帮自己说话的意思，只好无奈地点头同意。

离开公司后，方泽雨来到健身房打拳。这时朱小慧怯怯地来到方泽雨的身边，告诉他程凯不来了。

方泽雨此时的心态已经很好了，笑了笑说：“算了，他有他自己做事的方法，我也有我做事的方法，大家今后道不同就不相为谋了。”

他顿了顿，继续说：“我认识程凯也十几年了，以我对他的了解，做朋友是没有关系，但是做事来讲，他真的是不行。小慧你之后做事也都要小心了，他不理解别人的感受，你肯定都知道，我说的话都是没错的。”

朱小慧默默地站在一旁，也不知道怎么接话。但是朱小慧还是想劝劝方泽雨：“地产商真的在找程凯，但是他现在……”

方泽雨打断了朱小慧，道：“程凯他不想被逼着交货，但是不可能有人愿意无休止地由着他创作。”

朱小慧沉默。方泽雨接着说：“但是做生意双方都要考虑自己的时间成本，尤其是他做的这个，不可能没有一个 deadline。他之前在深水埗不就一直都没有这个吗。结果呢？你都看在眼里，他也不会改变之前的老习惯，只会一直这样下去，你明白了吗？”

朱小慧无言以对。

卓定垚深夜回到家中，发现卓启堂没有睡，一直在书房看着文件。卓定垚上前关切地询问道：“爸爸，你怎么还没有睡呀？”

卓启堂说：“噢，我想看看这个大屿山项目，有没有可以继续跟进的地方。”

卓定垚连忙解释说：“这个项目太复杂了，之前你也没有参加过董事会议，看文件很费神，还是好好休息下吧！”

卓启堂明显地发现卓定垚对这个项目特别上心，于是问：“这个项目对你来说有什么特殊意义吗？”

卓定垚犹豫了一下，还是点点头道：“现在新能源方面虽然是小众，但是在保护环境方面意义很重大。”

卓启堂打断她道：“你有这样的心，爸爸都很欣赏，但是你确定和你一起开会，和你一起跟进项目的人都是这样想的吗？”

卓定垚一愣。

接着卓启堂又提到了高哲，道：“这个人你别忘了，他是彼列基金的人，也是一个财经界的赌徒，但是他只是一个熟悉金融的人，你好好想想为什么这次他会这么支持这个项目？”

卓定垚茫然地摇了摇头。

卓启堂接着说：“我只是担心，会不会有什么东西我们看漏了。毕竟这个大项目中想要来分一杯羹的人太多了，会不会其他人有些其他想法、其他的动机，我们不知道。我只是担心你年纪小，耳根子又软，怕你会吃亏啊。”

卓定垚一愣。

翌日，卓定垚、高哲和王子琳在卓定垚的办公室开会。期间，卓定垚安排王子琳去帮三人买咖啡，卓定垚则和高哲中场休息。

卓定垚故作突发奇想，问道："你为什么这么努力去推行大屿山这个项目？好像别的地方都没见你这么上心。"

高哲笑了笑，并没有作答，这引得卓定垚愈发好奇，打趣道："你越不回答，我就越容易胡思乱想，为什么你对这个项目兴趣这么大？是不是你们彼列基金有什么阴谋啊？想借此机会吞了傲堂？或者你有啥其他的阴谋？我还要不要和你合作啊？"

卓定垚开玩笑似的说了一堆，等着高哲回答。

高哲定了定神，淡淡地回答："如果有一天你发现，你有机会买回天荫中心给方泽雨，你会不会这么做？"

卓定垚一愣，细思高哲的回答，想到了之前高哲的原罪论，不禁心中一动。

方泽雨内心郁闷，一个人没趣地在酒吧喝闷酒，突然遇到了丽瞳。

丽瞳用胳臂肘撞了撞他："你怎么一个人跑来喝闷酒呢？难道是咖啡机那个事情，搞得你很伤心？"

方泽雨叹了口气："烦心的事情太多了，没意思，都没意思。"

丽瞳拍拍他的手臂，宽慰道："好啦，我知道你是一心想着众筹网，希望能够做回天荫，但是这事情不是那么容易的。就好像我家的酒楼，你说好也好吧，说坏也坏吧，都是不断地在生死之间徘徊。"

方泽雨低着头不说话，继续喝酒。

丽瞳继续安慰方泽雨："香港做得好不好现在不重要了，回上面去做嘛，上面机会多，好像之前不知道是谁，开了个商城，最后开到了整条街整个市。再说香港接受新鲜事物的思维、反应没有大陆这么快，不像我们这里，这么多限制。"

方泽雨苦笑道："你就像我们公司那些老家伙一样啊。"他喝了口酒，反问丽瞳："你说得这么好，为什么你却不上去呢？"

丽瞳摊摊手，道："我嘛，废材一个，我最厉害的不就是长得好看吗？我最讨厌别人说富不过三代了，第一代发达，第二代败家，第三代来还债，都是什么事。"

方泽雨苦笑着陷入了沉思。也许对自己来说，回大陆碰碰机会，不仅是对自我的一种修行，也说不定大陆的环境真的更适合自己。

方泽雨回到家中，见方松荫正在书房看文件，于是敲门走了进去。

方松荫看到他来了，转过身道：“哟，泽雨回了啊，怎么啦？怎么阴沉着个脸？”

方泽雨说：“爷爷，我决定了，我要回大陆发展。公司不是在福州有个商城的项目吗，我去负责吧。”

方松荫眉头一皱，说：“那边单子小，哪里需要你来负责呢？随便找个副总去算了。”

方泽雨苦笑了一下，道：“想搞大事情又不成功，或许这一小单，是适合我来做的。”

方松荫叹了口气，淡淡地说：“你要去试试的话我也不拦你了，不过你可要想好了。”

方泽雨忍不住问道：“爷爷，你是不是觉得我特别失败？”

方松荫想了想，回答说：“成功的人失败的次数确实比别人多，失败的人往往都在失败之后不想尝试罢了。所以你想去福州的话，你就去好啦。”

方泽雨点了点头，若有所思地离开了。

第二天，方泽雨收拾着行李，永祥正准备着送机。

突然，方泽雨停下手中的动作，拿起手机，翻出了卓定垚的号码。想给她写点什么，却又不知该说些什么，又是一阵难过，遂把手机扔到一边，继续默默收拾行李。

第七十五章 黑网主人

傲堂办公室外的走廊上，卓定垚和丽瞳相对走来。双方都是一愣。卓定垚先发问道："丽瞳，你来这里干什么？"

丽瞳回答道："我来找高哲吃饭啊，但是又不知道他跑哪里去了，你知道他在哪儿吗？对了，话说你怎么还在这里，你不需要给方泽雨送机吗？哦对，你们好像又分手了。唉，都不知道你们是怎么搞的，但总归是朋友吧，不去送下吗？"

卓定垚听得一头雾水，问："泽雨要去哪里？从来没听说过啊。"

丽瞳理了理头发，说道："也就是这两天的事情嘛。听说他打算去大陆做事了，好像还会去挺长一段时间……他竟然都没有和你说？"

卓定垚沉默了一会儿，迅速拿起了手机。

方泽雨坐在去机场的车里，内心忐忑，看着手机上卓定垚的头像，不知道如何是好。

就在这时，卓定垚的电话打来。方泽雨犹豫了半天，终于接了。

卓定垚上来便是急切的一连串问题："泽雨，我听丽瞳说你要走了，怎么都不和我说一声，你要去哪里？去多久？有什么事情啊？"

方泽雨愣了一下，淡淡地说："不知道，只知道去福州看下商城那个项目的进度，再看看谈得如何，可能还有很多其他的事情，但是一些细节真的不清楚，没办法回答你。"

卓定垚看了看电脑上的地图，想说福州其实好近。这时王子琳进来了，让卓定垚去做访问。

卓定垚点了点头，打发走了王子琳。

方泽雨"哎"了一声，道："反正我先去那边看一下吧。这次的事情对我打击也很大，我想换个环境试试。"

卓定垚嗯了一声，也不知道说什么好，只好祝方泽雨一路平安。

方泽雨挂了电话，看着窗外，心中一阵感慨。

卓定垚一边担心着方泽雨，一边小跑着赶去做访问。

大家都做好了准备，等着曾依宁与卓定垚的采访，并同时进行着 Facebook live。

采访过程中，曾依宁问到了卓定垚有关大屿山项目、绿色产业、环境等问题，卓定垚对答如流。

卓定垚真诚地说："这么久以来很多人都在帮我，多谢支持我的人。我能做到现在，全都是靠着支持我的人的功劳。现在让我觉得这个项目是有意义的，值得我去付出的。"

季生贺天生办公室里，贺天生和章明晞都在看卓定垚的直播。章明晞问："曝光社都找到过你，为什么不接受采访？"

贺天生高深一笑，道："接受了采访不代表得到了大屿山的项目，但是不接受采访反而有机会。"

章明晞愣住，不明所以。

卓启堂也在自家客厅里看卓定垚的直播。只见到了最后，曾依宁说卓定垚是香港有史以来第一位绿色企业家，卓启堂气得浑身发抖，把手中的遥控狠狠地摔在了地上。

内地接待的司机带着方泽雨前往科技园。方泽雨靠在窗边，看着外面一片荒芜，前面排着长队的汽车在一条不成样的土路上行驶，一路上不停地颠簸，他不禁坐在车上暗暗发愁。

司机开着汽车来到一处看似正在施工的楼盘之外，停下车道："这里就是科技园啦。"并指着前方一栋最高的大厦说："那就是我们公司，里面配套齐全，全部都是高科技设备。"

方泽雨从窗外望去，只见大楼死气沉沉，都没有修缮好，心里一沉。

他还没有下车，只见几名穿着西装的男子走来。司机下车为方泽雨打开车门，其中一名男子热情地迎上来，说："方总你好！初次见面。我就是这边分公司的经理，方总可是第一次来我们这边吗？"

方泽雨点点头。经理一边同方泽雨寒暄，一边领着方泽雨朝着科技园走去。

经理带着方泽雨参观了大厦，但大厦内空无一人，水泥地面都尚未铺好。两人走过长长的楼梯，只见周围的墙壁和楼梯也都没有粉刷，看来整座大厦都没有竣工。

虽然一路上经理都在喋喋不休地介绍，但是方泽雨完全被面前的状况震惊了，根本没有听进去。

方泽雨在经理的带领下来到了办公室。只见宽阔的办公室内只有两三名年轻职员在工作，大部分座位都空着，大家全都低头不语地做着自己的事情，死气沉沉。

经理带着方泽雨来到了自己的办公室。地方倒是很宽敞，就是家具简陋，只有基本的办公桌椅，整个办公室显得空荡荡的。

经理介绍道："现在公司主要在做一个购物商场，目前正在和各大品牌商讨合作招商，等一下会有一个关于该项目的简报会，到时候我带您过去参加。"

方泽雨点头，问几点开始。经理看了看表，说："简报会下午才开始。现在11点了，我们先一起吃个饭如何？"

方泽雨以为自己听错了时间，愣了一下，举起手看了看手表，见确实是11点，忍不住问道："这才十一点啊，怎么就吃饭了？"

经理也诧异了一下，道："对啊，就是11点吃饭啊，一会儿吃完了还可以睡个午觉呢。"

方泽雨没有再反驳了，毕竟初到这里，人生地不熟，只好跟着经理的安排走了。但在他心中，对内地这个分公司懒懒散散的样子非常不满。

经理和司机带着方泽雨来到员工餐厅吃饭，引着他入座。方泽雨见司机还站着，便招呼他过来坐下一起吃："过来一起吃嘛，别站在那里啊。"

司机笑了笑，说："稍等一下。"

他走进厨房，换上围裙开始炒菜。方泽雨看得目瞪口呆。

经理见状，赶紧解释说："现在我们这边人手不太够，资金也不算充裕，所以我们每个人都身兼数职，他就当我们的司机和厨师了。"

方泽雨叹了口气，没有再说什么。

高哲、麦嘉菲赶紧赶回傲堂。高哲边走边说："我们已经和村长谈好了收购大屿山地皮的价钱，合约方面的事情你一定要跟进，记得还要搞定地产部的那些手续。"

二人正准备过马路，一辆高档黑色房车突然驶至，停在高哲面前。

两名穿黑西装的人下车，一左一右走到高哲身边，拦住了他的去路。两人看上去凶神恶煞的，其中一人对高哲说："基金请你回布拉格总部一趟。"

高哲疑惑道："是什么情况？谁让我回去的？"

黑衣男子面无表情地说："这就不清楚了，总之请你和我们走一趟。"语气不容商榷。

麦嘉菲闻言一怔。高哲眉头紧皱，似有不好预感。他向麦嘉菲点头示意了一下，就跟着黑衣人走了。麦嘉菲强作镇定，继续朝傲堂集团走去。

卓定垚来到会议室外准备开会，见麦嘉菲已坐在室内等候。麦嘉菲一见卓定垚，随即一脸凝重地走到卓定垚面前，说："高哲不能来开会了。"

卓定垚奇怪地问："怎么回事，他为什么来不了了？"麦嘉菲只是简单回答说："高哲被彼列突然叫回布拉格了。"

卓定垚无奈："好吧，咱们先开会吧。"

开完会之后，卓定垚特意给高哲打了一个电话，但无人接听。于是卓定垚对他的失踪更加担心了。

会议室内，卓定垚正在和众人讨论大屿山项目的整体进展情况。

"大屿山的项目已经和村长谈好价钱，约好了下次开会签约，目前项目上的事情已经胜券在握了。这段时间辛苦大家了，大家再加把劲，赶紧把这个项目做成。"

众人纷纷鼓掌。这时卓启堂突然走入会议室，说："大屿山项目要停一停。"

卓定垚及众人皆感愕然。有董事站出来问："为什么这个时候要叫停？理由是什么？"

卓启堂说："首先这个项目不是那么赚钱，需要好长时间才可以回本。"

"那这并不能作为叫停这个项目的充分理由啊。"某董事站出来说。

卓定垚努力解释："而且大屿山这个项目很有意义，搞清洁能源可以改变世界，也是未来的大势所趋。"众人点头附议。

卓启堂冷哼一声："你们别忘了，这些都是高哲的说法。我最近一直在怀疑这个人，后来经过我的调查，发现他是黑网的老板。"众人哗然。

唐贵成激动地说："就是爆光我的那个黑网？"

卓启堂强调道："黑网专门靠发布其他企业的负面消息、沽空其他公司获利，一直都在做损人利己的事！而且高哲瞒着彼列和傲堂经营自己公司的事，一直都没有人知道。高哲这个人有太多秘密，信不过，他那么大力气搞大屿山这个项目，一定是别有用心，虽然我们不知道他的目的是什么，但是绝对不能再按照他的节奏来进行了。"

众人受卓启堂影响，都开始怀疑高哲搞大屿山会否另有目的，同意暂停项目，先搞清楚高哲和整件事的关系。

看到会议上众人一边倒向了卓启堂，卓定垚也没有好辩驳的，只能为大屿山项目搁置失望，更为高哲的隐瞒感到意外。满腹狐疑的她，只想尽快找到高哲问清楚。

卓定垚边打高哲电话边走进他的办公室，电话里只有未能接通的提示声。

她四下环顾，想看看高哲是否有任何关于自己离开的留言，但一无所获。

这时麦嘉菲来到。卓定垚小声问麦嘉菲："你有什么办法可以找到高哲吗？"

麦嘉菲摇摇头说："如果高哲觉得方便的话，他应该会尽快联系我们。否则就是周围环境不方便了。"

卓定垚又问："高哲是不是真是黑网的人？"

麦嘉菲笑了笑："关于这个问题，我想他亲自回答你好些。"

卓定垚看着麦嘉菲，不禁满腹狐疑，感觉这两人似乎在背地里搞什么勾当，但是现在对卓定垚来说当务之急还是找到高哲的下落。

高哲在布拉格彼列基金总部和高层单独见面。高层说："难怪黑网近几年发展得那么快，原来和你有关，你有什么解释？"

高哲笑笑说："你都应该很清楚啦，看来彼列对黑网的业务不满意？"

高层说："恐怕不止彼列，不满意的人多了去了，和你最直接的，香港的傲堂就不满意。"

高哲闻言心中有数，已料到是卓启堂查到自己经营黑网并向彼列透露的消息。

第七十六章 利欲熏心

章明晞来医院探望章海泉，见张一健正站在病房门口和医生攀谈。

章明晞疑惑道："怎么啦，我爸爸呢？"

张一健无奈地说："他自己做完检查就出院了，我也是刚刚和医生问了才知道的。现在也不知道他去哪里了。"

章明晞又气又急，埋怨道："我爸爸真是的。不仅不听劝告，现在好了，还擅自出院。"

张一健好声好气说："别生你爸爸的气了，我们先去找他回来吧。"

章明晞拨通了章海泉的手机，可没有人接听，连续拨了几次都一样。

她不禁气恼道："联系都联系不上！唉！你觉得他有可能去哪里。"

张一健摇了摇头，道："这个可不好说，可能去的地方太多了。我们先去几个他常去的地方找找看吧。"

章明晞点点头。两人先后去了公司、家里找了一遍，都不见踪影。

章明晞彻底没辙了："你说他有没有可能去给母亲扫墓了？"

张一健觉得不可思议："现在既不是清明，又不是忌日，扫什么墓啊？"

章明晞叹了口气，道："反正到处也找不到他，去看看吧。"

二人来到章明晞母亲的墓前，却见章海泉正自顾自地在除草。

章明晞一个箭步冲上前，埋怨道："爸，你怎么能擅自出院呢？还不接电话，我们都急死了，到处找你。"

章海泉说："反正都治不好，难道睡在医院等死吗？"章明晞一时竟无言以对。

章海泉又说："其实死没有什么呀，总之你记得，我死了之后要葬回这里。"他边说边指着山坟位置，又开始向章明晞交代身后事要如何处理，听得章明晞一肚子火。

章明晞没好气地说："爸，你在瞎说些什么呢？你现在说这些做什么？"

章海泉说："你还别怨我。我先说好了，等你到时候不需要再想了。对了，你可记得要在坟这里搭个棚遮风挡雨，到时候啊，可以你帮积回些阴德。”

章明晞不耐烦地说：“积什么阴德？爸你今天都在说些什么？你这场病之后都在想些什么东西？好了，先回家啦。”章海泉说：“我在说什么你自己明白，不除完草，我不回去。”

“爸，你之前不就除过草嘛！怎么还老是来除？”

章海泉瞪了她一眼：“除一次就够了？那些草会再生的啊。你们这些年轻人，整天想着一劳永逸，我死了都不需要指望你来拜山。”

章明晞有气道：“是，我想着一劳永逸，那么我死算啦，这样最一劳永逸了。”

张一健在一边看不下去了，劝二人少说两句：“你们都是一家人，别吵啦！我来帮忙。”说着弯下腰，帮忙一起除草。

章海泉说：“你看看你，外人都肯帮手呀，你个当女儿的，还站在一边干看着！”

章明晞强忍不忿，一言不发，弯下腰开始帮忙除草。

拔完草后，章明晞带着一肚子气，送章海泉回到家中。

见章海泉带着倦容，躺在床上入睡，章明晞帮他盖上了被子。

两人走到屋外。张一健说：“其实你们父女都好在乎对方，没有必要整天对着干呀。开开心心过日子多好。”

章明晞没好气地说：“你以为我想吗？你也不是没看见，他有多不让人省心。”

张一健叹了口气：“以后对自己的爸爸多关心一点，不要因为工作上的事情闹得家里人不和，这才是最重要的。”

这时有非原居民经过，见到张一健，即走上前，说：“哎哟，这不是一健吗？我家种了些青瓜，等段时间送些过去给你。”

张一健笑着说：“多谢啊。”两人关系好像很好的样子。

非原居民走后，章明晞奇怪地问张一健：“刚刚那是谁啊？我怎么都没见过的样子。”张一健说他早两年才搬进来，老婆刚刚生了个孩子。

章明晞说：“原来你和非原居民都很熟哦！”

张一健有点不好意思：“没什么啦，最主要的是大家都爱这个村子，分什么原居民非原居民呀。”章明晞笑笑，心中却另有盘算。

贺天生在客厅里，看着大屿山地图，若有所思。这时章明晞回来，贺天生问她：“你爸爸情况如何？”

章明晞往沙发上一靠，没好气地说：“还是那样啦。不过好消息是我发现了一件事，张一健虽然是原居民，但他和非原居民都能聊，而且与村里的各种人关系都处理得不错。”

贺天生闻言，会意地说：“既然这样，我们不妨好好利用一下他。我们很有机会的。”

章明晞说：“你是不是有什么好消息？”

贺天生点头：“卓启堂查到高哲搞黑网，以高哲信不过为理由，叫停了大屿山项目。现在我们没有了竞争对手，只要张一健帮我们游说非原居民，他们一定会卖地给我们。”

章明晞高兴地从沙发上跳了起来，但仍有所疑虑，说：“但是我们没有地方帮他们搬村，就算游说都没有用。”

贺天生微微一笑，指着地图说：“这里不就有块地咯？”

章明晞一看地图，不禁皱眉：“但是这里没有路哦。”

贺天生摇头：“我们并不需要让那些村民知道没有路，只需要告诉他们有片地就可以了。”

章明晞知道贺天生打算借张一健之口欺骗非原居民，一时犹疑不决。

贺天生望着她：“你不想利用张一健？”

章明晞努力甩开脑子里的想法：“不是张一健的问题，只是在想如果最后爆出来，我爸爸会有什么反应。”

贺天生淡然一笑：“心软了？”

“我只是不想他到最后还是说中了我，说我是冷血的人。”章明晞有些不甘心。

贺天生循循善诱：“问题是，你自己觉得他那么看你，对你来说是不是真那么重要？”对于这问题，章明晞陷入了思索。

章明晞把张一健约了出来，拜托张一健帮忙游说非原居民卖地。张一建对此也有所警惕，说：“他们可都是我的朋友，我不想让他们信错人，令他们失望！”

章明晞说：“我知道上次睡觉婆婆的事，令你好失望。”随即向他道歉道：“是，我曾给她儿子钱，我以为他是因为没钱才不照顾婆婆，给了钱他就会对婆婆好些。”她露出委屈的神情，祈求地望着张一健。

男人都是吃软不吃硬，她平时一贯强势，这时向他示弱，反倒令张一健犹豫了。

章明晞承认说:“我知道我之前处理婆婆一事前,没有了解清楚,所以这次吸取教训。你一定比我清楚非原居民的心态,你帮我去沟通,不就不会再出错了吗?”

张一健对章明晞仍有所怀疑。章明晞又说:“我爸爸现在身体不好,就怕也剩不了几天了。他之前都很努力地和原居民谈,想帮他们改善生活,但是如果因为非原居民不肯搬,导致这件事谈不成,那么不就让原居民都没有了改善生活的机会?他们都是你和我的亲戚朋友,我不想令他们失望,更加不想我爸爸最后的心愿落空!”

张一健不想辜负章海泉的期望,终于被章明晞说动,说:“我可以帮忙,不过就是帮忙传话,决定权还是在非原居民手里。”章明晞一笑,点头道谢。

卓定垚开车赶回傲堂。秘书透露说:“听说高哲回香港了,下午三点将召开董事会。”

秘书担忧地问道:“我们会上应该如何应对高哲呢?”卓定垚没有回答,神情焦急,希望尽快见到高哲问个清楚。

在会议还没有开始前,卓定垚提前找到高哲,问:“你为什么不告诉我你搞黑网?现在全公司都说你对傲堂别有用心!”

高哲一摊手:“我不觉得有必要解释。经营黑网的确是为了赚钱,和彼列、和所有投资机构的目的一样,但我们赚钱的方式是揭露一些有黑幕、有问题的上市公司,他们的存在本来就对市场有害。”

卓定垚焦急地说:“但是现在我爸爸不信你,还叫停了大屿山项目。”

高哲说:“如果黑网要对傲堂不利,之前卓启堂入院、你刚刚接管公司,正是傲堂最脆弱的时候,所有人都没有信心,当时我要对傲堂下手还不容易,需要什么兜那么大个圈搞大屿山计划?”

卓定垚说:“其实我不是怀疑你的用意,我只是想做好大屿山这个项目而已。现在这些都已经被叫停了。”她顿了顿,“你回布拉格,是有很重要的事情吗?”

高哲虚应说:“我的事你不需要担心,现在最重要的是不能让卓启堂坐回主席位。”

卓定垚闻言不禁错愕,说:“不可以坐回主席位?你这是什么意思?你要把他赶出公司吗?”

高哲摇摇头:“开会的时候你就知道了。”

下午的董事会议上，高哲向众人宣布：“各位好，前段时期出了点不愉快的意外，想必大家都知道了。现在我回来是想告诉大家，不必担心，我依然是彼列基金的代表，而且我现在代表彼列基金宣布，我们会继续支持傲堂集团。”

卓启堂稍感意外，但仍不动声色，众人纷纷窃窃私语，对高哲身为黑网老板一事仍有疑虑。

高哲说：“知道大家都好关心董事会的未来，今天开会我是在想谈下关于公司人事调动的事情。之前卓定垚一直是暂代卓启堂做主席，现在卓先生都回来了，身体又好了好多，我觉得应该由卓先生坐回主席位，就可以令大家恢复信心。”

卓定垚看着高哲当着自己的面一套，会上又是另外一套，心生不爽，正准备打断他的提议。

这时有董事附和高哲的意见，丽瞳却不满起来，说：“自从叫停大屿山项目之后，傲堂的股价跌了好多。卓先生做的决定不一定对傲堂有好处。”丽瞳又摆出资料，说：“换心后半年内死亡率超过五成，我们要充分考虑风险，不如给卓先生多休息半年时间，看下到时情况如何，再决定是否做回主席。”

众人见丽瞳说得过于直白，气氛一时有些尴尬。卓启堂坐在一旁听着有人说这么不吉利的话，也满脸尴尬。卓定垚不断对丽瞳打眼色，丽瞳却似全没看见。

有的董事觉丽瞳说得有道理，附和说：“其实卓小姐做得挺好，继续做下去都没有问题。”

卓定垚真心为卓启堂身体担心，说：“丽瞳的提议也有道理，爸爸不如多休息一段时间吧。”

卓启堂满心不悦，但仍笑着说：“多谢大家关心，是我的身体耽误了各位，我在这里向各位赔个不是了。”他已经猜到是高哲在背后搞事情，心中暗自做了决定。

散会之后，高哲来到画廊看画。潘力晨来到，有所愧疚，道歉说：“高总，是我工作的疏忽，想不到黑网的事会被人查到。”

高哲说：“这些都不重要，现在最重要的是查下卓启堂有没有什么见不得人的事，有没有包二奶、私生子、生意欺诈等事情，总之无论工作还是生活上的黑历史都要查，要制造卓启堂的负面消息。”潘力晨领命而去。

第七十七章 高哲道别

章明晞拿着已经签好的大屿山卖地合约，对贺天生说："搞定了。现在所有村民已经一致同意卖地。"但心中仍为章海泉的反应忐忑。

贺天生说："干得不错啊，给你记一个头功。不过合约还是先收好，我们还有一个障碍要扫除。只有令嘉道理不再信任万学礼，合约交上去才有用。"章明晞点点头。

万敬贤回到公司，就被一大堆等候的记者包围了。记者不断追问：万敬贤和万学礼是父子关系，那么曝光社背后的金主是不是万学礼？你们是不是万学礼的宣传机器？之前报道大屿山工程，你们说卓定垚是绿色企业家，是不是屈奇顿的刻意安排？

万敬贤一言不发，铁青着脸快速离开。

万学礼和万敬贤吃饭。万敬贤内疚地说："我担心因为曝光社的丑闻连累到你，这件事前前后后我都曾找贺天生做访问，但是都被他拒绝了，我并没有私心的！"

万学礼笑笑说："没关系的，我从来没有怀疑过你偏私，只不过是有心人不想我再参与大屿山的事情，在背后搞事。"万敬贤说："我知道了，这个人一定是贺天生！"

万学礼没有回应，又安抚万敬贤说："你别太自责，这次的事只是小风波，我去英国总公司和他们谈谈就没事了。"

万敬贤稍感放心，但仍愤愤不平。

在英国总公司，万学礼和高层单独面谈。万学礼说："这次的新闻都是小事，我会处理好的。"

高层神色严峻，说："嘉道理先生看了报道之后，非常不高兴。我们是一个历史悠久的家族，公司从来不会做有损声誉的事情。这次出了这样的丑闻，对公司和家族的名誉都有较大影响！"

万学礼知道事态严重，刚想解释，高层微闭着眼睛摇了摇头，说："我只能说非常遗憾，万学礼先生，公司已经不再需要你的顾问服务。"

万学礼当面被炒，面色十分难堪，只有尴尬离场。

郑思妤、Karen 提着大包小包逛街，二人有说有笑。Karen 似开玩笑地问："思妤啊，你怎么那么有空陪我玩啊？不需要和 John 看戏吗？"

郑思妤拍了一下 Karen 说："讨厌啦，别乱说笑啦。"

两人说着已走到停在路边的车旁，一齐上车离去。

Karen 开着车，正想停车，却发现刹车没反应。

郑思妤说："到了咯还不停车呢？你想要开到哪里去啊？"

Karen 惊呼："等一等！这车没有刹车的？"

郑思妤闻言顿时慌了，叫道："什么啊，你不要吓我好不好？"

Karen 说："真的，快想办法让它停下来。"

两人想着各种办法让车停下来，但最终都没成功。轰的一声，刹不住的车撞到了路边的树上，不过情况不算太严重，两人都幸免于难。

卓启堂独自吃饭，高哲走到他面前坐下。

卓启堂神色不变："还是你厉害啊，那么跟彼列闹分歧都没事。"

高哲笑了笑："您也很厉害，不是吗？竟然能查到我和黑网的联系。"两人仿佛仇人见面一般，分外眼红。

卓启堂说："别提了，我自己都花了不少时间。还好我在俄罗斯有好多朋友，他们在欧洲兜了很久才查到，所以说朋友真是很重要，不知你在加拿大的朋友最近如何啊？"

卓启堂说罢笑着吃完饭，抹抹嘴离去。

高哲脸色变了。卓启堂确实老辣，而且狠毒，一出手就抓到了他的软肋。电话铃声忽然疯狂地响了起来，他心神不宁地接起，顿时一个踉跄，差点摔倒在地。

傲堂集团的楼上，高哲独自看着窗外景色，神情复杂。卓定垚来到，问高哲："你约我来有什么事吗？"

高哲单刀直入地："我已经和彼列说了，我不会继续做傲堂董事，他们会派另一个人来接替我。"

卓定垚惊讶地问："为什么？是上面的安排吗？"

高哲避而不答，说："我自认为还算是你的一个朋友，接下来我只想提醒你小心，半年后卓启堂一定会要求做回主席！"

卓定垚说："爸爸做回主席不是很正常的事情吗？他曾经就是主席，而我只不过是代理一下他的工作罢了。"

高哲摇了摇头："有些事情不是你想得那么简单的。你不信我不重要，时间可以证明一切。但是这段日子，你要好好保护你自己和你身边帮你的人，要将傅建业、王子琳他们调离权力中心。"

卓定垚半信半疑，说："那么大屿山计划就那么放弃，不等于是拱手让人了吗？"

高哲说："搞不成大屿山，就搞另一个项目，我推荐你找一个人帮忙，就是程凯。"卓定垚倍感意外，一时不明他的用意。

但是一切都如他所说，高哲离开之后，卓启堂有意无意地开始插手傲堂更多日常事务。卓定垚一开始倍感轻松，但久而久之，当她和卓启堂意见相左的时候，事情就会变得相当糟糕。

高哲来到加拿大探望 Karen。Karen 说："我没有大碍，思妤也没有受伤，我只是奇怪，为什么车会突然出事。"

高哲说："其实是有人要对付我，这才针对郑思妤，连累到你。"

Karen 心有余悸，问："那么之后他们还会怎样？"

高哲说："放心，我已经解决了，之后你不会有事，我也不会让思妤有事。"

高哲探望完 Karen 离开，这时郑思妤正好也来看望 Karen，远远看见高哲的背影，眉头一皱。

万敬贤回到公司，问阿昆关于贺天生的事查得如何。阿昆说："除了上次爆的那些八卦事情，新料方面暂时还是一无所获。"万敬贤不禁有些失望。

这时万敬贤回到座位，发现自己桌上放着一叠文件，好奇地问阿昆："这份文件是谁摆在这里？"阿昆及一众记者都说没有留意。

万敬贤翻看文件，见最上面是一份大屿山发电站的环评报告书，下面另外压着几页文件，他稍一扫视，便马上打电话给曾依宁，想要找曾依宁做帮手。

贺天生、章明晞开香槟庆祝。只见二人身旁电脑荧幕正在直播新闻，指季生集团购得大屿山地皮兴建发电站的消息一出，季生今早股价急升。

二人碰杯，贺天生说："咱们下次一齐饮酒，要在太平山顶俱乐部入会。"

章明晞眸子熠熠生辉："想必那个时候，我们已经拿下大屿山的项目了。"

村长带着张一健和几个村民，带着礼物来探望章海泉，说："多谢海泉叔您帮忙啊，我们才可以那么顺利地卖地。"

这时电视正在报道季生股价大升的消息，众人纷纷恭喜章海泉。章海泉笑说："小意思，小意思，大家要谢就谢谢我的女儿吧。"心中却为章明晞感到自豪。

正好这时章明晞也带着水果来探望章海泉。众村民看章明晞来了，马上前来夸奖："明晞这孩子真是好啊，又孝顺，又厉害，为我们这些老百姓谋福利啊。"

"可不是吗，做了这么大的好事，我们应该排着队来谢谢你们咯。"

"你们季生集团能不像其他黑心企业那样，真的为我们百姓考虑啊，你们以后一定可以越做越大的！"

章明晞有些赧然："大家也不用这么夸奖我，这次事情还多亏了张一健帮忙，我们才能这么顺利地完成。"

章海泉在一旁笑着说："那么谦虚不像你哦，这次算你做得不错啦！"

章明晞看着章海泉开心的样子，越发感到不安，更为自己哄骗村民签约感到内疚。

曝光社中，曾依宁将大屿山环境评估报告等文件递回给万敬贤。

曾依宁说："我们已经找三个专家确认过，那些资料是真的。大屿山环境评估报告有问题，那块地根本不可能做得了发电站！"

万敬贤微微一笑，随即安排众记者做事。曾依宁担心地问："之前曝光社和万学礼就有丑闻，现在又发布对贺天生不利的消息，怕不怕更加给人说我们有私心？"

万敬贤说："我们和万学礼没有任何利益输送。这次揭露真相，就是要证明我们办事的宗旨，不会受外界舆论影响！"

钟思琪带着一份报告，急急穿过走廊。

办公室内，贺天生正在看股市大盘。钟思琪匆匆走入，将文件递到贺天生面前，说："不好了，刚刚的消息，曝光社查到大屿山环评报告作假！"

贺天生闻言一怔，迅速从椅子上站了起来，看了看报告，拨通了章明晞的电话。

钟思琪、郭志昌在贺天生的办公室里，对着电脑反复计算着季生集团在大屿山计划里投入了多少资金。贺天生在办公室里走来走去，不停地看着手机。章明晞则坐在沙发上静静地等待。

半晌，钟思琪站了起来，对贺天生说道：“我们计算好了，如果因为环评报告的事情而将整个项目叫停的话，恐怕我们的损失……您来看看吧。”

贺天生快步走到钟思琪的身后，俯下身子看着电脑上钟思琪和郭志昌的计算。

贺天生皱了皱眉头，焦虑地对钟思琪和郭志昌说道：“你们两个先出去下吧，我和明晞商量下这件事。”

两人目送着钟思琪和郭志昌离开之后，忽然相视一笑。

第七十八章 排除异己

卓定垚和卓启堂讨论着那块地的问题。卓定垚唏嘘道："唉，这块地还是有好多问题没有发现，这下好了，兜兜转转了一圈，到现在发现还是做不到风力发电，太可惜了。"

卓启堂早已猜到了贺天生的想法，但是不能在卓定垚面前表露。他清了清嗓子，淡淡地说："做不了这个的话，我们可以考虑做其他的事情。不用在一棵树上吊死。"

卓定垚叹了口气，说："是可以做其他用途的啊，可是做其他用途就已经违背初衷了，并不是原本想做的。"

卓启堂看着卓定垚一动不动，沉默下来，不再说话。突然，卓定垚的电话响了起来。

"喂，怎么了？"听着电话，卓定垚脸色一下子变得难看，"什么！是谁干的！"她一下子站了起来。卓启堂一直盯着她，眼神莫测。

"好的，我马上过来。"卓定垚挂了电话。卓启堂还没开口问，她便说："下个月开售的楼盘价单被人流了出去。"

"什么？谁干的？"卓启堂也一愣。

"没查出来，我们赶紧回公司吧。"卓定垚答道，和卓启堂匆匆离开。

两人回到傲堂总部。卓启堂坐在办公室里，卓定垚在办公室里走来走去。麦嘉菲正在向二位报告价单泄露的事情。

"现在相关的一些文件都经过部门的 Email 被发送了出去，但是查不到是谁做的。我们查了监控，但是发送数据的电脑全部都在监控的死角里。发送邮件的时间段里也没有看到有人员进出。恐怕做这件事的人很熟悉我们公司的系统。"麦嘉菲汇报着情况。卓定垚一脸沉重，卓启堂也默不作声。

"现在外面很多记者都来询问，我们现在都没有回应，这件事情该如何处理？"

卓定垚沉吟片刻说："你先出去吧，记者那边先还是回避，什么都不要说。

我们商量一下。”麦嘉菲点了点头，离开了办公室。

卓启堂悠悠地道：“定垚啊，我好久没有插手公司的事情了，你比较了解，你觉得这是哪里出了问题？”

卓定垚皱眉：“现在真相还没有查明，我对一些问题的判断也缺乏证据，我还是想先查明真相之后再做判断。”

卓启堂点了点头，说：“你刚坐上这个位置的时候，地产部也发生过一些事情，当时你很决断，把丽瞳的未婚夫给炒了。如果不是因为你做了这件事情，大家怎么会觉得你可以胜任公司的主席。大家都因为你的公私分明对你很欣赏，但是现在，地产部将公司的价单给泄露了出去，麦嘉菲作为地产部的领导，难道不应该由她来负责？这次你包庇她的话，恐怕之后的事情都不好做了。”卓启堂笑着看向卓定垚。

卓定垚愣了一下，说：“现在我们看到的都只是表象，我必须查明了事实之后再做决定。之前也是这样，现在依然是这样。”

卓启堂摇了摇头，告诫道：“但重要的是，别人看到的也只是表象，所谓的事实也只不过是你对现象的说辞罢了。麦嘉菲是高哲的人，高哲现在离开了这里，你难道觉得她的心还在这里吗？”

卓定垚坚定地说：“高哲虽然不在这里，但是麦嘉菲是一个可以信赖的人，我相信她。问题肯定不出在她的身上。”

“你怎么知道问题不是出在她的身上？”卓启堂盯着她，“你刚刚也说了，要查明了事实才能做判断，你现在就判断她是一个可信的人，依据在哪里？而且你觉得她可信，出了这件事情，不管如何，都是地产部的问题，怪不了别人，做错了事情没有后果，其他股东会怎么看？你要顾及公司的大局。”卓启堂步步紧逼，似乎要让她当场把麦嘉菲炒掉才肯罢休。

看着她挣扎的表情，卓启堂叹了口气说：“你自己好好想想吧，别让其他董事寒心。”便离开了办公室。

卓定垚在走廊上找到麦嘉菲，笑着约她道：“晚上有空一起吃个饭吗？”

麦嘉菲了然一笑，说：“其实你不需要找我谈谈，我正好有件事想要找你。”说罢，麦嘉菲从包里掏出一封信，递给卓定垚。

卓定垚接过一看，是一封辞职信。她一愣，下意识劝道：“我没有把这件事的过错怪在你的身上，你没必要在这个节骨眼提出离职，我只是想尽快查明真相罢了。”

麦嘉菲摇了摇头：“这次的事情明摆着是有人针对我，想要我走。我也不想揣测这是谁在干的，但是我毕竟是高哲的人，当初上位又那么高调，惹别人猜疑很正常，该来的总是要来的。”

她说完洒脱一笑，道：“这封信我一早就考虑过要交给你，所以早就准备好了。只不过没有想到会这么快而已。”

卓定垚握着那封辞职信，心里有些空落落的。不管是高哲还是麦嘉菲，从一开始的针锋相对，到后来变成并肩作战的同仁，这种感觉很奇妙。

现在麦嘉菲也辞职了，她竟然有些惆怅。

科技园外，方泽雨还和司机堵在路上。方泽雨焦急地看着表，道：“唉，这都堵车堵了半小时了，肯定迟到了。”

司机笑着说：“方总您已经提前出门了，不要紧，我快一点走，应该赶得上。而且负责人提前到了的话，经理那边也会先招呼着。您别太着急。”

方泽雨一边看着表，一边检查自己包里的资料，自言自语道：“我们这次对商业区的项目有了新的想法，这三层商场每层会采用不同的主题，还准备了各大推荐品牌的清单……希望能够一次就让对方拍板。”

司机笑笑说：“您准备这么充分，今天肯定会有个好结果的。”

方泽雨还是有些惴惴不安，叹口气道：“希望吧。”

到科技园了，司机下车给方泽雨开门，顺便想帮忙拿下公文包。方泽雨摆摆手说：“没事，我自己来拿吧。”

司机笑笑说：“您还真是客气，祝您今天马到成功。”

方泽雨匆匆上楼，还没走到办公室门口，远远地便听到办公室传来笑声。方泽雨推门进去，发现经理和负责人正开心地聊天，桌上摆满了各种各样的小零食，烟灰缸里全是烟头，整个办公室云雾缭绕。他不由得暗自皱眉。

两人见到方泽雨进来，站起身来。经理热情地站到两人之间，说道：“来来，我给你们介绍一下，这位就是我们这边商城的负责人李总，这位是我们的方总。”

李总也笑嘻嘻地伸手和方泽雨握手，说道：“方总您好，久仰久仰，来，坐下吃点东西休息一下吧。”两人热情招呼方泽雨坐下。

方泽雨满脸歉意道：“不好意思，路上有点堵车，我来晚了。”

李总热情洋溢地说：“没事的，放松点，我和你们经理聊得很开心，抽根烟不？”负责人抽出一根烟递给方泽雨。

方泽雨摇摇头道："不好意思，我不会抽烟。我这边资料都带齐了，我给您看看，具体细节有不清楚的地方，我再给您讲解。"说着，方泽雨打开公文包，把整理好的资料都拿了出来。

李总粗略地翻了翻，浮起了一个尴尬的笑容，道："这上面还挺多英文呢。方总是文化人啊，留过洋？"

方泽雨扫了一眼，有些尴尬地说："那些都是品牌的名字，有些没有正式的中文翻译，我就使用了原名。"

李总恍然，道："怪不得，现在做什么都喜欢用洋名，听着洋气。人也喜欢起外国人的名字，不如以后咱们的商场也起个外文名吧！"

他把方泽雨准备的材料卷了卷，塞进了自己包里，站起身，道："行吧，我后面还约了人，方总回去等我好消息。"又意味深长地看了眼经理，道："那件事，就劳你多费心了。"

经理点头称是。方泽雨还没回过神来，这就……完了？

李总接了个电话，一边打一边走出门，经理连忙起身去送他。隐约听见他对经理抱怨道："这么个毛都没长齐的小子，还是什么上市公司的大少爷？"

方泽雨握紧拳头，告诉自己我是来做事的，起码在这个项目上，不能让爷爷失望。

经理送走负责人后，见方泽雨依然坐在沙发上，以为他担心对方不会看自己的资料，于是劝慰道："别担心，他办事很靠谱的。"方泽雨点点头，和经理走了出去。

当时刚刚过午休时间，方泽雨从各个办公室门口望进去，职员们都是三三两两地嗑瓜子聊天，更有甚者还趴在桌上呼呼大睡。

走廊上一堆一堆的垃圾袋和瓜子壳，他一个没注意踢翻了一袋，里面顿时撒了一地，什么都有。方泽雨又恶心又生气，联想到负责人的态度，更是气不打一出来，冷冷地道："咱们换公司吧，不要这家了。"

经理连忙道："别生气，方总，您看这又不是在我们的地盘……再说李总很有经验的，每次找他办事都很靠谱，之前咱们都是跟他在合作呢。"

方泽雨更生气了，指着楼道里的垃圾，说："你看他这样的态度，怎么可能做得好事情！必须得换！"

经理吓得半天不敢说话，半晌才说："这件事还是请示一下方松荫方总……因为您来之前方总告诉我，您只是来看一下项目而已，其他的事情照旧就可以了。"

方泽雨愣住了，半晌才回过神，十分萧索地摆摆手，和经理离开。

傍晚，方泽雨找到了一家酒吧，坐在吧台上买醉。他回想起和爷爷一起做事的时候，嘴上说着要创新，要振兴天荫，结果总是说一套做一套，不禁深感自己的无用。

也许在爷爷的内心里，他永远都是一个做不了什么事情的小孩子。

他十分懊恼，忽然他注意到吧台另一边有美女在对他暗送秋波。

方泽雨心一横，敲了敲吧台："给我再来一杯。"酒保递上一杯新的酒，方泽雨拿着两个杯子，朝着旁边的美女走去。

第七十九章 逢场作戏

卓定垚在家收拾行李准备离开，拖着行李箱往外走时，看到卓启堂正靠在沙发上看着报纸。卓定垚停下脚步，对卓启堂说：“爸，我准备回内地做事了。”

卓启堂点点头，说：“唉，最近都闷得慌，每天都没什么事情做，不像你们年轻人，还这么有干劲，我回公司走走吧。”

卓定垚点点头，说：“您也注意保重身体。”

“没事，我身体还健康得很呢。”卓启堂哈哈大笑。

卓定垚最后再看了眼父亲，离开了家门。

卓定垚到内地之后，在下榻的酒店听取了王子琳汇报的工作情况。王子琳做事很有条理，思维也敏捷，卓定垚听得频频点头。

“卓总，这就是内地发展部近期的工作情况。”王子琳说完，合上了文件夹。

卓定垚点点头：“子琳，你有没有兴趣来负责内地发展部啊？我们最近准备拓宽内地的业务了，你要是有兴趣，我们一起到内地发展。”

王子琳也被这突如其来的邀请给吓到了，支支吾吾半天也没给卓定垚一个准确的答复。这时傅建业的电话来了，卓定垚连忙接起。

“什么！”卓定垚神情变得凝重，一旁的王子琳也好奇地问道：“发生什么了？”

卓定垚挂了电话，长舒一口气。“公司打算把泄露价单的这批楼盘提前开售，不行，我们得赶回去！”

傲堂集团的大楼里，卓定垚一路小跑着赶往办公室，在门外就听见卓启堂和文生在里面谈笑风生。

卓启堂更是说道：“文生啊，以后很多事情都要麻烦你来处理了，没有你办事我可放不下心啊。”

“哪里哪里，卓老您言重了，我只是尽自己的微薄之力，只要能够帮到您，我就很满足了，那我先告辞了。”文生客客气气地和卓启堂道了别，离开了办公室，与办公室外的卓定垚擦肩而过。

卓定垚走进办公室，看见办公室已经被完全整理过了，自己的东西全部被堆在了一个角落，现在办公室里放着的全是卓启堂的个人物品。

卓启堂见卓定垚来了，有些诧异地问道：“定垚啊，你不是到内地去了吗，怎么才几天就回来了？”

卓定垚走上前问：“爸爸，为什么我刚刚走几天，楼盘就提前开售了？还有好多细节没有落实呢。”

卓启堂不容置疑地说：“这是我的决定。文生已经处理好了，他刚刚过来就是为了向我汇报这件事。”

卓定垚按捺住情绪：“我只是在想，这么大的事情我怎么都没有接到任何通知？好歹我现在还是傲堂的主席呢。”

卓启堂听见“主席”两个字，脸色顿时阴沉下来，道：“你在质疑我的判断吗？时间不等人，之前楼盘的价单泄露了，如果如期开售，其他的开发商都已经蠢蠢欲动了，肯定要按着我们来打价格战，所以这两天我赶紧让文生通过内部认购将一部分楼盘打折卖给了相熟的生意朋友，等他把地价拉高了之后再开售第二期。”

卓定垚一愣，说道：“那个文生和公司有关系吗？他为什么帮您处理这些事？”

卓启堂摸了摸下巴，说：“文生啊，我之后会安排他做地产部的领导的。他之前在大公司做了好多年，人脉、经验都很优秀，由他来管理地产部就好了。”

卓定垚本来想安排傅建业去地产部的，但不知卓启堂是看出了端倪还是真的很青睐文生，亲自拍板把事情定下了。她一时间不知道说什么好。

卓启堂接着说：“对了，你这几天回内地谈事情，风行项目的负责人打了个电话给我，以后这个项目也由我来跟进吧。”

卓定垚看事情发展得这么快，一切都在她的掌控范围之外，只好应了一声，离开了办公室。

卓定垚来到高哲的办公室，把自己之前放在办公室里的物品都安置好了。王子琳见状也跑进来帮忙。傅建业在一旁，向卓定垚汇报卓启堂回公司这几天做的事情。

“卓先生这次回来，做了好多事情，让人把这半年公司的文件都翻了出来，一个个看，又说自己重新开始负责内地发展部，还请了文生回来坐镇地产部。”

卓定垚一边收拾东西，一边默而不语。傅建业道："可能真的就像高哲说的那样，卓启堂要回到傲堂主席的位置。"

卓定垚叹口气："算了，不管他想不想做回主席的位置，他都是为了公司好。再说了，他本来就是傲堂集团的主席，自己做决定也很正常，都是为了公司的发展。"

傅建业和王子琳听卓定垚这么说，也就不再说话，默默帮着卓定垚收拾东西。

贺天生家中，贺天生正准备着和章明晞一起出门。这时章明晞穿着睡衣靠在衣帽间的门口，对在里面换衣服的贺天生说："我感觉身体不舒服，想在家里继续休息下，就不和你一起去了。"

贺天生关切地问："怎么啦？"他靠近章明晞，摸了摸她的额头。章明晞慢慢地挡开贺天生的手，眼睛一副还没睁开的样子，说道："没关系的，不是发烧，头晕罢了。"

贺天生只得说："好吧，那你在家好好休息，我去去就回。"

章明晞点点头，转身回卧室去了。

叮咚一声，门铃响了。保姆打开门，贺天生探出头来，看见是钟思琪到了，便道："稍等我一下，我马上好啦。"钟思琪点点头。

第二天早上，章明晞睡醒，发现床的另一边空无一人，顺手拿起手机看了看时间，想到贺天生还没有回来，不禁心生疑虑。

章明晞和 Mandy 回到季生集团。Mandy 说："这两栋楼已经根据他们的要求，将名称改成了张太的了。章总，你这是生病了吗？我看你脸色好像不太好，是不是太饿了？今早开会到现在你整天都没怎么吃东西。"

章明晞摇摇头，道："我昨天开始就有点不舒服，休息下就好了。"说罢，去办公室休息。

这时钟思琪来找章明晞，从 Mandy 身边擦身而过。Mandy 瞥见了钟思琪手上的钻石手链，不禁惊叹："哇，这个是新款吧？好漂亮！"

钟思琪笑而不语，问道："章总在办公室吗？我找她有点急事。"

Mandy 点点头，说："不过她很不舒服，现在应该正在休息。你要不就等会儿吧。"

钟思琪径直向章明晞办公室走去，说："我找她有点急事，一会儿就好。"说罢便敲门进入章明晞的办公室。

章明晞正把头靠在自己的椅子背上。钟思琪进门后，将一份文件递给章明晞，并且故意把戴着钻石手链的那只手伸到前面，让章明晞看到。

章明晞一愣，心下一沉。女人的直觉告诉她，这条手链是贺天生送给她的。但她仍然笑着说："这条手链好漂亮啊，应该不便宜吧。"

钟思琪巧笑嫣然，说："是啊，这条是最新款，原来章总你也喜欢啊。不过这款是设计给年轻人的，这个系列还有另一条成熟稳重一点的，可能更适合章总您呢。"

章明晞僵硬地笑笑，原本昏沉的头脑突然一下不晕了，说："手链对我来说意义不大，我个人还是比较喜欢戒指的，带着简单，同时也象征着身份。"两人对视着，眼神之间仿佛都擦出了火花。

钟思琪摊摊手，一副毫不在乎的样子，说："现在谈什么意义啊身份啊，都太虚幻了。记得前几天看新闻，有一个刚刚去世的香港名流，他的太太和女朋友分了他的遗产，女朋友反而多分得了两套房子。"钟思琪说罢，笑着看着章明晞，颇有些挑衅意味。

傍晚，章明晞回到家中。贺天生正在客厅中对着平板电脑，看着文档上的一堆名字发愁，见她回来，连忙叫住她。

"明晞啊，你过来看看，选个什么名字比较好。"章明晞一愣，问道："选什么名字？"

贺天生得意一笑："刚刚收到和大屿山相关的地产项目，改变土地用途应该都没有什么问题。等到公布之后，季生的股价一定会一路飙升的，再加上这个项目带来的收益，到时候我们可就是香港的首富啦。"

章明晞哦了一声，走近看了看。一堆名字中，好多都是带着"明"字或者"晞"字。她不禁冷笑一声，问："用我的名字，你不会后悔吗？"

贺天生诧异地回头，问："为什么用你的名字我会后悔？当然不会。"

章明晞冷冷道："今天看到了 Ada 的钻石链，挺好看的。"

贺天生叹口气说："我以为是什么事，原来是这个啊。你要夸手链好看的话，应该去夸夸郭志昌，反正都是他选的。而且这种事，你也懂的嘛，逢场作戏罢了。"

章明晞笑笑说："那就好，只要你记住谁是贺太太就行，名字什么的我无所谓的，你选个你喜欢的就好。我现在还是不太舒服，先去睡了。"说完，转身回房睡觉去了。

第八十章
污点善人

第二天一早，章明晞感觉好点了，起床去医院探望章海泉。在医院外的草地上，恰巧碰到了张一健。

张一健一看到章明晞，脸色一沉，站起来拦住章明晞的去路，说："你竟然利用我们的关系，骗了我一次又一次！这次利用我骗那些非原居民，原来新的住处根本就没有路，你叫这些居民怎么办？"

章明晞不语，一副拒绝跟他沟通的样子。

张一健见状，叹了口气："哎，你连解释都懒得跟我解释了？你就已经变成这样一个人了吗？从第一天你来找我开始，你就知道这件事一定会暴露的吧，所以你早就料到我会和你翻脸，早就料到了这件事之后我们做不成朋友……至于我，这件事用过了之后就没用了，就可以丢掉了是吗？那你别怪我，我会和非原居民一起，就这个事情抗争到底，在这件事上面讨回公道！我会把我掌握的信息全部抖给媒体的！"

章明晞按捺不住了，反驳说："我没有骗你，明明你们也收了好处，不信问问你老婆啊，你知道她收了些什么？我给了她整整两栋楼！不信你现在就可以去问她。"

张一健愣住了，脸上瞬间褪尽血色。

章明晞居高临下地说："我们每个人都有想要的东西，所以自然就有弱点。你还要照顾你的老婆孩子，你也有你的需求，别把自己说得那么清高，聪明点，对我们双方都有好处。"

张一健哑口无言，没想到章明晞竟然用这种方式对付自己。半晌，他冷冷地对章明晞说："你现在都这么有钱了，你到底还想要些什么？有些珍贵的东西并不是钱能够买来的，比如朋友，比如信任。"说完便转身离去。

章明晞在原地站了一会儿，调整好情绪，走进医院去看父亲。

章明晞来到章海泉的病床前，见章海泉正在把自己身上的管子往下拔，连忙上前拦住他，大声喝问："你想做什么！"

章海泉看到她，更加生气，喘着气闹着要出院，骂道："快让我出院，我宁可死了，也不要花你赚的亏心钱！"

章明晞用力按住章海泉。他还不停地骂骂咧咧："你用你那肮脏的手段赶走了那些人，你可以赚多少！你们都来听听，听听她都干了什么！还以为你会做点好事，搞了半天，骗走了别人，骗了别人的地，给别人的都是些什么！你做人这么没底线，这么损人利己，还好你没生孩子，你生出来的都是害人怪物，你等着吧，你做的这些破事迟早都会遭到报应的！"

父亲说的话正好戳中了章明晞的要害。章明晞的火气腾地上来了："我是要自己做人，不是要哄全世界的人都开心！我也不需要无所谓的亲朋好友来夸我有义气，这对我有什么好处？我要的只不过是我自己还有我喜欢的人能过得开心，过得富足，我难道还要去担心天下人的生死么！如果真的有报应的话，早死的那个人就不会是妈妈了！"

章海泉听出了章明晞的意思，气得脸红脖子粗，浑身发抖，叫嚷着章明晞会遭到报应的，结果一口气没上来，晕了过去。章明晞吓坏了，赶紧跑出去叫医生。

章海泉被推进了抢救室。章明晞从病房走出后，面色发白，太阳穴传来阵阵剧痛，只好扶着墙走出去。

傲堂集团的办公室内，卓定垚正和王子琳讨论公事。这时卓启堂走了进来，劈头就问："巴西的项目现在是傅建业在跟吧？之前说到巴西项目的报告上周就要交了，他却迟迟直到昨天才交，为什么拖延了这么久？"

卓定垚和王子琳都是一怔。卓定垚赶紧解释说："巴西那边换了负责人，工作正在交接，所以进度慢了。"

卓启堂对这个解释并不满意，阴沉着脸道："他是负责人，他有责任去跟进进度，换了负责人就去催啊，不然要他做什么？这么大的项目，关系到全公司上下，不是别人随便丢个理由就可以拖延的。"

卓定垚无奈，只好点头保证："您先消消气，我会让他盯紧了。"

卓启堂依旧不依不饶："你让他盯紧？你是他助理还是他是你助理啊？为什么你要反过来提醒他？能力不行就换人，不要婆婆妈妈的找理由！"

听说要换人，卓定垚一下子绷紧了神经，脱口道："不行，傅建业工作表现一向很好，尤其是这次的事情，凭什么炒了他？"

卓启堂突然火冒三丈："傲堂是我的！难道现在我想炒个人都不行吗！"

卓定垚愣住了，还从来没有见卓启堂发这么大的火。卓启堂发完火也有些诧异，自己怎么突然这么控制不住情绪，王子琳在一旁尴尬地看着二人。

晚上，卓定垚与麦嘉菲在酒吧碰头。

卓定垚苦恼地说："爸爸最近的表现完全让我猜不透，只知道这样下去不是办法，但是又不知道如何解决，所以我想问问你，能不能联系到高哲？"

麦嘉菲也摇摇头，说："自从高哲走了之后，连我都找不到他，更别说你了。他所有的联系方式全部都断掉了，整个人仿佛人间蒸发了一样。"

卓定垚半信半疑，心里默默下定决心要找到高哲。

第二天，卓定垚来到黑网的办公室，却没有看到高哲，只看到 Peter Chan。

卓定垚问他："高哲现在在哪儿？你有他的下落吗？"

Peter Chan 坐在椅子上冷冷地说："我们是调查有问题的上市公司，而不是一个寻人公司。"

卓定垚站起身，从包中掏出一封信说："你不愿意说就算了吧。总之你帮我把这封信交给你老板，他会想看的。"

傲堂集团的花园内，卓定垚交代傅建业，道："你要重新跟回巴西的项目。现在我爸爸的态度好古怪，你要小心，最好你搞定之后放几天假，观望一下。"

傅建业笑了笑，说："巴西的项目我会跟进的，但是至于要放假这么严重吗？"

王子琳赶紧在一旁补充道："卓先生昨天的样子真的好可怕，发了好大的火，还说要炒了你。"

傅建业低头想了想，说："感觉卓先生的步伐比想象中还要快啊，连我这么一个小职员都要下手。看来对公司的事情他真的很急，现在他会不会很快就要拿走主席位？"卓定垚心中一沉，她一直不愿意面对这个问题，也不知道自己是否还能心甘情愿地将主席位交还回去。现在她只想做好自己的事业，保护好自己的人。

晚上，卓定垚回到家中，突然收到一封匿名的邮件，打开之后发现是关于 Novopus 和智能家居的资料，以及高哲的语音信息。他让卓定垚不要管傲堂的事情了，看看这个项目。

卓定垚四下望了望，见卓启堂的书房关着门，便打开邮件里的资料看了起来。

次日，贺天生、章明晞和钟思琪聚集在季生集团的办公室里，正看着各大新闻媒体报道祝贺贺天生成功申请改变土地用途，大屿山将会兴建豪宅区。消息一出，季生的股价飞涨，预估贺天生的身家已经超过了一千八百二十亿，成为香港新的首富。

钟思琪兴奋地说："现在外面还有好多媒体想预约采访，之后还有一些去外国出席的活动……"

章明晞淡淡道："这些事先放一放，你先出去吧，我和天生有些话要说。"

钟思琪看了眼贺天生，一跺脚离开了办公室。

章明晞凑近了贺天生的耳朵轻声说："跟你说哦，我这两个月可能不方便飞太远了，因为我有了。"

贺天生几乎不敢相信自己的耳朵。他看看章明晞，再看看杂志上自己的照片，狂喜道："我现在感觉自己仿佛一个真正的皇帝，什么都有了，所有事情的时间都恰到好处！谢谢你，明晞。"

章明晞含羞看着他，脸红道："可惜这照片是早上拍的，还有些浮肿……"

贺天生摇了摇头，深情道："在我眼里，你什么样子都是最美的。"

春风得意的贺天生收到了另一则好消息，陆一山邀请贺天生前往太平山顶俱乐部。

夕阳西下之时，方松荫和万学礼坐在方松荫家的花园里。方松荫看着杂志封面上贺天生的照片，唏嘘道："唉，年事已高，比不过现在的年轻人咯。现在大势已去，方泽雨这小毛孩又不争气，天荫已经回不到从前咯。"

万学礼看着方松荫这样感慨，感到不忿，说："虽然这次输了，但是我还在屈奇顿做，我也不会放弃的，我一定会回到英国总部的！"

太平山顶俱乐部的 VIP 房间中，陆一山、卓启堂、方荣亨都坐好了，笑着迎接贺天生的到来。陆一山笑着说："贺总真是年轻有为啊，说到做到。这不，这么快就坐了进来，我们这些人不服老也不行啊。"

贺天生笑着，扶着章明晞一同走进来。

卓启堂率先恭喜贺天生："在大屿山这个项目上你真的是比我们都有先见之明啊，比在座的都要聪明。你一开始就没有想做电力，而是做房地产对不对？"

贺天生也回礼道："我也要感谢您啊。如果不是您提前退出，我哪里有这么容易得到这个项目？我现在的成功都是您造就的。"二人相视哈哈大笑。

方荣亨看着大家都站着，招呼大家赶紧坐下，慢慢聊。贺天生也带着章明晞走到主位，意气风发地举起酒杯："今天希望大家都能尽兴，我先干了这杯。"这时，VIP 房间的大门缓缓地关上。

第八十一章 投资上门

朱小慧绞尽脑汁地思考程凯可能去的地方。她气喘吁吁地停在路边，街头琳琅满目的瘦身广告吸引了她的注意力。朱小慧忽然灵光一闪，没错，他应该就是在健身房，我怎么早没想到呢？

有了思路之后，朱小慧二话不说就向健身房跑去。当她跑到健身房时，有些上气不接下气。果然程凯在她的眼前悠闲地戴着耳机跑步，仿佛置身于所有纷争之外。

朱小慧见程凯如此悠然自得，更是气不打一处来。她几乎是怒吼道：“我们今天明明约好了与雅涵公司一起谈合作，你为什么不回公司？我们找你都找疯了！”

程凯觉得耳机边忽然有些喧嚣吵闹，望向身旁，这才惊觉朱小慧的到来。他慢悠悠地摘下自己的耳机解释道：“那家公司和我电话沟通过了。我觉得他们根本不是真心地想要发展智能家居，居然还说这个月底就想推出智能家居，所以我就打发了他们。”

程凯的话不禁让朱小慧错愕在原地。过了半晌，她才开口质问道：“什么？你竟然在电话里几句话就推掉了？你到底知不知道，公司就要没钱交电费了，再这么下去不改善的话，我们就要炒掉乔永廉了。”

程凯听完后面色不变，还是那副不以为然的口气，道：“那这样，你先发半个月工资，最后年尾的分红多给一些吧。”

这句话彻底点燃了朱小慧的怒火。她没好气地说：“什么？半个月工资？之前你一开始说我是股东，等赚钱了大家一起分红，一直都没出过一分钱工资……”

“放心吧，”程凯打断了朱小慧的话，“我约了水龙头老板，等会儿来一起健身，到时候我自然会搞定他投资我们，没问题的。”他不顾身后怒火中烧的朱小慧，径直走向了其他的运动器械。

朱小慧本还想继续再说些什么，手机铃声突然响起，打断了她的思绪。看到屏幕上跳跃的是乔永廉的名字，她深呼吸了一口气，按下了接听："喂，永廉，怎么了？"

乔永廉激动的声音从话筒里传出："有人来公司了，想要和我们谈投资，你快来公司吧。"朱小慧被这突如其来的好消息弄得也有些震惊，二话不说，拉着准备继续运动的程凯就往公司赶去。

程凯一头雾水地被带离了健身房。他虽有些无奈，但也懂得朱小慧的良苦用心。所以他回到公司后，尽快换好了一身正装，并且系上了领带。

然而当程凯西装革履地来到会客厅时，眼前的来访者却让他大吃一惊。怎么会是她？程凯心想，难道是方泽雨让她来说服我的？稍稍理清思绪的程凯决定开门见山，直截了当地说："卓定垚，是不是方泽雨叫你来的？如果是就请回吧，我说过了不会再和他合作的。"

卓定垚完全没料到程凯一开口会说这样的话。她目瞪口呆，连忙摇头说："不，我只是看到你的智能家居资料，觉得确实可以发展。"

程凯得到这样的答复以及卓定垚对他智能家居的肯定，甚是满意，于是点头同意商谈，并且特别热情地将智能家居示范给卓定垚看。他在办公室演示智能家居如何开灯、开冷气、煲咖啡等功能。

走到咖啡机处，程凯为卓定垚演示咖啡机如何使用，咖啡机"嘀"的一声后流出白水，两人面面相觑。程凯挠挠头，他这才发觉朱小慧所言不假，因为公司缺少资金，甚至买不起速溶咖啡粉。

场面一度有些尴尬，卓定垚也只能看着咖啡机流出的白水哭笑不得。她对于程凯公司现在所处的窘境也有了一定的了解。

虽然如此，但卓定垚还是被程凯智能家居的理念深深打动。演示完成后，她微笑着对程凯说："谢谢你的演示，我觉得你的想法很不错，我可以回傲堂和其他董事再谈一下，希望下次来我们就可以谈更多合作的细节。"她收起有关介绍的资料放入包中，像是还要带回去继续研究一下。

程凯平静地点点头，依旧保持着一副从容不迫的姿态。朱小慧仿佛嗅到了即将合作成功的气息，想到办公司里的一切仿佛都要再次焕发生机与活力，不禁激动地握住卓定垚的手，道："实在是太感谢您的赏识了，我们一定要多保持联络啊！"热情的她怀揣着即将合作的喜悦，贴心地将卓定垚送出自己公司的大门。

一路上，卓定垚都沉浸在对程凯智能家居的构想之中，反复翻看手中的资料，思考着未来的发展。"卓总，公司到了。"司机轻声地提醒。这才拉回了她的思绪，她才惊觉自己已经回到了傲堂集团。

卓定垚急忙下车，赶往卓启堂的办公室。她轻轻叩门："请问我可以进来吗？"

卓启堂熟悉的声音从办公室传来："快进来吧。"卓定垚随之走入办公室，将准备好的巴西项目报告递交给卓启堂审阅。他先是一言不发，认真地看着报告。

过了半晌，卓启堂才开口对她说："你呀，有些事情要看得紧一点，现在追回进度了就很好。"他忽然瞥见卓定垚浓重的黑眼圈，想必是为了这项目操劳了不少，他有些心软，于是话锋一转道："不过这个项目很多麻烦的事情要处理，你会不会太辛苦了？"

听到父亲的这番关怀，卓定垚心知这也许是提出自己想要发展智能家居的好时机，于是便顺水推舟说："是啊，其实这个巴西的项目真是太复杂了，占用了我好多时间。但最近我发掘了一个很有前途的项目，就是和一家初创公司合作智能家居。这个项目应该也需要我投入很多的时间和精力。"她低头装作为难的样子，喃喃道："哎，我要是有分身术就好了，都不知道怎么才能平衡这些项目呢。"她略带撒娇的语气，格外讨得卓启堂的欢喜。

卓启堂附和道："嗯，我也听说智能家居是一个不错的项目，要不然巴西那个项目我帮你盯紧一点，你就可以专心去做你有兴趣的事情。你觉得怎么样？"说完，他便望向卓定垚，期待着她的回答。

"真的吗？太好了！"卓定垚激动的声音里蕴藏着难以掩饰的喜悦之情，她甚至想要激动地跳起来。

卓启堂清楚地知道她心里的小算盘，见她如此开心，也不便戳穿，于是温柔地问她："那个项目，需不需要几个人帮你？"

卓定垚低头像是思索了一下，才开口说："几个人就够啦，我都是用一些新人，像王子琳、傅建业。我觉得有他们帮我就好了，再说了，如果以后有需要，再加人也没问题。"

"砰砰砰"，一阵敲门声传来，原来是彭世岳在门外询问："卓总，请问我可以进来吗？"

卓启堂身上慈祥父亲的形象瞬间消散，仿佛一秒化身为高冷的领导者，用低沉地声音回复道："嗯，进来吧。"

只见彭世岳捧着一幅装饰精美的画作走入办公室。他将画轻放在办公桌上后，解释道："卓总，这是贺天生派人送来的礼物。"

卓启堂接过画卷缓缓展开，映入眼帘的是一匹骏马奔驰的水墨画，画上还配有八个遒劲有力的书法题字——“老骥伏枥，志在千里”。曹操的豪迈诗句深得卓启堂的欢心，写出了他心底的那些壮志。

他不禁笑出声来，道：“哈哈哈，贺天生这小子，果然最了解我。“他又指着墙面上原来的画作，命令道：“对了，世岳你赶紧找个人来，把原来那幅画换下来，我要挂这一幅画上去。”

彭世岳得到命令后紧忙点头，连忙退出办公室外安排人员。

而站在办公室内目睹着这一切发生的卓定垚有些吃惊，她有些困惑为何父亲与贺天生如此亲近。她静静地凝视着那幅原本写着“君子爱财，取之有道”的画作被取下，仿佛有什么在悄然之间已经改变了，但她也无力阻拦。

“他很满意吗？嗯，那就好，再见。”章明晞挂断电话，颇为得意地看向贺天生，眼神里像是写着，果然不出我所料，扬扬得意地说：“你也听到了，卓启堂很喜欢这幅画。”

面对美人的邀功，贺天生自然是全力奉承。他一把搂住章明晞，讨好道：“那还不是多亏你选得好。”

章明晞平静地拿开贺天生的手，脸上仍是不屑地冷笑，边走边说：“哼，卓启堂都该退休的年纪了，还特意去做换心手术，无非是人老心不老，想继续坐拥江山。我太了解这些老年人的心态了。”说完，便回到了自己的办公室。

章明晞要做的第一件事，就是召集阮令翘汇报工作进度。阮令翘遵命立刻来到办公室，战战兢兢地将报告材料交给章明晞一份，然后开始汇报工作。但章明晞内心那些翻腾的杂乱思绪，如同一团乱糟糟的毛线，理不清剪不断。最终混乱的情绪还是掩盖了阮令翘汇报的声音，只剩下怀孕、昏迷这些字眼缠绕在章明晞的心间。

烦乱的思绪牵引着章明晞，一瞬间仿佛回到了父亲的病房内，她好像又听见自己颤抖的声音问医生：“他晕倒了这么久都没有醒来，那什么时候会醒？”

医生看着她渴求的眼神，只得低头叹了一口气，略带遗憾地回答：“概率很小。”

不，章明晞心想，这不是她想要的答案，她不禁发出了无力地请求与呼喊：“不！医生，我求求你！求求你！救救他！”她想要紧紧抓住医生的衣袖，甚至想要跪下来恳求医生，但是她的自尊和地位不允许她这么做，最终只能强行压抑住内心的冲动，但通红的眼眶还是出卖了她坚强的假象。

也许是见多了这样的场景，面对她的哀声请求，医生的语气都没有太大的波澜，只是平淡地回复道："您放心，我们一定会尽全力的。"说完便走出了病房。

医生这句空洞的安慰并没有给章明晞带来多少希望，反而一股更加阴冷的绝望感笼罩在她的身边。她坐在父亲的病榻旁喃喃自语："为什么，为什么要在我有了孩子的时候昏迷？"望着父亲躺在病床上那毫无意识的模样，绝望感仿佛要将她吞噬一般。

第八十二章
因果轮回

“这个季度我们的财务情况大概就是这样的。”阮令翘正在汇报数据的声音，又将章明晞的思绪拉回现实之中。她这才发现，自己实际上还是身处办公室之中。

“你的家人都还健在吗？”章明晞干脆打断了阮令翘的汇报，有些无厘头地问她，“你们关系如何？”

突然被打断的阮令翘虽然有些意外，但仍一一回答。

“那家人对你找男朋友有什么想法？你有没有想过嫁入豪门？如果贺天生对你有好感，我不知道的情况下，你会怎么做？”章明晞的问题如炮火连珠般向阮令翘投来，阮令翘心想，与其含糊应答她，不然坦诚些，还能赢取信任。

“我信不过男人。比如程凯就是一个很有天赋的男人，曾经我也把所有希望都寄托在他的身上，觉得他的成功就是我的成功。但我现在明白了，这些男人都是留不住的。我觉得还是要靠自己，我之所以愿意帮你做事，就是欣赏你真的有能力自己做一些事情，而不是只有一个贺太太的虚名。”一口气答完问题的阮令翘，有些忐忑地观察着章明晞的反应。

章明晞心想，这倒是个可塑之才，于是点头说：“嗯，你说得不错。你星期一到十八楼，去公关部，会有新的工作安排给你。”她挥挥手，示意阮令翘离开。

章明晞满意的一笑以及温和回复，终于让阮令翘心中的石头落了地。她安心地走出了办公室。

阮令翘离开后，章明晞抬手看着手表，指针已经走向了五点，她才发觉也差不多到出发去晚宴的时间了，心想今天是天生成立奖学金举行的庆祝酒会，自己可不能迟到。

于是，她细心梳妆打扮后，便驱车前往酒会地点。身着一条黑色露背长裙的她光彩照人，一时间成了酒会的焦点。她亲昵地挽着贺天生的手，两人像是一对亲密无间的热恋情侣一般步入酒会内场。作为女主人的她，热情地帮着贺天生招待来宾。

酒会上，精美可口的蛋糕、香甜醇厚的红酒、华美绝伦的衣裳等数不胜数，这些无一不在宣告着贺天生与章明晞的成功。

到贺天生身板祝贺的人络绎不绝，詹兆齐也不例外。有些微醺的他拿着一杯红酒摇摇晃晃地走到贺天生前，祝贺道："恭喜你成为首富啊！发财立品，发奖学金，又捐钱给慈善机构，真的是非常优秀啊！幸好詹氏是你开始成长的地方，哈哈哈……"詹兆齐越讲越高兴，渐渐地有些口不择言，讲起了贺天生年少时的糗事来。

如果眼神可以杀人，贺天生眼底暗藏的杀意估计早已将詹兆齐千刀万剐无数次了。但他脸上却丝毫不见厌恶的表露，始终保持着一副绅士般的笑容。

"嗯，其实啊，我一直都很想买一栋大厦，"实在无法忍受的贺天生打断了他，"就是你们的詹氏大厦。"

詹兆齐以为贺天生在说笑，连连摆手拒绝道："别开玩笑啦，这么旧的东西不适合你。"

贺天生倒像是一本正经地和他在商量："不，这个大厦对我有特殊意义的，毕竟我第一份工作就在那里，所以想买回来，您看两百亿合不合适？"

詹兆齐看着贺天生不像开玩笑的样子，不禁有些尴尬，但想到家族的产业，他还是坚定地摇了摇头："贺总，这个大厦就和我们祖坟一样，真的不能卖，只能麻烦您选旁边两栋啦！"

仿佛一切都在贺天生意料之中，他听完也不答话，只是不在意地笑了笑，仿佛就彻底完结了这一个玩笑话。

夜色逐渐深沉，一场充满着欢声笑语的晚宴就这样慢慢地落下了帷幕。黎明的曙光意味着人们又将迎来新的一天以及一项项忙碌的工作。

钟思琪和阮令翘在季生集团的办公室讨论贺天生的受访计划表，上面安排了贺天生、章明晞明天午餐时间做采访。

阮令翘仔细一看，发觉时间安排有些问题，便出声提醒钟思琪："明天中午章明晞要开会，没时间做访问，是不是要改时间？"提议完，阮令翘把重新整理好的日程表递给钟思琪，示意她更改。

没想到钟思琪不情愿地接过日程表，看了看便将日程表随手扔在办公桌上，不以为然地说："不需要改，明天我和贺总去就好了。"说完，她自己都没发现她的嘴角露出了一个得逞的微笑。

阮令翘不动声色地观察着她表情的变化，也不与她争辩什么，像是默许这一切的发生，转身离开了。

翌日，当钟思琪开心地挽着贺天生的手准备去接受访问时，她最不愿意也是她觉得不可能出现的人，却大大方方地出现在他们的眼前。

贺天生见钟思琪神色陡变，便对一切了然于心。他装作好奇地问章明晞："你不是没时间吗？"

章明晞一脸淡然，似乎早就想好了如何应对，道："哦，午饭时间重新安排了，所以可以陪你去接受访问。"说完上前轻轻推开钟思琪，大方地挽着贺天生的手离去。

钟思琪的奸计没有得逞，她心想一定是阮令翘在搞鬼，只能愤愤地瞥着她，眼睁睁地看着贺天生、章明晞去接受访问。

访问成功结束后，记者先行离去。贺天生发现章明晞脸上依旧挂着灿烂的笑容，便问："你今天心情好像很好，是不是有好事？"

章明晞意有所指，暗示道："我的手下做事不错，当然开心啦。"忽然她的手机铃声响起，她接听后几乎要尖叫出来："真的吗！他醒了！"

挂断电话的章明晞依然难以掩饰自己内心的激动，紧紧攥住天生的手说："爸醒了！"

这个突如其来的好消息，让贺天生也有些惊讶，他愣了一下，道："太好了，我们现在就去医院！"

可是章明晞、贺天生怎么都没想到，当他们到达医院的时候，医生正在给章海泉做急救，但每次都以失败告终。

巨大的反差让章明晞实在接受不了这样的事实。她有些歇斯底里地问医生："为什么会这样？他不是醒了吗？我求求你，一定要救回他，无论用什么方法，都要救醒他……我还有好多话要和他讲……"

医生见章明晞情绪激动，也为章明晞的孝心感动，但仍是无能为力，只能无奈地摇摇头。

贺天生示意医生先出去，自己走上前，静静地看着她的一举一动。

章明晞来到章海泉床前，见章海泉毫没反应。她的心里百感交集，既为章海泉之将死伤痛，却又为自己终能打破章海泉常说的"报应"而心喜，偏偏又没法将自己的成功展示给章海泉看，更是不忿……

章明晞哭中带笑，悲喜难分，道："爸爸你说我有报应，我现在有了！我和贺天生现在是香港首富，这个世界是没报应这件事的！为什么你见不到！"说完，崩溃地号啕大哭。

“你放心，”贺天生见状，连忙上前紧紧抱住章明晞，承诺道，“我们一定给爸爸一个风光的葬礼！”

就如同章明晞没料到自己父亲的死讯那样，詹兆齐也全然不知他将要遭受的风波，还在酒吧和几个富二代朋友喝酒。

丽瞳装作不经意地问詹兆齐：“听说，黑网最近正在查你的公司，是不是真的？他们老板很厉害哦，次次出手都弄垮别人公司。”

詹兆齐没好气地说：“我们公司什么都不做，只是收租，有什么好查啊？都不知谁放的假消息。”

丽瞳见他毫不在意，又继续劝道：“不管查不查到，现在只是在查，你公司的股价都开始跌了，我都亏了不少！”

詹兆齐仍旧没有把她的提醒放在心上，又喝了一杯酒，只道：“不需要担心，我已经约了银行富豪吃饭，帮忙托回股价。”

丽瞳还是耐心地劝他：“我知道，你这叫增持股份，等投资者恢复信心嘛！但是……”

詹兆齐完全不想理会，于是没好气地敷衍了几句，便继续喝酒作乐去了。

翌日，装潢华丽的俱乐部内，银行富豪早已在等詹兆齐来，时间一分一秒地过去，然而每增加一秒钟，银行富豪内心对詹兆齐的失望就增添一分。

酒吧的放纵带来的是宿醉的痛苦，酗酒使得詹兆齐萎靡不振，连如此重要的会面都姗姗来迟。

詹兆齐一坐下就着急地问道：“请问贷款的事情怎么样了？”

富豪本就对他迟到有些不满，愤愤地答：“银行收紧信贷，借不到这么多，以你们抵押品的情况，最多借到五百万。”

詹兆齐只得无奈地摇了摇头，他无论如何也没有料到，自己竟然几天后就需要讨好似的找贺天生卖掉自己的家族大厦。当他置身季生集团会客厅的时候，都有点怀疑这不过是一场梦而已，但这场梦又那么地真实。

詹兆齐见到贺天生，连忙露出献媚式的微笑：“贺总，不知道您对我的家族大厦还有没有兴趣？200亿的话，可以谈下……”

“啊？你上次说没兴趣，我已经拉了另一栋楼在商谈。”贺天生故作为难地说。

章明晞配合默契地补充道：“还要150亿……董事会还是对现在在谈的新大厦比较有兴趣吧。”

詹兆齐的额头渗出了紧张的汗水，结结巴巴地问：“那要怎么办？”

贺天生仿佛有些无奈，道：“虽然我对詹氏大厦有感情，但你知道我要对这些股东负责，照顾他们的利益……要不这样，200 亿是没可能了，如果 120 亿你能接受的话，我会尽量说服董事会的。”说完，贺天生悠悠地拿起水杯喝了一口。

詹兆齐一愣，本想叫高点价，但看到贺天生漫不经心的样子，他感到非常不安，于是决定贱价都卖。

“好，120 亿。”詹兆齐边说边肉痛，心想人倒霉时喝凉水都塞牙，早知 200 亿那时卖就好了。

第八十三章
机会降临

詹兆齐离开后，贺天生淡然地告诉章明晞："你看，如果当初他第一时间答应，就不需要搞这么多事，可以多收回些。"

章明晞好奇地问："真不知道你是怎么忍得了詹兆齐的，这么多事？他从小就是这样么？"

"他全家都是这样，只会说，不会做事。"贺天生拉着章明晞的手接着说，"好在他的阿爷厉害，知道设立基金，他们才可以吃老本吃到现在。"

季生集团另一间办公室内则没有这么融洽的气氛了。会计向詹兆齐讲解买下詹氏大厦的合约，没有问题便可以签约。

詹兆齐看着潇洒走入办公室内的贺天生，似有不甘，就说："这里人人都开心，除了我。"他心想，贺天生 120 亿就买了栋大厦，划算到做梦都会笑，会计这次都收不少，加上外面其他东西，能赚不少。

贺天生安慰詹兆齐，说："最重要的是你公司现在股价稳定了。"

詹兆齐转念一想，便笑着说："这也是，我都明白，哪天谈定了卖大厦，马上买回些季生股票。"

"是的，"贺天生笑着搭詹兆齐肩膀，"你一向都很聪明嘛，这样不就赚回来了咯！"

詹兆齐当天便与贺天生签约，毫无戒心。他还开心地揽着贺天生肩膀，道："我就知道天生一向关照我，你们还不知道吧，当年我拉屎都是贺天生帮我抹的，哈哈哈。"

贺天生闻言面色一黑，随即冷笑说："我也一直感谢詹家给我机会呢。"詹兆齐丝毫没察觉有什么不对，继续有说有笑："哈哈哈，应当的！"

"不如你也留下来一起参加收购的发布会吧？"贺天生问道，詹兆齐欣然答应。

贺天生与章明晞一同召开记者会，道："很感谢大家来到这里，现在我正式宣布詹兆齐家族大厦将会重建为大型商场 Hayley Plaza，作为送给妻子章明晞的礼物。”贺天生激动人心的发言，引得记者会上争相提问。

记者们都深感他们夫妻情深，却只有几个人明白这背后所暗藏的一切。

高哲与潘力晨一起看着电视中詹氏大楼的新闻发布会，两人发觉有些不对劲。

潘力晨思考了一会儿说：“我发现黑网根本没有对詹家出手。”

高哲沉思片刻，道：“我想是贺天生借黑网名义在背后捣鬼，他的目的是要詹氏大厦。”

潘力晨听到这个回答也不惊讶，只是问：“那你还理不理傲堂，会不会帮卓定垚？”

高哲反问：“你觉得我正在帮她吗？”

“那你还叫她找程凯？”潘力晨有些不解地看着他。

高哲微微笑着说：“不，我是要卓定垚帮程凯。那天，我用随身师傅这个APP叫程凯、朱小慧来公司通水管……”

高哲的细心讲述仿佛将潘力晨也带到了那天。只见朱小慧独自一人在厕所忙碌。他好奇地远远观察程凯，程凯却悠然自得和前台员工聊天。

最后连前台员工都看不过去了，直接说：“要不你去厕所帮帮那位女士吧。”程凯摇头道：“不用了，我是负责监督，用脑子的。”

前台员工觉得他是在摆老板架子，有些不屑地说：“开间通渠公司有多了不起啊？”

“我们的价值，不在于通渠或者维修之类的家居服务，而是随身师傅APP本身，”程凯讲得头头是道，“可以有效整合所有家居生活需求。”

也许就是源于这段话，高哲对程凯留下了深刻的印象。

“程凯的价值取向和一般人不同，懂得将眼光放在更远大的地方，他很清楚自己在做什么，”高哲认真地对潘力晨讲，“之后我一直都有留意程凯的动向，由创业比赛到现在搞智能家居，如果那个真的能成功，绝对会是一些能改变社会的东西。”

源于高哲对程凯的信任以及自己的了解，卓定垚不久后便在傅建业陪同下，带了合约来见程凯。

卓定垚坐下后，坦言道：“各位，我今天来就是想要投资Novopus。”朱小慧、乔永廉听闻后，非常开心。

“我们不是资金不够，我们只是想找人合作，不是想让人合并收购，”程凯却向卓定垚强调着自己的原则，“所以您可以用200万投资，最重要的是我们的产品力求完美，不会受期所限，所以您不能逼我们在限期内交货……”

朱小慧、乔永廉听着程凯大大咧咧讲原则，即刻面色变。傅建业马上补充道：“希望程先生明白，任何一个投资者都不可能等一个遥遥无期的投资产品。”卓定垚点头认同，她也觉得程凯提出的条件很无理。

程凯毫不意外，淡然地说：“那么就没有必要合作了，小慧、永廉，我们走吧。”说罢扬长而去。

朱小慧拼命在走廊里追上程凯。“程凯，你等等！这么难得找到的投资你都放弃？”朱小慧停顿了一下，哽咽道，“你知不知道我们已经都没钱交电费了，再这样下去，都没有办法交租了……”

“如果我连不合格的产品都推出去，他人投资下来又有什么用？”程凯安慰朱小慧，“产品失败了我们也是交不起租和水电费啦！没有区别的。”

朱小慧无奈地看着程凯离去的背影，心想这真的是一块顽固不化的石头，不行，我得找个明事理的人去说，对，我去找卓定垚！坚定了信念之后的朱小慧飞奔到傲堂集团。皇天不负有心人，朱小慧在停车场找到了卓定垚。

“卓小姐，您好，我知道这很唐突，”朱小慧充满希望的双眼凝视着卓定垚，“但请您再给程凯一次机会。”

面对朱小慧，卓定垚从容不迫地答道：“我和程凯也算是相识一场，你也知道，我们是很有诚意合作，现在没有诚意合作的是程凯，你应该去找他谈。”

“那你知道程凯是这样的人。程凯做东西不设期限，并不是故意拖延，而是追求完美，如果只得99分，他宁愿放弃整件东西，因为这件东西对程凯来说是属于自己的，发明对他来说是艺术，如果他把一件自己都不满意的东西给你，你难道会觉得他有诚意？”说完，朱小慧真诚地期待着卓定垚的回复。

卓定垚一怔，不置可否。“谢谢你，我回去再考虑一下吧。”

回到家中，卓定垚看着高哲给自己的提示，感到十分苦恼。忽然她的目光被床头那个自己当年跳舞的老照片所吸引，忽然想起自己当年练舞也是追求完美的，也许程凯和自己是一样的性格。不如就试着再给他们一次机会，也许会有意想不到的收获。

卓定垚抱着这种对于完美追求的理解，又一次来到了程凯的公司。公司内只有程凯一个人在房内。

卓定垚走进程凯的办公室，道：“我知道你是一个很执着的人，所以我想看你的智能家居有些什么，可以示范一下吗？”

听到这句话，程凯随即精神一振，道：“当然可以，其实这个办公室就是智能家居的展厅，我带你一个个了解。”

正当两人沉浸在对于智能家居的探讨之时，砰的一声，整个大厦陷入一片黑暗。大厦的电力故障导致房门因断电没法开锁，意外将两人锁在房内。

程凯心想，我们不是因为欠电费真的被停电了吧，该死，居然是在这么关键的时候，必须赶紧把电费交了。他边想边掏出手机拨打朱小慧的电话：“我们公司停电了，我和卓小姐被困在公司了，你能赶快去交个电费吗？”

“什么？我马上回来！”朱小慧急忙挂断电话向公司跑去。

“程凯，我们要不报警或者叫开锁的人来吧。”卓定垚提议。

程凯坚决地说：“绝对不行，不可以破坏 product！不过只有有电就行，我可以自己想办法通电。”话音刚落，他就急着选择现场物品做发电机。

卓定垚有些无奈，却又帮不上什么忙。突然灯亮了起来，她还以为是程凯成功了，却见到了因触电而倒在地上的程凯。

卓定垚望着程凯有些不知所措，她突然也感受到了程凯的执着以及对于这个项目的热爱。所幸，朱小慧及时赶到了办公室，她的眼里倒映出的是皱着眉头的卓定垚和程凯触电的样子。她心中默念，千万不要又完蛋了啊。

“是不是 200 万、遥遥无期和没有话语权呀？”卓定垚突然开口打破了沉默，“那么你们什么时候来公司签合约？”

程凯、朱小慧瞬间愕然，都不敢相信自己耳朵里听到的是真的。

幸运总是降临在少数人身上，科技园办公室里的方泽雨就不像程凯他们那样得到幸运之神的眷顾。阴沉的天气和黑压压的乌云，如同方泽雨内心的写照。他有一种宣泄不出来的压力，不知道要和谁讲，也不知在哪里才有人能明白他跌落云端后所承受的痛苦。

面对科技园的工作方泽雨无精打采，他满心都是如何尽早地回到香港，回到那个真正属于他的地方。最近的他如同一具行尸走肉，只是给文件签签字，也不理会其中的内容。

“方总，今天约了上次商场负责人开会，有个内地饮食品牌一直没法谈好，我们要商量解决办法，”经理期待地看向方泽雨，“你要不要一起来？”

方泽雨仿佛完全没有领会到经理的期盼和热情，道：“不需要我啦，有什么你做决定就好。”

经理无奈地走开后，方泽雨看看时间，钟表的指针已经到了五点。他想，也差不多该下班了，不如走好了。

第八十四章 投资风靡

夜里，喧嚣的酒吧里装满的是失意人与得意人，觥筹交错里不知有几分真心。

方泽雨打算一醉解千愁，他继续抱着女人饮酒，却不小心倒了自己一身酒。他骂骂咧咧地走向厕所清理，他不经意抬头一看镜子，发现自己和方孝聪越来越像。他不禁反问自己，这是我吗？我怎么会变成这样？不，不，这不是我，我必须离开这里！

方泽雨从厕所走出，他像是下定决心一般，一把推开刚刚陪酒的艳女，匆匆离去。

他醉醺醺地走在路上，脚步不稳。无心看路与观察周边环境的他丝毫没有发现，路上一辆车正在高速从旁边驶来，汽车后视镜的距离和他近在咫尺，险些撞到他。

汽车上的谢安东和甘日朗连忙下车查看。他们都在心里祈祷着，千万不要出人命。还好方泽雨只是跌坐在路边，他们慌忙上前扶起倒在路边的方泽雨，询问情况。

“兄弟，你没事吧？”谢安东一脸担忧地问。

方泽雨有些站不稳，但还是知道确实是自己疏忽大意，连忙向两人道歉：“对不起，真的不好意思，是我没注意。”

二人也有些不好意思，道：“没事没事，兄弟你醉成这样，需要不需要帮你拦车呀？要不我们送你回去！你住在哪里？”

见方泽雨仿佛陷入了沉思，谢安东生怕他已经无处可去了。正在此时，方泽雨突然开口了：“我就住在 A 酒店，谢谢你们了。”

谢安东像是松了一口气，朝他摇摇手道：“别客气了。”

于是，二人扶着方泽雨上车。一辆汽车就这样朝着酒店驶去，漆黑的马路上一切又重归平静。

也许是酒精的作用强大，方泽雨也在回到酒店后迅速进入了梦乡。

午间的一缕阳光照入房间，终于唤醒了方泽雨。

而小黄早已在酒店大厅等方泽雨起身，无聊的他开始看起了报纸。

谢安东二人此时也来到了酒店。两人有些不知所措地向大厅服务员打听道："您好，就是昨晚，有个喝醉的男子，和他差不多高，我们想问下他住哪个房间？"

服务员礼貌地回复给他们浇了一盆凉水。"先生不好意思，我们不能透露住客的信息。"

小黄突然觉得两人甚是可疑，他们描述的难道是方泽雨？小黄决定换个座位，继续留意谢安东和甘日朗的对话。

小黄只见二人坐在一旁，讨论着："你说找不到人怎么办啊？"

甘日朗倒显得淡定些。"在这里等咯，他是走不掉的。"

小黄越听越觉得二人对话很古怪，心中警惕不已。不行，他一定要上楼找方泽雨提个醒。

小黄急切的敲门声，如同最后一道闹钟的响声，终于叫醒了方泽雨。

睡得迷迷糊糊的方泽雨打开门，只见小黄一脸焦虑地问他："请问您昨晚去了哪里？有两个人在楼下等你，问接待处你住哪间房……"

"什么？"方泽雨一脸疑惑，"你说那两个人什么样子？"

"一个高高的，"小黄比划着他们的身高，"另一个戴眼镜瘦瘦的……"

方泽雨听着小黄说的那两个人的特征，不禁思考，这描述和我昨晚所遇的两个人相像，可是我并没有和他们讲过我的名字啊。他们怎么会知道呢？

小黄的担忧写满了整张脸，道："我看那两个人来历不明，可能心怀不轨，小心勒索，要不还是我帮您处理了吧。"

方泽雨点点头，觉得交给小黄处理也是一个不错的选择。

小黄冷静地向酒店说明情况后，便带着保安来捉谢安东、甘日朗这两个可能不安好心的人。方泽雨紧紧跟在小黄后边，想看看到底发生了什么。

他们再次见到方泽雨，显得十分开心，但面对这一大片虎视眈眈的保安，又觉得是不是有些误会，连忙开口解释道："太好了，终于找到你了，钱包可以物归原主了。我们是正经人，不会偷你东西的。"

两人话音刚落，方泽雨便坚决地摇头，道："你们瞎说，我的钱包没丢啊？"

"怎么没有啊？你昨晚钱包丢我们车上了啊！"两人也坚定地说。

小黄见方泽雨都不信任两人，更加坚信了自己对于两人心怀不轨的判断，喝道："保安，快点帮我把这两个人赶走。"

保安得到命令后一拥而上，两人拼命挣扎。"你们怎么不能好好说话呢？干什么，这是干什么！"

争执之中，"啪"的一声，只见一个黑色的钱包从谢安东身上落下。方泽雨定睛一看，这个还真的是自己的钱包，他冲上去捡起钱包，打开一看，发现所有东西都在。

完了，这下我错怪好人了！"快停下，这是误会！"方泽雨大声一喝，也算是这个尴尬场面的收尾。

"二位真的非常抱歉，今天是我误会你们了，非常感谢你们送回钱包。"方泽雨向谢安东和甘日朗鞠躬道歉，"我是香港人，在这里没证件真的很不方便……"

谢安东的电话声响起，打断了方泽雨的话。两人接听完电话后神色有些许慌乱，犹豫了一阵子才终于开口："我们可不可以请你帮一个忙？"

念及两人近日对自己的帮助，方泽雨也没问是什么，便点头应允了。

见到方泽雨配合，他们也十分开心，便马上开车带方泽雨到自己的办公室。

赵老板早已怒气冲冲地等在办公室之中。赵老板凶神恶煞地质问："你们答应卖给我，为什么现在会没有？"

谢安东立马一脸微笑地安抚赵老板，道："哎呀，我们真的都不知道为什么会没有啊，你看，最后的那些东西我们卖给他了……"他们指了指一脸懵的方泽雨。

他们的话语没有熄灭赵老板的怒火，反而让赵老板倍感气愤。赵老板一拳砸在办公桌上，道："没有了？我钱都带了！"赵老板将钱倒在二人面前，方泽雨眼睛都直了。

赵老板径直走到方泽雨面前。"我的东西你要了？就是你抢了我的东西？！"

在场的人看着赵老板凶神恶煞的样子，都不禁倒吸一口冷气，办公室内的温度仿佛骤降为零下，每个人的心都揪紧成一团，生怕下一秒赵老板要做出什么不利于方泽雨的事情来。

幸好甘日朗及时出声帮方泽雨解围，道："我们早就说了，这是限量认购，不会再卖给你啦……"办公室的温度也终于在两人的解释下逐渐回温，僵持的气氛有所缓和。

方雨泽的心脏本都已经提到了嗓子眼，听到他们的解释又稍微安心了些，虽然他对赵老板要买什么还是一头雾水，但也不便现在发话。

然而，赵老板却似乎并不满意这个解释，道："你们的债券为什么不卖多一点？这么多人想要，你就多卖点啊！"他的眼神里流露出对这个债券无尽的渴望，语气中带着一丝遗憾与不满。

方泽雨这才恍然大悟，原来赵老板指的是债券啊。谢安东见状连忙解释道："哎呀，真的不行，最多下次我们提前通知你好不好，下次一定！"看着赵老板仿佛冷静了些，他们又将桌上的钱叠整齐，继续看着赵老板劝道："您快把这些钱收好吧，都说财不外露，万一您这钱叫坏人瞧见了可多不好。"

赵老板踌躇片刻，像是觉得他们说得也有道理，这才将桌上那一堆引人注目的人民币一把拿起塞入自己的包中，骂骂咧咧地离开。

他离开后，办公室的危机警报也就此解除。谢安东这才有空向方泽雨解释情况："这里民情是这样，经济发展迅速，大家生活改善，手头现钱多了，除了花费之外，还想投资，而且对投资的态度很狂热，……有时甚至投资产品是什么都不清楚，但都要参与，觉得一定赚钱。"方泽雨听着，觉得哪里不对，但又说不出来，不得不点头表示同意他们的观点。

谢安东见他认同，又继续说："我们都是看到有这个市场，才在这里发债券，分一杯羹……说起最近还有朋友搞了场宴会，我们都不是很想去，去了也是说你买的东西，游艇、飞机，最近还流行买私人岛屿，不过有时也都需要去，了解这里做生意的情况。"

两人忽然热情地向方泽雨发出邀请。"你也一起来吧，了解下市场也好嘛。"方泽雨刚开始还拼命拒绝，但最终他招架不住两人的盛情相邀，于是应允。

夏日的空气中，带着一股闷热的湿气。一轮明月悬挂在天空之中，温柔的月光照着这个世界。夜空中繁星闪烁，仿佛在向人们调皮地眨眼睛，呼应着派对音乐声的节拍。

方泽雨和谢安东、甘日朗一同来到泳池边，眼前所见都是身材火辣的性感美女，男士无不开怀畅饮，派对极尽奢华，又饮酒又跳舞，还有人拿火把玩烟花。随着突如其来的响声，烟花在寂静的夜空中绽放出了七彩的光芒，只可惜每个人都沉醉在自己的世界里，无心欣赏它的美丽。

甘日朗时不时地低声为方泽雨介绍在场人士。"你看，那个坐在一圈美女中间的是在澳门开赌场的大老板，他旁边喝闷酒的是山西的煤老板……"

不知不觉间，有一个人向三人行近，甘日朗没觉得来者如何，只是反感有人挡着他们欣赏美女了。刚想呵斥赶走来人，方泽雨抬头一看，才发现来人竟然是丽瞳。丽瞳手中拿着酒杯，热情地与三人打招呼，谢安东、甘日朗此时才认出她来。

想不到丽瞳认识他们，方泽雨内心感到有些讶异。此时，正好有人拉走二人去谈事情，他趁机问丽瞳："你也认识他们？"

"认识呀，上次就在上海见过咯，Kenny 都曾经想向他们买债券，不过那时没有钱……"丽瞳这番话令方泽雨对他们的信任度瞬间加分，"再说有朋友搞过这种 party，这种 party 最好用来认识人……认识朋友最重要的是认识厉害的，在商场需要好的人脉关系。"

丽瞳话还没说完，突然有个女人扑过来抱着方泽雨，方泽雨十分错愕……

没料到丽瞳见怪不怪，只是微微一笑，眼看着向她走来的一个帅气男模，调侃道："你别这么拘谨，上来玩就放开点。"说完，她转身就拉着一个男模走开。

第八十五章 偶遇端儿

然而，当方泽雨被美女拉着时，却有人在另一角远远偷拍。他不停地按动快门，想要拍下派对的一切。原来是万敬贤躲在树丛后偷拍，单反的闪光灯终于引起了保安的注意，保安喝止他，他见状只得急忙逃走。

万敬贤使出自己全身的力气，拼命地想要跑出沙滩，最终还是被保安捉到了。保安怒不可遏地要抢过万敬贤的相机，双方争持不下。

“都停下！”马总一声喝令，吓得双方都不敢动弹。

只见马总与手下慢慢走来。马总是内地某集团掌舵人，很有影响力。不过很少有人知道，她同时还是万敬贤的表姐。

“你放开他！”马总毫不留情地命令保安，保安觉得自己职责所在，却丝毫不肯松手，还细心地解释道：“马总，我们怀疑他是小偷，刚刚他就是鬼鬼祟祟的……”

“我保证他是清白的，你们走吧！”马总挥挥手，示意他们离开，面对马总如此强势的话语，保安也只有作罢，愤愤不平地离开了。

马总看着有些狼狈的万敬贤质问道：“你来这里搞什么？”

万敬贤挺直了身子，拍去身上粘的沙子，一本正经地答：“我来工作。”

马总没好气，嘲笑道：“你的出身家世需要这样工作吗？你的母亲是国内某商家千金，虽然早逝，但也无需以记者维生吧。”

万敬贤苦笑着解释道：“自从我出生不久，家族早已中落，影响力减少，虽然父亲是港商，倒不如我自力更生。”

马总被他这番话弄得哭笑不得，道：“如果你有拍到我的照片，切记要把它删除。”说完留下万敬贤，又转身到了泳池。

波光粼粼的泳池边，方泽雨依旧被那个烦人的女人缠着不得脱身。他走也不是，不走也不自在。

女人紧紧挽着方泽雨的手，拼命将自己的脸贴在方泽雨的身上，道：“帅哥，你叫什么名字呀？你就告诉人家嘛……”面对这个热情似火的女人，方泽雨丝毫提不起兴趣，完全不想搭理她。

此时，方泽雨身后传来一阵讨论声，吸引了他的注意力。回头一看，一个有些面熟的面孔出现在他的眼前，他猜想难道这位就是三哥，只见他喝得醉醺醺的，正向女人们说自己的家族纠纷。

方泽雨一阵错愕。他连忙拿出手机百度三哥的照片，他来来回回对比手机图片上的三哥，发现和图片所差无几，果然真是三哥！他想真是得来全不费功夫，自己苦苦寻找的人居然在这里遇到了。

他十分想上前结识三哥，没想到鼓起勇气话到嘴边，刚说了句“你好”，三哥却走开了，就像看不见他，视他如空气。

方泽雨想，也许刚刚是我唐突了点，我再试试看。于是他又跟上了三哥的步伐，没想到三哥见到他又走开了……他突然感到一阵无奈，难道是三哥不喜欢和陌生人交谈，还是我有哪里得罪他了吗？应该没有吧。

此时，谢安东二人才发觉方泽雨对三哥的执着，不禁好奇地问：“为何你对这个男人这么有兴趣？难道你……”想到刚刚方泽雨对美女如此抗拒的样子，两人神色迥异，仿佛在说着方泽雨是不是有什么难言之隐，或者是与众不同的爱好。

方泽雨见两人怕是误会了什么，急忙向两人解释道：“不不不，是我们公司商场想找三哥加盟，不过一直都联络不到他。”

谢安东、甘日朗相视一笑，道：“哦，你想认识他吗？”两人拿着一杯酒上前，方泽雨吸取刚刚的经验教训，并不急着上前。他远远地站在原地，见到他们两个几句话间就跟三哥有说有笑，再挥手叫他过来，才安心地朝他们走去。

谢安东热情地介绍方泽雨给三哥认识，仿佛三人是亲密无间的好哥们。方泽雨正想说公事，没想到三哥连忙摆手说：“今日不说公事！”

甘日朗见此连忙帮着方泽雨说话：“这位方总是专程从香港过来找您的，三哥您就卖我们一个面子，提点一下我们方总，怎样您才肯说公事呐？”三哥会心一笑，向方泽雨指着桌子上的一大排酒：“你喝光它！我就听你说咯！”

方泽雨把心一横，喝就喝吧……有什么大不了的，于是他拿起酒杯拼命地喝，也数不清自己究竟喝到了第几杯。

谢安东见方泽雨喝得太多了，甚至有些站不稳了，连忙劝道：“三哥，他也喝得够多了，您看要不算了吧？”

三哥乐呵呵地搂着一个美女在一旁看戏，可完全没打算给他们台阶下，反而为难二人道：“就他一个人喝？你俩怎么不喝？”

于是两人只能和方泽雨一起喝酒。方泽雨本以为可以说点公司的事，没想到三哥见到远处走来一个身材火辣的美女，就丢下他们走开了，仿佛刚刚的约定都不存在。

三人见状气愤不已，愤愤地说："喝这么多都不谈，玩人呀！"没想到他们的耳边突然传来丽瞳的声音："你做什么呀！非礼呀！"

方泽雨等人一愣，才发现原来三哥想去找美女，结果不小心撞到丽瞳了。

丽瞳大喊三哥非礼。三哥却不屑地说："我要是瞎了就非礼你。"丽瞳火冒三丈，一把推开三哥。

三哥本就站在湿滑的泳池边缘，虽然只是轻轻一推，却一个失足，就此跌入泳池。顿时水花飞溅，现场气氛更HIGH了！大家欢呼雀跃，仿佛在庆祝他失足落水！

没想到三哥好像快要淹死了一样，双手拼命地在水中挥舞，现场众人都只觉得这是三哥在HIGH！

方泽雨和谢安东、甘日朗在岸上面面相觑，他们觉得好像三哥不会游泳，正在求救。三人顾不上脱衣服，连忙跳下去救人。伴随着三人的跳跃，水花飞溅得更高了，配合着派对嘈杂的音乐，现场众人好像正在看一场跳水表演，他们开心得大叫！

高涨的气氛已过，夜晚又回归了它应有的平静，只剩下大自然里常见的蝉鸣声、蛙叫声。

甘日朗护送三哥回家，泳池边也只剩下方泽雨、谢安东，二人都累得喘不过气来。

直到甘日朗回来带来一个好消息，才让两人有所缓和。"我已经送走了三哥……他说多谢方泽雨救了他，明天约时间和你谈。"听到他这句话，方泽雨的眼神又重新焕发出了光彩。

方泽雨紧紧握住两人的手，连声道谢："要不是你们，我都不能认识三哥……"

两人连忙摇头，喋喋不休地说着对他家世的羡慕。"你是方家大少，不需要我们，是三哥喝醉了而已嘛……"

方泽雨苦笑，只有他明白，方家其实没有别人想象中这么风光，有时甚至是负累，他背着这个名，有很大压力。别人都以为他很幸运，含着金汤匙出生，还有方松荫这样的爷爷，可是有时候他们好像什么都没有，也要靠自己打天下。

方泽雨听着，忽然觉得二人好像很了解自己，他颇有兴趣地问："对了，好像听到你们有说过还有单生意？"没想到两人话锋一转，"你冷静一会儿，睡醒再说吧。"

也许是折腾了一整晚太过疲惫，三人累得在泳池的椅子上就陷入了梦乡。一夜好眠，大家的精神都恢复了些。

方泽雨始终有些好奇他们的生意，便借机再问：“你们到底是做什么生意呀？”甘日朗刚想说，谢安东突然出声打断了他，道：“咳，我们今天还约了人，是不是该走了啊！”

甘日朗看上去也有些迷茫，却还是点头附和道：“哦，对，我们该走了。”边说着边走向更衣室去了。

方泽雨更是丈二和尚摸不着头脑，趁着甘日朗还在，随即拉着他问道：“你们到底是在干什么呀？”

甘日朗见方泽雨如此执着，才终于说出：“其实我们看到一个很有潜质的网络红人美女，希望签到她，透过她在网上的人气，再推出一系列产品，食物、衣服、节目……其实都不是不想让你知道，只是一切都还没谈好，不便说这么多而已。”他停顿了一下，认真地打量了一下方泽雨的表情才继续说，“你真的有兴趣？”

基于对两人的信任，方泽雨毫不犹豫地说：“你们这么有眼光，你们看准的生意，我一定想参与……”

甘日朗挠头想了想，觉得方泽雨也是个比较可信的人，便说：“那么，要是有什么算我头上啦！待会儿我就带你去！”

于是，甘日朗便带着方泽雨来到一家装修文艺的咖啡馆，咖啡馆里挂着土耳其式的玻璃灯，播放着当下流行的民谣歌曲，置身于此，仿佛能让人瞬间化身为文艺青年。不过此处气氛融洽，又有独立的卡座间隔，确实也是一个商谈的好去处。

谢安东见二人到来，心中一怔，不过他转念一想，算啦，我们都当方泽雨是朋友，有他加入也是好的。

“叮当”，咖啡店门口一阵风铃声响起，只见一位美丽动人的女人走入了咖啡店，正是他们所期待的网络红人来了。方泽雨不禁仔细打量这位美女，却发觉这人有些眼熟，他沉思了片刻，得出了一个名字——曲端儿，怎么会是她？

同时，原本还笑盈盈的曲端儿一见方泽雨，她的脸色瞬间一沉，质问道：“你们和他是拍档？那么我一定不会答应的！”

曲端儿完全没给众人反应的时间，转身就走出了咖啡店的大门。然而，事情发生得太过突然，大家都是一愣。甚至没有人想到去挽留一下曲端儿，三人愣在原地面面相觑，不知如何是好。

第八十六章 回心转意

方泽雨突然特别后悔自己的唐突，他很清楚就是自己拖累了谢安东、甘日朗这次的生意。愧疚万分的他不禁连连道歉："对不起，我没想到会影响到你们，如果她还是很介意的话，我退出。"

谢安东见状，赶忙打起了圆场，道："别这么说！这又不怪你！都怪曲端儿突然改变主意，哎，现在的年轻人真没有责任感，这小姑娘真当自己很红，我们不一定要捧她！她不行我们就再找，真是没了她不行吗？我现在就说，我们要方泽雨，不是要她！换人就换人！不信找不到另一个适合的美女，最多再花三年时间，等我们找到人，泽雨再加入！"

方泽雨听到谢安东这番斗志昂扬的话语，并且丝毫没有对自己的责怪，就更加不好意思了，心想到底要如何才能弥补，也许自己能够想办法去解决这个问题。坚定了自己的信心后，他才向两人郑重地承诺道："相信我，我绝不会要你们花三年时间的。"说完他便转身离开，似乎是寻找办法去了。

曲端儿气乎乎地回到家中，想到今日的遭遇就十分生气。于是，她拿出手机拨打了谢安东的号码。

谢安东见到是曲端儿打来电话，还以为事情有转机，欣喜地接听了电话。不料电话那头传来的是曲端儿的道歉："您好，不好意思，我打电话来是想退租的，因为我们现在也谈不成合作的事情了，所以我打算回老家。"

正当他们打着电话，突然一阵刺耳的门铃声响起。曲端儿打开门的那一刹那，震惊不已，她完全没想到会是方泽雨来劝她。

方泽雨见到是曲端儿开门，舒了一口气，便直言道："我来这里是希望你可以和谢安东、甘日朗继续合作，这件事真的不关他们的事，他们也不知道我们之前发生的事情……"

方泽雨话音未落，就被她愤怒的怒吼打断了："没得谈！我都不知为何去哪里都能看到你！我之前去香港就撞到你！这次我特地来到福州，想着有一个新机会，又遇到你！每次我好像有机会，再上层楼的时候，都是你让我跌下来！"

方泽雨听了这话，心中的火气也被点燃，反问道："什么？明明就是你对我有误会，你本身也有问题，你静下心来想想，当天我对你的批评，难道全都不对吗？"

曲端儿一时间默然，方泽雨趁机继续说："你只知道一有挫折就怪程凯！"

曲端儿反驳道："你懂什么是遇到问题，你懂什么是挫折吗！"

"不是只有你一个人，是从二楼跌下来的，我都试过在二楼、不止二楼……一百零八楼跌下来都试过！"方泽雨想到自己坎坷的过往，眼角不禁有些湿润，"我的痛苦又有谁知道？我在香港也倒霉过，遇到的挫折都数不完。比如，我的众筹网让咖啡机搞到名声很糟糕，想振兴家族买回天荫又买不成，还搞到和好兄弟绝交，来大陆后整个公司的人都觉得我没用……坦白说我这次来大陆，都不过是自我放逐。是遇到谢安东和甘日朗之后，他们才让我重拾信心，希望可以重新来过。我们是有诚意和你合作，如果不是，我都不会过来找你，希望你可以重新考虑。"

曲端儿望着方泽雨真诚的样子，也将他的话听进了几分，但仍然怒气未消。

"我怎么知道你说的是真还是假！我不欢迎你！"说完把他赶出了房间，"砰"的一声关上了门。

门外无奈的方泽雨只能在内心暗自祈祷，希望一切都会好起来。

曲端儿虽略有触动，却还是坚定了回乡的选择。她第二天拉着行李箱走向巴士站，准备结束这一趟略带尴尬的旅程。眼前驶过一趟趟的巴士，都让她对这个城市感到陌生而又好奇。不巧的是，当她抵达巴士站时，职员告诉她巴士已经走了，至少要等一个小时。

曲端儿无奈地摇了摇头，却也只好等着。百无聊赖的她拿起手机搜索有关方泽雨的消息，屏幕上赫然出现了方泽雨众筹网的咖啡机事件，不禁心中一动，难道他说的是真的？不可能？他就是一个骗子。不不不，可这个确实发生过，曲端儿内心两个小恶魔不断在争吵着，最后，她决定再相信方泽雨一次，他所说的应该是真的。

正当曲端儿内心激烈斗争着，走向谢东安和甘日朗的公司之时，三人正在商量找另一个网红合作。

"叮铃铃"，公司突然响起的门铃声，打断了他们的讨论，而门外站着的曲端儿更是让他们大吃一惊。三人并不知道曲端儿拉着行李找上门来是要干什么。

正当三人面面相觑，不知道如何是好之时，曲端儿害羞地低着头，解释道："我现在相信方泽雨了。所以我决定跟你们继续合作，只是我的房子已经退租了，问你们有没有宿舍？”

谢安东听完笑逐颜开，连声说道：“可以，可以！你把电话号码告诉我们，我们告诉你，反正我们以后都要有地方用来拍摄、煮东西吃。”

方泽雨仍有些意外。曲端儿看向他淡淡地说：“这样跌下二楼，都可以走回上十八楼吗？”

“是！”他肯定地回复道。

曲端儿却又冷嘲道：“那为何我就是二楼跌下来，你是一百零八楼？”方泽雨看着活泼开朗的曲端儿，不禁也笑了起来。

相比这里其乐融融的气氛，大屿山能源项目环评报告的顾问公司负责人阿布回到办公室，却发现办公室已被不速之客闯入过了。办公室凌乱不堪，保险箱已经被人打开了，但现金等财物却没有被拿走。他心中一惊，不祥的预感涌上心头。他急忙拿着钥匙打开保险箱的暗格，幸好 SD 卡仍在里面，这让他稍稍放心了些。不过这个非法闯入者的目的多半是它，这个东西决不能在留在这里，得赶紧转移走。因此，他焦急地拿起 SD 卡收好就走出了办公楼。

然而刚刚笼罩在他心间办公室被人非法闯入的乌云还没有来得及消散，他就发觉身后好像有一个鬼鬼祟祟的身影在跟着。他看不清对方的容貌，但心知多半不是善类，想到此，他不由得加快了脚步，但内心强烈的不安翻腾不已，最终他决定拔腿就跑，甩掉这个可怕的跟踪者。

当阿布终于见到郭志昌时，已经累得有些无力开口，但求生和自保的欲望催促着他，道：“现在我被人跟踪了，一定是有人发现了环评报告是造假的……你就帮帮我，给多两百万放我走吧！”

郭志昌看着胆怯的他，不以为然地说：“这个不在我们的协议里，你甚至不应该再在我面前出现。”

阿布见郭志昌丝毫没有明白情况的严重性，不禁着急解释道：“我都没想着搞事，反过来我都不知道是你们惹到什么人，是你连累我，一份环评报告，又不是什么杀人放火事情……”他抖着手拿出张 SD 卡，“我只是想保住自己而已……”

郭志昌从阿布手中抢过卡：“我没想到你竟然……你还有没有下次？”

阿布使劲地摇头保证：“一定不会，你给了我钱，我就即时消失，不会再麻烦你……”郭志昌只得半信半疑，心想看来此事还是需要报告贺天生，由他定夺。

贺天生接到郭志昌的报告，也没感到有多少意外。他接完电话后，淡定地向章明晞说：“上次透过你离岸公司出那笔钱，收款的那个人，他有下文……负责撰写环评报告的人，他说自己被人跟踪了。”

章明晞瞪大了双眼，满脸惊讶。贺天生见到妻子的反应，温柔地安抚她道：“这件事不难处理，他只是想要钱逃走而已。对比起他给我们的环评报告，可以成功令我们改变土地用途，将发电站的地变成建楼的地，这笔钱都只是少数。”

“那么就给他想要的吧。”章明晞听完贺天生的分析，也觉得很有道理，不过是用钱就能解决的问题罢了，没有什么好担心的。

贺天生微微一笑道：“我会处理好的。我们就说过，有什么我们都会共同进退。”他温柔地拉起章明晞的手亲了一口。

章明晞却仍然有些不解，问：“到底是谁想曝光我们，要查下去？”望着她沉思的样子，贺天生也陷入沉思之中，自己树敌众多，可这次究竟是谁想要抓住他们的把柄？

贺天生此时还完全没有想到，跟踪阿布的是彭世岳安排的人。

悠闲的下午茶时间里，丝毫不见紧张的彭世岳与卓启堂在办公室一边品尝着美味的糕点，一边说着有关环评报告的下落。

“我已经派人跟过、闯过，但什么都找不到，阿布好像人间蒸发了。”彭世岳无奈地耸耸肩。

卓启堂冷笑道：“那么很明显，环评报告肯定是在作假，不然阿布就不会失踪。整件事很明显报告最可疑，真这么巧，贺天生刚一得到的地，就不适合建发电站？”

“那么我们接下来怎么做？”彭世岳显得有些束手无策的样子。

“本来想找到他作假的不法证据，还要阿布出来做证，但现在阿布失踪，证实不到他用非法的手段，而土地用途改了，要扭转这件事好难，这件事若有变动都没意义了。”卓启堂一边冷静地为彭世岳分析状况，一边也为自己再次无法抓到贺天生的把柄而烦恼。

第八十七章
纸上谈兵

窗外的好天气并不会受到人们愁绪的影响，天空湛蓝，仿佛不夹杂一丝忧愁。

关于程凯智能家居的工作进度，并不是每个人都像卓定垚一样信任与放心。比如，傅建业就忍不住跑到 Novopus 追着程凯猛问，智能家居的发展进度。

“智能家居现在到哪一步了？你们进展如何？有没有遇到什么问题？”傅建业关切询问的大脸不断地呈现在程凯的眼前。程凯只觉心中烦闷，但为了让这个人彻底从自己耳边消失，他随便拿起自己办公桌上几张手写纸给傅建业。这个方法好像奏效了，至少现在是安静多了。

傅建业接过手写纸一愣，这是什么？没有整理过，手写几张纸就好了？

程凯却一点都不上心，因为他的心里已另有想法：“喂，你自己看就好，智能家居的东西全写在这里了。”

傅建业看着程凯漫不经心的态度和那几页目不忍视的手稿，气就不打一处来。他尽力控制着自己的怒火，问：“你写这么难看叫我怎么看？”

程凯仿佛没有听见他的话语，喃喃自语：“电才是最重要的，一停电就什么智能家居都没用了。”

傅建业完全不知道他在说什么，只好继续发问：“这又怎样？进度怎么样了？”

程凯觉得自己身边好像有一只嗡嗡作响的苍蝇飞来飞去，让他感觉特别烦躁，完全不想搭理那只苍蝇。

傅建业仍在喋喋不休，道：“你要拿做过的东西出来给我们看看啊！你真的是不负责任，经常不接电话，又不交待正在做什么！”程凯只顾埋头在电脑做事，把一旁唠叨的傅建业当成了空气。

傅建业看着死死抱住电脑的程凯有些无奈，既然没法得到智能家居研究的进度，不如先出去打电话向卓定垚报告，由她定夺。

回到傲堂之后，傅建业坦言：“我觉得程凯这个人真的是很有问题，做事情没个交代，你问他什么都没有。”

卓定垚有些迟疑，过了半晌才说：“但是，不是说下个星期有个简介会要开的吗？”

“你信我，下周他一定没东西交！”傅建业一口咬定，卓定垚听完也不禁陷入沉思。

姗姗来迟的朱小慧，见办公室满目狼藉，不用问她也能大概猜出程凯究竟做了什么。她只好耐着性子，再尝试和程凯讲讲道理：“我们如果收不到卓定垚那边的第二期资金，就快没钱交租交水电了……”

程凯一愣，道：“水电费现在还没有？”

“现在都还有的。”朱小慧似乎也没料到程凯还是关心水电费的。

程凯仿佛一秒钟又变回了那个不谙世事的天才少年，道：“那就好咯。”又是一脸放松与不在意的样子。

朱小慧气急败坏，道：“你不理我，不理自己，也理下乔永廉呀……你看他有多忙呀！”

“那是他接的私活。”程凯自吹自擂道，“看我这个老板多好，让自己公司的员工接私活。”

乔永廉也听不下去了，忍不住插话道：“那是因为你给不了我工资，我不接私活，会饿死。”

朱小慧发觉程凯真的是不可理喻，继续劝他道：“我不管，星期五，你一定要上去，怎样都要拿钱呀！我一定不会等到上次断水断电这样，再说你想变成做电池，就应该说给他们听！”

程凯想了想觉得有理，搞电池需要再多点资金，怎么都要向卓定垚多拿点钱，看来周五的汇报自己是非去不可了。

光阴似箭，一转眼就到了周五。

程凯刚到傲堂集团就见到卓定垚、王子琳亲自送阿番出门，一副礼贤下士的样子。卓定垚一见程凯，便热情地向众人介绍：“这就是和程凯一起参加过创业比赛，你们应该见过……”

“我不认得，”程凯打断了卓定垚的热情，冷淡地看着阿番，“是不是你没人围呀？”

气氛一时跌入冰点，众人都陷入了一阵尴尬之中。

卓定垚只好开口暖和气氛，道：“不好意思，麻烦王子琳你送阿番下去，好吗？”阿番也一副不计较什么的样子，便与王子琳一同离去了。

卓定垚带着程凯向办公室走去，回想起阿番逐渐走远的背影，心中仍有歉意，却不知如何表达。“程凯你刚刚真的太没礼貌了，我好不容易才找到一个科研人才，他的创意真的很前卫……你看。”

程凯不满，嘟囔着问：“他有什么产品这么好？”

卓定垚拿出一个耳机递给程凯，有些兴奋地说：“你看，就是这个三百元的防水耳机啊。”

程凯接过耳机一愣，脱口而出：“这样的耳机你也信，你是不是瞎啊？几百？电死你啊！”

“有什么问题？你什么都没给我看过，我不也信了吗？还有他已经出了个样品给我看，就是这个耳机。”卓定垚笃定地说。

程凯听完后憋了一肚子气，却不知如何发泄。

“对了，你今天上来做什么？”卓定垚忽然问起他的来意。

程凯随即便递给卓定垚两页智能家居 3.0 整理好的资料，示意她自己看。

卓定垚接过资料，问：“这是你提过的那个传感器？”

“传感器不重要，重点是我的新构思。关于智能家居我又有了一些新的想法……”程凯话还没说完，就被卓定垚打断了。

“你是上来拿第二期钱的？是的，我给你迟了点，不好意思呀……”卓定垚边说边递给他一张签好字的支票，“你没事就先走啦，不耽误你时间……”

程凯对卓定垚的冷淡态度感到愕然。“你不需要听下我的新构思么？”他决定再争取一下卓定垚的青睐。

“你只会说而已，阿番至少能给我一个样品，你什么都没有的。算啦，反正我也不在乎，之前那二百万，我当股票亏了……”卓定垚不以为然，也丝毫没有察觉到程凯在听到这段话时脸色变得铁青。他不顾礼貌，就夺门而出。

回到办公室后，整个办公室都充满了程凯的嚷嚷声，他觉得怒火难以平息，看谁都不顺眼。“我长这么大，就没试过让人这么忽视！那个烂耳机实在是不行，她怎么就信了！”程凯一边叨叨，一边喊，“朱小慧，你过来看下冰箱有什么存货，找点下午茶吃，别骚扰我。”

朱小慧有些茫然地看着有些发狂的程凯。他一个人走进了办公室，脸上还带着毅然决然的神情。

在办公室独处之后的程凯稍稍冷静了一些，哼，你不是不相信我能做到吗？我偏要在一个星期做成它！岂有此理，信阿番都不信我！想通了的程凯忽然见到在外面旁若无人打电话的乔永廉，他大喝一声：“乔永廉，你在做什么？”

乔永廉也没挂电话，就直接答：“私活。”

“你做什么私活！你最好马上给我回到位子上，一个礼拜和我做出来！不是的话，以后都不给你吃下午茶！”说完，程凯留下一脸愕然的乔永廉在风中凌乱，自己开心地走回办公室，开始捣鼓他的计划。

午后的阳光和煦地铺洒在地面上，透过细密的树叶，在地面投下点点光斑。在街上的人们享受着阳光的温暖，却无人发现那些阴暗的角落。

贺天生正在接受主持人拍摄访问，二人一边吃饭一边聊天。他向主持人侃侃而谈：“不瞒你说，我的愿景是香港需要创新，创新科技就是未来，我刚入股了大陆科尔车厂，就是看好电动车是未来发展的大方向，同时推动环保，为下一代着想……另外也会设立这一个年轻企业家支援计划，鼓励所有创科人才。”说完，他又细细品了一口杯中的红酒。

主持人好奇地问他：“那你是不是捐助了一百个小朋友？”而贺天生只是回以一个低调的微笑，没有明确回答他的问题。

随着时间的推移，暮色将至，天空的颜色渐渐暗淡下来，渐渐地腾起淡淡的薄雾，慢慢地变成了一抹红彤彤的云彩。

章明晞一下午都在用心为章海泉帮堂斋打扫卫生，这也是她的一种赎罪方式，用来排解自己内心的那些不安，为自己肚子里的孩子祈福。

走出堂斋，章明晞准备上车。突然一阵腹痛袭来，她觉得十分难受，弯下腰来抱着自己的肚子。阮令翘发觉她的不对劲，不禁脸色一变，急忙掏出手机拨打了救护车电话。

幸好救护车及时赶到，在章明晞痛晕之前将她送上了车。在去往医院的路上，她捂着肚子，绝望地看着车窗外的景色。路边没有闪烁的霓虹灯，看不到明亮的路灯，只有一片漫无边际的黑暗似乎要将她包围，如同她的世界里所有光明都忽然消失了一般。

第八十八章 失子之痛

贺天生听闻章明晞入院的消息，连忙抛下手中的工作赶往医院。他多么希望消息不要太糟糕，不过是虚惊一场，然而医生的安慰话语，还是让他的梦想破碎了。

“你知道的，你的妻子身体不是很好，而且她一直都忙着工作，怀孕的风险比较高……你多照顾她，安慰下她，她现在需要休养，保重自己的身体。”医生一脸遗憾地安慰着贺天生。贺天生仿佛什么都听不进去。

贺天生一脸沉重，推门进入病房。只见章明晞已穿好衣服，像没事人一样。贺天生微愕，问：“你想去哪里？”

“今晚有宴会，要回去换件衣服。”章明晞淡定地回答，仿佛一切都没有发生过。

贺天生略皱眉，道：“你应该休息。”“没事，还有好多事情做。”章明晞转身便走出病房，他也只好默然跟出。

夜晚本应是静谧的，但游艇上的喧闹派对隔绝了白天与黑夜的距离。章明晞如常地和贺天生牵着手入场，和别人谈笑风生，又对摄影师和记者展现出灿烂笑容，完全看不出她刚受到小产的打击。

游艇上，詹兆齐正在和一帮富二代聊天。众人见贺天生到来，纷纷上前。“我看贺总最近的访问，资助了一百个小朋友，贺总真是心善啊。”众人附和，贺天生报以礼貌的微笑回应。

詹兆齐却口无遮拦，笑着说：“贺天生当然会做善事啦，他以前整天说，做的坏事多，又害怕没孩子送终嘛。”

众人闻言，有些惊愕地望向贺天生和章明晞，期待他们的反应，但他们只是笑笑，没当回事一样。而詹兆齐自以为开玩笑，全然不察贺天生心底已有不快。

詹兆齐离开游艇后，却被几个壮汉突然拉入暗巷一顿暴打，直到他被打晕过去，也没想出缘由来。

章明晞装作没事发生过一样，只是淡定地告诉贺天生："我先去洗个澡。"便转身去了浴室。

章明晞把浴室的水龙头拧到最大，似乎哗啦啦的水声可以掩盖她的悲伤，不会有人察觉她的软弱。她坐在浴缸里，抱着膝盖蜷缩成一团，仿佛一个缺少安全感的孩子。仿佛有千万根银针扎在她身体的每一处，每一处都疼痛不已。她闭上眼，过往的种种在她眼前闪过。她想，自己的所作所为真的错了吗？突然好恨自己，为什么父亲的诅咒就像成真了一样，为什么要这样对她的孩子！这太不公平了！想到此，她再也克制不住自己的情绪，不禁失声痛哭起来。

此时，贺天生在房间内更换衣服，突然隐约听到浴室传来章明晞的哭声，心头一紧。他完全明白章明晞的伤痛，这又何尝不是他内心的痛？毕竟这是他们的孩子，想到詹兆齐刚刚口无遮拦的话，他气得紧握拳头，暗自发誓一定要让詹兆齐付出应有的代价。

章明晞洗完澡出来，脸上已不见泪痕，又恢复了镇定自若的样子。她忽然瞥见家中那堆之前买好的婴儿用品，每一件都在提醒着她那个悲痛的事实。她忍不住悲伤地问："贺天生，你信不信报应？当日章海泉说过做的坏事多，是会有报应的。"

"我信，不过我信的是我们付出了这么多，会得到我们应得的！"贺天生将章明晞紧紧拥入怀中，继续安慰她，"我们不是普通人，我们的幸福不一定和普通人一样，现在我们已得到别人几辈子都得不到的幸福。"

清晨，阳光透过淡淡的雾气，倾洒在万物之上，一切都缓缓苏醒过来。卓家别墅外树木的绿叶上镶嵌着些许露珠，远看就像几颗晶莹剔透的钻石。

习惯早起的卓启堂已经在餐厅开始吃早餐。他一手拿着餐勺漫不经心地把食物往嘴里送，一手拿着 iPad 看英文版的《华尔街日报》。

此时，卓定垚也收拾好了准备出门。她打算回公司开始一天忙碌的工作。

卓启堂突然瞥见准备走出家门的卓定垚，想到父女俩也好久没有一起吃早餐了，于是便决心邀请她一起用餐。他放下手中的东西，朝卓定垚招招手："定垚啊，过来一起吃个早餐吧。"

不料卓定垚一脸戒备，无情地拒绝道："不用了，我自己回公司吃点燕麦就好了。"

"这样坐下陪下爸爸，不可以啊？"卓启堂像是苦苦哀求，展现出他慈父的一面来。卓定垚见他如此低声请求，觉得实在不好推托，只好在餐桌边坐下。

两人一边吃早饭，一边聊着工作。卓启堂像是漫不经心地问道：“现在你负责的创科做成什么样子了？还顺利吗？”

“都可以的，智能家居已经搞得差不多了，现在正在开发新想法。”卓定垚边吃边回答。

“有什么新想法？”卓启堂似乎非常期待她的回答，目不转睛地看着她。

卓定垚并不理会他的期待，语气有些冷淡地答：“电池。”

“是就好，如果不能搞就别浪费时间和心思。”卓启堂丝毫没有觉得女儿的态度冷淡，反而是热心地叮嘱着她。

卓定垚见父亲如此不信任她，只想随意敷衍几句作罢。“程凯的创意真没什么问题，可以进行下去……”她放下餐具，拿起纸巾擦擦嘴边，便起身告辞，“我吃完了，先去公司了。”说完，便离开了。

元气满满的卓定垚来到傲堂集团准备开会。她落座后，秘书贴心地为她递上有关的会议资料。

今天，她要与程凯开展有关新项目的深入讨论，公司董事会早已到齐，各部门人员也已就位。“咳，请问可以开始了吗？”程凯突然发问。

卓定垚点头，道：“可以，请开始。”她从没见过这样的程凯。程凯身着一件笔挺的西装与白色衬衣，头发也喷过了发胶，收拾得十分整齐，看上去颇为正式。

“这次我们想推出的是新式电池……”程凯镇定自若地拿出一沓资料与数据的分析，讲述着他的新项目。

伴随着程凯讲解的开始，卓定垚立即将注意力集中到了听讲解上面，用心思考着项目方案的可行性。

正当程凯在会议室里慷慨激昂地讲解自己的想法，会议室的门却突然被人打开了，众人不禁望向这个突然的来访者，没想到竟然是卓启堂。卓定垚都一愣，不知道他为什么突然出现，难道是怕我被骗？

卓启堂仍若无其事地走入会议室坐下，看着讲解停顿下来的程凯，朝他挥挥手道：“没事，你继续说，我知道你们正在谈新想法，所以来听。”

程凯不明就里。不过他心想，多一个人听也不会对自己产生什么影响，索性就专心继续说自己的电池。

卓启堂饶有兴致地听着程凯的讲解，目不转睛地注视着他的讲稿，仿佛对这个想法十分感兴趣。

卓定垚看着卓启堂的反应，觉得非常奇怪。按道理他不是不喜欢这种东西的吗？怎么突然之间好像很有兴趣的样子。

程凯汇报结束后，先行退出了会议室。他边打电话边走出傲堂集团，有些激动地说："朱小慧，我们这次搞定啦！没问题！连卓启堂都听到点头！"

正当程凯准备走出傲堂集团时，突然发现一个熟悉的身影，用眼睛的余光来回打量来者，心想，这不是阿番吗？他立刻脸色一沉："是你……"看着阿番穿着修理工的衣服，他不满地质问道："怎么你又穿成这样上来呀！"

阿番完全不知道发生了什么事，恰好路过的职员喊他："喂，你快点来这里换灯泡！"他扭头看了一眼程凯，觉得他也许认错人了，便直接换灯泡去了。

程凯见到他这样的反应，更加好奇了。他又追上前去，来来回回围着阿番走了几圈。他仔细地打量阿番，像是在玩一个找不同的游戏，拼命地和他脑海中的上次所见的人作比较，希望找出一点不同。

可程凯看了好久，实在是没有什么区别。于是他决定试探一下，直接问道："真是你哦！你怎么在这里换灯泡？你不是上来做汇报的吗？"

阿番正在专心换灯泡，闻言停下手中的动作，一脸不知所云地看着程凯，似乎完全不知道他在说什么。

程凯见自己吸引了他的关注，忍不住又补充道："再说多两句，startup 创业比赛呀！你的耳机呀！"

阿番更是摸不着头脑，也不答话，就那么一脸困惑地看着程凯。程凯也有些迷茫，不禁问阿番："你有孪生兄弟吗？"这是他目前能想到的最合理的解释了，可阿番摇摇头，否定了他的想法。

不对，程凯忽然想到还有另一种可能。他马上去找卓定垚对质，可冲回会议室时，却发现她已经不在。于是他逢人就问："卓定垚在哪儿？"傲堂员工还以为他有什么急事要找她汇报，便告诉他卓定垚正在高哲的办公室里。

程凯得到消息，大步冲入高哲办公室。他不顾三七二十一，直接斥责卓定垚："你居然骗我！找个什么阿番来演戏？！"

卓定垚见程凯面红耳赤的样子，忍俊不禁，笑着说："不这样的话，你怎么可能今天过来开会说你的新想法？"

"奸商！"程凯愤怒地大喊大叫，"我一直当你是富家女，没有什么脑子，没想到你这样奸诈，设计骗我！"

面对指责，卓定垚淡然一笑，回应道："你真是中我计了，不过我又不是骗你钱，又不是骗你的肉体，只是要你定时交货！干什么要这么生气！是你自己活该……我不是奸诈，我只是了解你而已！"

程凯被这番话气到一时无法反驳，只得回敬道：“无耻！你赢了！”

他将自己的愤怒化作关门的力量，“砰”的一声甩门离开。傲堂集团的员工被这突如其来的巨大声响吓了一跳，完全不知道这人怎么突然怒气冲天。

而卓定垚也只是悠然微笑。

第八十九章 声名鹊起

程凯回到办公室，朱小慧和乔永廉完全没有理会他愤怒的心情，反而沉浸在对是否早上真的是卓启堂前来旁听的讨论之中。

朱小慧为了确认，又一次将信将疑地问程凯："你肯定你今天早上见的人是卓启堂？"

对于这个消息，乔永廉也有点难以相信，于是拿出手机，到 Google 上搜到了卓启堂的照片，然后把手机递给程凯问："早上就是这个人吗？真是？"

程凯接过手机，仔细地看了一会儿照片，才给予了两人一个肯定的答复："是呀！"

朱小慧、乔永廉得到确认后，终于放下了心头大石。朱小慧长舒一口气，开心地说："那么，我们下次的钱，就不会有问题啦！"

程凯却没有被两人的欢快所感染，还在生闷气，嘟囔道："但是卓定垚骗我呀！你知不知道呀！"他愤愤不平地想，这世界上敢骗他的人，真的是五个手指头都数得过来。他怎么都想不明白，卓定垚居然如此有心机地骗他。

"这样很难说谁骗谁，你之前收人钱又没东西交，又算不算骗？"乔永廉仿佛胳膊肘往外拐，不断帮着卓定垚说好话。

朱小慧疯狂点头，连忙附和道："起码你真是赶出了你的新创意哦！"他们还有其他的事情要忙碌，也不管程凯，走出房间继续工作去了。

程凯一人留在房间里，仍气得牙痒痒。望着杂志上卓定垚的照片，那副潇洒女强人的姿态又呈现在他的眼前，之前他觉得这个千金小姐好蠢，没有想过她懂得用计谋。他又回想起卓定垚在办公室里嘲笑自己的样子，更是怒气冲天地攥紧了自己的双拳，他真的没让人这么看不起过。

但是，连他自己都没察觉到，他的心头已经泛起了对卓定垚的异样感觉，一种莫名的情愫正在悄然发酵。

随着时间的推移，整个天空仿佛拉上了一块黑色的帷幕，一轮明月和一颗颗闪亮的星星挣扎着从那块黑色幕布后跑出。

结束了一天忙碌的工作卓定垚回到家中，只见卓启堂正戴着眼镜，坐在沙发上看着有关智能家居的资料。“听傅建业说你拿了一些智能家居的资料。”她走到卓启堂身旁坐下，平静地说道。

“我今天听程凯说的电池，觉得很好，于是想找回他以前的发展计划来看看，”卓启堂放下手中的资料，充满期待地望向卓定垚说，“我看完，更觉得程凯这个智能家居的创意很好，很有潜力。你下一步打算如何发展？”

“我们打算在大陆找房地产发展商合作。”卓定垚有些惊异他对程凯计划的看重，但还是老实地回答了他的问题。

“其实这么好的创意，都不需要再找人了……傲堂也有房地产，我们引入智能家居就好！”卓启堂站起身来，拍着她的肩膀继续赞扬道，“你真是有眼光，买了程凯的智能家居。未来发展应该很不错！”

卓定垚虽然觉得卓启堂连自己做的事也要插手，心中稍微有些不爽，但是仔细一想也算是好事，不如同意他的意见，便顺着说：“那这样我周一去找地产部的负责人谈一下。”

得到卓启堂点头同意后，卓定垚在脑海里规划着智能家居未来发展的方向，她仿佛看见了每家每户用上智能家居的幸福笑容。

翌日，一个风和日丽的好天气。天荫、傲堂集团将于今天举办联合发布会，公布接下来傲堂、天荫旗下的所有楼盘，会全面引入一个叫 Novopus 的智能家居系统。

发布会上，卓启堂与方松荫慷慨激昂地发言表示：“我们看好 Novopus 的智能家居系统，它将会开创新的市场。Novopus 更是香港新一代初创企业的代表，我们十分好看它日后发展的前景……”听到这些话，程凯、朱小慧、乔永廉心中美滋滋的，仿佛比吃了蜂蜜还甜，三人脸上洋溢着幸福的微笑。

发布会结束之后，程凯这位后起之秀就成了记者包围以及重点采访的对象。

仿佛突然之间，一个名不见经传的人就变成了媒体争相报道的香饽饽。

曾依宁作为记者代表采访卓定垚。她连忙发问：“现在好多基金、投行都说 Novopus 是香港市场的独角兽，那你有没想着将 Novopus 上市？”

面对记者一个接一个的问题，程凯有些喘不过气来。应接不暇的他喝了好几杯水都觉得还是口干舌燥，真不知道这些记者平时说这么多话是怎么做到的。忍耐接近极限的他忍不住问傅建业：“他们什么时候问完？”

“那今天就到这里吧，你经历了一次采访，以后就会说得越来越熟的。”傅建业见到程凯的倦容，只好收拾东西准备结束采访。

朱小慧马上救场，趁空档急忙帮程凯整理头发，安慰他：“没事没事，弄好了，只要曝光率高就好咯。”这番话让程凯有些无可奈何，只得强打精神继续应付各路记者的提问。

果不其然，经历了这一次的访问，香港的街头巷尾，无人不知程凯的智能家居项目。他初尝成功的滋味，心中有些得意，感觉自己多年来的努力终于得到了回报。

程凯专门抽出一个周末的时间，带姐姐去深圳看别墅，心想他买了这一套房子，以后有时间可以回来住。

“你是不知道，最近好多记者都来我们商铺做访问。”玉萍笑着对他说。

国添连忙补充说：“还有人来采访我，不过没播出而已……还有附近几家店都贴上了你的照片，说你整天去光顾……”

力威看向一旁的朱小慧，斟酌了半天，才开口说：“也是，我们也要买一套别墅！”朱小慧听到这个想法，一脸震惊地答：“我打工而已，哪里有这么多钱！”

力威不可置信地看着她说：“程凯不是发达了吗！要不买商住一体，连着买两间，就能便宜点。”说完，他便不顾无法理解的朱小慧，沉浸在自己对未来的畅想之中。

不仅程凯在发布会结束后身价飙升，一炮而红，原本两家公司岌岌可危的股价也瞬间飙升。闻讯后，贺天生、方松荫以及卓启堂三人小聚庆祝。

贺天生举杯赞扬两人，笑眯眯地说着恭维话：“只需要一个发布会，马上让两家公司股价升高，二位果然是宝刀未老啊！”

方松荫听完十分开心。他举杯饮下一口酒，心中暗自揣摩，果然姜还是老的辣！以前方泽雨让鱼溜走了，还好卓启堂捉到了！

贺天生又端起一杯酒，试探着问：“我听说程凯有电池的想法，不知道你们二位是不是有兴趣？”

卓启堂历经商场多年，哪能不知道他心里的小算盘，避重就轻地答：“哈哈哈，年轻人嘛，有他们的想法，我们管不得这么多，电池的事要等一阵子，有成品才行。”

夜幕降临，贺天生回到家中和章明晞商讨今日聚会的收获。“虽然卓启堂这条老狐狸想要耍我，不承认想搞电池，但是我查到他是有其他打算。很明显他看中程凯的电池，同时在大陆也收购了车厂，只要两样加起来，就明显了……卓启堂要发展电动车。”

章明晞听完贺天生的分析，也觉有理，分析说：“卓启堂不会看错人，如果他已经打算出手，我们就不可以这么慢了……”贺天生附和点头。

卓启堂一早就来到公司和卓定垚商量。他告诉卓定垚：“我对程凯的电池很有兴趣，我想收购，然后用电池去发展电动车。”

卓定垚觉得甚是奇怪，他向来对高科技不是这么热衷，于是压抑不住内心的好奇，忍不住问道：“你怎么突然对高科技这么感兴趣了？”

卓启堂像是早就料到她会问这些，也没有生气，只是淡淡地解释：“人都是会变的，我也懂得要与时俱进。既然高科技是经济的新火车头，我没理由不加入。”

卓定垚边听边点点头。她心想，这也不乏道理，姑且先信他一次，应该也不会有什么损失，便说：“那好，我等下去和程凯谈谈。”说完，便离开办公室打电话给程凯。

“喂，程凯，我是卓定垚。我打电话给你，是想问你是否愿意傲堂集团收购你们公司，这个想法是我父亲的意思。”电话那头仍是一阵沉默，卓定垚又继续劝说，“嗯，我知道你的习惯，我们可以让你的项目遥遥无期，没有截止时间，还可以给你很多的经费预算，不知道你是否愿意？”她终于一口气说完，紧张地拿着手机，她的手心都渗出汗水来，焦急地等待着程凯回复。

平时伶牙俐齿的程凯似乎卡壳了一般，扭捏了半天也没说出一句话。

“程凯，你要是有什么要求，不要怕，直接提出来就好，我都答应你。我还可以回去和爸爸说……”卓定垚怕程凯又有什么稀奇古怪的要求不好意思说，于是便不断地给他保证。

“不好，”程凯半天终于憋出了一句话，又坚定不移地继续说，“我当然不愿意。”

卓定垚面对态度如此坚定的程凯，心想，自己态度没有什么问题，条件也很宽裕了，为什么他还是不同意呢？她忍不住追问真实的原因：“为何？”

程凯突然一鼓作气式地大声说：“因为我想追你呀！”说完，他就飞快地挂断了电话。

嘟嘟嘟，电话的忙音声就像卓定垚飞速跳动的心脏一样。她面对这突如其来的表白，不知如何是好，甚至都开始怀疑这是不是她在做梦。她狠狠捏了自己的脸一下，哎呦，好疼，看来这是真的，也不知道程凯今天是怎么了。

第九十章 接踵而来

办公室里埋头工作的朱小慧被刚刚大喊一声的程凯吓住了。她走向程凯的办公桌，发现程凯打完电话后脸色绯红，难道是卓定垚说了什么，又惹他生气了？朱小慧还是决定问个清楚："刚刚卓定垚和你到底在谈什么？这么神秘兮兮的？"

程凯无奈地扶着额头："卓定垚说想收购我们公司，还说可以不限预算和遥遥无期，还说有什么条件，叫我开……"

朱小慧一愣，没想到居然是如此诱人的条件，又期待地看着程凯问："那么你答应她了吗？"

程凯摇摇头，像是心意已决的样子："我不会卖。"

朱小慧好奇地问他："为什么呀？"

"我不想让她像我和方泽雨一样，最后以翻脸收场。"说到伤心事程凯的脸色又阴沉了下来，不禁低下了头。

朱小慧却并不满意这个答案，她连声反驳道："我倒不觉得有问题。你和方泽雨十几年朋友，情如手足，一定会受伤，但你和卓定垚是好朋友吗……有感情吗？"

程凯无言以对。他不知道该怎么和朱小慧解释自己对卓定垚的异样情感，只得用尴尬的沉默化作对话的句点。

不谙世事的程凯丝毫不关心娱乐八卦新闻，不然他也不会错过报纸上刊登的有关方泽雨的消息。

报纸上头号版面上清晰可见方泽雨与一个性感暴露的女人举止亲密，这是上次他与谢安东等人参加海天盛筵时，不知被谁偷拍的照片。新闻标题大写着："海天盛筵，究竟有多少富家子弟参与？"方泽雨拿着这份报纸，头痛不已。如今媒体一张嘴，无数质疑就接踵而来。

此时，方泽雨的手机铃声响起，原来是方松荫打电话来了。他深吸一口气，接听了电话：“喂，我是泽雨，有什么事吗？”

“我听有人说在海天盛筵见过你，你需要交际应酬我明白，”方松荫一边无奈地看着 iPad 上方泽雨在海天盛筵的照片，一边语重心长地劝说，“但坏习惯染上了，就很难改回来，你没有理由不知道吧？可不要步你父亲的后尘。”方松荫字字珠玑，他的责怪让方泽雨感到十分失落。

挂断电话后，方泽雨感觉自己好像又从一百多层楼坠落到了地面。好像没有人能理解他的痛苦、所承受的压力，难道他就不想重回巅峰吗？难道他就没有在一直努力吗？男儿有泪不轻弹，他也哭不出来，一摸口袋，也没有一根香烟能让他解愁。他想，干脆就下楼买包烟，就当是出门散散心。

方泽雨走到便利店买烟，刚好看见香港财经新闻。新闻里程凯笑得那么灿烂，媒体赞扬他的成功，还说程凯是香港财经界的独角兽！看到这个新闻，他拿烟的双手有些微微颤抖，一阵酸涩涌上他的心间，心想，明明是曾经的好兄弟终于成功了，为什么他却没有一点喜悦？好像更多的是嫉妒，嫉妒为什么成功的不是他。

方泽雨忽然觉得无意义的闲逛也并不会缓解他内心的痛苦，倒不如回去倒头睡一觉，也许醒来之后一切会有转机。他踱步走回房间，突然一位公寓职员叫住了他，并将一个长条形的盒子递到他的手里：“方先生，您好，这里有一个您的包裹，麻烦您签收一下。”

方泽雨本想是不是搞错了，怎么可能会有人给他寄包裹呢？但他接过包裹一看，那上面分明写着自己的名字，他的目光停留在寄件人——“朱小慧”三个字上面，看来这个包裹真的是给自己的，不过还不知道里面装着什么。

方泽雨抱着沉甸甸的包裹走回房间，他的心情始终如同包裹一般沉重。

他慢慢地拆开包裹，发现只有一瓶支离破碎的红酒躺在里面，仿佛他们早已破碎的关系。定睛一看，他发现原来盒子里还附上了一张贺卡，卡片已被红酒浸染成红色。他打开那张湿漉漉的贺卡，朱小慧娟秀的字体也已经有些模糊不清，

“以前我们一起吃火锅拼酒！现在大家都没时间，不过我们有机会再拼过！”

望着贺卡，方泽雨不禁苦笑，原来朱小慧还记得他的生日。不过送来的红酒在运输过程中被打破了，连贺卡都湿了。想到过往，他的心情更加沉重，随手便将包裹丢到垃圾桶里。

忽然，方泽雨的手机响起，程凯的名字不断在手机屏幕上闪烁着。一股暖

意涌上方泽雨的心间，不禁心想，难道他也记得？望着手机屏幕上跃动的名字，犹豫了半天，他还是接听了电话，电话那头的程凯却一直支支吾吾……

终于，方泽雨忍不住直接问："你到底有什么要说？"程凯像是憋足了一口气大声说："我，我想追卓定垚！"

方泽雨目瞪口呆，也不知道如何回复才好。本来还怀着可能是兄弟要和解的美好心愿瞬间消散，程凯的话语就像一块更大的巨石砸在他的心间，压得他完全喘不过气来。

说完自己对卓定垚的心意，程凯匆忙地挂断了电话。朱小慧听到这通电话，不禁破口大骂道："你真是混蛋！这样的话你都说得出！你知道今天是什么日子吗？今天是方泽雨的生日！"

"什么？"程凯愣住了，仿佛在回忆今天究竟是几号。他拿出手机失魂地盯着日历，还想最后挣扎一下，可日历上的数字刺痛了他的双眼。果然是今天！可他居然不记得今天是方泽雨的生日，一股内疚之情在他心中翻腾起来。

方泽雨在房间里，一个人黯然神伤。自己曾经的好兄弟不仅忘记了自己的生日，还想要追自己的前女友。他忽然觉得自己的这一生好可笑，甚至怀疑自己是不是不该到这个世界上来，自己人生的意义到底是什么。

一阵敲门声打断了他的思绪，又将他拉回了残酷的现实世界。他打开门，见是曲端儿。他也实在没有力气对她挤出一个笑容，声音沙哑着说："请进。"

曲端儿本想来找方泽雨谈一下合作的事情，可见到他毫无生机的样子，不禁好奇到底发生了什么，将许多话先憋回了心中。

从进入房间那一刻起，一股刺鼻的酒味钻入了曲端儿的鼻子。她一开始以为是方泽雨喝多了，后来她终于发现原来这个味道是从垃圾桶里飘出来的。她好奇地走近垃圾桶，赫然发现一张画着生日蛋糕的贺卡。她猜想，难道今天是方泽雨的生日？也许是孤单，所以他才如此失落。

曲端儿有些欣喜，觉得仿佛自己找到了方泽雨如此失魂落魄的理由，不禁露出了一个微笑，道："我要请你吃饭。快跟我来，机不可失哦！"说完，她拉着失魂落魄的方泽雨走到了自己家中。

"你坐这里等等，我亲自下厨，马上做给你吃。"曲端儿将方泽雨安置在沙发上之后，就安心地进入厨房开始捣鼓起来，一副神神秘秘的样子。

方泽雨也不知道自己怎么就跟来了，然而，坐在沙发上等了好久也没见到曲端儿的大餐，等得他肚子都不争气地咕噜噜地响了起来，不禁思考曲端儿到底在搞什么鬼，居然还没好。

方泽雨正想着，忽然一阵食物的香气飘来，仿佛一根飘拂的丝带环绕在他的身边。只见曲端儿端着一个碗朝他走来，他觉得这个香味特别熟悉，那是香港的味道。

曲端儿小心地将碗递给方泽雨。他有些震惊地接过，定睛一看，果然是咖喱鱼蛋，又一次品尝到“妈妈的味道”。他不禁感怀起自己的身世，瞬间热泪盈眶。

曲端儿本以为方泽雨吃了东西会振作些，没想到他竟然一边吃一边哭，好像心情变得更加糟糕了。曲端儿不禁怀疑自己的厨艺水平，难道是自己做的菜太难吃了吗？到底盐放多了还是？

她忍不住担忧地看着阴晴不定的方泽雨问：“到底发生了什么事？”

方泽雨抹了抹自己湿润的眼眶，又露出了一个比哭还要难看的微笑，哽咽着说：“你做得好吃，很有香港的味道……”说完，他还给曲端儿竖起了一个赞扬的大拇指。

曲端儿依旧半信半疑。她从方泽雨手中接过碗，小心翼翼地用勺子将一颗鱼丸送入自己的口中。这个味道和想象中的怎么不太一样？她不禁皱起了眉头，然后诚实地说：“这个味道我都觉得不像……”她放下碗继续安慰方泽雨道：“也许是你想家了而已。”

方泽雨不禁苦笑道：“也许是的，只是回去也没用。”

“想念也正常，我明白一个人生活的苦处。我在安徽长大，小时候出来读书，为了理想去香港，”曲端儿眼眶有些红了，她继续说，“我每天告诉自己要努力，要做出成绩，别辜负爸爸妈妈的期望……我也很想家呀。”她说着也哭了起来。

方泽雨见曲端儿哭成泪人，轻轻拍拍她的肩膀，为她递上纸巾。

曲端儿接过纸巾，瞬间心跳加速，她竟然有一刻心动的反应。面对哭泣的曲端儿，方泽雨失笑，自嘲道：“没想到我还把你给弄哭了……其实你做的东西很好吃，所以你可以放心，你一定会做到好成绩，令你父母开心。”

两人相视一笑，仿佛都找到了自己内心的安慰和未来努力的方向。

第九十一章 思好来电

无论黑夜多么漫长，白昼都终将到来。随着清晨的一抹微光，又迎来了新的一天。黑夜过后，安静的办公楼内又变得生机勃勃起来，季生集团的员工忙碌着自己的工作。

而短短时间内，潘力晨已经和季生集团的同事们打成一片，每次他推着车送文件去公关部，总有人来调侃他。比如，钟思琪见到推着车的潘力晨，就笑着打趣他："怎么发封信都发这么久哦！"

潘力晨懵了一下，不知道如何应对，他干脆装作没听见，自顾自地推着车走开了。恰巧阮令翘经过，他镇定自若地将其中一份开曼群岛律师行寄来的文件交给她："这份是给贺太太的。"

阮令翘点头接过信件，转身直接走入章明晞的办公室。

潘力晨静静地凝视着她离去的背影，陷入了沉思。趁人不注意，他偷偷来到季生集团一个无人的角落里拨打了高哲的电话。

"喂，高哲，是我。我已成功混入季生，而且我发现章明晞有一份开曼群岛律师行寄来的信件。按理说一般邮件章明晞都是交由助手处理，只有从这家律师行寄来的，才会由章明晞亲自处理，"他顿了一下，继续为高哲分析情况，"我已经查过，这间开曼群岛律师行和曦伦并无生意来往，而律师行素以搞离岸公司出名，明显是章明晞透过离岸公司在处理什么，很可疑，值得追查下去。"

"哎，"而电话另一头的高哲听着他的汇报，却不停地叹气，"你这么做好危险啊。不过暂时真是没其他方法，我已经叫黑网的黑客尝试黑入季生的电脑，看下找到得什么……"

"无论什么渠道我们都不可以放弃。"潘力晨打断了高哲的话语，他对此坚定不移。忽然一阵脚步声传来，潘力晨害怕有人发现，果断地结束了通话。

听着手机里传来的忙音，高哲的指尖不断敲打着办公桌的桌面，心中倍感担忧。毕竟季生集团也不是吃素的，万一潘力晨被发现，估计下场也会很惨，还不知要如何收场。

然而，一通来自加拿大陌生的电话响起。犹豫半晌，高哲鬼使神差地按下了接听，平时他并不会接听没有备注的号码，可是这次好像有什么在冥冥之中指引着他，不断地催促着他接听。他率先开口说："喂。"对方却以沉默应对。

久等不到回应，当高哲准备挂断这个无聊的电话时，他突然听见了一个熟悉的声音，"是我。"

"思妤？"

他面色骤然一变，倏地从办公椅上站了起来，心想，怎么会是她？这是真的吗？自己是不是出现了幻听？

这通突如其来的电话彻底让高哲的心陷入了慌乱，在他去见郑思妤的路上，心情依旧七上八下。他反复思考着等下开口第一句话应该说什么好，自己今天的这套西装颜色她是否喜欢，自己脸上的胡子茬儿是不是刮干净了。他的衬衫背后被紧张的汗水打湿，心脏就像在打鼓一般"砰砰砰"跳个不停。他好想见到郑思妤，又好害怕见她。

高哲的内心在不断矛盾地挣扎着，然而他的身体好像又十分诚实。他隐约记得自己挂断电话后就不顾一切地飞奔上车，朝她约定的地点加速行驶，像是一个为爱奋不顾身的年轻人。他的这些举动仿佛是无意识的，潜藏在他的心底，就好像是他的责任一般。可是，他还不知道她是否原谅了自己，也不知究竟有何事，为此他感觉心中特别烦闷。

其实，郑思妤内心也同高哲一样，并不平静。说实话，她也并不想见高哲，他们之间的关系也许因为曾经的矛盾永远无法修复了吧。她并不知道两人该如何相处，感性上来说两人是过去的恋人，仿佛还有那么一丝残存的情感和温度。从理性层面上来说，高哲还是她间接的杀父仇人，这样好像又有些太过残忍。一时间，她也不知该如何定义两人之间的关系，不知道为什么自己会抱有那么一丝希望去拨打他的电话。可能这就是一种莫名的感应，一种本能的遇到困难就想向最信任的人求助的心情。

一路超速行驶的高哲很快就到达了约定的地点。他忍不住拉下挡风玻璃前的镜子，认真凝视镜中自己的仪容仪表，反复确认没有问题以后，才鼓起勇气打开车门，走进咖啡馆。

他环顾四周，发现里面坐着许多亲密的小情侣正在谈情说爱，气氛异常甜蜜。而郑思妤却仿佛不受他们的感染，只是静静地端着一杯咖啡坐在一个靠窗的位置，等待他的到来。

高哲微笑着，走向郑思妤。郑思妤发觉高哲到来，笑着挥手示意她在这边。

高哲满脸笑意地看着郑思妤，岁月仿佛并没有在她的脸上留下什么痕迹，不知道是不是他眼中自带了一个爱的滤镜，她看起来还是那么美丽，心跳又不由自主地加快。明明是一个曾经的情场老手，却也忽然憋得脸红彤彤的。

郑思妤望着好久不见的高哲，不禁关切地问："是这里空调太热了吗？我看你脸有些红？"

高哲连连摇头，道："不是。我刚刚跑过来的，所以可能有点热。对了，你这次找我是有什么事情吗？"他满怀期待地问。

郑思妤见他主动问起，于是也坦诚地说："好久不见，我这次找你的原因，是因为我工作的环保农耕公司。我们公司现在面临财政困难，所以希望能够找到人介绍，去找不同基金或投资机构注资，挽救公司。"

高哲听完，心中一阵失望，像是刚刚开到顶点的过山车突然急速下坠一般，想要发出绝望的呐喊，却被淹没在空气的强大压力之中，他甚至有些想笑自己刚刚幻想得都太过天真与美好。

"我知道我不应该烦你，但是我已经用尽我所有方法，我所有认识的朋友都找过，已经走投无路。我不找你，再不知道可以找谁……"郑思妤忐忑地看着一言不发的高哲继续解释，"其实，我都没想到你会保留着这个手机号码，更没想到这个电话可以打得通。"

高哲强装镇定，端起咖啡喝了一口。他淡淡地说："是呀，我的手机号码都一直没改过。"

有时候，爱情里的付出就是这么的不为人知，他心想，也许她永远都不会知道自己不换号码的理由，就是为了等这么一天，等她需要自己的那一天，等她原谅自己的那一天，虽然这一切看起来都是那么的遥遥无期。高哲话音一落，两人陷入了一阵尴尬的沉默。

高哲最终倒吸了一口气，率先开口打破了沉默，道："那你再多说点公司的情况给我听听，我看看有什么可以帮到你。"

郑思妤面色稍显缓和，开始冷静地向高哲介绍他们公司的情况。

高哲听着她仔细地解释，心下隐隐作痛，明明不到一米宽的咖啡桌，此刻就像一条漫无边际的银河，隔在两人之间。他想要穿过这道银河，过去紧紧握住她的手，然而残存的理智却拦住了他。他们两人现在就像是最熟悉的陌生人，这么近，又那么远。

在高哲大致了解了公司基本情况后，郑思妤进一步说："不如我带你去我们公司看一下？"高哲找不到拒绝的理由，便点头答应。

于是，郑思妤带着他去公司见经理。他们并肩走在路上，两人有一搭没一搭地聊着天。

正午的阳光投射在写字楼的玻璃上，折射出的阳光刺入了高哲的双眼，他第一次觉得如此刺痛。灼热的阳光烤得地面冒着热气，每一步高哲都感觉走得好煎熬，他不敢，也不能再牵起郑思妤的手。两人过去甜蜜的片段就如同电影般在他的脑海里放映着：他们曾经一起那么开心地挽手轧马路的画面，那时候的郑思妤笑得那么甜蜜，自己也曾经是她快乐的来源之一。越是甜蜜的过往，就越倒映出现实的残酷不堪，曾经的那些欢声笑语都已消散如云烟。

正当他沉浸在思绪之中时，郑思妤发现了远处有一个熟悉的身影朝他们走来，细看才发现原来是 Karen。

“嗨 ,Karen！”郑思妤高兴地朝路过的 Karen 打招呼。

Karen 见状也笑着说：“Hi！”

郑思妤于是热情地向她介绍高哲：“我介绍一下，这位是高哲。”

高哲心知有些事情是不能让她知道的，于是有些尴尬地点点头，友好地朝 Karen 伸出手：“你好，初次见面，我是高哲。”

Karen 见状也愣了一下，立刻心知肚明。她回握住高哲的手微笑着说：“你好，我是 Karen, 很高兴认识你。”

此时，John 不知从何处冒出来，突然窜到他们的身边，还很亲热地上前跟高哲介绍：“Hi, 我也是其中一个义工哦。”

高哲一见来者就是传说中的 John，眉头瞬间紧皱，他用余光来回地打量着 John，心想，哼！原来你就是阿 John，长得也不过如此，还没有我看起来成熟稳重。

Karen 见他们相遇，感觉头都大了，十分担心高哲会对 John 做什么，也不知道要怎么打圆场才好。

郑思妤看着高哲、Karen 各自的表情迥异，觉得有些奇怪，但她一时又不知道如何开口。

也许是察觉到今日天气不错，John 忽然说：“我想出去看农场。”

高哲瞅准这个机会，眼睛一亮，马上附和道：“我也想去看哦！我们一起啦！”John 觉得没什么问题，立马点头同意。于是，两人一起并肩走向农场。

望着两人离去的背影，郑思妤和 Karen 还是感觉气氛十分奇怪，不明白两人为何突然之间熟络了起来，他们之间有股奇怪的气场。

Karen 忍不住问郑思妤：“他就是你之前说那个前男友呀？”郑思妤点头，Karen 见她承认，几乎是脱口而出，就差没有推着她走了：“那你快点出去看着他们啦！”

第九十二章 无价之才

朵朵乌云飘浮在天上，空气中也透露着一丝闷热的气息，无数的蜻蜓在低空不断盘旋，似乎一场巨大的暴风雨就躲藏在它们身后。今天的天气就像程凯向卓定垚表白那天，他清楚地记得那天卓定垚听到“我想追你”后发出诧异的声音。

卓定垚先是惊讶的“啊”了一声，又连忙转移话题说：“程凯，我和你正在谈公事！”

“但我只想和你说私事哦！”程凯索性耍起了无赖，他知道如果想要追求一段感情，那么厚脸皮也是必不可少的一个要素。

见程凯的话语依旧没有收敛，卓定垚确定了他并不是要开玩笑，于是便冷静地问他：“你想清楚了自己在做什么吗？”

程凯有些开心地回答她，诉说着自己的心意：“我真的对你有意思。”在听到卓定垚声音的这一刻，他的心跳迅猛加速，更加肯定了自己内心的想法，对卓定垚的爱情更是货真价实的。

程凯突如其来的表白，弄得卓定垚不知如何回应是好，她停顿了一会儿，又组织了一下自己的语言，才找了个借口暂时回绝这个话题：“不好意思，我现在有个会要开，晚点再说。”说完，她便挂掉了电话。

“程凯，你在听吗？”一个温柔的女声仿佛在不断呼唤着他的名字。程凯瞬间拉回了早已飘散在回忆长河的思绪，定睛一看，才想起自己现在身在季生集团，然而刚刚他只顾想着卓定垚去了。

程凯回过神来，见到章明晞在面前叫他。

“程凯，季生开的条件你满不满意？”章明晞一脸认真地看着程凯问，希望从他口中得到一个满意的答复。

程凯煞有介事，突然一脸认真地问章明晞：“你结婚没？”

他的问题出其不意。章明晞一愣，有那么一刹那还以为是程凯看上她了，她想那这样也好办了，于是坦言：“我结婚了，我先生是贺天生。”程凯听到这个回答仍是一脸严肃，像是在思考着什么。章明晞见到程凯像是在考虑条件中，觉得合作希望更大了，见机又补充道："我们对你的电池有兴趣，只要有电池，就可以运用在不同地方。如果条件有什么你不满意的地方，你可以告诉我。"

程凯的思绪仍旧飘得很远。他仿佛毫不在意章明晞的话语，脑海中自动过滤了她刚刚的问题。

程凯在想着自己如何才能将卓定垚追到手，想到这个棘手的问题，又露出了满脸愁容。他也想向已经结婚的章明晞取经，真不知道贺天生是怎么追到她的，也许世间追女孩子的方法总是通用的。

于是，他自顾自地又向章明晞抛出一个无厘头的问题来："那你们感情好吗？"

章明晞面对程凯牛头不对马嘴的问题，实在不知道他的意图，只得顺着他答："我们夫妻感情很好，那现在我是不是可以说回正题？"

没想到程凯马上答："可以！关于合作的内容我晚点回复你！"语毕，他就一边想着如何追到卓定垚，一边迈步走出了办公室。

章明晞呆坐在沙发上，看着程凯绝尘而去的样子，心想，都说天才和疯子不过一线之隔，这人脾气古怪，也许果然是个奇怪的天才。

与此同时，卓启堂也十分关心电池项目的进展。他一大早就把卓定垚召唤到他的办公室，准备问问情况。

不一会儿，卓定垚就拿着一个文件夹出现在卓启堂的办公室，似乎手头还有许多没处理完的工作。在公司，她向来是公事公办，不带一丝个人的情感。她一脸严肃地盯着卓启堂问："您找我什么事？"

卓启堂示意她放轻松点，招呼她先坐在椅子上，又微笑着朝她说："我叫你来，是想知道程凯那里怎么样了？"

"我需要多一点时间，"想到程凯的奇怪要求，卓定垚直言道，她顿了一下，酝酿了一会儿用词和表达，才继续说，"他的要求是有点特别……"

没想到，不知内情的卓启堂马上回应："他开什么条件都好，他是艺术家，尽量满足他！"

卓定垚一愣。她有些害羞，虽然是面对自己的父亲，但又不好意思明说，只得暗示道："他的要求我们未必做得到哦。"

卓启堂却显得一脸淡定，像是对程凯的电池志在必得，他大手一挥，自信满满地说："人才是无价的嘛！你放心大胆去做啦！"

卓定垚见卓启堂竟然如此全力支持程凯，心中深感疑惑，不禁试探着问：

“我们真要开发电动汽车吗？听说季生集团也会做。”

“电动汽车是一个潮流，”卓启堂见卓定垚有疑，反问她道，“我们做什么？有哪里要奇怪的吗？”

卓定垚斟酌了一下字句，谨慎地回答：“我只是觉得你做事情一向有计划，很少走一步看一步……这次推进项目好像很急，至今都还没有完善的计划。”

卓启堂装得一本正经地安抚她，像是纵横商场多年的老手在教导晚辈，侃侃而谈：“做生意有时要大刀阔斧，不然就会错失好多机会。”

卓定垚表面装作明白，配合着卓启堂的话语，点头表示赞同，也不再开口问什么，道：“那没什么事情，我先走了。”说罢，她推门离开，但随着房门缓缓关上，她心中的疑惑却丝毫没有减少，反而是积累得越来越多。她将近日来卓启堂的反常举动，都默默地记在了心中。

忽然，卓定垚的手机提示音响起，打断了她的思绪，拿起手机一看，原来是程凯发来的短信：“晚上八点，在我办公室见。”她想，也许是程凯改变主意了，为了电池的项目合作，无论如何，晚上自己都要去一探究竟了。

夜幕降临，卓定垚如约到来。她抬手看了一下手表，指针刚好划过八点钟。她慢慢地走进办公室，却发现办公室内没有人，只有一部亮着屏幕的电脑。

好奇心驱使她走向电脑，走近才看见电脑屏幕上一个大大的“按我”在疯狂地闪动着。她照指示按了一下电脑上的按键，只见投射机投射出一个程凯的数码影像。

数码程凯古灵精怪地喊她：“卓定垚，你快去面包炉前，我知道你喜欢吃面包，现在可以吃啦！“

她乖乖走到面包炉前，只见面包炉突然弹出一块西多士来。她心中一喜，这确实是她的最爱。闻着面包传来的阵阵香气，她这才记起光顾着工作，都没来得及吃晚饭。她拿起面包咬了一口，火候刚好，软硬合适，口感酥软，黄油搭配得恰到好处。

不知不觉，她就吃完了手中的面包，心满意足地摸了摸自己的肚皮。

此时，也许是感应到她已经吃完了面包，投射出的数码程凯又一脸期待地问她：“卓定垚，你喜欢吃什么水果？”她笑着配合地答道：“我喜欢草莓。”

数码程凯像是见到了她灿烂的笑容，于是也露出了一个笑容，指了指冰箱的方向，温柔地对她说：“那你快去打开冰箱哦。”

卓定垚听从他的指示，打开了冰箱。只见冰箱里放着满满一层草莓，粉色的草莓摆放得就像是一个大大的爱心形状，又是程凯设计的精心表白。她心知这都是程凯用心探听了她的喜好，提前准备好的。

连续几次，数码程凯都准确地为卓定垚准备好了她喜欢的东西。接连不断的惊喜，让她心喜不已。

卓定垚忍不住夸道：“程凯这个投影做得不错呀！就差一件事……你不知道我最喜欢跳舞吗？”忽然之间投射程凯没有做出新的反应，只是反复问：“你高兴不高兴？”

程凯在幕后终于忍不住了。一首《今夜无眠》在办公室中响起，他望着美丽的卓定垚有些害羞，最终还是鼓起勇气从幕后的办公室里走出来。他如同一个绅士，礼貌地走上前牵起卓定垚的手，邀请她共舞。卓定垚将手递给他，办公室的一处开阔之地瞬间化身为舞池。虽然没有舞池中闪烁的灯光，也没有乐队当场伴奏，两人还是在办公室内翩翩起舞，两人跃动的舞步，宛如一颗闪烁的明星，仿佛点亮了整个夜空，成为夜间一道最美的风景线。

卓定垚一边跳舞一边笑着对程凯说：“你是个好人，你做的东西很好，一定会让女人为之倾倒。但很可惜对象不会是我，我很感谢你为我做这么多事。”表达完自己的感激后，她又想起了自己此行的目的，便又转向谈自己对于电池项目的态度，力争程凯能够改变心意，加入他们公司。她诚恳地继续说：“我始终希望公司可以有你这个人才。”

原本跳舞跳得十分高兴的程凯，听到她的话语面色一沉，严肃而坚定地告诉卓定垚：“既然你要说公事，那么我回答你，我们绝对不会合作。”

听到这个出乎意料的答案，卓定垚有些诧异。她不明白程凯的心思，是否是自己的拒绝太无情冷漠，所以伤到了程凯，他不愿意与自己合作，所以她又小心翼翼地试探着问道：“那是不是因为我拒绝你，所以你不和我合作？”

程凯摇摇头，坦诚地说出自己的心声：“不是，我不是这么小气的人。只是因为我喜欢你，所以不可以同你合作！”

卓定垚听到这个回答更加好奇。程凯在她心中的神秘又多了几分，她不禁睁大眼睛看着程凯问：“为什么？”

“心态，我担心我们的关系会和方泽雨一样，因工作上的合作而失去了最重要的人，”程凯回想起他与方泽雨多年情谊的消失，不禁有些失落，他低着头继续补充说，“如果我一早知道会这样，我就不会和他合作搞智能家居！”

没料到竟然是这样的原因。程凯如此重情重义，卓定垚倒也无话可说，仿佛在哄孩子一般说道：“你上次说，因为想追我而不会和我合作，这么现在我拒绝了你，我们可以合作啦！”

“还是不行，我不可以假装没事一样和你工作，”程凯无奈地摇着头说，“我只想和你谈恋爱，达不到目的我不会放手。我是不会放弃追你，所以我不会签你！”

正说着，两人跳着舞忽然触动了办公室内的感应器，嘹亮的结婚音乐响起。

两人听着都觉得尴尬。程凯朝卓定垚解释说：“我一开始以为我们可以走到这一步，你说，我们以后可以吗？”卓定垚笑着并没有回答。

一曲终了，程凯依依不舍地放开卓定垚的手，他多么想这首歌能再长一些，再多一分钟，哪怕是多一秒钟也好。

卓定垚回想起今晚的种种，也有些感动，突然觉得程凯原来是一个如此直率可爱的人，自己以前确实是对他有些偏见。

她忍不住笑着对程凯说：“虽然我们不会成为恋人，不过我真的很欣赏你，谢谢你今晚做的这些，你很有自信！”说完，她便转身走出了办公室。

程凯仍旧不甘心。他的手心仿佛还残留着卓定垚手心的余温，于是奋力地朝着她离去的背影大喊：“卓定垚！我是不会放弃的！”

逐渐远去的卓定垚也听见了程凯的誓言，想着他如此有毅力，不禁也露出了一个微笑。

第九十三章
怦然心动

翌日下午，卓定垚在办公室中揉了揉自己疲惫的双眼，翻开日程本，发觉今日日程安排的工作已经提前做完了。于是，她驱车来到一家画廊散心，也许是因为艺术总是相通的，虽然不再跳舞，但闲暇时她还是会去画廊里欣赏画作，仿佛也是在寻找她曾经的梦想，抑或是看一看别人眼中的世界。她漫无目的地在画廊随意欣赏着，忽然一幅画映入眼帘，画上有一个天真无邪的小女孩，她在小溪边一个人开心地玩耍，清澈的溪水中倒映出她灿烂的笑容和湛蓝的天空。

卓定垚站在画前凝视着画作，她觉得这个小女孩就像是曾经的那个她，生活得那么无忧无虑，好像可以在大自然中无忧无虑地玩耍，没有商界的尔虞我诈，没有处理不完的工作。

正当她沉浸在自己的思绪之中时，贺天生也不知不觉来到这幅画边。他笑着和卓定垚打招呼："好巧，你也喜欢这幅画吗？"

卓定垚只是回以一个礼貌的微笑，侧身让出一半欣赏的位置，又喃喃道："这幅画好不好看都不重要，最重要的是有人吹捧它，我用一千万买了，自然有人会出两千万找我买……到时候它有没有艺术价值已经不重要，艺术也可以是一门生意。"

"哈哈哈，"贺天生听完她的话不禁大笑，夸赞道，"你现在不一样了，看事情都成熟了。"

卓定垚心知他话中有话，也不拆穿他，仍是淡然地答："是呀，我经历了这么多事，不再是以前那个小姑娘了。"

贺天生仿佛是看穿了她对于这幅画的喜爱，以及她与画作内核的共鸣之情，故意说："我也有兴趣买这幅画。"他踱步走到另一侧，似乎又换了一个角度在欣赏画作。

想到程凯的电池很可能最终落入季生的手里，卓定垚忍不住反问道："为什么你这么喜欢和傲堂争？"

贺天生面对这个问题，避重就轻，把问题的矛头又一次推向傲堂，反问她：

“不可以是你们傲堂和我争东西吗？”

卓定垚早已不是当年那个不谙世事的小女孩了，她不卑不亢地抬头直视贺天生，直言道：“我知道季生也有兴趣做电动汽车。”

“我还对程凯的电池有兴趣，并且和他已经谈到差不多了。我们做生意公平竞争！”贺天生展现出自己商人霸气的一面，志在必得地说着。

没想到，卓定垚并不争辩，却只是淡然一笑，假装抱歉地说：“不好意思，我见到朋友了，先走了。”语毕，她就头也不回地走开了。

贺天生独自在画廊走了一圈，回想起来最打动他的也还是那一幅画，决定把那一幅画买下来。他也清楚自己也许喜欢的不是画的内容，只是和傲堂竞争胜利的感觉，那是一种只能意会的喜悦。

贺天生又踱步走到那一幅画作前，挥手唤来画廊职员：“你好，我想要这幅画。”

没想到，职员温和平静地回复他：“贺先生，这幅画卓小姐已经买了，她说送给你……”

赠画的举动让贺天生一愣，他不禁在画廊中四处寻找卓定垚的身影。终于他的视线中出现了卓定垚，发现她在门口正准备走出去。

也许是心灵的某种感应，卓定垚恰好也回头与贺天生对视。

卓定垚回眸一笑。她的笑容里意有所指，仿佛在告诉贺天生自己已经长大了，再也不是当初那个女孩，不会这么容易被他耍了。

贺天生呆呆地伫立在画作前，望着卓定垚逐渐远去的背影，喃喃自语地感叹道：“她果然长大了，已经和以前大不相同了。”士别三日当刮目相待，他的心中也不禁对卓定垚有些敬意，看来他们以后也许是旗鼓相当的对手。

贺天生也踱步从画廊离开。他驱车回到家中，章明晞迫不及待地走上前为他带来了一个更加振奋人心的好消息。

章明晞有些兴奋地告诉他：“程凯已经答应我们，礼拜一签了这张约。季生股价到时候一定能升！到时候我们有程凯这个人才之余，还可以发展电动车，将来得到的一定更多！”

几家欢喜几家愁。表面看似镇定的卓定垚，听说程凯即将签约季生的消息也有些焦急。她不知如何是好，思考了半天，决定去问问卓启堂有没有解决方案。

她寻到书房，这才找到卓启堂。只见他已经换好衣服，穿戴整齐，一副像是要出门的样子。

卓定垚以为他还不知道这个消息，见状赶紧拦住他说："贺天生将会签约程凯，我们怎么办？需不需要再去和程凯谈？"

卓启堂听闻后，没有表露出丝毫的吃惊。他像是无所谓，完全没有之前对于这个项目的那种热情，只是语气平淡地说："我们留不住人才也没有办法，下次有机会再合作。我现在要去俱乐部了，晚点再说。"说罢，也不顾焦急等待他回复的卓定垚，提起自己的包就准备走出家门。

卓定垚没料到，他对程凯的事竟然如此不上心，想到之前卓启堂一反常态地热衷这个项目，现在却又如此冷淡，心里感觉十分古怪，有太多不对劲的地方，但一时间又找不到这个不合理的由头。

卓定垚独自在书房内苦苦思考，拼命地想着还有没有什么挽救的方法。一阵门铃声响起，打断了她的思绪。她起身去开门，发觉竟然是彭世岳深夜来访，便问："你好，请问你有什么事情吗？"

彭世岳仿佛没有料到是卓定垚开门。他一愣，仿佛是酝酿了一下自己的感情，随后有些紧张地说："我是来找卓先生的，请问他在家吗？"

"他去了俱乐部，"卓定垚有些疑惑彭世岳突然这么晚来家里，心想，也许是突发了什么紧急事件，又补充道，"你是不是有什么重要的事？"

彭世岳手里紧紧攥着一份文件，嘴上支吾着说："只是一份普通文件而已！那么麻烦你帮我把这份文件转交给他。"他一边说着，一边将一份文件交给卓定垚。

卓定垚接过文件，心中暗自思量，如果真是一份普通文件，值得彭世岳这么晚亲自送家里来吗？她总觉得疑点重重，但还是将文件放进卓启堂的书房。

卓定垚正准备走出书房，忽然听到电话铃"叮"的一声。她下意识地寻找声音的来源。只见卓启堂的手机赫然躺在书桌上，原来是他忘了带手机出门。

卓定垚正准备放下手机，忽然瞥见信息提示栏弹出发信人彭世岳，短信上赫然写着："电池报告已托卓定垚放在你书房里！"

"电池"这两个字让卓定垚一怔。她对此十分敏感，急忙拿起文件袋查看，却发现文件什么标签都没有。她不禁有些犹豫，最终强烈的好奇心还是驱使她打开了文件袋。

卓定垚拿出里面的文件仔细阅读，每翻一页，她的面色就沉重一分，等到她看完文件后，内心已经是震惊不已。

与此同时，俱乐部里觥筹交错，寻欢作乐者怡然自得，乐不可支。卓启堂和方松荫正在俱乐部包间里喝酒畅谈。"电池的报告已经准备好了。贺天生这个人就是这样，有什么好东西、值钱东西都想抢，我们就给他一个教训！只要他和那个小子一签约，我就会发表报告，到时候季生的股价一定会被拖累，再炒起消息，贺天生还能不死吗？哈哈哈！”卓启堂得意扬扬地说完自己精心打造的计划，便开心地拿起酒杯品酒。红酒慢慢地流入他的喉咙，他只觉这红酒的滋味如此美好，那鲜红的颜色就像是贺天生的鲜血一般。

方松荫不禁拍手称赞：“我们多年对贺天生的仇恨终于可报，我终于等到这一天了！”说完，举起酒杯邀卓启堂干杯欢庆。

两人都沉浸在对即将成功的报复的欢喜之中，桌上那一瓶逐渐见底的红酒仿佛承载着他们胜利的喜悦。

当中国还处在满天繁星的夜晚时，加拿大已是阳光明媚的清晨。

郑思妤焦急地在高哲的办公室等 Karen，她不明白 Karen 为何去拿一封信拿了这么久。随着时间一分一秒的增加，她的内心就越是忐忑。说实话，她真的十分担心环保公司能否得到投资，未来公司是否还能继续下去，想到未来她不禁频频皱眉。

高哲坐在办公室里看着愁眉不展的郑思妤，心中也十分焦急，绞尽脑汁地想着该如何缓解她的焦虑。

忽然，高哲灵光一闪，站起身向郑思妤提议说：“不如我们一起去种花吧，我觉得紧张的时候做自己喜欢的事情，心情会好点儿。”

空气中弥漫着的紧张气氛似乎消散了一些。郑思妤听到这个提议，心情稍转轻松，点头同意试一下。

正当两人准备出发之时，Karen 兴高采烈地冲进办公室。她激动挥舞着手中的文件对两人说：“公司拿到投资了！”

郑思妤听到这个好消息，十分兴奋。她也想要挥舞自己的双手，不经意间她碰到了高哲的手，一阵微微触电的感觉透过指尖传到她的心间，像是心动的感觉，带着她的心跳忽然加速，仿佛自己又变成那个恋爱中懵懂无知的青春少女。郑思妤惊异于自己内心的感受，但理智又在不断劝诫她，你不可以心动，他是你的仇人，你们永远都不可能了。她强压下自己刚刚内心的悸动，装作淡定地说：“我好担心拿不到投资啊。”

听了这话，高哲假装生气，有些不满地说：“原来你对我这么没有信心啊，我交上去的项目还怕会拿不到投资？”

郑思妤恍然大悟。她忽然觉得有点生气，闷声道：“原来你早就知道结果，故意不说，搞得我这么担心！”

高哲却只是笑着回应：“我们去种花也很好啊！”

一阵微风拂过办公室里摆放的鲜花，粉红色的花瓣随风飘落在地上，空气中弥漫着一股淡淡的花香，沁人心脾，又像是一股恋爱的气息。

望着两人突然生出的情愫，Karen仿佛醒悟般，马上提议说：“不如我们中午去吃饭庆祝？”郑思妤没有拒绝，点头应允。

于是，高哲驱车送郑思妤、Karen先回到家换衣服化妆，他则绅士地在楼下等候。

第九十四章 神秘女人

郑思妤面朝化妆镜一边化妆，一边向 karen 诉说着自己刚刚那一刻的心动："我刚才好像又回想起以前，和高哲开始谈恋爱的感觉……"她的嘴角不自觉露出了一丝笑意，仿佛又回到了那段甜蜜的恋爱时光。

Karen 装作淡然地回应她："那不是很好嘛，给他一个机会呗。"其实，她十分开心听见郑思妤说出这些，甚至想要起身欢呼雀跃。但她还是按捺住自己的欣喜，不敢过多表露。

理智又一次涌上郑思妤的心头，她不置可否地说："哎，我也不知道，也许是刚才那个瞬间突然勾起回忆而已……"

看着身着一条暗红色长裙的郑思妤，Karen 像是突然想起什么似的，在郑思妤的首饰盒中翻找良久，直到看见那一对白色羽毛的耳环，仿佛找到了自己的目标。她开心地拿出这对耳环给郑思妤，自顾自地说："这套衣服加上这对耳环就很好看！"

郑思妤一看这对耳环，面色一变，只因这对耳环的特殊性只有她和高哲两人知道。

她试探地说："对啊，说起来这对耳环对我来说还是很特殊的。"

Karen 沉浸在自己的美好幻想里，却仍没发觉郑思妤的异样。她不假思索地说："对呀，这是他送你的第一份礼物嘛。"

听到这番话，郑思妤不由得有些惊讶，忍不住问她："Karen，你怎么会知道，这对耳环是高哲送我的第一份礼物？"

郑思妤的话语瞬间让 Karen 有些惊慌失措，不知如何才能圆场，心里亮起了警报的红灯，心知自己这下是露馅了，怎么一个激动就说错话了呢？她恨不得抬手给自己两个耳光，也希望如果能有一台时光机让一切倒流该多好，可是面对郑思妤狐疑的眼光，她知道自己再怎么解释都是苍白无力的。

楼外，高哲并不知道这一切的发生，他仍在充满期待地等两人梳妆完毕。突然电话声响起。一看是 Karen 打的，他马上按下了接听键，只听见 Karen 颤颤巍巍地说："对不起，郑思妤刚刚知道了我是你派来的，所以我也不知道她今天还会不会来吃饭……"

高哲的心仿佛沉入了深不见底的海洋，冰冷的海水来回冲击着他的心脏，他几乎是用绝望的声音告诉 Karen："我知道了，她不会来了……"

想到刚刚要消融冰雪的两人关系又再次到了冰点，甚至是比零下更低的温度，他黯然地点起了一支香烟。可任凭烟雾环绕，也无法再还他那场美梦。

虽然，他深知郑思妤的性格，却还是不想放弃一丝希望。于是，他就像个傻子，痴痴地在车里等了一晚。可最终也只是等来了一场空，望着满地散落的烟头，他也才明白，原来比悲伤更悲伤的就是空欢喜。

郑思妤回到公司见到 Karen，心中有种说不出的难受，没想到自己的知心朋友，居然是高哲派来监视她的卧底。想到这些她就苦恼不已，于是干脆选择避开 Karen, 以免两人相处尴尬。

Karen 也并不傻，发觉郑思妤刻意对自己疏远和躲避了几天后，终于按捺不住自己满腹的话语，只身冲进办公室，向郑思妤澄清事实，道："高哲以前有恩于我。我只是报恩，所以帮他关照你，我没有收钱的！"

郑思妤被突如其来的告白吓了一跳。她停下手头的工作，有些悲伤地对 Karen 说："我现在真的觉得很恐怖。这么多年来，原来我的一举一动都有人监视。我还一直当你是朋友，现在我不知道应该怎么看你！"

Karen 听到郑思妤居然这么说，感觉心头窜上了一团怒火。她有些歇斯底里地拍着办公桌说："我就是当你是朋友啊！十年了，好多事情都在变。只有高哲才会这么深情，他电话都没有改，就是想你随时找到他。但是你什么都不做，到底想怎样？你又不理 John，根本就是在浪费别人和自己的时间！"她深吸一口气，像是稍稍平复了些心情，又继续劝说："我相信你的父母也想你将来幸福，不希望你一直放不下！你自己好好想想吧！"说完，她潇洒地走出办公室。

只剩郑思妤一人在办公室里若有所思。她明白 Karen 说的话也有道理，自己是该做一个决定了。

天空中乌云密布，空气带着一丝湿热的气息。人们仿佛身处一口巨大的高压锅之中，感觉闷热难受，等待着一场暴雨的落下，带走这些烦闷，留下一丝清凉。

高哲仍在郑思妤楼下踌躇，他还是没有放弃希望，仍在等待。

郑思妤下班回家，一路上她都在思量 Karen 的话语。也许是心想什么就会出现什么，她远远地就看见高哲那熟悉的身影，微微一愣，二人四目相对。

高哲见到自己朝思暮想的郑思妤出现，非常高兴，有些激动地朝郑思妤走去。他知道这是他仅有的机会，如果不抓住也许就会消失。可是当他刚试图开口和郑思妤解释 Karen 的事，就被她冷冷的话语打断了："我很感谢你这么多年来的守候，真的，我很感动。"

高哲听完大喜，心脏跃动的速度猛然加快，觉得两人仍有机会复合。

但郑思妤面色却没有缓和，朝着他继续说："但是哪怕再感动，发生的事不可能改变，也回不到过去，我已经想得很清楚。Karen 说得对，不应该再浪费时间，我和你也不会有未来，你也不需要再找 Karen 打听我的消息。"

原本还抱着些许希望的高哲，心情瞬间坠落到了海底，再也浮不上来。他明白两人关系不仅再次陷于冰点，而且自己可能会永远失去郑思妤。想到这些他就悲痛不已，他没有资格上前拦住离开的郑思妤，只能痛苦地抱头蹲在地上，像是绝望地给了自己一个拥抱，寻求最后一点温暖。

一阵轰隆隆的雷声传来，酝酿了好久的雨终于落下了。高哲独自在雨中矗立，无数水珠从他的脸上滑下，也许是雨水，也许是泪水，答案只有他自己知道了。

相隔万里，中国却拥有一个晴朗的夜晚。天空中挂着一轮圆月，又像是一盏明灯，皎洁的月光为大地穿上了一件轻薄的纱衣，一切都看起来那么柔和美丽。

此时，谢安东、甘日朗开着一辆崭新的凯迪拉克，出现在方泽雨的楼下。甘日朗拿出手机打电话催促方泽雨赶快下楼。

"方泽雨，你在哪儿呀？我们都到了很久了。"

"来了来了，我这就下楼。"

方泽雨挂断电话后，匆匆换好鞋子下楼。当他打开后座车门时，发觉曲端儿早已经在后排坐好。两人相视一笑。

待方泽雨上车后，二人就有些着急地叮嘱他们，先是看着方泽雨说："待会儿有个化妆舞会，我们会带着你和老板谈投资。"然后，两人又对曲端儿说着她的分工："你就负责煮东西吃，顺便还可以起到美食频道示范的效果。"

两人说得头头是道，方泽雨和曲端儿连连点头。不一会儿，他们就抵达了举行化装舞会的度假村。谢安东让其余人先下车，自己去停车。

没想到众人刚下车，就有一个神秘女人来找甘日朗。她亲热地挽起甘日朗的手，微笑着打招呼："甘小文，我们好久不见了，人家好想你哦。"

甘日朗一时愕然，他没有回应什么，只是拼命挣脱神秘女人的手。

神秘女人朝着甘日朗连连发问，像是被他无情抛弃的女子，紧紧地抓住他的衣袖，死活不肯松手，不屑地说："呦，你干吗装这么清高？对了，甘小文，你们公司最近项目怎么样啦？"

甘日朗的额头紧张地渗出了一滴滴汗水。他连连摇头，嘴上不停地说："很抱歉，这位女士我觉得你是认错人了，我不叫这个名字。"

神秘女人上下仔细打量着他，喃喃自语道："不可能啊，我不会认错人的。"

甘日朗趁着神秘女人思考的间隙，赶忙甩开她的手，拉着方泽雨、曲端儿匆匆离去。

三人走到酒店大堂的门口，刚好与谢安东会合。甘日朗仿佛仍没有走出刚刚被陌生女子纠缠的阴影，继续有些心虚地解释："刚才那个女人肯定是认错人了，我完全不知道她在说什么……"

"别管这么多啦！叫方泽雨快点上去换衣服，我们开派对，去见我们的投资者！"谢安东拍拍甘日朗的肩膀，示意他放轻松点，专注眼前。甘日朗也稍稍镇定了些，自知言多必失，乖乖地闭上了嘴，带着方泽雨去换衣服。

度假村会场内星光熠熠，众人都盛装出席。放眼望去，派对上众多社会名流以及那些富二代等，一片云裳丽影。

谢安东两人入场后，安排好曲端儿煮食物的位置，便再也不管她了，仿佛根本不认识这个人。

曲端儿有些无奈地独自一人站在一边煮东西吃，她想着给别人示范如何烹饪，却又没有人理她。社交晚宴一般都是大家交换信息、扩大人脉圈的场合，人们在派对中相互敬酒聊天，没人顾得上曲端儿。

与此同时，谢安东和甘日朗正在不断地把方泽雨介绍给在场人士认识。

"项目盈利少过三亿，那绝对是我骗你！"

"这位是香港首富，方松荫的孙子，他也参加了呀！是我们的好搭档！"

"项目肯定是稳赚不赔的，你看他们方家的投资，没有决策失误的。"

"来来来，大家一起拍个照作纪念！"

……

两人向他人介绍着方泽雨，把方泽雨吹捧得此人只应天上有，人间难得几回闻。方泽雨听到这些吹捧的话语觉得有些尴尬，他不好解释或拂了二人的面子，只好挤出笑容应付。

曲端儿不时望向他们，羡慕地看着方泽雨结识各种名流，而自己又得忙着低头继续煮东西给大家吃。

第九十五章 疑窦丛生

方泽雨也看着躲在角落煮东西的曲端儿，心中倍感奇怪。明明之前是说要捧红曲端儿，可为什么却如此冷落她，反而是费心向他人介绍自己呢？方泽雨又试探着问："你们要不要介绍曲端儿让其他人认识一下？"

谢安东却连连摇头，坚定不移地说："不需要，他们过去拿东西吃就会认识咯！"

两人的回答引起了方泽雨的怀疑，他觉得两人可能是没有搞清楚这个项目的重点人物，于是又继续补充说："但我们是主打曲端儿的美食频道哦！"

谢安东心中早有应对之策，他一脸淡然解释道："我们做生意一向是这样，不在乎投资什么产品，上次拿钱来的那个赵老板已告诉你了！只要有钱赚就好了！"

面对这种有些无厘头的投资方式，方泽雨有些疑惑不解，但他没有时间来得及细想，就又被谢安东、甘日朗拉去应酬了。一晚上方泽雨都几乎没得空休息过，全在各种觥筹交错之中，接连不断的闪光灯刺痛着他的双眼。好不容易找到机会喘息一口气的他，突然被人拉了一下手。他先是警惕地缩回双手，抬头惊异地一看，原来是曲端儿，才渐渐放下戒备之心。

曲端儿只是淡然地重新拉起方泽雨的手，带着他走到宴会厅的走廊处，这才开口说："我看到你整晚应酬饮酒，都没怎么吃过东西，所以煎了两个包子给你吃。"说完，她将两个暖暖的生煎包递到方泽雨的手上。

方泽雨接过包子，开心不已，生煎包的温度仿佛也传到了他的心间。方泽雨一边吃着美味的生煎包，一边问她今晚的情况和收获："那你今晚有没有认识什么老板？"

"没有哦，所有人都当我是一个厨师，还有人问我薪水多少，说想撬我过去帮他……"曲端儿低着头，双手绞着自己的衣角，看上去有些低落，"我觉得好奇怪，他们两个都没有帮我介绍，反而见他们拉着你……是不是我不太懂商业方面？其实，是不是只要我在这里煮东西吃，让各种董事满意就可以了？"

忽然间，有一位富豪走来找方泽雨拍照。“你好，我想和你合影。对了，你把口罩摘掉吧。”

方泽雨无奈地摘下口罩与他合影。他们拿起手机自拍时，谁也没注意到屏幕的角落上有个小小的曲端儿。

富豪看着手机里的照片皱眉，嫌弃地说：“这照片不好看。”他一把掏出钱包，拿出一张一百块的人民币，大方地递给曲端儿：“你过来，帮忙拿相机给我们拍照，我要所有人知道自己和方松荫的孙子合影了！”

方泽雨想借机向富豪介绍曲端儿：“这位是曲端儿，网红厨师哦。”富豪却毫不留情地打断他说：“你别说了，我就是因为相信你才投资的！”

方泽雨心中警铃大作，有种不祥的预感。他思量着，为什么是信任他呢？难道不应该是信任谢安东和甘日朗？但他仍是耐心地向富豪解释道：“谢安东和甘日朗都是新晋富豪哦。”

富豪仿佛从没听过这两个名字，不以为然地说：“富豪榜每天都在变，我根本不知他们是谁。但是报纸上整天都会有和你有关的信息，所以我刚才给了五十万投资的嘛！”

听到富豪的话，方泽雨心中瞬间疑云密布。这些富豪根本不了解投资内容，只是因为信任方泽雨，才愿意投资。而谢安东和甘日朗也无心向其他人介绍曲端儿，反而是努力向他人推销他，就好像是，方泽雨才是真正的投资内容……那些不合常理的地方在他的心间反复地徘徊，就像是迷路了一般，找不到一个合理的出口。

然而他无心思考这些，就又被拉去应酬。一晚上下来，方泽雨内心都有些郁闷，宴会上想要和他合影的人太多了，走廊也不是安身之所，他索性选择躲在一边空地上，独自吃着曲端儿给的小吃。

方泽雨边吃边试图理清自己的思绪。他不断回想谢安东和甘日朗身上种种不对劲的地方。于是，他掏出手机查看之前女子提及的甘日朗的公司项目，屏幕上出现的内容让他大吃一惊。

网络上赫然写着甘小文和谢安东的公司内容，还查出有甘小文曾在其他城市行骗，但受害者都是被骗几十万的小数目。报告显示两人至今未被逮捕，仍然逍遥法外。

方泽雨越来越怀疑两人真实的身份，直觉告诉他，也许这两人的背景并不简单，他还发现目前的集资模式和网上描述的事件很像，曾经二人也是找来了商业名人，让其他投资者放心去投资。他把新闻看了很久，越看越心惊，好像每一条都能和现在的情况吻合。方泽雨有些坐不住了，与其自己在这里凭空猜测，倒不如直接找他们两人来问个清楚，说个明白。

方泽雨在宴会厅来来回回好几次，都没有发现二人的身影。直到方泽雨到酒店房内，他这才见到谢安东喝到半醉，无力地倒在沙发边。他刚想上前询问，只见谢安东像是很不舒服地捂着肚子，猛地弹起身，冲向厕所。不一会儿，一阵剧烈的呕吐声从厕所传来。

此时，方泽雨瞥见一个棕色的钱包搁在桌上，他心知这个钱包里也许就有他想要的答案，于是把心一横，打开了钱包。他看见身份证确实写着谢安东的名字，照片也是他的样子。正当他准备松一口气，以为是自己多疑，准备将钱包关上时，突然钱包中跌出了几张假身份证。他弯腰捡起一张身份证，只见上面赫然写着“甘小文”！一股无名怒火猛地窜上他的心间，他要找这两人问个清楚。然而，他还没有来得及放下手中的钱包，甘日朗就回到了房间。他望着方泽雨手中拿着的钱包一惊，此时谢安东也摇摇晃晃地扶着墙壁走回房内，全然不知方泽雨已经看穿了他们的真实身份。

方泽雨见两人都来了，忍不住和他们对质：“我这么信任你们，没想到你们居然是骗子！”他巨大的吼声，将谢安东瞬间吓得酒醒了大半。

谢安东见他情绪激动，想要先动之以情安抚他。两人一脸看似诚恳地解释：“你看，这些富豪都这么有钱，骗一千几百万对他们不算什么，就当是投资失败咯！”

然而，方泽雨听到二人的解释，一点也没有被打动的样子，反而是更加生气了。方泽雨还以为是自己运气好，刚来内地，就遇到如此照顾自己的朋友，可万万没想到，这竟然是一场骗局。对谢安东和甘日朗生气之余，更有一丝失落。此刻，万般心绪涌上心头，他也不知道该怎么办。

谢安东见形势不妙，也努力安抚方泽雨。

“我也不想骗人的，只是如果我留在香港，只能做一个废柴，哪里有出路？我一个月最多能存三千块钱，但依然是买不起房，本想多投资一点，结果刚买雷曼就垮了，这不也是他骗我咯！”谢安东像是有些无奈地辩解，装作自己也是一个受害者。他拼命挤出几滴泪水挂在眼角，装得楚楚可怜。

方泽雨闻言沉默了。甘日朗以为打感情牌有效，立马附和道：“我也是很努力去工作的！我没有炒雷曼呀！但莫名其妙就没了工作！有人这么有钱，跌了都没什么！但我们不像他们，我们辛苦存下的这点钱，瞬间就能蒸发了！”

“失业，那么多人都失业了，金融危机全球都受到影响，可有几人会像你们这样，利用和欺骗他人？你们利用我就算了，那么曲端儿又算什么呢？”方泽雨想到她的遭遇更是气愤，他握紧了手中的拳头，没想到一个如此天真可爱的姑娘，居然又再次受骗。然而，她本来是可以避免受骗的，是自己努力劝她，才会踏入这个火坑，他没有办法原谅自己。

谢安东试图继续讨好方泽雨：“曲端儿还年轻，她有能力，有时间，以后还有机会的。”

方泽雨看着两人谄媚的笑容，只觉二人虚伪，不耐烦地说：“不管你们怎么解释，我要报警，这些话就对警察说吧！”

听说方泽雨要报警，谢安东和甘日朗心下一惊。二人本就是在逃亡的人，好不容易换了个身份，又能刚好遇到方泽雨，把之前的前科洗去，却没想到偷鸡不成蚀把米。如果现在被警察抓去，只怕是要旧账新账一起算，他们再难翻身了。

想到此，二人很有默契地“噗通”一声，跪在地上苦苦哀求方泽雨。谢安东虔诚发誓：“你别报警，我们以后一定痛改前非，重新做人，再也不会去骗人了。”

方泽雨不说话，他不是绝情的人，可他暂时无法原谅二人。

甘日朗补充道：“之前是不小心失败了，我们无法交代，只好逃走。但这次，其实我们并不是故意要骗人的。你看，这次的想法很好，是我们认真研究过的。现在，有这么多人投资，我们马上拿钱去搞。”

方泽雨的表情似有所缓和。

“明天我们就会去和曲端儿拍视频，认认真真做一次！你也不想打击曲端儿，对不对？为什么不给一次机会给她，也给一次机会给我们呢？”

听到这个提议，方泽雨犹豫了。如果谢安东和甘日朗的本意不是骗人，倒也不是罪无可恕——刚才方泽雨也苦恼，该如何向曲端儿交代。如果二人这次真能痛改前非，认真研究，他觉得可以一试。

“那我就给你们一次改过的机会，记得这次，你们一定要认真对待！”方泽雨反复叮嘱两人，像是确认他们不会再次撒谎。信任就像一张纸，一旦撕开就很难恢复，就算再次贴起来，中间也会有裂痕了。

不管怎样，谢安东和甘日朗听到方泽雨说暂时不会报警，还是松了一口气。两人拼命点头，甚至不惜发毒誓来保证。

第九十六章 电池疑云

然而，江山易改本性难移，谢安东和甘日朗想到方泽雨说要去报警的样子，依旧是有些后怕。他们商量着，趁着夜里方泽雨熟睡的时候，还是尽早开溜。

两人偷偷拎着收拾好的行李准备跑路。方泽雨早知两人也许不会安分，特意留了一个心眼，强迫自己没有沉沉睡去，隐约听见两人关门的声音后，便连忙起身追了出去。

终于，方泽雨在酒店外发现了两人的身影。他们拿着行李箱拼命朝前跑，根本顾不上回头看。方泽雨追赶二人，在离两人的距离也不是太远的时候，干脆停下脚步，大喝一声："谢安东、甘日朗！你们想干什么！"

两人听见方泽雨的呼唤声，顿时大惊，浑身一颤，做贼心虚般地愣在原地。正当他们有些尴尬、酝酿着如何找借口之时，谢安东慌乱之中不小心撞开了一个行李箱。洋洋洒洒的人民币如同仙女散花般散落一地，天空中瞬间到处都是散落的百元大钞！若不是深夜街上无人，怕是也要引发一起踩踏事件。

这下不需两人开口解释，谁都知道他们是想溜走了。

谢安东知道自己东窗事发，干脆撕下脸皮，装出一副黑社会老大的样子，恶狠狠地指着方泽雨说："我跟你说方泽雨，我们本来想给你面子的，但你最好别多管闲事！"说着，他们迅速地捡起一部分钱，关上箱子，转身就想走。

方泽雨见状，对两人彻底失望了。他对着酒店大喊："保安！快来！保安，这里有人抢钱！"

保安听到他的呼喊，立马上前将两人按住，地上还飘落着几张零散的钱，谢安东和甘日朗绝望地伸手向前扑，想努力抓着飘散的钱，却是够不到。

方泽雨看着被保安按倒在地上、狼狈不堪的二人，无视他们眼中的悔意和祈求，再无怜悯之心，向二人强调："没什么好说的了，我一定会报警！不会再相信你们了。"

二人也不再争辩。

夜深了，宴会厅人潮早已散去。方泽雨在宴会厅一角找到曲端儿，思前想后，还是决定将事情的来龙去脉都告诉了她。

曲端儿还穿着厨师的衣服，没来得及更换。面对方泽雨突然告知的真相，她惊讶得说不出话。过了半晌，她才紧紧拉住方泽雨的衣领，有些绝望地问："所以这一切，全都是假的？"

方泽雨见到曲端儿失魂落魄的样子，更是对自己失望愧疚。如果他能早一点发现端倪，或者更加警惕一些，也许曲端儿就不会因为他再次受伤了。

方泽雨仍在安慰曲端儿道："你损失的不算多。他们说得对，你还年轻，只要有才能，一定会红……"他看看手表，指针不知不觉间已指向了凌晨四点钟，"太晚了，你早点回去休息啦。"

曲端儿却仿佛听不见方泽雨的话。她极度失落，眼眶红润，嗫嚅地想说什么，却什么也说不出来。

"我送你回去吧。"方泽雨不忍心。

曲端儿拒绝了方泽雨陪同的请求。此刻她只想一个人静静，最近发生了太多事情，她需要自己反刍一阵子。曲端儿假装坚强地转身，独自离去。然而，她背过身的那一刻，眼泪夺眶而出，再也无法欺骗自己。黑夜将她的悲伤包裹起来，隐藏在深色的幕布下。

香港中环，不似派对外的夜晚那么冷清，摩天轮上闪烁的霓虹灯，以及金融大厦中零星亮起的灯光，都悄悄地点亮了香港的夜空，让夜晚显得不那么寂寞。

夜深人静之时，卓定垚暗中召集傅建业、王子琳在傲堂集团开会。

卓定垚先把在卓启堂书桌上发现的电池报告，放在二人面前。傅建业和王子琳接过报告一看，难以掩饰惊讶之色。

"程凯的电池有问题？"王子琳一脸不可置信。

傅建业毕竟经历的事情多了，不似王子琳那般懵懂天真。他冷静地思考了一会儿说道："以我的经验，实验室要做电池检测，需要的时间比较长。而现在这几天就出现了检测报告，这不合理。"他坦然说出了自己的推论："我觉得这份报告很可疑，应该是假的，"

傅建业指着报告上的鉴定日期给卓定垚看。卓定垚听着他的推论，仿佛恍然大悟。

"难怪卓启堂明明一直想和程凯合作，又这么讨厌贺天生，但在听说贺天生和程凯即将谈成生意时，却好像毫不在意。"

"卓启堂应该是想等贺天生和程凯签约后，季生股价升高时，再公开这个虚假报告的消息，到时侯季生集团一定马上倒闭！"王子琳像是受到了启发，也马上说出自己关于卓启堂计划的猜想。

傅建业听完两人的发言，赞同地点点头，继续说："如果卓启堂真是讨厌贺天生，这个推测十分合理。"

想到这点，卓定垚就忧心如焚，道："如果报告公开，就会连累程凯，令他身败名裂！"

王子琳一时也想不到好的对策，只能跟着卓定垚低头叹气道："如果当初是我们签到程凯就好了……"

傅建业见到两人愁眉不展，于是提议："那我们就将假报告一事告诉程凯！"卓定垚只是坚定地摇头，叹气说："这个办法不行，这是我爸爸做的假报告，我该怎么和程凯解释？"

王子琳鬼灵精怪，此时倒是灵机一动，有些激动地说："那么不如我们把报告给贺天生看？"

"哎，"卓定垚又忍不住叹气，"贺天生这个人我了解，如果说有个人能和他相像，一定是曹操了。都是一样的性格多疑，如果就这样直截了当地给他看，他一定不会相信我们的。"

"那就，不要直接告诉他？"王子琳提议。

卓定垚点头。她在心中反复盘算着对策，突然灵光一闪。或许，贺天生多疑的性格，就是解决问题的关键！

翌日，贺天生正专心在办公室内批阅文件，突然办公桌上一阵刺耳的电话铃声响起。他接起电话，秘书温柔的声音传入他的耳朵："卓定垚小姐来找您，请问是否让她上楼呢？"

贺天生听闻卓定垚突然来访，倍感奇怪，但他仍对秘书吩咐道："嗯，你让卓小姐进来吧。"

不一会儿，卓定垚便来到贺天生的办公室。墙上的画作首先吸引了她的注意力，正是自己上次送给他的那幅画作。

卓定垚故意避开主题，望着画作连连称赞道："这幅画真是好适合你的办公室。"

贺天生不理会她的客套话，只是淡然一笑，便切入正题，问："无事不登三宝殿。你这么忙，我猜你上来，不会是要讲这幅画吧？"

卓定垚见贺天生如此，便单刀直入地说："我是有件事想拜托你，"她又将一份计划书摆在贺天生桌面，"傲堂想和章明晞公司合作搞活动，但我找过章明晞几次，她都没有回话，所以希望你可以帮忙和她说一声。"

贺天生却没有看放在桌上的计划书一眼，也不打算接过的样子。他直接婉拒道："虽然我和章明晞是夫妻，但我们的公司一向都是各自独立运作，不互相干涉。所以有什么事情，你直接找她谈会好一些。"

卓定垚貌似惊讶，又随即低声说道："就算独立运作，你对她也有很大影响。"她睁着一双楚楚动人的眼睛，仿佛是在恳求他的帮助。"不然，你就帮帮我去说个情。"

贺天生不置可否，只是敷衍道："那我如果记得，就帮你问问她。不过你最好还是自己约她出来谈。"

像是抓住了一丝希望，卓定垚趁机又问道："那么如果章明晞公司不行，季生有没有兴趣考虑合作？"

贺天生冷嗤一声，道："章明晞都不考虑的事情，你觉得我会考虑吗？"他看着卓定垚，满脸都写着鄙夷。

看着贺天生轻蔑的态度，卓定垚气得脸颊通红，火冒三丈地说："既然你不想帮忙，就算啦！"说完就气冲冲地离开。

然而，卓定垚走得太过匆忙，刚刚她带来的那份文件仍旧安静地躺在贺天生的办公桌上。贺天生工作一阵后，突然看到了卓定垚遗留的那份文件，强烈的好奇心促使他打开文件翻开。当他揭到其中一页时，突然表情微变。

此时，卓定垚似乎根本不记得自己曾带了一份文件过来，她已经面色平静地走到电梯口等电梯，准备离开这个让她厌恶的地方。

伴随着"叮"的一声，电梯门打开了，刚好郭志昌从里面走出。卓定垚侧身走进电梯，两人没有任何眼神交流。

正当贺天生头疼不已之时，见到郭志昌经过，连忙将他喊到办公室里。待门关紧后，贺天生将卓定垚留下的文件拿给郭志昌看。

郭志昌接过报告，认真翻阅以后，也是面色一沉。他不懂这份报告的由来，只是有些疑惑不解地问："这份报告说程凯的电池有安全问题，那我们是不是要叫停程凯的项目？"

贺天生不以为然，朝他摇了摇手，说出了自己心中的看法："我觉得卓定垚突然上来，说什么要谈和章明晞合作的事有些古怪，还不小心放了份文件在计划书里面，真是这么巧的事情吗？"

郭志昌若有所思，也大胆地说出自己的猜想："那么就是她特意想让我们看到的？"

贺天生点头赞同。他自信不疑地说："卓定垚做得这么刻意，明显就是想令我放弃和程凯签约，那样她就可以自己签程凯了。"

第九十七章 算计得手

郭志昌不似贺天生那样坚定，而是摇摇头，但他还是不能确定，于是小心地问："但在章明晞这边，卓定垚好像有真的联系过她，表明想和章明晞合作。会不会是她真的不小心留下的？"

贺天生的手指不断敲打着办公桌，思考了一会儿，他相信自己的判断，也相信他对卓定垚的了解程度，于是断言道："这份电池报告一定有问题……"

忽然，办公室门外传来卓定垚的声音。她焦急地和秘书说："我刚刚来过，现在我有急事要见贺天生，麻烦你让我进去一下。"

贺天生、郭志昌的对话被打断后，两人面面相觑。办公室门应声打开，郭志昌见是门外的卓定垚匆匆折回，识趣地先行离去。

待郭志昌走后，卓定垚装出一副楚楚可怜的样子。她主动开口向贺天生道歉："我刚才是一时意气用事，无缘无故地发脾气，不好意思，希望你能原谅。"

贺天生泰然，强装镇定，无所谓地点了点头。

卓定垚见状有些颓然："我找过好多公司合作都不成功，又一直联络不到章明晞。但我为了这个项目真是出心出力，熬了好多个通宵，真的很希望项目成功。我都是因为没有办法，才会来找你帮忙。"她愈讲愈委屈，不禁潸然泪下，哽咽着继续说："我在傲堂压力好大，做了这么久都做不出什么成绩，连一个小项目都做不到……"

瞬间，卓定垚泪如雨下。贺天生连忙将桌上的纸巾递给她，当她接过纸巾时，两人的双手不小心相触，刹那间，仿佛有一股电流透过指尖穿过两人的心间。

贺天生毕竟是情场老手，他收回自己的手，装作没事，只是平静地继续安慰她几句："没事，都会好的。"

卓定垚却像是陷入了回忆之中，喃喃自语地说："以前，你真是帮了我好多，教会了我好多东西…"办公室弥漫着一股有点暧昧的气氛，因她刻意与贺天生有身体接触而起。贺天生没有拒绝，但亦没有得寸进尺。

大哭一场后，像是哭诉完了自己心中的委屈，卓定垚稍微冷静下来了一些，又继续说："我也知道自己是强人所难，你和章明晞公私分明是对的，"她拿起桌上的文件，"我以后自己再找她谈吧。"说罢，她带着文件走出了办公室。

贺天生望着她带着文件离去的背影，有些狐疑不决。为什么卓定垚又会返回来找他，而且刚刚特意和自己套近乎，又是装可怜，又是隐约勾引他，难道是想不动声色地拿走那份项目书吗？还是因为项目书中，不小心夹杂的那张报告？……贺天生忽然有些摇摆不定，怀疑自己刚刚的判断是否正确。

不出卓定垚所料，贺天生没过多久就取消了和程凯签约。消息传到卓定垚等人的耳朵里，办公室内皆是振奋。得知这个好消息，王子琳喜上眉梢，她开心地说："这次程凯避过一劫啦。"

傅建业也十分欣喜，称赞卓定垚的计划完美，拍着她的肩膀，说："这次成功让贺天生收手，全靠你的计谋。"

卓定垚有些受宠若惊，有些激动地说出自己的计划构思："我一开始就这样漏下文件，他一定不会信，觉得我是特地让他看到文件，目的是破坏他和程凯的合作。所以我一定再上去拿回文件，让他觉得，我真是不小心夹了份报告在里面，加上我是最短时间内拿回文件，他就没时间拿去查证。贺天生这个人生性多疑，就算他觉得整件事很可疑，为了安全起见，也一定会先暂停合作。"

王子琳、傅建业听完，都松了一口气。

"从这件事中算是知道，了解你的对手有多么重要。"傅建业苦笑。

王子琳只顾着开心。"那这样的话，这件事算是解决啦。"

卓启堂昨日沉醉在俱乐部的美酒之中，直到清醒后才发觉自己忘带手机。他连忙回到家中找手机，当他发现自己的手机遗留在书桌上时，还觉得如释重负，不过虚惊一场。

手机铃声响起，他拿起手机，发现原来是彭世岳打来的。他连忙按下接听键，彭世岳有些着急地告知他："我收到消息，贺天生暂停和程凯的合作计划。"

卓启堂听闻，深感意外，不过想到贺天生生性多变，却还是淡定地说："不重要啦，那份程凯的电池报告呢？"

没料到彭世岳大吃一惊，急忙说："我放在你书房桌上了啊。"

卓启堂仔细审视书桌，可是桌面并无文件。挂断电话后，他沉思默虑了一会儿，便又掏出手机，拨打了一个他熟悉的电话号码。

卓定垚的电话响起，她见是卓启堂打来的，心知不妙，自己再完美的计划，这个部分也始终是缺口。

电话中卓启堂并没有斥责，只是说有事要她赶紧回家。挂断电话后，卓定垚连忙赶回家中，深吸一口气，从容不迫地走进了书房。

只见卓启堂神色凝重，愁眉不展，开门见山地问她：“你知不知道贺天生取消了和程凯签约？”

卓定垚不打算否认自己的所作所为，于是爽快地点头承认。她的反应在卓启堂的意料之中，卓启堂又继续追问：“那是不是你拿了我桌子上的电池报告给他？”

卓定垚直认不讳：“我知道你的打算。你想着等他们签约之后公开报告，让季生股价下跌。”

这回答倒是让卓启堂有些摸不着头脑。他忍不住问：“你知道就好，那为什么要把这份报告给贺天生看？”

“程凯是无辜的，他的电池根本就没问题。如果你公开假报告，那么会令他身败名裂。”卓定垚坚定不移地看着他解释道。

卓启堂听后有些激动，朝卓定垚怒吼道：“卓定垚，你记不记得贺天生对你爸做过什么？他差一点害死我！”

卓定垚涨红了脸颊，也有点激动地说：“我记得，我也希望贺天生得到惩罚，但不应该牺牲无辜。程凯是一个人才，他有机会成功，你这么做等于毁了他的前途。”

卓启堂不听卓定垚的说辞，依旧理直气壮地说：“如果他真是这么优秀的人才，无论遇到怎样的挫折，都会有机会翻身。而且我一心对付贺天生，其他的事情我才不管这么多！”

这个理由让卓定垚背后一寒，不敢相信这是从小教育她，让她引以为荣的父亲。她觉得卓启堂变了，为了报仇不择手段。她心中愤愤不平，双眼含着泪水，几乎是哭诉着说：“为什么你做错事情，还可以这么理直气壮？”

卓启堂愤怒地一拍书桌，丝毫不觉得自己做错了什么，怒吼道：“是你胳膊肘向外拐，忘记别人是怎么对你父亲的。再说下去也没意思了，我不想见到你，你出去吧！”

卓定垚只好含泪委屈离开，躲回自己的房间号啕大哭起来。

华灯初上，群星璀璨。

曲端儿在酒吧找到了颓然买醉的方泽雨。方泽雨像是没有看见她一样，仍在自顾自地喝酒。曲端儿一把夺走方泽雨手中的酒杯，问道："你自从甘日朗、谢安东被抓起来后，公司和酒店都不回，每晚在这里买醉，为什么要这样糟蹋自己？"

方泽雨试图从她的手中抢回酒杯，醉醺醺地喊："你别理我！把酒给我！"

"你放心，我也不想理你。我只是来和你说一声，我要离开这里，有人找我去上海做事，过几天就出发，你看如何？"曲端儿说完，又将酒杯还给了方泽雨。

方泽雨只是无奈地笑笑，又举起酒杯喝了一口，道："那我当然是要祝福你啊，我还能说什么？我根本就是一个没用的人，做什么都不成功，这次还耽误了你。"讲完他又继续灌酒。

曲端儿见方泽雨的颓废样子，十分生气，有些恨铁不成钢地说："如果你要这么说，那就真是很没用。我这次去上海，也不知道会不会被别人骗，但我还是愿意尝试。而你呢？想一直这样颓废下去吗？这辈子把自己藏在酒吧里吗？"

方泽雨自暴自弃地说："是，我一事无成，这么倒霉，没人会喜欢，没人需要我。"

曲端儿听到这话，更是气不打一处来，道："你平时不是这样的，谦逊又有涵养，是个温柔的绅士。但看看你现在，颓丧得像路边的流浪汉，当然没有人会喜欢你，我也不喜欢！"

方泽雨听到曲端儿说"我也不喜欢"时，稍稍一愣。曲端儿似乎不小心表露了自己的一些心迹。

她继续信誓旦旦地说："在哪里跌倒，就要在哪里爬起来！你还记不记得，我说过只有失败一百次，才有机会成功一次！当天我在香港比赛输了之后，还被你数落要从自身找问题，当时我也不开心。但很快我就振作起来，立志将来有一日，我一定会回香港闯出一番事业！"

方泽雨好像对曲端儿所说的充耳不闻，继续端杯饮酒。

曲端儿见状，只好郁闷地离开了酒吧。她没注意到，她前脚刚走，方泽雨便若有所思地放下了手中的酒杯，像是在思考着什么。

第九十八章 潜入季生

翌日，曲端儿提着行李准备出发去上海。忽然她的手机传来信息，打开一看，居然是方泽雨发来的。这张照片很奇怪，上面是富豪和方泽雨的合影，角落里有一个小小的曲端儿，短信上写着“香港见”。

曲端儿看着短信，欣慰一笑。她心知方泽雨已把自己的话听进耳中，已经重新振作起来了。

重拾信心的方泽雨回到了公司。经理向他交代：“商店进驻广场的事已全部谈好。”

方泽雨深感不好意思，向经理道歉：“以前觉得你们不认真，后来想明白了，只是大家做事方法不同而已。现在这件事搞定就好了，之后公司有一些事情，都要麻烦你看着，辛苦了。”

经理笑了笑，又提着一些土产送给他：“好，也祝你回香港路上一路顺风。”

方泽雨握住经理的手说：“你以后有时间来香港玩，我做东请客。”

小黄帮方泽雨将东西放在车上，后者与经理道别完后，便转身上车离去。方泽雨看向窗外，那个他心心念念的地方，他要回到那个跌倒的地方，重新爬起来。

季生集团里，潘力晨推着果篮，刚好听到一个女职员正和阮令翘说珠宝公司私有化的新闻。女职员流露出羡慕的眼神，激动地说：“我听说老板刚刚买入珠宝公司股票没有多久，就赚了一大笔，真是幸运！”

阮令翘听后有些不屑，摆摆手道：“这些不叫幸运，我觉得是老板眼光独到，而且有胆色。”她忽然见到潘力晨推果篮准备进入章明晞办公室，问：“果篮是不是送给章总的？”

潘力晨立刻回答：“是。”于是阮令翘欲上前拿起果篮。

潘力晨趁着她还没碰到果篮，急忙拦住了她。他露出一个讨好的笑容，嘴甜地说："美女，这些粗活让我做啦。好重哦，我怕累到你。"

阮令翘立马白了他一眼，但还是刷卡带他进入章明晞办公室。

章明晞办公室内，潘力晨四处张望。他走到一盆栽旁，一手将果篮放在旁边，另一手将小型摄像头放进盆栽中。

阮令翘回过头来，见他准备将果篮放在飘窗处，连忙指着另一块比较空的区域说："那边这么窄，放这边吧！"

潘力晨笑着点点头，将果篮移往阮令翘所指的地方。他心想自己的计划也许马上就要成功了，就开心地走出了章明晞的办公室。

潘力晨不知道的是，高哲因联络不上他，而十分担心他的安危。

高哲没有预约，下午突然出现在程凯的办公室，说："彼列基金很有兴趣与你合作。"他态度诚恳地为程凯分析现状："你不和卓定垚签约，是因为喜欢她。但如果你和贺天生签约，也不会有好结果，因为他和卓启堂是仇人。所以，彼列对你来讲绝对是一个好机会。"

面对高哲的劝说，程凯态度冷淡。他不为所动，仍在埋头继续做自己手头的事情。

高哲见状，立即补充说："我知道钱对你来讲不是最重要的，那如果我告诉你，可以帮你追到卓定垚，你会不会有兴趣？"

这句话吸引了程凯的注意力。他连忙放下了手中的文件，将信将疑地说："我不信你做得到！"

高哲马上掏出手机打给卓定垚。他开着免提，因此程凯也能清晰地听见他和卓定垚的谈话。"我是高哲。"

卓定垚不明状况，接到高哲来电后大感意外，急忙说："高哲，我要见你。"

高哲立马答应，说罢他收起电话看向程凯，问："你看到了？"

朱小慧却在一旁不满地说："你是在色诱程凯！用这样的方法骗程凯过来。"

程凯却惊讶不已，同时好奇地问高哲："为什么你知道我喜欢卓定垚？这件事有多少人知道？彼列真的有这么厉害吗？"

高哲会心一笑，道："彼列是厉害，不过黑网更厉害。"高哲挥手叫乔永廉过来，说："乔，你过来一下。"

程凯瞬间恍然大悟，他这才知乔永廉原来是高哲的人，一直受命留意自己的动向。朱小慧同样也大为诧异。

程凯愤然指高哲骂道："你竟然派间谍过来哦，太狡猾了！"

高哲倒是显得毫不在意他的指责，只是淡定地从包里拿出一份文件递给他，道："你先看看这个。"

程凯接过文件，一看就知道，原来是利用植物结构作原理开发超级电池电极。他觉得这个项目十分有趣，自己之前都没想到过。他想不到高哲竟是个这么厉害的人。

高哲见他目不转睛地盯着文件，已然被内容深深吸引了，于是马上劝道："因为我有个实验室，里面有最先进的设备，还有好多研究员和技术人员。只要你肯和我签约，你就可以任意使用我的实验室，和那些专家交流，使用我的资源去做你的项目。"

程凯抬起头，一脸心动地望着高哲，似乎是被条件打动了。

高哲也不心急，只是淡淡地说："你可以考虑几天，再来答复我。我先和乔永廉出去谈点事情。"

程凯还在考虑。高哲把乔永廉拉到走廊问他："你知不知道潘力晨在哪里？"乔永廉支支吾吾，不敢开口。

高哲一瞥乔永廉，道："你最好说实话，不然要你好看！"

乔永廉瞬间胆怯，一五一十地向高哲道出自己与潘立晨在画廊发生的事情。

得知消息的高哲，立刻联系潘力晨赶往画廊。高哲见到他，有些生气地说："潘力晨，你厉害啦？我电话都不接。如果我不是威胁乔永廉，都见不到你。"

潘力晨淡定地解释道："我知道你想和我说什么，但是现在调查已经有很大进展了，只要多给我点时间，我就一定可以找到证据。"

高哲有些好奇地问："那你查到些什么了？"

"章明晞有部神秘电脑在办公室，我已经在她的办公室里装了监控，很快就能知道，章明晞的神秘电脑放在哪里。只要我将神秘电脑拿到手，就可以查到她和离岸公司交易的资料。"潘力晨信心满满地说着自己的计划，丝毫没有注意到高哲面色越听越沉重。

"你快点停手，要查季生有好多办法，不值得你冒这样的险！"高哲拼命劝说他，试图稳定他的情绪。

"再给我一个星期！如果一个星期内，查不到事情，我就收手。"潘力晨坚持自己的看法，不听高哲的劝告。

高哲仍是忧心忡忡，刚想继续劝潘力晨，但潘力晨已不理会，径自离去。

阳光明媚，万里无云。阳光温和地洒在大地上，为人们带来一份生机与活力，仿佛可以驱逐这世间的所有阴暗。繁忙的工作间隙，季生集团的天台散落着许多员工，他们各自在看手机休息，潘力晨也在角落看着手机。

和其他人不同，潘力晨的手机上，显示的正是他装在章明晞办公室的监控画面，画面中章明晞正从有锁抽屉中取出一台神秘电脑。他屏住呼吸紧张地关注着章明晞的一举一动，清楚地看到章明晞输入的电脑密码，立即在心中牢牢记住。

随后，阮令翘走入办公室，章明晞收拾好东西，与她一同走出办公室。

潘力晨判断，章明晞今晚应该是不会再回来了。潘力晨嗅到了一个偷走电脑的绝佳机会，一个计划在他的心中应运而生。

潘力晨回到季生内部，装作漫无目的地推着信车。在走廊遇到阮令翘迎面而来，他立刻上前："阮妹妹，你等等！"急忙将一盒朱古力塞到阮令翘手中。

阮令翘听到这称呼，吓了一跳，见到巧克力也毫无兴趣，只是婉拒："谢谢，我不需要。"

没想到，潘力晨忽然霸道总裁上身，一把拉过阮令翘，一只手按在阮令翘耳边，一只手放在裤袋里，用身体拦住她去路，一脸似笑非笑地看向她。

猝不及防间，阮令翘感受到潘力晨的鼻息拂过她的耳际。潘力晨有些挑衅地看向阮令翘，似是享受她的惶然无措，正如一只草原上狩猎的豹，饶有趣味地看着羚羊努力逃脱的样子。

"对不起，你太美了，我实在是忍不住想约你。可以给我个机会吗？"潘力晨开口，深情款款地看着阮令翘问："你今晚有没有空？我们可以一起吃个晚饭吗？"

阮令翘一个愣神的时候，潘力晨轻轻搂过她，趁机从她的口袋中偷出门禁卡，并藏到信堆中。

阮令翘反应过来，瞪着潘力晨，一把推开他："请你不要这样，再这样我要去投诉的。"

潘力晨耸耸肩，道："对不起，是我冒犯了。"随后假装很失落的样子离开。

阮令翘却没看到，转身的潘力晨露出了一个得意的微笑。经过这一番折腾，阮令翘完全没有注意到，自己的门禁卡已经不见了。

躲在公司一角的潘力晨，见到 Mandy 从章明晞办公室走出后，随即从一角钻出，悄悄刷卡进门。

他直接走到章明晞办公台，动作利落地用发夹打开抽屉锁，迅速取出神秘电脑，并取下盆栽后的摄像头，不动声色迅速离去。

潘力晨没有料到的是，章明晞今天有文件忘记拿了。当他刚离开办公室不久，章明晞突然折回了办公室。

章明晞走入办公室想拿文件，但细心如她已然发现桌面摆设与她离去时有些不同。她心中一紧，下意识地打开有锁的抽屉一看，原本放在抽屉中的电脑不翼而飞。

章明晞大惊！马上拿起办公室的电话呼叫保安。

而下一个电话，就拨给了贺天生。她将秘密电脑失窃一事告诉贺天生："怎么办？关于环评报告的东西，都在这部电脑里面，如果让别人拿到就大事不好了。"

贺天生安抚她说："别担心，保安已经在努力盘查，就算有人拿了，他都不见得能走出季生大厦。"

第九十九章 杀人灭口

此时，潘力晨正藏身于季生大厦的杂物房内，戴着蓝牙耳机和乔永廉打电话。

“我已经拿到电脑了。”说话间，潘力晨打开章明晞的电脑，输入密码。

果然，电脑上发现了一些可疑档案！

他立马插入准备好的U盘，想拷走资料，不料所有文件已被加密，不能复制。

潘力晨有些焦急地问：“文件不能复制，你有什么办法吗？”

电话那头却没有传来他满意的回答，只有乔永廉无奈的声音：“这不是一时三刻能解开的。”

“那我将这部电脑带走，让你破解吧。”潘力晨挂断电话，同时也合上电脑，准备离去。

可当潘力晨刚刚打开一条门缝，听到了杂物间外急促的脚步声。他轻轻把门掩上，把耳朵贴在门上，就听见外面保安议论纷纷。

“章总的电脑不见了，会是谁偷的呢？”

“怕是什么商业间谍吧。”

“不知道，反正你们现在要在全栋楼内仔细搜查，并在大门口设置关卡，检查往来个人的随身物品。”

潘力晨大吃一惊，没想到电脑失窃一事这么快就被发现。他在心中不断谋划着对策，大脑飞速运转。

公司门口大堂处，保安正在仔细地检查每一个离开的人的随身物品。

潘力晨也来到门口，他无所谓地打开背包给保安检查，里面并没有电脑，因此得以顺利离开公司。

贺天生回到公司，开始和章明晞一起，一个个盘问可疑人员，以及相关线索。

阮令翘按照指示，来到贺天生办公室前，见到Mandy刚好从办公室出来。

办公室外的空气都紧张到了冰点，她不寒而栗，终于她还是深吸一口气走进办公室。

章明晞一脸严肃地问她："我的房间只有 Mandy、你和我有卡能进去。今天我出去之后，你有没有自己或者带人进过我办公室？"

阮令翘摇摇头："没有，但是我刚才发现我的门禁卡不见了。"

章明晞愕然，追问她："那你的门禁卡什么时候不见？在哪里不见的？"

"我不确定，但吃完中饭时还在。"忽然，在走廊遇见潘力晨的回忆涌上她的心头，她不禁喃喃自语："会不会是遇见潘力晨的那个时候不见的？"

章明晞听见了一个陌生的名字，瞬间警觉："潘力晨是谁？"

阮令翘耐心地解释："我们的新职员，来公司做了一个月。"

贺天生、章明晞听她叙述事情的经过后，都觉得潘力晨行为可疑。

他们连忙打电话喊保安上楼，让保安汇报当时检查潘力晨的情况。

"我当时搜潘力晨的包，里面什么都没有。"保安边说边拿出电脑播放大堂监控片段给贺天生、章明晞二人看，只见潘力晨离开时果然是两手空空。

章明晞不禁担心地攥紧了贺天生的手："这部电脑会不会已没有了？"

贺天生一脸淡定。他回握住章明晞的手，宽慰她："你放心，一定找得回。"

天色已暗，月亮藏身在云朵之后，不肯露出自己的脸庞。这看似静谧的夜晚背后，却暗藏着无数的风波。

潘力晨正偷偷躲在一角，静待公司人全部散去，准备折回季生拿电脑。

高哲此时打来电话，不断劝他："乔永廉已经告诉我了，你别再回去拿电脑了。他们已经发现电脑失踪，你再返回去拿，太危险。"

潘力晨却不为所动，道："只差一步。只要我拿到电脑，贺天生、章明晞就没办法了。你放心，我会小心的。"语毕，不待高哲回应，他便挂上电话。

潘力晨悄悄地潜入公司大堂，小心地避开保安的耳目。

可是不巧的是，他在走廊上与保安狭路相逢。他装作没事，主动与保安笑着打招呼："晚上好啊。"

"晚上好，你怎么这么晚还在这里？"保安有些疑惑地问。

潘力晨耸耸肩，仿佛有些无奈："是呀，有事情没做完。你也还没走啊。"

"可不是，章总的电脑丢了，到现在还没找到，我们都得加班呢。"保安苦恼吐槽。

"辛苦了，早点找到就好了。"

“是啊，都是那该死的小偷，不知道为什么要偷章总电脑。”

两人随意寒暄几句后，保安便离开了。潘力晨趁着保安离去，急忙闪身钻进旁边的杂物房，在一隐蔽角落里，迅速取出电脑离开，看似一切顺利。

潘力晨快步走出季生集团，走着走着，隐约听到身后有窸窸窣窣的脚步声。

不好，自己怕是被人跟踪了！

潘力晨不由得加快了脚步，对方却仍旧紧紧追着。突然有人从旁边走过，试图抢过电脑。潘力晨见状不妙，拔腿就跑。双方一明一暗，互相追逐。

森哥见潘力晨已发现自己被跟踪，连忙打电话，叫手下开车包抄。

潘力晨满心所想的都是如何摆脱跟踪者，他狂奔着，没留意自己已经跑到了马路边。

视线左方，突然有强光照过，有汽车朝着潘力晨冲来。他有些慌乱，只觉脑海里一片空白，竟呆呆地站在原地，“砰”的一声巨响，就被森哥手下的车撞飞，奄奄一息。

众人此刻都有些慌张，开车的人也没料想到，潘力晨竟会不知躲避。他本来只是想吓唬一下对方，但情况太乱，车灯又太亮，他还没看清楚就——

然而，反应过来的大家，马上开始采取行动。有人立刻上前，试图拿走他手中的电脑，潘力晨努力用双手死死抱住电脑，像是保护自己最后的信念。前来抢电脑的人一狠心，竟然一根手指一根手指地掰开。潘力晨本就身负重伤，全凭一股意念支撑着做出这些。此刻已然是无法抗争，眼睁睁地看着他们匆匆上车离去，不甘心的眼神中，隐隐带着血一样的泪水。潘力晨倒卧路上，身下有鲜血汩汩流出，仿佛在为他诉说着不甘和冤屈。鲜血仿佛染红了整条马路，空气中弥漫着一股刺鼻的血腥味。

几天后，马路上的鲜血已经被擦拭干净，好像一切都不曾发生过，悲剧也没有上演过一样。高哲独自站在出事的路边凭吊潘力晨，气氛苍凉。

一想到这个噩耗，高哲的眼眶瞬间湿润，他将一束鲜花放在路口，又对空气喃喃了几句，便起身回到了办公室。

黑网的办公室里，气氛十分沉重，高哲、麦嘉菲、乔永廉三人相顾无言。

突然，乔永廉像是在电脑里发现了什么，激动地站了起来，道：“我黑了潘力晨出事地点附近的监控系统，你们来一起看。”

三人迅速围到电脑边。电脑画面中只见潘力晨被人追，忽然一辆车开来，将潘力晨撞倒，有人上前抢走潘力晨身上的电脑，然后冲上一旁的车子。车子驶走后，潘力晨还没有断气，仍在轻微抽搐。

三人看完片段，都是悲愤不已。麦嘉菲更是泪流满面，哽咽道："阿晨本来还有得救……可是他们……"

"这些人明显是冲着电脑来的！而电脑就是章明晞的！这些人一定是贺天生派去的！"乔永廉愤怒不已。

高哲听着两人的讨论，一脸阴沉，不言不语。

而那台潘力晨付出生命都没有拿到的电脑，此时正静静地躺在章明晞和贺天生眼前的办公桌上。

章明晞望着面前稍有损坏的电脑，仍是愁眉不展。

贺天生不断宽慰章明晞，道："放心，森哥做事很干净，虽然出了些意外，不过他们现在已经搞定了。而且最重要的是，我们已经拿回电脑了。"

章明晞忧心忡忡地说："既然有人留意到我的电脑，里面的东西已经不安全了，我们以后要更小心。"

贺天生点头附和道："以后，我会将这部电脑拿回家。"

季生集团内部也因车祸事件而八卦不断。几个女职员边走边讲八卦："听说那个新来的潘力晨昨晚在公司附近出车祸死了，好恐怖啊。"

短发女职员和另一个女孩打趣道："你之前还拒绝和他吃饭，小心他回来找你哦。"

女孩听得浑身一颤，不断拿拳头打短发女职员："你别乱讲。"

阮令翘从旁边经过，听到这个事情暗暗心惊，觉得事件并不简单。她轻轻叩门，进入章明晞的办公室。

章明晞笑着对她说："我知道你做事不错，我很欣赏你的表现，听说你考了驾照，正好这辆车我开腻了，送给你吧。"说完，便将一串汽车钥匙递给她。

阮令翘心下一凉。她知道这礼物无法拒绝，这是章明晞对自己的暗示和警告，自知日后行事要更小心。于是，她试探地问起电脑："对了，您丢失的电脑找回来了吗？"

章明晞却不以为意地说："不是什么重要东西，没了就算了。"

阮令翘听罢，不由得打了一个冷战，握紧了手中的汽车钥匙。

第一百章 腹背受敌

时光飞逝，夜幕降临。

贺天生正在家里用电脑处理事情，人有三急，就离开电脑走到房内的洗手间。

这时，章明晞打开家门，走进贺天生的房间。她想找贺天生谈点事情，发现贺天生不在，于是她坐下等贺天生。不经意间，她瞥见贺天生电脑桌面上的内容，似乎有什么关键词吸引了她的注意，她不由得走近电脑，开始仔细地看电脑的内容，认真审视后，还是没发现环评报告尾期的数字。

章明晞有点紧张地问刚从洗手间出来的贺天生："环评报告尾款是不是没给？"

贺天生一怔，但随即淡然说："已经给了。"

"但是为什么这里没记录，会不会有什么问题？"章明晞有些担忧地问。

贺天生犹豫片刻。章明晞却认真盯着贺天生，等着他的回答。

贺天生以自然平淡的语气说："给了，我用 XYZ 公司给的。"

章明晞疑惑不解："XYZ？"

她继续在电脑里翻找文件："我看看……"但她仔细一看公司持有人，微微一愣，随即发问："但是为什么公司持有人是 Brain Ten？"

贺天生面色不改，但他看着章明晞有些怒气的面色，立即向她解释："这是之前新开的公司。"

章明晞看着贺天生的反应，本想发火，但又压抑着，冷笑讽刺道："原来你还有这种操作，下次有这样的好办法，你记得早点告诉我。"说毕，她头也不回地走出房间。贺天生看着章明晞离去的背影，知道章明晞心里明显不悦。

詹兆齐坐着轮椅，抬头看了一眼高楼上的四个大字"长江中心"。长江中心即证监会。他目光坚定地推着轮椅进入大楼，证监人员马上接见了他。

詹兆齐坐在证监会的房间内，一脸严肃地对证监人员说："您好，我要举报有人搞内幕交易。”

“举报对象是？”

“贺天生。”

自从詹兆齐来到证监会后，涉案的相关人员也被召唤到这里来审问。

会计师坐在证监人员面前忐忑不已，欲言又止，双手紧紧地扣在一起，额头上渗出豆大一颗汗珠来。

证监会人员开口打破了沉默：“你知道贺天生内幕交易的有关信息吗？”

会计师点点头，他像是下定了决心，终于开口坦白：“是我告诉贺天生的，之前听说有个私有化计划，时间是詹兆齐把家族大厦卖给贺天生那一天。贺天生收到我内幕消息后，才大手入股票……”

当詹兆齐迈入证监会的那一刻，郭志昌就同步收到了消息。他立即跑到办公室向贺天生报告：“我刚刚收到消息，詹兆齐去了证监会，举报你内幕交易……”

贺天生对此嗤之以鼻。他压根不在意地说：“詹兆齐又想搞什么鬼？难道是上次把他打傻了吗，还是钱不够花啊？别理他，不值得在他身上浪费时间。”

郭志昌见贺天生一副完全不放在心上的样子，担忧不已。他忍不住补充道：“詹兆齐是小人物，可以不理，但是上次的潘力晨就不是，我查到原来潘力晨曾经在傲堂证券做过，在高哲手下，高哲走之后，他就走了。我相信他跟高哲一起去搞黑网了，这就是说，黑网对季生想追查下去……”

“黑网？”听到这个词贺天生浑身一颤，他忽然觉得事情不会那么简单。

郭志昌看着贺天生阴沉的面色继续说：“我还听说证监会找了个会计师作供指证你。”

贺天生听闻十分生气。他猛然起身，愤怒地说：“他从来没有说过什么让我知道，由头到尾都是我眼光准……会计师为什么这样说？”

郭志昌大胆地说出自己的猜想：“我觉得，是不是他与詹兆齐合伙陷害你？”

贺天生低头沉思片刻，道：“不是，詹兆齐哪里会想这么多？一定是背后有人收买会计师。”他继续分析道：“会计师宁愿坐牢，也要做假供对付我，很明显背后有人指使。事情一定不是那么简单。”

两人在办公室陷入深思，一股紧张与不安的气氛围绕着他们。

听说贺天生愁眉不展的样子，彭世岳喜气洋洋地去找詹兆齐，并许诺道：“只要你能告到贺天生坐牢，你和会计师就会在外国开心过完下半生。”

詹兆齐冷冷一笑，开口道：“我可不是为了你的钱，上次贺天生把我打得半死，我现在举报他不过是回报罢了！”说话间，回忆起那天被打的伤痛，他好像是留下了心理阴影，又有些胆怯地问：“贺天生还没坐牢，他肯定会有所行动的，那我现在安全吗？”

彭世岳笑着安抚道：“你放心，我已经安排好了，贺天生没有办法对付你们。”

贺天生四处树敌，并不知道还有危机正在等着他。

香港某个灯光阴暗的停车场里，安静得地上掉下一根针都听得见，这正是一个私下会面不易被发觉的好场所。

万敬贤一个人神神秘秘地走进停车场，四处躲闪，生怕被人看见。终于，麦嘉菲出现在他的视野之中。

万敬贤赶忙上前问她：“你是不是黑网的人？”

面对他的提问，麦嘉菲只是冷淡地说：“这不关你的事。”

万敬贤像是喃喃自语道：“我知道潘力晨是黑网的人，所以当他离奇死亡后，我就开始追踪他的消息。我怀疑他是故意潜入季生，不知为黑网进行什么工作……”

麦嘉菲听着他说，却并没有给他任何的解释，只是将一份资料递给他，道：“这些就是潘力晨生前正在查的东西，可惜他在找到实质的证据之前就出事了……你明白我的意思吗？”

万敬贤想了想，揉了揉自己凌乱的头发，道：“你是说，潘力晨是因为查到这些资料而被杀？”

麦嘉菲拼命按捺住自己内心的悲痛，冷着脸说：“可惜这些都只是我们的猜测，希望你可以好好运用这些资料……”

万敬贤接过资料，翻开只是匆匆一瞥，里面的内容就让他震惊不已。

浓重的雾气遮挡了太阳，香港的天阴沉沉的。身处太平山顶俯瞰，雾气环绕在高楼之间，为这个光怪陆离的花花世界平添了几分仙气。

贺天生的脸色就如同阴沉的天色，一边品茶一边思考对策。正当他思绪万千之时，一个不速之客出现在他眼前。

卓启堂笑容满面地朝贺天生走来，一副胜利者的姿态。他嘲笑贺天生道：“你现在很火哦！”他拿起手机，新闻上争相曝光贺天生，各种推测五花八门。

有人推测，阿布是大屿山环保能源项目中负责环评的人。他如今已神秘失踪，而他失踪之前，就刚好处理贺天生的项目，令贺天生大赚。此间必有蹊跷。

另一方面，又有报社报道，贺天生原来开有不少离岸公司，怀疑当中有关连。

而同时，季生集团雇员潘力晨的离奇死亡，也有矛头指向贺天生。

卓启堂看着各种各样的新闻，嘴角流露出的笑意更加明显，调侃贺天生道："看来你这段时间运气都不太好，需要不需要介绍个懂周易的大师给你看看风水啊？"

贺天生看起来毫不在意，也并不接受他的建议。"我也认识不少大师，说我的命格是杀破狼，会变动、大起大落，要走自己的路。我会遇神杀神，遇佛杀佛，这些新闻都是微不足道的小事。"

"命格虽是这样，但凡事都要讲因果，今日果，昨日因，以前做过一些什么事，都会有现世报。若是你以前杀过人，今后就会被别人杀掉。"卓启堂开玩笑似的说道。

贺天生装作无所畏惧的样子，一脸淡然地说："我做得出，就预料到了。不过想动我，不是想象得那么容易。我既然能爬得上首富的位子，就不会轻易下来。"

"哈哈哈，"卓启堂听完忍不住放声大笑，"你刚刚先说你的命大起大落，接下来，首富变阶下囚，那么真是大起大落啊！"

贺天生看着卓启堂尽显一副冷嘲热讽的姿态，心中愤然。

黑色的夜幕卷走了白天的繁华，一切都重新陷入了寂静之中。

贺天生直到回到家中，怒气也没有完全消散，依旧眉头紧锁。他告诉章明晞："我知道谁是背后搞我的人，就是卓启堂。"

听到卓启堂的名字，章明晞瞬间倒吸一口冷气。她佯装冷静地问："如果是卓启堂，他一定是计算过的……那么我们还可以怎么做？律师又是怎么说的呢？"

贺天生摇摇头："卓启堂不会打无把握的仗，律师方面这回也好麻烦……"

"那我们是不是要找森哥？"章明晞像是抓住了最后一根稻草，满怀希望地看着贺天生问道。

贺天生仍是一脸无奈，道："不行，既然是卓启堂在背后，就是说卓启堂一定有所准备，詹兆齐和会计师他一定会处理，而且他们现在有什么事，都一定会算到我头上……"

章明晞也有些绝望，道："那么，难道我们只能坐以待毙了吗？"

“我不可以坐牢。”贺天生对此坚定不已，像是担心今天卓启堂的冷嘲热讽会成为现实，他的自尊心不允许他沦为阶下囚。

章明晞灵光一闪，问：“那么你有没想过，暂时离开香港？”

贺天生一愕，道：“我不可以离开香港，离开就是我输……”

章明晞的眼神中流露出无奈，道：“你不离开，难道你去坐牢？”

贺天生听到，疯狂摇头，道：“我不会坐牢！我不会坐牢！”想到此他就愤怒不已，锤了一下书桌，踱步走出了书房。

第一百零一章
牢狱之灾

太平山顶夜间与白日的景象截然不同，川流不息的车灯点亮了香港的道路，鳞次栉比的大楼上闪烁的灯带焕发着新的活力。

方松荫、卓启堂、万学礼齐聚在太平山顶俱乐部喝茶吃饭。

卓启堂品了一口茶，满脸笑意看着万学礼说："你儿子真厉害，他的网媒做得很好，我们都知道。"

万学礼一边拿筷子夹着一个鸡腿放到自己的碗中，一边谦虚地笑着回应道："这次真是他自己干得好，我什么都没帮到他。"

"这次绝对不能放过贺天生。无论他贺天生再厉害，也不能让他逃掉。"卓启堂乐呵呵地笑着。

方松荫冷笑着说："香港首富，沦落到坐牢……学礼的儿子又有东西可以写了。"

"贺天生一坐牢，季生的股价怎么会不下跌呢？到时候我们再想办法，季生集团所有的东西，在他坐牢的时候，我们慢慢分。"万学礼嘴角的笑意更深了，似乎是发现了无尽的宝藏。

卓启堂只是微微摇头，道："未必，贺天生这样硬骨头，未必肯坐牢。改一改标题，香港首富……畏罪潜逃了！一走了之！"

众人听到都忍不住笑出声来。三人异口同声，道："到时候也生吞了他季生！"

悠闲的午后，方松荫坐在云满楼，悠哉地喝着下午茶。助手上前汇报："章明晞想上来见您。"

方松荫淡然点了点头，一切都在他的意料之中。自己这几天对她爱理不理，果然她还是坐不住了。

章明晞一见面，就热情地帮方松荫泡茶。她双手将茶杯稳稳地放在桌上，才敢开口寒暄："几日不见，您还是这么有精神。"她一顿，小心翼翼地问："贺天生的事，我想您也知道了。这次来，就是想请问您，还有什么方法可以救贺天生吗？”

方松荫淡淡一笑，道：“贺天生的事我帮不到你，不过你……我也希望你过得好，建议你还是赶紧离婚吧！贺天生做过多少肮脏事，你自己知道，这些是他的报应！你再和他一起，只会令你深陷泥潭。这个男人信不过，你好自为之吧。”

章明晞默然。话已至此，看来这次方松荫是铁定不会帮她了。

相比太平山顶的和谐静谧，贺天生的家中喧闹不断，他注定度过的是一个不平凡的夜晚。

章明晞刚推开家门，就见到贺天生仿佛疯了一般地骂郭志昌：“用失忆求情？什么病？……为什么求情，我没做过的事情，凭什么要去求情？这样不就等于跟别人说，我脑子有病吗？我疯呀？如果我真是脑子有病，不如死了算了！”

章明晞见状，用眼神示意郭志昌先行离去。

郭志昌仿佛看到了救星，赶忙匆匆离开。

贺天生见章明晞回来，也还是在乱发火：“你说这些律师，我给了他们那么多钱！怎么一个两个都没用，关键时候想不到办法，尽出一些馊主意。”

“那要不，想下其他办法？”章明晞劝说道。

贺天生坐在办公椅上，认真地询问道：“能怎么办？我说过我不能输。”

章明晞上前握住他的手，安慰他说：“退一步海阔天空。”

“那公司怎么办？季生是我一手创建的，你要我放手吗？”贺天生连连发问，不太认同她的说法。

章明晞抚摸着他的背，温柔地说：“不是，你不在香港而已，还有我帮你看着。”

贺天生不语，没有做出回应。一个曾经卑躬屈膝，经过一番厮杀，并不断搏斗，才获得这样的公司和地位的人，自是不愿意放权给任何人，哪怕是自己的妻子也不行。

章明晞见状，又继续语重心长地劝他：“互联网时代，世界是互通的，只要拥有一部电脑、一个电话，什么都能处理。而且，你还有我嘛，我会帮你的。”

翌日，贺天生、章明晞走进季生集团的董事会，董事会里人头攒动。

望着眼前黑压压的人群，章明晞觉得奇怪，不知道为什么今天这么多人一起开会。

待贺天生和章明晞坐定，会议正式开始。

郭志昌作为会议主持人，向众人宣布会议议题。“咳咳，”他清了清嗓子，便开口继续说道，“今日的会议是关于公司的人事变动，贺天生辞任主席，即日由章明晞接任……”

章明晞早知这个结果，毫不意外，仍是淡然自若。

忽然，郭志昌又开口宣布：“另外要更改公司议事章程，下面我念到名字的都将加入董事会。”

郭志昌一一任命。

章明晞并不知道这项议程，更想不到连钟思琪都获准进入董事局。她顿时脸色一变。

贺天生无视章明晞越来越凝重的神色，只是微笑着向众人讲道：“那么，日后要靠在座这么多位，帮助章明晞……”

章明晞带着阮令翘回到办公室，立即紧锁房门，把头埋在臂弯里，说不出来的难过与失落。

阮令翘看章明晞状态不好，担心地问：“是不是公司发生了什么事？你已经做了新主席吗？还是在为贺天生担心？”

章明晞只是冷笑一声，道：“我没想到，贺天生会突然多安排四位董事，你知道为什么吗？”

阮令翘一怔，恍然大悟道：“贺天生不信你？”

章明晞沉默。阮令翘突然明白，章明晞为何情绪如此低落了。他人眼中的金童玉女、有着人人称羡的世纪婚礼的金融伉俪，也许没有表面上那么恩爱。阮令翘想想觉得很可怕，夫妻本是同林鸟，可他俩的关系，更像是互相利用，而又互相提防着。

章明晞想努力微笑，却笑容惨淡。她将办公椅转向无人的那一面，试图掩饰悲伤，只是喃喃自语道：“是，原来从那天看到环评报告一事，我就应该知道，贺天生是不信任我的。如果反过来是曦伦出事，我相信贺天生，把一切都交给他。但他就不是这样，反而找更多的人来控制监督我……或许方松荫讲得没错，他信任的只有他自己。”

夜晚，卓定垚如约来到码头，贺天生的突然出现让她惊愕不已。她好奇地问：“你明天还要上庭，叫我来做什么？”

“我怕有些话，现在不说，要等很久以后了。”贺天生顿了一顿，“你很厉害，程凯签约那件事，能让我上当。”

“谢谢，这都是你教给我的。”卓定垚不为所动，她知道贺天生是在故意勾起她的好奇心，想让她上钩。

“哈哈哈，”贺天生大笑道，“很好呀，有这么强的徒弟，也算是名师出高徒了。你那么强，一定可以帮助你爸。”

卓定垚有些反感，冷冷地说：“我和我爸的事，我们自己会处理，不需要你关心。”

贺天生语气中透露着一丝柔情，走近一步，拉近了两人的距离。他深情地凝视着卓定垚说：“我怎么会不关心你？我只是想提醒你，小心你爸爸！”

卓定垚警觉地问他：“你想说什么？”

“这次内幕交易的事，我根本没做过，整件事我是被冤枉的，就是你爸卓启堂冤枉我！”贺天生坚定不移地道。

卓定垚还想开口反驳，可隐约之间，她似乎对贺天生的话并不感到意外。卓定垚被自己的想法吓了一跳，最终还是默然……

“不出声，所以，你也相信是他做的了！”贺天生自嘲道，“原来我还是多此一举，你早就知道你爸是什么人了。好，你会小心就好，我们会再见的。”

贺天生爽朗一笑，仿佛对一切毫不在意，不像是明天就要进监狱的人。

卓启堂、方松荫、万学礼、陆一山、方荣亨等人笑嘻嘻地在太平山顶俱乐部齐聚一堂，他们一边喝茶一边看电视直播。

只见电视上一位记者在法庭前报道：“今日是贺天生内幕交易案第一日开庭，还有十分钟就会开始，但贺天生还未现身。”

陆一山拿起一把花生，有些好奇地问众人：“你们说贺天生会不会来？”

“贺天生那么艰难才爬到香港首富的位子，又怎么会甘心做阶下囚？”卓启堂胸有成竹地说道。

方松荫有些遗憾地摇头：“我很想他坐牢……”

方荣亨倒是乐呵呵地调侃：“不如开个盘呀，来赌一把！”

万学礼只是笑道：“我一向赌马，很少赌人。”

墙上的钟表指针滴滴答答，不知不觉指针就走到了临近开庭的前五分钟。

卓启堂等笑道：“还没到哦……是不是离开香港了呀？”

与此同时，电视里播放的画面，也是一位记者正在播报。他举着话筒一脸严肃地说：“还有五分钟开庭，贺天生还没到现场……”

忽然，一部劳斯莱斯幻影驶入电视画面，众记者蜂拥而上。

卓启堂等人瞬间坐直了身板，个个定睛望着电视。

第一百零二章
小慧被困

车门缓缓打开，郭志昌、阮令翘、钟思琪、章明晞、贺天生一一下车。记者都不愿意错过这一刻的机会，闪光灯猛闪。贺天生拨开成群结队的记者，护着章明晞步入法庭。

不久后，电视画面里播放的新闻，就是季生股价自贺天生入狱后，下跌了十几个百分点。

不过电视的内容，并没有影响到钟思琪和章明晞等人的工作，他们正在讲项目的事情。

章明晞听完，毫不犹豫地说："我觉得给一百没问题。"

郭志昌面露难色，支支吾吾地说："但是其他董事都不赞成，最多给80。"

"那么你和我召集大家开个会，大家会上再谈。"章明晞果断地决定，她以为事情还有商量的余地。

钟思琪像是看了一出好戏，笑眯眯地看着章明晞说："嗯……我想不需要，这个是贺先生的意思。"

说完，她像个战争的胜利者一样转身离去，不顾背后的指指点点。

阮令翘见此愤懑地说："那么就是没法谈咯，如果这根本就是贺先生来下的指令。"

章明晞听毕久久沉默，内心又再一次出现了波澜与动摇。她实在想不清楚，贺天生对她的信任究竟有几分。

电视新闻开始播报下一条消息。一个甜美的女声道："有小道消息称，方松荫紧急入院，正处在病危之中。但天荫发声明澄清，表示方松荫健康没问题……"

忽然，一阵尖锐的电话声响起，打破了办公室沉寂与紧张的氛围。

章明晞接起电话，电话的另一头传来方泽雨焦急的声音："爷爷要见你。"挂断电话，章明晞心知应该是方松荫身体不妙，不知为何，内心愈发沉重了。

清晨，伴随着第一缕阳光的出现，仿佛驱散了夜晚的寒冷与黑暗。

卓定垚穿戴整齐，如常准备出门上班。忽然，她口袋里的手机一震，拿出手机，见屏幕上闪现的发信人名字，不由一愣，居然是高哲的短信。

卓定垚的内心无法拒绝高哲的邀约，当她如约来到高哲约见面的山顶，发现见高哲早已在等候，于是便愉快地朝着他走去，调侃道："要不是你找我，我真找不到你……"

高哲倒是没理会她的调侃，直接开门见山地谈公事道："我已经签了程凯。"

"我知道，但之前你还说叫我签他，没想到你自己代表彼列去签他。"卓定垚无所谓地说道。

"因为我没想到他会不肯签你。"高哲无奈地耸耸肩，表明自己真的不是有心争抢。

卓定垚苦笑道："我觉得程凯很特别，其实你签到他也好，因为卓启堂其实会对程凯不利。"

高哲又语重心长地劝她："你现在知道卓启堂是什么人了，也算是长大成人了。"

"卓启堂现在随时会抢回主席位置，我很担心。"一提到这个，卓定垚瞬间愁容满面。

高哲宽慰她说："难道你爸是坏人，你就霸占公司不还给他？"

卓定垚摇头，道："最重要的是他做的是什么。做主席做的事，应该是万事以傲堂的利益为先，但是他利用程凯来对付贺天生，就是不以傲堂的利益为先，那么就没资格做主席。"

听到卓定垚这番坚定的话语，高哲不由得回忆起他与贺天生之前在画廊的偶遇。

一见到他，贺天生就冷冷地说："还是你厉害，你教到卓定垚有方法引我中计，令到我不签程凯，然后自己签了……"

高哲叹息道："有一些东西不是我教的，你不记得了吗？你也和卓定垚合作过，为傲堂出过力……"他停顿了一下，强行压抑着自己的怒火，"你做过什么自己知道，有一些事情做过，都是要偿还的。"

贺天生假装无辜地看着高哲，道："我不明白你在讲什么。"

"潘力晨的死，别说和你无关！"一团无名的怒火在高哲心间熊熊燃烧。

贺天生仍是装作一无所知的样子，迷茫地看着高哲问："我都不知你讲什么，是，我公司是有职员车祸死了，不过他叫潘力晨吗？我想他如果不知道这么多事，就不会有事了。"

“还不是因为你在大屿山做的事，当中有蹊跷！”高哲怒视贺天生，希望从他的言语里找到一丝破绽。

没想到贺天生只是冷冷反问他：“证据呢？”

高哲不由攥紧了自己的双拳，再也压抑不住自己内心的愤怒，吼道：“贺天生，你别想着你可以赢尽这个世界！”

贺天生失笑，道：“到现在为止，我都未曾输过，就是因为，我能做得出我不怕做的一些事情。”

他看着被激怒的高哲，淡然道：“你想成功，就要想下有什么事是自己做得出的，如果做不出来，就注定会输……”说罢，他潇洒离去，只留给高哲一个高傲的背影。

想到这里，高哲露出讳莫如深的笑容。贺天生你错了，不是你做了什么事情就能赢的，而是你抱着什么动机去做，这点你应该向你“徒弟”卓定垚学习。

天荫会议室内。会前方泽雨搭讪佳蓉：“我知道你的儿子想考香港演艺学院。”

佳蓉有些奇怪地问他：“你怎么知道？”

方泽雨立即向他解释道：“这所大学我有几个朋友，有他们帮忙一定没问题。”

佳蓉马上眉开眼笑，这件事情她发愁了很久，无奈教育界人脉不足，儿子在家一直郁郁寡欢。如果能解决这个问题，那无疑是解决了她最近最为烦心的事。想到此，她脸上的愁云都散去了，取而代之的是难以言喻的喜悦之情。

会议时间到，方松荫及一众董事准时步入会议室开会。

方松荫首先发言，他宣布：“我们今天先讨论一下关于方泽雨的提议。”

没想到他话音刚落，佳蓉立马附和道：“我觉得方泽雨的提议很好，刚刚他才和我解释过一次，我很支持。方泽雨，你再和大家说一次。”

佳蓉难得一反常态，如此支持方泽雨。姜还是老的辣，方松荫将一切看在眼里，他明白方泽雨成功争取佳蓉支持的原因。

散会后，方松荫将方泽雨单独喊到他的办公室。他对方泽雨赞不绝口：“我很欣赏你这次的表现。我觉得你从大陆回来之后，变得沉稳了。”

方泽雨向他坦言道：“在内地，我学了好多东西。我会好好撑住方家的，您放心吧。”

还没说几句话，方松荫已显得疲累。方泽雨不禁担心地问：“您的身体怎么样了？”

方松荫笑笑说：“没事，年纪大了，总是这样的。”

天色还未完全黑下去，香港街边的大排档却已经人满为患。

大排档的桌面上杯盘狼藉，朱小慧还在猛吃。她一边猛按信息，一边装作饥肠辘辘，好像几天没吃饭一样对方泽雨说：“我不够饱，还想吃点。”

方泽雨无视她猛吃的样子，只是淡淡地说：“我还有事，要不就先走了。”

“你那么久才回来，我好不容易才约到你，多吃点怎么了？我们慢慢聊！”朱小慧不断地试图挽留他，希望他不要这么快离开。

方泽雨心知肚明，直截了当地问她：“你是不是也约了程凯？”

朱小慧一怔，拿着食物的手僵在半空中。她没料到方泽雨居然已经完全猜透了她的心思。

“我要谢谢你，但是你不需要这么做，我和程凯没事的。他这个人，一向都这样，莫名其妙的。”方泽雨诚恳地向她解释道。

朱小慧见状，知道无法挽留方泽雨，于是提议道：“那不如我们买外卖一起上去再吃？”

“不需要啦，我们有缘总会见到的啦。”方泽雨故作轻松地说，他知道，如果上楼，很有可能会再遇到程凯。朱小慧从未放弃过让他俩和好的心思。

朱小慧也沉默不语，知道方泽雨、程凯已很难变回当日三兄弟那样。她的心忽然变得沉甸甸的，仿佛坠入了深渊之中。

“这顿，我请了吧。”方泽雨主动请客。临走时，他还不忘叮嘱朱小慧几句：“你记得买外卖回去给程凯。他一定只顾着做东西，或者玩，忘记了时间……”

朱小慧气冲冲地回到办公室，果然见到程凯正在对着电脑做事，全然置身事外，不记得和自己有约。

朱小慧瞬间火冒三丈，质问程凯道：“你为什么不来？我不是约了你吗？”

程凯目不转睛，仍旧没有放下手头的工作，只是淡然地回答道：“你想做什么，我早就猜到了，又约了方泽雨嘛！”

朱小慧无语凝噎。原来程凯也早就知道了她心里打的小算盘。

程凯一边埋头看文件，一边随意地继续说：“有时候，有些事情不需要强求，见不到就不见。”

朱小慧气结，眉头紧锁，道：“那么要怎样呀？是不是以后都做不成朋友了？那么多年兄弟感情，说没就没了？”

程凯默然。他忽然想起自己曾和方泽雨情同手足的片段，自己心中也有点难过。但他嘴上却仍倔强地说：“你别多管闲事。”

朱小慧却越闹越生气，干脆一把夺下程凯手里的文件，大喊道：“你根本一点都没把他当朋友！之前方泽雨那天生日，不去见他还讲那样的话，说要追他前女友，你还是人吗？不是朋友的人都不好意思呀？”

程凯依旧不理朱小慧，却使她怒火更旺。她想去掰电脑，没想到程凯死死地按着电脑。

朱小慧发觉自己根本抢不过程凯，干脆离开。快要走出办公室门时，她愤怒大吼：“你不和方泽雨做朋友，我也不和你做朋友！”说完便愤怒地走了。

程凯只是悠悠地飘来一句：“那么，他可以上来啊！”然后戴上耳机又沉浸在自己个人的世界里了。

其实，方泽雨也并未走远。正当他在便利店买东西时，接到了朱小慧的电话。朱小慧愤怒的声音从话筒里传来：“我好生气，我不和程凯做朋友了。我们去喝酒。我现在从办公室下来，你到楼下等我！”

说完，朱小慧挂掉电话，走入电梯。突然，电梯里的灯光闪烁了几下，然后瞬间熄灭，一片黑暗笼罩了整个电梯。电梯也停住不动了，像是卡在了某一层。孤身一人在黑暗电梯里的朱小慧有些惊慌失措，掏出手机想要求救，却发现手机信号也消失了。有些绝望的她只能蜷缩在电梯的角落里，祈祷着早点有人能来救她。

第一百零三章
重归于好

方泽雨接完电话后，便飞奔来到办公室楼下等朱小慧，但她迟迟没有出现。

熙熙攘攘的人群从大楼里走出，其中还是没有朱小慧的身影。

方泽雨恰好听见从楼里走出的人说："听说有大楼里有单位着火了。"他深感不安，马上打电话给朱小慧。但手机里只传来一阵又一阵的忙音。他心中愈加忐忑不安，为了确认朱小慧的安全，决定上楼寻找。

程凯坐在办公室里，头戴耳机，沉迷于工作中无法自拔，丝毫没有注意到外界的变化。忽然，他透过耳机隐约听到一阵猛烈的拍门声，只得起身走向办公室的门，本以为是朱小慧又回来了。

当程凯一打开门，见到方泽雨时，二人都惊呆了。

方泽雨率先开口打破尴尬，有些埋怨地问："失火了你都不知道？朱小慧在哪儿？"

程凯摇摇头，淡然地说："她早走了。"

方泽雨听到更是心急如焚，焦急地告诉程凯："我刚才在楼下，等了很久都不见她。"

走廊的烟越来越大，浓烟呛得方泽雨、程凯二人都有些呼吸不过来。两人惊觉，当务之急是要找到朱小慧。程凯也连忙掏出手机打电话给朱小慧，可电话仍是未接通。

程凯、方泽雨二人急得在大楼四处奔跑，一边继续拨打电话，一边大喊朱小慧的名字，希望她能有所回应。

忽然电话接通了，二人听到好像有什么声音从电梯里面传来，都在思考是不是朱小慧被困了。

两人走近电梯，就听见电梯里面传来嘭嘭的敲击声，以及"有人吗？救命"的喊声。赫然是朱小慧微弱的求救声。

两人着急地从办公室找来扳手等工具，开门营救的过程中两兄弟闹来闹去，你不让我，我不让你，但幸好最终还是一起合作打开了电梯门。

电梯内忽然冒出一股浓烟，仿佛预示着不久后轿厢也将坠落。

终于，“砰”的一声，两人成功打开了电梯门。见到轿厢内躲在一角的朱小慧，两人安心了许多。

此处不宜久留，方泽雨和程凯二话不说，连忙拉着朱小慧跑出电梯，一路带着她，从安全通道转移到安全地带。

幸好在火势进一步蔓延开来之前，就有人及时报警。消防车及时赶到，火情已经被控制住了。

三人在楼下便利店喘息片刻，见环绕着大楼的浓烟已经散去，于是准备返回楼内，去收拾办公室。

朱小慧一边收拾着凌乱的办公桌，一边指责程凯：“你自己困在里面都不知道！”

方泽雨也加入朱小慧的阵营批评道：“就是，起火了你都不知道！”

程凯不甘示弱，也指责方泽雨道：“你救人不行，反应太慢。”

三人吵闹一轮，又变回昔日的场面。

程凯与方泽雨又一起指责朱小慧，没注意就坐上了电梯。

最终，三人笑成一片。

忽然，程凯像是想起了什么。他收敛了自己的笑意，一本正经地向方泽雨道歉：“对不起，我很抱歉。那个时候和你大吵一架，我也很不好意思。”

方泽雨走上前拍着程凯的肩膀，道：“我已放下了，可能我们只适合做朋友，不适合做生意。”

朱小慧插嘴道：“明明是程凯和任何人做生意都不适合。”

程凯一脸诚恳地继续说：“对不起，我根本不知道那天是你的生日，所以才会和你讲想追卓定垚。”

朱小慧又插嘴道：“他没泡到！”

程凯没理会朱小慧。他认真观察着方泽雨表情的变化，试探着问：“那你现在对卓定垚是什么看法？”

方泽雨不以为然，他淡然答：“都分了手，没关系啦！”

程凯像是在拼命确认他们两人已经再无瓜葛，又忍不住继续追问道：“那你回来有没有见过卓定垚？”

方泽雨摇摇头，一手搭在程凯的肩膀，一手搭在朱小慧的肩膀，笑着说道：“现在还不算晚，一起去喝酒啦！”

三人开心步出办公室，宛如回到从前那无忧无虑的幸福时光。

香港天气预报发出了八号台风预警，一场倾盆大雨如约而至。树叶被狂风吹落满地，甚至有些树枝也被吹断。呼啸的狂风似乎也在和人们争夺手中的雨伞，有些瘦弱的女子甚至连伞也被暴风卷走了。

暴雨不断冲刷道路，一辆车驶过路上便溅起无数水花，估计是因为天气恶劣，路上行人稀少。

虽然室外狂风骤雨，但医院病房内仍然安静平和。

方松荫正在医院挂着点滴。他十分虚弱地躺在病床上，跟方泽雨讲天荫日后的安排。

方泽雨听到他的安排，惊讶不已。

方松荫见方泽雨震惊的样子，便细细为他解释："如果我有事，一定有好多人想吞并天荫，只有你一人的力量不足以抵挡。但如有章明晞帮助，就可以对抗。但是如果不给她一些好处，章明晞是不会答应的，唯有用此方法。"

方泽雨眉头一皱，有些担忧地说："我担心难以控制章明晞。"

方松荫微微一笑，示意他放宽心："如果章明晞肯接手天荫，他们两夫妇的关系一定会有变化。你一定要懂得利用他们之间的裂痕。你要利用章明晞，要巩固你自己，到你足够强大，就把章明晞踢开。"他拉起了自己的被子，"我累了，先休息一会儿。"

可能是药物的作用，方松荫很快就进入了梦乡。

方泽雨走出病房后，站在门外望着躺在病床上奄奄一息的方松荫，若有所思。

忽然，永祥带着章明晞出现在医院走廊上。两人急匆匆地向他走来，永祥汇报道："方少，贺太来了。"

方泽雨一脸凝重地告诉章明晞："爷爷情况不乐观，这几天处于昏迷中，刚刚醒，一醒就说要见你。"说罢，他推开门，带着章明晞进房见方松荫。

方松荫被众人吵醒，揉了揉眼睛，见章明晞已经来了，才开口说："我有一些话，要和章明晞单独讲……你们都先出去。"

众人面面相觑，但仍遵从他的指令。

章明晞有些尴尬地站在床边，不知道这次方松荫到底有什么话要说，但她推测新闻上讲方松荫病重的消息果然不假，这一见面她心里更是明了了七八分。

躺在病床上的方松荫像个和蔼的老人，亲切地拉着章明晞的手说："我已安排好了，会委任你入天荫董事局，还会将我名下股票转入一间由你和方泽雨联名持有的公司……”

这诱人的条件，简直就像天上掉下来的馅饼。章明晞一愣，不明白方松荫为什么要这样做。

似乎是为了打消她心中的疑虑，方松荫继续讲旧情。“我看着你从一个懵懂的学生妹变成商界精英，非常看好你。我甚至很后悔，十年前信了方孝聪，要你走……如果不是这样，可能天荫不会搞成这样，方孝聪也不会死。”方松荫眼眶湿润，拿手抹了抹眼角渗出的细小泪水，继续说，“泽雨始终都是经验不够，如果天荫交到他手上，他很容易会走上方孝聪的旧路。天荫是我多年的心血，已经败无可败……所以我才要找你，我信你。我心目中，对你始终都像对女儿一样，天荫、方泽雨有你看着，我就死得安心……”

看着章明晞逐渐缓和以及悲痛的情绪，方松荫继续温柔地说：“我知道你是很厉害的，如果你一直在天荫，再自立门户，可能就已经是女首富了。”

章明晞听完，虽然已经心动，嘴上却仍在推辞：“我可能胜任不了，您太高看我了。”

方松荫紧紧握住章明晞的手，有些绝望地看着章明晞说：“难道你看着我死，都不帮我这一次，也是最后一次……”

章明晞默然，看着方松荫输液的手已经苍老如槁木，终于还是点头同意了。

方松荫看到她答应，像是终于放下了一块心中的巨石。

方松荫继续叮嘱章明晞：“我只是不放心。明晞，你答应我，就算天荫怎么输都好，宁愿交到你手上，都不要给贺天生……”

章明晞看到他憔悴的样子，也不禁心软地承诺道：“我会好好看着方泽雨的，您放心。”

章明晞关上门，走出病房。她看见方泽雨仍守候在病房前没有离去，不过转念一想，最终什么都没有说。

方松荫终于交代完了自己的后事，安心地闭上了双眼。他觉得自己很累了，眼皮很沉，只想长长地睡上一觉。

“嘀嘀嘀”，一阵急促的医生呼叫铃响起，方松荫的心跳脉搏在仪器上逐渐变成一条直线，维生机器终止。

医生收到呼叫连忙赶往病房，可惜方松荫已经耗尽了他的一切，医生无力回天，只得对家属道一句“节哀顺变”。

方泽雨听闻消息，急忙冲进病房，看着躺在病床上的方松荫是那么安详，就像是睡着了一样，不过方松荫却再也不会醒来了。

方泽雨的眼框红了，十分伤感，像是心被掏空一块，无法弥补。

章明晞还没走远，就听到了噩耗。她立刻折回病房，病房里悲怆的场景让她的心里也有说不出的抑郁。她黯然站在走廊之中，热泪盈眶。

医院的走廊里有一扇窗户没有关紧，暴雨顺着缝隙喷涌进来，窗外的天空阴沉得如同世界末日一般，还伴随着呼啸的雷鸣。

第一百零四章 天荫之殇

方泽雨、章明晞各怀心事。他们看到对方，目光相接，发觉对方都红着眼眶。

方泽雨不禁想起曾经与方松荫的点点滴滴，那么多次对他有过期望，也有批评，好像连指责声都不再那么刺耳。他忽然感受到了方松荫对他的爱和包容，只可惜他再也不能体会到那些温暖。

章明晞也沉浸在对方松荫的回忆之中。她打开了回忆的匣子，过往的一幕幕活灵活现地呈现在她的脑海之中。她仿佛又听见了方松荫对她各种赏识，却又因她和贺天生同流合污而气愤不已等。

伴随着滴滴答答的雨声，两人各自沉浸在回忆里无法自拔。

雨过天晴，一切又重新焕发出生机。

众人在方松荫的墓碑前鞠躬献花。每个人都面色沉重，像是十分悲痛的样子，都为方松荫的过世惋惜不已。

可是入土仪式刚刚完成，卓启堂、陆一山等就恢复了商人本色，开始对方松荫的去世及贺天生坐牢的情形分析起来。

卓启堂在心中盘算着，章明晞应该从方松荫处得到了一些好处，成了天荫董事……他又觉得章明晞在贺天生一坐牢后就回天荫，似乎有些不对劲。

陆一山对方松荫的死感慨不已。他觉得自己也不再年轻了，于是叮嘱道："大家要保重身体啊！"

卓启堂毫不在意地说："我天天游泳，身体不知道有多好。"

另一边，万学礼碰上章明晞。万学礼问："那几个项目，季生能不能决定了？"

章明晞听着有些无奈，想到自己在季生形单影只，她只好回答："还没。"

万学礼看章明晞一无所知的样子，也觉得十分厌烦，便径自离去了。

方泽雨发觉卓定垚在场，忍不住多看了她两眼。

但方泽雨的自尊心不允许自己表现出任何不开心和困惑，强颜欢笑。

方泽雨不知自己笑容实在太过勉强，卓定垚一眼就看出了他的伪装，柔声安慰他道："我也曾经经历过这个情况，当时你都曾经陪过我，今天你有什么不开心的，我都会在这里陪着你……" 卓定垚话还没说完，忽然脚下一个趔趄。

卓定垚险些摔倒，方泽雨见状连忙扶着她，关心地问："你没事吧？"

卓定垚揉着自己的太阳穴，淡然地说："你知道我从小到大都贫血。"

"那么你还有没有吃补铁药？你现在这么忙，自己要保重。"方泽雨不由焦急地叮嘱她。两人目光相触，心里都知对对方仍有关心。

良好的气氛却被佳蓉的出现打破。她悄悄将方泽雨拉到一旁，才开口问："你知不知道方松荫怎么想的？一半给章明晞，你真是要小心，不知道你会不会都给她了？"

方泽雨只是淡定地宽慰他："放心，这些方家的安排，不需要你担心。"

天荫董事会即将召开之前，章明晞主动打电话约方泽雨，说有事要谈一下。自从方松荫去世后，这还是方泽雨和章明晞第一次在天荫集团见面谈公事。

两人矗立在办公室之中，方泽雨觉得气氛略微有些尴尬，不知如何开口。

没想到章明晞开门见山地问他："你在董事局里面，有谁是你看不顺眼，最需要铲走的？"

方泽雨一愕，仍谦谦君子地说："董事局里面，个个都是前辈，都为天荫立过功……"

章明晞摆摆手，示意自己并不想听这种虚伪的答案。她冷笑着直接揭穿道："我认识他们比你久，他们是什么人，我怎么会不知道？你想不想坐稳天荫董事局主席这个位？方松荫找我，就是要我帮你……现在讲！我们解决了他。"

说完，章明晞拿出一个公文袋给方泽雨。方泽雨知道里面是其他董事的黑材料，有些于心不忍。

方泽雨试图劝说章明晞不要如此行事。他温和地说："每个人都可以说是看着我长大的，如果我揭穿一些坏事，觉得会伤害人。"

章明晞却不为所动，依旧冷淡地说："方泽雨，你自己想清楚，你有多想坐稳这个主席位置？"

方泽雨无法反驳，愣在原地。他呆呆地盯着章明晞留下的资料，思考再三，还是决定带上资料去董事会。

天荫董事会上喧闹不已，众人商量着选主席，有人推荐方泽雨。正当此时，佳蓉竟然开口说："我也要选。"她瞥着章明晞继续道："免得有些不知什么人来搞乱公司。"部分董事连忙附和，表示自己支持佳蓉。

方泽雨见状，也明白如果不趁机拿出佳蓉的黑料，自己将没有办法坐到主席的位置。他像是下定了决定，咬牙道："可是据我所知，佳蓉将天荫公司大厦工程维修投标给自己亲戚的公司！"

众人闻言，全部紧盯佳蓉，想看她如何应对。

在佳蓉心中，方泽雨不过是个不成器的富家子。她认定方泽雨不过是口说无凭，于是死撑说："没这样的事。"

方泽雨却拿出一早准备好的公文袋，先在手中晃了晃，才开口道："里面有总务部总监的证供，证明收了你好处，将维修工程的标判给你亲戚。你是不是要我当着大家的面打开？"

佳蓉气得面色一会儿变青一会儿变红，面对方泽雨的证据无法反驳，只得夺下方泽雨手中的文件离开董事会。

章明晞见时机成熟，杀鸡儆猴的效果已经达到，于是悠悠开口说："我就支持方泽雨做主席，大家还有没有意见呀？"

众人你看我，我看你，都怕方泽雨拿出自己的什么黑料，于是纷纷说："没意见……"

就这样，方泽雨顺利地成为天萌的董事长。

与此同时，唐贵成到卓家做客。他与卓启堂两人正在谈笑风生之时，卓定垚突然回家。

唐贵成见到卓定垚，连忙热情地打招呼道："下午好！对了，我的儿子想认识一下程凯，听说你和他有交情，想请你帮忙介绍下。"

卓定垚一口答应："好，没问题。"

唐贵成听闻心情大好，在卓启堂面前大肆夸赞卓定垚："你看，有些事情有时也要年轻人帮忙。"

卓启堂表面上保持微笑，心里却不是滋味。他觉得唐贵成的话语就是在提醒自己已经老了，一无是处，比不上自己的女儿了。

送走唐贵成后，卓定垚没有忘记自己提早回家的原因。她独自拿着小黄鸭站在泳池旁，耳边似乎又传来了小朋友的嬉戏声。她又想起了童年时和哥哥们一起玩耍的日子，可如今只剩她一人在泳池凭吊。

卓启堂也走到了泳池边，他同样记得今天是什么日子。今天是卓定鑫的忌日，他站到卓定垚身边，声音有些悲伤地说："定鑫最喜欢游泳。"

卓定垚点点头。她的脑海中又浮现出哥哥学游泳时的画面："哥哥说他小时候，你教他游泳是就这样将他丢下水。”

“但我不是这样教你，那时候我是泡在水里，牵着你的手慢慢教。”卓启堂温和地看着卓定垚道。

卓定垚握紧了手中的小黄鸭，有些激动地说：“所以哥哥就觉得你偏心。”

“偏心是应该的。我只有你一个女儿，你妈又在你出生没多久就走了，我怎么会不疼你？”卓启堂像是一个慈父般回忆着自己的过往。他看见卓定垚面色一变，又继续深情地说：“如果你两个哥哥还在，你不需要这样辛苦。”

卓定垚低下头，沉思片刻，才开口道：“如果哥哥真还在就好了……爸爸你也不需要那么辛苦。”

两人一阵默然后，卓启堂期待地望着卓定垚说：“今晚一起吃饭呀。”

卓定垚默默点头，答应了他的邀请。两父女似乎重拾了父女情，一起其乐融融地共进了晚餐。

饭后，卓定垚回到书房继续忙工作，她为各种事情操劳，已经几日都没有休息好了。忽然一阵困意袭来，她不禁在桌上沉沉睡去。

卓启堂拿东西经过书房时，才发现卓定垚趴在书桌上睡着了。卓启堂蹑手蹑脚地上前帮卓定垚轻轻披上一件衣服，目光中透露着对她的关切。

卓启堂轻轻地退出书房，在走廊走着走着，突然一转之前的慈爱，脸色瞬间阴沉。

卓启堂偷偷地走进卓定垚的房间，四处寻找卓定垚的包，只见包正安静地躺在沙发上。他锁定了自己的目标后，上前小心翼翼地打开包，把药瓶内里的补铁丸换成抗抑郁药品。做好这一切后，他又蹑手蹑脚地退出房间，似乎自己从来没来过。

翌日，卓定垚约了唐贵成、程凯见面，准备从傲堂集团出发。

王子琳见卓定垚面色依旧不太好，便关心地问她：“你有没有吃药？不要又不记得了。”听到这番关心，卓定垚只得乖乖地拿药吃下。

等到他们都抵达约定的地点，卓定垚开口为大家介绍道：“您好，这是唐贵成，这位是他的儿子，这位是程凯。”她说了一会儿，忽然神色有点呆滞，反应也见慢。

程凯、唐贵成都觉得卓定垚有些不对劲，关心地问她：“你怎么了，是不是不舒服？”

卓定垚也不知为什么，明明自己已经吃了药，却还是觉得不舒服。她只好抱歉地向众人说：“不好意思，我有点不舒服，要失陪一阵。”

程凯见到卓定垚行为如此古怪，心中觉得十分奇怪。放心不下的他也找了个借口告辞，赶去追卓定垚，想要看看她的情况。

方泽雨恰巧瞥见程凯去追卓定垚的这一幕，不禁因看见两人走在一起的画面而有点失神。

“方泽雨，方泽雨？”章明晞叫了两声方泽雨的名字，方泽雨才隐约听见外界似乎是有什么声音传来。他的思绪终于被拉回，想起自己还在和章明晞谈事情，眼神终于又聚焦到章明晞的身上。

章明晞见方泽雨已经回神，也没有问他原因，只是继续向他讲：“有单生意，和季生一直在拉锯当中，如果天荫愿意出价，有机会捷足先登。”

方泽雨有些惊愕，忍不住问：“你那么清楚？那为什么不帮季生谈定这单？”

章明晞一脸淡定，只是淡淡地说：“季生是贺天生的，不是我的。”

方泽雨一怔，忽然想到方松萌曾经说过章明晞和贺天生的感情会出现问题，自己一定要把握住这个时机振兴天荫。

章明晞叹了一口气，像是卸下了心中的那些不愉快，又重新露出了灿烂的笑容，道：“别讲这些，知不知道为什么今天带你来这里？因为想请你吃饭。我第一次在飞机会吃饭，就是你请的。平时跟 Paul 来得少，都是帮他带一些文件、打几个电话，记下一些事情，最多喝杯咖啡。”

方泽雨一怔，笑着说：“是呀，方孝聪不会乱请人吃饭的。”

章明晞、方泽雨一人一句，一边品尝着美味的晚餐，一边讲着往事，二人渐渐有说有笑起来。

第一百零五章
反将一军

时光飞逝，结束了欢快的用餐，章明晞照常回到办公室里处理公务。

阮令翘敲门进入办公室，通知章明晞："那单已经给天荫谈了，他们都是出价九十块。"

章明晞只是默默点头，道："我都认为值九十。"

阮令翘见状，于是试探性地问她："天荫又会这样准确懂得出九十？是不是你……"

章明晞点头，坦然承认了自己的参与，毫不忌讳地告诉阮令翘："没错，是我。我是在履行我的诺言，帮方松荫扶持方泽雨。"

阮令翘大吃一惊，再次试探着问她："方家和贺天生都与你有好多瓜葛，方松荫懂得找你帮方家，他当然算计过，知道找你有好处。只是我不明白，你又怎么会愿意？"

章明晞冷淡一笑，道："我也一样，都是算计而已。"

阮令翘又是一愣，颤颤巍巍地问章明晞："是不是因为季生董事局的人事变动？"章明晞并没有正面回答她，算是默认了。

章明晞苦笑着告诉阮令翘，道："原来从头到尾，季生都是季生，我是我……他不当我是 partner，那么，如果我不是 partner，我又是什么？"顿了一下，她又认真地看着阮令翘叮嘱道："我教你……做女人，嫁之前和嫁之后都要懂得为自己打算，什么时候都要找定一条路给自己，别等人踢开你那时候才清醒……"

傲堂集团里，一切都看似井井有条。会议室里人声鼎盛，唐贵成正在指挥人做事情，比如这个架子要摆这里等。

忽然，卓启堂推开会议室的门，走了进来。他见众人忙着移桌子，便问唐贵成："你们正在搞什么？"

唐贵成笑着回答："摆好位子摆八仙嘛。"

卓启堂摇头。他指着会议室的空处说：“我已经找人在拍卖会拍条龙回来了，这样就集齐了十二生肖。所以，这里要摆十二生肖。”

唐贵成惊讶地问他：“但是又摆八仙，又摆十二生肖，会不会多了一些？”

“所以不摆八仙。”卓启堂霸气地说道。他已经做了决定。

唐贵成一愣，连正在做事的人都不知怎么办好。他刚再想开口，卓启堂已经吩咐道：“你们赶快拿走八仙。”

忽然，卓启堂收到一个电话，中间人紧张的声音从电话那头传来：“老板，龙给人抢了。”

卓启堂大怒，对着电话咆哮道：“我明明讲了多少钱都给，为什么会这样？十二生肖差一只，我怎么摆？问有没有机会和对方谈下，叫他让回给我，多少钱我都给！”

中间人有些无可奈何地说：“我都试过，但未开声对方就 say no。”

卓启堂十分激动地拍着桌子，桌上的东西都被震飞了。众人看着大怒的他，也不敢上前再有动作，都悄悄退出会议室。他刚挂断电话，马上就收到了高哲的短信。他打开一看，竟然是那条龙的照片，瞬间惊讶地合不拢嘴。短信上留有一个时间地点：飞机会 VIP，晚八点见。

卓启堂如约到飞机会 VIP 房见高哲。他刚推开门，就看见他朝思暮想的那条龙已稳稳地放在桌子上。他心中一气，故意刺激高哲道：“你那么忙怎么会有时间回来？不需要陪你女朋友吗？”

“我能回来就不怕，她都不知去了哪里，你能找到就麻烦告诉我呀。我回来了，就没那么容易走。”高哲淡然一笑，仿佛抓住了卓启堂的心头所爱，继续说道，“我知道你属龙，所以很想买这条龙，集齐十二生肖放在傲堂会议室。现在少这只好没意思呀？其实我又不是特别喜欢条龙，不过就是很想买了它。”说罢，高哲以迅雷不及掩耳之势一把高举起龙，当着卓启堂的面将龙狠狠地摔向地面。

伴随着“砰”的一声巨响，原本精致的龙雕塑，此刻已经变成了地上的一堆碎片。

卓启堂见状猛地站起身，上前激动地扯着高哲衫领，质问：“你在干什么！”

高哲一把推开卓启堂，笑嘻嘻地对他说：“郑思妤已经不见了，我不怕你。你老啦！我赢定了！”

经理听到巨响声，急忙赶来。他见地下满目狼藉，连忙赔笑温和地说：“原来是打烂东西了呀？我马上扫干净。”

高哲点头说："是呀，垃圾而已，扫了它啦！"

经理刚拿好清洁工具想扫，卓启堂发火说："扫什么扫呀！"他怒然上前打了经理一巴掌。经理捂着脸上清晰的几个指印，强忍泪水。

外界虽然风起云涌，监狱高耸的围墙却隔绝了这一切。贺天生入狱以来，这还是章明晞第一次来探视他。

章明晞身着一袭职业装，赫然有一股女强人的风范。她坐在探视房间玻璃的另一边，静静凝视着穿着灰色狱衣的贺天生。

贺天生有点不满，于是质问她："为什么那么久你都不来？"

章明晞却只是淡淡说："我也想，但太忙了。"

"呵呵，"贺天生冷笑，"我知道你忙，你要忙季生的事、曦伦的事，最新还有天荫的事。"

章明晞并不畏惧，直视贺天生的双眼说："我帮方松荫是为我们的东西，早在金融海啸的时候，我们不是很想打天荫的主意么，现在我进到董事局，不是对我和你都是好事么……我真以为我们是一样的，我还是在忙我们的事……他信我，和信你都是一样。"似乎是有些无能为力，又补充道："不过，有个单，钟思琪他们说 80。我要跟从董事局的决定，不是我一个人的决定，如果我能够决定说 90 块，我们就已经谈定了。"

贺天生听到章明晞的抱怨与不满，也知道自己不能在此时失掉章明晞的信任，于是安慰她说："你知道的，我为什么要改变人事的任命，是因为我出事，外面一定会有人看死季生，又或者乘机狙击。他们当然没你那么重要，但他们在他们部门都是重要的人，将他们安排进董事会，他们就没那么容易有离心，季生就会稳固些……"

章明晞微微点头，像是表示对贺天生行为的理解。

此刻，傲堂集团也似季生集团，表面看似平静，实则风起云涌。

卓启堂见到卓定垚的药摆在桌子上，装出一脸担忧的样子，关切地提醒道："看你都脸发青了，这段时间又贫血要吃补铁药呀？"

卓定垚点头默认。

卓启堂转身离去前，还装作不经意地说："女儿，工作再忙，你也要记得吃药呀。"

彭世岳仍在办公室等待卓定垚给文件签名。待她签完名，彭世岳拿起文件，又冷冷地提醒卓定垚说："刚刚卓先生提醒你吃药，你还没吃。"

卓定垚没有争辩，立刻从包里掏出药来吃，吃完后又把药放入手袋中。

彭世岳看着卓定垚吃完药，才满意地离去。他转身走入卓启堂的办公室，向卓启堂汇报说："我看着卓定垚吃了药。"

看着卓启堂满意点头，彭世岳有些担忧地问："这些药重不重？会不会吃得太多了？"

卓启堂显得毫不在意，仿佛那并不是他的亲女儿。他只是语气平淡地说："一个礼拜而已，年轻人，头晕很快会好的。只要待会儿开完会就没事了。"说完，他得意地走进傲堂会议室，准备参加董事会议。

董事会议开始，众人都在激烈地讨论，想要争取有关自己的利益。只有卓启堂一直留神看着卓定垚。他见卓定垚好像有些呆，手也微微发抖，便知道药力发作了。于是，他故意趁机问卓定垚："你觉得这个项目投入多少资金合适？"

卓定垚仍是一脸呆滞，似是答不上来。

忽然，彭世岳推门而入。他拿着卓定垚的包闯入会议室，众人均不明白他到底意欲何为。

卓启堂趁机发难："我觉得卓定垚不适合当主席！"众人一愣，卓启堂继续解释道："原因是因为卓定垚根本有病，有抑郁症！"他抢过卓定垚手袋一倒，里面果真有药丸倒出。众人屏住呼吸不敢发声。

卓启堂见众人不敢质疑，随即提出："所以，我们要撤换主席！"

卓定垚却凄然苦着脸，质问道："爸爸为什么你要这样对我？"卓启堂觉得十分奇怪，惊讶地看着卓定垚。卓定垚继续说："爸爸，这些药不是我的，是你的！"

卓定垚的话语仿佛给了卓启堂致命一击。他一怔，问："你说什么呀？"

唐贵成捡起地上药品的包装袋一看，上面果真写着卓启堂的名字。

卓启堂也一愣。卓定垚像是无奈地向众人讲着家丑，道："其实是爸爸你有精神分裂，你还不肯吃药，于是医生将你的一些药交给我……"

卓启堂怒火中烧，怒吼："你害我！你个不孝女！"

丽瞳见状帮忙说话道："我也认识好多精神科医生，可以介绍给他。"

卓定垚见卓启堂已被激怒，又一脸悲痛地问："爸爸你真是不记得你做过什么了？"随后，她拿出手机，给大家播放飞机会里卓启堂怒打经理的视频片段，但片中已不见高哲的身影。

卓定垚见众人目不转睛地盯着视频里暴躁的卓启堂，又继续说道："爸爸，我帮你道歉，给钱买回这个视频，就是不想让别人知道你在飞机会打经理！”

唐贵成看完视频，像是如梦初醒，也附和道：“怪不得你之前那么蛮横，要换我的八仙！又说买十二生肖……但是你又打烂了它！”

卓启堂眼中喷火，冲上去卡着唐贵成的脖子，大喊：“你别说话！”

在场董事都被这突如其来的场景吓到尖叫，吓得四处逃窜，生怕卓启堂发病对自己不利。

唐贵成猛叫救命的声音不断回荡在整个会议室之中，最终卓定垚唤来保安，才从发狂的卓启堂手中救下奄奄一息的唐贵成。

第一百零六章
父女反目

自从董事会议的这场闹剧结束，卓定垚就一直把自己关在办公室里，不愿回家。

王子琳来到办公室，见卓定垚一脸心事，便关心地问：“你还不回去呀？”

卓定垚心知，自己始终是要回家面对卓启堂的，于是收拾东西，咬着牙准备回家。

王子琳见卓定垚依旧愁云满面，又问她：“需不需要喊傅建业陪你回去呀？”

卓定垚拒绝了她的好意，淡定地说：“不需要，谢谢你的关心。”说罢，鼓起勇气走向家中。

无数的闪电像是要将天空撕裂，雷鸣声震耳欲聋，就如同一只怒吼的雄狮，预示着一场暴雨即将来临。

卓定垚打开家门，见家中并没有开灯。她仔细看才发现在黑压压的客厅中，卓启堂正一脸阴沉地坐在沙发上！

卓启堂见卓定垚回来，咬牙切齿地说：“我还以为你以后不回来了呢！”

面对卓启堂的质问，卓定垚伤心不已。她诉说着自己的无奈，道：“但是我不能不这样做……”

卓定垚还未说完，就被卓启堂的喝声打断了。卓启堂大吼：“不孝女，你冤枉我精神病！”

他的话也勾起了卓定垚的怒火。卓定垚辩解道：“是你先想冤枉我！”

卓定垚想起那天她在书房醒来，见到卓启堂从自己房间里神神秘秘地走了出来，随后她吃了药，就出现了头晕和手发抖，心中更是怀疑自己的药有问题。

卓定垚沉浸在回忆里，有些悲伤地说：“我觉得奇怪，才会去验药，才知道是你换了我的药！我没其他方法，我只好去找高哲。”

卓定垚还记得那天风和日丽，她在山顶找到高哲，苦笑着问：“卓启堂用药毒我，那我该怎么办？”

高哲只是反问她："有些事情你做不做得出？"

于是便有了之后高哲故意调好镜头，在飞机会偷拍卓启堂……

卓定垚等到彭世岳走出办公室后，再把包中的药调换成卓启堂的名字。她越想这些就越觉得心寒，为何他们父女之间的感情就这么弱不禁风？她不禁悲伤地问："爸爸，你为什么要这样做？"

卓启堂怒骂："为什么？是你呀！傲堂是我的，我想拿回来有什么问题？是你坐在这里不走！你那么厉害你不自己去开家公司！"

"但是为什么你要用这样的方法？你之前害程凯，不介意程凯身败名裂，你为了自己连我都害，为什么你会变成这样呀！爸爸，我不想见你害人！"卓定垚实在不明白父亲为什么会突然变成这样，她都找不到理由。

卓启堂仍是怒火中烧，指着卓定垚的鼻子吼道："我一直都是这样！我没变过，是你变了！你即刻辞职不要再做主席了！滚回布拉格跳舞去！"

为了傲堂集团未来的发展，卓定垚坚定地摇头道："我不可以这样做！"

卓启堂见卓定垚不配合自己，怒气更盛，喊道："我没你这样的女儿！"他上前猛地打了卓定垚一耳光，继续吼道："你走呀！"

卓定垚捂着疼痛如火烧般的脸颊，泪奔出走。她仿佛跌入了无尽的深渊，世界上仅剩的亲人也抛弃了她。高哲就像是她的最后一根稻草，她只能拨打高哲的电话寻找一点安慰。

她一边流着泪一边哽咽着说："我竟然做得出这样的事，是不是每一个到了这个位置的人，都要这样才行？"

高哲宽慰她："这个是人性的问题，不是位置的问题，希望你到一个位置，你真有选择权，可以选择不需要这样做。"

听完高哲的话语，卓定垚感觉自己已经彻底转变了，再也不是曾经那个天真无邪的小女孩了。虽然她难以接受这样的转变，但为了傲堂集团，为了未来，她也必须要接受。挂断电话后，她独自一人在山顶啜泣。她声嘶力竭地哭着，仿佛她哭完这最后一场，就能丢掉所有的软弱，成为一个独当一面的女强人。

虽然身在监狱，贺天生的日子却始终是逍遥自在的。在监狱的放风时间，他与阿森手下及众犯在踢球，每个罪犯都懂该怎么做，故意让贺天生把一些球踢入球门。

贺天生又成功地踢进了一个球，众人为他喝彩。他谦虚地笑着说："每个球都这样踢，有什么好玩的？"说完，他走到一边准备休息。

正当贺天生擦了擦头上的汗，准备喝口水解解渴的时，突然，阿炳经过贺天生的身边，不小心撞了他一下。

阿森的手下怒视他，破口大骂道："你走路怎么不长眼！"

阿炳不予理会，低头径自走开了。贺天生对着正在大骂的手下摆了摆手，示意他闭嘴。

贺天生刚坐下，还没来得及打开水瓶的盖子，一囚犯堆着笑向他走来，一脸讨好地说："我老婆明天来探望我，想找您求个股票号。"

贺天生看了他一眼，并不着急说话，而是慢条斯理地拧开瓶盖，咕嘟咕嘟喝了几口。那囚犯站在一边哈着腰，不敢出声，仍然谄媚地看着他。贺天生终于喝完了水，抹了把额头上的汗，这才又打量了这个囚犯。那囚犯笑着点点头，身子弯得像只龙虾。贺天生嘴角微微一扬，伸出根食指，示意囚犯靠近。那囚犯忙把耳朵凑了过去，只见贺天生嘴唇动了几下，那囚犯瞬间喜笑颜开，连声道谢："多谢，多谢指点。"说完，他跪在地上，当贺天生是财神一般磕起了头。

放风时间结束，有狱警叫众人回牢房。贺天生一愣，只得无奈地随着众人走向同一方向，回到牢房之中。

贺天生站起身来伸了个懒腰，准备来一支香烟放松一下。他习惯性地摸了一下自己的口袋，愣住了，烟不见了。正当他诧异之时，刚好瞥见阿炳叼着烟准备往回走，贺天生顿时怒火冲天，走到阿炳的面前。阿炳踩了踩地上的烟头，并没有理会走到跟前的贺天生，转身就走。贺天生一把拉住他，说道：

"你偷了我的烟！"

阿森等人听得贺天生发怒，连忙折回，立刻冲上去打阿炳。阿炳不再不理不睬，而是和他们扭打在一起，嘴里还嚷嚷着什么，场面瞬间变得混乱起来。

贺天生并未插手，而是站在一旁，冷眼看着阿炳逐渐败下阵来。局势成了一边倒，阿炳只有抱头挨打的份。其他的囚犯在一旁围观，有的还吹起了口哨。

然而战斗并未持续很久，在狱警的喝令下，打架的众人迅速被拉开，众囚犯还是回到了自己的房间。

贺天生走入房间，怒气未消的他一屁股坐在床上，这时被子里突出的一个方正的小盒硌了他一下。他猛然站起身来，揭开被子，发现自己的烟原来在床上。贺天生愣住了，不由得回想起刚才抱头挨打的阿炳。

监狱外，章明晞仍在为各种工作而忙碌，办公桌上的文件几乎堆成了小山包。她皱着眉头翻着其中的一份文件，看了看，又抓了抓头发。这时，阮令翘抱着一堆文件走了进来。

章明晞看到她手中的文件，不由得拍了下额头。她靠在椅背上，疲惫地看着天花板，有气无力地问道："季生那一个项目怎样了？"

阮令翘无奈地叹气道："董事会那边好像说还不行，要先 hold 住……"

章明晞没等她说完，蹭的一声站了起来，瞪着双眼，双眉几乎倒立起来，指着阮令翘大声喊道："又是钟思琪！五千万！只有五千万！这样小的事情，还要拦着我？叫钟思琪来见我！"

阮令翘面有难色，但是又不敢不从。她像是无法招架钟思琪一般，不敢动弹。

章明晞见她如此畏畏缩缩，有所顾虑，更加怒不可遏。"好，你不去，我亲自找她！"她抓起电话，拨了几个号，对着话筒说道："你来我办公室一趟。"

电话那头的钟思琪并没有把章明晞带有怒火的语气放在心上，而是抠了抠指甲，一脸遗憾地说道："哎呀，我现在要出去开会。"

章明晞面色一沉，继续问道："那你什么时候可以？"

钟思琪吹了一下手指，对电话那头的人显然有所不耐烦。她继续傲慢地说："我不知道啊，后天应该有时间，你和我秘书谈吧。"还没等章明晞继续发难，她就果断地挂掉了电话。

电话的忙音在章明晞的耳边反复回响着，她看着手中的听筒，气愤不已，却又无可奈何。章明晞甩手把听筒扔回电话机上，气冲冲地坐下来，闭着眼，紧皱的眉头还没有舒展。阮令翘怯生生地看着发怒的章明晞，蹑手蹑脚地把怀里抱着的文件轻轻地放在了办公桌上，然后溜之大吉，唯恐怒火波及自己。

午餐时间，章明晞约了律师在季生会客室吃饭。律师先把一摞文件递给了章明晞，向章明晞解释道："我已经帮贺天生交齐文件，就看上诉庭受不受理了。如果受理，就可以保释贺天生出来……"

律师一边吃着饭，一边有些歉意地说："不好意思，我这段时间比较忙。"

章明晞接过文件，随手翻了翻，放在一边，点了点头。她沉思了一下，吃了两口饭，试探性地询问律师："是不是正在搞陈爵士离婚这件事？"

律师不以为意地说："是，陈爵士两夫妇都貌合神离好久了。"

"这样离婚不一定是坏事……"章明晞像是随口一说，旋即停顿了一下，又开玩笑似的问，"如果我和老公离婚，我可以分到些什么？"

律师没有答话，还以为章明晞在开玩笑，只是淡然一笑，继续吃东西。

章明晞见律师没有搭理她，于是换了个态度，突然一脸认真地问："如果我说真的呢？”

律师这才抬起头看了看章明晞，眼前的这个女人，脸上写满了严肃和求知欲。律师被她盯得浑身不自在，只好放下筷子，认真地坐正。

他坦白道：“其实贺天生已经找我做了一些事，我正代表他，我不能说太多……”

章明晞听罢，愣了一下。聪明的章明晞不会不明白这句话背后的含义，这贺天生早已有计划，即使离婚，家产也会有所安排。她像是知道了什么似的点了点头，继续低头吃饭，装作若无其事地问道：“那他找你搞这些，是坐牢前的事吗？”

律师本来看到她继续吃东西，以为此事就此打住了，刚想低头吃饭，不料这个女人穷追不舍，看上去要打破砂锅问到底了。

律师面有难色，再次放下手中的筷子，无奈地说道：“不是，是和你结了婚之后不久……不过作为朋友提醒你一句，两夫妇，好多东西分不开……”说完，他拿起筷子，夹了一口眼前的那道菜，不紧不慢地放在嘴里品尝着，眼神的余光偷瞄着章明晞，生怕她再就此事和自己讨论下去。

章明晞听完，并没有拿起筷子继续吃饭，而是陷入了思考。眼前的律师并没有理会她的沉思，而章明晞也没有再打断律师的进餐。

章明晞望着精美的菜肴，没有了半点食欲。她终于明白贺天生由头到尾只是想着自己，对贺天生的最后一点希望也随着律师的话语破灭了。

章明晞望向窗外，刚才还能露出半个身子的太阳，此刻被厚厚的云层所遮蔽。看这个样子，好像是要下雨了。她不由叹了口气，出神地看着慢慢飘动的云彩。人生就像这阴晴不定的天气，即便是有预报，你也不得不为随时落下的雨滴准备一把结实的雨伞。

第一百零七章 德国之旅

章明晞用完午餐后，无精打采地走回了办公室。她看着桌子上厚厚的文件，慢慢地靠在了椅背上，手里不停地转着笔，不知不觉，办公室时钟指向了一点半。她心想也是时候出发去飞机会了。

两点钟，章明晞准时踏入飞机会。经理一见她马上反应过来，说："季生订了房。"

章明晞及时纠正他："应该是方先生才对！"

章明晞话音未落，只见一身珠光宝气的钟思琪大摇大摆地走入飞机会。她扬声道："季生那间房是我订的！记住以后季生还有个钟小姐！"

章明晞冷眼打量着这个张扬的钟小姐，想起了上午的电话，心下一沉。她没有理钟思琪，径直走向房间。

章明晞一步一步上着楼梯，一边看着手机，并没有注意周围的人。这时，钟思琪快步跟了上去，装作不小心撞到了章明晞。

这一撞让章明晞猝不及防，一不小心，她的手机掉到了地上。

钟思琪若无其事地走上了几级楼梯，这才回头看着尚未站稳的章明晞，傲慢地说："不好意思哦！"

章明晞定了定神，抬头看着钟思琪一脸高傲地站在楼梯上盯着自己，又垂眼看了看地上的手机，还好没有摔坏，这个女人真的是让人深恶痛绝。

这一瞬间，两个人僵在了这里。钟思琪并没有要走的意思，拦住了去路。而章明晞只在乎地上的手机，正犹疑要不要弯身去捡。

方泽雨恰好步入飞机会，撞见这一幕，看这架势，有点剑拔弩张的意思了。他连忙上前，走到钟思琪面前，弯下腰从钟思琪的脚下捡起了章明晞的电话，翻过来检查了一下，回身递给了章明晞，绅士地对她说："粗重事情等男人做。"他又瞪了一眼钟思琪，明言道："你撞到别人东西，就应该帮人捡起来啊！这是基本礼貌！"

章明晞接过手机，打开看了看，功能正常，这才放进口袋里。方泽雨顺手扶着章明晞走上多几级楼梯，又再回头，对钟思琪道："你要用这间房，最好用真材实料，就像方家和贺生贺太这样！不是靠公司来订房。"说罢就与章明晞走向房间，楼梯上只剩下不甘心的钟思琪。

钟思琪看着走远的两个人，哼了一声，跺了跺脚，也跟了上去。

此刻，傲堂会议室里也并不平静，卓定垚与众人正在召开特别股东大会。

卓定垚宣布："我父亲卓启堂因身体理由会退休，他放弃了执行董事一职，由我继续做主席，带领傲堂。"

在场的董事们听到消息，面面相觑，私下里议论纷纷。唐贵成不禁担心地问卓定垚："这个消息会不会影响到傲堂股价？"董事们听到这话，议论声不由得大了起来，有些人向卓定垚投去怀疑的目光。

卓定垚充满自信地向众人保证："不会，因为高哲即将回归，傲堂会做能源计划，前景光明。"董事们听完像是稍稍安心，会议室里的议论声也渐渐消失。

Novopus 办公室里，程凯在一直吵吵嚷嚷，不解地问高哲："你明知道我不喜欢和卓定垚合作，为什么你要和卓定垚合作？"

高哲抱着双臂，听着程凯一连串的发问，并没有着急，仿佛这一切都在他的意料之中。等程凯说完了，他才起身，摆了摆手，笑了笑，淡淡地回应："我知道，你不想和卓定垚一起工作嘛。现在不就是这样咯，你有什么都和我交代，不需要担心，你不会见到卓定垚。"

程凯听了摇摇头，抬起手来挥了一下，立马开口拒绝："不行，我只是不想和卓定垚谈公事。"

"哈哈哈……"程凯的样子让高哲觉得十分有趣，他不禁又笑了起来，"我约了卓定垚吃饭谈事情，你来不来？放心，我订了四个位，公事你和我说，至于私事，卓定垚想不想和你说，我就不知道了。"说罢，依旧抱着双臂，看程凯究竟有何反应。

程凯听闻，两眼放光，态度有了 180 度的大转变，马上对高哲说："去，我死都去。"说完，仿佛之前的顾虑都抛到了九霄云外，像个孩子一样地欢天喜地地蹿出了办公室。他决心要好好打理自己的形象，争取给卓定垚留一个好印象。

高哲笑着摇了摇头，又坐了下来。

方泽雨来找程凯。办公室里，除了朱小慧在辛勤劳作之外，并没有看到程凯的半个影子。

方泽雨尴尬地在办公室里站了好一会儿，朱小慧才发现他的到来。方泽雨说明来意，朱小慧听了，有些抱歉地告诉方泽雨："程凯不知道又去了哪里。"她好像想到了什么，摸摸自己干瘪的肚子，又继续说："啊，我肚子好饿，要去买点东西吃，你好好招呼自己哈。"说完，她便站起身来，不顾方泽雨的尴尬，快步走出办公室，一出门便一溜烟地飞奔向楼下便利店。

方泽雨看着朱小慧走出了办公室，便找了个椅子坐了下来。他打算在办公室等程凯。百无聊赖的他不小心按到了桌上的一个键，智能家居系列立即弹出卓定垚的投射影像说："Honey 你回来啦！"

方泽雨看到这投影，心下一沉。原来程凯真的很喜欢卓定垚，比他想象中喜欢的还要多。

刚好卓定垚也到了门口，目睹了这尴尬的一幕。

方泽雨回头看到卓定垚，吓了一跳，连忙手忙脚乱地按灭智能家居，可是办公室里尴尬的气氛并没有得到丝毫缓解。

方泽雨主动开口打破沉默。"咳咳，"他先咳了两声，才开始说公事，"本来是我和他合作，现在换了你也好，不过程凯整天拖进度，你要看紧点。"

"啊？"卓定垚有些惊异于方泽雨的提醒，旋即笑着解释，"你别担心，程凯没有拖进度。"

方泽雨听罢，心里略有所思，虽有不快，但仍表现自然，笑着说："可能只有你才可以令他准时，做出成绩。"

方泽雨的话语令卓定垚内心尴尬不已，都不知如何应对。

正当两人不知如何将这尴尬的对话进行下去的时候，程凯回来了。他见到卓定垚，马上热情起来，一脸兴奋地对她说："我和你不说公事！"

"对，是高哲叫我拎套西装上来找你的。"卓定垚这才抬起手来，晃了晃手中的西装，无奈地说，"高哲说你不肯听形象指导的。"

程凯从卓定垚手中接过西装，得意扬扬地说："我是故意的，我不这样，你怎么会上来找我？"程凯一手提着西装，另一只手背到身后，偷偷地做了个手势，示意方泽雨赶快走开。

方泽雨见二人态度亲昵，心里更觉不是滋味，但也不好开口，只能黯然离去。

黯然神伤的方泽雨走出办公室，一言不发，回到家中，默默收拾好行李，准备和章明晞一起去德国车厂谈生意。一上飞机，他便沉沉睡去。等他蒙眬地睁开双眼，德国机场已映入眼帘。方泽雨感觉并没有睡得很舒服，只能揉揉眼，站起身来走下飞机。

置身德国，随处可见别具一格的古堡，还有造型独特的尖顶教堂、欧式风格的各类建筑，都为城市增添了几分文艺而又轻快的感觉。

谈判出人意料地顺利，方泽雨和章明晞从会场走出，两人都松了口气。

二人漫步在别具德意志特色的石路上，头顶蓝蓝的天空如海水一般清澈。他们边走边聊天，一切仿佛都是那么的自在。方泽雨有些激动地说："没想到我们这次以天荫代表身份来跟德国谈生意，谈得这么顺利，竟然比预定时间提前谈妥。"章明晞没有太在意方泽雨的激动，只是抬手看了看表，一脸淡然地说："我还想改签机票，提早回香港。"

方泽雨笑了笑，劝道："回到香港也是开会。难得早点谈完，不如趁机给自己放下假。"

章明晞欣然说："好，不过还要留在德国吗？"

方泽雨低头想了想，这才开口道："我们不如去另一个地方。"

仿佛是转眼之间，方泽雨化身一名导游，他带着章明晞在布拉格的街头吃各种特式小吃。

面对眼花缭乱的各种小吃，章明晞有些不知道该如何选择。对异国美食情有独钟的她，此时此刻只剩下了喜出望外。她边吃边说："我没想到你这样熟悉布拉格。"

方泽雨挠挠头，有些不好意思地说："我以前是花花公子，最擅长的就是玩。不像你，你懂怎么做事。"

章明晞点点头，环顾了一下四周，看着美丽的街景，开心地说道："你说得没错，我总是飞来飞去，好久没放过假……"她忽然越走越慢，低头悄悄看了一眼自己被高跟鞋磨得通红的脚后跟，为了不让方泽雨担心，准备咬牙坚持。

细心的方泽雨也留意到了章明晞的不适，弯下腰帮章明晞揉了揉后脚跟，建议道："你需要买一双舒服的鞋。"

章明晞有片刻失神。等她回过神来，方泽雨已经拿着一双鞋笑眯眯地走了过来。两个人坐在长椅上，章明晞换好新鞋，弯腰绑好鞋带，又望了望方泽雨，说："现在可以再走啦，不过估计走不了几步，鞋带又会散了。"

听到这话，方泽雨笑说："原来你管理几百亿的资产，却不会绑鞋带。"说罢，他弯下腰，蹲在地上贴心地帮章明晞绑紧鞋带。

章明晞张了张嘴，望着方泽雨低垂的脖颈，眼中闪过一丝异样的情绪。

第一百零八章
新欢旧爱

夕阳西下，城堡的尖顶都披上了晚霞的彩衣，洁白的云朵也被染红。

在布拉格走了一天，章明晞好久没有这么大的运动量，有些上气不接下气地说："我不行啦，真的是要休息了。"

"这样好啦，你回酒店休息，"方泽雨将章明晞送回酒店门口，这才开口说，"我还想多走一会儿。"

章明晞点头，转身走入酒店。

于是，只剩方泽雨一个人漫无目的地在布拉格闲逛。一切都是那么熟悉，仿佛闭上眼睛都走不丢。方泽雨就这样慢慢地走着，街角一张宣传单忽然吸引了他全部的注意。他定睛一看，这是卓定垚当年参加的布拉格舞团，今晚又有表演，还是最后一晚。

像是有一种特殊的力量不断指引着方泽雨，不知不觉间，方泽雨才发现，自己已经走到了剧院门口。他望着周围环境，忽然想起那时他跟卓定垚在街头恋爱的甜蜜回忆，好像卓定垚还在他的怀中，她歪着头笑着说："我最想在这里跳舞……"

一切都是那么真实，好像一伸手就能摸到似的。

方泽雨苦笑着拉回了自己的思绪。此刻他见到一个女子背影神似卓定垚，忍不住追上去，大喊一声："你等等！"一个陌生女子惊讶地转过头来。满心期待的方泽雨这才发现自己认错了人，赶紧道了声歉，失魂落魄地走回剧场方向。

方泽雨再一抬头，看到卓定垚竟然真的站在他的面前。他吓了一跳，以为自己还在回忆之中，不禁怀疑这是不是又是自己的错觉。他伸出手紧紧拉住卓定垚，真实的触感和温度传到他的手心，他才终于确认这是真的。

卓定垚没有甩开方泽雨的手，任由他握住。只因，卓定垚早已在茫茫人海中看到方泽雨，她更连方泽雨认错人都看在眼里。

不一会儿，方泽雨才发现自己紧紧握着卓定垚的手。他有些尴尬地松开，挠了挠头，像是什么都没发生过似的问道："你为什么会来布拉格？"

卓定垚笑着答："我和高哲找彼列基金谈一些事。"

方泽雨想起在剧院门口徘徊的她，又问："为什么到最后你都没有进去看表演？"

卓定垚无奈地摇头："我都没有办法继续跳舞，再看只会更觉遗憾。"

离开剧场，二人继续漫无目的地走在布拉格的街头。卓定垚看着周围的风景，而方泽雨时不时目光瞟向卓定垚，有时候想说什么，却又不知道该说什么。

卓定垚打破沉默，这才打消了方泽雨心中的尴尬。二人聊天散步，像是找回昔日谈恋爱的感觉。

忽然，卓定垚电话响起，她看了一眼显示的名字，就毫不犹豫地按下了挂断键。方泽雨见状问："推销电话呀？"

卓定垚坦言道："是程凯，我觉得程凯好烦，明明没有事都这样打来。"

方泽雨心一沉，似乎是试探地说："他关心你而已！想和你报到！"

卓定垚被方泽雨的话吓了一大跳，有些惊讶地说："报什么到呀？我都没有和程凯一起过。"她像是想起了什么，又问道："他是不是到处和人说他追我呀？"

方泽雨点头，连连说："是呀！"

卓定垚没好气地道："你都知道啦！他傻吗？"

方泽雨听到这话，暗自偷笑，心里乐开了花。

卓定垚见方泽雨笑得一脸开心，忍不住问："连你都信我们在一起呀？"

方泽雨立马否认道："没有！"但心中暗喜。

一阵微风吹来，一片树叶落下，卓定垚捡起树叶，透过树叶仿佛又看见了两人在一起时的甜蜜时光。她像是喃喃自语道："到现在我们都没试过在这里看红叶。"

方泽雨微笑着承诺她："我们两个月后一起来看红叶吧。今晚不早了，我们先回去吧。"

卓定垚点点头，两人有说有笑地走回酒店。

章明晞走出房门，正好看见卓定垚和方泽雨。三人相遇，瞬间气氛尴尬得不知如何是好。

方泽雨热情地上前和她打招呼，毫不掩饰自己内心的激动："晚上好，定垚也过来了，还和我们住同一层！"

卓定垚看着章明晞也过来了，面色一沉。

方泽雨丝毫没有注意到两个女人眼里的火花，还是一脸温柔地问卓定垚：

“不如明天一起吃完晚饭，我们搭同一班机回香港？”

卓定垚一口答应，便开心地走回自己的房间。

章明晞将一切看在眼内，不由攥紧了自己的掌心。

翌日，正当卓定垚在房间里开心地收拾行李时，忽然收到方泽雨的短信。短信的内容让她失望不已，短信里写着：“不好意思，我们有些事，要回德国，今天不能和你一起回香港了。”她紧紧握住手机，想要删掉这条让她痛苦的短信，却又有些舍不得删除。

与此同时，机场里章明晞特意和方泽雨道歉：“没想到德国那边临时有事要和你过去处理，搞得你和卓小姐爽约。”

方泽雨淡然一笑说：“我明白。没关系，以后回到香港都有机会见面啦。”说完，他又绅士地帮章明晞提着行李走向机场安检。

章明晞勾起唇角，玩味一笑。

此时，监狱里的贺天生迎来了一个意想不到的访客，

贺天生有些不解地看着卓启堂：“你找我有什么事？”他不知道是不是又有什么花招。

卓启堂一脸坦诚地说：“我想和你合作。”

贺天生随即也严肃道：“律师让我看过你的文件。老实说如果真是玩的，都可以好好玩。”

卓启堂不急不慢道：“你考虑下。”

“呵呵，”贺天生冷笑两声，反问道，“但我为什么要和你合作？别忘了我为什么会在这里，都是你搞的！”

“哈哈哈，”卓启堂也随之一笑，“监狱困不住你，而且你也坐不久……你反而需要好好打算你出狱之后怎么做……你对季生的人事安排，我怎么会留意不到，你不是担心你搞不定你老婆，你需要委任几个董事进去？她现在和天荫的方泽雨走得很近，如果他们连成一线，你出狱回来，拿回季生都不够他们来……”

贺天生一惊，没想到卓启堂这条老狐狸，居然对季生的情况这么了解。

像是为了争取贺天生的信任，卓启堂坦白说：“我手上有的东西不多，卓定垚冤枉我走。就算我想自己做，卓定垚一定会再中伤我，我也都很难做。但是你就不同，你手上的东西比我多……”

贺天生疑惑不解，试探性地问卓启堂：“你真要整自己的女儿？”

卓启堂反讽贺天生道："你都提防你老婆了，我要搞垮傲堂不也是很正常的事情吗？我就是要让她知道，谁才是爸爸，谁才是掌权的人！我可以一手搞起傲堂，也可以将傲堂扫倒！"他冷眼看着贺天生，继续说："你觉得这个游戏好玩的话，我们一起玩。你考虑下，我等你消息！"说罢，他关门走出探视房。

贺天生不置可否，陷入沉思。

告别了布拉格的蓝天白云，回到国内的卓定垚心情依旧沉重。她收拾妥当，准备搬走。

拉着行李箱的卓定垚依依不舍地看了一眼自己的房间，刚好看见彭世岳，便问："我爸爸在哪里？"

彭世岳答："书房。"

卓定垚放下行李，走到书房门口。她敲敲房门，却无人开门。

书房内，卓启堂听到了卓定垚的问话，但他还在生卓定垚的气。所以，他决定关紧房门不理卓定垚。

卓定垚心知卓启堂多半是没有原谅她，无奈之下只好隔着房门，向卓启堂道别："我走了，你要保重身体。"说完，她便拖着行李离开。

此时，章明晞准备出门吃中饭。她开心地换上了一袭诱人的黑色露背长裙，又戴上了一对轻盈的白色羽毛耳环映衬。她涂上正红色的唇釉，抿了抿嘴，红唇鲜艳欲滴，如同带着露水的花瓣。

章明晞满意地照了照镜子，确认一切都没有问题，这才欢快地哼着小曲走出洗手间。

阮令翘望着如此精心打扮的章明晞，踌躇了半天措辞才敢开口："那个，我突然想到，刚才方先生打电话，说有一些事，不能来和你吃午餐……"

章明晞一阵失望，忍不住向阮令翘发火："你早不和我说！……"

突如其来的怒火让阮令翘一愣，不知道为什么章明晞如此暴怒，只得怯生生地说："你刚才去了洗手间，我也是刚刚才知道的。"

章明晞一怔，自知情绪过了火。

见她淡定了些，阮令翘又继续问："需不需要再帮你订位？还是帮你买三明治？"

"不需要！"章明晞明确拒绝，她又想起了其他事情，便问："这两天的 schedule 怎样？有什么公事要处理？"

阮令翘翻了翻手中的日程本，答道：“最重要的是明天，贺生的上诉，法院会有结果……”

章明晞一愣，没想到这天居然来得这么快。

办公室外的天色已暗，章明晞放下手中的工作，伸了一个懒腰，收拾了一些文件准备带回家处理。

车窗外的风景一直在飞速倒退，坐在回家车上的她一直看着窗外发呆。她陷入了对自己和贺天生关系的沉思。

章明晞打开家门，发觉电视机没有关，心知贺天生已经回来了。画面里主播正在报道新闻：“今日，法庭接到上诉，贺天生即时保释受审。”

恰好，贺天生洗完澡出来，看到了刚进家门的章明晞。他一边拿浴巾擦干头发，一边说：“还是在家最舒服。”

章明晞走向酒柜，拿出一瓶年份久远的红酒。打开红酒后，她将倒好的一杯酒递给贺天生：“你回来就好啦！这酒等你好久啦！”

二人端起酒杯碰了一下。章明晞像是卸下了担子一般，故作轻松地说：“现在我可以将季生交回给你了。”

贺天生明知故问道：“曦伦这段时间很忙吗？”

章明晞淡然说：“是，正在搞和天荫合作的事。”

贺天生一惊。章明晞却没有在意，像是松了口气，道：“你回来的消息一出来，季生的股价已经升了不少，回来就好，看来要搞些大动作收复失地……”

贺天生将杯中红酒一口饮尽，一语双关地说：“是，是要搞大动作！”

不久后，卓启堂的电话响起。见是彭世岳打来的，他立即接起电话。

彭世岳向他汇报：“贺生答应和你合作。”

“哈哈哈！”卓启堂满意地大笑。

第一百零九章
剽窃大亨

不知不觉，就到了超级电池计划新闻发布会的前一天。

在傲堂会议室里，高哲紧张地望着街景发呆，连卓定垚到了好一阵子，他都丝毫没有发现。

卓定垚喊了他好几声，他才回过神来。卓定垚看着他，好像是在等他说什么。

“明天就是超级电池新闻发布会了，我也有点紧张，”高哲直言道，“因为我也对这件事寄予厚望。”

卓定垚安抚他说：“放心，这件事对地球是好的。我们付出了这样多时间和努力，一定有回报，一定会有好多人支持。”

高哲像是想起了什么，连忙问她：“你爸怎样？”

卓定垚无奈地说：“我那天回家，他不肯见我。”

高哲低头沉思，道：“他竟然这么安静，没什么动作……”

卓定垚继续安抚高哲，道：“但是如果市场有什么问题，我们不会察觉不到。”高哲却连连摇头，道：“你还不够了解你爸爸。卓启堂不是一个蛰伏的人，他没理由什么都不做。”他又低下头，不断思考是不是有什么自己没注意到的地方。

看着高哲愁眉紧锁，卓定垚仍是乐观地说：“你想得太多，你应该想多点明天的事。”

期待已久的招待会终于到来。卓定垚认真地帮程凯系领带，她那不娴熟的手法差点整死程凯。

卓定垚不顾程凯铁青的面色，继续骂他：“你和方泽雨说过些什么啊？你呀，记得今天要聪明点，你是主角！别出丑。”

朱小慧望着身着正装的程凯，也为他打气道：“你要加油，我相信你的想法将会改变全世界。”

正当卓定垚、程凯还在为开记者会忙碌准备时，高哲突然走进办公室。

卓定垚还以为他是来催自己出发，连忙说：“你别催我，我梳个头就好了……”

高哲面色阴沉，指着电脑有些愤怒地说：“不是，你快看网上直播！”

众人连忙打开电脑，直播的画面让所有人都目瞪口呆，原来同一时间卓启堂、贺天生正在召开记者会。

卓启堂与贺天生正向记者得意扬扬地说：“我们会合力开发新计划，就是乌托邦计划。我们有个基础，就是这个新一代超级电池！”

他们的说辞和程凯的计划一字不差。两人相视一笑，又继续说：“有我们二人的保证，这件事一定成功！”

此刻，卓启堂和贺天生脸上灿烂的笑容，由无数闪光灯记录下来。

自从新闻发布会召开后，一大批记者蜂拥来到季生集团。他们围在大厦门外，争相发问关于乌托邦计划的情况。

钟思琪不得不出面安抚众人，记者们争先恐后地递给她话筒。她耐心地解释道：“贺生和卓生正在楼上开会，很快就会下来交代进一步情况。”

忽然，贺天生和卓启堂走出大厦。现场瞬间变得更加嘈杂，记者们见到了期待已久的主角，更是不顾保安的阻拦，疯狂地向前涌动，并且激动地不停提问。

面对成群结队的记者，贺天生与卓启堂内心更是被一股巨大的满足感所填充，仿佛他们就是这个世界的主导者。

“咳咳，”贺天生淡定地接过话筒，咳了两声，四周瞬间鸦雀无声，他这才满意地继续说，“乌托邦将会改变世界，请大家拭目以待。”

此时，程凯气势汹汹来到季生集团，看到被众人围在中心的贺天生与卓启堂，更加怒火中烧。他直接冲到卓启堂面前，拎着他的衣领大吼：“是你偷了我的电池！”

卓启堂面对突如其来的袭击，愣了一下。贺天生见状，连忙上前一把推开程凯，恶狠狠地道：“你别乱来。”

程凯才不管什么天高地厚，愤愤不平地继续闹道：“超级电池的概念是我自己想出来的！明明我们今天准备开记者会，你们抄袭，居然还抢先我们一步！真的是没有天理了！”

这番话一出，众记者哗然，纷纷举起相机对着程凯拍照，闪光灯如满天繁星不停地闪烁着。

程凯没想到贺天生与卓启堂听了控诉后，仍是一脸无辜的样子，仿佛自己什么都没做一样。

程凯实在按捺不住自己心中的情绪，十分激动想冲上去打贺天生一顿。但他还没来得及走到贺天生的身边，保安已经拦阻了他的去路，气不过的他和保安扭打成一团。

季生集团楼下一片混乱。看热闹的记者觉得今天收获了无数新闻素材。朱小慧、乔永廉听说程凯过来闹事，也匆匆赶到季生集团。他们见程凯正与保安纠缠，连忙将他拉走。

三人经过一番折腾，穿越重重人海，终于回到傲堂集团。朱小慧大舒一口气，心想总算是把程凯平安带回来了。

程凯却如同一个任性的孩子，仍未消气。他一脸怨气地望着朱小慧与乔永廉，埋怨两人说："你们为什么拉着我？我要去揭穿卓启堂的真面目！"

傲堂的电视机里仍在播放有关乌托邦计划的新闻，记者们洋洋洒洒地写了一大篇溢美之词与八卦推测。

卓定垚盯着电视里报道的有关新闻，冷静地分析道："卓启堂这样做是针对我，为了报复我和他翻脸。"

"未必。卓启堂为了利益什么都做得出，可能一早就看中超级电池。"高哲一脸无奈地继续说，"现在唯有先将新闻发布会押后，这个时候再发布超级电池，只会被当成抄袭。"

"抄袭！"程凯闻言更生气，大喊："明明是他们抄袭！"说着，他又想冲出去打贺天生。见程凯情绪不稳，朱小慧连忙紧紧拉住他。

一旁的王子琳有些不解地问："那要什么时候才可以发布？"

高哲摸了摸下巴，低头想了一会儿，道："要先搞清楚卓启堂他们偷了我们多少东西，手上有多少料……"

傲堂集团全体都陷入了一种如何应对的焦虑之中，办公室的气氛也变得有些沉重，每个人都回到自己的座位上，一言不发地开始思考解决的办法。

摆脱了那些疯狂的记者，贺天生美滋滋地回到家做沙拉。他觉得厨房里的一切都格外亲切和顺眼，所有水果都显得那么垂涎欲滴，沙拉酱也变得格外的甜蜜。

一阵钥匙插入门中的声音传来，贺天生定睛看向门口。不一会儿，章明晞熟悉的身影映入了他的眼帘。

章明晞站在玄关外，想到贺天生的欺瞒，就觉得十分心寒。当她发现贺天生在家怡然自得的样子，心中的温度更是仿佛降到了零下。她顾不上换鞋，就直接开门见山地问贺天生：“为什么你从来没和我提过记者会和电池的事？”

贺天生慢慢地放下手中的餐具，一脸认真地解释说：“电池的 concept 是卓启堂偷回来，为了安全起见要一直保密。”

章明晞死死盯住贺天生，反问他：“你觉得我守不住秘密？”

贺天生被她盯得有些发慌，连忙岔开话题说：“整个乌托邦计划很有潜力哦。”

章明晞见贺天生毫无悔意，甚至是一次又一次地欺瞒自己，已对贺天生彻底失望。未等贺天生细说乌托邦计划，章明晞就冷淡地打断他的话语，直截了当地说：“别说了，我没有兴趣。”

二人尴尬之际，一阵敲门声传来。贺天生仿佛见到了救星，连忙起身去开门。他打开门一看，来访者竟然是钟思琪。

钟思琪看着仍穿着家居服装的贺天生愣了，有些好奇地问：“你怎么还没换衣服？”

贺天生更是一脸茫然地看着钟思琪，奇怪地问她：“换什么衣服？”

钟思琪提醒他道：“今晚有个酒会……”

贺天生一拍脑袋，猛然想起来今天的日程，道：“我换件衣服就来。”说完，他匆忙转身入房，心中暗暗对自己的记忆力担心。

一进房间，贺天生就马上打开记事簿，翻到月历，神色凝重地在当天日期处画上了一个特殊的记号。

章明晞一人在家独自生闷气。见贺天生和钟思琪共赴酒会，她气得拿起桌上的玻璃杯砸向地板。冷静过后，她拾起玻璃时，却又不小心划伤了手指，鲜血渗出。她只是冷笑着看着受伤的地方，心想，也许有些伤害一旦造成了，就无法愈合。

虽然表面一切风平浪静，但章明晞与贺天生的矛盾依旧没有缓和。

翌日，钟思琪敲门走入章明晞的办公室，见她准备起身，似乎是要出门。她忍不住提醒章明晞道：“今天下午三点钟开会。”

看见钟思琪，章明晞就想起贺天生此前欺瞒自己，于是故意摆架子，冷冷地回答：“我要去天荫开会，这个会我去不了。”说罢施施然离开办公室，只剩钟思琪闷闷不乐地站在办公室门口。

不一会儿，钟思琪便转身走到贺天生的办公室里打小报告。钟思琪神色迥异，怪声怪气地对贺天生说：“章明晞去天荫开会，连季生这里的会都不开了。”

正在埋头看文件的贺天生不置可否。他一边批复文件一边回答："曦伦现在和天荫合作，她去那里开会都很正常。"

钟思琪连忙反问："你真觉得这样简单？"她忽然放慢了语调，像是故意在暗示什么："我看章明晞和方泽雨最近走得很近。上次去紫荆会吃饭都见到他们一起。而且你不在这里的时候，季生不少生意都被天荫抢了。"她的话里话外，都在暗示章明晞有古怪。

贺天生看似淡然地回应她说："做生意当然是有输有赢。"但他心中却不禁对章明晞起了疑心。

与此同时，卓启堂正在餐厅接受万敬贤的访问。他拍着胸脯，信誓旦旦地说："我看好乌托邦，就好像当年看好天荫股价。我眼光一向很准，乌托邦一定会成功。"

万敬贤看着手中收集到的消息，有些好奇地问他："但是听说你和女儿意见不合，你已经无权干涉傲堂管理层的事，是不是真的？如果乌托邦这样厉害，为什么不和傲堂合作？"

"哈哈哈，"卓启堂无所谓地笑了起来，仿佛听到了一个天大的笑话，他继续解释道，"我和卓定垚之间没问题，只是之前想着退休，所以将傲堂交给卓定垚打理。但是不做事又太闷，而且发现超级电池这个项目好有意义，很有潜力，所以决定放下傲堂的事，全力投入乌托邦，当是一个新开始！"

看着信心满满的卓启堂，万敬贤似乎也被说服了，埋头记录下卓启堂的雄心壮志。

第一百一十章
子虚乌有

随着各种媒体的争相报道，乌托邦计划几乎是一夜之间席卷了香港的大街小巷。众街坊围在一起玩着手机讨论股票，有人问：“最近那支乌托邦升得好厉害，是什么呀？”

有街坊答说：“搞环保啊，说是绿色科技哦，好多富豪都支持，一定升！”

“哼，”国添冷哼一声，他不屑一顾地说，“乌托邦就是抄程凯的超级电池啰！”

众街坊只是冷眼看着他，根本就不在意他所说的。有人反问：“程凯有这么厉害吗？”众人便不再理睬国添，继续讨论入多少股票好。国添深感无法与他们讲道理，失望离开。

午后，炙热的阳光透过薄云灼烧着地面，香港密集的高楼似乎阻挡了风的行动，只有路旁的行道树为人们留下些许阴凉。

章明晞驱车来到紫荆俱乐部。刚下车，她的额头就微微渗出了汗水。俱乐部门口，章明晞迎面看见熟悉的律师似乎在等什么人，感觉有些奇怪。

于是，章明晞热情地上前和律师打招呼：“Hi，你也来吃饭呀？”

律师微微一笑，见是熟人，也如实告知：“我今天约了贺生。”章明晞一愣。

正当她惊愕之时，贺天生提一个公文包走向了俱乐部门口。他无视了有些吃惊的章明晞，只是淡定地向律师说：“这里合适些。”

此刻，刚好方泽雨也步入大厅，见到贺天生，他倒是装作无视发生过的事情，一脸淡然地说：“好巧啊，最近可好？”

贺天生也打起了太极拳，模棱两可地说：“好，你呢？”

方泽雨笑答：“不算太差。我有事，就先走一步了，再见。”他挥手和贺天生告别，随即和章明晞有说有笑地走上楼梯，去了VIP房。

贺天生仍冷冷地站在门口。他看到方泽雨和章明晞一起走入VIP房，不禁想起钟思琪的小报告，似乎在这里得到了验证，更是对章明晞起疑。

华灯初上，章明晞有些疲惫地回到家中，却见贺天生独自坐在客厅，似是特意等她回来。

贺天生见章明晞回来，连忙放下手中的报纸，装作随意地问起：“你和方泽雨吃饭吃到这么晚？”

“嗯。”章明晞把包放在沙发上，继续一边收拾东西一边回答说：“天荫好多事情要谈。”

“哦？”贺天生不以为然，“可我最近都听到不少风言风语。”

章明晞一惊，紧忙否认道：“我和方泽雨没有关系的。”

“那你为什么又找律师问离婚的事？”贺天生扮作大度的样子，想套她说真话，“我也明白我在坐牢，你一个人好难熬，需要人支持……”

“不是，我找律师问离婚，是因为觉得我们之间的信任出了问题。”章明晞忽然坐在沙发上，望着贺天生，一脸严肃地提起两人的情感裂痕。

“上次 check 你用了 dummy 公司，入狱之前又特意安排人在季生看着我，我去问律师，才知道你一早找了他做财产分割。现在连宣布乌托邦计划这么大件事都没有告诉我！我觉得两人之间信任不对等，所以考虑离婚，这和方泽雨无关。”

贺天生却毫不避讳，直言道：“没错，这个是我的本能，就是因为不容易相信别人，我才可以生存到现在，你也是一样。不然的话，你也不会偷偷地找律师。但我们不是一般夫妇，我们不会看着过去。如果要看着过去的不信任，我可以叫律师来签合同离婚。但我们看的是将来，乌托邦项目可以将我们带到一个新高度，好像当年雷曼那样！”

章明晞见到贺天生依旧毫不在意的样子，更加愤怒，激动地站了起来，道：“但这次不止我们两个，还有卓启堂！”

贺天生仍是毫不在意地说：“卓启堂只是炮灰而已。”

“炮灰？”章明晞一脸惊讶，像是为了确认，又再问了一遍，“曾经的香港首富在你眼中只是炮灰？”

贺天生上前握住她的双手，一脸深情地凝视着她，道：“除了你和我，所有人都是！”

听了这话，章明晞稍稍冷静下来，心中的恶魔与小天使激烈地争吵了一番。终于，她听见自己心中的小天使温柔地说：“还是原谅他吧，你知道的，他才是最适合你的人。”

贺天生见她神色缓和，又继续补充道：“乌托邦计划越多人搞越好，但没有了你一定不会成功。我需要你，要曦伦，还要天荫！”

听到天荫，一种不祥的预感弥漫在章明晞的心间。

贺天生得意地继续说："你帮我打个电话，明天上午约方泽雨出来。"

章明晞内心又开始了新一轮的挣扎，最终，她在贺天生期盼的目光下，还是拿出手机拨打了方泽雨的电话。她有些无奈地说："我有些事要见你，明天上午十点紫荆俱乐部见。"

翌日，方泽雨如约来到俱乐部，却见是贺天生在等自己。他正感错愕之时，贺天生开门见山，说："我想邀请天荫加入乌托邦。"

方泽雨不可置信地说："你当我傻？你觉得我会信你吗？"

贺天生仍旧坚定地看着他，振振有词地说："但是你信章明晞，不是她就约不到你来，曦伦都会加入。"

方泽雨有些迟疑，似有动摇。

"我知道你一直想重振天荫，想报仇。其实你之前做的事是对的，搞startup、搞科技，我现在做的都一样，不过规模大很多，你搭顺风车更容易成功。"贺天生又继续劝说，"你想自己都做好，不过可能要等二十年、三十年，到时我可能都不在这里，看不到你成功，看不到你报到仇了！"

方泽雨心知，贺天生不是省油的灯，干脆直接问他："你到底想要天荫什么？"

"哈哈哈，"贺天生大笑，忍不住夸他，"识时务者为俊杰，你变聪明了。越多人加入，乌托邦才越容易成功。"

他的话语却依旧没有打消方泽雨心中的顾虑。方泽雨想到贺天生曾经作恶多端，忍不住问："我现在和你合作，怎么对得起方家的神主牌？"

贺天生像是一只敏锐的狐狸，只是笑着反问他："你想抱着这些神主牌去世，还是帮天荫重返一线？"

方泽雨心中更加动摇。他明白，这可能是最快实现自己野心的机会。

从俱乐部出来，方泽雨的内心依旧是沉重的，他知道自己这样做对不起朋友。可是为了振兴天荫，他又不得不放弃一些东西。思前想后，他决定告知程凯这个消息。

方泽雨驱车前往 Novopus，进门前做了一次深呼吸，仿佛是在给自己打气。他走到办公桌前，见到了愁云满面的程凯。

沉默半晌，方泽雨还是下定决心开口，一脸郑重地对程凯说："我明天会和贺天生签约，加入乌托邦。"

这句话就如同一个重磅炸弹，程凯、朱小慧生气到瞬间从办公桌前弹起来。

程凯攥紧了自己的拳头，生气地问："你明知他抄我的电池，还帮他？"

看着愤怒的程凯，方泽雨只能苍白无力地道歉说：“对不起，但贺天生说得对，如果靠我自己，可能要等几十年，或者根本没有机会成功，永远都没有机会重振天荫……”

程凯眼中冒火。他再也无法忍受，拿起桌上的文件就向方泽雨狠狠砸过去。丢完东西还不解气，他又起身扑向方泽雨。

朱小慧见状连忙上前拉开程凯，不断劝说：“他都是当你兄弟才特意上来和你说的！”

暴怒的程凯在朱小慧劝阻下总算是冷静下来，他也理解方泽雨急于重振天荫的心态，情绪有所缓和。但他仍冷冷对方泽雨说：“你要加入乌托邦都可以，不过你要 make sure 他们认认真真搞好电池，而且我也会继续搞下去，看谁快！”

方泽雨见程凯释怀，一笑转身离去。

不久后，天荫加入乌托邦计划也成为媒体争相报道的消息，街头巷尾议论纷纷。电视正在播放财经新闻，一位评论员正在慷慨激昂地解说：“随着天荫宣布加入，乌托邦股价再创新高，一枝独秀带动恒指升高……”

傲堂集团会议室里，卓定垚只能一脸无奈地看着天荫加入乌托邦的消息。她为方泽雨帮贺天生而感到十分失望。

“哎，”高哲叹了一口气，“我查不到他们有什么研发计划，可能只是拿了程凯的 concept。”

此时，乔永廉带着卫星图及一组照片快步走入办公室内，着急地说：“我根据乌托邦宣传的资料，hack 了卫星定位系统，发现他们声称设在印度的实验室地址，根本没有类似实验室的建筑物。”他边说边出示卫星图。

卓定垚与高哲接过图纸一看，大吃一惊。他们没有想到乌托邦计划不过是个子虚乌有的空壳。

乔永廉顾不上看两人震惊的表情，又继续汇报道：“我又找了黑网调查员去到印度实验室拍了照，确定那里没有人工作，更加没有任何研发电池的活动。”说完，他留下资料转身离开，像是寻找更多让人信服的资料去了。

高哲拿起乔永廉留下的资料，认真地反复看了一会儿，才开口说：“其实只要我们将这些资料公布，乌托邦就没得搞。”

卓定垚忽然猛地一手按着照片说：“别，再给我一些时间。”说完，她背上包匆匆出门。

卓定垚已经许久没有来过天荫了，一切都还和以前一样，唯一不同的只是和方泽雨的关系。她来到天荫也只是为了找方泽雨，告知他真相。

第一百一十一章
见死不救

“叮”的一声，楼层到了。卓定垚迈步走出电梯，却正好见到章明晞从方泽雨办公室出来。二人在走廊狭路相逢，卓定垚面色一沉。

章明晞泰然问：“你来找方泽雨呀？他还有些事情在谈哦，希望你不要说太久。他待会儿还要开会。”她又转过身提醒身边的永祥道：“记得提醒方生三点去乡村俱乐部，约了梁董开会。你们不需要载我去，我会在那里等他。”

卓定垚见章明晞似是掌管了方泽雨身边的一切，心感不快。她紧紧抓住了自己的包，想要发泄一点不满。

此时，方泽雨恰好走出，一无所知的他见卓定垚神色凝重，还以为她有什么不舒服，急忙问：“发生了什么事？”

卓定垚挥挥手示意方泽雨靠近，低声在方泽雨耳边说：“你让贺天生和我爸爸骗了。我们查到乌托邦计划的 lab 是假的，我们很快就会将消息发布出去，到时乌托邦一定会倒。你趁早抽身。”

方泽雨听到一怔，其实自己早知乌托邦是假的，但为了光复天荫仍决定骗人，却又不便向卓定垚说明。他只能闪烁其词地问：“你是不是真的查清楚了？”

卓定垚点头，苦口婆心继续劝他道：“我手上有证据。你快点抽身吧。”

没想到她如此确信，还有了证据，方泽雨只能无奈地继续推托说：“章明晞就是天荫大股东，我做什么决定都要先和她商量下。”

听到章明晞的名字，卓定垚心里就像打翻了醋坛子，弥漫着一股酸味。

“没想到章明晞现在对你真是这样重要，连这样的决定都要先问过她。说真的我到现在都不明白，方松荫为什么会做个这样的决定，将一个外人和天荫绑在一起，有什么好处？”她转身准备离开，又忍不住回头说，“我要说的事情已经说了，你自己决定吧！”

方泽雨有口难言，只能默默看着卓定垚不快地离去。

方泽雨抬手看了看手表，心想，也是该出发去紫荆俱乐部的时候了，便与章明晞一起驱车前往俱乐部。

章明晞见一路上方泽雨都闷闷不乐，问："你是不是担心卓定垚会爆个 lab 是假的的新闻？"方泽雨默认。

章明晞有些好奇地问："你真的担心？其实你一早知道的。"

方泽雨耷拉着头，有些自责地说："是，但是我没有和卓定垚说。她说卓启堂骗人的时候，我都在骗她。"

章明晞连忙安慰他说："你也不想，你是没有选择，你要重振天荫，选了路就要走下去，是卓定垚她不明白而已。"她看出方泽雨的担心，继续安慰道："贺天生、卓启堂正在处理，你放心。"边说着，她一边轻轻地握住方泽雨的手，深情地看着他，道："无论有什么事，我都会陪你一齐面对。"

方泽雨心中一愣，察觉章明晞对自己感情有异，但此时他全副心思都在乌托邦项目上，并未有何反应。

自卓定垚来了一趟天荫，假实验室的消息便很快传到了卓启堂的耳朵里。他只好放低身段来傲堂找卓定垚，想要动之以情。他试图重新拾起父女的亲情，一脸期待地说："我知道你发现了实验室是假的，但你可不可以别公布？如果乌托邦倒了爸爸会不行，你也不想这样。"

听了这一席话，卓定垚对卓启堂深感失望，道："但是你教我做人不是这样。"她指着墙上"君子爱财，取之有道"的牌匾，说："你以前教过我这句话是什么意思，你教我做人不可以骗人。如果你真是认真搞个电池，我们输了我心甘情愿，但你现在是骗人，整件事都是假的。"

卓启堂摆摆手，自信地说："你不说不就没有人知道。"

卓定垚却只是淡淡地答："就算今天我不说，这件事迟早一日都会穿帮，越早爆出来损失越少。"

"呵呵，"卓启堂冷笑着说，"我真是把你保护得太好了，让你变得这样天真。做生意要赚钱，有谁不是这样？良心不及一个大话值钱！"

卓定垚见卓启堂执迷不悟，伤心不已，悲怆地说："你不是我认识的 Daddy。"

做了这么久的思想工作，见卓定垚仍不放弃举报，卓启堂终于忍不住发脾气了，有些抓狂地大喊："你也不是我的女儿！你抢走了傲堂！抢了我这辈子的心血！为什么还要继续阻挠我？"

卓定垚激动得双眼含泪，放狠话说："你要害人，我一定会阻止！你一定要为自己做的事付出代价！"卓启堂听到此话夺门而出，只剩卓定垚一人在办公室啜泣。

最终，两父女不欢而散。

网络传播以及新闻报道的速度就如同一阵飓风，乌托邦在印度设假实验室的消息很快就传开了。

中环高楼林立的街头，路人边走边看手机新闻，里面便出现了乌托邦在印度实验室是假的报道。

中环大厦外的醒目的大电视也正播放有关新闻。主播一脸严肃地报道："乌托邦今天宣布停牌，高层下午有消息公布，不知会不会是和假 lab 的消息有关？"

而深水埗茶餐厅里，众街坊七嘴八舌。有人说："搞到这样大的事情原来都是假的，庆幸还好没有入乌托邦的股票。"

季生集团大堂内又一次热闹非凡，密密麻麻地聚集了一大批记者，闪光灯闪个不停。

贺天生等人终于姗姗来迟。他们一字排开，气势非凡。贺天生作为代表大声宣布："我们乌托邦计划会和屈奇顿合作，他们在欧洲有设备更完善的实验室，比起在印度会有更多资源。"

记者们起哄。有人争相拨打电话，有人急忙用电脑记录，有人用手机发送即时消息，他们都想要第一时间公布这个消息。

万学礼和曾依宁在家中紧紧盯着新闻。万学礼不屑地说："贺天生来找我谈过一两次，他就想拿我们来过渡，这下看他撑不撑得住。"他想了一下，又继续说："既然黑网查到乌托邦有问题，你多确定一下，相信问题还会纷至沓来。"

与此同时，高哲、卓定垚也在紧密关注乌托邦的消息。他们发现贺天生、卓启堂的公司下午复牌后，股价不跌反升。

对此，卓定垚大感诧异，问："到底为什么会这样？"

高哲神色凝重，默然不语。

傲堂集团的气氛再一次陷入冰点。

相比傲堂的沉重气氛，季生办公室内却欢快不已。贺天生、卓启堂、章明晞三人兴高采烈地开香槟庆祝，方泽雨却只是默默在一旁高兴不起来。

"哈哈哈，"卓启堂得意地大笑道，"没想到这次这样都不死，收盘时还升了十几个百分比。"

躲在角落的方泽雨一脸认真地提问："那屈奇顿合作那边是怎么样的？"

贺天生白了方泽雨一眼，仿佛在看一个傻子："有谁会关心我们和屈奇顿是不是真在合作？这个世界，大家只是想听自己想听的事情！没有人想股市倒，所以我只是说了他们想信的事情，用好消息去替代坏消息。"

贺天生说完，卓启堂开怀大笑，又举杯庆祝。

方泽雨感到自己格格不入，于是便告辞道："我忽然想起来还有点事要先走。你们玩得开心。"

章明晞见状也连忙说："我去个洗手间。"两人一齐走出办公室。

两人在走廊里走着，方泽雨仍是一脸消沉，提不起兴致。

章明晞看出方泽雨心情低落，便主动开口问他："你为什么这么早就走？"

"哎，"方泽雨无奈地耸了耸肩膀，坦然说道，"我自己不习惯。"

"哦？"章明晞好奇地问，"是不习惯这种场合，还是看不惯一些人？"

方泽雨忽然想起了程凯对自己的信任，还有自己以往的失败，有些悲伤地说："我觉得自己不属于这个地方。"说罢黯然离去。

此时房内，贺天生与卓启堂对乌托邦的泡沫越说越开心。"这个世界越疯狂，这些人越贪，我们就可以不断赚钱，哈哈哈哈……"卓启堂情绪高涨，突然，他笑到出不了声。

卓启堂骤然倒地，看上去应该是心脏病发作了。他一手紧紧捂住了自己的胸口，一手拼命在地上挣扎着，指向贺天生。

贺天生却只是冷眼站在一旁看着卓启堂，一脸悠然自得的样子，毫无救他的打算。

章明晞刚好回到房间，见到卓启堂在地上艰难挣扎，第一反应想要拿出手机报警。贺天生见她想要掏出手机，连忙拦住了她。

两人相视一眼。章明晞明白贺天生的想法，终于无奈地放下。两人一起面无表情地看着垂死挣扎的卓启堂。直到卓启堂最终断气，两人这才拿出手机假惺惺地拨打报警电话。

第一百一十二章
卓生之死

当卓定垚得知噩耗，焦急地赶到医院时，等待她的不再是那个会和她吵架的卓启堂，只有一个被白布盖住的冰冷躯体。她还抱有一丝希望，说不定是医生搞错了，这不是她的爸爸。她的双手剧烈颤抖着揭开白布，白布下卓启堂面无血色的面庞，彻底打破了她最后的幻想。

医生抱歉地对她说："不好意思，我们抢救无效，他因心脏病突发，抢救不及时而死……"

卓定垚脚下一软，悲恸不已，失声痛哭。她现在真的只剩自己一个了，唯一的亲人也离她而去，他们最后一次见面居然还是在争吵。她脑海中不禁回想起父亲曾经教她游泳的画面，他们父女还是有那么多温馨的时刻。然而现在，一声道别都来不及说，父亲就离她而去了。她的眼泪奔涌而出，就像是打开的水龙头，再也关不上了。

贺天生、章明晞做完简单的笔录，正准备从医院大堂离开。卓定垚得知他们在医院的消息，便像疯了一样朝门口跑去，揪着贺天生大吼："是你！是不是你杀了我 Daddy？"

贺天生试图安抚卓定垚的情绪，温柔地对她解释道："刚才我们一齐庆祝，章明晞当时去厕所，我走出去拿酒，回来见到卓启堂已经睡着了，我们立刻报警。"卓定垚仍然激动不已。她想起以前贺天生对父亲曾见死不救，就无法相信他现在的说辞："上次我 Daddy 出事是和你一起，这次也是！一定是你！"

数名记者潜伏在不远处，见状已举机想拍照。

一旁的彭世岳见到记者想要举起相机，连忙上前拉着卓定垚："快停下，有记者！"卓定垚虽然不忿，也只好放手。

贺天生、章明晞趁机立马上车。卓定垚睁着通红的双眼，狠狠地盯着贺天生离去，她好恨自己没有机会为父亲报仇雪恨。

从医院回到家中，章明晞依旧有点魂不守舍。她的脑海中一次又一次地回放着卓启堂躺在地上挣扎的样子。卓启堂那痛苦到扭曲的面容，绝望的嘶吼声，都在她脑海中挥之不去。

贺天生看出章明晞有些恍惚，也知道她应该是未能接受见死不救一事，于是温柔地拉起了她的手，安慰道："所有事情都是卓启堂自己活该！是他，是他冤枉令我坐牢！现在这样只是刚好。而且他根本早就应该和他两个儿子一齐死！他自己死不断气，还换了颗心，他根本都只是拿了别人的命！"

章明晞的表情依旧沉重，内心像是过不去这个坎儿。

贺天生转身走到酒柜，拿出来一瓶年份最为珍贵的红酒。他贴心地为章明晞倒上了一杯酒，并将她拥在怀中，有些得意地说："今天被爆假我们都无事！这次就好像以往，我们遇到逆境，一定可以逆流而上。现在全世界都相信乌托邦，我们一定会更上一层楼！我们很快就可以成为亚洲首富，甚至是全球首富！我们无须和任何人分享这个成果，所以卓启堂留在这里都没有价值！"

章明晞看着眼前冷血的贺天生，暗自一惊，忽然觉得自己像是从没认识过贺天生，根本不了解这个人。她低头望着杯中的红酒，第一次觉得这种红色这么刺眼，是如此难以下咽。

贺天生却紧紧地拥着章明晞，开心地把如血般的红酒一饮而尽，丝毫没有察觉到她内心的波动。

有关乌托邦项目是否和屈奇顿合作，新闻接连报道以及争相议论，炒得沸沸扬扬。虽然消息还未最终确认，但乌托邦的股票价格每天仍在借势飙升。

眼看着乌托邦项目越炒越热，高哲最终还是放心不下。他忍不住跑到1842俱乐部找万学礼，直截了当地问："屈奇顿是不是真会和贺天生合作？现在他只是靠消息炒作，都不跌反升，如果真是谈成了，会升得更高。"

万学礼正在悠哉地泡着茶，面对高哲的质问，只是一脸淡然地说："他是找过我，但我不信他，不会和他合作的。这些消息过一阵子就过去了，股价很快会跌下来。"

这番话语却始终没有让高哲安心。他仍旧一脸凝重地说："你不会，难保你总公司不会。"

万学礼似是胸有成竹，不以为意地说："你觉得就他一个想和屈奇顿合作吗？屈奇顿多的是生意，不需要靠乌托邦。"说罢，便开门送客。高哲见状也只得闷闷不乐地起身离去。

与此同时，香港一家咖啡馆一个不引人注意的小角落里，曾依宁神神秘秘地告诉万敬贤："我收到消息，有大公司看中屈奇顿，建议你抓紧机会报道。"

万敬贤丝毫没感到惊喜，连连摇头："我不想登未经证实的消息，而且这件事对社会影响不大，除了会令屈奇顿股价升高。"

"不，这可是一个热点，你错过就太可惜了。"曾依宁一再坚持要报道，喋喋不休地说着报道的好处。

万敬贤深感奇怪，又试着问曾依宁道："你的消息来源是什么？可不可靠？"

曾依宁此刻终于安静了下来，却不愿解释，只是喃喃道："我不能透露消息来源。"

消息来源不明，万敬贤思考再三，终于否决曾依宁的提议，压下了报道。

香港的天气有些阴沉，整个城市仿佛笼上了一层灰蒙蒙的雾气。厚厚的云层将太阳紧紧裹了起来，不露出一点儿痕迹。

万敬贤一如既往来到熟悉的咖啡馆办公。当他打开笔记本电脑浏览新闻，却发现曝光社网站已经登了大公司看中屈奇顿的消息。他一愣，心知是曾依宁所为。

随即，他气冲冲地拨打电话质问曾依宁："你究竟帮什么人做事，收了多少钱？"对面一阵沉默，他又继续说："我真的好失望，一直当你是前辈一样地尊重你。当初你欣赏曝光社，肯来给我帮忙，我真的好开心。"

电话那头的曾依宁却不为所动，只是冷冰冰地告诫道："你不要这么天真，所有媒体都有立场，有自己的目的，可能是为钱，或者是为某些关系。"

万敬贤一惊，忍不住追问："你知不知道为了你口中那些所谓利益，你这样利用曝光社，会让我们失去公信力。那么你背后，到底是谁？你有什么利益？"

"呵呵，"曾依宁淡淡地笑着答道，"你放心，用回你的字眼，我背后那个人，并不会想你不好。"

曾依宁的话如同一柄长剑刺向万敬贤的心间，他不由打了一个寒战，脑海中出现的那个名字是唯一的可能，甚至有些不敢相信。

为了确认自己心中的猜想，万敬贤急忙跑到 1842 俱乐部找万学礼。

万学礼怡然自得地端着一杯下午茶正在看股价，见万敬贤到来，开心地说："多亏了曾依宁那单假新闻，屈奇顿股价应该升了不少。"

旁边几名客人向他投来奇怪的目光，不知道发生了什么。

万学礼见状连忙低声说："你别这么大声，打扰别人吃饭，出去再谈。"说罢，两人走到 1842 的大堂。

万敬贤还没来得及问万学礼几句，他就借口要开会，准备离开。万敬贤只得无奈放弃，但他也已完全肯定自己的猜想。

当万学礼走到屈奇顿公司大堂时，见到一个有些熟悉的身影，定睛一看，原来是贺天生，他似乎是在等人。万学礼心想贺天生为什么会来这里，真是有些奇怪，便说：“Hi,我好少见你来这里哦。”

贺天生礼貌回应，微微一笑说：“是呀，我约了人。”

万学礼思前想后，觉得贺天生还是想来劝他们接受乌托邦计划的。想到这里，他又冷漠地说：“我已经和总公司表达了意见，我们不会和你合作。”

不料，贺天生仍是笑着回答：“对啊，我也觉得合作不划算，会再考虑怎么处理的。”

万学礼觉得这好像不是他所了解的那个贺天生，似乎有什么地方不太对劲。但他着急去开会，也来不及细想，只得作罢。

清晨，太阳渐渐地从云朵后探出自己的身子，和煦的阳光照耀着大地。窗外清脆的鸟鸣声，唤醒了沉睡的人们。

此时，贺天生正换好衣服准备出门上班。章明晞在门口连声催道：“天生，我们该出发了。”

贺天生看着镜子里西装革履的自己，觉得领带有些歪，又调整了一下领带的位置，连忙答道：“马上，就好了。”

忽的，他看见自己还没有戴上手表，立马用眼睛扫视着桌面，找了好一会儿才终于找到自己的手表。他立马戴上表准备走出房门。可当他刚走到房间门口，又突然想起自己还没有给日历本做标记，又连忙折回房内找到日历。他拿出手机看了一下，显示今天的日期是 10 号。他这才发现今天已经是 10 号了，然而前面已经有好几天，他都忘了做记号。他心中一凛，心知自己的记忆力衰退的速度越来越快了。

章明晞仍在门口不断催促：“还没好吗？”贺天生瞬间回过神来，连忙下楼出门。

一路上两人各怀心事，沉默不语。

第一百一十三章 黑色浊流

等到贺天生走入办公室，却发现章明晞站在办公桌旁，不禁有点警惕地问："你在这里做什么？"

章明晞一脸淡然地说："等你来谈事。"

贺天生点点头，坐下想拿文件，却发现文件找不到了。他的额头不禁渗出了汗水，焦急地寻找着文件。

看着焦头烂额的贺天生，章明晞有些不明白，忍不住提醒道："不就在这里咯。"边说，边一手指着桌上一角摆放的文件。

贺天生总算按照章明晞的提示找到了文件，却有些生气地问："你是不是动过我一些东西？"

"我刚才进来不小心弄倒了一些文件，不就帮你摆回去咯。"章明晞一脸无奈地解释道。

听了这番解释，贺天生仍旧不悦，只是冷冷地说："好了，你先出去，我看完这份东西再谈。"

章明晞对贺天生的举动感到奇怪，但也还是乖乖遵照他的指示退出了办公室。

贺天生看着章明晞离开，随即上前关上门，打开抽屉拿出一粒药吃了下去。他在心中暗自祈祷，希望药效好一点。

晨间新闻，乌托邦计划再次成为热门话题，媒体又报道了一个新的劲爆消息。

万学礼被电视新闻所公布的消息彻底震惊了。"乌托邦向英国、瑞士等六个国家银行借贷资金收购屈奇顿的消息公布，乌托邦股价飙升。"主持人甜美的声音回荡在他的脑海里，却一点都不能平息他的怒火。

万学礼没料到竟然会弄假成真，决定去总部据理力争一把。他到总部找到经理人直接汇报说："我们不能参与乌托邦项目。"

经理人却无视了他的提议，只是无所谓地耸耸肩道："你不想和贺天生合作不重要，现在屈奇顿已经属于乌托邦公司。如果你不满意，可以走。"

听了这话，万学礼更加生气，不禁大声地质问："你怎么可以卖了屈奇顿？屈奇顿历史悠久，实力雄厚……"

"Cash is KING." 他还没说完，就被外国人无情地打断了。万学礼无言以对，只得黯然离去。

乌托邦收购屈奇顿的新闻，飞快地成为众街坊的新话题，他们齐聚在一起闲聊说："乌托邦现在疯狂升啊！"街坊 A 连忙说："我想入！"

旁边马上有人反驳 A，道："现在一百多块一股，你哪儿有钱入呀？"刚刚说想买的街坊 A 不禁垂头丧气。

又有街坊 B 为了安慰她出主意说："你可以买永续鸡场啦！"

众人好奇地问 B："永续鸡场是什么？"

街坊 B 答："是太阳能养鸡。"

众街坊还是不明白这是什么，只好又追问："那是什么？"

街坊 B 感觉自己也说不清楚了，只能笼统地解释说："总之是绿色环保的东西啦，现在有环保两个字就会升啦。"

玉萍因为支持程凯而没有买乌托邦，但她发现国添买了，于是愤愤不平地说："你怎么能买！"

国添捧着手机，笑嘻嘻地解释："我赚了呀！"玉萍当即一顿，羞涩地说："我看中了个包想买……"国添点头应允。

又有人问力威："朱小慧叫你不买，那你是不是真的不买？"

力威笑着摇头："当然不是啦！我要帮她存嫁妆。"说罢，自信满满地看着手机显示一路飙升的股价，美滋滋地幻想着能为女儿买一辆拉风的跑车陪嫁。

随着乌托邦项目越闹越大，各大企业也纷纷瞄准了绿色产业，准备大做文章，想要大赚一笔。听说彼列也要上市生态村，高哲不得不回到温哥华寻找应对策略。事态紧急，他一下飞机，还没来得及倒时差，就打电话约 Karen，匆匆赶往咖啡厅见面。

郑思妤见 Karen 今天接了一个神秘电话便急忙跑出公司，有些放心不下，于是悄悄地跟在她的身后。可眼前出现的高哲让她瞬间火冒三丈。

高哲和 Karen 刚刚坐好准备谈事情，郑思妤突然气冲冲上前指责高哲："是不是你主导彼列搞生态村上市？"面对她的指责，高哲没有否认。

郑思妤就当作高哲是默认了，更是怒不可遏。"你一直没有变过，什么都可以拿来赚钱，知不知生态村是多少人的心血？"激动之际，她狠狠地打了高哲一巴掌，负气离开。

望着郑思妤远去的背影，Karen 才开口问高哲：“你为什么不解释？”

高哲捂着自己留下了五指山的脸颊，有些无奈地说：“这件事还没有解决，我怎么解释都没有用。”

Karen 又继续问：“那你见不见得到彼列这个人？”

“哎，”高哲无奈地叹了一口气，“他不肯见我。”

Karen 难以掩饰内心的震惊，道：“那就是无法阻止上市？”

“不，”高哲的话又为 Karen 带来一丝希望，“我还有一个办法……”

翌日，郑思妤在办公室内收到消息。“Karen，”她拿着手机着急地跑向 Karen，上气不接下气地说，“彼列其中一个高层被揭洗黑钱，所有投资项目都要暂缓，包括生态村。”

“哦，”Karen 一脸淡然，继续做着手头的事情，并没有流露出一点吃惊的表情，喃喃自语，“这不就好了。”

郑思妤见 Karen 态度冷静，有些奇怪，下意识地问：“为什么你好像都知道？”

“其实，这件事是高哲做的，现在生态村不就不需要上市咯。”Karen 随口解释道，继续摆弄着自己的文件，仿佛毫不在意。

得知这个答案，郑思妤有些意外，她忽然觉得自己之前可能错怪了高哲。为了进一步确定自己所想，她又追问道：“他为了阻止生态村上市出卖了彼列的人？”

Karen 只是淡淡地说：“高哲已经不再是彼列的人。”

郑思妤闻言不禁目瞪口呆。她向 Karen 问了高哲在温哥华所住的酒店，便连忙跑去。

郑思妤下了车后便在温哥华的街头狂奔，周边的景物在猛烈地倒退着，终于跑到了目的地。她看见高哲正拖着行李准备走出酒店大堂，便赶忙追上去问：“你为什么要这么做？”

“生态村上市是受乌托邦影响，现在的乌托邦就好像当年的雷曼，这些人不会吸取教训，但我不想看着再发生一次雷曼事件。”高哲提到了自己的伤心事，不禁停顿了一下，他又继续解释道，“现在生态村不上市，你可以继续发展，等两三年之后，可能那时环境更适合，到时候世界都会需要生态村。”

郑思妤柔软的内心被高哲这一番诚挚的话语彻底打动，但强大的自尊心和丢不下的面子却让她欲言又止。

不知不觉，一辆黑色的商务车停在了酒店门口。高哲提着行李放上车，他平静而又礼貌地向郑思妤道别："车来了，我先走了，再见。"说完，他便上车离去。

只剩郑思妤站在酒店门口，看着渐远渐暗淡的车灯，陷入沉思。她觉得高哲好像和以前确实不一样了，对高哲的信任感仿佛在心中复苏。

香港的天气与加拿大截然不同，不似加拿大的晴空万里。香港天空中乌云阴沉沉地压向众人，狂风呼啸着卷走了无数的树枝与树叶，广告纸随风飘扬，街头一片狼藉。

回到国内，高哲便连忙赶回傲堂，想要找卓定垚谈谈公事。

可卓定垚丝毫听不进高哲说的事情，依然情绪激动，劈头就说："我知道一定是贺天生杀了我爸！"

"验尸报告都讲了，卓启堂换回来的心脏本身都不是很好，随时都可能病发。"高哲试图安抚她的情绪。

"没可能这么简单，"卓定垚依旧激动地大喊，"贺天生一定做了一些事！"

高哲认真地问："就算这样，你想怎么办？"

卓定垚情绪有些失控，歇斯底里地说："我要贺天生赔回条命给我爸爸，他也要死！"

高哲一脸严肃，认真地问："我可以打个电话，贺天生明天会出意外，你是不是真想这样？"

卓定垚不假思索道："是。"

"恭喜你，终于变成了和贺天生一样的人。"讲完高哲拿出手机，似是真的要找人对付贺天生。

卓定垚内心在不断挣扎，内心住的那个善良小天使告诉她："不，你不可以这样做。"邪恶的小魔鬼却辩解道："他活该，你就要以其人之道还治其人之身。"她见电话接通，善良的小天使也在不停地告诉她："不不不，你不可以这么做！"终于，她忍不住一把抢走了高哲的手机。

这一切仿佛都在高哲的意料之中。虽然理智打败情感，最终取胜，但卓定垚仍是生气自己什么都做不到，想到这里，她不禁抱头痛哭。她觉得自己就像是躺在一条干枯的大河里，能听见猛烈的洪水声从远山奔泻而来，感到激流正在一步步逼近，但她却不想爬起来，也没有力气逃走。

此后多日，卓定垚独自呆坐房中，似乎被黑暗包围，思绪滚滚而来犹如黑色的浊流。

方泽雨每天都打电话来问候她：“你还好吗？要不要我来陪你？”回应他的多数只是一阵“嘟嘟嘟”的忙音。卓定垚无心应答，便直接挂掉了电话。她整天颓废度日，也不想接方泽雨的电话，更不想出门。

每天，方泽雨都会在门外等候，预备卓定垚的餐食。他锲而不舍，仍旧坚持每天给卓定垚打电话，不管她是否听自己说话，也不管她是否回应，就自顾自地说着生活里的琐事。

慢慢地，卓定垚由不听电话到肯听，到听电话时间渐渐变长。方泽雨的话语就像是她活下去的新的希望，她还发现方泽雨固定在每天中午 12 点打来。

新一天到来，卓定垚见过了 12 点，方泽雨仍未打来电话，不禁觉得失落。好奇心不断怂恿着她，她终于推门出房间，想要看看到底发生了什么。

卓定垚步入客厅，只见茶几上赫然摆放着方泽雨的手机，却不见他本人。突然，厨房里传出一阵碗破碎的响声。她连忙进厨房，却见厨房里一片狼藉。原来方泽雨正在做东西，但他笨手笨脚的，手被烫到，又失手弄倒了碗碟。

“你有没有弄伤？”卓定垚一边关心地问着，一边紧张地拉起方泽雨的手，反复验看有没有伤口。

方泽雨见状，也不觉得自己有什么疼痛，反而安慰她说：“你别这么伤心啦。”他的话语让卓定垚又想起了卓启堂的事，不由颓然推开方泽雨走出厨房，喃喃自语：“你别理我，我好没用，Daddy 死了我却什么都做不到，连在他出事之前，我都没有和他好好说话，我和他讲的最后一句是，他要为自己所做的事付出代价！”她的泪水夺眶而出，哽咽着继续说：“是我以前没有好好珍惜，现在什么都没有了。”

第一百一十四章
取舍之间

方泽雨上前紧紧抱住卓定垚，温柔地说："你还有我，我也是什么都没有了。"卓定垚明白他是指大家什么都没有，但还有对方，闻言不禁动容。

忽然，方泽雨的电话响起，显示是章明晞打来的，方泽雨毫不犹豫地直接关掉了手机。卓定垚将一切看在眼里，可她想起方泽雨也加入了乌托邦项目，刚刚还在沸腾的情绪仿佛被泼上了一大盆凉水，瞬间降温，嘴上冷淡说道："我忘了你和她是生意朋友，快点回复啦。"

不料方泽雨却正色说："我之前是为了复兴天荫才加入乌托邦，但现在已决定不骗人，我会退出。"卓定垚闻后，更加紧紧地回抱方泽雨。

甜蜜的爱情仿佛可以和一切严寒对抗，两人又重归于好，就如同初恋一般，有说不完的话，有给不完的小浪漫。

翌日，重拾两人宝贵的情感后，方泽雨每天都忍不住在办公室里傻笑。忽然他灵光一闪，喜滋滋地叫来秘书吩咐道："你帮我订一束九十九朵红玫瑰送到傲堂集团给卓定垚。"说着，他又将写有肉麻话的卡片交给秘书，"你记得放在花里。"他不禁想到卓定垚收到花惊喜的样子，笑得那么灿烂、可爱。

此时，章明晞恰好进来找方泽雨。她正好听到方泽雨订花，心感错愕，暗想难道两人已经复合？秘书走后，章明晞装作随意问起方泽雨近况，道："你这么早就送花给卓定垚？"

方泽雨一脸认真地看着章明晞说："我会和卓定垚复合。"听完，章明晞暗感失落，却又不好表现出来，只能强行压抑着内心的不快。

方泽雨没有察觉到章明晞情绪的变化，又转而和她说起了公事。"我决定了，天荫会退出乌托邦。"他坚定不移地说。

听了这番话，章明晞觉得他所做决定是因为卓定垚，想到这一点气就气不打一处来。她端起公事公办的样子，质问道："你有没有想过天荫损失多少？乌托邦现在势头这么好，你不想重振天荫？"

方泽雨无视了她的怒火，仍是耐心地向她解释道："我的想法没有变，只是觉得乌托邦不符合天荫做事的方式。”

章明晞忍不住朝他发脾气道：“我只是独立非执行董事，你是主席你做主，要退出就由你自己和贺天生讲！”说完，她转身欲走。方泽雨连忙安抚她道：“我们认识了这么多年，虽然公事上可能不和，但我真把你当成亲人，希望你理解我的决定。”顿了一下，他又奉劝道：“我也希望你考虑清楚，曦伦是不是适合继续搞乌托邦。”

虽然，章明晞背对着方泽雨，但她心知方泽雨所说是真心话，只得痛心含泪离开。

当天下午，方泽雨便鼓起勇气去找贺天生。当他推门走入贺天生的办公室，就一鼓作气地说：“我要退出乌托邦计划……”

贺天生一脸淡然。他只觉得方泽雨是废柴，就像一块扶不上墙的烂泥，直接嘲讽说：“章明晞和我讲了。你不需要讲这么多。我知道你爸爸死得早，如果不是方家已经给他败光，现在就是给你败光。你人生的价值就是整倒方家。”

方泽雨义正词严地说：“可乌托邦骗人！”

“呵呵，”贺天生冷笑着，仿佛在看着一个傻子，继续嘲讽道，“你第一天就知道了。现在麦子还没熟，你就要收割吗？我不介意你走，但你别在这里大义凛然，说到底你都是没有胆量，做不了大事。”

方泽雨对贺天生所言似乎毫不在意，仍坚持说：“你喜欢怎么讲都可以。我只是在好奇，你究竟要赚多少钱才够？”

提到赚钱两字，贺天生侃侃而谈道：“你问错问题了。赚钱不是讲多少赚多少，而是过程。不过你都没有一点胆量，你又怎么会明白？”

这番话让方泽雨惊讶不已。他震惊地盯着贺天生问：“你知不知乌托邦牵涉了多少人身家性命？爆了会有多少人死？”

贺天生毫不在意地笑着，仿佛他就是这个世界的主宰，霸气地说：“我赢不就好了？他们自己选的。没想到你这么幼稚，真是不知章明晞喜欢你什么。”

“我和章明晞没有事情。”方泽雨仍是淡然解释。

贺天生装作一脸毫不介意的样子，大度地说：“不重要啦，我都不介意。只是觉得好笑，为什么章明晞会这样选择？我坐了牢，她就可以退化到这样的地步，喜欢一个这么没用的人。”

贺天生对章明晞的无故抹黑和嘲讽，点燃了方泽雨心中的怒火。他终于忍不住了，斥道：“你疯了，怎么样都要说自己老婆出轨，说完又不介意。我觉得最有错的是章明晞，一开始为什么会选你？你要玩游戏看着全世界一起死。你真是有病，是不是脑袋不好了？”

贺天生被方泽雨踩中痛处，有些生气地说：“你再说一遍？”他激动抓住方泽雨的领子，却被方泽雨一下推开，反抓住他的领子。

贺天生立刻松手，冷笑说：“你想掐死我呀？”方泽雨恢复冷静，放开了手。贺天生见状，继续得意地说：“你尽管退出，到天荫撑不住的时候别怪别人。”

方泽雨反驳道：“就算天荫要振兴，都不是靠泡沫。”说罢，他潇洒地转身离去。

季生集团外，阳光灿烂，仿佛又是一个崭新的世界。明媚的阳光照耀在方泽雨的身上，温暖着他的心田。

方泽雨驱车赶往紫荆花俱乐部，赴丽瞳与卓定垚的约。当他来到包厢时，丽瞳的一身独特的羽毛造型让他大吃一惊，但他也不好评价什么。

丽瞳见方泽雨到来，连忙热情地上前打招呼。她开心地诉说着自己的发展大计，道：“方泽雨，你终于来啦！我和你们说，我的鸡场要扩张啦！不扩张哪里有钱赚？做生意当然是要越做越大。”

听完，方泽雨好心地提醒她道：“扩张都要市场稳定才行。”卓定垚也有些担忧地问她：“现在市场稳不稳定？”

丽瞳却拍拍身上的羽毛，自信满满地说：“你们放心，公司有会计看着，我在国内搞到一百个鸡场，公司资产至少可以大一倍，股票也能够翻番啦……”

可卓定垚、方泽雨想到丽瞳几乎毫无从商经验，就担忧不已。他们几乎异口同声地劝道：“你再看定一些吧。”

“你公司的唐贵成和方泽雨公司的佳蓉都在搞什么太阳能养牛啦，这多好赚呀！你看，佳蓉的儿子昨天先买了架私人飞机，就是都赚了不少啦。总之，现在有绿色两个字就赚啦！”丽瞳定睛看着卓定垚，好奇地继续说，“我不明白你为什么不搞。你以前都叫绿色企业家，现在为什么滞后于大市？”

方泽雨有些惊讶，问：“你还懂滞后于大市？”

闻言，丽瞳更是得意道：“我认识字呀！”

方泽雨也不留情面，便一针见血地揭穿道：“真认识的话，那你写下来看看？”

空气突然安静下来。丽瞳停了两秒，才开口说：“写来做什么嘛，你们俩讲事情这么合拍？几时的事？到底谁追谁？”她像是故意岔开话题，又转身看着卓定垚说：“你怎么这么没用，这样都让方泽雨追回来了。”

方泽雨也给她一个台阶下，不再说之前的话题，连忙说：“好了，好了。”

“哈哈哈。”丽瞳看着自己一路飙升的鸡场股价，开心地对两人说，“算啦，算啦，你们开心就好，股票又升了，你们结婚那份人情可以大点啦。”

然而，一夜之间，香港不再是原本晴朗的好天气，转而一阵狂风骤雨。气温骤降了十几度，狂风不断在街头呼啸。市民们忘记收回的衣服，已被狂风不知带向何处。暴雨模糊了人们的视线，雨水顺着房檐流下，宛若一道瀑布。

天气突变，卓定垚因公务繁忙，还没来得及增加衣物，就不慎病倒。但为了处理傲堂集团的事务，她还是带病坚持在办公室看年报，思考未来的发展计划。

忽然，方泽雨打来电话，甜蜜地问：“你在干吗呀？”

“咳咳，”卓定垚咳嗽了两声，声音有些沙哑，“我还在公司看年报呢。”方泽雨有些担心地建议道：“生病了，你就早点休息啊！别看了。”

卓定垚笑着拒绝了他的建议，道：“不行，我看完这些就去休息。”

挂断电话，方泽雨从电话里听出卓定垚已是重感冒，急忙买了一碗粥赶到傲堂。

不一会儿，他便出现在卓定垚办公室门口，轻轻地走到卓定垚身边。他装作有些无奈地道：“打电话叫你休息你不听，我就只好买东西来陪你啰。”说完，便将一碗热粥递给卓定垚。

卓定垚接过这一碗暖暖的热粥，这份温暖仿佛通过她的指尖一直传递到她的内心，眼眶不禁有些湿润。虽然十分感动，想到还有许多没有完成的工作，她仍坚持道：“谢谢你，但我要先做完事情才能吃。”说完，她又埋头继续看年报，处理有关的工作。

方泽雨也知趣，并不打扰卓定垚工作，静静地坐在沙发上玩着手机，时不时抬头看着她认真工作的样子。

过了一会儿，方泽雨觉得有些无聊，便起身走到办公室的玻璃窗边。他一会儿在门口跳舞，一会儿在玻璃窗外玩手指，比爱心之类的逗卓定垚开心。

方泽雨玩着玩着，突然举起一张纸，只见纸上写着大大的“Marry me”。

卓定垚愕然，放下手中的工作，认真地问方泽雨：“你是认真的？”

方泽雨一本正经地看着她答道：“当然是啦，我又没有写错字。”他停顿了一下，又有些忐忑地问：“那么你答不答应？”

卓定垚装作有些赌气，嘟着小嘴嚷嚷：“当然是不答应。没有戒指就算了，花都没有准备一束，你还不是闹着玩？”

听了她的话，方泽雨开心不已，连声说：“我马上去买，你吃着粥等我回来！”讲完他就一溜烟地跑出了办公室。

见方泽雨这么激动地跑去买花，卓定垚哭笑不得。虽然连夜忙碌的工作让她有些疲惫，但一想到等会儿的幸福时刻，她又觉得十分激动。她的心中有一份甜蜜在发酵，脸上不经意间露出了幸福的笑容。仿佛她手中年报上的数字都变得可爱起来，工作上的所有烦心事都自己乖乖跑开。

年报还没看完，肚子便咕咕作响，她忍不住打开方泽雨送来的粥吃了起来，每一口粥都饱含着方泽雨的爱意，不仅是为她的胃送上一份温暖，更是为她的心增添了一分暖意。

第一百一十五章 血色玫瑰

夜晚，因天气寒冷，路上行人寥寥。也许是上帝的眷顾，方泽雨赶到了一家快要关门的花店，他连忙买了 11 朵鲜红的玫瑰。望着包好的玫瑰花，他仿佛看见了等会儿求婚时，卓定垚激动流出的眼泪。他喜滋滋地拿着玫瑰花走在街上，想着自己等下该说什么才好。他忽然想起应该先告知卓定垚自己已经买到花，于是便拿出手机准备打给她。

方泽雨刚拨完号码，突然一个黑衣人从暗处冲出来，一把抢走了他的手机，然后狂奔而去。方泽雨急忙追去，想要抢回自己的手机。正当他追到一条僻静街道，那人却突然转身，抽刀捅他。他大吃一惊，躲闪不及，身中数刀。鲜血从伤口处源源不断地渗出，染红了他的双手，也抽空了他所有的力气。

方泽雨浑身鲜血地趴在地上，那人见状连忙逃去，随手将方泽雨的手机放在不远处。

奄奄一息的方泽雨，用尽自己最后的力气，艰难地爬向手机。他双手颤抖着拨打了那个烂熟于心的号码，他多么想在弥留之际，能够听到那个温柔的声音，可是回应他的却只有“对不起，您拨打的电话暂时无法接通，请稍后再拨……”。

此时，卓定垚的电话在桌上不停地抖动着，却丝毫没有呼唤到主人来接听。卓定垚正专注地在洗手间补妆，她想到一会儿就要迎来方泽雨的求婚，就激动不已，这可以说是她人生中最重要的时刻之一,一定要美丽动人。她美滋滋地看着镜子里的自己，生怕有一点不完美，先是涂上了大红色的口红，又觉得不够温柔，于是擦掉，涂上了玫瑰红色的口红，这才满意。

有些绝望的方泽雨吃力爬起，倚树而坐。他的神志已逐渐模糊，随着鲜血一起流逝。视线也开始变得模糊起来，好像再也看不清楚自己在那里。而他手边那一束鲜红的玫瑰花上，融入了他的鲜血，显得通红到刺眼。

卓定垚的电话始终无人接听。“对不起，你拨打的电话暂时无法接听，请在滴声后留言。”电话中“滴”的一声响起，他耗尽最后一丝力气对着留言信箱温柔地说："花我已经买了，忘了和你讲，我希望婚礼在布拉格举行……"

说着，他的眼前仿佛出现一片美丽的红枫叶，红得那么醒目，那么动人。他又喃喃自语道："最好是在红叶底下，这些红叶真是好漂亮……"

随着一片红叶徐徐落下，方泽雨已经没有力气伸出手去握住那一片红叶，他的气息渐渐微弱。在红叶坠地的那一刹那，他眼前一黑，抽离了这个世界所有的色彩，终于停止了呼吸。

卓定垚打扮好后开心地回到办公室，桌子上的手机一直在响，她连忙跑去拿起手机，屏幕上闪烁着方泽雨的名字，见是他的来电，卓定垚幸福地笑着接听了电话。可电话里传来的却不是方泽雨的声音，一个陌生又严肃的声音传入她的耳中。

"您好，我是警察，请问你是不是 Leslie 小姐？"一种不祥的气氛弥漫在只有她一个人的办公室。

卓定垚一愣，脸上的笑容渐渐消失，面部表情逐渐凝固。她听不清电话里说了些什么，拿着电话的手一直在不住地颤抖，这种颤抖随着时间的推移逐渐延伸到全身，泪水逐渐模糊了她的视线。最后，她已经不能站稳，下意识地扶住办公桌，才能勉强撑住身体的重量。

挂断电话后，卓定垚狂奔出办公室，疯狂地按着电梯的下行键。平时好像并没有等很久的电梯，此刻感觉就像是过了一个世纪。她看着电梯的楼层慢慢变化，几乎要哭了出来。天旋地转，就是她此刻眼前的景象。她冲下楼，拦了一辆的士，就像疯了一样赶到医院。

方泽雨安静地睡着，躺在白色的床上，身上还盖着一层白色的床单。卓定垚从未见过他睡得如此安详，好像天塌下来都吵不醒他。卓定垚一步一步走到他身边，双手颤抖地想去触碰他的脸。

"你怎么了？你为什么在这里睡啊？"卓定垚的声音已经和她的双手一样开始了颤抖。

然而，方泽雨并没有回应。

"方泽雨！你别睡了！你给我起来！"卓定垚喊了出来。

她绝望地看着方泽雨的尸体，甚至哭不出来，她只希望这是一场噩梦，终会有醒过来的那一刻。

身边的女警官扶住了险些晕倒的卓定垚。

询问室内，警察看了看魂不守舍的卓定垚，说道："方泽雨被袭身亡，我们一开始怀疑是劫杀，但是他钱包还在身上，手机也没有被拿走，因此排除劫杀可能。凶手的身份和动机还在查，他有没有仇家？”

卓定垚想着警察的话，用她最后的理智努力地思索。半晌，一个清晰的名字在她脑海中显现出来。

方泽雨的死讯很快就成为电视头条，电视里不断播放着有关的新闻，“昨晚原香港首富之孙神秘死亡”，媒体不断地猜测他的死因。

此时，贺天生在家悠闲地煮好鸡蛋，还拿了一个递给章明晞。他们一起坐在餐桌上吃早餐，贺天生故意开着电视，电视里正在播放方泽雨遇袭身亡的新闻，他不动声色留意着章明晞的反应。

章明晞是像若无其事，一脸平静地继续吃早餐。

仿佛章明晞的反应并没有让贺天生满意，于是他抬了抬声调，道：“哎，没想到方泽雨这么年轻就这么死了，真是不值得，天荫没有了他怎么办？”

章明晞强行压抑住内心的悲伤情绪。她心知不能在贺天生面前流露感情，只能淡然地说：“这件事真是很麻烦，看来我待会儿要去天荫处理下……”

贺天生又故作感慨道：“我原本以为方泽雨会是那个最年轻加入太平山顶俱乐部的人，没想到他现在没有机会了。不过由他退出乌托邦的时候已经知道，他不是属于这个世界的人。”他刻意把方泽雨讲得这般不堪，目的是要观察章明晞的情绪变动。

没想到章明晞依然一脸平淡，只是微笑着回应：“这样我们不就有机会吞天荫了嘛。”

天阴沉沉的，躲不开的低气压环绕着这片城市。虽然乌云不重，却有种“黑云压城城欲摧”的气氛。过往的行人纷纷加快了脚步，期望自己不会被即将落下的雨滴淋到。卓定垚走在路上，头发已经散在一边，脸上还有未干的泪痕。不一会儿，蒙蒙细雨就飘了下来。卓定垚站住了，抬头看了看天，雨滴落在她的脸上，凉凉的。她并未伸手去擦，回过头来继续往前走。这时，她看到路对面有个很像方泽雨的人，正要过去，却又猛地回过神来，一股心酸又把眼泪顶了出来。

仿佛是上天目睹了悲剧的发生，也在为他惋惜流泪一样。

卓定垚正在忍痛帮方泽雨处理身后事。她望着方泽雨的衣柜发呆，闭上眼，仿佛又看见了他穿上这些衣服时帅气的样子，然而现在这是她最后一次看他穿上西装的样子了。她的双手来回拨动衣柜里的衣服，挑选合适的西装作为方泽雨的寿衣。

程凯、朱小慧在一旁给她意见，可是每当她拿起一件衣服，程凯都在不断挑毛病，他嘟囔道：“这个颜色太素。”卓定垚拿起另一件，他又一脸嫌弃地说：“这个花纹太丑。”

程凯像是对周遭一切都看不顺眼，就像是在鸡蛋里挑骨头一样。但朱小慧和卓定垚心知肚明，其实他内心仍未能接受方泽雨死去的消息，所以也就任由他挑刺了。

忽然，程凯在方泽雨的柜子里发现之前智能家居的dummy，瞬间热泪盈眶。他嘴上仍在发牢骚说：“方泽雨还留着这些垃圾做什么？都没有用的，这间屋子再大，也不是拿来摆垃圾的！”

见到智能家居dummy的那一刹间，朱小慧泪如雨下。她想起了三人曾经太多美好的时刻，一起研究的样子。她终于忍不住责骂程凯：“方泽雨都死了，你还在这里说他做什么！”

此时，卓定垚仿佛没有听见两人的争执，始终表现平静。她只是拿起一件西装问两人意见：“这件怎么样？他穿上应该很好看的吧？”

程凯瞥了一眼西装，又嘲讽说：“如果晒到好像非洲黑人那样，穿着这件应该都很适合的！”

朱小慧听到这话，按捺不住号啕大哭起来。卓定垚却出奇得冷静，她温柔地安慰朱小慧说：“别哭了，过去了。”朱小慧的哭声渐渐变小，像是卓定垚的安慰起效了。

卓定垚也明白程凯内心的悲痛。他始终无法接受方泽雨死了的事实，才会挑剔一切。她见程凯一言不发，便静静地走向程凯给了他一个温暖的拥抱。程凯的情绪随之安稳了下来。

见两人情绪相对稳定，卓定垚郑重地向两人承诺道：“你们放心，我一定不会让泽雨就这么白白死了！”

第一百一十六章
幕后真凶

翌日，天空中飘着绵绵细雨，如同无数蚕丝一般细密。教堂门口，身穿黑衣的人群缓缓步出，气氛庄严肃穆。卓定垚一行人静静地站在雨中，目送方泽雨入土为安。

回到家中，卓定垚依然穿着黑衣蜷缩在沙发上。她舍不得脱去这一身衣服，衣服上还残留着方泽雨的最后一丝气息。

周遭时间不断流逝，卓定垚只是一遍又一遍听着方泽雨的电话留言，泪水肆意地在她的脸上流淌。忽然，“轰隆隆”的雷声响起，一道闪电划过夜空，照亮了她苍白的脸庞。她看见窗户上倒映出自己憔悴的样子，心中一凛。她像是忽然回过神来，随手套上一件衣服后就跑出了家门。

贺天生开车回家途中，也被雷声惊了一下。并不是他害怕打雷，而是伴随着雷声的闪电瞬间照亮前方，如同白昼，而这瞬间的白昼之中，出现了一个黑漆漆的身影。贺天生吓得猛然踩了一脚刹车，冷汗顺着他的脊梁流下来了。

又是一道闪电划过天际，贺天生这才看到是一个气息阴森的女子，拦在了他的车前。他心里一激灵，下车一看，原来是卓定垚，便问：“你想怎样？”

黑色的丧衣被雨淋湿，雨水顺着卓定垚憔悴的脸颊流下来。她冷冷开口地说：“我知道你杀了卓启堂，杀了方泽雨。”

“我不知道你在这里讲什么。”贺天生装作不知道，一直否认。

卓定垚一脸认真地盯住贺天生。她的双眼密布鲜红的血丝，愤怒的泪水和雨花夹杂在脸上流淌：“我也想这么做，我还找过人，问好多不同地方杀手的价钱，甚至这一刻我都想亲手杀了你！”说着，她握紧了自己的拳头。

贺天生见卓定垚面色阴沉、眼神坚定的样子，不禁有点心里发毛。也不知是夜里的寒风，还是她坚定不移的样子，让他的双手忍不住有些微微颤抖。

卓定垚并没有理会贺天生的反应，只是继续说：“但我不会这么做，因为我不是你，我一定要你受到法律的制裁！”说罢，她就像一个来无影去无踪的幽灵，转眼间就消失在夜色之中。

贺天生愣了愣，这才回过神来，发现自己已经淋透了。他赶忙回到车里，抹了一把脸上的水，却不知是雨水还是冷汗，低声骂了句："真是见了鬼。"

翌日，卓定垚仿佛恢复了神采，又重新焕发出生机与活力。她在紫荆俱乐部 VIP 房独自等待章明晞的到来。

不一会儿，章明晞推开门进入房间。她有些凝重地问卓定垚："你约我来做什么？"

"警方已经抓到了杀方泽雨的凶手，是一个叫森哥的人的手下。森哥是谁你应该很清楚。"卓定垚也不点透，只是目不转睛地盯着章明晞，看她如何反应。

没料到章明晞只是平淡回应道："阿森是在帮贺天生做事。可那又怎样，可以证明到什么？"她平静的态度，瞬间惹恼了卓定垚。

卓定垚忍不住大声地质问她："难道你可以接受方泽雨就这么死了？什么都不为他做？他对你来讲究竟算什么？"

"我和贺天生不是普通人，追求的东西和你不同，不是你和方泽雨这种感情，"章明晞云淡风轻地继续说，"我和方泽雨之间只是刹那感觉。那些已经过去了，他对我来说已经不重要了。"

这番话让卓定垚愤恨不已。她生气地跺着脚道："你怎么可以和贺天生这种人一起，真是不怕报应吗？贺天生一定会有报应的，他一定会受到法律的制裁。"

章明晞冷眼看着有些气结的卓定垚，态度冷淡地反问她："你说要用法律制裁贺天生，其实他做过些什么？你有证据吗？"

这些话正戳到了卓定垚的痛处，证据是她最缺乏的东西。她愤恨地吼道："方泽雨真是信错了你！"说罢，甩门而出。两人不欢而散。

也许是连续多天的阴雨天会影响人的心情，卓定垚近日各种不顺，心情异常低落。当她垂头丧气地回到傲堂董事会时，众人正在谈论贺天生将乌托邦卖给彼列，彼列股价又升了多少。

面对巨大利益的诱惑，唐贵成、丽瞳联合向卓定垚施压，问道："为什么傲堂迟迟不加入乌托邦？程凯不是有超级电池吗？"

卓定垚只得借故推托说："电池还未完善。"

丽瞳并不满意这个解释。她不耐烦地说："不重要啦，有这个名就可以啦。自从乌托邦吞了屈奇顿兼宣布上太空之后，非洲那边马上宣布下一步是搭条路轨上太空，股价不断抬升。乌托邦根本就是带着整个世界走，我们傲堂不可以滞后于大市！”

卓定垚听到乌托邦的那一瞬忍不住怒火冲天。她强行压抑住自己语气中的愤怒，坚定地对大家说：“靠骗人赚钱不符合我们傲堂的一贯做法。”

丽瞳不解地望着卓定垚，问：“什么骗人呀？别当我什么都不懂，我知道NASA公布了发现十几颗和地球相像的小行星！晚点还会宣布发现外星人！”

“哈哈哈，”唐贵成忍俊不禁，忍不住嘲讽着问，“你搞鸡场而已，关外星人什么事？外星人都吃鸡的吗？”

丽瞳立刻自信满满地答：“当然吃，还是炸鸡。你没有看都教授？”唐贵成一听，立即认真上网查都教授的资料。

高哲见董事会已不再齐心，卓定垚也无力说服，只好低声叫卓定垚：“我们出去谈谈。”随后，两人一起找借口走出会议室。

两人怀着各自的忧愁站立在走廊里。高哲一脸严肃地看着卓定垚说：“贺天生将乌托邦股权卖给彼列之后，我查到他暗中沽空，根本就是想搞垮市场！”

原来高哲早就看穿了贺天生的把戏。卓定垚有些生气地问他：“为什么你刚才不讲？”

“你看不到他们的态度？我讲会有人听吗？”高哲耸耸肩，有些无可奈何地解释，“现在唯一办法就是收了程凯的电池，准备好方舟，等市场倒下之后再过两三年，没有人记得绿色产业的时候再推出。”

卓定垚也想不出更好的解决办法，只能无奈点头同意高哲的建议。

电视机里再次传出噩耗，新闻报道乌托邦实验室出了意外。记者举着话筒一脸严肃地说：“乌托邦刚推出时曾经被爆实验室作假，这次意外更令乌托邦股价出现波动。”

敏锐的财经记者立马跑去季生集团，第一时间采访最初推出乌托邦的贺天生。记者见到贺天生，连连发问：“请问贺先生怎么看这次消息？之前出售乌托邦是否都和研发问题有关？”

记者随即将话筒递给贺天生。他接过话筒，却含糊其词地说：“资金管理有问题，电池研发远超想象中困难，在可见的未来都看不到改进的可能，所以建议大家将资金放在一些坚实的板块。”

贺天生模棱两可的话语，仿佛正中了高哲的预言和猜想。他有意造成乌托邦股价下跌，想要借此摧毁整个股市，所以暗示自己根本不看好乌托邦。

众街坊紧张关注着新闻画面。新闻里一个又一个噩耗接连传来，记者说：

“贺天生接受访问后，乌托邦股价暴跌，大市出现震荡。”

众街坊纷纷叫苦连天，唉声叹气地数着自己亏了多少。此刻，力威也眉头紧锁，看着不断变绿的股价，喃喃自语道：“朱小慧的嫁妆都输光了，完了完了。”国添在一旁安慰他说：“朱小慧现在都没有对象，那就再等等吧！”

忽然，朱国强看了一下自己的手机，突然面色煞白，声音颤抖着说：“我的鸡场……鸡场倒了！原来那里一只鸡都没有！”

玉萍早有预料，一针见血地说：“永续鸡场连网站照片上的鸡都是P上去的，这么假你都信，真是傻！”

朱国强反驳道：“哪里有人理啊？你存钱入银行会看下银行保险箱有没有钱吗？”

从乌托邦开始，接二连三有绿色产业被爆作假，股市全面下挫，预计跌势将会持续，众人皆愁容满面。

卓定垚、王子琳接到求救电话，匆忙赶到989吃品集团。大厦外围满人群，一片骚动，天台的边缘，有一个熟悉的身影在不断地徘徊。刻不容缓，她们急忙冲入大厦。

989吃品集团员工见到两人到来，瞬间双眼放光，就像看见了救星一样，连忙带着她们赶往天台的方向，一边跑一边说：“你们来就好了，快点帮忙劝下丽瞳，别让她想不开。”

两人急忙登上屋顶，看见丽瞳站着天台边缘。见她们到来，丽瞳的情绪更加激动，又朝边缘走进了一些，大喊：“你们别过来，再过来，我就跳下去了！”

卓定垚和王子琳不顾一切地冲上前，两人异口同声地说：“别跳！你冷静点！”

第一百一十七章 绝处逢生

丽瞳情绪崩溃，蹲下身子抱头痛哭道："我的鸡场都亏了。明天爸爸回来，一定会搞死我！"卓定垚劝她冷静些，柔声安慰道："叔叔很疼你的，你记不记得读书时你和三叔儿子谈恋爱，他都没有骂你。有什么事我和你一起和他讲，不会有事的！"

丽瞳听着也觉得有道理，附和道："是的。那如果我爸爸打我，你要帮我挡！"

卓定垚朝着丽瞳伸出双手，示意她扶着自己下来，再三保证说："会的，会的，我发誓一定帮你挡！"

丽瞳得到了卓定垚的保证，终于肯扶着她走下天台。为了确保丽瞳的安全，以防她再次想不开，卓定垚将她接到家中照顾。

回到家中，卓定垚也继续安抚她说："等叔叔明天回来再叫他接你回家，我会和他好好解释。"王子琳也在一旁帮忙照顾她，贴心地递上纸巾茶水等。

丽瞳仍在自怨自艾："我做什么鬼生意呀，我就买衣服和勾引男模不就好了，怎么会这么败家？我这么有大志做什么呀？"

卓定垚心知她也是好心办了坏事，便劝道："你也只是想帮下家里……"

丽瞳仍是一脸怨气地说："最坏的也是你。你这么有本事，我会有压力嘛！如果我像王子琳这样不就好咯，打工姑娘一个，每个月把钱花光光，怎么会亏这么多？"

王子琳连忙附和道："是的，所以不搞实业不就好咯！"

话未讲完，丽瞳已经没好气打断她道："你懂什么呀？你每个月收工资的，怎么会明白拿着十几亿在手的感觉？怎么会明白我们挂着富二代、富三代的压力？"王子琳汗颜，唯唯答应。

忽然，卓定垚不经意望向电视，新闻报道的声音传来："近日，有市民炒股票失败，而选择跳楼自杀……"听着不幸的消息，她对香港市场暗自担心。

市民自杀的新闻在卓定垚心中挥之不去，她觉得自己不能这样坐以待毙。

她忍不住赶往傲堂集团和高哲讲出自己的想法："我想用程凯的电池来挽救乌托邦计划。"

不料高哲坚决地反对她的建议。"现在它正在倒，这个时候插一脚进去，我们没好处，而且势头倒得这么厉害，就算摆上电池都未必救得了乌托邦。我们应该继续我们的方舟计划就好。"

卓定垚有些倔强地盯着高哲，一本正经地说："可现在死了人呀，我觉得你应该支持我。"

高哲回想起雷曼往事，不禁苦笑着说："这个世界有傻人是好。我虽然改变了，但我也不可以像你这样子，就像到这个时候，其实我都有犹豫，"想到傲堂的发展，他又强调说，"站在我的岗位，所有道理我已经和你讲了，我只可以说这个决定是不明智。而且，你这样做一定好多人反对，但如果你坚持的话，我想你最需要和一个人交代清楚，就是程凯。"卓定垚一怔。

在高哲的点拨下，卓定垚立刻驱车赶往 Novopus。她想要劝说程凯改变方舟计划，转而用超级电池救乌托邦。

意料之中，程凯、朱小慧两人听后皆是大为不满。

程凯连连摆手。他的语气坚定，仿佛没有商量的余地，坚决地拒绝说："不行，没可能！"

朱小慧也在旁一直吵。她指着卓定垚的鼻子大骂："贺天生杀了方泽雨，还玩起全世界，现在你还想帮他？"

卓定垚还想做最后的挣扎。可她还没开口就被程凯狠狠地打断了："你不需要再讲，这个电池是我的！"他说着就想将电池收起。

卓定垚伸手去抢电池，辩解道："你把电池卖给高哲了。他同意了。"

"那就是你们私下决定我的电池的命运呀？"程凯紧紧抓着电池不松手，不忿地说，"我不介意给电池，你不就是拿去自己搞个项目咯，为什么要摆在乌托邦？这东西是骗人的！"

朱小慧附和道："你知不知道我爸爸因为买乌托邦亏了多少？那些街坊亏了多少？"

卓定垚反问他们："那么你想不想帮他们呀？"她真情流露地说："我就是想帮他们，不是帮贺天生。其实我知道你们会反对，但我真的希望你们支持我。我也没有把握一定可以成功，只是赌一赌，不想看着这艘船沉下去。"

程凯被她的真诚和善良所打动，最终心软，道："电池给你可以！没问题，你记得你讲过不是在帮贺天生！这艘船沉了就沉了！我还有其他东西。"程凯一顿，又弱弱地说：“不过最好是别沉了。”

没过多久，记者们就又迎来了一个爆炸性的新闻。傲堂举行的记者招待会上，一段介绍超级电池的影片刚刚播完，卓定垚随即宣布：“我宣布方舟和彼列正式合作，方舟会通过超级电池技术入股，只要有了这个电池，太阳能就可以不再受地域环境的限制，可以用在大城市。”她不顾众人吃惊怀疑的眼神，继续发表声明：“这个电池的技术原理已经申请了专利，而且所有细节都可以在我们网站查到，这次合作可以解决乌托邦技术和资金两方面的问题！”

台下的记者们奋笔疾书，还有人拿出手机准备查看网站上的细节。

发布会结束后，卓定垚与高哲去紫荆俱乐部吃饭。不巧的是贺天生也来了，双方在入口处狭路相逢。

贺天生已经听到了发布会的消息，觉得不过是垂死挣扎罢了。他冷笑着问：“我已知道卓定垚收购乌托邦，你觉得真有可能救到乌托邦吗？”

卓定垚不畏他的气场，仍是坚定不移地说：“我们和你不同，电池是真真正正可行的。”

贺天生反问道：“重要么？你难道到现在都不明白，游戏规则根本不是这样。没有人会理自己买什么，更加不会理有没有电池！”他看着一旁默不作声的高哲嘲笑道：“卓定垚傻，你又不傻，你怎么不阻止她？我以为你会了解人性，原来你都不了解！他们根本贪生怕死，升的时候就担心亏了，无论多高都追，跌的时候又真是怕死，你叫他们低入哪里有人敢。十年一次金融危机，有几个人有学聪明了？我就不同，我一早沽空了，这个游戏肯定是我赢！”

面对贺天生如此自傲的说辞，卓定垚愤怒不已。她激动地对贺天生说：“乌托邦是你一手搞出来的。你现在这么做，就是在亲手毁掉它。”

贺天生毫不在意，边走向包房边嘲讽道：“做生意别讲感情，而要看数字，高哲你没教她？”

高哲望着他远去的背影，一本正经地答：“做生意是看数字，不讲感情，但做人绝对不可以只是看数字。”

贺天生回头嘲弄二人说：“你们做生意不看数字，只会是个‘死’字。”说罢潇洒地走入包厢，留下愤怒的两人站在原地。

翌日，卓定垚、高哲、王子琳、傅建业等人紧张地聚集在傲堂集团看开股市开盘，乌托邦复牌，稍稍回升，众人激动不已。然而，众人还没来得及多开心几秒，股票又再次大跌，望着不断下降的股价，众人失望不已。卓定垚心知她的计划失败，无法拯救大市，也不禁有些垂头丧气。

傲堂会议室里，卓定垚、高哲神色凝重，众董事心中已经积累了许多不满。

唐贵成带头表示要弹劾卓定垚："乌托邦已经跌破招股价，带着大市一起倒，连傲堂股价都影响了。我觉得卓定垚令集团损失太大，没资格做主席！"他站起来怒指责卓定垚道："你还有什么话要讲！"

卓定垚与高哲对望一眼。卓定垚自知实在无话可说，也不敢反驳，只能低下头来。

忽然，傅建业满头大汗地跑入会议室。他不顾众人惊异的目光，马上打开他手中的 iPad 播放新闻："乌托邦股价竟突然飙升！"

众人一愣，齐刷刷地望向新闻，果然股价正在不断地上升！

此时，程凯正在办公室里埋头苦干，朱小慧望着电脑画面出神，喃喃自语："真是有奇迹？真会升？"一阵电话声响起，朱小慧接起力威的电话，知道力威是打来报喜的，便简单地说："我知道了，回升了嘛！"

力威难以掩饰心中的激动，兴奋地说："太好了！你终于可以嫁了！"

想到嫁人，朱小慧回头看了一眼程凯，自己想嫁也未必有人想娶。她无奈地说："那么你见到玉萍、国添，记得请人吃饭啦。"

力威却嘟囔道："他们赚得比我还多呢。"

等朱小慧讲完挂断了电话，一旁的程凯听见了对话，也高兴地说："想不到这件事真是可以，我们继续努力搞好电池！"

第一百一十八章
神秘救星

不久后，电视新闻就传出了报道："有消息称王骏集团入股乌托邦，不断支持着股价。据相关消息称，今天王骏还会到访香港。"

高哲和卓定垚看着新闻播报，这才知道原来是一个叫王骏的内地富豪大笔买入乌托邦，托高股价。卓定垚感到十分好奇，因为她并不认识这个人，高哲向一头雾水的她介绍道："王骏旗下的肇津企业遍布内地每个角落，王骏本人行事低调，彼列曾经几次约过他，都不得其门而入。"

卓定垚心想，原来这个人如此厉害，觉得应该想办法见一见这个人。她问傅建业："王子琳呢？她这段日子都在跟内地发展业务，问下她，看她会不会有办法？"

傅建业有些无奈地说："王子琳这段时间不见人，我也找不到她。"

正当卓定垚倍感失望时，王子琳竟然走入了办公室，低声对她说："有个人想和你见面……"

卓定垚听得一愣。想到王子琳的姓氏，她突然有了一个大胆的猜想。

王子琳带着卓定垚走进另一间办公室，见王骏正大方地坐在沙发上查看有关电池发展的计划。见他们到来，王骏大方地自我介绍道："您好，我是王骏。"说罢，朝卓定垚伸出手来。

卓定垚连忙和他握手打招呼，想不到自己就这样轻易地见到了王骏。

一旁默默无闻的王子琳却忽然朝卓定垚道歉，略带歉意地说："我很抱歉之前一直骗你，其实王骏就是我爸爸。"

王骏帮她打圆场，解释道："主要是因为我一向行事低调，所以她故意不讲身份，就是想来傲堂跟你学东西。她也都讲过你帮过她不少，令她学到好多东西。这次乌托邦计划，是她向我提议的，叫我入股，我也亲自看过你们的资料。我研究了好久，也觉得这是一个很有意义、很有潜力的计划。"

几人谈完乌托邦发展计划，卓定垚与高哲正送王骏步出，忽然有记者不顾保安的阻拦猛地冲向前，高举相机，表示自己想要采访王骏。助手们连忙再次上前拦住记者。

王骏却示意他们停下，整理了一下领带，坦然地走上前接受记者的采访。他接过话筒直言道："我是全力支持卓定垚和乌托邦的。对于股市最近的波动，我觉得一切都只是信心问题。"

记者见状又提问："请问您对香港前景怎么看？"

王骏处变不惊地答道："当然看好。"他一边说，一边看着卓定垚等人的方向说："我觉得有这些这么有理想的年轻人，香港的将来绝对大有可为。"

乌托邦回升的消息很快传到了国外。Karen 抱着电脑问郑思妤："你看了新闻没？高哲他们救回乌托邦，绿色金融股回稳。"

郑思妤打开电脑看到有关的新闻，也觉得有些意外。她不由得露出了一个微笑，为高哲的改变感到欣喜。

季生集团却不似外面那般快乐庆祝。贺天生、章明晞和郭志昌坐在电脑前，眼睁睁地看着乌托邦一点点回升。

望着不断走高的股价，贺天生忍不住一把合上笔记本电脑，发脾气地吼道："明明只差一步！"

郭志昌在旁计数，双手不断比画着什么，低声说道："幸好我们是分注沽，虽然最后有亏，但是之前都赚了不少，本来计划可以赚得盆满钵满……"

"砰砰砰"一阵急促的敲门声传来，钟思琪随后走入办公室汇报。"有不少传媒记者想和贺生做个采访，问下对乌托邦急升有什么回应？"

提到股价升高，贺天生的怒火仿佛一窜三米高，立刻开口训斥她道："我有什么好回应的？你给我滚出去！"

来到季生这么多年，钟思琪还是第一次被贺天生骂成这个样子。她有些不知所措，呆愣在原地。章明晞知趣，连忙打圆场说："郭志昌，你和钟思琪一起出去和记者讲，贺生没时间做访问……"

郭志昌、钟思琪按照指令离去后，贺天生再也控制不住自己愤怒的情绪，"差一步！我只是差一步！"说着，他激动地一把揭翻了桌子上的所有摆设，精美的瓷器瞬间化作一摊碎片，办公室瞬间一片狼藉。

一块瓷片割伤了贺天生的手指。章明晞见他受伤，连忙上前关心地说道："我们也只是赚少了，不是亏了一块肉，你不需要这么气……"

贺天生不理会她的好言好语，只是继续朝她发火，大吼："你走开！"

章明晞一愣，完全想不到贺天生会向自己发脾气。贺天生望着呆愣住的她也是一怔，自觉过了火。于是，他不发一言，走入洗手间洗手。

贺天生的鲜血一滴滴地顺着办公桌的边缘流下，章明晞发现有血滴在了抽屉的边缘，于是拿起纸巾，拉开抽屉，准备擦干净血迹。这时，她意外地发现有一瓶神秘的药藏在柜子里，而贺天生好像经常偷偷地服用。她拿起药瓶，发现上面满是外文，一时间也不好分辨到底是什么药品，但有几个熟悉的词汇，再加上贺天生的神秘行为，不禁勾起了她的好奇心。

贺天生洗完手，推门回到办公室。当他见到章明晞在桌前的背影，心中一凛，生怕被章明晞发现自己的秘密。他连忙快步上前，猛然问章明晞："你在做什么？"

此刻，章明晞已然关好抽屉，淡然解释道："我的手机掉了，捡起来而已。"她顺势下蹲，拾起手机，起身后朝贺天生扬了扬手中的手机，示意他放心。

然而，贺天生不知道的是，当章明晞拿着手机背对着他的时候，早已趁机偷偷将他抽屉里放着药瓶的画面拍了下来。

一阵敲门声传来，章明晞打开家门，只见是郭志昌和律师来了。

章明晞连忙招呼两人进屋，并唤佣人倒上茶水，解释道："你们稍等一下，他今天一早起身爬山去了。"

不一会儿，一阵钥匙插入门锁的声音传来，贺天生打开了门。他穿着一身运动装，大汗淋漓的样子。

贺天生梳洗完毕后，便召集律师和郭志昌来到书房。律师将一个好消息带给了贺天生："你的案件上诉情况很乐观，会计师已经改口了，他说不记得自己讲过些什么，所以你有机会脱罪。"

闻言，郭志昌高兴地说："那么真是要开香槟庆祝一下啦。"

贺天生只是淡淡摇头，道："香槟你们喝，我喝橙汁好了。"他看着郭志昌腰上的救生圈，又继续说："你也要减下肥啦。这个年纪就要多做运动，保持身体健康。"想到有机会脱罪，他又高兴地说："对了，给我预备一笔钱，脱了罪，到时公司上下每人发一万庆祝。"

卓定垚、唐贵成、傅建业正在一起吃午餐。

唐贵成饶有兴致地问卓定垚："你知不知道贺天生在搞太阳能发电？我很看好，我私人入了一些，你有没有兴趣玩下？"

卓定垚听闻贺天生消息已不快，压抑住内心的不满，直言道："这个人的东西我不会碰的。"

唐贵成倒是无所谓，劝道：“有钱赚不就好了，买个 number 嘛，你管他背后是谁？”听到这番话，卓定垚终于忍不住发火道：“你记不记以前讲过些什么？乌托邦是他搞出来，后来为了赚钱就踩倒它。现在乌托邦稳住市又说一切向好，还利用乌托邦，又搞再生能源！当时就是每个人都不管是什么就买，才搞到差点倒市。”想到这些她就愤愤不平，自语道：“为什么贺天生杀人放火还发财？”

“做生意是这样啦。”唐贵成淡然回应，他还没有意识到卓定垚的生气程度。

卓定垚火冒三丈，大喊道：“你那么喜欢买，自己拿上傲堂的股份去买啊！”

唐贵成被突然发火的她吓到不说话，傅建业及旁人都愕然望向卓定垚。

回到傲堂，卓定垚得知了一个坏消息，听说贺天生搞定了官司。她的心中更加不满，觉得恶人有恶报这句话仿佛是骗小朋友的玩笑。

傅建业不顾卓定垚的情绪低落，火上浇油地继续补充道：“我还收到消息，季生发红包给员工，一人发一万！”

这句话彻底点燃了卓定垚的斗志。她直接问傅建业：“你认不认识能查他的人？我不信这个世界是这样，我要找人查他，一定要他受到法律制裁！”

第一百一十九章 收购天荫

中午，贺天生正在紫荆俱乐部和客户吃饭，卓定垚突然杀了他一个措手不及。卓定垚径直来他们桌前，当众指责贺天生，就像一个泼妇那样大骂道：“贺天生为人卑鄙，太阳能计划就是另一个骗局。”

贺天生心中有气，终于忍无可忍，问卓定垚：“怎么知道我在这里？是你的私家侦探告诉你的？”他忽然想起早上遇到的私家侦探，心头的怒火更盛，又补充说：“你已经找人跟踪我一段时间了，我都忍你。但今天你还在大庭广众吵，我就忍无可忍，我可以告你骚扰。”

卓定垚反驳他道：“你要是光明正大，怕什么被人跟？还是你知道自己有好多见不得光的东西？”她当众立誓道：“只要我还活着一天，我就不会轻易放过你！”说罢，她在众目睽睽之下潇洒地走出俱乐部大门。

骂完贺天生，卓定垚又若无其事地回到傲堂工作。高哲听闻卓定垚近日泼妇般的行径，连忙推门走入办公室，问她：“你是不是做得有些过分了？”

卓定垚继续看着手上的文件，不以为意地答：“我不知道你在讲什么。”

“今天网上有人登广告，悬赏贺天生的黑材料，视材料的真实程度，提供一万至上百万奖金。是个人都知道是你发的！”高哲边说边打开电脑给她看，指着网上的一则悬赏新闻，“请问你这些幼稚的方法可以找到些什么料？不就能找到他勾引过哪个女明星这些八卦。会计师都可以不记得自己讲过什么，你可以做到什么？”

卓定垚愤愤不平地问：“那么难道什么都不做？你又可以做些什么？”

“看谁命长咯，这次不行就等下次。他做那么多坏事，总会留下漏洞。”高哲心知报仇不能急在一时，着急只会乱了自己的阵脚。

不料，他这不心急的态度，又引发了卓定垚的怒火。她生气地说：“我不管，这次我绝不会放过他。”

贺天生也看到了网上铺天盖地的悬赏新闻。他在家激动地说：“卓定垚疯了！”

章明晞走到他的身边，帮他合上电脑，温柔地安慰道："不要那么生气，太阳能项目赚钱就行。她这样的新闻，过两天就没人记得了。"

贺天生不耐烦地说："你知道，这不是钱的问题，是要争一口气。卓定垚现在就好像一只苍蝇那么烦人。"

章明晞拍着他的肩膀，建议道："我都明白。既然要对付卓定垚，那不就是要搞天荫咯。"

听到这个提议，贺天生一愣道："天荫又不是她的东西，搞来有什么用？"

章明晞耐心地向他阐述着自己的计划："天荫是方泽雨留下的东西，代表着卓定垚对他的感情，搞天荫才可以伤卓定垚最深。如果我们搞天荫，卓定垚就会无心理会其他事，到时就不会烦你了。"

贺天生瞬间会意，准备依章明晞所言行事。

又一个噩耗传到傲堂集团。傅建业急忙冲进办公室，告诉卓定垚："我收到消息，季生说想收购天荫。章明晞代表天荫说可以谈，已经谈得差不多要被季生收购了。"

卓定垚听到这个消息，气得噌地一声站了起来。她拍着办公桌，怒气冲冲地说："他们两夫妇那样勾结，怎么可以让天荫落在他们手上？"

卓定垚差人打听了章明晞的去向，便连忙赶往紫荆俱乐部。

两人在走廊上迎面相逢。卓定垚大声质问她："你怎么可以买走天荫？"

章明晞冷淡反问道："有什么问题？只要好价钱就可以。反正天荫发展得那么慢。"卓定垚气结于心，嘲讽章明晞唯利是图："你和贺天生真是天生一对，都那么冷血，我绝对不会把天荫给你。"

章明晞显得毫不在乎，反嘲卓定垚道："其实你和方泽雨无名无份，你为什么要为他做那么多？还不都是为了钱？你别把自己讲得那么伟大。"

贺天生在转角处，将两人的争吵默默地看在眼里。等卓定垚走后，他才慢慢走到章明晞的身边。

章明晞望着他微笑着说："这下你满意啦？看着卓定垚气到跳起来，迟早把天荫给你。"

贺天生心中仍有疑虑，只是冷笑继续试探她的态度，道："你抢天荫是为自己还是为方泽雨？如果我们抢了过来，天荫就要改名，你舍得吗？天荫对你没特殊意义吗？"他边说边观察着章明晞的表情。

章明晞波澜不惊，道："我在天荫的日子是屈辱的，根本没有意义。我们那么多年都搞不到天药，为什么不拿过来？利益最重要。”

“哦？”贺天生调侃道，“那么方泽雨呢？你不需要留些和他有关的东西？”

章明晞瞬间板着脸，严肃地说：“我已经说过好多次了，我们没关系。”

“呵呵，”贺天生仿佛看穿了章明晞的心底一般，断言道，“方泽雨出事的那天早上我们看新闻，其实我一直在看着你的反应。你别说，我知道你伤心。你也别说，你跟他没关系，我不信。”

章明晞语重心长地给他讲一个故事，道：“我小时候玩过一个玩具，过马路掉下来了，转头就被别人的车轧爆了。后来我长大了，我赚到钱买回好多个玩具。但是我才反应过来，我根本就不记得那个玩具是什么样。玩具没了，就没了。”

贺天生似乎意会了她的话语，附和道：“我也觉得是。”

章明晞装作毫不在意地问：“那么我不明白，你为什么要杀方泽雨？”

贺天生坦言道：“我不高兴他令你软弱，拖你后腿，我觉得你选他降低了你的格调。如果你选个高质点的，我不会那么有意见。而且他激怒了我。”边说着，他脑海里又浮现出当天方泽雨骂他是一个白痴，想到这些，他又不禁握紧了拳头。

“哈哈哈，”章明晞装作不在意地笑着，“你为什么那么大方？如果你给少一些钱，那两个贼就会拿走钱包，没那么烦了。”

贺天生摆摆手，道：“不会烦到我，只会烦到阿森而已。他手底下几百人都是靠我吃饭，怎么会爆我出来？”

章明晞已经得到了自己想要的答案，想要换一个新的话题。“那么，我就放心了。既然没有后顾之忧，我们可以专心去做我们的事情，去拿天药。”说罢，她拿起手机就想走。

贺天生兴致昂扬地说道：“好，我还是会帮你。我现在就叫郭志昌不理街外面多少货，全部给我扫回来！”他说着就准备去拿章明晞的手机。她一惊，还来不及夺回，手机已被贺天生拿在手中。

贺天生打开手机界面，这才发现章明晞竟一直在录音。

章明晞连忙上前想抢回手机，却被贺天生一把推开。

手机上显示的录音画面无疑在诉说着章明晞的背叛，贺天生气恼不已。他扔下手机，对章明晞一轮暴打，又掐着她的脖子。章明晞瞬间衣衫凌乱，嘴角流下血来，被掐得有些喘不过气来。贺天生见她狼狈的样子也丝毫没有停手的打算，像是要置她于死地。

危急关头，章明晞摸到茶几上的烟灰缸，顺手一把拿起烟灰缸就朝贺天生的头用力砸去。贺天生吃痛松开了双手，跌坐在一旁。

章明晞趁机急忙起身拿回手机，夺门而出，狂奔逃去。

贺天生捂着自己的头，艰难地扶着沙发爬起。他已是满头鲜血，一脸愤恨地盯着门外章明晞逃跑的方向。

大惊失色的章明晞跑到某个高档酒店，马上拨打了阮令翘的号码，让她立刻赶过来。不久后，阮令翘按照指令来到酒店。她一脸凝重，狐疑地打量着酒店里的一切，不知道究竟发生了什么。当她走到约定好的房间，按响门铃后，只见穿着浴袍的章明晞打开了门，邀请她入内。

还没等阮令翘开口询问，章明晞就开口解释道："我约了重案组陈 Sir 待会儿过来。"她全身仍在瑟瑟发抖，惊魂未定的样子。

听到她提到了重案组，阮令翘忍不住惊讶地问："到底发生了什么事？"

"你别问这些。总之，你今晚留在这里陪我就好。"章明晞仿佛又回忆起刚刚惊恐的画面。她的手死死地抓紧了浴袍，眉头紧皱。

阮令翘见状也不好多问，只是乖乖地陪在她的身边，有一搭没一搭地聊着其他的事情。

度过了最惊魂的一夜，翌日，章明晞终于赶走了季生集团她最不顺眼的那个人。钟思琪捧着纸箱垂头丧气地走出办公室，其他职员看见她失落的样子，纷纷交头接耳，窃窃私语。

钟思琪还未走出门，阮令翘突然走出来拦住她，脸上挂着礼貌的微笑，道："不好意思，请您再等一下。"

钟思琪有些不耐烦地说："这箱东西你已经检查过了啦！"

阮令翘坚定不移地拦在她的前面，以冷漠的态度说："你还差一个包没有检查。章小姐说每样东西都要检查清楚。"说罢，她不顾钟思琪的不满，当众搜查她的包。

众人都被这一幕惊到，全部认真地盯着此处。钟思琪倍感屈辱，恨不得此刻找一个地缝钻下去就好。

阮令翘羞辱完钟思琪后，走入章明晞办公室，向她汇报："钟思琪已经走了，我检查过那些东西没问题，其他和贺生有密切关系的下属也都走了，"说着，她突然一顿，忍不住问出了一直藏在她心中的疑问，"我只是不明白，为什么你要把录音交给警察？"

章明晞淡然笑着说："我交给警方是确保他不会回香港，那样我才能保护自己。"

望着章明晞冷漠又释然的样子，阮令翘突然觉得伴君如伴虎，心怀恐惧，吓得都不知如何回应。

章明晞一眼就看穿了阮令翘的想法，便安慰她说："我知道你现在很害怕，是你亲眼看着我将录音交给陈 Sir，你觉得我好狠。但做大事就是要狠，你认识我们晚了，贺生以前狠过我。"她见阮令翘仍无太大回应，继续劝道，"你不需要担心，只要对我忠心就会有回报。以后公关部就交给你，从今天开始，你就是季生的股东，季生你有份，你不会想季生倒。"

听到这番话，阮令翘不禁深深吸了一口气。她在心中权衡了片刻，想到自己未来职场的光明前途，终于接受了章明晞给予的股份与职务，正式成为她的心腹。

第一百二十章
美梦破碎

程凯、乔永廉、朱小慧相约一起去健身房里做运动。更衣时，程凯低头看了一眼自己一片平整的肚子，不禁叹了一口气。忽然，他瞥到乔永廉衣服下的那八块腹肌，顿时惊异不已。

更衣后，程凯、乔永廉不断做着各种运动项目。不一会儿，两人大汗淋漓。朱小慧贴心地在一旁时不时上前帮乔永廉抹汗、递饮料，一副甚是关心的样子。

乔永廉也热情地回应着朱小慧。他耐心地教朱小慧如何举重，亲密无间的两人仿佛无视了程凯的存在。

见到两人关系如此密切，程凯有些吃醋，不满地说："女孩子家为什么要健身？"

两人也不理会程凯，继续自顾自地练习着。朱小慧练了一会也有些疲惫，便对乔永廉说："我去那边喝点水，休息一下。"说完，她便走向休息区。

见朱小慧走远，程凯连忙搭着乔永廉肩膀，装作毫不在意地说："你想泡她呀？"

乔永廉点点头，道："她多好呀，你对她又没有意思，你自己讲过的！"

得到这个确定的答案，程凯心中更不是滋味。他故意说："朱小慧那么粗鲁，你泡到她，有你好受。"

朱小慧在后面的休息区偷听到了这一切，她也发觉了程凯的异常。

运动结束后，程凯望着健身房的日历，突然像是想起了什么，道："我有事要先回公司一趟，拜拜。"说罢，不顾其他人，就一溜烟地跑了。

朱小慧、乔永廉也不知他这是怎么了，两人悠哉地决定一起去逛街。朱小慧得意地问乔永廉："程凯刚才是不是吃醋了？我都不明白为什么他觉得我们有情况的。"

乔永廉看见朱小慧笑得开心，自己也不禁笑了。"我就说要用这个方法才有用吧！"

突然，朱小慧的手机响起。她一看居然是程凯打来的电话，连忙激动地按下接听键。程凯焦急的声音传来："你马上来Novopus。"说完，就挂掉了电话。

朱小慧突然有些紧张，手心都渗出了汗水。乔永廉见状关心问她："需不需要我陪你上去？"

朱小慧有些嫌弃地说："别人示爱关你什么事啊？"她的心脏砰砰直跳，感觉自己的心脏仿佛都要从喉咙里跳了出来。她的脑海里也已经构想出了一幅程凯表白的浪漫场景，无数的玫瑰花瓣飘向她的身边。

乔永廉看着一脸幸福的朱小慧，觉得心里不是滋味，却又不好说些什么，只能眼睁睁地看着她激动地跑开。

不一会儿，朱小慧就跑到了Novopus门口。她怀着忐忑的心情走入公司，只见智能家居有人影弹出。她以为会是自己，没想到却是方泽雨，她不禁吓了一跳。

程凯这才慢慢地从办公室里走出。朱小慧有些生气地问："你搞什么？为什么弹方泽雨出来？"

程凯愣了一下，反问："你不记得今天是他的生日？"

闻言，朱小慧也是一愣，所有美好幻想仿佛都瞬间破碎。她又试探性地再问了一次："你叫我上来，就是讲这件事？"

程凯点点头，道："是呀，之前你整天说我不记得方泽雨的生日，你看，我今年记得了。"

朱小慧想到自己的美梦破碎，心中就有气。她愤怒地说："这些事你打手机告诉我不就好了，干吗要我走上来？"她说着说着，发现程凯沉默不语了，回头一看才发现程凯正看着荧幕上他们三人的昔日照片发呆。

程凯有点伤感，眼泪无声地顺着他的脸颊流下。朱小慧也有些难过，她看着照片说："我记得当年这个照片的故事……"两人对着照片讲起往事，又笑笑闹闹起来。

与此同时，万敬贤到1842俱乐部寻找父亲。推门而入，他一眼就看见万学礼正在优雅地冲茶，虽然没什么人理他，但仍不失气度。

万敬贤在他的对面坐下，开门见山地说："曝光社有篇报道得了新闻奖，我要去上海出席领奖，希望你也能出席见证，顺便回去探亲。"

万学礼端起茶杯，悠悠地品了一口茶，淡然地说："我未必有这个档期。上海我去不了，不如你拿完奖来苏格兰，我也想介绍某爵士给你认识。我约了英国拜思庭公司去苏格兰谈一些事情。"

"哎，"万敬贤叹气，"怎样才算有机会？"说罢，他起身失落地离去。

正当万敬贤即将走出门之时，"你等等，"万学礼又开口叫住了他，"我也打算改机票先飞去上海看完你拿奖，再飞苏格兰。"

听到这番话，万敬贤欣然一笑。

暴雨过后，乌云散去，天空中挂上了一道彩虹，倒映着斑斓的色彩。

傲堂集团里，高哲看着卓定垚，试探着问："你知道吗？贺天生涉嫌教唆杀人，已被通缉。"

卓定垚看着手中的材料，淡然道："嗯，是呀。"

高哲见她如此平静，又继续说："我有朋友收到消息，贺天生是被章明晞爆出来的。"

卓定垚又继续装傻道："是呀。"

高哲已看出卓定垚的古怪，又问她："你们开头说扫天荫，这整件事是不是计划好的？一开始你们俩故意在这里争，你只争了一下就停手。现在天荫变更到章明晞名下，而且贺天生走了，只要七年不出现，所有东西都会入章明晞的口袋。为什么你不和我讲？"

卓定垚见高哲已经猜透，也只好坦白说："其实，我想到这个方法的时候，也不知道有没有人肯实行，不知道章明晞肯不肯。我很早就跟她讲过，但她一直都没有表态，直到前一阵子她才联络我。她叫我别和其他人讲。"

高哲明了，道："但是以贺天生手上的资源和财力，他一定还是有方法走的。找他不容易。"他顿了一下，又自信地继续说道："不过没有人可以永远消失，总会留下痕迹。"

卓定垚点头，道："我们还是要先处理好傲堂的事情。你等我一下，我先去开个会。"说罢，她起身走入傲堂会议室。

在会议室内，卓定垚与麦嘉菲、傅建业等人正在听取几个公司新人介绍自己调整傲堂管理架构的想法。针对某位讲得头头是道的男职员的建议，麦嘉菲与傅建业总结了几句自己的建议，卓定垚也说出了些自己的看法。

散会后，卓定垚招手，示意麦嘉菲和傅建业："你们留一下。"她等众人离开，才开口继续道："我觉得新管理层很不错，也许找到合适人选，可以作为集体领导。"

麦嘉菲明白她的心思，只能无奈地说："怎样都要有人带头。"

卓定垚点点头，道："其实我也想。"她收拾好东西，转身走回办公室。

高哲坐在办公室等卓定垚时，一条短信映入他的眼帘。他拿着手机看着郑思好之前发来的照片及情话，嘴边不禁浮起微笑。

卓定垚走入办公室，对高哲坦言道："我想退下来，已经培养了一班人可以管理傲堂，想麻烦你帮我看着他们。"

但高哲摇摇头，将一封辞职信放到卓定垚的办公桌上。"人是不会吸取教训的，金融圈的泡沫只会不断重复，但我不想重复，我会退出这个圈。"

卓定垚心知自己留不住高哲，只得说道："我真羡慕你有方向。"

高哲淡然一笑，道："方向需要自己找，你有的。"他留下一个信封，放在桌上，"最后我再多帮你一个忙……"随即转身离去。

清澈的湖水宛如一面平整的镜子，湛蓝的天色与白云倒映在湖水之中，火红的树林交相辉映。

郑思好坐在公园的长椅上享受着加拿大的美景，突然她感觉仿佛有人正在注视着自己。她一回头，高哲熟悉的身影出现在她的眼前。

高哲温柔地说："我收到你的照片了。希望我没误解，你是想见我。"

郑思好回眸一笑，与他深情地对望。两人回到初次许下诺言的地方，仿佛又再一次点燃了爱情的火花。

国内气温逐渐回暖，温暖的阳光为大地披上了一件华丽的金衣。树上萌生出新的枝芽，花蕾悄悄地爬上枝头，万物都焕发出新的生机与活力来。

一位设计师正在章明晞家服侍她换衣服，准备打造她出席商会主席就职典礼用的造型。此时，卓定垚如约来到她的家中。章明晞见她来了，便示意设计师停下，招呼道："我们出去谈。"说完，带着卓定垚走入花园之中。

两人在花园中畅谈着自己现在的生活。章明晞笑着说："我很满意自己现在的生活。"

卓定垚也微笑着回应道："我准备去布拉格，想和你说声多谢。"她说着，便向章明晞鞠躬道谢："我当时去找你，希望你帮我，但其实我根本没信心你会答应我。说实话，我有些震惊。"

章明晞解释道："爱情方面，我和方泽雨没那么深，不是你们那样。但我们是十几年的家人，他重视过我。无血缘关系的方松荫和方泽雨，是真正关心我。"她的脑海中忽然又浮现出方泽雨弯腰为她捡手机的样子，又想到贺天生对自己的种种算计，她苦笑着继续说，"相反和我有血缘、有婚姻关系的不是真心关心我。贺天生更多的是想着自己，连和我好像亲人那样的方泽雨都不放过，他总有一日会连我都牺牲。”她无奈地摇摇头，叹气道，“哎，这个不是以前的贺天生，他现在的疯狂是之前的好多倍。因为他有病，他时间有限，所以想将所有东西做到极端。”

提到贺天生的名字，卓定垚想到他仍然没有受到应有的制裁，心中仍有不甘，愤愤不平地说：“贺天生还未受到应有的惩罚。”

章明晞耐心地向她解释道：“其实他半年前已经开始受惩罚了。”她边说边拿出手机给卓定垚看她偷拍的贺天生的药瓶，“我问过医生，医生透露是延缓脑退化症的药，又解释这个病没法治，只能靠药物延缓。你说，对一个自负聪明的人，有什么惩罚比这个病更严重？”

卓定垚听到这番话，陷入沉思。她想了一会儿，又再次向章明晞道谢：“谢谢你这次帮忙，但你会怎么处理天荫？”

章明晞毫不犹豫地说：“我从没想过天荫会改名。方泽雨的股票我都不会要，我会以方泽雨的名义成立基金。”

卓定垚得到了想要的答案，准备离去。临走前，她忍不住回头问章明晞：“如果给你一次机会见贺天生，你有什么话想和他讲？”

章明晞一愣，缓缓地给出了一个回答。

卓定垚点点头，转身离去。

第一百二十一章 善恶到头

卓定垚驱车来到 Novopus，一进门就听见程凯在喋喋不休地抱怨：“王子琳好烦，我和她沟通不了。过两天去北京时，你帮我和她讲清楚呀。”

卓定垚淡然地摇摇头：“我不会去北京了。我过几天要去布拉格。”

程凯一愣，瞪大了双眼看着卓定垚问：“为什么呀？你去布拉格做什么呀？”

卓定垚笑着拨了一下自己的头发，就像个任性的孩子，说道：“我要放个长假。”

“你是大老板，什么时候放假都可以啦！你去多久呀？改期咯。”程凯自顾自地劝道。

卓定垚丝毫不受他的影响，继续说：“总之，我要去布拉格，不知道去多久，去完布拉格也不知道会去哪里。”

听到这话，程凯更是吵吵嚷嚷道：“那怎么办？”他朝朱小慧挥挥手，示意她过来：“朱小慧，朱小慧！你快来，那么只能靠你帮我和王子琳讲啦。”

房屋尖角穹顶的灯光，路边笔直站立的街灯，一同点亮了布拉格的夜晚。道路两旁树立着的雕像，仿佛都在窃窃私语。夜已深，宽敞的麻石道路上行人罕至，只剩几只和平鸽还在寻觅着食物。卓定垚悠闲地在布拉格的街头逛着，享受着这份异域的风情和宁静。

翌日，微光透过玻璃洒在卓定垚的房间，温柔地唤醒了她。简单洗漱后她便出门了，她像是漫无目的走在路上。

突然卓定垚看见一个熟悉的画廊，便立刻步入其中。画廊里摆放着各种风格的画作。正当欣赏画作之时，她见到了一个熟悉的背影，走近一看原来是贺天生。

贺天生对卓定垚的到来并不觉得意外，悠悠地开口说：“我也知道你很聪明。只不过，我确实想不到这么快被你找到。”

“呵呵，”卓定垚冷笑了一下，“那么你应该知道我来做什么。”

贺天生眉头紧锁，愤恨地说：“你和章明晞合伙骗我。如果我可以回香港，我一定会杀了他。”

卓定垚直戳他的痛处，直截了当地说：“你自以为是天下最聪明的人，但你现在最大的惩罚就是你会不记得！你有病！你离开香港除了要逃避法律制裁，还有不想被人见到你变成一个失去记忆、不能自我照顾的废人。”

贺天生气得不断发抖。他竭力控制自己的愤怒情绪，嘴硬死撑道：“我没你想象中退化得那么快。我记得我赢了些什么，杀了些什么人。”他想以此激怒卓定垚。

但卓定垚并没有暴怒，反而是平静地回复他：“你记得更好。记着你自己做过一些什么坏事，到时候好和法官求情。”

贺天生坚决地说：“我不会那样回去。”

卓定垚并不打算理他，转身就想走。贺天生心知自己的行踪已经暴露，需要马上转移位置。他想找手机打电话喊人安排，但他摸完了身上所有的口袋，都找不到自己的手机。

卓定垚淡然地转过身，看见贺天生急得满头大汗，于是在另一边找到了贺天生的手机，并将手机交给他，嘲讽道：“你看下你，连找个手机想叫人安排你走，都不记得手机放在哪里。你还可以走去哪里呀？”

听到这话贺天生激动难受，甚至想要举手打卓定垚一巴掌。但她丝毫不理会，也不闪躲，又继续道：“来之前，我问过章明晞有没有事情还想和你讲。”

贺天生忽然冷静下来，放下扬起的手臂，一脸盼望地望着卓定垚，想要抓住最后一点温暖的可能。然而，他等了很久都是一片默然。

卓定垚又想起那时的场景。她告诉贺天生：“章明晞沉思了很久，最后才讲，我没事情想和他说。”

章明晞的沉默与无情就像最后一根压垮贺天生的稻草，他全身突然剧烈颤抖，握在手中的手机也“砰”的一声掉了下来，手机屏幕瞬间破碎。他弯腰想要捡起手机，却控制不了颤抖的双手，不管如何努力尝试也拿不到。卓定垚见状，不为所动，冷漠地转身离去。

早已埋伏在此的两个国际刑警正向贺天生走去，他们礼貌地对贺天生说：“您好，我们是国际刑警，您涉嫌教唆杀人，请您跟我们回去配合我们工作。”说罢，便拉起他走出画廊。

贺天生最终也没有来得及捡起他的手机，只剩一个孤零零的手机躺在画廊的地板上，就像他的余生一般孤单寂寞。

此时，卓定垚走到画廊外，一片火红的枫树林呈现在她的眼前。一阵微风拂过她的脸颊，一片红叶随着微风缓缓落下。她伸手捡起地上的红叶，仔细端详。透过这片红叶，她想起了自己和方泽雨那时的约定，仿佛又看见了两人在红叶之中举办婚礼的幸福场景，眼眶不禁有些发红。忽然，又一片红叶落到她的手边，似乎是在安慰她不要难过，并不孤单。她拿起两片红叶，又重新露出了一个灿烂的笑容。

此刻，电视新闻正在报道章明晞正式就职成为香港商会主席，她身着一身白色的西装，颇有一股女强人的风范。她慷慨激昂地向众人发表香港经济前景演说，立誓自己一定会让香港经济更好地发展。终于，她也得到了自己想要的一切，实现了自己的目标。

自此，两个传奇女子，选择走上了不同的道路，开创各自的新世纪。